何虹毅 著

微芒1941

WEIMANG

上

金城出版社
GOLD WALL PRESS
·北京·

图书在版编目（CIP）数据

微芒·1941 / 何虹毅著 . —北京：金城出版社有限公司，2020.6
ISBN 978-7-5155-1128-3

Ⅰ . ①微…　Ⅱ . ①何…　Ⅲ . ①长篇小说－中国－当代
Ⅳ . ① I247.5

中国版本图书馆 CIP 数据核字（2019）第 285663 号

微芒·1941（上下）

作　　者	何虹毅
出 版 人	丁　鹏
责任编辑	杨　超
责任校对	欧阳云
责任印制	李仕杰
文字编辑	彭洪清
开　　本	700 毫米 ×960 毫米　1/16
印　　张	42.5
字　　数	500 千字
版　　次	2020 年 6 月第 1 版
印　　次	2020 年 6 月第 1 次印刷
印　　刷	天津旭丰源印刷有限公司
书　　号	ISBN 978-7-5155-1128-3
定　　价	88.00 元

出版发行	**金城出版社有限公司**　北京市朝阳区利泽东二路 3 号 邮政编码：100102
发 行 部	（010）84254364
编 辑 部	（010）64214534
总 编 室	（010）64228516
网　　址	http：//www.jccb.com.cn
电子邮箱	jinchengchuban@163.com
法律顾问	北京市安理律师事务所　（电话）18911105819

1941年尚未完全过去，这个世界已经发生了许多大事：

非洲——纳粹德国非洲军团司令隆美尔中将，率领三个德国师、两个意大利军横扫北非，接连重创英国守军，俘虏英国名将奥康诺将军，一举扭转“轴心国”在非洲战场上之不利局面；

欧洲——德军在占领了包括法国在内的七国之后，闪击苏联，180万德意志钢铁大军在元帅费多尔·冯·博克的指挥下势如破竹，击溃苏联红军层层防线，直逼莫斯科；

亚洲——侵华日军接连发动了“豫南作战”“第二次长沙作战”“福州作战”等一系列战役，神州大地硝烟四起、烽火处处；

美洲——美国总统罗斯福宣布，每年11月的第四个星期四为感恩节……

目录

上册

下册

第一章　戏台与拳台

时间：第一日

广州今年的冬天格外阴冷。已是近午时分，太阳仍在云层中若隐若现，散发着惨淡的光芒。城中大街小巷冷冷清清，偶有行人过往，也大多紧靠墙根小步快走，像一只只出洞偷食的老鼠。

这是日军占领广州的第三个年头。尽管“新广东省国民政府”已经成立了一年多，广州的大佬们，如代省长陈耀祖，广州市市长彭东原之流，也日复一日地卖力吆喝着亲日、媚日口号，把“中日一家亲”“大东亚共荣”“共建王道乐土”等标语贴得满大街都是，但水浸街的苦力和瘪三们只晓得，在街上遇到“日本仔”的时候，避让得要足够快、腰弯得要足够低。不然，就会像得闲茶馆的跑堂水三一样，被当场打个半死。

此刻的水三，正拖着条瘸腿，在喧闹的人群里拼命往拳台前挤。他呼吸急促，满头大汗，攥着赌票的手青筋鼓胀，指甲都快掐进了肉里。

这里是水浸街最像样的地方了。虽然这座两层高的木质骑楼油漆斑驳、颜色灰败，但与周遭低矮、破旧的棚屋一比，顿显档次不凡。

以前这里是一座戏楼，其主人在日军攻占广州城的前几日，扔下了这处没能出手的产业，带着全家仓皇逃往了香港。从那以后，这里便被“千竹帮”据为己有，这个帮众人数仅次于广州第一大黑帮——中和堂——的组织，将戏楼改成了拳馆，并定期在每个月的初一、十五这两日举行拳赛，供人赌博、娱乐。

之前拳台上的打斗并不激烈，双方的交手还在试探性阶段，一黑一白两道身影或快速游走，或谨慎移动，偶有出手也是一触即分，并不过多纠缠。

穿白色武士服的日本拳手是个身材矮壮、相貌凶狠的家伙。他腰间系着的那根黑色缎带，表明其拥有空手道黑带高手的实力。他绕着绰号叫“不死鸟”的对手不停游走，步伐时快时慢，手型也随之变换，鹰隼般的目光死死盯着对方，寻找着最佳的攻击角度和时机。

而与之对战的“不死鸟”则身着一身黑衣黑裤——上身穿着件无袖紧身短褂，下身是一条绑腿长裤。他身形高大，肩宽腰窄腿长，裸露在外的双臂肌肤黝黑，闪耀着健康的光泽，肌肉贲起没有半寸多余的脂肪。

他摆了个八极拳拳架——左手单掌伸出，右手虚按腰间，双膝微蹲，侧身对着日本武士。与不停游走的对手正好相反，他脚下的步伐缓慢而沉稳。仅这份渊渟岳峙的气度，就让他赢得了拳台下一阵叫好之声。即便他一张脸隐藏在黑布头罩里，这些看客和赌徒们也没几个人会认为，这个全身上下充满爆炸性力量的汉子，会输掉这场拳赛。

然而下一刻，闹哄哄的拳馆霎时安静下来，每个人都瞪大了眼睛，露出不可置信的神色。

只见拳台上那名不停游走的日本武士，骤然发起了攻击——一个箭步伏身蹿至“不死鸟”近前，左拳由下至上，爆击“不死鸟”下颌。此击身法诡异、出拳角度刁钻，正是日本空手道大师渡口政吉赖以成名的“开手形四十五度角攻击技”。

“不死鸟”忙挥臂格挡，显然他尚未见识过这样的技法，虽然挡住了对方这一拳，反应速度却是慢了一线，想要反击抢回攻势已然来不及。

近身格斗凶险异常，胜负、生死往往就在眨眼之间。日本武士蓄势已久，一招抢得先机哪容对方喘息，肘击、膝蹴、脚踢等近身击打技连番施出，出手迅猛、凶残。

在这样狂暴的攻击下，失了先手的“不死鸟”没能撑过两个呼吸，就被对手轰开了拳架，胸口挨了一记凶狠的膝蹴，紧接着又被日本武士锁住右臂，用一个过肩摔高高抛起，狠狠砸在台上，发出“嘭”的一声巨响。

当时，水三觉得自己靠着的那根木头柱子都晃了一下，整栋楼都在发出“咔咔”的龟裂声。他不懂什么空手道，也没听过那霸手、关节技这些名词，但他眼神很好，远远就看见，被抛到半空的“不死鸟”唇齿间有殷红的血迹。

水三火热的心瞬间冰凉。他不能输，他要报仇，刚满二十岁的他还没娶老婆就被日本人打断了腿，他必须报仇！

于是，水三在听说今天的拳赛是中国人和日本人打后，热血上涌，冲动之下偷了老妈的棺材本——一只翡翠镯子——去当了，把钱全部押在“不死鸟”身上。那可是二十块日本军票，够他们母子小半年的生活。

当然，冲动归冲动，水三不是傻子。他下注之前，找常泡在这里的几个赌客打听过，知道这个绰号“不死鸟”的拳手以往的战绩很好，胜多负少。虽然对方神秘兮兮的，每次上台打拳，都戴着黑布头套，只露出眼睛、鼻子和嘴。

据说，只有这里的大管事成五爷见过他的脸。为啥？传言很多，有人说是因为“不死鸟”人长得太漂亮，像姑娘，就学古代的狄青大将军，上阵杀敌前先戴上个鬼脸壳子，好唬人。这说法，估计是位喜欢听说书的家伙传的。还有人猜测，“不死鸟”是位得了麻风病的武林高手，脸都烂完了，不敢见人。这就太吓人了，传这话的猪肉刘，没两天就被千竹帮的人找上门，抽烂了嘴，至今说话还漏着风。最诡异的传言是，这个“不死鸟”啊，是日本人用某种神秘法门制造出来的怪物，所以怎么都打不死！每天得换血、过电，拿药水泡……传得有鼻有眼，跟真的似的。

“但他真的很能打！”水三觉得，这就够了。

水三拼命往前挤着，再也没心情去惦记那名身穿月色旗袍的年轻女子。

这名女子来得晚些，进来就站在门后的柱子旁边，离水三很近。当时，水三无意瞥了一眼她，顿时就走了魂，体内立刻升腾起一股热血，觉得随时可以为她掏刀子捅人。但女子身旁的那名凶恶的刀疤脸汉子，只是冷冷地瞥了他一眼，水三立刻就没了想法，魂也回到体内，还一阵哆嗦。

罗立雪从进来到现在，全部心神都在拳台上，对身边的其他事毫无感知。当台上那个男人轰然倒下时，她身子一软，差点跟着倒下，忙伸手扶住旁边的柱子。

“走了，这不是你该来的地方。”刀疤脸用命令口吻说道，嗓音沙哑。

罗立雪怔怔地盯着台上，眼角含泪，低声请求：“再等等，他会站起来……”

刀疤脸摇头道：“站起来……更惨，说不定会被打死。”

罗立雪捂住了嘴，怕自己哭出声来。

拳台上，“不死鸟”痛苦地翻过身，趴在冰凉的硬木地板上。他挣扎着想要重新站起，但显然被对手伤得不轻，尝试了两次都没能将身体从地上撑起。

“没死就继续打啊！”人群开始躁动，一些急了眼的赌客开始叫嚣、谩骂……

“操你老母，起来打！”

“狗日的‘不死鸟’，输了老子杀你全家！”

“狗屁八极拳，去死！”

……

趴在地上的“不死鸟”终于又有了动静，再次将身体撑起。这时，他感应到了某人的目光，抬眼看去。

在拳台下一个不起眼的角落里，千竹帮排名第五的成五爷，对“不死鸟”轻轻摇了摇头，眯缝成线的双眼中透着一股子阴狠。

还没等“不死鸟”从地上爬起，日本武士已跨坐在了他的腰上，双手捧住他昂起的头，狠狠砸下——咚、咚、咚，一连在坚硬的木地板上砸了三下才松开。

“不死鸟”歪着头躺在那里，口鼻处皆溢出了鲜血，整个人一动不动，眼神慢慢涣散……

二楼回廊上的一间包厢里，玉川秀雄从下方的拳台上收回视线，一手抚摸着蹲在脚边那条日本狼青的后颈，一手接过身边和服侍女递上的青瓷茶杯。

他三十多岁的样子，戴着一副金丝边眼镜，相貌斯文，神情温和。轻轻啜了口茶后，玉川秀雄放下杯子，朝对面的包厢浅笑致意，表现出恰到好处的谦恭。那里临栏坐着一位美艳女子。

秦芳好看着下方的“不死鸟”，秀眉微皱，平常惑人心神的一对美目起了冰寒。她没有理会玉川秀雄的表演，觉得恶心。

在她身旁，一名管家模样的老者正低声说着：“三年打了六十九场，每月两次，几乎场场都上。赢五十一，输十八，其中两次重伤，每根肋骨都断过两次以上。”老者咽了咽喉头，“按赵郎中的说法，好在他走的是八极拳路子，筋骨打熬得厚实，不然早就挂了。”老者神情复杂，有叹服，也有惋惜。

“什么来路？”秦芳好问。

“以前不太在意，派人去打听过，千竹帮那边藏着掖着，也就算了。”老者道，“这次赌赛是临时抽到他，如果没抓到把柄就说是打假拳，道上有些说不过去。”

“道上？现在的广州城还有‘道’吗？”秦芳好语带讥讽。

老者瞥一眼对面，干咳一声，欲言又止。

“算了，愿赌服输，一家烟馆，中和堂还输得起。”秦芳好打开桌上一个红木匣子，看了一眼里面的屋契，自嘲道，“玉川家族我们可惹不起。既然原田司令不愿出头，输了，他就得捏鼻子认下，以后少了宪兵队的孝敬也怪不到咱们头上。”

老者问：“现在就送过去？”

秦芳好刚要点头，下方拳台上，变故突起……

拳台上，高桥满一只脚踩在“不死鸟”的头上，得意地朝着人群伸手，握拳，拇指朝下，用蹩脚的中文嚷道：“支那，猪……”

一时间，全场哑然。人们怨恨、羞愧、愤怒，种种复杂的目光却没敢看向高桥满，而是齐齐涌向死狗一般的“不死鸟”。

罗立雪摇摇欲坠，刀疤汉子一把扶住了她。“还没死，走吧。”

“活着就好……”罗立雪哽噎着，深深看了台上一眼，转身就走。那一瞬，她泪流满面。

也就在那一瞬，台上“不死鸟”本已涣散的眼神突然一凝，伸手一把扣住高桥满的脚踝，五指如钩。高桥满骤然吃痛，一惊退开。

“不死鸟”腾身而起，看向正转身离去的那道身影。

高桥满暴怒，大叫一声“八嘎”，猛地从后扑来。

“滚开！”“不死鸟”低喝，目不转睛地看着大门方向。

在高桥满近身的一瞬，他闪电般侧身、搓步、拧腰，左肩一甩，靠上高桥满的胸膛，“咚”的一声，将其撞飞，摔在台上。

这几个动作，短促而迅捷。在台下众人看来，仿佛是高桥满敞开胸膛，故意去撞“不死鸟”的肩头，然后倒飞出去一般。人群轰然叫好，声如雷动。

“不死鸟”对这一切似毫无所觉，目光一直追随着那道离去的身影，茫然若失……

二楼包厢里，秦芳好有些疑惑，盯着台上的“不死鸟”，美目流转，喃喃自语：“这招‘靠山贴’倒是很像……”

而对面的玉川秀雄，却对正在离去的那名女子更感兴趣。顺着“不死鸟”的视线，他很快捕捉到了那一具妙曼的身躯，瞳孔猛然收缩。

女人天鹅般优雅的脖颈，如雪晶莹的肌肤，勾起了玉川秀雄最原始、最偏执的欲望，恨不得立刻扑上去将其占有，然后撕裂。他朝身后招了招手，一名抱臂站在包厢门边的武士快步上前。此人脸型瘦削，鹰鼻鹞眼，身上带着一股子阴森的气息。

“西野，找到这个女人。”玉川秀雄用下巴点着下方的罗立雪。西野确认目标后，转身走出包厢。

玉川秀雄一把将身边的和服女子拉到自己怀里，粗鲁地扯开她的衣领，伸手进去握住柔软的乳房，狠狠抓捏。女子痛哼一声，姣好容貌霎时扭曲，白皙的额头上瞬间泌出一层汗珠。

她没有名字，代号“玖”，因此也没有痛苦、羞耻的权利，只能紧紧咬住双唇。

与此同时，在二楼的另一间包厢里，一名西装革履、眉宇间带着几分傲气的青年男子正凭栏而立，饶有兴致地看着下方拳台。

“这才有点儿意思。”包厢里唯一的客人自语着，嘴角挂起淡淡的笑意。

笃、笃、笃，有人敲响了包厢的门。

“进来。”青年从栏杆前转身。

“樊少，您的客人来了。”伙计推开门，点头哈腰。

“掌柜的，你怎么来了？”青年看着伙计边上的中年人略感诧异。

“樊少无小事，让伙计们办，我哪能放心。”穿长袍戴礼帽的掌柜奉承道，笑容满面。

青年对伙计摆摆手，后者乖觉地关上门离开。中年人脸上笑容一收，站在门后听着外边的脚步声远去后，才压低声音对青年道：“俊生另有任务，他回来前由我直接和你们联络。”

樊继宗点点头，从衣兜里取出几张“提货单”递了过去。“老地方，天字码头公司仓库。”

“好，我会安排人分批提取，尽快送进山里。”吴启明接过提货单，快速看了几眼，振奋道，“有了这批物资补给，像‘百花洞’那样的战斗咱们再打几次都没问题。”

想起五个月前发生在东莞大岭山抗日根据地的一系列战斗，年轻的樊继宗依然心情激荡。那一役，只有不到一千人的游击队，在弹药不足、缺衣少食的艰难条件下，生生打败了装备精良，合计三千多人的伪军、国民党军和日军的连番攻击、围剿。

尤其百花洞一战，游击队靠着快速穿插、分割包围等战术，重创日军千人大队，打死打伤日军无数，击毙部队长长濑，取得了游击队建立以来最令人振奋的一次胜利。连不可一世的日本华南派遣军司令安藤利吉，也为此役发出悲叹，称“这是进军华南以来最丢脸的一战！”

下方，水三终于挤到了拳台边，他死死盯着台上的“不死鸟”，双眼通红。吸入鼻腔的丝丝血腥气息让他快要发狂。终于，他撕心裂肺地一嗓子吼出：“干死他！干死那东洋杂种！”

人群短暂的寂静后，再次沸腾：“干死他、干死他、干死他……”

台上的高桥满收起了之前的轻视，摆出“那霸手刀”的起手式。左手伸出摊掌成刀，右手收于腰间握拳如锤；双脚成前弓箭步，寸寸进逼。

台下的喧嚣、台上的杀机，“不死鸟”恍若未觉，他仍然呆立，看着出口处，好似陷入梦魇……

黑暗，令人窒息的黑暗铺天盖地袭来，将他一层层包裹，一点点地吞噬，连最后一丝意识也不放过。他不知道自己在黑暗中沉沦了多久，一瞬？或者一生？

一个女人的呼喊将他唤醒，将他从黑暗的深渊中解救出来。女人带着哭腔的声音尽管微弱却有着神奇的力量：“阿豪，坚持住！求求你了阿豪，不要留下我一个人，不要……”

一丝光亮照进黑暗，接着越来越多的光挤了进来，最后，一双手将黑暗撕开。“它该出现在漂亮的钢琴键盘上”，这是他睁开眼，看见那双血肉模糊的手后，脑海中出现的第一道意识。

当他努力地想看清手的主人时，黑暗再次降临，不过这次他不再孤单，女人的声音一直陪伴着他："醒醒……阿豪，快醒醒，别睡，不能睡啊……"

凌厉的手刀直戳"不死鸟"的颈椎。"死，支那人都该死！"高桥满满心杀戮，他的手刀，可以戳断两寸厚的硬木板。

关键的刹那，"不死鸟"突然醒来，闪身避过这险之又险的一击。高桥满丝毫没有停顿，他的最强手——那霸十三连击——本就是一气呵成、快速狠辣的打法，此刻更是出手如闪电，招招直指要害。

"不死鸟"只能见招拆招，双手快速格挡。"砰、砰、砰、砰……"两人拳脚交击声如鞭炮般密集炸响。高桥满这一轮攻势凶猛异常，"不死鸟"在双手格挡的同时脚下噔噔噔连退数步，直到拳台边缘才堪堪停住。好在此时，高桥满的十三连击用尽，攻势不可避免地为之一顿。

台下大多数赌客都是"老鸟"，这一刻，连水三都忍不住狂吼一声："快反击！"

刚才，台上两人短短数息的一轮交手，让台下的看客们个个把心提到了嗓子眼，大气都没敢出上一口，整个场地异常安静。因而水三这一嗓子吼，如寂静战场上，响起的一声进攻号角，人们顿时被煽动起来，各种狂嘶乱喊沸反盈天："反击、打他、进攻啊笨蛋……"

与此同时，台上的"不死鸟"并没让大家伙失望，他双臂缓缓拉开，如挽强弓，右脚向前虚蹚而出，猛地一跺！"咚"的一声，如闷雷滚过，整个拳台都微微一震。其气势凛然一变，如虎似罴，刚猛暴烈，撼人心魄。

高桥满神色大变，急急后退，不停变换着步伐、身形，想要摆脱对方那股无形有质的气息威压。这是他第一次体会到了传说中"晃膀撞天倒，跺脚震九州"的八极之势！

二楼包厢。玉川秀雄同样变色，尽管他很快掩饰过去，恢复如常，但仍然被对面的秦芳好捕捉到了。

性感的红唇微微翘起，一抹笑意在俏脸上漾开，女子明艳如菊。秦芳好再次将视线投向下方的"不死鸟"，对身旁老者轻笑道："雄叔，曾经有人对我吹嘘，说什么'文有太极安天下，武有八极定乾坤'，您怎么看？

"国术界是有这种说法。"雄叔笑了笑道，"想是跟八极拳名震武林的三大保镖有关。"

秦芳好秀眉一挑，感兴趣道："哪三大保镖？"

"三人都是八极拳大师李书文的弟子，"雄叔解释道，"大弟子霍殿阁做过末代皇帝溥仪的武术教师和警卫官，另一个弟子李健吾……"说到这里，他往秦芳好身边凑了凑，压低了声音，"据说投了共党，是共党一号大佬的贴身保镖。而李书文最后一个弟子刘云樵……如今跟在蒋委员长身边，做他的侍卫队教官和警卫。"

秦芳好"哦"了一声，看着下方的拳台，美目中流露出思索之色。

"不过如今这世道，拳术好有什么用？"雄叔自顾自地感叹，"都是血肉之躯，一颗小小的子弹，就能要了这些宗师们的性命。"他下意识地瞥了一眼包厢的一角，眼角微微有些抽搐。

那里背光，只能隐隐看到一个娇小女子的身影。她叫小影，是秦芳好形影不离的贴身侍女。雄叔初见小影时，觉得这个十七八岁的清秀女孩，除了不爱说话之外，和街坊里那些惹人怜爱的同龄姑娘们没什么两样。但从三个月前的那个晚上开始，雄叔看小影的眼神就从怜爱变成了畏惧……

那是秦芳好突然被檀香山总堂派到广州，担任中和堂"山主"的第十天。

当晚，秦芳好邀请中和堂所有十三处堂口的大佬游珠江，喝花酒。一艘豪华紫洞艇大船，被几十条汉子和一群莺莺燕燕的姑娘挤得满满当当……

船行至海珠大桥时，在船头躲清静的雄叔还有些感慨，想着当初这座钢铁大桥落成通车那天，半个广州城的人，都涌到珠江两岸看热闹的壮观景象。这才几年的光景，花了一百多万两银子，专门请美国人来修建的中国第一大桥就被日本人给炸了。那可以并排行驶两辆公共汽车，还能开合过船的中段桥面，如今只剩下几根扭曲变形的铁管，歪斜着垂在半空，不时在风中发出吱吱嘎嘎的声响……

舱里突如其来的安静，打断了雄叔的思绪。看着姑娘们鱼贯而出，坐上小艇离开，他隐隐感到不安。

在踏入船舱的一瞬，雄叔刚好听见，岸上大钟楼传来的报时乐曲——晚 9 点整。

船舱里，被打断兴头的大佬们纷纷表示着不满，拍桌子摔碗都算克制的了。雷麻子借着酒性当先朝秦芳好发难，说兄弟正在"提枪上马"的性头上谈他妈什么正事？难不成大姐头把姑娘们轰走了，是想亲自下场伺候大家？

他这话一出，几个性子沉稳些的堂口大哥顿时变色。他们倒不会为这初来乍到的大姐头出来站场，而是静观其变，要称称这漂亮婆娘的斤两。而傻彪、大老二这俩向来和雷麻子一个鼻孔出气，此刻更是半玩笑半挑衅地在一旁附和，说只要秦芳好今晚让他们舒坦了，今后大姐头指东他们绝不往西，让赶鹅绝不抓鸡……

雄叔很清楚，这一段时间，雷麻子、傻彪和大老二这三个家伙气焰十分嚣张。仗着手底下兵强马壮，他们根本没把万里之外的总堂放在眼里，更别提秦芳好这个在广州无根无底的大姐头。要不是当年老山主欧阳华在广州打天下、开山门时，得到总堂不小的支持，留有一段香火情；加之老山主死了还不到半年，这时就跟总堂翻脸，传出去不好听，他们早就要给秦芳好一个下马威了。即便是这样，他们也没给总堂那位香主留下多少面子。大老二早早就在下面叫嚣开了："认不认这个大姐头，还得我裤裆里的兄弟说了算！"

雄叔想不出，秦芳好除了强颜欢笑，暂时咽下这口气外还有别的应对之法。她来广州就带了两个人，一个是贴身伺候的小影姑娘——当时被一帮狰狞的汉子吓得直往后躲；另一个叫令狐少卿的青年男子，根本就没上船，他被秦芳好叫做"秘书"，不爱抛头露面，大多数时间都躲在房间里写写画画，挺神秘的。雄叔不喜欢令狐少卿，他自己就是个摇"白纸扇"的角色，对这个年轻的同类有着天然的提防。

果然，秦芳好笑了，她说大家道上混的，性子急，说话糙，无妨。接着，她从脚下拎出只一尺见方的紫檀木盒子，放在桌上打开，露出里面码放得整整齐齐的一盒子拇指大小、黄澄澄的"小金鱼"，说是见面礼，是兄弟的都有份。

雷麻子哈哈大笑，对秦芳好竖起大拇指，夸她"上道"，然后招呼上傻彪、大老二就要去抓"小金鱼"。

秦芳好叫停，说拿了"小金鱼"就是堂中的弟兄，就得按规矩办事。

舱中众人都知道，今晚的正题来了，不过同时也觉得可笑。讲规矩得靠实力说话，不是挂个"大姐头"的名号就可以。

雷麻子笑得更夸张，带着戏谑的表情请大姐头画出道来。同时，傻彪和大老二看向秦芳好的目光渐渐阴狠，他们身后的几名打手抱臂而起，面色不善。

“简单。”秦芳好端起几上的青花瓷盖碗茶盏，红唇微启，轻轻啜了一小口。“一，从明天起，各堂口打理的所有赌档、烟馆、妓院的账册全部上缴；二，从今往后，中和堂只准有一个声音，我秦芳好的声音！”

她语气淡然，却令舱中一片寂静。众人惊愕之余，太嫩？疯了？有后手？找死？各种疑惑在脑中电闪。

雄叔一叹，正要出声圆场，秦芳好却先对他开了口：“雄叔是不是觉得我太着急了？”雄叔一怔，顿觉尴尬。秦芳好没等他回应，轻叹一声，“我的难处你们不懂，时间不多了。千竹帮上了岸，天天抢咱们地盘，而我们呢？各堂口一盘散沙。这样下去中和堂还能撑多久？”

千竹帮起源于在珠江水上讨生活的“疍民”。这是一个以捕鱼拾蚝或渡客运货为生，以舟楫为家的庞大群体，高峰时仅在广州一地就多达十万之众。他们漂泊无定，一家数口世代栖身在小舟中，主要集结在长堤、黄沙一带的珠江水面。

由于身处底层社会，常年被黑帮、胥吏和无良商人压榨、欺凌，疍民之中的一些青壮自发组织起来维护群体的利益，后逐渐形成了帮派，涉足水上走私、偷渡等非法领域。只不过在中和堂的压制下，千竹帮的活动仅限于水上，不能上岸。

然而，广州沦陷后不久，千竹帮的势力迅速扩张，仗着新靠山——维持会大佬彭三源的支持，直接上岸与中和堂抢夺地盘。反观中和堂，因其山主欧阳华对日本人相当抵触，频频遭到日本宪兵司令部和伪政府的打压，很快就被赶出了天字码头、西堤、沙基大街等油水丰足之地，可谓伤筋动骨。到最后，连欧阳华也莫名其妙地被枪杀在街头，导致了中和堂如今群龙无首、四分五裂的局面。

“你的时间是不多了。”雷麻子冷哼一声，打断秦芳好，恶狠狠道，“十天内从广州城消失，这是我给总堂最后的面子。不然，老子不介意给下面的鱼虾送道大餐！”说完，抬脚在船甲板上重重一跺。

“麻哥，这太可惜了吧？不如我们兄弟先……”大老二淫邪的声音，被雷麻子打断：“我们走。”

雷麻子是个粗中有细的人，秦芳好的反应让他有了警惕——那份镇定装不出来。他怀疑在座的堂口大佬中，已经有人暗中跟秦芳好联手，要阴自己。于是，他又向众人一拱手，试探道："各位老兄弟，以后还认我雷麻子的，今晚就共进共退如何？"

傻彪、大老二不用说，早早带着手下的人站到了雷麻子身边。其他还坐着的老大们并没有犹豫多久，纷纷站起身，准备离席。

这是明摆着的事，吃到嘴里的肉谁愿意吐出来？什么他妈的帮规、道义？那是婊子出门时穿的衣服。现今，钱放进自己兜里才是王道！

雷麻子放心了，看着还假装淡然的秦芳好，三角眼里凶光一闪。他改变了主意，准备今晚就动手。而且，大老二的想法似乎很不错，先玩儿残了，再装麻袋沉江。想象着这美艳"大姐头"被剥光了，在自己胯下挣扎的场景，雷麻子裤裆里的玩意儿开始充血。这比干十个如意坊的头牌姐儿都刺激！

"不送了。"秦芳好清冷的声音暂时浇熄了雷麻子的欲火，她放下了手中的青花瓷茶盏，看了一眼正要挪步的雄叔和其他堂口大哥，悠悠开口，"各位慢走，天黑浪急，看好脚下的路。至于想喂鱼的客人……"说到这，秦芳好再次端起茶盏，吹了吹后，才吐出几个字，"小影，送客！"

雄叔和众人一样正纳闷，突然瞥见一道身影从秦芳好身后闪出，蜻蜓点水般翻身立于桌面，双臂向前一挥，砰砰砰砰……火光连闪，一阵密集的子弹，从那双白嫩小手上射出。

两个呼吸的时间，雷麻子、傻彪、大老二和他们的六个手下，总共九条汉子都倒在血泊之中。他们表情各异，或惊愕、茫然，或狰狞、狠厉，但无一例外地，或眉心、或胸口、或脖颈上都多了个血淋淋的弹洞。

雄叔是个对数字敏感的人，记得刚才的枪声响过九次。此刻，他再看已经躲到秦芳好身后的小影姑娘，尽管她还是那般安静、羞涩，心中却一阵发寒。

其他大佬们同样震惊。都是从砍杀中出来的老江湖，见惯血腥，手底下多少有着几条人命。但一个小姑娘，当着他们的面瞬间枪杀九人，还都是帮中赫赫有名的凶人。这种战力和冷血手段，骇人听闻！

"难怪她只带一人，就敢唱这出'鸿门宴'。"众人心里想着，此刻再看依然娴静饮茶的秦芳好，如见蛇蝎。

船上安静得诡异，大佬们面面相觑、进退失据，最后都把视线落在雄叔脸上。后者干咳一声，正要说话，一道刺耳的警笛从江面上传来。紧跟着，一名汉子慌慌张张跑进舱里，喊着："日本巡逻船！"

所有人大惊失色！开玩笑，遇上警察，他们多多少少有些情面，大不了花钱免灾。日本人不同，对枪械管理十分严酷。一旦被发现，就按通敌处理。抓捕、审讯、枪毙，成了标准程序，很少有活着出来的。

秦芳好扫了一眼船舱里惶恐不安的众人，嘴角勾起一抹轻蔑的笑意，起身开口："麻烦各位将这里收拾一下。我和原田司令官约了宵夜，就先走一步了。"说完分花拂柳般穿过人群，带着小影径直走向船头。

此刻，日军巡逻船已经靠在花舫边上。与远处漆黑的江面不同，花舫被巡逻船上的探照灯打得雪亮。雄叔和一干中和堂大哥，眼睁睁看着秦芳好在一名日军军官礼貌地邀请下，款款登船，随着轰隆隆的马达声渐渐远去。

鄙视、愤怒、不甘……种种表情出现大佬们的脸上。雄叔对此很不屑，他知道，恐惧、敬畏才是这帮家伙的真实心理。明天一早跑去给"大姐头"问安、表忠心的，一个不会少！

喧嚣声戛然而止，雄叔的心思被拉回到拳台上。

秦芳好的手顿在了半空，她刚从果盘里拈起一枚金黄光洁的萝岗甜橙……

拳台上，进攻中的"不死鸟"噗的一声喷出一大口鲜血，刚猛的气势顿时消散，站在台上摇摇欲坠。

高桥满抓住机会，身体连续两个180度旋转，将这股扭力与腿劲结合，一脚将"不死鸟"踢飞。

拳台下，水三看着半空中朝自己砸来的人影表情呆滞，好在旁边有人将他一把拽开。

"咚"的一声闷响，"不死鸟"重重摔在地下，扬起一片尘土……

二楼包厢里，樊继宗和吴启明并排坐在栏杆前，两人看着下方拳台，对话却与这场拳赛没有丝毫关系。

"……据可靠消息，宪兵队特高课近期正在秘密调查你父亲，请他一定小心。"吴启明快速而低声地说道。

樊继宗的一双剑眉皱起：“怎么回事？年初不是已经调查过了吗？”

“那只是对新政府官员的例行档案调查，”吴启明道，“据我们打入敌人内部的同志分析，这次特高课针对樊兴业同志进行的，应该是日方最为严苛的‘政治背景’调查，力度非常之大。”

樊继宗紧张道：“是哪里出了问题吗？”

“不一定是出了问题……”吴启明摇头，“日本人在提拔重用新政府官员，或某个亲日人士之前，同样会启动这种性质的调查。”

樊继宗思忖片刻后，问：“组织上有什么决定？我们继续留在广州还是返回香港暂避？”

“我也是刚刚得到这个消息……”说到这里，吴启明突然想到一件重要的事，忙问，“电台修好了吗？”

“我这次在香港找人看过，太老了，修好也用不了几天。”樊继宗瞥见吴启明一脸失望，忙敲了敲两人间的茶桌，“我带回来一部新的。美国齐思牌发报机，干电池电源，不需要手摇发电。”

“太好了！”吴启明瞥了一眼茶桌下放着的那只皮箱，脸上闪过一抹喜色。自从三个月前，广州联络站的电台坏了之后，他们和上级组织——中共南方特委——之间的通讯，只能靠人力传递来完成。

南委机关设在粤北曲江，距广州三百公里，两地分属国统区和沦陷区，途中关卡重重，走一趟至少需要三天的时间，情报传递的效率非常低下。作为广州站的总联络人，这段时间吴启明的心一直悬着，担心这边收到某个紧急而重大的情报，却无法及时发送给南委机关，进而给组织造成重大损失。

此刻，看到脚边的皮箱，吴启明的心总算放了下来。“我今晚就给南委发电，通报兴业同志的处境，请方书记做出指示。”

樊继宗点点头，双目警惕地扫视着下方的人群。“明叔，二楼有道小门，楼梯直通外边的巷子。一会儿你先走，我在后面帮你盯一下。”

吴启明微微颔首。

拳台下，赵郎中蹲在一动不动的“不死鸟”身边，把了脉，又伸出手指探了鼻息后，朝边上的成五爷摇了摇头。

成五爷面无表情，轻轻挥了挥手，驱赶蚊虫一般。两名黑衣汉子走上前，将“不死鸟”拖走，像是拖着条死狗……

静谧的人群开始骚动，嗡嗡声四起，渐渐震耳欲聋，仿佛日军的轰炸机群再次临空……

阴暗的小屋里，“不死鸟”独自趴在地上。

吱呀一声，成五爷开门进来后，反身将门扣上。他沉着脸，上前一脚狠狠踹在“不死鸟”的屁股上。

见“不死鸟”没有反应，成五爷调侃道：“还装？那我走了……”

“不死鸟”立马翻身从地上爬起，一把扯下头罩，讪笑道：“五爷，钱还没给呢！”

男子年龄在30岁上下，有张轮廓分明、极具男性魅力的面孔，但此刻他额头肿胀，嘴角还残留着血丝，再配上一副略带谄媚的表情，给人的感觉甚是别扭。

“说，今天怎么回事？”成五爷阴着脸训斥，“不想活了？！”

“不死鸟”愣住，仿佛听不懂对方在说什么。

“段世豪，别给老子装……”成五爷轻轻拍打着他的脸颊，声音从牙缝里挤出，“你刚才想打死那个日本仔！”

“我哪儿敢？还不是听您的，戏嘛，往真了演。”阿豪连忙解释，说着从嘴里掏出一截拇指长短、血淋淋的肠衣，吐干净口中的血水，转移话题，“今天这猪肠子哪儿弄得？太臭了，几次都差点呕出来。”

成五爷冷哼一声，一巴掌打掉阿豪手上的肠衣。“算了，说正事，月底有场笼斗，你干不干？至少这个数。”他伸出手，五指张开。

“老规矩，上不清下不接。”阿豪搓着手指，见成五爷掏出一叠军票，忙一把抓了过来，手指沾了口水，一张一张数。

“你他妈这德性……”成五爷撇嘴骂道。

“两百块，正好。”阿豪数完军票，呵呵一笑，转身打开衣橱，取出一件警服，将军票装进上衣口袋。

成五爷看着来气：“这下怎么说？”

阿豪脱掉紧身短褂，一边换衣一边说道：“五爷，笼斗要死人的。”

“你小子又不是没打过……一千干不干？！”成五爷每次看见对方身上那些触目惊心的各式伤疤，总会在心里腹诽，这家伙是怎么活下来的？

阿豪正色道：“五爷，来之前我就想好了，今天是最后一场，以后不打了。”

“怎么，翅膀硬了？还是钱挣够了？”成五爷眯缝起双眼，凶光暴闪，“别怪五爷没警告你，在广州这个地面，有钱没命花的人多得是！”

“这几年承蒙关照，谢了。”阿豪对成五爷躬身一礼，“五爷您是大人物，吐口口水，珠江都要起风浪，想来不会为难我小虾米似的一个臭脚巡了。况且五爷当初答应过，我来打拳，来去自由。”

啪，成五爷扬手一个耳刮子抡在阿豪的脸上，“再说一次！”

“请五爷成全！”阿豪恭敬地低着头，没有去擦嘴角的血丝。

“差点忘了，你他妈的是皮糙肉厚的‘不死鸟’。”成五爷阴阴说着，从门边的挂钩上抽下一根拇指粗细的铁链，一圈圈绕在手掌上，捏拳试了试，然后猛地一拳击打在阿豪的腹部。

阿豪惨哼一声，捂住肚子倒在地下，脸上顿时汗珠密布。

“再说？”成五爷冷声道。

“请五爷成全！”阿豪咬牙道。

“哗啦”，成五爷抖开手中铁链，劈头盖脸地照着阿豪身上猛抽。

阿豪并不闪躲，嘴里发出一声声痛苦的呻吟。

终于，成五爷有些累了，扶着自己的腰，一屁股坐在长条木椅上，大口喘着气。“妈的，打你狗日的还真费劲！”

“哟，五爷！您这是闪了腰吧？千万别动……”阿豪从地上爬起来，一脸地讨好。他揉着手臂，走向成五爷，“您快趴着，我帮您推拿推拿。”

阿豪小心翼翼地扶着成五爷趴在长条木椅上，开始给他按摩腰部。“五爷，不是我说您，这么大岁数了得注意身体。打人这事让手下人干就行，何必劳累自己？要是真把腰闪坏了……”

“闭嘴！你个白眼狼咒五爷不是？哎哟……”成五爷边骂边哼，声音有些含糊。

“不敢、不敢……”阿豪忙赔着小心，发誓赌咒，“小弟要有这心思，不用五爷发话，自己就去江里淹死。”

"好了，扶我起来。"成五爷在阿豪的搀扶下慢腾腾坐了起来，脸色稍缓，"有啥打算啊？"

阿豪道："过几天去香港。"

"香港好啊！"成五爷叹道，接着又有些狐疑，"你小子怎么搞到通行证的？"

这也难怪成五爷起疑，要知道日军占领广州之后，为了控制人口流动和切断中国政府的对外贸易渠道，在交通方面采取了严格而全面的管制措施——没有日军宪兵司令部签发的"特别通行证"，无论人或货物都不允许离境。而除了一定级别以上的伪政府官员，和名流富贾这类有相当社会地位的人士，没有特殊关系的普通人想要获得一张允许离境的"特别通行证"难度极大。

阿豪赧然道："还没，正想请五爷帮忙。"

"滚一边去！"成五爷骂道，"你当我是日本人他爹？通行证要是好搞，五爷我不早走了。"

阿豪讨好道："看您说的，爷是水里蛟龙，还不是想去哪儿去哪。我想从水上走，还不是五爷您一句话的事。"

"哦，你想偷渡？"成五爷笑得像狐狸，"几个人？"

阿豪回道："两个。"

成五爷嘿嘿一笑："私奔呐，我说你小子心急火燎的……说，勾搭上哪家的姨太太了？"

阿豪道："我老婆。"

成五爷转着圈看阿豪，问："你还有老婆？就看你整天打拳、喝酒、逛窑子了，还有女人愿意跟你？她瞎了眼吧，守完活寡守死寡！"

阿豪难得没有回嘴，有些黯然。

成五爷也觉得有些过。"算了，关我屌事……这样，你帮我打笼斗，当船票好了。"

阿豪尴尬地笑了笑。"那我再想想别的办法。"

小屋的后门，临着一条弯弯曲曲的巷子。阿豪身着巡警制服走了出来。他左右看了看无人的巷道，推起靠在墙根那辆破旧单车就准备离开。突然，一道身影从他身后闪出。

阿豪看也不看，侧身一个擒拿，就将来人制住，反拧着对方的胳膊死死按在地上。

“哎哟、哎哟……放手啊师父！”虾仔半边脸贴着地，几粒饱满的青春痘胀得快要裂开。

“虾仔？你来干吗？”阿豪忙松开手，警惕地四下扫视。

“出事了……哎哟……疼！”虾仔揉着胳膊从地上爬起。他同样穿了一身低阶巡警制服，只是瘦小的身体撑不太起，空荡荡的，有些滑稽。

阿豪拍打着虾仔身上的尘土，问：“咋了？猪头祥找麻烦？”

虾仔鼻孔朝天。“借他个胆子也不敢！”

这“猪头祥”是巡警队上个月新来的队长，本名朱大祥。此人没来几天，就看阿豪、虾仔两人极不顺眼，觉得这俩就是一对偷奸耍滑的“烂人”，除了嘴上巴结自己，别说孝敬吃喝，就连烟都没给他上过一根。

朱大祥很不看好这种人的前途，于是找了个借口将虾仔给开了。于是，第二天早上，当朱大祥像往常一样，正在警局斜对面的莲香大茶楼吃早茶、顺便勾引老板娘的时候，莫名其妙地被两名日本浪人打成了猪头，因此得了“猪头祥”这么个雅号。

事后经好心人点拨，朱大祥回过味来，忙派人将警服给虾仔送到家里，但心里却是骂翻了天：“妈的，本以为随手掐死只臭虫，不料七拐八拐后，这条臭虫居然是从太上老君的坐骑——青牛身上蹦出来的！”从那以后，朱大祥仍然觉得阿豪、虾仔是一对臭虫，但却是有靠山的臭虫，只好不屑而远之。

“是水三他妈……老太婆被气吐血了，”虾仔摸着脸上那颗最肿胀的青春痘龇牙咧嘴道，“送到洋人的医院抢救，说要输血，可没钱啊……”

“等等、等等……”阿豪打断，下意识地抬手捂了捂胸前装军票的衣兜，“水三他妈输血，你找我干吗？水三呢？”

虾仔道：“别提了，水三刚才要撞墙，还是我和拐子叔拉住的。”

阿豪越加疑惑。“跟我有啥关系？”

虾仔支支吾吾道：“关系大了……水三偷了他妈的棺材本，跑来赌拳，结果输得精光……”

阿豪沉着脸问：“你说我打拳了？”

虾仔头摇得跟打摆子似的：“绝对没有，我只是说‘不死鸟’很厉害，肯定能把日本人打趴下！不过没想到你会输……”

阿豪有些尴尬。“谁能老赢？去去去，这事别找我，你自己看着办。”

虾仔哀求道：“师父，大家都住一条街上，你不能这么狠心吧？”

阿豪狐疑道：“不对啊虾仔，我怎么觉得是你老妈在医院等救命似的？”

虾仔脸红了。“我答应过水二姐，以后要对她负责……她妈就是我妈……”

阿豪愣住，想到了什么，眼神古怪起来，问：“你真去偷看水二姐洗澡了？”

虾仔点头。

阿豪问：“被抓住了？”

虾仔点头。

阿豪又问：“好看不？”

虾仔更用力地点头。

阿豪扬起巴掌，又无奈放下。“水二姐怎么说？”

虾仔道：“她说让我毛长齐了再去。”

阿豪叹气，从兜里拿出钱，很心疼地抽出一张五元军票递给虾仔。

虾仔接过，撇嘴道：“不够啊，师父！”

阿豪咬牙，又抽出一张十元的票子：“算喜钱吧，我提前给了。”

虾仔觉得有点亏，正琢磨接不接。

蓦然，一阵杂乱而急促的脚步声在巷子里响起。两人抬眼看去，一群蓝衣汉子从巷口涌了进来，个个手持砍刀、棍棒，气势汹汹，朝这边跑来。

虾仔大惊：“中和堂的人！”

阿豪隐约猜到了什么，脸色一沉，迅速将钱塞进衣兜，低声对虾仔道：“没你什么事，一会儿少说话。”

转眼间，这群蓝衫汉子已冲到近前，呼啦啦地散开，将两人围住。

虾仔对着这群汉子的头目喊道：“刘二杆子，你们要干吗？”

“兄弟们输了钱，不痛快！”刘二杆子嘿嘿笑着，指了指阿豪，对手下喝道，“大姐头说了，先废了他一双手，再拉回去过堂。”

“等等！”阿豪忙阻止，笑着一拱手，“刘二爷，误会了吧？都是街上混的，天天喜相逢多好。有啥事一起喝喝茶，讲讲数就完了，何必动刀动枪伤了和气？”

虾仔跟着跳出来：“对，咱们井水不犯河水，你别先挑事啊！”

“虾仔，这没你的事，一边去，不然别怪我不给你姐夫面子。”刘二杆子皮笑肉不笑地威胁虾仔一番，又看向阿豪，不屑道，“井水不犯河水？你也配？”

阿豪把还想还嘴的虾仔推到一边，对刘二杆子道：“刘爷说得是，我不配。但死也要让我死个明白吧？”他可不想跟中和堂有什么冲突，尤其是今天。

“打完你就明白……”刘二杆子板起那张吊死鬼脸，手一挥，“上！”

四名蓝衫汉子应声扑向阿豪，棍棒、砍刀齐至。阿豪知道今天无法善了，当即不退反进，冲向四人，身形左闪右晃之间出拳如电，运腿如风，几个呼吸间就将这四名汉子一一击倒。当然，他对中和堂颇为忌惮，没敢下重手。要知道，就连新政府的一些军政要员也不敢轻易跟这个广州第一大黑帮结下死仇，何况他这个小小巡警？更重要的是，他为今天整整苦熬了三年，绝不允许出现任何意外！

击倒四人后阿豪并没收手，直接朝外围的蓝衣汉子们扑去，势若猛虎。这些中和堂的打手们，一时被他恐怖的身手和惊人的气势所震慑，心生怯意，没人愿意正面抵挡，纷纷闪避，阿豪趁机冲出包围，朝巷子另一头狂奔。

阿豪心知，对方人多，说不定还带着枪，在这里纠缠下去他肯定吃亏，不如先脱困，再请成五爷出面解决这事。他已大致猜到了，向来和自己无甚瓜葛的刘二杆子，今天为什么要对自己喊打喊杀。

至于虾仔，阿豪并不担心留下他有什么危险——刘二杆子明显是冲自己来的，况且虾仔还有一个能量不小的姐夫，中和堂的人不至于因为自己的事而迁怒于他。

“追！”随着刘二杆子一声暴喝，一群打手呼喝着朝阿豪追去。就见跑在最前面的那个家伙，紧追几步后直接将手中的砍刀掷出，力道十足，显然在这方面下过不少功夫。

阿豪刚跑出二十来米，便感觉到脑后有劲风袭来，当即在高速奔跑中骤然变向，身形一晃，闪入边上的小岔口。不料，他虽然躲过身后飞来的砍刀，却迎面和一人撞上。

“嗵”的一声，此人手中拎着的皮箱脱手飞出，砸在墙根下，人也踉跄着后仰摔倒。

“不好！”阿豪心中一惊，忙抢上前将对方从地上扶起。他很清楚自己这一撞的力量，担心伤到了人。

“没事吧，先生？”

吴启明见撞倒自己的虽然是名伪警，但态度温和，言语关切，不像是来抓捕犯人的，心中稍定。他揉了揉隐隐作痛的胸口：“还好，还好……”话音未落，便看到几名持刀的蓝衣汉子冲了过来，紧接着又是一阵噼噼啪啪脚步声乱响，更多蓝衣汉子赶到，将这里团团围住。

见此阵仗，吴启明心中又是一沉。虽然他不认为这群面相凶恶，一看便是帮派打手的家伙是冲自己而来——他是一名规规矩矩平头百姓，和广州的帮派势力从无瓜葛——但作为一名地下工作者，平常最忌讳沾染上是非，以免遭池鱼之殃，何况今天他还携带有违禁品。

心中想着尽快离开这是非之地，吴启明从地上拎起皮箱。他试着朝前走了两步，见这些蓝衣汉子没有让路的意思，只好又将皮箱放下，拱手苦笑道：“各位爷，鄙人只是路过……”

中和堂的打手们没有人理他，个个恶狠狠地瞪着阿豪。只有最后到的刘二杆子，上下打量了吴启明一番后，盯着他脚边放着的皮箱问：“箱子里是什么？”

吴启明心中一凛，暗道怕什么来什么，口中却道：“一些随身之物，不值几个钱的。”

看到刘二杆子眼里闪过的贪婪之色，他便猜到对方之所以对箱子感了兴趣，应是见这只西式皮箱成色较新，样式高档，以为里面装了值钱的东西，起了歹心，而自己一句“不值钱”多半不能打消对方的贪念。

果然，刘二杆子接着就以命令的语气说道：“打开！”

事情到了这一步，吴启明已经无能为力。“你们凭什么检查我的行李？”

这类的话是万万不能说的，对方凭的是手中的砍刀和一贯蛮横的行事作风。讲道理只能激发他们的凶性，适得其反。而跑和打，都不是现实的选择，现在他只能寄希望暗中跟在后面的樊继宗了。

此刻，在吴启明身后十来米的斜上方，樊继宗正阴沉着脸，站在拳馆外挂悬梯的二层平台上。他跟在吴启明后面，本是为了预防有日伪特务暗中盯梢，不料却看到了眼前这一幕。

他能看得出，这伙手持砍刀的汉子绝非是冲吴启明来的——若他们今天的接头被日伪宪警侦知，来这里的应该是军警、特务，而不是一伙帮派打手。

“都是这个家伙惹出的事。”樊继宗瞪着下方的阿豪，在心里咒骂。原则上，除了秘密接头，他是不能和吴启明在明面上有任何接触的。但现在的情况已十分危急，他必须出面，用自己“樊参议员大公子”的身份震慑住这伙帮派打手，给吴启明解围，否则，一旦皮箱里的电台暴露出来，后果不堪设想。

不过，就在樊继宗准备出声干预时，下方那名“闯祸”的伪警先开了口。于是，他决定再等等。

“刘爷，你今天来不是要抢咱们巡警弟兄的饭碗吧？”阿豪呵呵一笑，“这差事，受累还没什么油水……燕口夺泥、佛像刮金这种事，想来中和堂的大哥们不屑做的。”

刘二杆子如何听不出阿豪话里的讥讽，但对方话也提醒了他，“当街盘查过往行人”是军警才有的权力——至少法理上如此，中和堂背景虽然够硬，很多时候可以不讲法，但手下人光天化日之下做这种事，传出去不好听不说，还容易惹出麻烦来。刘二杆子觉得干正事要紧，搂草打兔子这种事先放一边。

“中和堂办事，无关人等赶紧滚蛋！”他嚣张地摆摆手，示意吴启明可以走了。

见堵在前面的打手们闪开一条道，吴启明暗自松一口气，说了声“多谢”，拎起皮箱快步离开。

看着吴启明远去的背影，樊继宗紧绷的神经缓缓松弛。不过心头旋即又生出一丝忧虑——自己冒着巨大的风险，从香港偷运过来的电台，经先前那重重一摔，是否还能正常使用？

想到此节，樊继宗在转身返回拳馆前，再次看了下方的阿豪一眼，他对这个伪警恶劣的印象，并没有因对方替吴启明解了围而有多少改观。

阿豪当然不会知道，自己今天无意中差点给共产党广州地下组织带去一场灾难，以及某个素未谋面的热血青年因此对他产生了恶感。即便知道了，他也没时间去在意，现在身边围着十几名手持砍刀的打手，他全部的心神，每一条肌肉，都在为即将爆发的恶战做准备。

"'不死鸟'是吧？"刘二杆子狰狞一笑，"啪"地打了个清脆的响指，"干掉他！"

他身边的两名打手迅速掏出了手枪，黑洞洞的枪口对准阿豪。其余打手则纷纷举起手中的砍刀，蠢蠢欲动。

"等等，"阿豪喊道，"大家都在街面上混饭吃，做事总有个规矩，不用动不动就掏枪吧？而且，我真要走，就凭这两把枪还留不住！"

"咔咔"两声金属脆响，刘二杆子掏枪、上膛、瞄准，"你试试？"

此时，更多的蓝衣汉子从小巷两头堵了过来，黑压压一片。

"画条道吧。"阿豪摊开手，认输。他转瞬就把这事的前前后后想明白了：对方输了钱，怀疑是假拳又没证据，只好拿自己出气。

"看来今天这一顿打是逃不掉了……"阿豪心中正苦笑，"嘭"的一声，膝弯处狠狠挨了一棍。有人从后面偷袭。

阿豪闷哼一声，跪在了地上。

另一名汉子手中砍刀一挥，就朝着他的后颈落下。

阿豪浑身肌肉猛然收缩，但旋即放弃了闪躲。

砍刀一顿，在离他后颈三寸的地方险险停住。刀锋透骨，寒意森森……

一辆簇新的福特牌轿车缓缓停在了巷口，黑色车身纤尘不染，光可鉴人。

秦芳好款款下车，朝巷子里走去。

小影姑娘和雄叔悄无声息地跟在她的身后。

堵在巷子里的蓝衣汉子们闪开一条通道，眼光纷纷下垂。

"咯、咯、咯、咯……"高跟鞋有韵律地敲击着青石板，清脆的声音，在静谧的小巷里回荡。

阿豪低垂的视线里，出现了一双纤巧、精致的红色高跟鞋。随着一丝熟悉又陌生的体香传入鼻腔，他心里泛起一股苦涩的味道。

秦芳好优雅地半蹲下身子，伸手勾起阿豪的下巴，像是在挑选宠物。

良久，女人嘴角勾起迷人的微笑，红唇凑到阿豪耳边，轻声道："教官，好久不见……"

第二章　恶之花

日本华南派遣军防疫给水部队本部机关，位于百子路上。

这里曾是“国立中山大学”的校址，如今校园大门的门楣上挂着“华南防疫给水部队”的牌子；之前镌刻在墙上的校训——明耻立信——四个大字亦不见了踪影，被一面鲜艳的“旭日旗”代替。

此刻，机关大楼三层的会议室大门紧闭，两名荷枪实弹的日本宪兵和两名胸前佩戴红色“M”型胸章的陆军士兵封锁了会议室外的走道，禁止任何人靠近。

充作临时放映室的会议室里，正在放映一部黑白纪录片。幽暗的光线中，三名观众肃然危坐。在冷色调银幕光的反射下，他们的面孔忽明忽暗，显得阴森而诡谲。

银幕上首先出现的是“东京映画秘密摄制”一行字，接着就是这部纪录片的片名——731 部队远征作战记录。

随后，一架停在机场的日军“九三式”重型轰炸机出现在银幕上，几名全身包裹在白色连体防护服里的人正在机翼下忙碌——他们将某种投放装置安装在挂弹架上。日文字幕：鼠疫细菌。

接着，五名穿白大褂的日军坐上飞机，飞机起飞。字幕：远征队出发，攻击目标——宁波。

之后的几个镜头是：飞机在空中飞行、地面的中国村镇、公路上行进的中国军队。

下一个镜头——两股烟气从飞机挂弹架上的投放装置里喷出。字幕：鼠疫跳蚤投放。

然后是飞机返回机场和降落的镜头，银幕上出现“作战完毕”四个字。

紧接着是几名穿防护服的人员手提喷雾装置给飞机消毒的面画。

接着银幕上打出“战果”二字。一份中文报纸——《时事公报》——出现在镜头下。报纸发行日期是1940年11月4日。字幕：宁波一带突然爆发强烈的鼠疫流行病。

最后一组镜头是：一个个躺在病床上奄奄一息，体表流脓、肌肤发黑的男女患者；大量穿白大褂的中国卫生队员在街道上、屋舍里消毒；民夫们抬着一具具尸体从街道上走过……

放映结束，一名日军军官从阴暗的角落里走出，拉开会议室厚重的窗帘，将光线放入室内。随后，这名军官走到放映机旁，监督放映员从机器上取下拷贝，装进一只印有“绝密”字样的绿色铁皮箱。随后，两人一起轻手轻脚地离开会议室，关上厚重的木门。

至此，会议室里只剩下了三名身份尊贵的观众：华南派遣军第二十三军司令官——酒井隆中将，华南防疫给水部部队长——军医大佐佐藤俊二，日军驻广东宪兵部队司令官——原田冈夫大佐。

酒井隆从肥胖的脸上取下玳瑁框眼镜，掐着眉心问：“具体战果如何？”

佐藤俊二起身立正，恭敬地回道：“报告将军阁下，据中国军事卫生局的最终统计，宁波这场鼠疫感染人数1554人，死亡135人。为防止疫情扩散，当地政府烧毁民居、店铺137间，总面积5000平方米，经济损失……”

酒井隆冷哼一声，打断这位学者型部队长的汇报，缓缓开口：“3000万日元，可以购买240架零式战斗机，450辆九五式坦克，可以装备20万名士兵。你们呢，每年3000万经费研制出来的所谓战略武器，一次攻击感染1554人，死亡135人，死亡率不到百分之十？简直是笑话！而攻击方式更是愚蠢，低空投掷？敌军没有高射机枪吗？帝国珍贵的航空部队是你们这样使用的吗？”

最后他轻叹一声：“如此靡费帝国财力物力，石井君可真令人失望啊。”

酒井隆一连串的质问让佐藤俊二额头冒汗。尽管他所在的这支部队隶属陆军参谋本部直辖的731部队，只是名义上归华南派遣军节制，而他的直属上级是731部队长石井四郎中将而非酒井隆。但这位新任第二十三军的司令官是何许人也，是什么秉性，他以及边上的原田冈夫早有所闻，心中甚是敬畏。

酒井隆还是少佐时，就在中国制造了震惊世界的“济南事件”，屠杀近万名中国人，还亲手虐杀了中国政府派来交涉的官员蔡公时，将这名特使的耳、鼻、舌和眼睛生生剜了下来；1935 年升任大佐不久，酒井隆又炮制“河北事件”，以此为借口，他把刀架在国民党大员何应钦的脖子上，逼迫其签订了《何梅协定》。从此，中国军队退出华北，日军不费一枪一弹占领平津一带的军事要地。其功勋之著，直逼建立“满洲国”的土肥原贤二大将，其心性之残暴，与制造南京大屠杀的松井石根相较也不遑多让。

佐藤稳了稳心神，解释道：“司令官阁下，去年针对宁波的攻击只是我部的第一次实战测试，其战果的确远逊预期。不过经过近一年的研究、实验，我们在细菌战战术、谋略和细菌培制方面都有了突破性进展，完全能够承担战略级打击任务。”

酒井隆脸色稍缓，端起面前的茶杯：“继续。”

“是。”佐藤道，“上次测试之所以选择低空投放，是因为在高空投放有两个无法解决的问题，一是细菌在高空投放后存活率将大幅下降，二是高空无法控制攻击的范围。现在我们正在研制的一种陶瓷细菌炸弹，理论上可以完美地解决这两个问题。这种低温、低爆炸弹每枚能装五千只鼠疫跳蚤，可以从一万英尺的高空投放……”

酒井隆摆了摆手：“我不关心你们正在研究什么。如果给水部队不能在两个月内为这次西进作战提供战略级别的细菌武器，我会向大本营建议，削减你们明年的经费预算。”

佐藤变色，忙道：“司令官阁下，事实上我们已经研制出了一种死亡率百分之百的新型传染性病菌。只要战术配合得当，不需要费一枪一弹，这种病菌可以在一个月内毁灭一座几十万人，甚至百万人口级的城市。”

酒井隆放茶杯的手顿了顿，看向佐藤，镜片后的眸光炙热而凶厉……

西堤大马路位于珠江北岸，东接长堤西连沙基，曾是广州最繁华的商业区。而如今，这里早已繁华不再，商铺锐减，人流稀疏，毁于战火的建筑随处可见。那栋代表着广州浮华盛世的九层大楼——大新公司，只剩下一片废墟。

玉川公馆就在这片废墟边上，是栋三层的白色骑楼。

此刻，在公馆三楼的一间和室里，编号为“玖”的年轻女子，全身赤裸地跪在一张米黄色叠席上。

女人白皙的胴体，在柔和的身体曲线勾勒下，如雕像般静美。她那光洁如玉的后背上，除了肩部刺着一个小小的黑色“玖”字外，其余大部分地方被一枝血色的樱花文身覆盖——从颈后一直蜿蜒至腰臀之间，妖艳夺目。

玉川秀雄身着白色的和服，盘腿坐在“玖”的身后。他手中拈着一根银色文身针，神情专注。

针头扎在“花蕊”处，轻轻推移，一滴血珠浸出。玉川秀雄用白布小心仔细地将其拭去，露出满意的神色。

蹲坐一旁的狼青，似感受到了主人愉悦的心情，尾巴轻轻抽打着屁股下的灯芯草叠席。

“进来。”听见门外传来人声，玉川秀雄头也没回地吩咐道。

他背对着的隔扇门被人拉开，高桥满和西野先后走了进来。

“社长，”高桥满瓮声瓮气道，“夫人说近期有紧要公务，家主的身体也不好，她要留在那边照顾，所以……暂时不搬回来了。”

玉川秀雄捏针的手一颤，针尖在“花蕊”上划出一道细短的血线。

“玖”仿佛没有感觉，跪在叠席上一动不动。

“支那女人，配得上这枝樱花的不多啊！”玉川秀雄看着有了瑕疵的“作品”摇头叹息，“西野，十号找到没有？”

“玖”赤裸的身子微微颤抖了一下。

“找到了，”西野点头，“是花舫里的姑娘。”

玉川秀雄问：“妓女？”

西野道：“艺妓，只弹琴、唱曲，很少陪酒。”

“哪家堂口的？”

“中和堂。”

玉川秀雄蹙眉，喃喃道：“秦芳好的人……麻烦……”

高桥满恶狠狠道：“广州是大日本的广州，小小中国帮派不值一提，我现在就去把人抓回来，谁敢拦我劈了谁！”

“高桥，你来中国这么久了没听过一句话吗？打狗看主人。”玉川秀雄道，“把烟馆还回去，女人带回来。”

高桥满愕然道："那个女人值一家烟馆？"

"蠢货。"玉川秀雄撇嘴咒骂。

西野拍着高桥满的肩道："支那女人不值钱，原田大佐的脸面很值钱。"

玉川秀雄从边上的刀架上抽出一把武士短刃。"高桥，以后多用用脑子。"说着他将刀尖抵在"玖"的左肩处，缓缓朝右下方划动。女人光滑娇嫩的背部随之皮肉翻卷，一道血淋淋的伤口将那支"樱花"斜斜割裂。

"玖"全身痉挛，血液混合着汗水嗒嗒滴落。她紧咬牙关，竭力将痛苦的呻吟压抑在喉间，不敢叫出声来。

"送慰安所。"玉川秀雄最后看了一眼自己亲手破坏掉的"作品"，惋惜道。

能听懂一些简单日文的"玖"脸色大变，顾不得身体的疼痛，扑倒在玉川秀雄脚边，不住哀求："不要，求求你，不要……"

高桥满狞笑着上前，一把掐住她纤细的脖子，像拎小鸡一样将这个全身赤裸的女人拎出了和室。

"东京有消息吗？"玉川秀雄拿起一块白布，擦拭刀尖上的血迹。

西野瞥了一眼重新关上的隔扇门，低声道："人找到了，大阪道顿堀街甲十一号。"

"发报回去，让他们盯紧那对母子。"玉川秀雄眼里凶光一闪，"老家伙太顽固，迫不得已只能除掉了。"

西野皱眉道："次长能同意吗？"

"钱，资源，才是最重要的。"玉川秀雄桀骜道，"除了我，还有谁每年能给组织提供上百万日元的经费？"

这时电话铃声响起，西野上前接听后对玉川秀雄道："是宪兵司令部林翻译，说今晚有趟临时班列前往香港，他已办好了加挂车皮的手续。"

"知道了。"玉川秀雄将武士刀插回刀鞘。

永汉路上骑楼如廊。"中和堂大药房"古朴、大气的招幌，与"九同章""三多轩""陈李济"这些广州百年老店相比毫不逊色。

中和堂董事长的办公室位于这座三层骑楼的最顶层，是一间近两百平方米的套房，分为门厅、办公室和卧室三个区域。

房间里崭新的欧式家具、鲜艳光洁的墙纸和地板，显示这里刚装修过不久。而天花板垂下的枝型水晶吊灯、深褐色木地板上铺着的金色地毯、壁炉上繁复的雕饰、窗户上挂着的蕾丝窗纱和墙上挂着的几幅半人高笔法细腻的油画……无一不体现着主人在审美方面有多么喜欢以“豪华奢侈、繁琐艳俗”著称的“维多利亚风格”了。

办公室里很安静。秦芳好慵懒地坐在办公桌后那张欧式高靠背皮椅上，一双美眸凝视着桌上香炉里袅袅升起的淡青色烟雾。如果不是她手上把玩着的纯银“芝宝”火机不时发出“叮”的一声悦耳的脆响，她看上去就像一具美丽的雕像。

办公桌前的会客区，一名眼眸狭长、脸型消瘦、三十出头的男子翘着腿坐在沙发上，一边啜着手里的香茗，一边瞟着斜对面卧室紧闭的房门。他叫令狐少卿，是中和堂“董事长秘书”。

卧室房门无声地从里面打开，小影走了出来。她径直走到办公桌旁，将手上拿着的一张纸条递给秦芳好。这是她刚从收报机里抄收并翻译好的电文。

接过纸条，大姐头挺腰坐直，迷离的眼神立刻恢复了清明。令狐少卿见状忙放下茶杯，从沙发上起身，上前低声问道：“有新的指示？”

秦芳好打着了火机，将手中的纸条点燃后，放进桌上的香炉里，摇头道：“重复信息……锄奸队。”

令狐少卿皱眉道：“这样安排很不合理。我们是独立情报组，直接受总部领导，跟广州站没有任何横向联系，而且我们任务的性质也跟行动沾不上边，为什么上峰要我们接应锄奸队入城，还要为他们之后的行动提供全方位的支持？这应该是广州站的事。”

“我也思考过这个问题。”秦芳好想了想道：“上面这样安排有两种可能，其一，广州站三个月前发动的那次大规模破袭行动，虽然对日伪的打击很大，但他们同样遭到了敌人的重创。仅就我们得到的情报显示，广州站在日伪随后的大搜捕中，有二十七名特工，近百外围成员被宪警抓捕，可谓实力大损，如今未必还有能力为这支锄奸队提供相应的支援。况且，不排除日伪利用这次抓捕行动对广州站进行某种程度渗透。在没有完成内部甄别之前，我想上峰不愿冒险将这支锄奸队交给他们。”

“其二，我们的工作虽说与行动无关，但‘锄奸’和‘策反’相辅相成，上峰派这支锄奸队过来不排除有这方面的用意。”

令狐少卿点头又摇头，还想说什么，敲门声打断了他。秦芳好示意小影前去开门后，对令狐少卿低声道："等今晚接上头一切都清楚了，他们应该带有上峰的密令。"

令狐少卿默然点头。

小影将反锁着的办公室门打开。保镖黄阿四从门外探身道："雄叔回来了。"

"请他进来。"秦芳好瞥了一眼香炉里纸条的余烬，将香炉盖盖上。

"一家烟馆换一个姑娘？！"雄叔一脸的不可置信，进门就道，"这，这是什么买卖？"

秦芳好秀眉挑了挑，对小影道："给雄叔上茶。"

雄叔老脸一红，知道自己有些失态，话说得没头没尾，忙干咳两声，放缓语速。

"董事长，玉川公馆的人说，他们社长和你今天那场赌拳只是玩笑之举，当不得真。咱们输的那家烟馆，玉川公馆不会接手，不过，他们社长希望我们能转让花舫的一位姑娘。"

秦芳好闻言既惊又疑。半小时前，玉川公馆派人来求见，她刚输一家烟馆给对方，哪有好气？加之不是玉川秀雄亲至，她更不会纡尊降贵，就让雄叔去应付。不承想对方的来意竟然是为了一个妓女。

"他要哪个姑娘？"秦芳好问。

"东堤花舫里唱曲的立雪姑娘。"雄叔回道。

"拿烟馆换一个唱曲的？"令狐少卿满脸疑惑，"玉川家这个上门女婿脑子坏掉了吗？"

秦芳好厌恶道："那混蛋就是个变态！烟馆，他要不觉得烫手就拿走，姑娘，我中和堂不卖。"

"对，对，"雄叔忙不迭道，"这立雪姑娘是不能卖的。"

秦芳好见雄叔看向自己的眼神透着古怪，心中一动。"说说这位立雪姑娘吧，什么来历背景？"

"这个……我也是刚知道不久。"雄叔吞吞吐吐，"立雪姑娘姓罗……和那位段爷有，有关系……"

四小时前，在拳馆后的巷子里，他可是目睹了秦芳好和段世豪见面的情形。时间虽然很短，两人之间也几乎没什么语言交流——在场所有人只听见他们的大姐头用一贯霸气的口吻说了句“既然能打，跟我，给你两天时间考虑”就离开了。而那位“不死鸟”从头到尾一句话也没有。

但人老成精，雄叔当时就察觉到了这对男女之间关系微妙。之后秦芳好的举动越加证实了他的猜测——没等走出那条巷子，对方就吩咐他立刻去调查一下这个低阶巡警，还要越详细越好。急切如此，完全没有了平常的从容淡定。

见到雄叔此刻的表情，秦芳好哪能不知道他口中的“段爷”是谁，心里蓦地升出一种奇异的感觉。六年了，没想到今日甫一重逢，便要面对这家伙的一桩风流事……

“哪个段爷？”见秦芳好有些走神，令狐少卿遂开口问道。

雄叔看了自己的女老板一眼，见后者没什么表示，这才对令狐少卿道：“黄沙分局巡警队的段世豪。”

“巡警？”令狐少卿讶然。他以为能让雄叔称“爷”的人物，必然是广州某条道上的大佬，怎么会是个区区巡警？不过此刻他已从雄叔和秦芳好二人神情中察觉到了某种异样，当即闭口不言，将疑惑埋在心里。

秦芳好重又慵懒地靠在了椅背上，点上一支烟，深深吸了一口后，对雄叔道：“那个女人和他什么关系？”

“听说是他表妹。”

“表妹？”秦芳好轻轻哼了一声，“还知道什么都说来听听。”

“雷麻子堂口的事，我知道的不多。”雄叔皱着眉头想了一会儿后道，“大致是三年前，这姑娘在雷麻子的堂口借了一笔高利贷。当时兵荒马乱的，她又拿不出东西抵押，就把自己押上了。唯一的条件，她不陪客人睡觉，其他什么工都可以做……”

“幼稚！”令狐少卿插嘴道，“雷麻子是什么人，别说普通姑娘，就是三贞九烈大家闺秀，到了他手上，也得乖乖地让千人骑万人尝……”

“叮、叮”两声脆响，秦芳好不满地摆弄着打火机。

令狐少卿识趣地闭上了嘴。

雄叔咳嗽一声，继续说道：“雷麻子当场就同意了。不过，所有人都没想到，他真没逼这姑娘去接客，只让她在花舫上陪酒、唱曲。据说好几次，有豪客点名要包她，探她的房，都被雷麻子挡了。”

“为什么？”令狐少卿诧异道，“他自己收了房？成禁脔了？”

雄叔摇头：“被人逼的。”

令狐少卿这次真的很惊讶，雷麻子的实力和阴狠的性子他很清楚。军统为了这个计划，事先对广州的所有帮会、地下势力，以及重要人物都有过详细的调查。最后对雷麻子的评语就八个字“狡诈狠辣、反复无常”。这也是他和秦芳好处心积虑，第一时间除掉此人的原因。不然他们根本接管不了中和堂。这种人，你或许可以威胁他一时，但只要有机会反扑，绝对要把你嚼了吃掉，骨头渣滓都不留。

“谁逼他？那个段世豪？”令狐少卿实在好奇。

雄叔苦笑着点头：“这件事雷麻子当年下了封口令，没人敢外传。我也是今天问了疤老二才知道原委。他说当年，那姑娘刚去不久，他们还没来得及让老鸨子调教，就有人为她找上门了，要跟雷麻子谈。雷麻子见来人没什么跟脚，穷光蛋一个，直接就让手下轰走。不承想，来人身手了得，一个人撂翻雷麻子十七个手下。”

“疤老二当时也在，他说来人如果仅是能打，雷麻子不可能服软。大不了当场认栽，事后再找回来，办法多得是。这种事他们也不是第一回遇上，能打又如何，找几个枪手天天吊着你，抽冷子打黑枪，就是黄飞鸿也得挂掉。不过这人也不傻，根本不跟雷麻子废话，直接脱了上衣。这下真把他们给惊着了，人家身上绑着炸药来的。雷麻子当即就赌咒发誓，要放了那姑娘，让来人带走。这人还是不依不饶，说雷麻子没诚意，直接就点了炸药，还抓住雷麻子，要同归于尽！雷麻子当场就尿了，幸好这人最后掐灭引线，不然得炸死一屋子人。”

令狐少卿端着茶杯一口没喝，定了定神，问：“炸药是假的吧？”

“他走的时候把炸药留下来了，疤老二他们检查过，真的！”雄叔嘴角微微抽搐。

令狐少卿手一抖，差点摔了茶杯，嘴里骂道：“还真他娘是个狠人。”

雄叔看了看秦芳好，见这位大姐头神情淡定，于是接着说道：“这人也没把事做绝。他答应按规矩还清高利贷后才接人走，要求只有一条，让雷麻子信守承诺，不能逼那女子做不愿意的事。”

“倒也不是个只知道玩儿命的蠢货，有点脑子……”令狐少卿点头赞道，“先摆出拼命的架势，用炸药把雷麻子震住，然后再给对方一个台阶下，免得鱼死网破。”

雄叔感叹道：“是个明白人，知道逃不出广州，把人抢走了也不得安生。”

“真是个好男人……”沉默半晌后，秦芳好徐徐吐出一股青烟，由衷赞道。随即，她摁熄了手中的香烟，“换给他！”

“什么？换给谁？”雄叔怀疑自己听错了。

秦芳好云淡风轻：“当然是玉川秀雄。这么划算的买卖为什么不做？”

雄叔急道：“那段世豪怎么办？这些年他一直在替那个女人还钱。我查了下账，连本带利加起来五千多块，花舫那边说，都快清账了。”

“五千块？能在东山买套别墅了！”令狐少卿惊讶道，“这小子就一个臭脚巡，哪来这么多钱？”

秦芳好喃喃道：“为个女人还真舍得拼命……”

雄叔担忧道：“董事长，这事还得慎重些，那人要发起疯来可不好收拾。”

令狐少卿目露凶光，做了个割喉的手势。“先下手为强，直接做了就是！”

秦芳好摆摆手：“此人对我们还有用。”

令狐少卿悻悻闭嘴。

雄叔一脸茫然，问：“现在怎么办？”

“让他疯好了！”秦芳好嘴角勾起一抹残酷的笑意，“不死鸟吗……”

此刻的秦芳好并不知道，她轻而易举做出的这个决定，将在广州掀起怎样的一场风暴，又会改变多少人的命运……

待雄叔离开后，令狐少卿一改之前刻意表现出来的粗鄙与浮躁，沉声道：“组长，这个段世豪是怎么回事？”

秦芳好斜睨着自己的副手，冷声道：“令狐，不该问的不要问。”

令狐少卿神情一僵，旋即恭敬地回道：“是。”

此刻的阿豪，并不知道时隔三年之后，“命运”再次向他露出残忍的微笑。在水浸街一家不起眼的理发店里，他正半躺在椅子上，剃刀从脸上刮过的那种麻酥酥的感觉，让他感到惬意，不自觉就笑了起来。

“三年了，第一次看你小子笑成这样。”剃头匠沟壑纵横的老脸上写满感叹。他收了剃刀，用毛巾将阿豪脸上的肥皂沫子擦干净，“对了，我通知了老黄，让他明天晚上准备两桌，老兄弟们也都叫上，一来是给你们庆祝庆祝，二嘛，你们当年那场婚礼被日本仔搅和了，这次给你们补上。”

“婚礼”这两个字让阿豪的心隐隐作痛。他从椅子上起身，对着镜子打量自己，额头上的淤青让他有些苦恼。“铁拐李，先说好，没红包我们可不去啊！”

铁拐李骂道：“小子，你爱来不来，我们主要是为了弟妹……还有，我们几个老家伙都商量好了，以后立雪就是大家的妹子，谁再敢欺负她，我们就跟谁拼命！”

“包括你小子！”见阿豪忙着自恋，铁拐李最后又重重加了一句。

阿豪开始擦皮鞋。“自己都承认是老家伙了，还拼命？放心吧，有我在，你们这些缺胳膊少腿的喝喝酒、打打牌就行了。”

“就你？三年前我信，这些年你就他妈一软蛋，自己的老婆都不敢去抢，还拦着我们！”铁拐李说着来了气，“段世豪，要不是你前怕狼后怕虎，我们早把立雪接回来了，那得少受多少苦啊？你个没卵蛋的东西，帮会有啥了不起？那帮下三烂，老子在战场上干小日本的时候，他们还玩小鸡鸡……”

“老东西，骂就骂，提什么打仗？”阿豪一边捂铁拐李的嘴，一边警惕地看向外面。

铁拐李拍开他的手：“看把你吓的……”

“叮当”一声响，有人猛地推门而入，触动了挂在门上的响铃。

铁拐李“唰”地冒出一头冷汗，看清来人后才松了口气，骂道：“鬼撵了啊你，不知道慢点！”

“烫烫烫……”虾仔手捧着一枚剥了壳的鸡蛋，龇牙咧嘴，递给阿豪，“别弄脏了，还要吃的。”

阿豪用毛巾裹着鸡蛋在额头上滚着。“水三他妈没事了？”

“见钱眼开。”虾仔吹着烫红的手，“水三一亮手上的军票，他妈就醒了。”

铁拐李低声骂了一句：“什么世道，一个比一个财迷！”

阿豪看向虾仔：“通行证呢？什么时候给我？”

“正找人鉴定那支花瓶。我姐夫说了，日本人现在就喜欢古董，如果真是乾隆年间的，两张通行证立刻开给你。”虾仔回道。

“李瘸子，那花瓶是真的吗？”阿豪问。

铁拐李一愣，随即跳脚大骂：“臭小子，你敢偷老子的传家宝？！”

阿豪撇撇嘴：“你无儿无女，传谁啊？”

铁拐李拎起拐杖就开打。

阿豪一边转着圈躲，一边从衣架上扯下自己的外套和帽子，最后夺门而出，骑上自行车，蹬得飞快……

铁拐李只好抓住帮凶虾仔，威胁道：“说，他这么着急跑路，到底惹上谁了？”

虾仔：“你啊……”

铁拐李一拐杖打在虾仔的屁股上。“想气死我是不是？阿豪这小子喜欢自己扛事，你不说我们咋帮他？！”

虾仔挠着头，有些不确定：“老相好吧，是中和堂新来的大姐头，说什么给师父两天时间考虑。”

铁拐李狐疑道：“老相好？”

显微镜下，密密麻麻的彩色病菌在快速地分裂、重组、再分裂，像不断变换形态的花朵……

身穿白大褂的老者，将头埋在目镜上，一边观察着显微镜下的细菌，一边在纸张上描绘着细菌的图形。

粤港检疫所的这间四十来平方米的生物实验室，专属于日本最顶尖的细菌学家、病理学家——玉川隆盛博士。

在博士身侧静静站着一名秀丽的女子。如果不是女子白大褂领口处露出的宪兵制服的黑色领章，此刻正浅笑着的她，看上去宛然一位白衣天使。

“父亲，酒井隆将军就快到了。”待玉川隆盛将头从目镜上抬起，女子低声提醒道。

玉川隆盛“唔”了一声，摘下口罩，精瘦、黝黑的脸上没有任何情绪波动。他继续在纸上记录着，片刻后才放下笔，起身道：“收起来吧。”

“是。”玉川云子上前将桌上的资料、纸张一一收好，装进一只封面标记“绝密”字样的档案盒里。

玉川隆盛来到洗手台前，脱掉医用橡胶手套，清洗双手。“离婚的事通知他了吗？”

玉川云子闻言身体微微一颤：“父亲，女儿正在办理一件非常重要的案子。等忙完这段时间，我会和秀雄君谈的。”

“不是谈，是通知。”玉川隆盛扭过头盯着自己的女儿，浑浊的双眼里厉芒暴闪，“高贵的玉川姓氏不能被玷污，明白吗？”

“明白。”玉川云子垂首应道。

南石头军事管理区位于广州的河南地区，沿江而划。在这片面积一点六二平方公里的狭长地带里，日军南水部派驻了一支守备中队，作为这处军事管理区内的两个机构——“南石头难民收容所”和“粤港检疫所”——的卫戍部队。

粤港检疫所建在一处石岗上，占地二十余亩，分为南、北两个独立的区域。四周高达三米加装了电网的围墙，以及大门处荷枪而立的日军守卫，让这里更像一座守卫森严的监狱而非一处卫生机构。

事实上，在粤港检疫所这个所谓的中国政府机构工作的中方人员，活动范围被严格限制在狭小的“南区”。同时，他们还遭到来自日本军方的严厉警告：禁止打探、窥视、谈论关于“北区”的一切事物。任何人违反，都将受到严惩，罪名等同“刺探军事机密”。

此刻，酒井隆的座驾——一辆车头上插着旭日旗的黑色别克轿车——在一支机械化警卫部队的护送下，驶上北区大门前的斜坡，穿过两扇打开的封闭式铁门，缓缓停在了主楼前。

迎接的队伍中，站在最前排的三人分别是：检疫所所长岛义雄少佐、宪兵队特高课三课课长玉川云子（她同时兼任着检疫所的安全官）和玉川隆盛博士。

酒井隆下车后不需身边的佐藤俊二、原田冈夫等人介绍，径直走向唯一没着军服的玉川隆盛，严肃的脸上难得绽放出笑容。

“劳玉川阁下等候，失礼了。”酒井隆点头一礼道。

中将之所以如此客气，一是因为在来之前，他已从佐藤俊二的口中得知，玉川隆盛是731部队长石井四郎邀请来的，地位平等的合作者，而非现役军人，他不能以下级视之；其二，不提玉川隆盛在日本医学界崇高的声望，仅凭对方关西贵族——玉川家族家主的身份，在日本上流社会中的地位就不比他这个中将低。

“见过司令官阁下。”玉川隆盛微微鞠躬，还礼道。边上的玉川云子跟父亲一起对酒井隆鞠躬。

酒井隆看向玉川云子：“久闻玉川家的千金不似平常女子，能毅然放弃优渥的生活，投身军伍为帝国效力，实在令人钦佩。”

“司令官阁下过誉，属下实不敢当。”玉川云子再次鞠躬。

“小女性格执拗，行事每有冒犯之举，以后还请司令官阁下多加训示。”玉川隆盛道。

酒井隆微笑点头。

简短客套完毕，一行人簇拥着酒井隆朝主楼里走去。

地下室长长的走道，被大功率灯泡照得雪亮，空气里充斥着浓浓的化学药水味道。一个个全身包裹在白色防护服里的身影，不时在各个房间里进出。在他们开门、关门的瞬间，偶尔能听见房间里传出短暂而绝望的惨叫声。

一间门牌上写着“气雾室”的房间里，一名中国妇女抱着婴儿，竭力地拍打着门上的圆形玻璃观察窗。房间里还拴着一只吱哇乱叫的猴子、一只悠然觅食的大公鸡和一只扑棱棱折腾的白鸽。

门外的白衣人神情冷漠，盯着观察窗后不住哀求的妇女，扳下开关手柄。一股淡蓝色雾气在房间里弥漫开来。白衣人开始对表、记录，妇女捂着孩子的口鼻，仓皇后退，眼里满是惊恐和绝望……

活体解剖室里，一名嘴里塞着布团的男子被固定在一张特制的手术床上——他的四肢和颈部都勒着厚实的牛皮带，不能动弹。

男子脸色苍白如纸，身体剧烈抽搐，一双惊恐的眼睛快要瞪出眼眶，额角的血管像是要炸裂开来。

几名穿手术服的人围在他身边有条不紊地忙碌着——

男子整个胸腔已经被打开，有人取出他还在跳动的心脏，鲜血淋漓地放在边上的台秤上，有人用手术刀划开他发黑的肺叶，有人在一旁记录，有人在现场绘图……

走道上，身着白色连体防护服的酒井隆，在同样装束的玉川隆盛父女、佐藤俊二、原田冈夫等人的陪同下，饶有兴致地参观着这处位于检疫所北区地下，隶属日军华南派遣军防疫给水部队的秘密实验基地。

“狂犬病”“疟疾”“伤寒”“沙门氏菌”……玉川云子在边上一间间地介绍着他们经过的各个实验室，以及里面正在进行的研究和实验。她讲解的详略，完全视酒井隆的兴趣多寡而定，像极了一名业务熟稔、态度热情，正在引领某个尊贵客人参观博物馆的讲解员。

“鼠疫房”有些特殊，屋内是一口方形的深井。阴暗的井里千百只黑鼠挤在一起翻滚、吱叫、啮咬，让人望之生畏。

酒井隆透过观察窗看着井底，对众人道：“诸位说说，谁第一次将它们用于战争？”

“蒙古人。”云子娓娓说到，“相传14世纪时，蒙古大军围攻西亚加法城，他们把死于鼠疫的士兵尸体，用投石车投进城内。加法人对抛进来的尸体置之不理，亦莫名其妙。尸体腐烂后，恐怖的瘟疫便随之爆发。现在看来，是腐烂的尸体释放出病菌，污染了空气，毒化了水源，导致了瘟疫。加法人大批死亡，全城恐怖，打开城门，纷纷仓皇逃窜。这应该是最早的细菌战了。”

“而后，那场灾难席卷了整个欧洲大陆，他们称之为‘黑死病’。我记得最后的死亡人数高达2500万，占当时欧洲总人数的三分之一。”

玉川云子说完，酒井隆赞许地点了点头，随即扫了一眼身边众人，肃容道：“其实，这场鼠疫对欧洲人来说，也是一件好事。”

众人闻言皆是一怔，不明所以。

“你们不知道吗？”酒井隆故作惊讶，“如果没有爆发这场黑死病，欧洲人至今可能都学不会洗澡，他们更愿意用香水来掩盖身体的臭味！”

众人哈哈大笑。

笑毕，酒井隆环视众人，正色道：“诸位，中国虽然落后，但亦不是中世纪的欧洲。目前自然界存在的，包括鼠疫在内的细菌已经不能大规模地消灭他们。不过，我很欣慰地知悉，你们已经研制出了一种新型的烈性病菌，可以十万计、百万计地消灭中国人，以及和大日本帝国敌对的任何民族。我个人认为，这亦是这处实验基地存在的意义。”最后他看向玉川隆盛，“尊敬的博士，下面可以介绍你伟大的研究成果了吧。”

玉川隆盛微微一笑，伸手比了个延请的动作。

“特别观察室”位于这条走道南边的尽头，里面囚禁着四十多名中国人，这些男女老幼个个鸠形鹄面，人鬼难分。

他们中有的奄奄一息躺在地席上，呼吸艰难，裸露在外的皮肤呈骇人的紫黑色；有的蜷缩一角，或虚弱或剧烈地咳嗽着，嘴角挂着黑色的血丝；有的全身长满疱疹，溃烂处脓血四溢，仍在不停地抓挠；有的看上去还算健康，但动作呆滞、眼神空洞，像活死人一般，任由着防护服的日军军医摆布着——抽血、注射、测试体温……

“都是些什么人？”观察窗外，酒井隆问。

“司令官阁下，我们称这些生物为‘猿’。”边上的佐藤俊二低声道。

酒井隆瞥了他一眼。“猿？很贴切。”

“其中一些是没有了价值的反日分子，更多的是乞丐和无家可归的战争难民。”原田冈夫解释了这些“猿”的身份。

酒井隆点点头，又看向玉川云子，后者会意，上前汇报道：“这些都是‘零号’菌的实验活体。‘零号’病菌是我们以几种‘鼠疫杆菌’为基础交叉培育而成的新型烈性病菌。人体感染‘零号’菌后，潜伏期为24至48小时，死亡时间为五到七天。病菌的感染途经除了直接接触外，还可以通过体液、排泄物、飞沫、空气等间接的方式对外传染、扩散。需要特别指出的是，即便是在潜伏期，接触带菌者的血液同样有感染的可能，尤其是伤口……”

“感染率和死亡率是多少？”酒井隆打断道。这才是他最关心的问题，细菌的感染率、死亡率和炮弹的射程、杀伤半径一样，是决定武器威力等级的关键数据。

玉川云子道：“经过七批次，总计350例的活体实验，‘零号’菌的平均感染率为91%，死亡率为100%。当然，这些数据仅来源于实验环境，病菌在自然环境中的感染率和死亡率还需经过进一步测试。”

“你们准备如何在自然环境下测试？”酒井隆颇感兴趣地问道。

佐藤俊二接话道：“我们已在东莞山区选定了一处村庄，总计37户，222人。测试期间宪兵队会配合我部，以军事行动的名义将村庄的出口彻底封锁。”

酒井隆“嗯”了一声表示满意，接着又对玉川云子道：“疫苗和抗血清研制的进展如何？有没有药物能治愈这种病菌的感染者。”中将很清楚，细菌武器是把威力巨大的“双刃剑”，如果在己方建立起有效的医疗防御体系之前使用这种武器，很可能未伤敌先伤己，又或者敌我双方两败俱伤。而建立针对某种病菌的医疗防御体系，最核心的工作便是研制出相应的免疫疫苗和抗血清——前者可以预防己方人员被病菌感染，而后者可以治疗已被感染者——从而最大限度地避免使用细菌武器可能导致的“攻击反噬”。

“目前只有磺胺类药物对‘零号’菌有一定杀灭和抑制效果。”玉川云子道，“不过治愈率很低，不到百分之三十。”

“磺胺？”酒井隆摇头。这种比黄金还要贵重且稀有的进口西药，别说普通士兵，即便尉、佐一级的军官要用此药也需审批。因而想将磺胺列入军需药品常备目录完全不现实，况且此药对‘零号’菌感染者的治愈率如此低下。

“至于‘零号’疫苗和抗血清的研制，我们正在进行。”玉川云子道。

“博士，您预计需要多少时间？”酒井隆看向玉川隆盛，皱眉问道。与佐藤俊二、原田冈夫这些眼光局限在一域一地的佐级军官不同，作为日军高级将领的酒井隆，视野所及是整个中国战场，心中所谋是帝国的全盘战略。

目前，中日之间这场国战已经进入相持阶段，双方比拼的是战争资源和战争意志，胜负不在一城一池的得失之上。而酒井隆非常清楚的是，如今日本国内的经济已经到了崩溃的边缘，大宗战略物资如油料、金属矿产、粮食等极度缺乏，如果不能迅速且彻底地击溃中国军民的抗战意志，逼迫重庆政府尽早投降，双方长久相持、消耗下去，于帝国十分不利。甚至日本会因为国力耗尽输掉这场战争，从而失去这次千载难逢的更改国运的机会。因此，他迫切地需要得到细菌部队强有力的支持，来打破目前战场上的僵局——比如将‘零号’菌这种威力无穷的战略性武器用于实战。

不费一枪一弹，一个月内让一座几十万人，甚至上百万人的中国城市变成人间地狱！酒井隆相信，这个世界上没有一个国家、一个政府能承受这样的打击。如果能，那么就再毁灭一座城……

玉川隆盛思忖后道：“司令官阁下，关于疫苗和抗血清研制所需的时间，最简单的描述是——实验活体的基数越大，研制成功的时间越短。”

酒井隆看着特别观察室里的“猿”们，笑容如菊花般绽放。“尊敬的博士，一个月后，我保证你需要的活体取之不竭、用之不尽……”

下午四点，东堤。太阳总算摆脱了云层的羁绊，将余晖铺洒在宽阔江面上，泛起滟滟波光。江边泊着一艘两层高的花舫，花舫二层的一扇雕花木窗半开着，隐约有琴声和女人婉转的歌声从里面传出。

堤上小楼，阿豪临窗而坐，眺望着花舫里那道若隐若现的倩影，思绪不由自主地又回到了三年前的那一天……

他终于和心爱的女子结婚了！当他牵着一脸娇羞的妻子，走进防空洞接受大家的祝福时，觉得自己就是这个世界上最幸福的人。然而下一刻，日本人的航空炸弹摧毁了一切……

广州即将沦陷，军队溃败、百姓奔命，无数人在争先恐后地逃离这座城市，他却被埋在了废墟里，等待死亡降临。当他以为自己就要在黑暗中孤独地死去时，本已随大队撤离的妻子回来了。她孤身一人，在废墟里不停地呼喊、翻寻，最终用一双娇嫩的手，生生将自己从死亡深渊里拽了出来。从此，那道恍若女神般伫立在废墟上的红色身影，深深镌刻在了他灵魂的深处，永不磨灭。

巷战还在继续，但硝烟和枪炮阻止不了她艰难却执着的脚步。妻子推着身受重伤的他走遍大街小巷，拍打每一家医院、诊所的大门，跪求每一名她见到的医生、护士……最终，他得救了。但妻子却悄然离他而去——为了那笔巨额的手术费，她卖掉了自己。

阿豪永远记得，当得知这个真相时，自己是多么悔恨、痛苦和疯狂。他差点杀掉那名美国医生，以及自己——如果这样能换回妻子。从那以后，他只为一件事活着——接妻子回家！

但要在日本人的统治下生存，他比大多数国人更加不易，甚至可以说艰难而危险。他是军人，是参加过淞沪抗战并获得一枚“青天白日勋章”的中国军人。身份如果暴露，日本人不会放过他。而日本人及其爪牙——汉奸政府、军队、大小黑帮——严密地控制着这座城市。

因而这三年来，他一直小心翼翼地混迹于社会底层，卑微而坚强地活着，靠打黑拳一笔笔地攒着妻子的赎金，直到今天。

“老婆，我接你回家！”这句话，在阿豪心里整整憋了三年，无数次他在梦里脱口而出，但今天，他终于可以当着妻子的面说出来了。

事实上，花舫并非监狱，没有任何有形或无形的高墙阻挡他见自己的妻子。但这三年来，他从没登上花舫，或在别的地方和妻子见上一面。想念妻子时，他便来这里坐一坐，远远地、偷偷地看看她，听听她的声音。

他自我囚禁了那个无比渴望将妻子拥入怀里的灵魂。在有能力带妻子回家之前，他无颜面对她和她经历的一切；他更做不到，见面之后，眼睁睁看着她重又回到烟花之所——那会让他仅剩的一点男人的尊严荡然无存，生不如死……

哗啦哗啦的算盘摇晃声，将阿豪的目光从花舫上拉回，他侧身看向柜台后的长衫老者：“王大账房，数都对上了吧？”

“几年都等了，也不急这口气。”姓王的老账房慢条斯理地整理着桌上的收据、军票和银元，“再对一遍总账就成了。”

阿豪从上衣兜掏出一盒没开封的纸烟，隔着五米远抖手抛了过去。“新出的‘三炮台’，孝敬你了。”

香烟准确地落在算盘边上，王账房拿起来嗅了嗅，咧嘴笑了，露出一口黄牙。“铁公鸡拔毛，稀罕！”

“哟，豪哥来了，也不跟姐姐说一声？”一个穿高开叉旗袍、脖子上缠着白狐狸皮围脖的妖艳女人进了屋，扭腰甩臀走到阿豪对面，一屁股坐下，媚眼放光。“豪哥今天好靓仔……是不是给姐姐‘摆房’来了？”

阿豪往后缩了缩，避开腻人的香风。“玫瑰姐开玩笑吧？东堤第一红牌，哪是我一个小小巡警能消受的。别说‘摆房’，‘毛巾’钱小弟都出不起。”

“豪哥，在别人眼里你是小小巡警，姐姐看着，你比东北那个少帅还像少帅。”女人媚声道，“今天只要豪哥你点点头，姐姐就跟你走，谈什么钱啊，伤感情。”

“玫瑰姐真会开玩笑。”阿豪尴尬地笑笑，不等对方再开口，扭头对王账房道，“老王，麻烦抓紧些，家里还等着给我表妹接风呢。忙完了，你也一起去喝两杯。”

老王正要说话，就看见刀疤脸带着两名打手走了进来，忙招呼：“疤二爷来了。”

疤二爷见到阿豪在这里，先是一愣，接着对身后两名汉子使了个眼色。两名打手会意，把手悄悄放在了腰间。

阿豪也不在意，转头看向窗外，却见堤岸边，两个黑衣男子正大摇大摆踏过登船板，上了花舫。其中一人正是他今天拳台上的对手——高桥满。

阿豪微微蹙眉，心中莫名升出一丝躁意。

“把罗立雪的借据和契约取出来，公司要用。”疤二爷对老王说。

老王“哦”了一声，瞥了阿豪一眼，转身去开柜子。

阿豪一怔，起身对疤二爷一拱手：“二爷，我表妹欠的账连本带利今天可全还清了，一会儿我就带人走。借据和契约你们得一并给我。”

疤二爷同样一拱手：“对不起段爷，我只是办事的人，话事的人在公司，要不你走一趟？”

“疤二爷，”阿豪脸色一沉，“当初我跟你们雷爷谈的时候你也在吧？大家当初可是说好的，只要我连本带息还清借款，就可以带人走。这几年我可是一期都没拖欠过。”

疤二爷摇头：“雷麻子死了，现在是大姐头当家，你找她说去。”

“秦芳好？”阿豪想起几个小时前见到的那个女人，心中一阵发苦。他怎么也想不到世上有如此巧合的事——分手数年的女人，恰好在今日重逢，而对方如今的身份竟然是中和堂的大姐头。

“好，借据、契约的事我回头去找她，但人我现在就带走。”阿豪道。

“人你也不能带走。”疤二爷道。

阿豪闻言心中火起。他本以为秦芳好拿走立雪的借据和高利贷契约，是为了拿捏住自己。对此他倒不怎么着紧，想着先接立雪回去再说。没料到对方如此过分。

两名中和堂打手见阿豪变了脸色，当即拔枪、抽刀，拦在了门口。

怎么办？阿豪在脑子里飞快地权衡着：强行带走立雪？后患无穷……要不然三年前他打进雷麻子的堂口就不用谈判，而是直接将立雪带走了。

今天同样，除非他能带着立雪马上离开广州，不然即便他此刻能将人带走，也无处藏身。他很清楚中和堂的势力有多庞大，黑白两道、五行八作、三教九流都有他们的人员、眼线。在广州城，别说两个大活人，就是一只躲在水沟里的老鼠，只要他们狠了心，也能找出来。

但如何离开？在日本人及其爪牙的控制下，这座城形同一座巨大的监狱，没有宪兵司令部签发的通行证，根本不可能通过正常途经离开。非正常途经有，一是陆路，走山野小径，避开日伪哨卡，一路翻山越岭、穿涧涉水，往东南可以抵达香港，往西北能去到国统区——清远。可走这两条路不但漫长而艰辛，途中还很可能遇上土匪、伪军或日军巡逻队，危险重重。不到万不得已，他怎能将妻子置于这样的凶途险境之中？二是从水路偷渡离开广州，这个方案的危险性相对较小，但要成五爷愿意帮忙才行，况且时间上未必来得及……

“你们大姐头在什么地方？我现在就去找她。”最终，阿豪无奈道。他思来想去，还是决定先去中和堂走一趟，听听那个难缠的女人到底要开出什么条件。毕竟，现在和中堂闹翻，吃亏的只能是他们夫妻。

疤二爷的嘴唇动了动，欲言又止，偏头看向窗外的花舫，神情透着古怪。

阿豪心中一紧，忙跟着扭头看去，顿时脸色大变——就见高桥满和他的同伴，正一前一后押着立雪从花舫下来，走向堤上停着的一辆轿车。他有种直觉，妻子这一去，十分危险！

这一刻他哪还有什么顾忌，身形突然射出，箭矢般蹿至门前，劈手便夺下左边枪手的手枪，脚跟一旋，反肘击在右边刀手持刀的右肩上，直接将其打翻在地。

“怎么回事？那两个日本人要干什么？”阿豪用枪指着疤二爷的头，吼道。

白玫瑰、老王皆一脸惊骇，他们从没想到这个温和的男人会变得如此狰狞可怕，一时间连劝解、圆场的话都说不出口。

疤二爷的脸色阴沉得快要滴出水来。“他们是玉川公馆的人，你惹不起。走吧，罗立雪已经转让给他们了，以后与我们中和堂再没有干系。”

“转让！”阿豪额角青筋突突跳动，恨不得一枪将对方崩了。自己的妻子竟然被人当成了货物？

“玉川公馆？！”此刻，边上的白玫瑰突然发出惊呼，花容失色。

阿豪忙追问：“你知道什么？”

事实上，玉川公馆就在黄沙分局辖区内，他每日巡逻都会经过。因而对这栋日本公馆，他也有一定的了解。感觉这栋颇为神秘，时常有大批手持武士短刃、身着统一黑色制服的日本武士出没的公馆，更像日本人的一处武士道场，而不是居所。但直觉告诉他，白玫瑰此刻的惊呼，另有其因。

“我也是听说……他们的社长就是头恶魔……”白玫瑰心有余悸道，“被他玩过的女人……没一个完整的，最后还活着的都被送去慰安所了……我有一个姐妹就在里面，她见着一个，那个惨啊……”不等白玫瑰说完，阿豪转身就走。

“等等！”疤二爷厉声道，“不想被中和堂追杀，就把枪留下。今天的事一笔勾销！”

阿豪要去干什么，他不用猜就知道。当年这家伙绑着炸药独闯堂口那一幕，疤二爷可是亲眼所见。如果今次对方为救自己的“表妹”，再闯一次玉川公馆，干翻一票日本武士，他是乐见的。但这把枪绝不能让他带去，不然，保不齐他会用此枪弄出人命来，那时，日本人追究下来，中和堂也未必保得住他。

阿豪想了想，把枪扔给了那名枪手，飞快朝外跑去。

看着那道猎豹般蹿出的身影，疤二爷暗自一叹，心道，这次不知是帮了你们，还是害了你们。

他来这儿之前，的确没想到阿豪会在。但既然撞上了，心有不忍，便有意要提醒阿豪，不然他没必要当着对方的面大声索要立雪的契约和借据……

阿豪疯狂地踩着单车，一颗心却渐渐沉入谷底——轿车行驶的速度越来越快，将他越甩越远。100 米、200 米、300 米……

从东堤到西堤大约是三公里半的路程，正常情况下，轿车只需沿着江边这条宽阔的马路，向西行驶八九分钟就能到达位于西堤大马路上的玉川公馆。

绝不能让立雪被带进那座公馆！阿豪告诉自己，绝不能！白玫瑰的话不是危言耸听，那里盘踞着一头恶魔，专门摧残女性的恶魔。

可怎样才能在短短几分钟内，从一辆高速行驶的轿车里将妻子救下，并安全地离开？车里加上司机至少有三名日本人——其他两人不了解，但那个上午才和他在拳台上交过手的武士他却是知道的，身手不弱。对方很可能还携带有枪支。而他，只身一人，除了脚下的单车，身上只有一把水果刀。

这几乎是不可能做到的事。但他不会放弃，身体里血液在沸腾，他拼命追赶着，即便前方的轿车快要从视线中消失。

终于，轿车慢了下来——天字码头外那些凌乱的摊档，停在路边上卸货的骡车、马车、卡车，以及过往的行人、挑夫和黄包车，乱糟糟地挤在一起，将这段还算宽敞的街道变得拥堵不堪。

轿车走走停停，无论司机将喇叭按得多么急促、愤怒，也无济于事。

阿豪知道机会来了。这也可能是他唯一的、稍纵即逝的机会。他迅速冷静下来，双眼快速观察周围环境的同时大脑亦在高速运转。

直接在这里动手肯定不行。大街上人多眼杂，还有几名巡警在不远处晃悠。即便他能将妻子救走，也难保不被人认出。袭击日本人是大罪，他可不想前脚将妻子救走，后脚便被全广州的宪警追捕。当然，今天他无论用什么方式带走立雪，日本人迟早能从中和堂那里追查到他，但那时他和妻子要么已经离开了广州，要么躲到了偏僻的乡下。他需要一些时间。

扫了一眼右前方的一个小街口，阿豪将警帽的帽檐往下拉了拉，一把扯掉钉在胸前的“警号牌”，掏出随身携带的水果折叠刀笼在右手的袖口里。

此时，轿车被一辆横穿大街的骡车堵住，停了下来。他单手把着车把，握刀的手垂在身侧，靠了上去，隐秘而迅速地用水果刀在轿车左后车轮上戳了一个口子。

轿车里，坐在后座的立雪目视着前方，心在突突地狂跳。余光里出现的那道身影她太过熟悉。她强迫自己不要转过头去，但身体并没听从大脑的指挥。于是，她转头看去。车窗外，那个她朝思暮想了三年的男人朝她咧嘴一笑，露出一排洁白整齐的牙齿。

泪水夺眶而出。女人知道这些年丈夫做的那些事，他打黑拳、当苦力、给有钱人跑腿……一分一毫地攒着钱。曾经骄傲如山的男子，如今像狗一样活着。而她只能默默地看着，心痛如绞！无数次她也想冲上去制止他，让他远走，好好活着……但她不敢，她太了解他了，自己一旦出现在他的面前，带去的只会是灾难。她苦熬着，忍受着酒客们的骚扰和轻薄，不为自己，只为他！她一天一天计算着日子，从白玫瑰、王账房那些人口中她知道了很多。自由临近，幸福在向他们走来，然而……

立雪的举动引起了边上高桥满的注意。这家伙侧过头，恶狠狠地瞪着车窗外的阿豪。

阿豪冲他谄媚地笑了笑，比画手势，表示自己有话要说。司机在高桥满的吩咐下摇下了车窗。

阿豪凑上前，对司机指了指右前方的一处小街口，连比画带说地告诉他们，可以从那条小街绕过这段拥堵。

司机扭头看向侧后方的高桥满，后者受用地点点头，对阿豪竖起大拇指，用生硬的中文说："你的，不错，开路！"

阿豪回了个笑脸，骑着单车上前开道。他一边吹响警哨一边吆喝，驱赶开挡在车前的行人、车马……

第三章　决定命运的决定

小街。青石板铺就的地面坑坑洼洼，阿豪骑着单车咣咣当当在前带路，轿车缓缓跟在后面。

两分钟后，他在这条小街北边的尽头左转，拐上了一条朝西的土路。路的一边是一排民居的后墙，另一边是废弃的厂房、荒地，甚是偏僻，少有行人、车辆过往。

阿豪靠边停下，扭头对轿车司机打了停车的手势，又朝轿车左后车轮指了指。司机从车窗里探出头朝后面看了看，见车胎瘪了下去，回头对高桥满说了两句后，嘟囔着下了车。

阿豪正打算上前帮忙换胎，却瞥见副驾驶座上那名武士也推开车门钻了出来，站在车门边四下张望。

“厕所？”他试探着问道。见对方点头，心中不由暗喜——分开对付，当然比同时攻击对方三人容易许多。

阿豪迅速扫了一眼四周，朝对方招了招手，快步朝前方走去。他选择动手的地方，是30米外路边两栋房舍间的一条夹道。

待武士拐进这条不到两米宽的夹道后，前面带路的阿豪放缓了脚步，接着霍地转身，一记凶猛的摆拳轰在对方左侧太阳穴上。

阿豪的出手毫无征兆，武士只感觉头部好似被一把铁锤击中，脑袋一甩，身体撞在右边的砖墙上，然后一头栽倒。

阿豪迅速上前，伸手探了探对方的鼻息，确定这家伙只是昏厥后，心中稍定。同样是袭击日本人，伤人和杀人的性质截然不同。

今次事发突然，事先他并没有安排好的退路，只想着先把立雪救走，找个地方躲起来，等风声过了再想办法逃出广州。但如果有日本人在这次袭击中死去，在日伪宪警方的眼中，这便不是一起普通的治安案件，而是重大的刑事案，其后的侦破、抓捕行动必然迅速且严厉，说不定还会张榜通缉立雪和他。那时，他们夫妻二人别说逃离这座城市，仅是躲避抓捕，便千难万难。

阿豪一脸平静地走出夹道，朝轿车走去。他没能在那名武士身上找到枪，有些遗憾。不过对方只剩下两人，应该不难对付了。

见阿豪回来，蹲在轮胎边的司机站起身，将手中的扳手递给了他，示意他卸下车轮上的螺栓。

阿豪接过扳手，对这个神情倨傲的家伙点了点头，瞥了一眼对方耳后的颈动脉处，又左右看了看，就准备动手。不料，几道黄色的身影突然出现在了他的视野里——三名荷枪在肩的日本士兵从小街口拐上这条土路，朝他们走来。

“巡逻队？”阿豪心中猛惊。这里怎么会有日军巡逻？但此刻显然不是思考这个问题的时候。他忙蹲在车轮边，摆弄着扳手，拧动螺栓。他外表看似平静如常，全身的神经、肌肉却已紧绷如张开的弓弦。

夹道里还躺着一名武士！他之前打晕对方后，并没有想着要将其隐藏。他觉得没这个必要，因为在他的计划中，两分钟，最多三分钟后他已经带着妻子离开这里了。

但这支日军巡逻小队出现了，从其行进的方向判断，势必会从那处夹道口前经过。他们中的任何一人，只需朝夹道里瞟上一眼，便能发现躺在地上的那个家伙。

三名日本士兵转眼便走到了近前，经过轿车时，其中一人还和司机交谈了两句。阿豪听不懂他们在说什么，但这不重要了。他只能祈祷这三名士兵经过前面夹道口时，能如列队通过检阅台那般地目不斜视。不然，十五秒后，他要么像个懦夫般独自逃走，要么……

车外，阿豪心跳如击鼓；车里，立雪却感觉自己的心脏快要停止了跳动。从丈夫出现在车窗外的那一刻起，她便明白自己的男人要做什么。当她看见阿豪独自从夹道里出来，看着他帽檐下微微眯起的双眼，她大致能猜到夹道里发生了什么，以及接下来这里又将发生什么。她为之紧张、激动！但并不如何担心丈夫的安全。

在立雪的印象和意识里，丈夫一旦开始做某件事，那么他一定能够成功。她的这种心理，或许是源于一个妻子对丈夫近乎盲目的崇拜；又或许是那些年，她在教养院听那些残废军人说了太多关于这个男人的战斗事迹，他们夸他的英勇、赞他的机智，叹服他每每能在绝境中创造出生的奇迹。她信了。

但此刻，这支日军巡逻小队的出现，让她立刻意识到了某种危险。她开始为丈夫的安危担忧，进而感到恐惧。这些士兵每前进一步，她的心跳便弱上一分。她的脸色已苍白如纸，双肩在微微颤抖，却不自知。

边上的高桥满发现了立雪的异常，顺着她的视线看去，眼珠打转，甚是疑惑，同时心里升出一丝莫名的警惕。

三名士兵终于走到了夹道口外。“别停下……”立雪咬着嘴唇，在心里祈祷。然而，士兵们并不听从她的心声，其中一个发现了夹道里躺着的那名武士，叫停了队伍，快步走了进去。他的两名同伴紧跟其后。

巡逻队的举动，警醒了车里的高桥满。他立刻明白自己先前为什么会心升警惕——他的那名手下，迟迟没有从夹道里出来。

高桥满的反应很快，第一时间掏出了腰间的手枪，推门下车。但有人比他反应更快，更果决！

就在最后一名士兵踏进夹道口的刹那，阿豪猛地站起，抡起手中的扳手，狠狠击打在司机耳后的颈动脉上。后者毫无防备，正叼着烟，背对着他，受此重击，当下双眼一翻，瘫倒在地。

此时，高桥满正推开车门。

阿豪一旦动手，当然会对高桥满的反应提前做出预判。没等司机倒地，他迅速猫腰从轿车尾部转至右侧，不待高桥满举枪，他手中的扳手便脱手飞出，呼地砸向对方的头部。

两人相隔不到两米，高桥满根本来不及闪避，坚硬的金属扳手正中其面门，旋即发出一声惨叫，脸上血液飞溅。

阿豪知道这家伙抗打击能力强，并不就此罢手，紧接着一个箭步蹿至其身前，一记凶狠的勾拳，猛击对方下颌。

高桥满面部刚遭重创，正头晕眼花，疼痛难忍，而阿豪的两次攻击连贯而迅猛，他哪里来得及招架、闪避？脑袋猛地后甩，便被阿豪这一记重拳打得倒飞了出去，矮壮的身躯狠狠砸在地上，一动不动。

这时，一名日本士兵从前边的夹道里走出，朝这边张望。想必是听见了高桥满那声惨嚎。

阿豪远远地朝这名士兵挥了挥手，灿烂一笑，仿佛在和老朋友打招呼。然后很自然地打开另一侧的车门，握住立雪伸出的手。

士兵看了看轿车边躺着司机和高桥满，又看向走到自行车旁的阿豪和立雪两人，一时间没明白发生了什么。就在这时，躺在夹道里的那名武士，在两名士兵的摇晃和拍打下恢复了意识，虚弱而急切地叫嚷起来："支那警察……混蛋，抓住他！"

两名士兵脸色骤变，转身跑出夹道。

阿豪跨上单车，刚将立雪抱在前杠上坐好，尖利的警哨和日本士兵的呼喝声，就在他们身后响起。阿豪头也不回，脚下猛蹬，朝来时的小街口冲去。

三名日本士兵追在他们身后，啪、啪、啪地放枪。

子弹嗖嗖地从耳畔、头顶飞过，阿豪匍匐在妻子身上，拼命地蹬踩着单车，身形左摇右晃，干扰身后敌人的瞄准。

轿车停下的地方，离小街口大概四十来米，他必须在中弹前冲过这段距离，拐进前方的街口。那样他们才有逃脱的机会。

一名士兵停下了追赶的脚步。这是一名非常出色的射手，如果不是在移动中，无论是站姿、跪姿还是卧姿射击，他自信能将百米外奔逃的野狗或兔子一枪爆头。此刻，他站定举枪，瞄准 50 米外的目标，预判着阿豪的移动轨迹，屏息两秒后，扣动了扳机。

啪，几乎在枪声响起的同时，仿佛感应到了这一枪的危险，阿豪身体突然大幅度向右侧倾斜，擦着一栋房舍转角的砖墙，切进了小街的街口。子弹打在砖墙的边沿上，碎渣飞溅。

危险并没过去。这条南北长 160 米的小街，只在靠近中间的位置有一条东西向的小巷。阿豪疯狂地踩着单车，颠簸的青石板地面几欲让这辆黄沙分局最老龄的公车散架。

终于，在下一次枪声响起之前，他们拐进了那条朝西的小巷。此刻，晚霞满天，立雪双手紧紧握着车把，望向西边云彩斑斓的天际，在心中呢喃，"好美……"

一小时后，警察局黄沙分局。巡警队的办公区里，十多名巡警在各自的工位边肃容而立。队长朱大祥陪着鼻青脸肿的高桥满站在大厅中间，一脸谦卑。

跟着高桥满一起赶到这里的，除了几名杀气腾腾的日本武士外，还有一名三十多岁、面容清瘦的中国男子。

清瘦男子环视众警员，开口道："一小时前，一名身着低阶警服的男子，在天字码头附近袭击了玉川公馆的高桥满先生一行，并掳走了一名叫罗立雪的中国女子。"说到这里，他飞快地瞪了角落里的虾仔一眼，后者张得能吞下一只鹅蛋的嘴立刻闭上了。

"宪兵司令部对此案非常重视，你们警队该如何做想必不用我多说了吧？"

朱大祥腰杆一挺："林翻译官、高桥先生，请放心，我们黄沙巡警队一定全力协助宪兵队侦破此案。"

他嘴上这样说，心下却道，又不是发生在老子的辖区，关老子屁事。

然而，这位林翻译的下一句话，便将朱队长吓出了一身冷汗。

"该男子虽然没有佩戴警号牌，但作案时所骑的自行车上喷涂有'黄沙分局'字样，所以我们有理由怀疑此人是你们黄沙分局的警员。"

办公区里的警员们闻言面面相觑。谁这么大胆子？袭击日本人的罪名可不小，搞不好会掉脑袋。

朱大祥大惊失色："林翻译官、高桥先生，警局每年都会报废一批公务用车，有没有可能……"

高桥满一把将他掀开，径直走到一名高个巡警的面前，恶狠狠地打量起来。高个巡警被他如狼的眼光盯得心里发毛，忍不住打了个哆嗦。

"袭击者身高 180 公分上下，身强体健，年龄 30 岁左右。"林翻译道，"你们都仔细想想，在黄沙或别的警局有没有这种体貌特征的人。"

不用仔细想，朱大祥嘴边立刻有了一个名字——段世豪。180 厘米的身高在广州并不多见，再加上"身强体健、年龄 30 岁左右、骑着有'黄沙分局'字样的单车"这几条，除了段世豪还有谁？

不过，朱大队长生生将到了嘴边的这三个字咽了回去，在心中叫苦。他平时虽然对这位下属没什么好脸色，但如果真是段世豪袭击了日本人，他这个当队长的绝没有好果子吃。

此外，他还迅速想到，段世豪和虾仔的关系极为亲密，如果后者也牵涉这件案子，他此刻揭发段世豪，铁定会开罪这小子的姐夫——此刻正站在他身边的宪兵司令部翻译官林文涛。上次挨的那顿毒打，他可没这么快就忘了。

想到这里，朱大祥飞快地瞥了一眼虾仔，接着又扭头看了看林文涛。前者正一脸求助地看着自己的姐夫，而后者神情漠然，就跟不认识虾仔似的。

明哲保身！朱大祥只用了一秒时间，就有了决定——“段世豪”这三个字，绝不能首先从自己嘴里说出来。

随即，他看向自己的一干属下，却见这些家伙一个个或苦思，或茫然，或呆滞，好像没人见过天天跟他们在一起打屁聊天的段世豪一般。

“都他妈的是戏精！”巡警队长在心里咒骂。

“八嘎！”不耐烦的高桥满一拳打在高个巡警的小腹上。作为一名高贵的日本武士，他今天竟然被一名卑贱的中国警察袭击了？！奇耻大辱！他恨不得立刻抓住那名卑鄙的偷袭者，用最残忍的方式将其折磨致死，以泄心头之愤。而在没抓到人之前，他不介意先在这些警察身上找回些尊严。

高个巡警被这一拳打得倒退了好几步，捂着小腹，疼得额头上直冒汗。警员们顿时骚动起来，有的去搀扶他们被无故殴打的同事，有的怒视着行凶者，更多人却是看向朱大祥，希望他们的长官勇敢地站出来，为下属主持公道。

然而，还不等朱大祥张嘴，高桥满已先找上了他。这家伙唰地拔出手上的武士短刃，架在了巡警队长的脖子上，瞪着血红的双眼咆哮道：“你的，说！”

与此同时，玉川公馆的六名武士也纷纷手按刀柄，盯着在场的其他警员，目光凶厉。情绪激动的巡警们在这伙武士的威慑下，个个脚下趑趄，面有畏色。现实很残酷，在这座城市里，日本人伤害或杀死了中国人，顶多赔点钱或象征性地去日方监狱里待上几天——这还是在被害者有一定身份地位的情形下——中国政府无权对这些凶手进行抓捕、审判。反之，则是重罪。

森寒的刀锋、持刀者暴戾的气息，让朱大祥小腿发软，差点就要跪下。“高桥先生……我想这人是……”

“我知道！”就在朱大祥结结巴巴要说出“段世豪”三个字时，一个稍显尖细的声音打断了他。

林文涛闻声蹙眉，看向自己那个不省事的小舅子。半小时前，他在宪兵司令部接到了高桥满的电话。在听对方说了遭袭的简单经过，又询问了袭击者的相关信息后，林文涛当下便想到了段世豪。他见过虾仔常在嘴里念叨的这个所谓的“师父”，也了解一些他和他妻子的事。

林文涛在来这里的路上还担着心，怕自己的小舅子也牵涉到这次袭击案中。作为玉川秀雄的私人商业顾问，他对玉川公馆的头号打手高桥满相当了解，知道这个蛮横、凶暴，打心底歧视中国人的家伙，绝不会放过跟这次袭击他有关的任何人。直到在这里看见虾仔而没见到段世豪后，林文涛提着的心才稍稍放下——虾仔没有出现在袭击现场，此刻亦没有和“凶手”在一起，想必是没有牵扯其中了。

然而，此刻虾仔却主动了跳出来。是要揭发他师父吗？林文涛觉得不可能，心里隐隐有种不妙的感觉。

“我知道，”虾仔从办公区角落里站了出来，“缉私队有个大个子，跟你们说的挺像，好像姓刘，也是黄沙分局的。”

林文涛一边给高桥满翻译，一边在心里苦笑。他哪能不知道虾仔打得什么主意，这小子胆子太大了，就不怕高桥满知道受骗后回头收拾他？林文涛此刻只希望缉私队的确有个身形和段世豪相似的刘大个子，不然这屁股不好擦。

高桥满将架在朱大祥脖子上的刀收了回来，狐疑地看了看虾仔以及办公区的其他警员后，对林文涛用日语说了句什么。

林文涛听完后对朱大祥道：“你们队的人全部在这里了吗？”

“当值的都在。”朱大祥措辞很严谨。

林文涛对高桥满点点头：“都在。”

“去缉私队。”高桥满朝手下武士一挥手，转身就朝外走。

包括朱大祥在内的所有人都神情古怪地看着虾仔——缉私队的确有个刘大个，身量也高，但最大的特征却是胖，跟“身强体健”一点也不沾边。不过没谁会蠢到将这点捅破，能将这伙凶残的家伙诓走，对在场所有人都是一件幸事，哪怕只是暂时的。

然而，就在众人暗自松口气时，本已跨出门的高桥满突然退了回来，看向门后的墙壁。当大家的视线随之看过去后，几名反应快的巡警顿时脸色大变——那里有一块展示板，上面贴着几排警员的黑白照片。

高桥满的视线在这些照片上缓缓移动，突然，他眼里凶光暴闪，转身一把揪住朱大祥的衣领，拖拽到展示栏前，指着阿豪的照片厉喝道："他的，在哪里？"

东山，位于广州城的东门外，历来就是广州的"贵气"所在。自明、清以来，军政要员、商贾名流便争相聚居在此，以至于"东山少爷"在广州成了"权贵子弟"的代名词。

梅花村里，一条清澈的小溪蜿蜒而过；小溪两岸，一座座高低错落、中西合璧的别墅、华屋掩映在绿树丛中。一派欧洲乡间风情，质朴而幽美。

特高课监视站设在小溪北岸的一座二层小别墅里，与其监视对象的居所——樊府——隔溪相对。

别墅二层的监听室里，驳杂的电子声断断续续低鸣着。这里窗户紧闭，厚厚的黑布窗帘屏蔽了来自外界的一切窥视和自然光，长亮的两只日光管灯，让人分不清白天与黑夜。

两名头戴监听耳罩的特高三课的电讯侦听员，分别在一台军用无线电探测仪和一台监听录音设备前认真工作着。而他们的课长此刻正坐在屋角的一张办公桌后。

玉川云子放下手中的"监听记录"，从桌上的档案盒里取出两张照片摆在面前。这是两张两寸的半身证件照：年轻人阳光帅气、中年者儒雅睿智。

关于这对父子的基本信息，已经印在了她的大脑里，不须去翻看档案：

樊继宗，香港人，现年24岁。樊兴业继子，曾留学日本，就读于陆军士官学校，三年前回国，其后一直跟随其父学习经商……

樊兴业，原名樊东楼，徐州人，现年47岁。1927年由上海赴香港定居，先后创建香港兴业贸易公司、香港兴业船务公司。现任粤港商会副会长、广州市参议员……

"对日友好人士？"玉川云子想起"兴亚院"发来的协助调查函上，对这位樊参议员政治立场的定位，不由在心中冷笑。

当然，如果不是这次政治背景调查，如果不是恰好在这次调查期间特高课意外获取到的一份情报，她对樊兴业政治立场的判断会和兴亚院以及宪兵司令原田冈夫一样。毕竟，这位无任何党籍的粤港工商界重量级大佬，这两年和日军方有着良好的合作，为日方“恢复广州商业繁荣、重建市场秩序”的经济政策做出了重要的贡献——这也是年初宪兵司令部推荐其担任新一届广州市政府参议员的原因。而且，据日本驻香港总领馆之前的秘密调查显示，樊兴业的底子非常干净，除了和汪精卫政府的一些官员、军头有商业、经济上的往来之外，与重庆国民党、延安共产党都没任何瓜葛。

不过，就在前天，特高课在审讯一名近期抓获的国民党特务时，意外得知了一份重大情报：由徐恩曾领导的国民党中央统计局，四个月前在江西发动了一场对共产党规模空前的秘密抓捕行动，两千多名共产党员，包括中共江西省委负责人谢育才、骆其鼎，特委组织部长李照贤全数被捕。

而通过对一些高层的审讯和策反，中统获悉了不少中共南委的高级机密，其中最令玉川云子重视的便是——中共南方特委在广州政商界安插了一名层级非常高的“秘干”，代号“冰山”。其任务是筹集各种战争和生活物资，并建立秘密输送渠道，为中共在华南的抗日武装力量提供经济和后勤支持。

虽然到目前为止，特高课只获悉了这名中共特干的代号和任务性质，对其性别、年龄、籍贯、职业、相貌特征等等信息并不掌握，但直觉告诉特高三课女课长，樊兴业很可能就是那名代号“冰山”的中共特干。她认为，没有谁比拥有贸易公司、船务公司的粤港商会副会长、市政府参议员更完美地具备了成为‘冰山’的条件。

“课长，”推门进来的是特高三课副课长小泽原，他将一只文件袋递给自己的女上司，“这是最终审讯报告，请课长过目。”

玉川云子接过文件袋却没有打开的意思，直接问道：“有‘冰山’的其他信息吗？”

小泽原摇头：“上了电刑，他应该不知道更多信息了。”

玉川云子有些失望，但她亦相信小泽原所说——没人能在特高课的刑讯下保守住秘密。况且共产党是国民党和帝国共同的敌人，这名中统特工没有任何理由为其保密。

“什么国共合作共同抗日？笑话……”玉川云子迅速调整了心情，嘲讽道，“这次还真要感谢徐恩曾，感谢中统，不然，我们哪知道广州还潜藏着中共的一条大鱼。”

“那名中统特工如何处理？是否接受他的投诚？”小泽问道。

“他的大脑已经没有价值。”玉川云子道，“列入下一批‘特别移送’名单，让他的身体为帝国的医疗事业作贡献吧。”

“是。”

这时，外边隐隐传来汽车喇叭声。玉川云子走到窗户前，将窗帘掀开一道缝——小溪对面，一辆黑色别克轿车正缓缓驶入樊府大门。

“小泽君，你说如果原田大佐得知，活跃在广东的共党游击队之所以屡剿不灭，越剿越强，他这位中国朋友功不可没……我们的司令官阁下会是什么心情？”玉川云子问。

小泽原干咳一声，谨慎道：“课长，目前没有任何证据支持我们做出这样的判断。”玉川云子是贵族身份，即便私下对贫民出身的上司小有不敬，传出去也不会受到同僚的非议和司令官的责难。可这番话如果从他这个渔民的后代口中说出，虽不会被安上一个“下克上”的罪名关进监狱，但免不了受到惩处。

“证据，很快会有。”玉川云子看着樊府缓缓关闭的大门，自信道，“小泽君，桌上有份上海转来的情报，你先看一下。”

小泽原快步走到办公桌前，找到玉川云子说的那份情报，刚看了两眼，他便惊讶出声：“南委电讯科科长被抓？”

这是一份汪伪政府特工总部的审讯记录：11月10号，一名叫黄家栋的中共地下党在上海被捕。据此人交代，南委下属的江西省委在中断4个月的联系后，于10月5日突然呼叫南委电台，对之前中断联络，江西省委的解释是——电台坏了，刚刚修好。南委这边有些疑虑，于是派他和组织部长郭谦前往江西调查。结果，两人刚到吉安，就遭到国民党中统局的人围捕。组织部长郭谦当场被捕，他却侥幸逃了出去。

这之后，黄家栋考虑到自己已经暴露，南返之路注定艰难重重，于是放弃回粤北机关报信打算，转而北上上海——他曾经在上海工作过，希望通过这里的地下组织将消息发回去。不料刚到上海，他就被一名从共产党那边投诚过来的特工认了出来……

“课长，这上面并没有提到‘冰山’？”小泽原看完记录，疑惑道。

“没提到‘冰山’并不意味着这个人不存在。正好相反，一名连电讯科科长都不知道代号的特工，其保密等级之高，地位之重要可想而知。”玉川云子道，“徐恩曾想要将共党整个南委一网打尽，保密工作做得不错，粤北南委机关虽说有些疑虑，但至今仍不知道江西发生的事，这份情报或可为我所用。”

“我们如何利用？”

“投饵钓鱼。”

小泽原想了想道：“‘冰山’的任务并非收集情报，不会轻易上钩。”

“普通的诱饵当然钓不上这条大鱼。”玉川云子道，“小泽，这份情报对我们没有太大价值，但在冰山眼里，这份情报事关整个中共南委的安危，价值不可估量，我不信他不咬钩。”

“是。”小泽原道，“我这就拟定计划。”

玉川云子点点头，看着对面的樊府，嘴角噙起一抹冷酷而玩味的笑意。“我会抓住你的，‘冰山’，不，叫你‘金山’更合适。”

虾仔弓着身子，疯狂地踩着脚下的单车，在杂乱而狭长的小巷里飞驰。他必须赶在那些日本人之前到达水浸街。

从位于珠江边繁华地段的黄沙分局，到平民聚居的城北水浸街一带，开车前往须在市区绕行，大概有六公里的路程；而像他这般穿街走巷取直走捷径，也就不到两公里的距离。虾仔相信，如果自己足够快，应该能比玉川公馆的人先一步赶到。

“让开，快让开……”前方的路人们，在他焦急而尖利的叫嚷声中慌忙闪避，惊吓之余不免低声咒骂两句这个冒失的小警察。

巷口是一道通往下方大街的石阶，虾仔骑着单车俯冲而下。他无数次在师父面前得意扬扬地表演过这项“绝技”。但此刻的他显然忘了，或者是醒悟得稍迟了些——要想杂耍般骑下这道十米长的石阶而不摔倒，控制好车速尤为重要。

叮零咣当，单车在石阶上一阵剧烈地蹦跳后，成功地将骑手颠飞了出去。惨叫声中，虾仔摔在坚硬的石梯上，抱着脑袋一路翻滚而下。

疼，虾仔躺在石阶下，抱着一只胳膊来回打滚，眼泪汪汪。不仅是最先着地的左肩痛得钻心，全身各处——尾椎、手肘、膝盖、肋骨……都在犯疼，像是刚被人群殴一通，不知道挨了多少记凶狠的拳脚和棍棒。

肉体的记忆往往比灵魂深刻、久远。在剧烈疼痛导致的恍惚中，陈顺德仿佛又回到了少年时那段噩梦般的时光里……

他一次次拼命地跑啊，跑啊，鞋子跑掉了他光着脚继续跑，脚底被划破了他流着血继续跑，他紧紧抱着怀里的小鞋箱跑过大街奔过小巷，跑不动了他便躲进茅房或藏到垃圾堆里……但他总会被那帮混蛋抓住。这时，他便死死护住自己擦鞋的小箱子，任由他们凌辱、殴打，抢走他身上最后一分钱。

在12岁的陈顺德的眼里，自从父母相继去世后，这个世间便日渐冰冷起来。除了相依为命、大他三岁的姐姐，没人会用温暖的眼神看他一眼。他更多感受到的是这个城市的冷漠、虚伪和恶意。

直到那一天，他又一次被那些恶棍堵在一条僻静的巷子里，他们殴打他，抢走他擦了整整一天鞋挣来的两毛六分钱，还砸了他珍若性命的小鞋箱。那一次，从没在这些恶棍面前哭出声过的陈顺德号啕大哭。

“来来来……各位好汉……我们打个赌。”

就在陈顺德觉得天塌地陷的那一刻，后来他一直叫“师父”的那个人出现了。时隔五年，陈顺德依然能清晰地记得师父当时说的每一个字、做的每一个动作和表情。

说话的是个年轻的叔叔，他看起来喝了不少酒，肩膀上搭着件西装外套，脚下打晃，说话也有些大舌头。叫住几个准备离开的恶棍后，年轻叔叔从白衬衣衣兜里掏出一张百元的法币，扬了扬：“打赢我……这张钞票就是你们的……”

天呐，100块？！看着那张花花绿绿的钞票，陈顺德一时忘记了哭泣。擦一双皮鞋一分钱，擦一天皮鞋顶多能挣上三毛钱——够他喝碗“艇仔粥”外加两个素包子……100块钱，他得擦多少双皮鞋才能挣到啊？

“一二三四五……你们一起上，公平吧？”年轻叔叔好像真的醉了，伸出指头一个个点着人头，完全没注意到这几个红了眼的混蛋，瞅见四下无人已偷偷掏出了藏在腰间的家伙。

陈顺德可是知道，没什么比在僻静的地方遇上一名有钱的醉汉，更让这帮无恶不作的下三烂们更兴奋的事了。

这位叔叔虽然身形高大，但他醉得站都有些站不稳，怎么是这些握着匕首、拎着短棍、挥舞着铁链的家伙们的对手？

陈顺德简直不敢看下去了。他不忍心见到这位莫名感到有些亲切的叔叔，像上次那个外乡汉子一样，被这伙人打到半死后在头上浇尿的凄惨下场。

“小子，帮我拿好衣服，顺便学学怎么打架。”下一刻，陈顺德就见这位年轻的叔叔朝自己咧嘴一笑，将肩头搭着的衣服扔过来，然后像一发炮弹似的射了出去。

当陈顺德手忙脚乱接住衣服，这场架已经快打完了——五个恶棍中的三个躺在地上哀嚎；而他们的头目，最凶恶的那名光头，握匕首的手腕被年轻叔叔单手扣住，一脸惊恐。

咔嚓一声轻响，光头的嘴咧到了耳后，发出一声惊天惨叫，握着被掰折了的手腕双膝跪地。

年轻叔叔接住他掉落的匕首，扭头看向靠在一根电线杆子上，手拿铁链的那个家伙，抖手将匕首掷了过去。

咄，寒光一闪，匕首擦着这家伙的头皮钉在木头杆子上。哗啦一声铁链掉落，陈顺德就见这个曾经在自己身上撒尿的混蛋，一屁股坐在了地上，转瞬间裤裆便湿了一大片。

架是这样的打的？陈顺德看得目瞪口呆，感觉像是在梦游。茶馆说书的刘大牙，把黄飞鸿、铁桥三吹上了天，听得陈顺德无数次在梦里拜这两位名震两广的武林高手为师，学得一身好武功，然后无数次地将那些欺凌自己的恶棍们打得满地找牙，不住磕头求饶。

不过现在，陈顺德觉得即便是黄飞鸿和铁桥三加起来，也打不过眼前这个年轻的叔叔。想着想着他就膝盖发软，想要跪下拜师，不料却被对方一把提了起来。

“你叫什么名字？”

“虾仔。”

“好吧虾仔，跟你打个商量。”

少年抹去脸上的泪水，愣愣点头。

“我可以帮你修好这只箱子，但你得帮我擦鞋。”

少年拾起地上四分五裂的小鞋箱。“我可以天天帮你擦鞋。”

“成交。以后你就来‘荣养院’门口擦鞋。”

“是十九路军荣养院吗？”

“是。”

少年跟着年轻的叔叔朝巷口走去，弱弱问道：“你今天为什么帮我？”

“因为你帮过我啊。”

少年愕然。“我帮过你什么？”

“你帮我擦过鞋，而且擦得很认真，很亮。”

少年哭得稀里哗啦。他擦过太多双鞋了，每一双他都擦得很认真，很亮。但离开鞋摊后没人会多看他一眼，和他说半句话。

“我可以拜你为师吗？”

“不可以。”

少年很伤心。“因为我没钱吗？”

“不，因为没有师母。”

少年双眼放光。“我一个姐姐，很好看的。”

“你姐姐多大了？”

“下个月满十五。”

啪，少年脑袋上虽然挨了一巴掌，脸上却笑得那样的灿烂。他感受到了这一巴掌的温度，仿佛这座城市也因此温暖起来。

事实的确如此。从那天之后，少年的世界不再冰冷、灰暗，因为他有了一个没有师母的师父。被人欺负了可以找师父，饿得受不了可以找师父，没钱看病了可以找师父……而师父，从没让他失望过。

急促、刺耳的汽车喇叭声，让陈顺德打了个激灵。巷口外，一辆警车和两辆黑色轿车先后从大街上急驶而过。轿车车门的踏板上还站着日本武士——这些家伙一手把着车门门框，一手握着武士短刀，杀气腾腾。

“摔死你们这些杂碎！”虾仔在心里咒骂。他咬牙从地上爬起，看了一眼石阶上摔散架的单车后，抱着骨裂般疼痛的左肩，一瘸一拐跑出巷口，横穿大街，拼了命地奔跑……

在水浸街一座大杂院里，那辆斜杠上喷着“黄沙分局”四个白色字的单车，靠墙停在屋檐下。边上一扇油漆斑驳的屋门半掩着。

这是一间不到三十平方米的小屋，房间的四壁糊着泛黄的报纸，家具简单而陈旧。靠墙的单人床上放着一只打开的皮箱，箱子里已经装了些衣物。箱子边上扔着阿豪脱下的警服、警帽。他已换上了一身藏青色毛呢西服套装。

拉开桌子的抽屉，阿豪取出一个书本大小的相框。看着照片上依偎在自己身边的温婉女子，他的目光温柔如水。这张他和妻子的结婚照，陪他熬过了整整三年的痛苦时光。

此刻的阿豪尚未意识到，他在之前的行动中犯下了一个致命的错误，强大而残暴的敌人正高速朝这里赶来……

刺耳的刹车声在大杂院外接连响起——黄沙分局的那辆警车和玉川公馆的两辆轿车先后停在了外边的街道上。

高桥满不待轿车停稳便开门钻了出来，他大声朝随行武士呼喝，命令他们中的一些人封锁这条百多米长的小街，防止抓捕对象逃走。

从警车里下来的，是板着脸的朱大祥和他的两名队员。段世豪被指认出是袭击高桥满一行的凶手后，巡警队长的心情可想而知。惶恐之下他不得不表现出积极的姿态，亲自带玉川公馆的人来这里缉拿凶犯。

高桥满带着一群武士气势汹汹地闯进大杂院，他们在一名巡警的指引下，直奔阿豪的小屋。这阵仗吓坏了院子里的人们，大家纷纷躲回屋内，关门闭窗，生恐祸事粘身。

街口。虾仔靠在拐角处的墙后大口喘息着，他脸色惨白，泪水在眼眶里打转。他已拼尽了全力，但还是来晚了一步。

“师父，你不会有事的……你还没教我打架呢……”虾仔在心里不停地念着，祈祷着，“师父，你和师母都不会被他们抓住的……不会的……”

咣当一声，高桥满大力踹开没有上锁的木门。他身边的几名武士纷纷拔刀、握枪，全神戒备。

屋内光线昏暗，没有任何动静。一名武士打开门边的电灯开关，另一名武士迅速且谨慎地查看了屋里唯一能藏身的两处地方——床下和衣柜。

“没人。”

“混蛋！”高桥满冲进屋里，抓起床上的警服，狠狠扔在地上，对一众武士咆哮，“搜查这里的每户人家，拷问这里的每一个人，一定要将那只卑鄙的老鼠找出来！”

下一刻，在朱大祥向人们大声地宣告了段世豪的罪行后，一场灾难降临在了这座大杂院里。每一家的大门都被武士们粗暴地砸开，他们闯进这些可怜人的家里肆意搜索，恐吓每一个大人孩子，甚至还殴打他们，逼迫他们说出段世豪的下落。

灾难很快蔓延至了街上，武士们拎着刀四处乱窜，拦截过往路人，砸门、闯屋，稍不顺意就对人拳打脚踢、拔刀威胁。整条街上哭号声、尖叫声此起彼伏，如遭匪劫……

大杂院斜对面的“老李理发店”店门紧闭，拉着窗帘，门上挂了块“歇业”的牌子。

屋里没有开灯。阿豪站在窗边，透过窗帘缝看着外面街上，脸色比将夜的天空还要阴沉。

还在和立雪回这里的路上时，阿豪便决定今晚就离开水浸街。对于袭击高桥满等人将导致怎样的后果，他有着清醒的认识。日本人迟早会查到他的身份，对此他不抱半点侥幸心理——中和堂那边没有任何理由替他保守秘密；警察局里也有自己的档案照片。

因此，一回到水浸街阿豪便立刻着手收拾行李，打算等铁拐李帮立雪改变完发型，两人就离开。不过他没想到敌人的追捕来得这样迅猛——几分钟前，他前脚刚走出大杂院，高桥满一伙后脚便杀到了，相隔不过四五秒，可谓险之又险。

然而阿豪此刻的心情，并没有因几分钟前的“幸运”好上多少。这场灾难，是他带给水浸街这些贫穷却善良的人们的。他为之愤怒、愧疚，但除此之外什么也做不了。

“走吧，去老黄那里躲躲。”铁拐李从里屋出来，拍了拍阿豪的肩头，安慰道：“这些畜生闹一阵也就算了。”

“对不起大家了。”阿豪最后看了一眼住了三年的这个地方，默默在心里说。

里屋。煤油灯柔和的橘色灯光下，立雪独自坐在桌前，怔怔地看着镜子里的自己——她之前那一头披肩长发，已剪成了齐耳短发；光洁饱满的额头也覆盖上了一排整齐刘海。

发型的改变，加上卸妆后越加素雅清丽的容颜，让她看上去更像一名清纯的少女，而非画舫里唱曲陪酒的姑娘。

“认不出来吧？”进屋后，铁拐李小声问身边的阿豪。

阿豪点点头，对妻子道：“我们走。”

立雪忙从凳子上站起，紧张地看着丈夫：“街坊们……没人受伤吧？”

铁拐李替阿豪答道：“没事，都是穷骨头，硬……”话没说完突然闭口，目光落在紧闭的后窗上——那里有轻微的响动。

阿豪眸光一凛，示意立雪和铁拐李退到一边。他抓起桌上放着的一把理发剪，悄无声息地来到窗前，一把将两扇木窗推开。

窗外，虾仔双手把在离地两米多高的窗沿上，双脚在半空乱蹬，正费劲地往上爬。窗户突然被推开，惊得他差点摔下去。幸亏阿豪眼疾手快，一把抓住了他的胳膊，将他生生拽了上来。

“师父，我就知道你会没事的。”虾仔见到阿豪和立雪，激动不已，“师母也在，太好了，太好了……”

立雪看见虾仔衣衫不整，脸颊上还有淤青，关切道：“虾仔，你脸上怎么了？”

“没事，不小心摔的。”虾仔满不在乎，阿豪却是心里一热。他之前一见朱大祥从车里下来，便猜到玉川公馆的人应该是通过黄沙分局追查到的自己，而虾仔定是着急来给自己报信，才搞得这样狼狈。

“虾仔，日本人是怎么找到局里去的？”这是阿豪此刻心中最大的疑问。

从他袭击高桥满等人到现在，还不到两个小时。这样短的时间，对方是如何确定自己身份的？是现场有人认识自己，还是因为别的原因？接下来他和妻子还要在这座城市里藏匿一段时日，如果不解开这个疑惑，他心中实在难安。

“你骑的车……”

只听了半句，阿豪立即明白问题出在什么地方，恨不得狠狠给自己一拳。当时他只想着扯掉衣服上的警号牌，却忽略了骑着的是一辆有警局标记的单车。

听虾仔快速、简要地将一小时前黄沙分局发生的事说了后，阿豪探身到窗外左右看了看，问："巷口什么情况，有日本人或警察盯着吗？"

"没有。"虾仔摇头，想了想道，"不过，我离开街口的时候，又来了一车日本人。"

铁拐李的脸色又黑了几分。他想到了什么，走到衣柜前，打开柜门，掀开柜底的底板，从里面取出一把手枪。

"你哪来的？"阿豪看着他手里的毛瑟手枪，低声惊呼。

"一个朋友存我这的。你带上防身。"

"快放回去，藏好。我不需要这个。"阿豪气恼道，"你老大不小了，不知道这东西容易惹祸吗？赶紧处理掉！"

铁拐李老脸讪讪，还待争辩，虾仔突然一拍脑门，惊呼："糟了。"

铁拐李愣了愣。"糟什么了？"

"现在几点？"虾仔问。

"七点二十五。"阿豪迅速掏出怀表看了一眼，疑惑道，"怎么了，虾仔？"

"还来得及，快跟我走！"说完虾仔转身就往窗户上爬。

"等等！"阿豪一把抓住他，"你刚才说什么来得及？"

"赶火车啊！"虾仔道，"我姐夫说，今晚8点半有趟到香港九龙站的火车，师父师母想要走就去火车站找他。"

"你姐夫什么时候说的？"阿豪忙问，目光热切。

"来之前我姐夫偷偷告诉我的。"虾仔道。

的确来得及！阿豪激动地想着，从水浸街到大沙头火车站有四公里左右的路程，即便是步行前往，一个小时也足够了。

他看向立雪，两人眼里都有掩饰不住的喜悦，幸福来得如此突然！自由的香港，对于生活在日军恐怖统治下的中国人来说，宛如天堂。更何况他们夫妻如今成了日本人的抓捕对象，早一天离开广州便早一天安全。

"通行证搞到了？"铁拐李谨慎问道。

虾仔摇头："通行证我没看到，但既然我姐夫说了，师父师母就肯定能上火车。"

阿豪朝铁拐李微微点头。他虽然和林文涛没见过几次，但相信对方的为人，也清楚对方有这个能力。

这时，外面隐隐传来砸门的声音。众人脸色皆变。

"是隔壁。"铁拐李竖着耳朵，"你们快走。"

"拐子叔，你怎么办？"立雪担忧道，"我和阿豪来这里应是有人看见的。"

"所以让你们赶紧走啊！"铁拐李指了指窗户，"别连累我这个瘸子。"他嘴里催促着，浑浊的双眼里却有着浓浓的不舍。去香港啊，这辈子再也见不到这小子了吧。

"老头儿，你好好的啊，我在那边安顿下来就想办法接你过去。"阿豪拍着铁拐李的胳膊说。瞥见对方手里还拿着枪，遂又低声骂道，"还他妈的不赶紧藏起来。你出了事谁帮老子带儿子？"

"滚，快给老子滚。"铁拐李回骂，眼眶泛红。

屋后是一条三米来宽的夹巷。虾仔、立雪和阿豪先后从窗户下到了巷子里。这时，狂暴的砸门声、日本人的喝骂声和玻璃碎裂声隐约从他们头顶传来。抬头看去时，窗户已经关上了，煤油灯昏黄的灯光业已隐去。

"放心吧，"阿豪低声安慰一脸忧色的妻子，"老头都快成精了，不会有事！"说完咧嘴一笑。

丈夫的笑容温和而自信，一如往昔。立雪有了短暂的迷醉——无论多让人忧心的事，只要看到他这样的笑，心就安了！

"师父、师母行行好！"虾仔凑到两人身边，压低了声音，一副皇帝不急太监急的神情，"我们在跑路嗳！"

立雪羞涩低头。阿豪大手一挥："公公，带路！"

虾仔咬着牙："嗻！"

"噗嗤"，立雪笑出了声，忙用手捂嘴。

天光昏暗，夹巷幽深。阿豪一手拎着箱子，一手牵着妻子的手，跟在虾仔身后快步前行。

然而，就在他们快要走出这条巷子时，前方巷口处出现了几道身影，紧接着一道电筒光柱射了过来。一个声音低喊道："这里有人！"

阿豪心中一沉，迅速将妻子护在了身后，抬起手遮挡住刺眼的电筒光。见那几道身影快步朝巷子里走来，他迅速瞥了一眼身后，将拎着的皮箱递给虾仔，指了指边上一处狭窄的岔口，低声而快速地说道："带你师母先走，我们火车站汇合。"

虾仔接过皮箱，焦急道："八点半，师父，火车不等人的，你一定要到啊！"

"知道了，你们快走。"阿豪低声催促。

虾仔还想说什么，立雪扯了扯他，说听你师父的。两人转身朝那处小岔口快步走去。

迎面而来的几道身影由快走改为奔跑，在他们身后更多脚步声密集响起——黑影幢幢，无数身影从巷口涌入。

阿豪后退几步，守在小岔口前，他深吸一口气，精神和全身肌肉高度紧绷。如果这些人真是冲他们夫妻来的，他必须守住这里，给立雪和虾仔争取更多离开的时间。

两三个呼吸之后，当先追来的几道身影便已奔至，在阿豪身前散开。这些汉子个个手持砍刀、短斧，目光凶厉而警惕，犹如围捕猎物前的群狼，随时可能发起凶狠、持续地攻击。

阿豪眸光快速闪烁，借着淡淡的月光他大致能看清这些人的穿着打扮，猜到了他们的来历，于是沉声问道："你们想干什么？"

片刻的沉寂之后，随着更多的打手赶到，一道嚣张声音响起："在广州，没人能逃得过我中和堂的追杀！"

话音未落，堵在巷中的人群分开，刘二杆子走了出来。他的左右跟着两名腰间别着手枪的家伙。

"跟我们走一趟吧，段爷。"这名中和堂的打手头目，一脸皮笑肉不笑地盯着阿豪。

"刘爷改投玉川公馆门下了？"阿豪问。

"少废话，大姐头还等着。"刘二杆子不耐烦道，算是回答了阿豪的问题。

"请刘爷转告一声，小弟今晚实在脱不开身，明天一早再登门向大姐头请罪。”阿豪敷衍道。当然，如果没有今晚那趟前往香港的火车，这种情况下他会选择去见见那个难缠的女人。

刘二杆子冷哼一声：“敬酒不吃吃罚酒。”他边上的两名枪手唰地拔出手枪，指着阿豪。

面对黑洞洞的枪口，没有人不紧张。阿豪快速地分析着眼前的形势：对方人多势众还有枪手，自己很难全身而退；而枪声一旦响起，很可能引来水浸街上的日本人和警察，结果会比去一趟中和堂更糟。

不如先跟他们离开这里，半路上再想办法脱身。想到这里，阿豪正要开口，一个声音先他响起。

“段兄弟，别误会。”令狐少卿从人群后走出，越过刘二杆子等人站在阿豪面前，“我们是来帮你的。”

阿豪盯着这个一脸温和笑意的男子，问：“怎么帮？”

“你身手的确不错。”令狐少卿对阿豪点头又摇头，“不过可惜，你得罪了日本人，活不长。这一点你不否认吧。”

阿豪默然。

“你想活命只有一条路。”令狐少卿又道：“把命卖给我中和堂，我们帮你摆平日本人。”

“怎么摆平？”阿豪问。

“钱和女人。”令狐少卿道：“钱我们出，女人你出。”

刘二杆子瞥着令狐少卿，眉头皱起。临来前秦芳好可没提女人的事，不过他也拿不准对方有没有单独给令狐少卿这样交代。

将立雪交给日本人？阿豪心中腾地蹿起一股怒火。“那就不劳贵堂费心了。”

“行，我也觉得这样处理挺麻烦的，还浪费钱。”令狐少卿突然翻脸，拔出手枪对着阿豪，骂道，“你他妈算什么东西，给脸不要脸。信不信我一枪废了你，再将你交给日本人？”

“中和堂你说了算？”阿豪恢复了冷静。

“本人中和堂董事长秘书，我说的话就代表董事长的意思。”令狐少卿倨傲道。

“那就好。”阿豪点点头，心道，秦芳好的心腹，分量不轻。事实上令狐少卿能抢刘二杆子的话语权，便足以证明其在中和堂的地位不低。

“刘爷……”阿豪突然对令狐少卿身后的刘二杆子喝道。后者一怔，还以为阿豪想从自己口中证实令狐少卿的身份，正待张嘴，瞳孔却是猛地一缩。

令狐少卿因阿豪暴喝而分神，下意识地转头看向身后的刘二杆子。就在这一瞬，阿豪身形如箭矢般射出，一步抢到令狐少卿的近前，闪电般扣住对方握枪那只手的手腕，一掰一拧。令狐少卿猝不及防，惨叫一声松开了握着的手枪。

阿豪夺枪在手，顶在令狐少卿的前额上，对刘二杆子等人厉喝：“都别动！”随即一手握枪一手抓住令狐少卿脖领，小心翼翼朝身后的小岔口退去。

这突如其来的变故，让中和堂的打手们有些不知所措，纷纷看向他们的头领。刘二杆子嘴角一阵抽搐，除了在心里大骂令狐少卿愚蠢、冒失之外，一时也不知道如何应对。秦芳好给他的命令是：抢在日本人和警方之前找到段世豪，抓也行绑也好，只要活着带回中和堂就行。可现在他怎么抓，怎么绑？对方本就身手不凡，现在还有枪有人质，他哪敢轻举妄动。

阿豪将令狐少卿拽到黑漆漆的小岔口后，转过对方身子用枪抵着后背，又对跟上来的刘二杆子等人道：“我不想伤人，退后。”

刘二杆子张开双臂，示意手下们退后两步。双方保持着六七米的距离。

“把枪留下，里面没子弹。”令狐少卿高举双手，侧头对身后的阿豪说，声音极低，只有他们两人能听见。

“为什么帮我？”阿豪在他耳边低声道。先前令狐少卿一边用枪指他，一边背着刘二杆子等人给他使眼色时，他当即便明白了对方的用意。

“别谢我。”令狐道，“不能杀你，就让你离她远点。”

“谢谢。”阿豪将手枪插进令狐少卿后腰的皮带里，“你再站一会儿。”说完悄然后退几步，然后转身奔向前方的黑暗。

由于角度和光线的原因，刘二杆子等人只能看见站在小岔口高举双手的令狐少卿，看不到他身后隐藏在阴影里的阿豪。

曲折幽暗的巷道里，阿豪快速奔跑着，一息不停。他要追回被中和堂的人耽搁的时间。两分钟后，他看见了伫立在巷口的一道俏丽身影，停下了脚步，双手撑着膝盖剧烈喘息着。

立雪慌张地跑了过来，抚着他的后背，关切道：“没伤着吧？”

阿豪直起腰，摆了摆手，示意自己没事。“你怎么在这儿？虾仔呢？”

他语气里带着些许的责备。

“等你！”立雪低下头，躲开他的目光，像个犯错的孩子。

突然，阿豪察觉到什么，警惕地看着巷口。虾仔瘦小的身影从街角拐了进来，鬼鬼祟祟地边跑边朝他们打手势——藏起来！

阿豪立刻拉着立雪，躲进墙根的阴影中。

虾仔很快摸了过来，对两人指了指巷口外的大街，神情紧张。

大街上，马达轰鸣声由远而近，车灯刺目。三辆日军军用摩托车从巷口疾驰而过，后面紧跟着一辆卡车，上面满载全副武装的日本宪兵。

“我就说嘛，这么大阵仗，肯定不是来抓我们！”虾仔后怕道。

今晚必须走！看着远去的日军车队，阿豪心想，绝不能让妻子生活在这座黑暗的城市里，过着朝不保夕的日子。

他打开怀表：8 点 5 分。时间紧迫，要在 25 分钟内赶到四公里外的火车站，路上不能再有任何意外！

第四章　杀戮之夜

低沉阴暗的天空下，矗立在石岗上的粤港检疫所，比白日里更为气势森严。黑幽幽的高墙电网让人望之生畏；紧闭的黑褐色铁皮大门外，两名荷枪实弹的日军哨兵站在阴影里，一动不动，枪尖上不时闪烁的幽蓝寒芒，令人胆寒却步。

下班时间已经过去了两个多小时，检疫所北区主楼里人去楼空，幽暗而静谧。此刻，除了楼门洞和二层楼梯口的两间安保室，整栋楼里只有一楼的“检验班”办公室里还亮着灯。

医师桥本三男起身送走最后一名同事后，重又坐回椅子上。现在，这间六个人的办公室里只剩下他一个人了。

桥本在一张表格上随意填了几个数字后搁下了笔，抬腕看表，计算了一下时间：还有 50 分钟。如果他不想放弃最后这次机会，现在就必须开始行动——晚 8 点半是所有非夜间值班人员离开这栋大楼的最后时间。

想到自己明天便会被送往前线部队，桥本细长的眼眸里迸射出仇恨的光芒。他不再犹豫，起身朝自己的储物柜走去。

他不是军人。他来这里是协助自己的导师玉川隆盛进行细菌及病理学研究工作的。然而，两周前他被从核心研究小组里踢了出来，安排到了检疫班。紧接着他又从某个渠道得知，军方已对他发出了“征召令”——他将得到“陆军军医少尉”的委任，并立刻转调至前线作战部队服役。明天这份“征召令”就会传达到检疫所。

桥本很确信，自己在前线部队必然会受到严密的监视，而且很快会死于某次战斗。他心里清楚，这一切皆是来自玉川隆盛的惩罚。

储物柜里放着一只外罩棉布保温套的桶状便当盒，桥本打开金属盒盖，伸手进去旋开底部的暗格，取出一台只比火柴盒大上少许的照相机和一串钥匙。将这台秋田制作所生产的“Mycro”牌微型照相机和钥匙放进衣兜后，桥本迅速锁上柜门，走出办公室。

一分钟后，桥本从一楼厕所的窗户钻了出来，出现在这栋楼的后墙下。检疫所内部夜间巡逻晚上9点才开始，加之此刻的天色已经足够阴暗，他不必过于担心被那些内卫武士发现。

顺着墙根快走几步，桥本拐到了这栋南北朝向大楼的东侧面——这里有一道外挂式铁制防火梯。

悄然登上防火梯，来到了二楼的铁门前，桥本掏出事先配好的钥匙，打开门锁，轻轻将门拉开一道小缝，向里窥视。走道里没有开灯，如他预料中的幽暗。二楼的安保室设在楼梯口，位于这条六十米长的走道的另一端。以桥本对这里的熟悉程度，当然不至于弄出动静，引来安保室值守武士的注意。

只见他快速地从防火梯门闪身进来，反手将门轻轻关上，几步来到位于这条走道后半部的玉川隆盛的办公室门前，用钥匙将门打开。显然桥本并非第一次这样干了，动作无声而迅捷，如同黑暗中的鬼魅。

办公室里的光线比外边走道更加阴暗，桥本打开笔形手电，照向办公桌后的墙角——那里放着一台近人高的大型保险柜。

尽管桥本不是第一次从这台保险箱里窃取资料，但此刻仍然心率加快、呼吸急促——那里面锁着日本军方最高等级的绝密资料、玉川隆盛团队最新的科研成果！

作为一名日本医科大学毕业的优等生，桥本太知道用人类代替小白鼠，大规模进行各种细菌感染以及活体病理解剖实验是多么骇人听闻的事了。可以说亘古未有。与之相应的是，通过这些人体实验所获得的一项项科学数据和成果，对人类医学的发展又具有多么惊人的意义，其价值不可估量！

插入钥匙，旋转密码，桥本熟练地打开保险柜，迅速从一摞摞标记有“绝密”字样的文件盒中找到这次的目标——最新一期的研究报告和原始资料……

十分钟后，桥本将拍摄完的资料放回保险柜，锁上柜门，把密码锁转盘恢复到打开前的位置。

做完这些之后，他熄灭手电，走到门边，先听了听外边的动静，再将门打开一道缝隙——走道上黑暗寂静，和他来时一样。

桥本蹑手蹑脚出了办公室，关上门，朝防火梯门走去。就在这时，吱呀，一道细微的开门声在寂静的走道中响起，如一道雷电霹中了他。

桥本浑身一颤，扭头看去——几米外的“男厕所”门口，站着一个矮壮身影。

“是谁？”喝问声中，一束手电光照住了他。

“麻生，原来你在厕所……”桥本转过身，强自镇定道，“我正找你。”

“找我？”二楼的值守武士疑惑道，“桥本医师有什么事吗？”

“是这样，我的钥匙丢了……”桥本道，“下午我来过二楼几次，想问麻生你有没看见。真是给你添麻烦了。”

“钥匙？”麻生思忖后摇摇头，又扭头看了一眼楼梯口的铁栅栏门，狐疑道，“你怎么进来的？”

“门没有锁。”桥本道。

“没锁？”麻生挠挠头，嘴里嘟囔着快步朝楼梯口走去。桥本阴沉着脸跟在后面，手伸进裤兜里，掏出一把折叠手术刀。

主楼二层是检疫所的核心区域之一，这里除了有玉川隆盛、所长岛义雄以及安全官的办公室，机要班、档案室、财务室等高度涉密部门均在这层办公。检疫所内部安保部门为确保这里的绝对安全，特别在这一层设置了一间安保室，安排了内卫武士二十四小时值守。每天下班之后，值夜武士会将楼梯口的铁栅栏门从里面锁上。

叫麻生的武士，在离铁栅栏门五米远的地方站住了。借着安保室窗户透出的灯光，他看见那把自己亲手锁上的大号铁锁，好端端地挂在铁栅栏门的锁扣上。

麻生疑惑地转过头。寒光一闪，锋利的刀锋在他脖子上飞快地抹过，鲜血喷射而出。

麻生捂着被划开的颈动脉，慢慢转过身，瞪着桥本，一脸不可置信。温热的血液从他的指缝间大股涌出，瞬间染红了半边身子。

看着麻生狰狞的面孔，桥本全身都在战栗。如果不算那些被活体解剖的中国人，这是他第一次杀人，而且杀的还是日本人——一名特高课的内卫武士。

检疫所虽然隶属于南水部，但由于地下秘密实验基地的存在，北区的安保措施的等级甚至超过了南水部本部机关。其安全体系分为内外两层：外围警卫由南水部守备队负责，内部安保工作则交给了宪兵队特高课。

“你……”麻生猛地扑向桥本，后者惊慌之下不及闪避，被扑倒在地。愤怒让这名武士忘记了喊叫，忘记了还在飙血的颈部，他压在桥本的身上，双手掐住对方的脖子，要将这个背叛者活活掐死。

对死亡的恐惧，激发出了桥本瘦弱身躯里的全部力量。他用手中的刀子，胡乱而疯狂地在麻生的身体上戳着，肋下、后背、大腿……就在他感到快要窒息的时候，身体失血过半的麻生松开了手，翻身倒在了一边。

桥本慌忙从地上爬起，一边大口喘息一边将麻生的尸体迅速拖进边上的安保室。他看了一眼表：8 点 15 分。再过 15 分钟内卫武士就要对大楼进行巡查，他必须在这之前离开。

五分钟后，桥本从原路返回了一层的检验班办公室。他迅速打开自己的储物柜，脱下沾满麻生血液的西服外套，换上一件深灰色的卡其布风衣。在这之前他已在男厕所里清洗掉了双手、脸颊和脖颈上的血迹。

桥本从西服口袋里掏出微型相机，却没找到那串钥匙。应该是先前和麻生搏斗时掉落了，他想。但时间已经不允许他再返回去找寻，况且，那三把钥匙现在于他已失去了意义。

出入检疫所北区需要经过两道检查：守卫北区大门的守备队士兵和把守在主楼楼门洞出口处的内卫武士。前者只检查证件，而后者则有权对出入大楼的工作人员进行搜身——如果他们认为有必要的话。

“给您添麻烦了。”大楼楼门洞出口的铁栅栏门前，桥本向守卫武士例行出示了自己的工作证件后问，“需要检查一下吗？”

武士瞥了一眼桥本拎着的保温饭桶和斜挎着的公事包，打开铁栅栏大门边的小门，顿首道：“明天见。”

桥本微笑还礼，抬腿就要朝外走。丁零零……就在这时，大楼里突然响起刺耳的警铃声。

看着前方北区大门门柱上亮起的红色警示灯，桥本整个人仿佛被瞬间冰冻。这里的所有工作人员都清楚一件事：警报响起后，基地守备队会第一时间封锁整个检疫所，禁止任何人离开。

“二楼报警！”一名武士从边上的安保室里冲了出来，对守门的同伴大喊。

后者粗暴地掀开发愣的桥本，快速将小门关闭、上锁，然后和同伴一起朝大楼里跑去。

二楼安保室。麻生上半身趴在靠窗的桌子上，伸向墙上警报器的一只胳臂无力地垂下，整个人也随之瘫倒在地上的血泊中。

突如其来的警铃声，让沉寂的检疫所霎时喧嚣起来：嘭、嘭、嘭、嘭，架在围墙四角上的探照灯快速亮起，将主楼和北区大门间的空地照得如同白昼；大门东侧的兵舍里响起了急促、尖利的哨音，守备队的士兵们在兵舍前迅速集结；与此同时，一批内卫武士拎着武士短刃从位于西楼的宿舍里钻了出来，他们在首领的指挥下，分散奔向检疫所各处。

见两名武士直奔主楼而来，站在楼门洞里的桥本指着大楼走道入口，对他们大喊：“快，二楼出事了。”短暂的惊骇之后，他迅速恢复了冷静。

两名武士来不及多想，一前一后冲进大楼。桥本不待他们跑远，几步钻进边上已经无人的安保室。他快速将保温桶暗格里的袖珍相机取出，放进挎包里，然后取下墙上挂着的一只钥匙板——这只铜质圆形钥匙板上，挂着十多把大小不一的钥匙。

桥本转身出门，往楼门洞里狂奔。

在主楼的后墙下，有一条五米宽、十来米长，通向地下基地的石阶。在这条石阶尽头的阴影里，是一道推拉式的铁栅栏门。

桥本飞快地跑下石阶，从钥匙板上找到对应的钥匙，打开铁栅栏门上的铁锁，拉开一道缝钻了进去。这时，一阵急促的脚步声从石阶上方传来。

桥本心中大惊，来不及将铁栅栏门重新锁上，悄然转身，没入身后的黑暗中。石阶上出现了两名武士，其中一人打开手电筒，照在没有上锁的铁栅栏门上。

地下基地的入口处，灯光昏暗，厚重的防火门打开着，前方的地上有条一米宽、八米长的笔直石灰槽。

桥本跨过防火门20厘米高的门槛，迅速找到门边墙上的配电箱。打开箱门后，他拔掉了电源保险。整个地下一层瞬间陷入黑暗，伸手不见五指。

桥本从挎包里掏出笔形手电打开，绕过地上供出入这里的工作人员鞋底消毒用的石灰槽，直奔前方的消毒间和更衣室。他没时间更换防护服，况且两周前被踢出研究小组后，更衣室已没有了属于他存放防护服的衣橱。不过，在不进入手术室或细菌实验室的情况下，桥本并不太担心自己会感染上某种病菌。

从消毒间和更衣室之间的出入口钻出，桥本顺着地下一层的主通道，快步朝停尸房走去。

为了掩人耳目，秘密且大量地处理尸体，南水部在检疫所地下基地修建了一条连接难民所的通道。所有死在各种测试下的中国人的尸体，都被从这条暗道运送至和检疫所相邻的难民营，扔进那里的“化骨池”进行销毁。而这条运尸通道的入口，便设在地下一层的停尸房里。

黑暗的走道里，桥本快速移动的身形突然停住——有动静从他身后传来。他立刻熄灭了手电，闪进边上的岔口里。桥本的身影刚在走道上消失，一束电筒光便照射过来。

“混蛋！”桥本在心里咒骂。借着电筒微弱的反射光，他确认了自己目前所在的位置——特别观察室外。

当走道上的电筒光消失后，桥本在黑暗中探出头——50 米外的主通道入口处，两个打着手电的人影，正朝这边缓慢而谨慎地搜索过来。

没时间犹豫，桥本咬牙走到特别观察室的铁栅栏门前，用钥匙板上的钥匙一把把试着去打开门上的挂锁。而在这道铁栅栏门后，还有一道带圆形观察窗的实木门，他必须在那两名武士搜索到这里之前，打开这两道门，然后将铁栅栏门从外面再次锁上，躲进特别观察室里。

想到要在没穿防护服的情形下，和一群浑身散发着恶臭的“零号”感染者待在一个房间里，桥本心中充满了巨大的恐惧。但此刻的他别无选择……

夜色中，杂草丛生、乱石嶙峋的江岸上一派幽寂、清冷的景象。偶有不知为何被惊起的宿鸟，从芦苇丛中飞起，投向远方的黑暗。

一艘带篷“沙艇”划破薄雾氤氲的江面，缓缓靠岸。这种能容下四到五人，又被叫作“连家船”的水上交通工具，是几万在珠江上讨生活的“疍民”们的安身立命之本，极为普通、常见。

船首，一道矫捷的身影跳跃而下。着地后，他没有停留，迅速爬上前方的土坡，趴在地上，探出头观察四周。确认安全后，他掏出手电筒，朝百米外的河堤上发出“两短一长”的灯光信号。很快，北边黑暗的河堤上电筒光闪烁——两长一短。对上暗号，这人回头朝船上发出两声低低的鸟鸣声。

四道同样矫捷的身影从船舱里鱼贯而出，他们跳上岸，迅速集结在了先前那人的身边。五人组成的小纵队，在先上岸那人的带领下，踩着河滩上的碎石、杂草，朝河堤方向无声而快速地行进。

领头的高大汉子叫顾铭，是这支“抗日锄奸”小队的队长。其余四名队员，均是他亲自从各支作战部队遴选出的广东籍精锐战士——他们或擅于远距离狙击，或强在近身格斗，又或是敌后侦查的好手、精于爆破的专家，大家各擅其长。

在重庆经过为期半年的伪装、驾驶、跟踪与反跟踪等敌后作战技能特训后，前军统广州站行动队队长顾铭，带着这支队伍历经月余时间，一路穿行贵州、广西和广东北部等国统区，于五天前抵达了广东肇庆。

肇庆位于广州以西一百公里，是华南抗日战场的最前线，其辖境内的西江航道，是国军遏制日军“溯江而上，进击广西”战略的重要关隘。

广州沦陷后，中国海军江防舰队退守于此，他们层层布防，死战不退。几年间，中日双方舰队在西江羚羊峡、思贤滘、马口江面一线的水路要津，几度攻防，战况极其惨烈。

顾铭的小队到达肇庆时，正赶上一场大战的尾声。此役，日军战斗机、轰炸机轮番出动，规模空前。国军江防舰队除“平西”炮舰外，其余执信、坚如、仲元、仲凯、湖山、飞鹏等6艘战舰全部被击沉！但海军官兵并未放弃战斗，他们在舰队司令黄文田的率领下，弃舰登岸，继续浴血奋战，依靠两岸的炮台和水下密布的水雷阵，成功扼守住了羚羊峡、高要一线水道，再次关闭上日军西进的闸门。

当时，顾铭和他的队员们伫立岸边，对着江面上一具具在波浪间沉浮的国军尸体庄严举手，向光荣的海军兄弟们敬礼！

“你们的勇烈，给了后方人们胜利的希望！”顾铭双眼通红，对着被鲜血染红的江水发誓，“而我们，将会用一颗颗汉奸的头颅，祭奠你们的英魂！”

带着铁血誓言，顾铭和他的队员几经辗转，避开日本人的层层关卡，于今晚踏上了这片河滩……

急行中的顾铭突然止步，同时抬手示意身后的队员们停止前进。他半蹲下身子，双眼微眯，看着六十米外河堤下那片阴影。两秒钟前，那里有寒光闪烁——虽然光亮细微，一闪即逝，但仍然被他捕捉到了。

顾铭右手拔出腰间的毛瑟 C96 半自动手枪，打开保险、枪栓，左手掏出手电筒打开，朝先前闪亮的地方照去。很快，他在一处半人高的草丛里找到了一点寒芒——刺刀的刀尖。

顾铭心中巨震，立刻熄灭手电，对身后的队员低喝：“有埋伏，快撤！”

然而，为时已晚。黑漆漆的河堤上灯光骤然亮起，两道粗大而雪亮的光束射来，将他们照住。与此同时，一排鬼魅般的身影从堤下草丛中冒出，寂静的河滩上，哗啦、哗啦的枪栓拉动声霎时响成一片。

“先打灯！”顾铭一声暴喝，几乎在探照灯刚一亮起，敌人拉动枪栓的同时，抬手就是一枪，射向河堤上的探照灯。

他对自己的枪法十分自信。当然，如果不是手中的武器来自德国毛瑟厂，射击精度超过一百米，而是重庆武器修理所或衡阳军械局仿制的那些射程不到 40 米的“驳壳枪”“盒子炮”，顾铭不会觉得他们今晚有半分逃脱的机会。

“嘭”的一声，一只探照灯应声而灭，紧接着又是乒、乒两声枪响，另一只探照灯被他的队员打爆。

“分散，各自突围！”顾铭大喊。

他心里清楚，这里不是正面战场，是敌后，他们没有火力优势，没有援军接应。在敌人早有准备的情况下，五人聚在一起目标太大，根本没有突围的可能，不如大家分散开来，借着夜色的掩护，或许还有人能成功逃走。

四名队员默不作声，迅速散开，朝不同方向快速奔跑。

“射击！”随着日军指挥官一声令下，三八式步枪的枪声密集炸响，子弹尖啸着划过夜空，拉出一条条火红的细线。紧接着，十几名日本宪兵从堤下的暗影中冲出，追击顾铭和他的队员。

与此同时，河滩东西两侧，各有一小队宪兵出现，准备包抄、拦截；

而先前还漆黑一片的江面上，一道光束亮起，日军巡逻船的马达轰鸣声由远及近。

四周枪声响成一片，分散突围的四名队员一边还击一边倒退，朝顾铭身边聚集。

绰号“傻大个”的陈汉元，腹部、胸口接连中枪后倒在了河滩上。顾铭想上去救援，被这个铁塔般的大汉拒绝了，他用枪顶着自己的太阳穴，嘶声怒吼：“快走！活下去，为弟兄们报仇！”然后他扣动了扳机，打爆了自己的脑袋。

顾铭目眦欲裂。

“队长快走……”

“我们留下掩护……”

“活着，为弟兄们报仇……”

另外三名队员一边大喊，一边朝日军猛烈射击，将射速堪比冲锋枪的毛瑟自动手枪的威力发挥到了极致。他们顽强地坚守在各自的临时阵地上，阻击着成半圆形包围上来的敌人。他们要用自己的生命，为他们的队长争取一线生机。

啪啪啪，子弹打在顾铭身前脚后，火星飞射、泥土四溅。他没有丝毫停顿，也没有“之”字形跑动做战术规避，而是直奔江边。跳江，是他逃生的唯一机会。

此刻，时间的意义超越世间的一切，每一秒钟，都是他的队员用生命为他争取来的，他不能辜负！

嗖，一颗子弹飞来，击中了高速奔跑的顾铭，他脚下踉跄，狠狠摔倒在河滩上。再抬起头来，已是血流满面——棱角坚硬锋利的碎石，划破了他的额头和脸颊。

“活下去，我命令你活下去！”顾铭在心中狂喊，猛地从地上爬起，一瘸一拐冲到江岸边，一跃而下，没入黑暗、冰冷的江水里……

“让开、让开，躲一边去……”火车站门前的大街上，虾仔一路小跑，手里挥舞着警棍大声吆喝，驱赶挡在前方的小贩和路人。

在他的身侧，一前一后跟着两辆人力车，上面分别坐着立雪和阿豪。大冬天的，两名车仔满头大汗，显然一路跑得很急。

阿豪焦急地看了一眼一直握在手里的怀表——八点半。开车时间已到，不知还能不能赶上这趟火车。

人力车在车站大门外的石阶下停住，阿豪跳下车，匆匆给两名车仔付了钱，牵着立雪的手快步朝候车大厅走去。虾仔早已拎着箱子，跑在了他们的前面。

一走进候车大厅，阿豪的心便沉了下去。大厅里空空荡荡，满地的果皮、纸屑，一名清洁工正在打扫；而检票口的栅栏门业已关闭，早没了检票员的身影。

阿豪快步走到检票口前，透过栅栏门向站台上看去，心中又生出一丝希望——火车还停在站台下，一些苦力正在往车里搬运货物。

阿豪侧头看向身边的虾仔。后者正焦急地四下里张望。他的目光突然定住，脸上露出喜色。

阿豪顺着虾仔的视线看去，就见林文涛站在候车大厅一角的“贵宾候车室”的门口，正朝他们招手。

“算你们运气好。”待阿豪三人走进贵宾室，林文涛道，“因为要临时加挂一个车皮，火车才没正点发出。”

阿豪扫了一眼空荡荡的贵宾室候车室，长舒了一口气，林文涛这样说，显然是能将他们夫妻送上火车了。

“谢谢林先生。”他感激地说道。

立雪跟着丈夫对林文涛点头致谢，后者打量她两眼，回以善意的微笑。这时，贵宾室通往站台的门被人打开，一名体型矮胖的日军少尉走了进来，背手站在林文涛身边，倨傲地打量着阿豪和立雪。

林文涛用日语对这名日军少尉说了几句，后者脸色缓和许多，朝阿豪招了招手，转身朝站台里走去。林文涛代表着玉川公馆，佐佐木不得不卖这个人情，况且他口袋里装着对方先前塞的钞票。要知道五百日元，可是相当于他小半年的薪金了。而私放两个没有“特别通行证”的中国人上火车，对他这个车站守备队队长来说并不需要冒多大的风险。

“感激的话就不必多说了。”林文涛握了握阿豪伸来的手，“算是替我老婆报答你那些年对他们姐弟的照顾吧。”

他这也是实话实说。五百日元可不是小数，如果不是欠阿豪这份情，如不是知道这对夫妻留在广州很可能性命不保，他也舍不得一下拿出这么多钱来贿赂佐佐木。

阿豪和立雪一起朝林文涛深鞠一躬。

“虾仔，到那边安顿下来后我会给你写信。”阿豪接过虾仔手上的行李箱，“有机会你就来香港看我们。”

“一定的。师父师母，你们多保重。”虾仔眼圈泛红。

“赶紧去吧。”林文涛拍拍阿豪的肩，“我和虾仔不方便进去送你们。”

阿豪点点头，携着妻子走进贵宾室专用道，登上站台。佐佐木掏出两张车票递给了阿豪，又指了指车尾几节亮着灯的车厢，便转身离开了。

这是一趟客货混装班列，前面十几节载货，后三节是客座车厢——这样安排，可以让乘客最大限度地避开车头飘来的煤灰烟尘。

阿豪牵着立雪的手，绕过站台上堆积的货物和那些装车的苦力，朝车尾的客座车厢走去。

最后一节车厢门口，列车员检查了车票后恭敬地将他们领上了车。此刻，车厢里已经坐了近百名乘客，男女皆是衣着光鲜的体面人物，其中还有几名金发碧眼的外国佬。

找到座位，放好行李，阿豪坐在有软包的椅子上，将妻子紧紧搂在怀里——终于能离开这座城市了！

今天，原本该是一个无比美好、幸福的日子——历经三年痛苦的别离之后，他和心爱的妻子终于重聚。然而，从相见的那一刻起，他们便开始逃亡，这之后的每分每秒都在紧张、焦虑中度过。日军巡逻队的追击、玉川公馆和警方的联合搜捕、中和堂打手的拦截接踵而至，让他们几乎喘不过气来，直到此刻……

当阿豪搂着妻子，在火车上享受难得的静谧时光时，九公里外的粤港检疫所却是另一番景象——南北两区皆灯火通明，如同白昼；四处可见内卫武士和士兵的身影，他们组成一支支小队，对每一处角落、每一间房舍展开细致、全面地搜索。

地下基地也不例外，三名换上了防护服的内卫武士，在一条追踪犬的带领下，顺着一层走道，迅速朝“特别观察室”接近……

一辆黑色轿车快速驶入北区大门，急停在主楼楼门洞前。

“什么情况？！”玉川云子脸色铁青，一下车便对迎上来的内卫武士首领劈头问道，脚下却是不停，匆匆朝大楼里走去。首领武士紧跟在她身边，低声、快速地汇报着……

“桥本三男？”听到这个名字，玉川云子脚步一顿。

“是的。”首领武士道，“警报发出时，他是唯一一个还留在这里的工作人员。此后人就消失了。我们从他储物柜里找到了一件血衣，又检查了他遗留下来的保温饭桶，发现了暗格……”

“人怎么还没抓到？”玉川云子打断道，“既然警报发出时还在楼里，人绝不可能跑掉。”

首领武士赧然道：“我们怀疑他盗取了地下基地的钥匙，从运尸通道去了难民所。我已经派人过去……”

不等首领武士说完，暴怒的玉川云子啪地给了他一记耳光：“废物！”

“课长……”这时，一名内卫武士从安保室里跑出来报告：“刚刚接到电话，难民所的守卫证实，半个小时前桥本从东门离开。”

“为什么放行？！难民所是随意出入的地方吗？！”

“桥本和难民所所长的场守喜熟识，守卫认识他，所以……”

“立刻通知守备中队，全体出动，展开拉网式搜索。”玉川云子咬牙道，“陆地、水上，军事理区的每个角落，附近的村子挨家挨户全都要仔细搜索。”

“是！”

五分钟后，玉川隆盛办公室。玉川云子放下电话，盯着办公桌上那串还带着血迹的钥匙，眸光如刀子般锋利。这三把在凶杀现场发现的钥匙，其中一把在她来之前内卫武士已经确认过，可以打开二楼防火梯门。

而另外两把，她刚刚亲自做了比对、确认：一把能打开这间办公室大门，另一把则是开启房间里那台大型保险柜的钥匙。

可这两把钥匙只有她和他父亲持有，两人一直贴身带着，尤其是保险柜的钥匙，几乎从不离身。她先前给父亲打了电话，确认钥匙并未遗失，而她持有的两把钥匙还在自己的手袋里。也即是说，桥本这两把钥匙是后配置的。但对方是怎么获得原钥匙的呢？

玉川云子想到了一个可能，但她不愿意往这个方向深思，更不能说出来。

“玉川课长，”背着手在房间踱步的所长岛义雄突然停下，缓缓开口道，“能否确认保险柜里的机密已经被窃取？”

“无法确认。”玉川云子摇头，“我刚才仔细检查了一遍，文件摆放的位置、顺序都没有问题。而且，密码锁看上去也没被动过。当然，不排除对方足够细致、小心，在窃取资料后将一切都恢复了原样。”

“玉川课长，”岛义雄沉声道，“既然你不能排除资料被窃取的可能，我建议你立刻给原田司令官打电话汇报案情，请求支援。事关重大，南水部的绝密资料不容有失，我们有必要加大对桥本的搜捕力度，扩大搜捕范围。”

玉川云子艰难地点点头，拿起了办公桌上的电话。事实上，她很不情愿在守备队的搜索结果出来之前向上级汇报案情，这会让身兼特高课三课课长和检疫所安全官的她显得非常无能。但岛义雄说得没错，此案“事关重大，南水部的绝密资料不容有失”，亦不容她有一点私心。

然而，当玉川云子刚接通原田官邸的电话，正在等待司令官本人接听时，一名内卫武士慌慌张张闯了进来，颤声道：“刚刚确认，桥本逃离前……在地下一层的‘特别观察室’藏匿了至少五分钟……没穿防护服……”

玉川云子和岛义雄相视骇然。没人敢不穿防护服进入特别观察室！那里关着四十多名“零号”感染者，而“零号”，是这世界上已知的，最令人恐惧的传染性病菌：感染率百分之九十一、死亡率百分之百、可以通过空气传播、没有免疫疫苗、没有治疗性抗血清……

“你确定？”玉川云子的声音同样发颤。

“确定，目击者很多。”这名武士道。

玉川云子浑身凉透。二十四小时，一定要在二十四小时之内抓捕桥本！否则，病菌一旦扩散，整个广州将成为人间地狱！而广州，现在是日本人的广州，不是中国的。

这时，听筒里传来了原田的声音。

“司令官阁下，”云子深吸一口气，竭力保持着镇定，“请立刻发布全城戒严令，任何船只、车辆、人员不得离境……”

晚点一个小时后，随着站台上那些搬运货物的苦力们离开，火车终于有了发车的迹象：在车外透气的乘客纷纷返回了车厢；列车员开始清点座位上的人数；车身传来微微的震颤感；车站信号员举起了绿色信号灯……

阿豪长舒一口气，从车窗外收回视线，对靠在自己肩膀上假寐的妻子道：“要开车了。”

女人没有睁眼，轻轻嗯了一声。在长长的汽笛声中，她嘴角勾起一抹幸福的微笑，双手将男人的胳臂抱得更紧了些。

“安心睡吧。”阿豪温柔道，“一觉醒来，就是香港……”

他的话音未落，站台上突然警铃大作，凄厉的尖啸声刺人耳膜。站台一侧的调度室屋顶上，红色警示灯急促闪烁，两名日本士兵从屋里冲出，分别跑向警卫室和火车车头。

这突来的变故，让所有人感到震惊和不安。车厢里顿时骚动起来，人们议论纷纷，猜测着出了怎样的大事。

很快，一名列车员和一名持枪的日本士兵登上阿豪所在的车厢。前者大声向乘客宣布：“宪兵司令部发布紧急戒严令，火车停开，所有人带好行李，准备好‘特别通行证’‘身份证书’下车接受宪兵队检查……”

列车员的话，如一道晴天霹雳在阿豪心里炸响，让他的心神一阵恍惚。该死，怎么会这样？！

阿豪当然不会认为，这突如其来的戒严跟自己有什么关系。汪伪广东政府成立后，日军宪兵司令部只发布过一次戒严令——两个月前的9月17日。那天，军统广州站为纪念“9·18”事变10周年，对广州多个日伪机构展开了破袭行动。其中最惨烈的一幕发在珠海中路——一名叫江自强的特工引爆身上的炸弹，和盘查他的五名日本宪兵同归于尽！

而自己，只不过是袭击了几名日本人。但让阿豪感到紧张的是，那名列车员说得很清楚，乘客下车后不是自行离开，而是要接受宪兵队的检查——是宪兵队检查，不是车站守备队！

他和妻子都没有“特别通行证”。更要命的是，立雪的“身份证书”还被中和堂扣着。

当过巡警，配合过日军上次“紧急戒严”的阿豪很清楚，在这种特殊情况下，日本宪兵会怎样对待没有“特别通行证”却混上开往香港的火车，以及没有“身份证书”的中国人。

他确信，如果私放他们上车的日军军官，不能赶在宪兵队检查之前将他们夫妻带离火车站，他和立雪会被立刻投入宪兵大狱。那是一处让人闻之色变的恐怖所在。被抓进去的人，没有几个还能活着或完整的出来。尤其是女犯，她们在狱中所受的凌辱和摧残更是令人发指……

阿豪不敢想象妻子被关进那里之后的情形。绝不能让立雪再落到日本人手里，哪怕是一小时、一分钟都不能！

然而，当大部分乘客都在列车员的催促和日本士兵的监视下，陆陆续续走出车厢后，阿豪仍然没有看到那名日本军官的身影，这期间也没任何工作人员或士兵来和他私下接触。

“放心，不会有事的。”感受到妻子的身体在微微战栗，阿豪安慰道。

站台上灯光有些昏暗，四百多米长的火车站台上，仅亮着三盏白炽灯——一盏在站台中部的检票口外，另外两盏分别在靠近车头和车尾的位置。一切都跟三年前那场战争有关，广州的电力工业遭到严重损毁，至今也没得到恢复，电力供应极其紧张。

三百来名乘客在几名日军士兵监视下，顺从而缓慢地朝检票口走去。没人喧哗、吵闹，诸多不满只能憋在心里。所有人心里都明白，在紧急戒严的关口，任何违逆的言行都将遭到日本人严厉的惩罚，即便他们都是有身份的体面人物。那些金发碧眼的外国乘客也不例外。

阿豪和立雪从最后一节车厢下来，走在最尾的人群中。没走几步他便放下了手中的皮箱，蹲下身系了系鞋带，顺手捡起了地上的几颗指头大小的石粒。他已看见一百米外的检票口处，几道戴白色袖箍的日本宪兵的身影。

阿豪隐藏在帽檐下的双眼，机警而迅速地观察着四周的环境。不能再往前走，越接近检票口守卫的士兵越多。他又扭头看了一眼身后，守在最后一节车厢门口的那名列车员，已拎着煤油灯钻进阴暗的车厢里，做最后的检查；而那名背枪的日本士兵，则缓步跟在了人群的末尾。

“你先拎下箱子。”阿豪站起身，在立雪耳边低声说，“一会儿别紧张，跟着我走。”

立雪点头，轻嗯一声，目光中是无尽的信任，仿佛前面即便是万丈深渊，她也会毫不犹豫跟着他跳下。

阿豪向前走两步，手腕猛地一抖，动作快速而隐蔽。嗖，手中石子破空飞出——目标是十来米外斜上方的那盏吊灯。制造黑暗和混乱，是他和妻子能否逃离这里的关键。

“当”的一声轻响，石子击中了吊灯的伞形金属罩。吊灯微微晃了几下，仍然亮着。

掉落的石子可能是砸到了某位女士，人群中响起女人小声的惊呼。

阿豪心中一沉，这种飞镖手法他很久没练了，失去了昔日的准头。一定要中！他暗自祈祷，又往前走了两步后，再次出手。

嘭，这一次，拳头大小的灯泡应声爆裂。突如其来的黑暗和随之掉落下来的灯泡碎片，引起了下方人群小小的骚动。

“有炸弹，快跑！”阿豪一声暴喝，伸手将走在身前一名男子大力推出。男子尖叫着向前扑去，一连撞翻好几人后摔在了地上，引起了不小的混乱。

广州这些年并不平静，街头巷尾不时有枪声、爆炸响起，两个月前国民党特工发起的那场大规模破袭行动更是震惊全城。生活在这座城市的人们，从没真正感到过安全，每个人出门时都或多或少保持着几分小心。

而此刻，突来的黑暗、男子的尖叫和队尾的混乱，加上阿豪的这一声大喝，让原本就因“紧急戒严”感到惴惴不安的乘客们彻底失去了理性，恐慌心理瞬间摧毁了秩序，站台上顿时大乱——人们盲目地四散奔逃、冲撞，女人们的惊叫声，倒地后被踩踏者的惨嚎声，小孩子的哭喊声不绝于耳。

混乱一起，阿豪便拉着妻子朝车尾方向快速退去。跟在他们身后的那名日本士兵，亦被这突来的变故所震惊，直到阿豪到了身前才警觉起来。

阿豪一直注意着这个家伙，现在怎会再给他机会。没等对方解下肩上的步枪，阿豪已一脚踢在他的裆部，旋即又是一掌狠狠砍在他耳后的颈动脉上。日本士兵双手捂着下体，还没来得及惨嚎出声便晕倒在地上。

阿豪迅速扫了一眼前方混乱的人群，那些日军守卫正在竭力恢复着站台上的秩序，应该没人看到黑暗角落里发生的这一幕。

“快走！”阿豪从立雪手中接过皮箱，低喊一声。两人飞快地来到火车车尾，跳下站台，转到火车另一侧，沿着铁轨朝火车车头——亦是出城——的方向跑去。

城中戒严，日伪宪警部队必然会采取管制交通、增设岗哨、加强巡逻和组织大规模搜捕等等措施。这种情况下，阿豪怎敢带着没有身份证书的立雪返回城里？

水浸街没有路灯，一入夜家家关门闭户，四处都黑漆漆的。

一小时前，随着高桥满带着那群如狼似虎的武士离开，这条破旧的小街渐渐恢复了平静。朱大祥和他的巡警手下也灰溜溜地走了。那些被砸了门窗、遭到殴打的人们，虽然在那帮日本凶手面前既不敢怒也不敢言，但看向朱大祥这些中国帮凶的目光里，总是带着几分鄙夷和怨恨。性子火暴些的，甚至会当着他们的面朝地上吐口水，嘀嘀咕咕小声咒骂几句。

铁拐李就是这种人。“狗日的，生儿子没屁眼！”当时，剃头匠便是在朱大祥背后这样骂的。他恨这家伙在自己被日本人殴打时，不但不出言帮衬两句，反而在事后出言威胁，说什么“有了段世豪的消息，要立刻上报警局，否则按同案犯处理”，我呸！

“通年表叔，这个仇我迟早帮你报！”理发店里屋，顾铭全身脱得精光，裹着棉被靠坐在床头，咬牙切齿道，“日本人、汉奸、叛徒，一个都不放过。”

“行了，三娃子……”铁拐李从衣柜里找出条毛巾扔给顾铭，“先把头上的水擦干了。我说你呀，先别提给我报仇的事，你别再害我，表叔就算烧了高香。”

“通年表叔，这次事出突然……”顾铭抓起毛巾用力地擦头，一双虎目里仿佛有火焰在跳动，“你放心，我天一亮就走，绝不给你添麻烦。”

“走个屁！”铁拐李拿起桌上一瓶白酒，咬开瓶盖，递给顾铭，“先喝一口，驱驱寒。”顾铭接过酒瓶，咕咚咚往嘴里灌。

“你说你这伤，明眼人一看就是枪伤。走？走出去让人抓啊？”铁拐李指着顾铭大腿上一道手指粗的血槽道。

“被子弹擦破点皮，没事。来吧……”说着，顾铭将酒瓶里的白酒对着伤口淋了下去，疼得龇牙咧嘴，却一声不吭。

“差不多了。”大半瓶白酒倒下后，铁拐李先用干净毛巾将顾铭伤口处的血水蘸干，然后拿了准备好的白布条，一边包扎伤口一边说，“今晚只能这样将就了，明天我去药房给你弄些云南白药敷上，你就在这里安心养伤。”

“这伤……我安心养不了……”顾铭喃喃道，“弟兄们的仇一日不报，我顾铭怎能安心……”说着，眼角泛起泪光。

“队长快走啊……”

“活下去，为我们报仇……”

“我们掩护你，快走……”

枪声、子弹的尖啸声、战友的呐喊声，密集而混乱地在他耳畔响起，顾铭仿佛又回到了一个小时前——他在河滩上拼命奔逃，而他的队员们为了阻截追来的敌人，一个接一个地倒在血泊中……

铁拐李一声长叹：“三娃子，你说你们……是怎么搞的？”

顾铭一把抹去眼角的泪水：“通年表叔，这次你一定要帮我。”

“三娃子，你做的是大事。”铁拐李自嘲道，“我呢，肩不能挑、背不能扛，一个混吃等死的老瘸子能帮你什么啊？当然，应急的时候你来我这躲躲，帮你藏藏东西，这些表叔还是可以答应你的。”

“通年表叔，这次不一样，只有你能帮我。”

“什么叫只有我能帮你？你们的人都死光了？”

顾铭摇头，神情有些悲凉：“除了你，这座城里，再没有一个我可以信任的人了。”

东郊。清冷的月光下，两个身影沿着铁路向东而行，脚步匆匆。

“小心！”阿豪一把扶住身形有些趔趄的立雪，“还是我背你吧！”。

立雪娇喘着摇摇头：“竹岗村还远吗？”

阿豪看了看黑暗的前方：“拐过前面那道弯，再走四五里就到了。”

“我可以的。”立雪深吸一口气道，“快走吧，这么晚去打扰你那位朋友已经很冒昧了，等人家睡了再叫起来更不礼貌。”

阿豪回头看去，冰冷的铁轨蜿蜒没入身后的黑暗中，天地一片寂静。远方火车站站台上的灯光，恍如夜里的点点萤火。

“离城已经很远了，应该不会有人追来。我们歇息一下再走。”说着他伸出没有拎皮箱的手，扶着立雪的胳膊走下铁路路基，找到一块较为平整的大石。

立雪顺从地在石头上坐下。她正要弯腰去揉自己的脚踝，阿豪已抢先一步半蹲在她的面前，双手捧起了她的一只脚，脱去鞋子，温柔地揉捏起来。

月光下，看着丈夫那张比三年前憔悴了太多的脸，立雪不由眼圈一红，哽咽出声："阿豪……"

阿豪抬头便看见了妻子眼里晶莹的泪花。"对不起……"他们同时向对方说。立雪哇地哭出了声，积郁已久的情绪终于宣泄了出来。三年的相思，一千多个日日夜夜的痛苦等待，这一刻都化为清泉般的泪水，一涌而出。

阿豪放下妻子的脚，双膝跪地，将爱人柔软的娇躯抱在怀里。"一切都过去了。我发誓，以后不再让你受到任何委屈。相信我……"

"我相信。"立雪从丈夫的肩上抬起头，拭去脸上的泪水，用力点头。平复心情后，她看向南边灯火璀璨的高处，问："哪是什么地方？"

"东山。"

"真是富人住的地方啊，好多灯……好美的夜景。"

"香港有个维多利亚湾，听说是全亚洲夜景最美的地方。到了那边，我天天陪你去看。"

"香港啊，想想就让人感到幸福。"女人道，"阿豪，我们真的能去那里生活吗？"

"能。"阿豪看着东方黑暗的天际，目光坚毅，"香港离我们很近，我们一直往东走，过了黄埔、东莞、宝安、深圳，就是香港的新界了。两百多公里的路程，一个月就能到。虽然不好走，但三年前不少人就是这样走过去的。我想，我们也能。"

立雪握住丈夫的手。"我们也能。"

这时，阿豪隐约听见了什么声音，眉头微蹙，看向前方铁路的拐弯处——那里有微光亮起。

"不好！"阿豪脸色骤变。越来越亮的光线和隐隐传来的马达声，让他立刻意识到自己疏忽了什么——日军铁路装甲巡逻车！

阿豪迅速地扫视了一遍四周——他和立雪现在位于铁道的北侧，边上是光秃秃的山壁，无处藏身。

"去对面！"阿豪拎起皮箱，拉着立雪，快步登上铁路路基。他之前有印象，这一段铁路南边的路基下，是一大片荒地，高低起伏、草丛遍布，容易隐蔽。

“啊！”横穿铁道时，立雪突然低声惨叫。

“怎么了？”阿豪低头看去，就见立雪的左脚陷在了枕木间的碎石堆里。他忙蹲下，迅速将碎石清理开，将妻子的脚捧了出来——脚踝处被尖锐石块划出一道长长的口子，鲜血浸透了白色棉袜。

“轰隆隆……”柴油马达声逼近，先是两道刺目的灯光划过夜空，接着，火车头大小的95式铁路装甲车从前方的弯道缓缓拐了过来，如黑暗中突然现身的庞大怪兽，狰狞、恐怖！

“忍忍！”没时间心疼，阿豪将皮箱扔下铁道，抱起立雪，两步跨出，纵身跳下。

路基下是一道五十多度的陡长的土坡，阿豪仓促间抱着立雪跳下，无法稳住身体重心，摔倒在地。他下意识地抱紧妻子，用身体碾过丛丛荆棘、大小石块，一路翻滚而下……

十来秒后，两人躺在了陡坡下的杂草丛中。“立雪……你没事吧？”阿豪强忍着身体各处传来的疼痛，问抱在怀里的妻子。

“我没事。”立雪睁开眼，脸色苍白。见阿豪在自己身上来回打量，又道，“真的，只是拧了脚！你呢？”她伸手摘去粘在丈夫衣领边的几颗苍耳子。

这时，铁路上传来的发动机轰鸣声戛然而止。

不好！阿豪心中暗惊，忙抬头看去。果然，装甲车停在了他们上方，几名日军巡逻兵从车里钻出，打着手电四下里照射。

藏不住！这里离铁道不过三十来米远，草丛低矮，不到膝盖。

“快，抱紧我！”阿豪不敢有丝毫侥幸，迅速将立雪背上，猫着腰朝南边的树林跑去。

很快日本士兵的呼喝声便在身后响起，两道电筒光追上了他们。阿豪头也不回，踩着野草、碎石一路狂奔。他心里很清楚，只有钻进前方树林，他们才有逃脱的希望。

铁道上的两名士兵开始向他们射击，啪、啪、啪……枪声响彻夜空。阿豪脚下不停，身形左折右转，尽量不被敌人瞄准。一口气跑出近百米后，他终于冲进了黑漆漆的树林。

枪声停歇，天地间一片死寂。

林间，阿豪将立雪靠着一棵大树放下，双手撑着树干剧烈地喘息着，豆大的汗珠不停从他脸颊上滚落。

近百米的全力冲刺，耗尽了他所有的气力。再不停下歇息，他怀疑自己会一头栽倒。

脑子里的阵阵眩晕，让人直欲作呕。“哇”的一声，一股酸水从口中喷出后，他舒服了不少。抬手抹去嘴角残留的胃液，阿豪弯下腰，准备搀扶起妻子。

“这里不能久留……”他低声而快速地说道，“如果我没记错，这片林子后边有一条小溪，过了溪就是东山脚下。”

立雪软软靠在树干上，双眼睁了睁，又无力地闭上。阿豪的手摸到一片粘湿，同时嗅到了淡淡的血腥味，脸色骤变：“你受伤了？什么地方？”

立雪闭着眼，虚弱答道：“左肩……好像……中枪了。”

阿豪心中一紧。刚才他只顾背着立雪奔跑，精神高度紧张，完全没察觉到妻子何时中的枪。

借着从枝叶缝隙透下的一点月光，他小心地察看了妻子左肩的伤势。尽管中枪的部位不在要害，但伤口一直在流血。这样下去，人很快便会因失血过多而休克，甚至死亡。

阿豪飞快地脱掉了自己的西服外套、马甲背心和贴身穿着的白棉布衬衣，然后用随身携带的弹簧刀割下衬衣的两支袖子，迅速做了两根简易止血绷带，给立雪的伤口包扎止血。得益于曾在战场上无数次为战友或者自己进行过类似急救护理，他的动作熟练、快捷，不到两分钟便完成了整个过程。

不仅如此，他在做这些的同时，大脑还在高速运转：妻子必须尽快送医治疗，而且必须是西医。可这里是荒郊野外，去哪里找医院、医生？东山，对，离这里最近的就是东山了。那里是富人区，有不止一家西医医院、诊所。但立雪是枪伤，又正值戒严期间，哪家医院或诊所敢收治她？即便收治了，又如何防范他们向军警举报？贿赂？钱，自己身上一分也没有，全在扔在铁道下的那只皮箱里……

而最紧急、凶险，必须立刻解决的问题是，如果那些日本巡逻兵对他们紧追不舍追怎么办？立雪现在失去了行动能力，自己背着她走能否逃过日本兵的追索？她的伤口会不会因此大量出血？

没有如果！当阿豪刚刚给立雪包扎好伤口，暂时止住血，便敏锐地察觉到了身后细微的动静。他猛然转头——树林边上，有电筒光亮闪烁，三个持枪的身影若隐若现。

阿豪的胸膛开始缓缓起伏，身体里血液逐渐沸腾。半蹲在黑暗里的他，眼神凶狠，如一头被猎人逼入绝境的猛兽。

妻子中枪，如投进柴火堆的火把，点燃了他压抑在胸中已久的怒火。三年的忍辱偷生、委曲求全是为什么？只为能接回妻子，两人相守着，平平淡淡过完此生。可这个世界，连这一点卑微的希望都不给他，一次次地将他和妻子往绝路上逼、朝深渊里推。

既然不给活路，那就杀吧！阿豪在心里嘶吼，看了一眼昏迷中的妻子后，他悄无声息地朝树林边缘摸去，身形很快消失在前方一棵大榕树的阴影里。他要将这片树林当作猎场，把追踪而来的日军一一猎杀！

当然，杀戮不仅仅是为了摆脱敌人的追踪——立雪的伤口只是做了简单的处理，子弹还在体内，想要避免伤口感染，他急需日军士兵身上携带的战场急救包。

榕树上，阿豪藏身在枝叶茂密的树冠里，死死盯着三十米外在树林边缘徘徊的三名日军士兵。见对方迟迟没有前进，有放弃搜索的迹象，他伸手撇断身边一根拇指粗细的树枝，大力扔向树林深处。

林间黑暗而寂静，些微的响动便引起了那三名日军的注意。他们相互打着手势，组成一个标准的三角战术队形，小心翼翼地朝林中搜索而来。

阿豪竭力放缓呼吸，控制心跳，静待三名日军进入自己设定的伏击区。已经冷静下来的他深深明白，自己只有一把不到20厘米长的弹簧刀，要对付的却是三名全副武装的日军士兵。因而出手时，他务必做到迅猛、连贯且精准，不能有丝毫偏差或者失误，不能给这三名日军士兵反应的时间，否则，这片不知名的小树林，将会是他们夫妻二人的死地。

此刻的阿豪，仿佛又回到了少年时在广西大山中和爷爷狩猎的那段岁月。他的听觉、嗅觉成倍地灵敏起来，代替了眼睛。这是一个优秀猎人必备的能力，不然无法察觉到险恶丛林中那些善于伪装、藏匿的毒蛇和凶兽！

最后他连双眼也闭上了，全靠听力收集四周的信息，做出判断。尽管因眼睛反光而暴露的可能性微乎其微。这是他能达到的最静止的状态，整个人完全融入死寂一般的黑暗之中……

两束手电光在树林里四下照射，三名士兵端着枪，保持着8—10米的间距从榕树下经过，谨慎地朝发出声响的地方搜索而去。

当位于“三角队形”右后角那名士兵越过身下的榕树后，阿豪睁开了眼。他迅速确定了三名日军士兵此刻的位置，弹出手中弹簧刀的刀刃，从四米高的树冠上直扑而下。

刚从树下走过的那名士兵，察觉到了来自身后的轻微动静，迅速转过身。“噗”的一声，阿豪双脚落地的同时，将弹簧刀八厘米长的刀刃全部插进他的咽喉，然后迅速拔出。

这名气管被一刀切断的士兵，双手一松，端着的步枪掉落。他踉跄着后退，张着嘴却发不出声音，血泡子汩汩地从嘴里直往外冒。

阿豪拔刀后便没再看这个已经失去了威胁的家伙一眼，振臂将手中弹簧刀向他的第二个攻击目标——三角队形左后角的那名士兵——掷出。

就在这时，一道电筒光从前方向他射来。阿豪来不及去看他飞刀攻击的结果，蹲身抓起了掉在地上的三八式步枪，就地一个侧翻滚避开。

砰，一颗子弹打在他刚翻滚过的泥地上。电筒光和子弹皆来自走在最前方的那名伍长。

半秒钟后，阿豪从地上翻起，半蹲在树下的阴影里，手中步枪枪口红光一闪，朝前方的人影开枪。

啪、砰，三八式步枪和南部十四手枪的枪声同时响起。日军伍长眉心爆开，向后仰倒。而他死前射出的那颗手枪子弹，则从阿豪头顶飞过，打在后边的树干上，溅起几片碎裂的树皮。

枪声还在回荡时，阿豪已迅速退壳、上弹，枪口转向左侧的人影。他对自己先前投掷出的飞刀没有十足的把握。

不过没等他开枪，十米外的那名日军身形摇晃，瘫倒在了地上。阿豪端着枪快速且谨慎地跑了过去。见这名左胸上插着弹簧刀的家伙还没死透，他利落地将刺刀捅进了对方的心口。

至此，这场短促而危险的猎杀结束。从阿豪自大榕树上扑下，到他连续击杀三名日军，总共用时不到五秒。

不过危机尚未过去。据阿豪所知，日军一辆装甲巡逻车的标准人员配置是五人。树林里响起的枪声，肯定会引起留在车里的敌人的警惕。而且，铁路装甲巡逻车上通常会配备可以短距离通信的战术电台，对方很快就能调集大批日军赶到这里。

事实正是如此。此刻，在装甲巡逻车里，一名负责通信的日本士兵正在操作电台，向驻地发送他们此刻的位置，紧急汇报这里的情况……

时间紧迫，阿豪快速在三名日军的尸体上搜寻，最后在那名伍长的身上找到了一个战场急救包。看到急救包里装着的纱布、绷带、医用棉和一小瓶消炎止血粉，他紧绷的脸色这才稍稍缓和了些……

“基督教东山堂”位于寺贝通津街上，是座占地3300平方米的巴舍里卡式T型建筑。缭绕的夜雾中，高耸的钟楼和礼拜堂屋顶指向天空的巨大十字架，让这座浸信会教堂更显神秘与安宁。

年近六十的李嬷嬷，拎着煤油灯，独自走在幽暗的长廊里。这位虔诚的浸信会修女刚从礼拜堂出来——明天早晨8点有一次晨曦堂会，她在今夜便要替牧师做好准备。

这项荣耀的工作原本属于教中执事，轮不到她这个负责打理教会“养老堂”的使女。不过三年前那场战争，以及日本人对西方宗教不友好的态度，迫使教堂的长老、传道和执事们都先后离开了。只有一位牧师和几名上了年纪的嬷嬷自愿留了下来，维持着信仰的火苗。

“圣灵在上，让罪恶的战争早日结束吧！”经过一扇镶嵌着十字架的窗户时，李嬷嬷在心中默祷。

就在这时，“咚”的一声巨响，打雷一般——走廊尽头的那道木门被人从外面踹开，厚实的木质门闩应声断裂。

李嬷嬷惊得差点扔掉手中的煤油灯。她站在原地，怔怔看着从教堂角门闯入的高大男人，半晌说不出话来。

“嬷嬷……请帮帮我妻子……她受伤了。”男人喘息着朝她快步走来，大声恳求。这时李嬷嬷才注意到，对方身前还双手横抱着一个女子。

30分钟后。

立雪侧卧在一张单人床上，双眼紧闭，气息微弱。她的脸色呈现出不正常的潮红，盖在棉被下的身子不时微微颤抖。

这里是李嬷嬷的宿舍。房间三十来平方米，简单而洁净。除了桌、椅、床柜等简朴的家具外，房间里唯一的装饰物便是墙上挂着的木十字架。

“可怜的孩子，愿圣灵保佑你！”李嬷嬷站在十字架前，双手十指交叉握在一起，低声念着。

阿豪坐在床边，脸色阴沉。他已仔细查看过了立雪左肩的伤势，不算严重——伤口小，没有形成贯穿伤，弹头嵌入不深，应该是跳弹折射所致。

不过他发现，伤口处的肌肤已经开始红肿，有发炎的迹象。尽管他已重新对伤口进行了精心处理——急救包里的酒精、消炎粉和干净的纱布、绷带都用上了。但他仍然忧心忡忡。如果不尽快将弹头从体内取出，立雪会有生命危险。他曾经见过太多因伤口感染而截肢或死去的伤兵了。

“孩子，她需要看医生。”祈祷过后，李嬷嬷来到床边对阿豪道，“庙前街有所教会医院，我可以带你们过去。”

“谢谢您，嬷嬷，我们不能去医院，也请您不要告诉任何人，那样会给我们，也会给您带来危险。”尽管心急如焚，但阿豪仍然保持着一份冷静。在全城“紧急戒严”的情况下，送枪伤的病人去医院，无异于自投罗网。况且，两个小时前他刚刚袭杀了三名日本士兵，地点就在离东山山脚不远的树林。如果日本人动作够快的话，现在应该已经开始对这片区域展开大规模的搜索了。

“嬷嬷，请原谅我不能告诉您更多事，知道了对您有害无益。今晚您已经给了我们很大的帮助，还请您容我们在这里暂避……”

“孩子，不要说了。”李嬷嬷轻叹道，“虽然我的眼睛有些老花了，但我看得出来，你们都是善良的孩子。这里很清静，有许多空置的房间，你们可以安心地住下，需要什么帮助就告诉我。”最后，嬷嬷在胸前虔诚地画了个十字，“愿圣灵与你们同在。”

“谢谢您，嬷嬷！”阿豪的眼角有些湿润。

“阿豪，这是哪里？”这时，立雪醒来，虚弱地问。

“放心吧，孩子。”李嬷嬷伸手摸着她的额头，和蔼道，“这里是离天国最近的地方。”

第五章　劫持

时间：第二日

“黄大仙祠”曾是广州乃至整个珠江三角洲香火最为鼎盛的宗教圣地之一。广州沦陷后，日军宪兵部队将这里充作机关，并大加改造——增设了炮楼、兵营、审讯室、监狱等等军警设施，将一处肃穆、安详的道家圣地，变成了森然、肃杀、令人恐惧的所在。

特高课的独立办公楼位于这座机关大院的东北角，是由原关帝庙改建而成。凌晨五点，原本是万籁俱寂的时刻，但今夜此时，特高课的办公楼里仍是灯火通明，玻璃窗后人影幢幢，一派忙碌景象——

停在楼前的挎斗军用摩托车马达轰鸣，一辆接一辆地载着传令兵呼啸而去；进出小楼的便衣特工和制服军警们，个个脸色阴沉、脚步匆匆；楼里电话铃声此起彼伏，嘈杂而紧张……

“总共印了多少张？”特高三课课长办公室里，玉川云子将一份通缉令递还给面前站着的军曹。

通缉令上印着桥本的头像，以及姓名、年龄、身高、体重、籍贯等等相关信息。此外，这张有原田冈夫亲笔签名、盖了宪兵队司令部大印的通缉令上，还印有“重赏两万日元”六个粗黑醒目的大字。

军曹恭敬地答道：“目前已印出两千张。”

“不够，立刻将这两千张分发出去，再加印三千张。”满面倦容的女课长厉声道，“广州城大小街头、车站、码头、酒店、茶楼，所有公众场所全部要张贴。”

“是。”军曹在记事簿上飞快地记录着。

“通知我们的人，盯紧各家报社，这份通缉令明天务必刊登在头版。”

“是。”

“医院、诊所和药铺是重点，要多派便衣、密探……”

“是。”

“通知各组组长，每三小时向我汇报一次情况……”

“通知驻屯军各地守备队，加强对过往车船、行人盘查……”

“通知警察局，各分区、分署长官明早八点半准时到宪兵司令部参加紧急会议……”

一连串命令下达后，玉川云子挥手让军曹离开，坐回办公桌后的高靠背皮椅上，闭眼揉捏起酸胀的太阳穴。

这一晚她马不停蹄，从检疫所到宪兵司令部，她已连续召开三次不同人员参加的紧急会议，不停地汇报情况、发布命令、分派任务，一刻未曾合眼。

“戒严”对一个城市的负面影响是全方位的，不可能长时间持续下去。原田冈夫只给她一天的时间。如果在这二十四小时内特高三课仍没能抓捕到桥本，一切后果都将由她这个课长兼检疫所安全官承担。

玉川课长承受的压力之大，可想而知——桥本除窃取了帝国最高等级的绝密资料外，还很可能感染上了“零号”，她只有在病菌潜伏期内将其控制住，才能将这次“内部人员叛逃事件”的危害性降至最低。

为此，特高三课课长在宪兵队司令部的授权下，紧急调动了全广州近四千规模的军、警、特、宪部队连夜在全城进行大搜捕。然而从昨晚九点半到现在，八个小时过去了，仍然没能找到桥本的踪迹以及调查到任何与之相关的线索。

东郊！只有昨晚发生在东郊的“巡逻士兵遇袭事件”，让玉川云子现在还心存一线希望。

五小时前，驻屯军向宪兵司令部通报了一起事件：三名铁路巡逻队士兵，于晚 10 点 50 分左右，在东郊铁路附近遇袭被杀。

这份通报让玉川云子相当兴奋，她和她的下属们都认为：从时间和动机上判断，这起事件有可能是桥本和接应他的同伴所为。

于是玉川云子当即派了小泽原带队前往调查。而她整晚都在焦急地等待着，期望自己最得力的副手能如愿带回某个好消息。

笃笃笃，敲门声响起。

“进来。”女课长坐直身体，见是小泽原，不等对方开口便急切地问道，“什么情况？”

小泽原朝身后招招手，一名士兵拎着一只皮箱走了进来。

“课长，在东郊的大规模搜捕已经结束。守备队出动了三百名士兵，对附近的山野、村庄进行了全面搜索，没发现袭击者的踪迹。不过，”他指了指士兵手中的皮箱，“通过现场找到的这只箱子，我们可以很快确定袭击者的身份。”说着示意士兵将皮箱放在地上打开。

“跟桥本有关吗？”玉川云子起身从办公桌后走出。

“应该没有。”小泽原弯腰从箱子里拿出一个相框递给她说，“留在巡逻车上的两名士兵证实，他们当时只看到了一男一女两人，没有发现第三者。”

看着相片上那对分别穿着中山装和旗袍的年轻男女，玉川云子眉头紧蹙。“袭击现场呢？有什么发现？”

小泽原带回来的消息，绝非她所期待的。不过“三名帝国士兵被杀”亦是大案、要案，她不得不给予重视。

“袭击发生在铁路南边的树林里。现场勘察结果显示，袭击者只有一人。”小泽原又从皮箱里取出一双圆口布鞋说，“通过脚印对比，凶手应该是照片上的男子。”

“一个人，袭杀了三名全副武装的帝国士兵？”玉川云子有些不敢置信。

“是。而且他没有用枪，不，准确地说，他没有用自己的枪。”

玉川云子眼里闪过一抹惊惧之色，思忖道：“是中国特工？”

“现在还不能做此判断。”小泽道。

“还有其他有关凶手身份的线索吗？”玉川云子半蹲在箱子边，翻了翻里面的衣物——西服、长衫、鞋袜、领带……都是些没有任何职业特征的寻常男性服饰。

“我之前测量过这些衣物，”小泽原拎起一件灰布长衫说，“凶犯的身高应该在180公分左右，肩宽体阔。除此之外，暂时没有别的发现。”

“这是什么？”玉川云子拿起箱子里一只沉甸甸的小布袋，一边问一边松开袋口，将里面的东西一股脑倒了出来。

“钱。”小泽道，“16枚‘袁大头’，28港元。钱不多，却都是硬通货。”

“想去香港？”玉川云子拿起相框，对照片上那对男女冷笑道：“我保证，你们一辈子也到不了那里。”

“课长，此人极度危险，身上至少携带有一把南部十四手枪，六发子弹。”小泽道，“我建议对此案设立特别搜查组，加大侦破力度，争取在最短的时间内将凶手抓获。”

“此案对皇军声誉有一定负面影响，在抓捕到凶犯之前，案情要对外保密。”玉川云子虽然极不情愿分散抓捕桥本的力量，但仍然点点头，将相框递给小泽原，“立刻翻拍照片，送往黄埔、东莞一线的驻屯军守备队，要他们严加盘查。同时将照片分发给各警局，迅速确定凶手的身份，准备全境通缉。”

“是，课长。”小泽原接过相框，“不过属下认为凶手还藏匿在东郊一带。”

“有何依据？”玉川云子疑惑道，“凶手的去向很明确。只有进入香港境内，他们才能摆脱我方的抓捕。”

小泽解释道：“我们在离袭杀现场不远的地方还发现一处血迹。此外，凶手离开前除了拿走一把南部手枪外，还取走一只急救包。”

“你说他们两人中有人受伤？”

“是。所以属下认为，他们不可能远距离逃遁，会就近藏匿养伤。”

“那么，你认为他们是如何逃过三百名士兵的大搜捕的？”玉川云子质问道。

“有一个地方，守备队无法进行全面、彻底地搜查。”

“东山？”玉川云子霍然转身看向墙上的地图，眸光灼灼，“你是说东山！”

寺贝通津街上的晨雾尚未散尽，低沉的钟声已在教堂高耸的钟楼楼顶响起，召唤主的信徒。来参加晨曦堂会的浸信会教众们，三三两两走进教堂敞开的熟铁制大门，神情庄重。

教堂斜对面街角的电话亭里，阿豪投下一枚从李嬷嬷那里借来的电话币，拨出一个号码。

除了这枚电话币，他现在头上戴的宽檐礼帽，身上穿的铁灰色西式风衣以及贴身的衬衣，都是李嬷嬷从教众“慈善捐助”的旧衣服堆里找出来给他换上的。他之前的外套已经脏皱得不像样子，上面还染上了些深褐色的血迹，很惹眼。

经过一夜的思考，阿豪认为在目前的情况下，只有一个人能帮他们夫妻度过这次危难。虽然有无数次，他都想将那个当年逼得妻子卖身的美国佬掐死，但眼下除了这个家伙，他找不到第二个医术高明又值得信任的外科医生了。

是的，在阿豪眼里，戴夫勒医生是个值得信任、非常具有“职业道德”的人——三年前，便是这位美国医生抢救回了他的性命，并帮助他躲过了日军对中国军人的一次次搜捕。但前提是，你要支付一笔高昂到令普通人破产的诊金。

阿豪现在身无分文，钱都在昨晚扔在铁路下的箱子里。再说那点钱远远不够。不过他此刻并不忧心诊金的事，只要戴夫勒愿意救治妻子，再多的钱他也会去搞来。立雪当年可以卖身救他，如今他又有什么不敢做的？狗急跳墙、人急烧香，他没地方烧香，但东山遍地富豪，以他的本事当一回强盗、劫匪并非难事。反正这些家伙都不是什么好东西。

电话许久没有人接听，阿豪攥着话筒的手微微泛白，心中越发紧张。三年过去了，那家诊所还在不在？戴夫勒有没有更换电话号码？人会不会离开了广州？

感觉像是过去了一个世纪，那边终于有人拿起了电话，一个年轻女人的声音传来：“戴夫勒诊所，哪位？”。

阿豪提着的心总算放下。“小姐你好，抱歉这么早打扰。我是戴夫勒医生的朋友，有急事找他。”

“对不起，先生，戴夫勒医生不在，刚刚出门了。”

“请问他什么时间回来？”

“他没有说。”

“小姐，那请你帮我看看戴夫勒医生今天的日程安排，能不能请他到东山出诊？”阿豪恳切道，“我家里有病人急需救治！”

昨晚丢下的皮箱里有他们夫妻的照片。日本人动作够快的话，今天晚些时候，带有他们头像的通缉令就会贴满全城。对此，他不抱一丝的侥幸心理。在这种情形下，唯有将这位美国医生请到东山给妻子秘密治疗，才是最安全、稳妥的办法。

“先生，我建议您找别的医生。戴夫勒医生今天一天都会很忙。”女人在电话里说。

“那明天呢？”阿豪快速追问。也许是睡了一觉的缘故，立雪现在的状态比昨晚好了些。如果戴夫勒明天能来，他觉得可以接受。

“明天？明天一早戴夫勒医生要去香港，在那里乘机回美国了。”女人解释说，“圣诞节要到了，他每年……”

“你说什么？他明天一早去香港……”阿豪脑子里嗡地炸开。不，戴夫勒不能就这样离开，他走了立雪的手术谁做？

短暂震惊之后，他迅速恢复了冷静，问道，“小姐，我想去拜访一下戴夫勒医生，请问你们诊所还在十三行路上吗？”

“不，先生，诊所两年前就搬了，现在的地址是沙面北街37号。”

“谢谢。”阿豪挂上电话，心道，无论如何今天也要去一趟城里，把戴夫勒请来东山，请不来，绑也要绑来！

尽管他心里非常清楚，今天的广州城必定关卡重重、军警密布，自己此去未必能安全返回。但立雪的伤不能再拖，而那该死的戴夫勒明天就要离开广州。他必须要冒这趟险。

当然，冒险不等于送死。虽然日伪在出入城区的各个路口、水道都设了关卡，但偌大的广州城，不可能被把守得密不透风。能避开军警检查进入城区的小径、密道、暗渠、沟壕为数不少。阿豪在广州生活了这么多年，自然对此有所了解。此刻，他立刻想到了两条从东山秘密潜入城中的路径。

不过，无论选择那条路，都要等到晚上才能行动，不然很容易被附近岗楼上的守卫发现。这让他感到焦虑——从现在到天黑还有十一二个小时，这么长的时间什么情况都可能发生。他隐隐有种不好的预感，去晚了很可能再也见不到这位美国医生。

而且，沙面是英法租界，四面环水，连接陆地的两座桥的桥头——英格兰桥和法兰西桥——都有英法士兵把守，没有通行证件不许进入。这又是一个不小的难题，他需要时间解决。

就在阿豪一边思索，一边推开电话亭的玻璃格栅门时，一辆黑色的别克轿车从电话亭外驶过。看见这辆轿车的车牌号码，他脑子里突然闪过一个大胆的念头，重又退回了电话亭里。

别克轿车缓缓停在斜对面的教堂大门前。一名五十岁左右、中等身材的西装男子从后座上钻出，大步朝教堂里走去。

阿豪透过电话亭的玻璃窗，看着男子的背影，眸光急速闪烁。他虽然不认识这名气度不凡的男子，但通过车牌可以确定对方的身份——市参议员、粤港商会副会长樊兴业。在广州当巡警，“熟记大人物们的车牌”是必备的生存技能之一。

樊继宗从轿车驾驶位上下来，警惕地看了看四周后，掏出一根烟点上，靠在车门边抽着。

身穿长衫的吴启明从一处街角转出，走向别克轿车。“兄弟，借个火。”

“联系了吗，上面有什么指示？”樊继宗一边掏打火机一边低声问。

“电台摔坏了。”吴启明说，“提货时我会放回仓库，你想办法尽快带去香港修理。”

混蛋！樊继宗点点头，心里却在咒骂昨天撞倒老吴的那名警察。

吴启明接过打火机：“没有上级的指示，兴业同志如何应对这次调查由他自己决定。我个人建议，还是返回香港较为稳妥。”

“戒严期间，怕是不方便走。”樊继宗脸色阴沉……

礼拜堂十五米高的穹顶下，满头银发的安德鲁牧师站在一个巨大的十字架前，他那沙哑而充满磁性的声音在拥有1300个座位的大厅里回荡：“神说，你们祈求，就给你们……”

樊兴业独自坐在靠后的一排椅子上，和其他的教众保持着距离。他来这里的目的是为在外面接头的樊继宗和老吴提供掩护，而不是聆听布道。

讲台上，老牧师摘下鼻梁上的老花镜，视线从讲台上摊开的那本厚厚的圣经上抬起，看着面前稀稀落落的四十几名信众，用流利的中文大声道：“你们得不到，是因为你们不求。神，要我们主动地求……”

“那我就求你帮个忙，樊参议员。”阿豪在樊兴业身边坐下，低声在对方耳边说。见樊兴业侧头看过来，他将风衣敞了敞，亮出腰间别着的手枪。

樊兴业眼里的震惊之色一闪即逝，转回头看着前方的十字架，同样低声道：“你是什么人？”

直觉告诉他，这个双眼布满血丝的男子十分危险，那微微起伏的胸膛里仿佛有座即将爆发的火山。

“走投无路的人！”阿豪的回答很直接。樊兴业的出现，让他等不及天黑之后再行动了。他决定换一种方式入城，尽管这样做有些冒险，但如果计划成功，他不但可以提前入城，还能一路通行无阻地进入沙面。

“你想干什么？”樊兴业暗自警惕。昨天刚收到“特高课在秘密调查自己”的消息，今早就遇上一位身份不明、来意不善的人，这让他不得不有所联想。

“参议员请放心，我对锄奸不感兴趣。”阿豪道，“你只需要送我入城。顺利的话，一个小时后我们就可以说再见。当然，如果你拒绝，我不介意杀一个汉奸。”

汉奸？樊兴业心中苦笑，面色却平静如水。从事地下工作多年的他，早已抛却了“名誉”二字。正如他的老领导当年所说：做我们这种特殊工作的人，必须要有毁名灭誉、忍辱负重，甘做无名英雄的心理准备和政治觉悟！

“为什么找我？”樊兴业想了想问。

“第一，因为你们这种人最怕死。”阿豪道，“第二，你的座驾有‘甲字号通行证’。”

“好，我答应你。”樊兴业道。

这时，牧师结束了他的布道。

“阿门！”阿豪学着大厅里的其他信众，在胸前草草画了个十字，“不要有丝毫危险的念头，即便不用枪我也可以在一秒钟内杀了你。”说着手中寒光一闪，飞快在樊兴业脖子上抹过。

割喉？樊兴业感觉咽喉处一凉，全身顿时僵住。阿豪手速极快，他完全来不及反应。

“如果不是刀背，你已经死了。”阿豪收起手中的弹簧刀说。

樊兴业深吸一口气，镇定道：“你放心，樊某很看重自己这条命。一切悉听尊便就是。”

教堂外，樊继宗独自坐在轿车驾驶座上。见父亲从教堂出来，他忙下了车，准备打开后座的车门。下一刻，他眼神一凝，死死盯着紧跟在樊兴业身侧的男子。

是昨天那个家伙？尽管对方换了身便装，头上礼帽的帽檐压得很低，风衣衣领竖起，还怕冷似的缩着脖子，樊继宗仍然一眼认出，他就是昨天在小巷里撞倒老吴的那名警察。

樊继宗对阿豪的印象太深刻了。如果换个场景见面，他说不定会上去揍这个混蛋一顿，但现在只能装作没见过。

“爸，这位是……”见阿豪要同父亲一起上车，樊继宗疑惑道。

“一位朋友，和我们一起进城。”樊兴业平静地看了儿子一眼，钻进了轿车。

樊继宗读懂了父亲眼神里的含义：镇定，不要轻举妄动。他飞快地瞥了一眼阿豪环抱胸前插在怀里的右手，心中凛然，意识到父亲应该是被胁持了。

阿豪朝樊继宗笑了笑：“原来是樊公子，有劳了。”

樊继宗心中一凛，他感受到了阿豪身上散发出的那股凌厉而血腥的气息，尽管对方在微笑。这还是昨日那个卑微的巡警吗？

别克轿车平稳地行驶在“S”形的下山公路上。应该是戒严的缘故，这条入城的公路上较往日清冷了许多，少见其他车辆行驶。

轿车里气氛沉闷，三个男人各怀心思。樊兴业靠在椅背上闭目养神。阿豪坐在他边上——副驾驶后方的位置——握枪的右手放在大腿边，表情看似放松，神经却一直紧绷着。

樊继宗从后视镜里瞥了阿豪一眼，左手从方向盘上悄然滑下。

“樊公子，把你的双手都放在方向盘上。”阿豪冷冽的声音在他身后响起。

樊继宗左手重新握住方向盘，无奈地耸耸肩：“不要误会，我只是想抽根烟。”

“靠边停车。”阿豪举枪命令道。现在轿车已经驶离街区，四下无人，他可以对樊继宗来一次彻底的搜身检查了。他怀疑这位眉眼锋锐的公子哥身上携带有武器。

樊继宗显然猜到了阿豪的打算，脸色骤然阴沉下来。他心里清楚，如果身上的手枪被对方收走，自己很难再有翻盘的机会，他们父子二人便真的只能任人摆布、宰割了。

樊继宗犹豫不甘的神情，让阿豪更加确信对方身上藏有武器，他反手一掌重重砍在樊兴业的小腹上。后者惨哼一声，双手捂住小腹，额头上瞬间冒出汗来。

“混蛋，你干什么？！”樊继宗看着后视镜怒吼。

“继宗，”樊兴业忍痛道，“我没事……听他的。”

樊继宗咬咬牙，就要靠边停车。这时，一辆日军卡车从前方公路拐弯处钻出，轰隆隆地迎面驶来。

阿豪定睛看去，心下当即一沉，越发担忧起妻子的安危来——卡车车厢里，满载着荷枪实弹的日军宪兵；一排排林立的刺刀，在朝阳下闪烁着耀眼的寒芒。这是通往东山的公路，这些士兵的去处不言而喻。

就在阿豪分神的瞬间，樊继宗的双眸里迸射出危险的光芒，突然说了句日语。阿豪心中一紧，他不懂日语，却感受到了某种强烈的危机。然而不等他有所反应，樊继宗手中方向盘已向左一偏，同时脚下猛踩油门——轿车斜着朝日军卡车高速撞去。

阿豪大惊，两车相距不到百米，相撞只在两三秒间，他根本来不及阻止。开枪击毙樊继宗吗？有什么意义，结局同样是车毁人亡。而且，枪声一响，即便下一刻他没有死于车祸，卡车上的日本宪兵会任由他离开吗？

“继宗……”樊兴业眉头急皱，抓紧了车门上的扶手。他想要阻止儿子，但也知道来不及了。樊继宗先前那句日语是：爸，抓紧扶手。

两车相撞前的刹那，樊继宗猛地右打方向，险险避开卡车，紧接着又在轿车冲下公路右侧的陡崖前，迅速回转方向，同时一脚急刹车。

尖利刺耳的刹车声中，轿车车尾急甩，车身快速横移，在公路边沿停下。与此同时，那辆受到惊吓的日军卡车，也在撞上公路一侧的山壁前急转方向，斜停在了公路上；车厢里的士兵们东倒西歪，颇为狼狈。

别克轿车尚未停稳，樊继宗已拔出了腰间的手枪。他这番危险驾驶的目的之一，便是要让阿豪在轿车剧烈、急促的左右转向和急刹车中失去身体的平衡，从而为自己父子制造一个摆脱对方胁持的机会。即便这个机会只有一秒，他也有把握一举扭转局面。然而，当樊继宗快速拔出手枪，正欲转身指向阿豪时，却是慢了一线。

“别动！”阿豪一声暴喝，枪口死死顶在樊继宗的太阳穴上。与此同时，他左手握着的弹簧刀弹出刀刃，闪电般抵在了樊兴业的脖子上。

“放下枪，快！”阿豪继续吼道。他此刻背脊还在发寒，先前那一幕惊险至极——两车高速交错时，车身之间的距离可谓间不容发；而紧接着，如果樊继宗晚上半秒回打方向和紧急制动，这辆别克轿车现在已经翻下了公路右侧二十米深的陡崖。

阿豪不得不承认自己小觑了这位公子哥。他没想到对方的心性如此大胆，行动如此狠绝，竟然敢用这种疯狂的方式来试图反向控制自己。好在他先前足够冷静，电光火石间猜到了樊继宗“撞车”的用意，在轿车剧烈摇晃和急刹车的惯性中，竭力保持着镇定和对身体的控制，这才没让对方得逞。

樊继宗感受到了阿豪语气里的森然杀意，不愿再激怒对方，当即关上手枪保险，扔在副驾驶座位上。

为了缓和车里紧张的气氛，他示弱地向阿豪解释道：“我们可以带你进城，只是不想受到威胁。”说着看了一眼倒车镜里的那辆日军卡车。

阿豪从樊兴业的咽喉处收回弹簧刀，放进风衣衣兜，然后迅速将前方座位上的那把勃朗宁 M1960 袖珍手枪拿在手里。

小泽原跳下卡车，狠狠摔上副驾驶的车门，阴沉着脸朝 50 米外的黑色轿车走去。两名日本士兵从车厢里跳了下来，紧跟其后。

特高三课副课长此刻的心情很糟糕。在忙碌了一整夜后，他本以为在前往东山的路上可以稍事休息，缓解一下疲惫的身体和过度思虑后引起的偏头痛。不料这辆该死的别克轿车，不但将他从难得的小憩中惊醒，还让他的后脑勺在车厢壁上狠狠磕了一下。

感受到脑后传来的痛楚，小泽原加快了脚步，一双布满血丝的眼里凶光闪烁。他急切地想知道，轿车里坐着哪位中国富豪或政府高官？不过无论是谁，但敢挑衅宪兵队，都必须受到严厉的惩罚。

“开车，快！”轿车里，阿豪对樊继宗厉喝。他已透过后风挡玻璃，看到了气势汹汹而来的小泽原等人。

樊继宗原本还有借这些日本宪兵来给自己父子解围的心思，但顶在太阳穴上的枪管，传达着握枪之人坚硬、冰冷的意志——再敢拖延，一枪爆头！

于是他不得不放弃自己冒险营造出来的这次脱困良机，转动钥匙，启动先前因急刹车熄火的轿车。

然而，电瓶打火器嗒嗒嗒地响过后，轿车发动机却没有轰鸣。接连两次没能启动轿车，樊继宗脸色愈加地难看。“要用手摇柄。”

是樊继宗故意搞鬼，还是真的需要手摇发动汽车？阿豪此刻已无心去分辨。

他快速转头看了一眼——那三名日军离轿车只有不到四十米的距离。他又看了看公路右侧的下方——二十来米深的陡崖下，是一片开阔的田地，无遮无挡；村落和树林，在这片田地的另一头。

阿豪的心脏“怦怦怦”地一阵狂跳。今次要面对的是二十名以上的日本宪兵，而周边的地形和环境不能为他提供任何战斗掩护。真是令人绝望。然而，即便身陷绝境，只要还有一口气在，他绝不束手待毙！

“年轻人，暂且收起你的枪。”这时，边上的樊兴业突然开口……

阿豪将手枪从樊继宗中的头上拿开，旋即用枪柄猛砸后者的太阳穴。樊继宗猝不及防，重击之下顿时头破血流，昏迷过去。

接着他用枪指着一脸惊骇的樊兴业，低声而迅速地说道：“下车，正常点，不然第一个死的就是你。”

樊兴业打开身边的车门走出轿车，阿豪将握枪的手重又插进风衣衣兜，紧跟着钻了出来。

这时，三名日军已至近前。当中那名军官在三米外站住，用凶厉的眼神打量着他们，两名背三八式步枪的士兵分列其左右。

军官的视线从樊兴业身上转向阿豪时，脸色骤变，伸手就要掏枪。

阿豪一直保持着高度警惕，哪容对方掏出枪来。砰、砰、砰，他抢先从衣兜里拔出手枪，快速射杀了这三名日军。

这边枪声未落，50米外的卡车上，一众日军迅速做出了反应，一些士兵从车厢里跳下，一些士兵直接在车上举枪射击。

啪、啪、啪……枪声霎时响成一片，阿豪扔掉打完子弹的南部手枪，两步跨到公路边，跃下坡度近七十的陡崖，背部贴地快速梭滑至崖底，然后冲进光秃秃的稻田，以最快的速度朝五百米外的村舍跑去。

他在心里计算过，要穿越这片稻田，至少需要两分钟。日军三八式步枪的有效射程为四百六十米，也即是说，在接下来的两分钟里，他将成为二十多把步枪枪口下的活靶子。想要逃得性命，除非奇迹发生。

很快，公路边出现了一排日军，他们纷纷举枪，朝阿豪不停射击。密集的子弹“嗖嗖嗖”地从他周遭飞掠而过，最终，他停下了奔跑的脚步——他中弹了，一枪、两枪、三枪……

阿豪脑海中高速切换的画面定格——身中数枪的他仰倒在稻田里，望向天空，眼神渐渐涣散，嘴里喃喃念着妻子的名字……

“年轻人，暂且收起你的枪……”边上的樊兴业快速说道，“我知道你在顾忌和担忧什么。相信我，这些问题我可以解决。如果解决不了你再动手也不迟。请给我们，也是给你自己一次机会。”

阿豪看向樊兴业，对方诚恳的语气、睿智的眼神，让他突然间对这名“汉奸”生出几丝信任和好感。他握枪的手微微一颤，随即将枪从樊继宗的太阳穴上拿开。

“继宗，你待着别动。”樊兴业说着推开车门走了下去。

此时，三名日军离轿车已不到十步。

这几十米，小泽原每走一步心中怒气便更盛一分——对方冲撞宪兵队的军车，竟然跟没事一样，迟迟不从车里出来主动请罪。他扶了扶腰间的佩刀，准备当场砍杀了开车的司机，然后以“阻挠军务”或“袭击军车”之类的罪名，将轿车的主人抓回宪兵队严加审讯。

住东山、坐别克轿车的人定然非富即贵。想到即便最后不能将这辆车的主人弄死，但至少能压榨出一笔不菲的财富，小泽原糟糕的心情竟然好了几分。不过，下一秒，当他看清从轿车里走出的人时，心情顿时又糟糕，不，是恶劣起来。

“如果樊某没有认错，您是特高课的小泽原课长吧。”樊兴业快步迎上小泽原，拱手行礼，笑盈盈用日语说道。他是宪兵队司令部的常客，还受原田冈夫邀请参加过好几次宪兵军佐餐会，对宪兵队本部机关的军官不说人人熟稔，但大部分都照过面。至于特高课的几位课长、副课长，他更是留意，虽不去主动交往，但也都认识。

“原来是樊参议员。”小泽原脸颊一阵抽搐，戴着白手套的手紧紧攥了攥刀柄，旋即松开。

如果面前站着的是别的政府官员，即便是职位比樊兴业更高者，他小泽原今天无论如何也要一泄心中怒火，区别只在宣泄的程度不同而已——呵斥、辱骂或打杀，视对方的态度和地位而定。不过面对樊兴业，他的满腔怒火只能憋着。宪兵队司令部上下，无人不知对方和原田大佐“友谊深厚、关系亲密”，而他如果仅因先前那点小事，就对樊兴业大肆发作，司令官阁下会如何想呢？

不过，不方便对父亲发作，难道不能教训下开车的儿子？特高课近期正在秘密调查樊兴业，对他身边的情况非常了解，知道这位樊参议员在广州没有聘用专职司机，出行都是他儿子樊继宗开车。

“小泽课长，”樊兴业见对方看向驾驶员位置，忙道，“犬子刚才驾车一时疏忽，惊扰了贵部出行，樊某代他向您道歉了。”说着郑重鞠躬。

见樊兴业态度诚恳，并没有依仗和原田大佐的关系便轻慢自己，小泽原脸色好了许多。不过他心里旋即生出一丝狐疑，哪有闯祸的儿子不出面道歉，仅由父亲代劳的？

“犬子本该当面向小泽课长赔礼……”樊兴业看出了小泽心思，又道，“不过他染了风寒，咳嗽得厉害，不敢在小泽课长面前失礼。加之此病或可传染，樊某就令他留在车里，等过几日病愈，再登门向小泽课长请罪。”

风寒的确能传染，而且冬天正是此病的高发季节，小泽原没怀疑樊兴业的这番说辞。而且他还有要务在身，也不想多耽搁，于是摆摆手道：“登门就不必了。让他以后开车注意点。”

“小泽课长大量，改日樊某当会备上薄礼登门致谢。”樊兴业客气道。

“告辞。”小泽原转身就要离开，随即想到什么，又转回身道，“东山近期不太平静，或有反日武装分子出没，请樊参议员注意自身安全。”说着看了轿车后风挡玻璃一眼。

“多谢提醒。”樊兴业面色平静，心中却是暗惊，不知道小泽原这一眼是有意还是无意。

樊兴业很清楚，后座上那名男子正处于极度敏感和不安的状态中，一旦他认为小泽原等人有针对他的举动，绝不会束手待毙，双方立刻就会爆发枪战。而自己和继宗，很可能是此人首要的攻击目标——对方会认为是自己这个“汉奸”向日本人出卖了他。

轿车里，阿豪握枪的手插在风衣衣兜里，视线落在后视镜上一眨不眨。他的精神高度紧张，即使三名日军已转身朝卡车走去，樊兴业也回到了车里，依然没有放松下来。直到那辆日军卡车再次启动，缓缓朝东山方向驶离，他紧绷的神经才稍稍松弛了些。

不过危险尚未过去。樊兴业先前在车外和那名宪兵军官的对话，他隐隐能听到一些，但两人说的是日语，他不知道具体内容，因而不能排除樊兴业已将自己被劫持的信息传递给了对方。而那些宪兵此刻的离开，只不过是暂时麻痹“劫匪”的伎俩。他心中计算了一下，日军卡车最迟五分钟后就能抵达东山，届时那名宪兵军官只需要一个电话，守卫城东关卡的军警就会布下天罗地网，等着他钻。

放弃还是继续？这是一个两难的选择。阿豪快速思考、权衡着：现在下车离开，他或可保一时的安全——避开了敌人在城东关卡或别的地方布置的陷阱，但进城的时间势必要拖到晚上。他不认为自己还有如此好运，还能找到一辆有“甲字号通行证”的特权车辆，并成功劫持。

但，天黑后潜入正在戒严的城里就没有风险吗？答案是否定的。而且，失去了这辆特权车辆的掩护，又如何登上沙面岛？这又是一个要大费周章才能解决的问题……

最终，阿豪走下了轿车，来到车头。等樊继宗用手摇柄重新启动了轿车引擎后，他一拳重重击打在对方的胃部。

樊继宗手中的摇柄掉在了地上，双手捂着小腹，痛得差点扑倒在地上。阿豪一把揪住这位公子哥的脖领，凶狠地说道：“樊公子，不要再耍小聪明，不要再用日语和你父亲说话，会死人的……明白吗？”

东大门外的关卡前，等待入城的人流排成了长龙——大多是些进城卖菜的农民或做小买卖的商贩；背箩筐的、挑担子的、赶大车的乱糟糟地挤在路边。

一小队持枪的日军，和六七名着黑色制服的警察把守在关卡前，挨个检查人们的证件和要携带入城的物品。

黑色别克轿车从东山方向驶来，一路按着喇叭，驱离前方的人流，缓缓驶向关卡。

“樊公子，记住我的话……”轿车里，仍然坐在副驾驶后面的阿豪道，“千万不要熄火，一旦有意外发生，比如我被要求出示证件，或下车接受检查，或者出现其他我认为是危险的情况，你要立刻做好冲卡的准备。”

“冲卡？你疯了？”樊继宗一脚刹住车，指着50米外的关卡激动道，“那里至少有20名军警把守，人人带枪，我怎么冲？”

“你的车技不错。我相信你能做到。”阿豪道。

“混蛋，你找死别拉上我们父子。”樊继宗额角青筋冒起。

“我过不去，大家都得死。”阿豪冷冷道，“而且我保证，你们会死在我前面。

“不要再语出威胁……”樊继宗近乎在咆哮，“没人检查这辆车，你以为宪兵司令部的‘甲字号通行证’是摆设吗？全广州有这种证件的车不超过50辆。我每天都从这里过，没人检查！”

“不是威胁，是事实。”阿豪道，“你最好有心理准备。戒严期间不比平常。情况不对时，我让你冲关，你不能有一点犹豫，要立即全速冲过关卡。不然，我会死，你们都会死。只有将我送进城，你们父子才能活命。”

“你也知道是戒严期间，为什么不等等？”樊继宗怒道，“戒严结束再进城会死人吗？！”

“会死人。”阿豪认真道，“所以我今天必须进城。”

“你到底干了什么？”樊继宗憋了一路，终于问出了这个问题，“难道戒严跟你有什么关系？如果有，这一关肯定过不了！就是硬闯过去，事后我们父子也会被你害死。”

“你们被我胁持，以樊参议员和日本人的交情，事后不会有多大麻烦。”阿豪看着后视镜里的樊继宗说，“而且，我可以保证，戒严肯定跟我无关。至于我干了什么，如果你们能活过今天，会知道的。”

“让我爸下车，我舍命陪你。”樊继宗咬牙道。

“不行。”阿豪冷硬拒绝。

两人在后视镜里对视，目光如刀剑相击。

五秒后，樊兴业叹息道：“继宗，开车吧。”

轿车再次启动，朝关卡驶去。此刻，关卡的阻拦横杆前，一辆拉蔬菜的马车正在接受检查——两名日本士兵用枪刺在蔬菜堆上反复捅、刺，防止有人或者别的东西藏在里面；而那对赶车的农民夫妇，则神情忐忑地站在马车旁，高举双手，两名警察正在搜他们的身。

樊继宗将车停在马车后面，摇下半截车窗，对边上的一名中年警察招呼："刘大队长，今天怎么亲自站岗来了？"

"哟，樊少啊。"中年警察笑着凑到车门边，"这不是戒严了嘛，所有差佬都得出来干活。"

"出什么大事了？"

"什么大事不知道，我们只负责搜捕犯人。"刘大队长表情严肃起来，"通缉犯，甲级。"说着他侧身指了指路边的告示板。

樊继宗的心一下提了起来，顺着刘队长指的方向看去。先前阿豪保证说戒严跟他无关，樊继宗不敢尽信。

告示板上贴了张通缉令。隔着五六米远，樊继宗看不太清楚通缉令上的照片。他正想问上一句，刘队长已先开了口，"是个日本人。"

樊继宗的心当即放下了一半，随即讶然道："通缉日本人？新鲜……犯了什么事？"

"通共。怀疑是共产国际的高级间谍。"

"难怪，通共可是大罪……"樊继宗表情严肃。

"可不是嘛。"刘队长附和道。

这时，前面拉菜的马车已经接受完检查，阻拦杆抬起，那对农民夫妇匆匆赶着马车驶离路口。

"不打扰刘队公务了，下次喝茶聊。"樊继宗一边说一边挂上挡。

"好说。"刘队长退后一步，朝阻拦杆边上的一名警察挥了挥手，示意抬杆放行。就在这时，一名日军曹长从边上的岗亭里钻了出来，用生硬的中文喝道："停下！"

刘队长转头一看，有些疑惑，对大步走来的曹长道："宫城队长，这是樊……"话没说完，对方抬手打断了他，板着脸走到车门边。刘队长一脸尴尬。

"有什么事吗，宫城队长？"樊继宗直接用日语问道。他虽然跟这名曹长不熟，但从这处关卡进出的次数多了，没少和对方照面，知道这个长了一张马脸的家伙，是宪兵队东大门守备小分队的队长。同时他相信，对方也应该知道自己的身份。

兴许是日语听着亲切，宫城紧绷的面皮松弛了些，瞥了一眼轿车前风挡玻璃下搁着的“甲字号通行证”：“抱歉，戒严期间，一切检查从严执行。还请配合。”态度礼貌，语气坚定。

边上的刘队长偷偷撇了撇嘴，心中腹诽，什么他妈戒严期间一切从严，不就是平常想查不敢查，今天借口戒严要抖抖威风嘛。

“怎么配合？”樊继宗问，表情轻松，心里却紧张起来。后面那家伙的话不幸言中——戒严期间不比平常。

宫城弯腰看向轿车后座。他并非蠢货，虽然不认识“樊参议员”，但樊兴业的年龄和气度做不了假，一望便知是“大人物”。因而视线一扫而过，落在阿豪脸上。

“他是谁？”宫城问。

我他妈也想知道他是谁？！樊继宗飞快地瞥了一眼后视镜里的阿豪，在心里咒骂，表情却依然平静。“一位朋友。有问题吗？”

而在这平静的下面，他的心脏在加速跳动，后脖上的汗毛一根根竖起。

马脸小队长没有再和樊继宗多说，踱步离开，绕过车头，朝右后座车门走去。樊继宗见此，神经一下紧绷到了极致。意外真的发生了！他必须马上做出选择：要么准备驾车全速冲过关卡；要么先稳住后面那个家伙，然后暗中告知宫城自己父子已被劫持（阿豪不懂日语，这一点容易做到），让宫城找借口让父亲下车，先行脱离劫匪的控制……

当然，无论何种选择，都要以“最大限度保障父亲的安全”为前提。冲卡，无疑是十分危险的行为。细细的木质阻拦杆，的确挡不住他驾驶的这辆结实而马力强劲的别克轿车。可即便冲过去了，他敢保证父亲在乱枪之下还能活着吗？不能。

但，即使有宫城暗中协助、配合，他当下又有什么合情合理的办法和借口能让父亲脱离阿豪的控制，且让对方不至于或来不及做出激烈的反应？

樊继宗不是此刻才开始思考这个问题。事实上，半小时前那次冒险失败之后，他便反复设想过如何利用这处关卡将父亲从阿豪手中解救出来。

不过，阿豪在他眼里，是个极度警觉、危险且凶暴的亡命之徒，这让他承受了巨大的心理压力，无论怎样思虑、筹谋和设计，也没想到一个比冲卡的危险性低上一点的脱困之法。

如何抉择？樊继宗额头瞬间冒出一层细密的汗珠……

没等宫城走到车门边，阿豪已先行摇下车窗，右手重又插回衣兜里，握住勃朗宁手枪。他之前已经检查过，这把11厘米长的袖珍手枪的弹夹有六颗子弹，而怀里的那把南部十四手枪同样还剩六颗子弹。十二颗子弹，冲关应该够了，他想。

事实上，从宫城出现那一刻起，阿豪就做好了战斗准备。他甚至怀疑对方最后一刻出来阻止轿车离开，是不是因为在岗亭里接到了某个从东山打来的电话？而后，这家伙在和樊继宗用日语交谈了几句后，便直接针对自己而来——这让他越加怀疑自己暗中劫持樊兴业父子的行为已经暴露。

换位思考，阿豪觉得如果自己是此刻的樊继宗，也会有利用这处关卡来脱身的心思。那如何让对方放弃这个危险的念头呢？阿豪的方法简单而暴力——一旦情况不对，立刻开枪杀人。

他相信，只要自己射杀了这里的任意一名日本士兵，樊继宗便只能选择冲卡，不然车里的所有人都会死在其他守卫们的乱枪之下——仅在别克轿车的周围，就有四名持枪的日军士兵和两名伪警。

“你的，证件。”宫城用中文对阿豪说。不过话一出口，马脸小队长的心里便隐隐有种不安的感觉，本能地想要后退。虽然那名中国男子只是淡淡地看了他一眼。不得不承认，久经战场的马脸小队长，对危险的感觉是极其敏锐的。因为阿豪已经准备动手了。而第一个射杀的目标就是他。

证件？今天早晨出教堂打电话前，阿豪便将身份证书和警员证烧成灰烬，扔进了下水道——宪警方已有了他和立雪的照片，再留着这两张证书，只会给他们的逃亡之旅带来危险而不是方便。

阿豪从宫城脸上收回视线，迅速扫了一眼车外的其他几名日军，按照他们此刻的位置和注意力，确定了射杀的先后顺序。

“放肆！”就在阿豪准备掏枪时，边上的樊兴业突然发出一声怒喝，接着用日语对宫城质问道，“你是想羞辱我樊某人吗？”

马脸小队长嘴角抽搐。他要检查阿豪的证件，的确是想借戒严的机会，小小羞辱一下樊兴业这类身份尊贵的中国人，而不是怀疑阿豪的身份有问题——能和樊参议员并排坐在这辆车里的乘客，身份能有什么问题。而对方的相貌、形体和通缉令上的桥本三男差别太大，更不可能是后者易容改装所扮。

但也仅此而已。即便这名男子拿不出证件，有樊参议员担保，宫城也不会强行留下对方。毕竟，这位参议员是有“甲字号通行证”的权势人物，他小小一个曹长不能将对方开罪狠了，不然，对方的报复他未必承受得住。

伪政府成立后，日本人一方面为了笼络人心，让归顺的大小汉奸们更好地为日本人服务，一方面为了早日诱降重庆政府，因而对汪伪政府的高官以及亲日名流们加大了怀柔的力度，给予他们很高的政治地位和充分的尊重。至少表面如此。比如宫城这种级别的军士，日军方不但不允许他们随意拦截、检查中国高级官员的座驾，还要求他们对这类有特权的中国官员，保持足够的尊敬。

马脸小队长虽然对上级的这种要求颇为不满，认为作为征服者，自己不应被剥夺一部分凌辱、践踏被征服者的权力。不过，强烈的服从意识，让他也不敢过于对樊兴业这样的人失礼。

“阁下……”

“够了！”

宫城正要为自己的行为辩解，樊兴业冷冷地打断了他，对樊继宗道，“通行证给我。”

后者取了风挡玻璃下的“甲字号通行证”转身递给父亲。樊兴业接过，甩手扔给车外的宫城，“替樊某交还给宪兵司令部”。接着又对樊继宗道，“不进城了。你去岗亭给原田大佐打个电话，就说我今日身体欠佳，宪兵司令部的紧急会议就不参加了。”

“父亲，会议您可以不参加……”樊继宗看了一眼阿豪，为难道，“可原田队长召见张特派员的事不能耽搁啊。”他知道父亲这是在以退为进、以势压人，默契地配合着。

“我没说清楚吗？”樊兴业威严道。

“是。”樊继宗一边作势要下车，一边扭头对阿豪道，“张先生，有我父亲在你大可对自己的安全放心。我打个电话就走。”

为了震慑和误导宫城，他之前和父亲一直在用日语对话。樊继宗不想阿豪因此误会，从而做出某种过激的反应来，所以特别暗示一句，希望得到对方的信任和配合。

开枪，还是任由对方下车？阿豪眯眼盯着樊继宗，内心极其矛盾，却必须立刻做出抉择。他虽然听不懂日语，但也能从樊兴业父子这番举动和对话的语气、神态中大致猜到他们在演戏，不过他不能确定这戏是演给车外的日军曹长还是自己看的。

能信任这对汉奸父子吗？不！阿豪决定将命运掌握在自己手中，他插在衣兜的手就要拔出。

看到阿豪眼眸里闪烁的决然光芒，樊继宗刹那间洞悉了对方的心意，悚然心惊，知道一切已不可挽回。

“等一下。”曹长开口，让阿豪拔枪的动作为之一顿。同时，樊兴业和樊继宗都在心里长舒了一口气，这家伙终于服软了。宫城强忍心中的愤怒，对樊兴业顿首行礼，然后弯腰捡起地上的“甲字号通行证”朝樊继宗走去。

樊兴业父子对话中透露出来的信息——原田大佐、宪兵司令部紧急会议、召见张特派员……如一颗颗威力巨大的子弹，击碎了马脸小队长“骄傲”的脊梁，他没理由去怀疑拥有“甲字号通行证”的大人物会对一名小小的曹长撒谎。

宫城将通行证恭敬地递还给樊继宗，示意手下启杆放行。看着远去的黑色别克轿车，马脸小队长满心屈辱，他环视周遭的刘队长和自己的一干手下，仿佛看到了这些家伙眼底的讥讽。

宫城铁青着脸坐上了岗亭边的挎斗摩托，命令驾驶员返回两里外的兵舍。他值守了一整夜，需要休息。

此刻的马脸小队长并不知道，先前他如果晚上半秒屈服，眉心上便会多出一个六点三五毫米的弹洞。

直到三个小时后，宫城重新返回关卡，看见到宪兵司令部通信兵在他走后送来的照片和相关通报，得知早前和自己面对面的那个家伙，是一名极度危险，且携带有枪械的反日分子后，才惊出一身冷汗来。

第六章　危险的交集

沙面，位于珠江北岸，是座面积零点三平方公里的椭圆形小岛。1861年，英、法两国从清政府手中强行租借了这里后，在岛上派驻了军队，建设了发电厂、供水系统、码头、银行、医院等等生产生活设施，将这里打造成了一个小小的独立王国。

日军占领广州后，为了保持和西方列强的友好关系，并没有从英法手中收回这片土地。

"是个美丽的地方，但不适合杀人。"轿车里，阿豪透过车窗，远眺南边绿茵掩映下的一栋栋风格各异的西洋建筑，默默想着。

从东大门进城后，樊继宗在他的指挥下驾驶轿车一路向南行驶，抵达珠江北岸后再沿着长堤西行，最后驶上了和沙面隔着一条河涌的六二三路。

刚一进城，阿豪便感受到了肃杀的戒严气氛——大街小巷，四处可见军警巡逻的队伍，数量比平常多了数倍不止；主要街道的路口处都设了临时哨卡，检查过往行人、车辆；还有大量的便衣、密探在酒店、饭馆、茶楼、商铺等等地方出没，个个神情警惕，行动诡谲……

不过，一路行来，阿豪紧绷的神经渐渐放松——自从入城后这辆轿车便再没被拦下检查过。然而，目的地马上就到了，如何处理樊兴业父子呢？杀人灭口容易，但现在是白天，想要在纵横不过九条街道、建筑稠密的沙面毁尸灭迹而不被人发现，难以做到。而放这对父子离开，他的行踪必然暴露……真是个让人棘手的问题。

车上有"甲字号通行证"，进出沙面应该用不到这对父子了，阿豪心想。他决定先找个偏僻的地方处理掉两人，然后自己驾车进入沙面……

这时，边上的樊兴业突然喟然长叹："贫弱，就是一个民族的原罪吗？"

车外，路边一座残碑划过，半截碑身上有“此日”两个字。这半年多来，阿豪每日都在这条街上巡逻，对这座碑早已熟视无睹，但原本碑上“毋忘此日”四个字却深深烙印在心底。他转过视线，飞快地看了一眼身边的中年男子，后者抬眼远望，继续喃喃说着：“世界的本质，弱肉强食！待我中华崛起时……”

这一瞬，阿豪分明看见，对方的眼底闪烁着细微的水光，复杂的眼神中，有悲哀，有痛惜，亦有不屈和愤怒。

他不由再次追随对方的目光，视线透过车窗，远远落在沙基涌对面一栋灰色的水泥建筑上。恍惚间，他听到了马克沁重机枪的咆哮声，无数人的惨叫、呼号声；看见在这座叫“屈臣氏大药房”的三层楼房的屋顶上，一队英法士兵，正在用机枪扫射手无寸铁的国人……

阿豪的心莫名地刺痛了一下，随即同样悲哀、痛惜、不屈和愤怒起来。

原名沙基大街的六二三路，因纪念1925年6月23日发生在此的“沙基惨案”而更名。十五年前的那天，声援上海工人“五卅”反帝爱国运动的广州群众游行到此时，遭到了沙面英法海军陆战队的疯狂屠杀。59名手无寸铁的中国人当场死在机枪扫射之下，一百多人重伤，轻伤者更是无数。

惨案之后，全国震惊，举世哗然！然而，也仅仅是哗然而已。面对国民政府提出的谢罪、惩罚凶手、赔偿抚恤遇难者家属等等合理要求，英、法政府毫不理会，连象征性的口头敷衍都不屑为之。留给国人的只有这座政府立下的“毋忘此日”的警世石碑！而这座碑，在经历了三年前那场战火之后，如今只剩半截残躯。

“上桥，去沙面。”阿豪对开车的樊继宗道。他感到有些憋闷，摇下一截车窗，深深吸了口外面湿冷而新鲜的空气。混蛋，你会后悔的！他在心里咒骂自己。

轿车缓缓驶上了英格兰桥。正如阿豪所料，把守在桥南的两名穿英军制服的印度裔士兵拦下轿车后，只是看了看车牌和前风挡玻璃后的通行证，便挥手放行。

此时，一场冬雨不期而至。纤细的雨丝，漫天飘落，给这座小而精致的殖民地小岛增添几分了诗意。街道两边，棵棵枝干粗壮遒劲的古木，座座造型精美艺术的欧式屋宇，一一从车窗外划过……然而，黑色别克轿车里的人，却无心领略车外这如画的风景。在环岛路上行驶两公里后，阿豪让樊继宗将车停在了临江的“皇后花园”外。

“谢谢两位。”阿豪掏出勃朗宁手枪，“我还需要些钱。”

樊继宗爽快地掏出自己的钱夹，举在手上。阿豪接过这只鼓鼓的皮夹子，打开看了看，里面军票、港币和英镑都有一些。他没时间细数，直接将皮夹子揣进衣兜里。

“还有你。”他又用枪点了点樊兴业。后者苦笑着从怀里掏出自己的钱夹，“钱你拿走，钱夹里有……”

话没说完，阿豪粗暴地打断了他：“听着，放过你们，可能是我这辈子最错误的决定。你们最好不要再给我杀人的理由。”说完一把抓过钱夹，将手枪重又插回衣兜，迅速下车离开。

女儿的照片啊……樊兴业看着车外阿豪消失的背影，在心中痛苦地呢喃，如失去了最心爱的珍宝。

“爸，他就是昨天撞倒老吴的那名警察。”樊继宗在座位下方掏出一把手枪，插进怀里。

“什么？”樊兴业脸色骤变，思忖道，“两次出现在你们接头的地方，时间如此巧合……所以你怀疑他的出现跟特高课有关？”

“日本人向来狡猾……谁知道这是不是他们设计的圈套。我们不得不防。”樊继宗道。

“这人身上有军人的气息，身手也很厉害，应该不是一名普通警察。”樊兴业缓缓点头，“你之前在路上故意冲撞日军卡车，是想试探一下他劫持我们的真实意图？”

“有这层用意。”樊继宗分析道，“如果他是日本人派来对我们进行某种测试的密探，就不会真的对我们父子不利。我可以从他反应中看出些端倪，可是……”

“可是，他当时对我们真的动了杀心。”樊兴业接过儿子的话，掐着眉心道，“这样一来，我们无从判断他到底是日伪特工，还是某个抗日组织的人，又或是单纯的刑事罪犯。”

“那我们该怎么办？”樊继宗问。

“遇上这种事后，我们最正常的反应是什么？”樊兴业反问。

“报案。”樊继宗道。

“对。无论今次的事是否和特高课有关，我们只要做出最正常的反应即可。”樊兴业道。

樊继宗脸上闪过一抹忧色：“沙面就这么大，如果他不是日伪的人，我们报案对他很不利啊。”

“继宗，你多虑了。”樊兴业道，“日伪眼下的主要精力，应该在搜捕那名甲级通缉犯上，我们这个案子算得了什么，不就是被人劫了点钱财吗？况且，这里是英法的地盘，不是日伪军警可以随意进出的地方，而此人胆大心细、行动果决，不会轻易被抓住……”说着他看向阿豪消失的街口，心中一叹，希望你是一名抗日者……

纷飞细雨中，李嬷嬷撑着油纸伞，独自走在回教堂的路上。她刚刚去了一趟两里外的普爱医院，找熟识的医生开了些退烧药。

现在，那瓶阿司匹林就在嬷嬷的手袋里。这是她能够找到的最好的退烧药了。如果她不是和这家教会医院的黎老大夫有超过二十年的交情，她不可能拿到这瓶昂贵稀缺的西药。

李嬷嬷也知道自己这趟去医院有些不智，甚至是冒险……

“嬷嬷，立雪就拜托您了！我最迟明天中午就会带医生回来。您千万别去医院或者药房，无论发生什么，您都不能去，这会给您带来危险！”早上阿豪匆匆离开教堂前，曾这样对她恳请、叮嘱。

而在先前去医院的路上，嬷嬷也察觉到了今天寺贝通津街上异常的气氛——街口临时设立了一处日军哨卡；街上巡逻的警察明显比往日里多了，他们对过往行人、车辆的盘查也比往日里严格。但那孩子的身体状况实在让她太过揪心了……

就在阿豪离开没多久，强打精神的立雪便再也撑不下去了，躺在床上，渐渐失去了意识。等李嬷嬷从礼拜堂赶回来时，她的体温已经高得吓人，连鼻息都有些烫手。

为了给立雪退烧，李嬷嬷想尽了法子：用冰凉的井水冷敷额头；拿生姜擦拭脚心、背心；甚至还偷偷取来了安德鲁牧师藏在书架后的那瓶珍藏了多年的威士忌，用酒精给这可怜的孩子降温。不过，这一切都没起到太大的作用，只能让她安静地昏睡一小会儿，接着，她的体温就会报复一般地反弹，一次比一次炙热。

曾在教会“养老堂”当过多年使女的李嬷嬷，为许多孤独死去的老人做过临终祈祷。她从立雪的身上，仿佛嗅到了一种熟悉的味道——死亡！

“但她还是孩子，如此美好、鲜活的生命，远远没到接受天国召唤的时候。”她想。

于是，善良的嬷嬷再也顾不上答应过阿豪什么了。

“站住！”就在李嬷嬷快走到教堂大门时，两名警察拦住了她。李嬷嬷停下脚步，从油纸伞下抬起头，目光平静而谦卑，一如往常。

见到头巾下是一张老妇人的脸，两名警察没有了检查证件的心思。“见过这两个人吗？”其中一名警察拿出一张照片问道。

看着照片上那对青年男女，李嬷嬷轻轻摇头。

“看仔细点！”另一名警察喝道。

“主，无时无刻都关注着世人！我们一切的行为、思想都在荣耀之光的照射下……”李嬷嬷在胸前画着十字。

“走、走、走……”两名警察几乎同时开口呵斥。

李嬷嬷微微躬身施礼，重又低下头，走向教堂。不过，此刻的李嬷嬷，并不知道真正的危险不在街头，而在普爱医院——她先前刚离开那里，两名在医院蹲守的密探，就闯进了黎老大夫的诊室……

沙面北街37号是一栋两层的尖顶小楼。阿豪警惕地观察一遍四周，再次确定自己没被跟踪后，按响了诊所的门铃。

开门的是一位二十五六岁的女子，皮肤微黑，一双大眼睛甚是明亮，上身在护士服外套了件蓝色的开衫薄毛衣。

“丁小姐，好久不见。”阿豪微笑道。他一眼便认出了这位三年前护理过自己的女护士。

“你是……”丁小姐盯着阿豪，迟疑道，“段先生？”

阿豪点头。“没想到你还在为戴夫勒医生工作。很高兴再见到你。”

“真的是你，”丁小姐惊喜道，“快请进。”

阿豪进门后扫了一眼空荡荡的门厅，问："就你一个人？"

"就剩下我了。其他人都放假了。"丁小姐道。

"戴夫勒医生回来了吗？"

"没回来。"丁小姐一边将阿豪让到接待台前坐下，一边问，"早上是段先生打来的电话吧？"

"是我。"

"段先生，如果你是来请戴夫勒医生出诊，肯定要失望了。"丁小姐道，"半小前他还专门打电话回来，让我推掉所有访客，给我也放了假。如果你再来晚一些，我就离开了。"

"不好意思，耽搁你了。"阿豪抱歉道。

"不不，段大哥，见到你我也很开心。"女护士脸上闪过一抹红晕，"还有，叫我晓霞就可以了。"

阿豪笑着点头。他掏出怀表看了一眼时间后，指着接待台上的电话机，"我可以用下电话吗？"

早上去礼拜堂找樊兴业之前，他匆匆和李嬷嬷见了一面，分开时两人约好了通电话的时间——上午 11 点到 11 点半之间。每天这段时间，李嬷嬷会在安德鲁牧师办公室里打扫卫生。

"……我去医院给她开了点退烧药，是阿司匹林，已经服下了。"牧师办公室里，李嬷嬷对电话里说，她听出电话那头的阿豪有些紧张，安慰道，"孩子，别担心，没人注意我这个老嬷嬷……这里是教堂，主的眷顾无时不在。"

话音未落，"哐当"一声，房门被人从外面撞开。

三名便衣特工举枪冲了进来，迅速且谨慎地搜索着办公室的每个角落。身着宪兵上尉制服的小泽原背手站在门口，更多持枪的宪兵和警察在办公室外的走廊和楼梯口警戒。

小泽原的身后，那名在普爱医院蹲守的密探指着李嬷嬷道："就是她。"

三名特工很快收起了手枪。在这间不到四十平方米的房间里，除了简单的书柜、桌椅外，只有一名上了年纪的嬷嬷站在那里，怔怔地看着他们。

"嬷嬷，可以告诉我，你在和谁联系吗？"小泽原缓步踱进屋里，狼一样的目光落在李嬷嬷的脸上。作为一名从事对华反间谍工作的高级特工，他的汉语听说能力相当不错。

“不，不知道谁打来的……”惊呆了的李嬷嬷这时才想起手里还拿着电话，慌忙挂上。

小泽原冷冷一笑。“那么，请告诉我，你为什么要买阿司匹林？”

“我……”李嬷嬷刚一张嘴，小泽原便打断了她，“嬷嬷，我这是在给你机会。普爱医院的黎大夫已经被我们控制了，虽然你没告诉他病人是谁，但他承认，你的身体很好，至少今天不需要服用如此昂贵的药物来退烧、止疼、抗炎……”

李嬷嬷的脸色渐渐惨白，而小泽原的微笑却愈加狰狞。“现在，你可以告诉我了吗？你为谁买药？药在哪里，病人在哪里？”

小泽原今早一到东山，就在东山警察分局设下了临时搜查本部，坐镇指挥对这片敏感地区的搜捕行动。基督教东山堂，原本就是他划定的“逃犯最可能藏匿”的十一处区域之一。

只不过，近半年来，小泽原和他的宪兵队同僚们，不止一次在内部会议上收到来自大本营的类似训令：帝国正在和美国进行一场艰巨而重大、事关国运的政治谈判，军方各部队、机构在处理和美国利益相关的事宜时，务必保持审慎的态度和克制的行为……因而，在没有证据、线索，或者说合理的借口的情况下，小泽暂时没有下令强行搜查这处美国教会的产业。况且，特高课的档案显示，东山堂的安德鲁牧师和美国驻广州领事的私交甚厚，他不想鲁莽行事，以免引起外交上的纠纷。

但审慎和克制，并不意味着回避和容忍。当半小时前，小泽原得到密报——东山堂的一位嬷嬷，刚刚在普爱医院购买了一瓶阿司匹林后，立刻兴奋起来，犹如一只嗅到血腥味的鲨鱼——阿司匹林，非常符合外伤病人的需求……

沙面，戴夫勒诊所。阿豪缓缓放下电话，脸上的血色一点点褪去。电话那头传来的动静——房门撞击声，操日本口音的男子的质问，李嬷嬷慌张回应——让他立刻意识到，李嬷嬷那边出事了！至于原因，不难猜到，应该是嬷嬷去医院买药被密探盯上了……

他恨不得肋生双翼马上飞回东山。但一个残酷的事实是，即便不考虑时空的阻隔，他此刻赶回去又有什么意义呢？能从数十名军警手中救出妻子吗？

一想到立雪即将落在那帮畜生手中，将受到侮辱和折磨；想到善良的李嬷嬷，会因为帮助他们而遭到日本人的残酷对待，阿豪心急如焚。

怎么办？我必须做些什么！必须做些什么……他在心中不停地呐喊，热血直冲头顶。

对，自首！阿豪再次抓起桌上的电话。袭击高桥满等人的是他，杀死日本士兵的凶手是他，只要他自首，妻子和李嬷嬷的处境会好很多，至少不会立刻遭到刑讯拷打。

东山堂，牧师办公室。

“嬷嬷，最后再问你一遍，”小泽森然道，“药在哪里？人藏在哪里？”

药在哪里？如果可以回答这个问题，李嬷嬷此刻又何至于如此被动，没有半分辩解的余地。她之前回到教堂后，先去给立雪喂完药才来的这里，当时随手就将药瓶放在了床头桌上。现在怎么拿得出来？

“抓回去！封锁教堂，彻底搜查这里！”小泽厉声下令，李嬷嬷的沉默让他终于失去了耐心。

两名宪兵应声而出，扑向李嬷嬷。

“各位，”这时，一道苍老而威严的声音响起，安德鲁牧师出现在了办公室门口，“谁能解释一下，为什么要带走这位受人尊敬的嬷嬷？”

小泽原转身，上下打量着满头银发的牧师。“如果这位嬷嬷，正在帮助一名凶残的罪犯，那么她就不值得尊敬了。您说呢？尊敬的牧师。”

老安德鲁皱眉盯着李嬷嬷，随即摇摇头，对小泽原道：“阁下，恕我无法理解，也不能相信会有这样的事发生。”

“嬷嬷，”小泽原侧头看向被两名士兵押着的李嬷嬷，“你来为牧师解释一下好吗？一小时前，你去普爱医院是为谁买药？现在，那瓶阿司匹林又在哪里？”

李嬷嬷愧疚地看着老安德鲁：“实在抱歉，给您添麻烦了……”

“等等，亲爱的李，”牧师打断李嬷嬷，对小泽原道，”阁下，你是说那瓶阿司匹林吗？如果是，你口中那名凶残的罪犯，应该是我了。那瓶药是李嬷嬷帮我买的。”

安德鲁的话让李嬷嬷浑身充满了暖意，犹如被温暖的圣光包裹着。在没得到牧师允许的情况下收留阿豪夫妇，是她犯的错，但尊敬的安德鲁牧师非但没有因此责备她，反而要替她承担这份“罪责”。

小泽原盯着牧师，目光阴寒。“牧师先生，请告诉我你身体有什么不适，需要服用阿司匹林这种药？”

“这算是审问吗？”

“我们正在抓捕一名凶恶的罪犯，请配合。”

“好吧，”安德鲁神情有些痛苦，“阁下，你可能不知道一名患风湿性关节炎的老人，每到冬季会饱受怎样的折磨。虽然我们遭受的种种危难、痛苦，皆是神对世人的考验和救赎，但神同样对他的子民充满怜悯，阿司匹林正是他慷慨的赐予之一。”

小泽原咬牙冷笑。“一位不诚实的牧师，不但得不到尊敬，还会因为包庇罪犯受到严厉的惩罚。无论他是什么国籍。”

牧师道：“药在我起居室的柜子里，阁下需要亲自去核实一下吗？”

“当然，”小泽原强硬道，“我的士兵会彻底搜索这里的每一寸空间。”他现在已经有了合理借口，不再需要顾忌什么。

李嬷嬷身子微颤，眼底闪过一抹惊慌。安德鲁牧师看在眼里，心中一叹。他知道自己已经无能为力了，如果那名“凶恶的罪犯”真的藏在教堂某处的话。

李嬷嬷慌乱的眼神，同样没逃过小泽原的锐眼，他对身边的一名便衣道：“林谷班长，你带队，彻底搜查这里。”

“是。”戊班班长领命，快步走出办公室，大声对守在外面的宪兵和警察下达了搜查命令。下一刻，这些武装军警便迅速行动起来，两三人一组奔向各自划定的搜索区域。

听着外面杂沓而去的脚步声，小泽原嘴边噙着得意而冰冷的笑意。他背负起双手，缓步踱到办公桌后，一屁股坐了下来，俨然这里的主人。

扫视着局促不安的李嬷嬷和强作镇定的安德鲁牧师，小泽原正要开口说些什么，丁零零……办公桌上的电话响起。

小泽原心中一动，他抬手阻止准备接电话的安德鲁牧师，抓起电话听筒。先前，“李嬷嬷手拿电话惊慌失措”的一幕他并没有忘记。在抓到凶手之前，一切疑点都不能放过。

“喂，请问安德鲁牧师在吗？”电话里传来一个年轻女人的声音，“我是戴夫勒医生的秘书……”

“你是谁？从什么地方打来的电话？”小泽原像是没听清楚。

“戴夫勒诊所。我是戴夫勒医生的秘书。”女人在电话里重复，“请找安德鲁牧师，或刚才那位嬷嬷接电话。”

“你之前打来过？”

“是的，但电话好像出了问题，现在好了，我能听见你说话。”

“他们离开了。你有什么事吗？我可以转告。”

“是这样的，戴夫勒医生想了解一下牧师的关节炎近期有没有复发，如果牧师有需要，诊所正好进了一批阿司匹林片……”

戴夫勒诊所。

“问他是谁……”，阿豪快速在纸上写着，丁晓霞看了一眼，对电话里说，“对了，请问你是哪位？”

……

三分钟前，当阿豪拿起电话准备“自首”时，坐在对面的女护士却突然给了他一个惊喜……

“段大哥……你请戴夫勒医生出诊，是去给东山堂的安德鲁牧师看病吗？”丁晓霞问，一脸疑惑。

“你说什么？！”阿豪一怔，停下拨号，惊疑道，“你怎么知道我在给谁打电话？”

他可以确定，在之前那次短暂的电话交谈中，他除了喊过一声“嬷嬷”外，没有再提到任何人名、地名，以及可以让人联想到安德鲁牧师的信息。

丁晓霞这话什么意思？她是怎么将自己和安德鲁牧师联系在一起的？

“3729……不是安德鲁牧师的电话吗？”丁晓霞迟疑道。

阿豪飞快地看了一眼电话机的拨号盘，心中释然——既然丁晓霞知道安德鲁牧师办公室的电话，有此联想也就不足为奇了。

“你说给牧师看病又是什么意思？”他忙又追问。

“我刚才听你在电话里提到阿司匹林，还以为安德鲁牧师的关节炎又犯了……”丁晓霞继续解释，“戴夫勒医生是牧师的朋友，也是他的私人医生……”

“等等……”阿豪打断道，“阿司匹林可以治疗关节炎？”

至于戴夫勒医生恰好和安德鲁牧师是朋友这件事，阿豪并不如何惊讶——在广州的美国人能有多少？一位美国牧师和一名美国医生成为朋友再正常不过了。况且，现在除了妻子的安危，他哪有时间思考别的问题。

“阿司匹林是治疗风湿性关节炎最好的药物了。”

听到丁晓霞的回答，阿豪眸光一闪，事情或许没有他想象的那样绝望——既然安德鲁牧师有关节炎，那么李嬷嬷购买阿司匹林的行为并非无法解释……

“晓霞，快，你帮我给牧师打个电话。”阿豪恳切道，“这对我很重要。”

“段大哥，我可以帮你打电话，”丁晓霞接过阿豪递来的话筒，忐忑道，“但我要说些什么？”阿豪急切而严肃的表情，让她感受到了某种压力。

“晓霞，你不用紧张，”阿豪快速说道，“不要提我，说什么都行。问牧师的病情，问他需不需要阿司匹林……还有，之前那个电话是你打的……”

……

“段大哥，电话挂了。”丁晓霞拿着话筒，气恼道，“他没说自己是谁，真是个没礼貌的家伙。”旋即看到阿豪阴沉的脸色，有些不安起来，“段大哥，我没说错什么吧？”

“没有。晓霞，你做得很好，谢谢。”阿豪道。他不知道晓霞这个电话对李嬷嬷那边是否能有一点帮助，但这是此刻他唯一能做的了。剩下的只能是等待。如果李嬷嬷那边危险解除，她会第一时间打电话过来，如果没有消息……

阿豪突然觉得眼前一黑，忙伸手撑住桌子。

“段大哥，你怎么了？”丁晓霞惊呼，快步从桌后转出，将脸色煞白的阿豪搀扶住。

短暂的眩晕后，阿豪恢复过来：“没事，我很好……”

“我感觉你很不好！”丁晓霞担忧道，“去病房躺着休息一下吧，我给你做个检查。”

“不用了，”阿豪在墙边候诊的长条椅上坐下，“能帮我倒杯水吗？”

"你应该喝点葡萄糖。"作为一名有经验的护士，丁晓霞知道阿豪现在需要什么。

"谢谢！"阿豪点头。他感受到了前所未有过的虚弱。从昨天打完拳赛到现在的24个小时里，他几乎没有休息过。连番让人喘不过气来的追逐、搏杀、逃亡、计算，不但耗尽了他的体力，也让他的精神接近崩溃，要不是立雪还处于危险之中，他早就倒下了。

打开怀表，盯着时间一秒一秒流逝，阿豪的心越来越沉。

一分钟、两分钟、三分钟……电话很安静。十五分钟过去后，阿豪的心沉到了谷底。他灌了一口葡萄糖水，从长椅上起身，朝电话机走去。

时间越长，事情越糟！不能再这样等下去了，情况是好是坏，他都要立刻知道一个结果。

阿豪一起身，假装整理办公桌的晓霞姑娘忙开口问："段大哥，还要打电话吗？我帮你？"

"不用了，晓霞。我自己来。"阿豪勉强笑了笑。

就在这时，"丁零零……"刺耳的电话铃声响起。阿豪抓电话的手顿在了半空。

电话铃持续响着……

阿豪紧张的样子，让丁晓霞的呼吸不自觉地急促起来。终于，阿豪拿起了电话……

"嬷嬷，谢谢您做的一切，谢谢！"两分钟后，阿豪放下电话，一阵极度的倦意涌了上来。"晓霞，我现在需要一张病床。"他对丁小姐露出疲惫的笑容，"还需要一些酒精和纱布。谢谢！"

昨晚连番地打斗、逃亡，给他身上又增添了不少新伤。虽然大多是些被石块、荆棘划破的小口子，或一些不太严重的肌肉损伤，但也有必要处理一下，以免感染、恶化……

东山堂。

一大群宪兵、警察和便衣们从教堂大门里涌出，迅速登上停在路边的军用卡车和警车。

"小泽副课长，那个嬷嬷表现异常，为什么不带回去审讯？"教堂门口，林谷对身边的小泽原道，隐隐带着质问的语气。

小泽原冷冷扫了一眼特高课三课戊班班长。“林谷君，你想挑起我们和美国领事馆的纷争吗？有牧师的证言和药品，她购买阿司匹林的行为已有合理解释。教堂我们也进行过搜查，并没有什么发现。这种情况下如果将人抓走，美国领事的电话会立刻打到宪兵司令部。”

“牧师的证言和药品，有待进一步调查、核实。”林谷继续质疑，“我们的搜查并不彻底……小泽副课长，为什么要仓促结束这次搜查行动？”

“混蛋！”小泽原怒道，“时间宝贵。除了这里，还有很多区域要搜索，很多线索要跟进排查，你要做的是立刻去执行我的命令，而不是在这里质疑你的上司！明白吗，中尉？”

“是。”在职位和军衔的压制下，林谷不得不屈服，立正敬礼后，快步走向路边的日军卡车，钻进副驾驶位置。

该死！卡车离开后，小泽原在心里咒骂一声，朝斜对面的电话亭快步走去。

黑暗中，李嬷嬷拎着一盏煤油灯，小心翼翼地走下台阶。这里是教堂的酒窖，位于副堂的地下。

立雪睡在长凳和木板架起的床铺上，裹着厚厚的棉被，呼吸均匀。李嬷嬷来到床边，伸手摸了摸她的额头。烧退了，嬷嬷脸上的忧色也退去些。不过嬷嬷的心里仍在后怕不已，这处基本废弃了的酒窖，虽然是教堂里的僻静之所，但也不是机关密室，先前那些军警如果继续搜查下去，迟早会发现这里。

一双纤细白嫩的小手，把着金蟾造型的宜兴紫砂壶，将滚烫黄亮的茶水细细点进茶杯。水汽袅袅蒸腾、飘散，凤凰单枞独特的兰花香味，在装饰华丽的房间内四溢开来。

“芳姐，茶好了。”小影捧起紫红色茶杯，走向办公桌后假寐的女人。

秦芳好慵懒地睁开双眸，接过茶杯，嗅了嗅。可是，往日这让人宁心静气的幽香，今天却无法平复她焦躁的内心。

“几点了？”她问。

“十一点半。”小影瞥了一眼手表。

“十几个小时了，宪兵队那边还没有消息……”秦芳好对着茶杯轻轻吹一口气，喃喃自语，“活不见人，死不见尸……”

沙发上，脸色阴沉的令狐少卿猛地站起：“组长，我出去打探一下。”说着转身就要出门。

“令狐，等一下。”秦芳好放下茶杯，拉开办公桌抽屉。

令狐少卿转回身，右手动了动，想摸腰间，不过立刻又放弃了——自从三个月前来到广州，他就不再随身携带枪支。这本是一项“安全措施”。他是情报人员不是行动队员，在敌后活动随身携带枪支，只能给他带来不必要的风险而不是安全。

但此刻，这项安全措施却让令狐少卿感到很不安全——

秦芳好从抽屉里拿出一把金色柯尔特转轮手枪，把玩着。“令狐，你这一去，我们是不是再难相见了？”

“组长这话是什么意思？”令狐少卿被说破了心思，强自镇定道。

“我知道你心里肯定在怀疑，锄奸队昨晚被伏击，是我们这边出了问题。”秦芳好道，“你为什么不说出来？”

令狐少卿沉吟道：“先前的确有所怀疑。不过仔细一想，又觉得不太可能。我们小组就四个人，组长自不必说，深得局座信任。小影和阿四，也算局里的老人，底子干净……所以，情报从我们这边泄露的可能性不大。我更倾向于，日本人是通过别的渠道，掌握了锄奸队这次秘密潜入广州的具体时间和路线。毕竟，这里是敌占区，日本人的情报获取能力极其强大……”

“令狐，不用再演戏了，也不用再费脑子。”秦芳好讪讽地笑了笑，“我本也没打算瞒你，也瞒不住你。锄奸队的消息是我亲自打电话通报给宪兵队的。”

令狐少卿脸色骤变，他看了一眼边上神情波澜不惊的小影，和身后从外厅闪身进来的黄阿四，一股寒意瞬间蹿上了脊椎。秦芳好既然挑明了，还会让自己活着离开吗？

“是你，你们……”令狐少卿绝望而愤怒，他环顾三人后，走到办公桌前，对秦芳好低吼，“出卖兄弟、背叛党国！秦芳好，日本人到底给了你什么好处？你这个贱人，你忘了家法了吗？你以为军统会放过你，戴老板会放过你吗？”

“我是出卖了兄弟！”秦芳好淡定如常。她把枪放到桌面上，轻轻一推，手枪滑向令狐少卿，“但我不会被执行家法。军统也好、戴老板也罢，没人会指责我！”

令狐少卿狐疑地看了一眼面前的手枪，旋即惨笑道：“明白了，是我出卖的兄弟，然后畏罪自杀？姓秦的，你狠、你毒，但你太天真了！”

说完，他一把抓起桌上的手枪。但还没等他抬起枪口，边上的小影出手如电，一把小巧的手枪，先一步顶在了他的太阳穴上。黄阿四同样拔出了怀里的手枪，指着他的后背。

令狐少卿拿枪的手顿了一顿，然后缓慢而坚定地一寸寸抬起，枪口直指秦芳好。

秦芳好打开桌上的檀木烟盒，取出一根香烟点上，对小影和黄阿四摆摆手道：“你们都出去吧，我和令狐好好谈谈。”

两秒钟后，小影和黄阿四先后收起枪，转身出了房间，将门轻轻关上。

“令狐，你先前的那句话只说对了半句。”在令狐少卿惊疑的目光中，秦芳好缓缓开口，“我是出卖了兄弟，但绝没有背叛党国。”

令狐少卿神情一阵恍惚。“你说什么？”

“投名状……”秦芳好吐出一个青色的烟圈，朝令狐少卿手中的枪罩去，“为了彻底获得原田冈夫的信任和支持，这支锄奸队是我送上的投名状。”

令狐少卿脸色渐渐发白，嘴唇哆嗦：“谁同意你这么干的？电报呢？手令呢？拿给我看！”

“你忘了上个月我去香港见局座特使的事了吗？”秦芳好道，“至于电报、手令，令狐，你觉得要多愚蠢的上司，才会在这种事情上留下证据？”

“为什么？”令狐少卿摇头，“我们刚来三个月，你现在已经是宪兵司令部的高级顾问了……局座不会这么急的，这代价太大了……”

“如果我们的任务只是策反和收集情报，局座是不会这么着急，也不会为了让我尽快打入伪政府内部，付出这么大的代价。”秦芳好道，“但有一件事，局座这两年一直如鲠在喉，不惜一切代价也要去做的。”

“什么事？”

“刺汪！”

令狐少卿心中一震，缓缓放下举枪的手臂。秦芳好说得没错，军统内部的人都知道，两年前在越南河内刺杀汪精卫失败后，局座被最高领袖骂了个狗血喷头。这件事，也被局座视为奇耻大辱。令狐少卿相信，一旦有机会，于公于私，局座都会不惜一切代价再次刺杀汪精卫。

“警察局第一副局长的位置正好空缺，局座的意思是让我全力争取这个职位。”秦芳好继续道，“除了这个职位本身的分量值得花大代价获得之外，还因为我是女性，坐上这个位置后能更容易接近汪夫人。”

“陈璧君？！”令狐少卿略一思索，便大致明白局座这样安排的用意了。伪广东政府成立后，那位原籍广东的汪夫人，将其弟陈耀祖扶上了广东省省长的宝座，把广州当成了自家的御花园，一年倒有大半时间待在这里。

秦芳好又道：“警察局第一副局长分管的内保处，直接负责陈璧君在广州的安全工作，这对我们掌握汪逆的动向十分有利……”

令狐少卿将手枪搁在桌上，颓然返回沙发上坐下，悲叹道：“四名军中精英，战斗英雄……真是好大的手笔！他们满腔热血而来，为的是锄奸报国。结果呢，寸功未立，就被自己人卖得个干干净净……我想，他们死都不会瞑目吧……”

“够了！”秦芳好高声道，“你以为我愿意，我轻松？不如此我怎么完成上峰交代的任务？不牺牲怎么打赢这场战争？难道真要我把自己脱光了、洗净了、喷上香水摆在原田的床上吗？这样做有用吗？”

沉默良久，令狐少卿长出一口气：“为什么现在才告诉我？”

“这是局座的意思。”秦芳好苦笑道，“他是为你好……你才是他的嫡系，将来前途远大，不能粘上这样的污点……所以呢，脏活儿我来做，骂名我来背，功劳当然也少不了你一份。”

令狐少卿脸微微一红，转移话题道：“情报来源如何解释？原田不会怀疑吗？”冷静下来后，他立刻想到，秦芳好明面上不过是一名帮会首领，而军统派锄奸队潜入广州，必定是一次高度机密的行动，中和堂这边是如何得到这份精准、详细的情报的？如果不能给出一个让原田信服的情报来源，他们送上的这份代价惊人的“投名状”，莫说获得对方进一步的信任，还很可能适得其反。

“令狐，我们到广州才三个月时间，你以为我凭什么得到‘宪兵司令部高级顾问'这个金光闪闪的头衔的？凭中和堂的财力、人力？还是我个人的美色？”秦芳好自问自答道，“不是，这些不过是台面上的，给外界看的理由……”

“那台面下呢？”令狐少卿脸色凝重。他今天是彻底明白了，自己在这个小组里被边缘化到了何等程度，秦芳好对他的提防又是何其严密，自己作为副手，竟然不知道这位组长和原田还有台面下的交易。

“台面下？”秦芳好掐熄了烟，“我来广州做的第一件事，就是向原田冈夫投诚！”

令狐少卿惊得从沙发上跳起。“叛变？！”

“对。不过，只有原田一人知道我真实的身份。”秦芳好道，“这也是局座的授意，原因很复杂，有些事情现在还不能告诉你。”

令狐少卿缓缓坐下，长吁一口气后，道：“逃走的是谁？不会有麻烦吧？”

秦芳好摇摇头：“其他四名队员当场牺牲了，宪兵队那边也不清楚逃走那位的身份。晚上我给家里发报了解一下吧。至于麻烦，应该不会，那支队伍里，没人知道我们的身份。”

令狐少卿的眼角，微不可察地抽了抽……

特高课会议室里，一场小型会议已近尾声。

疲惫至极的玉川云子，扫视一干坐在长条会议桌两边的部下，强打精神道：“诸君，离戒严结束只有八个小时，还望大家坚持，争取在这之前，抓到桥本。拜托了。”说完深深鞠躬。

“是。”七八名特高课各班的班长或副班长纷纷站起，鞠躬还礼。

“还有什么问题吗？”待众人重新坐下，玉川云子最后询问道。

“玉川课长，”一名身着伪警制服的中年男子起身道，“上午特高课让我们做的人员调查，已经有了结果。”说着，他从公事包里拿出一个档案袋，从袋子里取出两张照片。

玉川云子惊讶道：“汪处长，你们侦缉处的执行能力真让人钦佩。”

汪处长脸上闪过一抹尴尬之色。

“档案我带来了，”他起身走到玉川云子边上，递上一大一小两张照片，

“男子叫段世豪，是我们警局黄沙分局的一名低阶巡警。女人的身份……正在调查。”

“巡警？”玉川云子看了一眼两吋证件照上身着制服的男子，和另一张合影上的阿豪。

汪处长点点头：“其实，在接到特高课的调查通报之前，我们已经在缉捕此人了。”

玉川云子疑惑道：“他犯了什么案子？”

“昨天傍晚，此人袭击玉川公馆的高桥满先生一行。”汪处长道，“我们侦缉处对此案非常重视……”

“袭击高桥满？”玉川云子惊疑道，正待开口询问细节，会议室的门被人推开了。

“报告，”一名军士站在门口大声道，“课长，有紧急汇报。”

“说。”玉川云子道。

“刚刚接到东大门守备队宫城小队长电话，”这名军士上前两步道，“三个小时前，一名和编号‘乙字四一三七’抓捕对象高度相似的男子，通过关卡入城。”

乙字四一三七？玉川云子飞快地看了一眼手中阿豪的照片，厉声追问道：“他是怎么通过检查的？为什么现在才汇报？”

军士看了看手中的电话记录：“据宫城队长报告，当时关卡尚未收到‘乙字四一三七’的相片，此人是坐樊兴业樊参议的轿车入城……”

樊兴业？玉川云子上前一把从军士手中抓过电话记录，快速看了一遍，神情不断变化。先是袭击高桥满，接着袭杀三名日本士兵，现在又和樊兴业扯上了关系？这个小小的巡警到底什么来路？是共产党特工吗？如果是，就太好了！玉川云子兴奋地想着……

事实上，她已对短时间内找到桥本不抱太大的希望了，但如果能迅速抓捕袭杀三名日本士兵的凶手，并破获一桩共产党间谍大案，那么“将功抵过”，她因在“桥本叛逃事件”中的失职而遭受的惩罚会轻上许多，父亲动用上层关系为她开脱罪责的难度亦会小上许多。

就在玉川云子看向汪处长，想仔细询问高桥满被袭一事的始末时，对方却先开口了。

“玉川课长，来宪兵司令部之前，我接到樊参议员的公子打来的电话。”汪处长道，“他在电话里报案，说早晨从东山出来的时候，他们父子遭到劫持，劫匪利用樊参议员的轿车进城后，去了沙面，抢走他们随身的财物后，离开了。”

“劫持？报案？”汪处长的这番话让玉川课长火热的心凉了下来。对方既然是被劫持，事后又立刻报案……难道我的怀疑是错的？不，她立刻在心里否认，樊兴业这样做，也可能是为了更深地隐藏自己……欲盖弥彰？她最后想到了这个中国成语。

“详细情况呢？”玉川云子追问汪处长。

“我当时着急来这里开会，在电话里没多问，当即派了两名得力手下去了兴业公司当面了解案情……”汪处长思忖道，“不过我问过他们遭到劫持的地点，说是在东山的基督教堂里。”

玉川云子霍然转身，看向身后墙上的地图，迅速找到“基督教东山堂”。结合昨晚案发地点和小泽原的分析，她现在基本可以确定，坐樊兴业轿车进城的人就是杀死三名日本士兵的凶手——段世豪。

玉川云子再次看了一遍宫城的电话记录，确定当时车上除了樊兴业父子和段世豪之外再没有第四人后，对进来报告的军士命令：“把你刚才听到的通报给小泽副课长，要他立刻搜查教堂，审讯相关人等。”

“是。”军士领命，转身就要出去打电话。

“站住，”玉川云子突然又叫住传令军士，“先不要搜查，让小泽副课长派人秘密监视教堂即可，不要惊动里面的人。”

她之所以改变了命令，是不想打草惊蛇——和段世豪同行的女子，现在很可能就藏在教堂，但仅仅抓捕一名从犯，意义不大，不如留着这枚鱼饵，钓更大的鱼。军士再次领命，出了会议室。

“服部班长，”玉川云子旋即又对专门负责电台侦测和电话窃听的乙班班长道，“你立刻安排监听基督教东山堂的电话。”

“是。”服部当即起身，匆匆离开。

“美国教堂……沙面……”玉川云子再次看向地图，视线在两处地点来回扫视，眉头微蹙。

病房里很安静，拉着窗帘，光线有些昏暗。阿豪睡在病床上，粗重地喘息着。“不！”他突然一声低吼，猛地睁眼坐起，额头的颗颗汗珠，淌过脸颊、下巴，最后滴落在剧烈起伏的胸膛上。

他刚才做了个噩梦——立雪被绑在刑讯室的十字木桩上，披头散发衣衫凌乱；高桥满手拿一根烧得通红的烙铁，面目狰狞；秦芳好站在边上看着，笑容诡异而恶毒；而他自己，漂浮半空，无论怎么样嘶吼、挣扎，都不能发出一丝声音，动弹不了身体，只能眼睁睁看着冒烟的烙铁杵向妻子的娇躯……

虽然只是个梦，仍让阿豪感到一阵心悸。他掏出怀表看了一眼，已到下午四点。自已睡了近三个小时。

阿豪忙翻身下床。戴夫勒应该回来了吧？正想着，门外传来了脚步声。他迅速从枕头下掏出勃朗宁手枪插在腰间，然后将搭在床头的西服外套穿上。有了这把袖珍手枪，不便携带的南部十四手枪就没有留着的必要了。他在来诊所的路上，已将那支昨晚缴获的日军制式手枪拆成一个个部件，分散抛掉了。

“亲爱的段，是圣诞老人派你来的吗？”病房门被人推开，走进一个比阿豪还要高大两分的身影。

来人怪异的中文发音，没让阿豪感到一丝的滑稽，他有些激动地迎上两步，握住对方伸来的手说：“戴夫勒先生，冒昧打扰，还请见谅。”

跟在戴夫勒身后的晓霞，快步走到窗前，拉开窗帘，让下午的阳光洒进房间里。

年近五十的苏格兰裔美国人，下颚上金色短须已有些泛白。他身着一套得体的双排扣西服，很有几分绅士派头。

“老朋友，我知道你的来意。”戴夫勒脸上亲热的笑容渐渐敛去，“很遗憾，这次我帮不了你。你该从密斯丁那里知道了，所以……”美国医生耸耸肩，摊开双手。

“戴夫勒医生，我妻子受了伤，请您一定帮忙去看看。”阿豪诚恳道，“至于诊金方面，您大可放心……”

“NO、NO、NO，”戴夫勒摇头，“不是诊金的问题，是时间，我今天还有很重要的事要处理……而且，为什么是我呢？广州还有很多比我优秀的医生。”

阿豪看着晓霞，示意自己要单独和戴夫勒交流。聪慧的姑娘点点头，就准备离开。

“密斯丁，”戴夫勒却叫住了她，不满道，“忘了你在为谁工作吗？”

晓霞尴尬地留在了原地。阿豪朝她抱歉一笑，回头对戴夫勒说道：“请不要误会，我只是想单独和您谈谈！”

“你现在可以说了。”

“我妻子……”阿豪咬牙道，“是枪伤。”

“上帝，”戴夫勒夸张地拍了下自己的额头，“我就知道，你是个麻烦人物。”

丁晓霞的脸色也变了，她当然清楚“枪伤”意味着什么。

“戴夫勒先生，您现在明白我难处了。在广州，除了您我找不到第二个可以信任的外科医生了，请帮帮我妻子。”

戴夫勒摇头：“现在不是三年前了……我虽然不关心政治，但更不喜欢麻烦。抱歉了，我的朋友，你的困难我无能为力。”

阿豪的心沉了下去。戴夫勒说得没有错，现在不是三年前了。那个时期，日军刚攻占广州，城中一片混乱，日军纵然行事严酷、残暴，却做不到对这座城市的全面掌控。如今不同，这两年先后成立的各汉奸组织、伪政府以及甘为日本人爪牙的大小帮派，让日本人对广州的统治变得强大而深广，管控力覆盖社会的各个阶层，延伸到了城乡的每条街巷、每个村落。这种情势下，对方如此干脆地拒绝，虽然有些出乎他意料，但想想又在情理之中。

不过，理解归理解，这趟沙面之行如此凶险、艰难，他怎甘心空手而归？

“戴夫勒先生，双倍的诊金，更多也可以……或者，其他什么条件，只要我能做到的，都可以答应你。”阿豪继续恳求。

“我说过不是钱的问题，”戴夫勒语气冷了下来，“快走吧，看在老朋友的情分上，我可以当你今天没来过。你说是吗，密斯丁？”最后他看向晓霞。

护士小姐低头不语，不知是对老板的话表示同意，还是因为帮不上阿豪而感到愧疚。

“戴夫勒医生，你不能见死不救！”阿豪激动道。

“段，你太自私了。”戴夫勒咄咄问道，“我救你妻子，你又拿什么保障我，还有善良的密斯丁的安全？如何保证事后我们没有任何麻烦？”

阿豪张了张嘴，却说不出一个字来。随即，巨大的失落和沮丧，如潮水般在他心头涌起。来之前的想法太过简单、冲动了。请不来就绑来？先不说他如何在戴夫勒不配合的情形下，带着这位医生避开重重关卡去到东山，仅仅想到这样做注定将给晓霞姑娘带去的灾难性后果，就让他良心难安。

“密斯丁，两分钟后我还要出门，在这之前替我送段先生离开。”戴夫勒说完，不再理会阿豪，转身朝病房外走去。

“戴夫勒先生……”晓霞迟疑着开口，想要替阿豪求情。

“密斯丁，”戴夫勒扭过头，“如果你不满意这份工作，现在就可以提出来。”

晓霞脸色唰地白了。在广州，一名普通女孩想要找到她现在这样体面的工作可不容易。

“戴夫勒先生，我这就走。”阿豪道，“不过，能不能请你提供，不，卖给我一些手术器材和药品？”

医生一怔：“你要干什么？”

“我妻子是被跳弹所伤的，在后肩上，创口小，子弹入体也很浅。如果你能给些建议，我想我应该能取出……”

“No、No、No，”阿豪还没说完，戴夫勒便夸张地打断了他，表情像看到一个怪物，“你疯了！段，我没有什么可以给你的，唯一的建议，立刻送她去医院。另外，你现在就离开这里！”

“打扰了。”阿豪取下衣架上的风衣和礼帽，朝病房外走去。看着他黯然离去的背影，晓霞鼻腔有些发酸，快步追上。“段大哥，我送你。”

“等等！”戴夫勒喊道，“段，你确定没被跟踪？”

阿豪站住，片刻后转身道：“应该没有。”

戴夫勒想了想，对晓霞说：“密斯丁，带段先生从后门走。”

“好的。”

“送完段先生后，亲爱的密斯丁，可以开始你一个月的带薪长假了，祝愉快！”

“谢谢戴夫勒先生，也祝您旅途愉快，圣诞节愉快！”晓霞朝戴夫勒招了招手，“明年再见。”

五分钟后，戴夫勒站在诊所二楼起居室的窗户边，看着丁晓霞锁上门离开。桥本坐在他身后的桌子前，对着镜子卸妆——撕掉两鬓和嘴唇上的胡须；从嘴里取出填充两腮的胶状物。

"离开之前，我必须见他一面。"桥本用英语说。

"会的，桥本君，他会来见你的。"戴夫勒放下窗帘，走向桥本，"胶卷呢，可以给我了吗？"

"到香港后我会交给你的。"

"为什么不是现在？"戴夫勒疑惑道。

"我必须尽快离开广州。"桥本冷冷看着医生："戴夫勒先生，你应该明白我现在的处境。"

戴夫勒怔了怔，摇头叹道："合作这么长时间，我以为我们之间已建立了足够的信任。"

"一天都等不了吗？"桥本道，"或者，我到不了香港？"

"好吧，我的朋友。"戴夫勒耸了耸肩，"如你所愿！"

沙面码头。夕阳下，一艘火轮船孤零零地泊在江边。阿豪半蹲在不远处的堤上，看着这艘悬挂米字旗的小吨位货船，眼底闪过一抹苦涩。香港很近，也很远……

他收回视线，用树枝将脑中规划的路线简略地画在了地上。他打算入夜后从这里下水，然后顺流而下，往东泅渡大概四五公里，在城外的大沙头登岸，这样便能绕过日伪设在东大门、小东门的哨卡，走小路返回东山堂。

当然，要在冬夜寒冷的江水里游四五公里，是极耗体力的事，即便对阿豪这样水性极佳的汉子来说，也是一次不小的挑战。但夜间走水路比较安全——在漆黑浩阔的江面上，一名夜泳者的身影太过渺小，躲避日军巡逻船上的探照灯不算太难的事。如果不是运气差到了极点，他估计在天亮前就能再见到妻子。

可妻子的伤怎么办？看着浩荡东流的江水，阿豪满面愁容。

在日本人的高压统治下，连戴夫勒这位"胆大"的美国人都拒绝给立雪诊治，阿豪再也想不出，还有哪位大夫敢私下去给一名枪伤病人手术？

况且，东山一带如今军警、密探遍布，李嬷嬷今天买药的举动已经引起了宪兵队的怀疑，这种情况下他即便找到医生，又如何带去教堂？

至于送立雪去医院，无异于将人送到宪兵队手中。以阿豪对日本人的认知，即便他去自首，也难以保住妻子的性命——立雪十有八九会被当成从犯，和他这个“罪大恶极”、杀死三名日本士兵的主犯一同处决。不到万不得已，他不会做此选择……

不能再拖了！立雪伤口已经开始发炎，如果不尽快取出子弹，伤势很快会恶化。阿豪暗自决定，实在找不到医生，就自己动手。

从身体里取出子弹或者弹片这种事，他不乏亲身体验。而且，他还在战地医院当过几次临时助手，没少见识那些冷血粗暴的军医，是如何干净利落地取弹头、清创、缝针……

轰隆隆的马达声传来，一艘日军巡逻船出现在江上，正由东向西逆流而上。

阿豪搓了搓被江风吹得有些麻木的脸颊，站起身，用脚蹭掉地上那些冷硬的线条，他拖着一道狭长而孤独的影子，迎着落日走去……

第七章　有些人必须死

位于诊所二楼的餐厅里，烛光温馨，两个衣冠楚楚的男子相对坐在餐桌前。见桥本放下刀叉，戴夫勒也停止了用餐。他拿起餐桌上的威士忌，打开瓶盖，在两只玻璃杯里分别倒上了小半杯。

“桥本君，我想我们该喝上一杯。”戴夫勒拿酒杯的手顿了顿，脸上露出一个无奈的笑意，示意桥本先选一杯。这倒不是什么礼节，而是不想桥本误会。之前他从厨房里端出两人的晚餐时，对方竟然找了个蹩脚的借口，和他交换了餐盘。

桥本犹豫了一下，选了杯酒端在手上。

“祝健康！”戴夫勒拿起剩下那只酒杯和桥本碰了一下。

“祝健康。”桥本说，等医生喝完后，这才将酒倒进嘴里。

戴夫勒再要倒酒，桥本伸手盖住自己的酒杯，一边咳嗽一边说道：“不能再喝了……感谢你的招待……我想去休息一下。”

“桥本君昨晚在安全屋没有睡好吧。”戴夫勒也不勉强，用餐巾擦了嘴，“那就到香港后，再和桥本君共饮。”

两人一起出了餐厅。戴夫勒将桥本送进客房后，径直回了自己的房间。一关上门，医生的脸色立刻变了，他迅速从衣兜掏出一个小药瓶，倒出一粒药放进嘴里，两步跨到沙发前，端起茶几上的一大杯水，全部灌入口中。

戴夫勒顺势在沙发上坐下，伸手把着自己的脉搏，神色凝重。即便在先前用餐中途，他已在洗手间偷偷服用过一粒解药了，但此刻仍然感觉大脑有轻微的眩晕感。

在晚餐的食物和威士忌酒中，他投放了一种叫“东莨菪碱”的迷药，而他刚才服用的这种名为“依色林”的药物，能快速解除东莨菪碱的毒性。

感受到指尖传来的脉搏跳动，渐渐由微弱、缓慢变得有力、快速起来，戴夫勒长长舒了口气。他看了一眼手腕上那只以计时精准而闻名于世的汉密尔顿牌手表：晚八点十分。

戴夫勒起身走进里间书房。现在还不是行动的时候——两小时后桥本血液里东莨菪碱含量才能达到峰值。

玉川公馆。

“……东西到手后，立刻把人解决掉。”玉川秀雄对电话里道，“尸体我明天会派人来处理……好，等你消息。”

玉川秀雄放下电话，看了一眼时间，犹豫片刻后，对房间里的高桥满和西野二人道：“医生也不能留！”

“我去干掉他。”高桥满目露凶光，随即又疑惑道，“为什么？他也暴露了？”

“今天没暴露，不代表明天、后天不会……”玉川秀雄道，“从时间上推算，桥本昨晚如果感染上了病菌，现在已经过了潜伏期，医生也有被感染的可能。”

“这跟医生暴露不暴露有什么关系？”高桥满越加疑惑。

西野不屑地瞥了这个没脑子的家伙一眼，“你生病了会去什么地方？”

“小病自己吃药，大病上医院。”

西野不再理会还有些茫然的高桥满，对玉川秀雄道：“社长，我们这样做，美国人那边怎么交代？会不会影响到以后的合作？”

玉川秀雄道：“西野，‘零号’菌太可怕了，几乎无药可治，我们不能有丝毫的侥幸……都怪他自己下手太晚。至于美国人那边，相信他们能理解，甚至，还会感激我们。你放心，那是帮贪婪的家伙，合作一定会继续。”

西野点点头。“我去。”

“不，”玉川秀雄摇头，“现在还在戒严，你去沙面容易落下痕迹。让川崎动手，他人就在那边……告诉他，动静要小，杀人之前，一定要拿到胶卷。”

“是，我立刻通知他。”

“还有，”玉川秀雄补充道，“提醒川崎，烧掉两人的尸体……”

深沉的夜色，将整栋尖顶小楼都包裹在了黑暗之中，天地寂静无声。一道黑影迅捷而轻盈地翻过诊所后院两米多高的砖墙，悄然落在墙根下的阴影里。

黑影弓着腰，快速穿过小院，摸到诊所后墙的一扇窗户前，将一根带弯钩的钢丝探进窗缝，钩住窗栓，轻轻提起。打开窗户后，黑影迅速翻了进去，关上窗户，拉上窗帘……

笃笃笃，二楼客房外，戴夫勒敲响了房门，屋里没有动静。“桥本君、桥本君……”他一边喊一边用力拍门，桥本仍然没有回应。

戴夫勒掏出钥匙，打开门锁，推开一道门缝，用钳子夹断门后的安全链。客房是间40平方米的单间，打开门边的电灯开关后，医生穿过狭窄的门厅，就看见了裹着被子蜷缩在床上的桥本。

“桥本君，醒醒！”戴夫勒走到床边，一手握着腰间手枪的枪柄，一手拍打着桥本的脸颊。如果对方这时候醒来，他只能采用强硬手段了。好在东莨菪碱并没有让他失望，除了细微的呼吸，桥本的身体再无其他反应。

不过，戴夫勒依然没有大意，他掀开被子，掏出早已准备好的手铐，将桥本双手反铐在了背后。

应该是缺乏安全感的缘故，桥本睡觉时还穿着毛衣、长裤，只脱掉了外套和鞋子。

两分钟后，戴夫勒将他全身上下都仔细搜了一遍，包括枕头和垫褥边角都掀开看了，一无所获。接着，他又将桥本脱在椅子上的外套，和他随身带的手提包一一仔细检查，仍然没有发现。

戴夫勒的脸色难看起来。他想到了两个可能：一、桥本在今天和自己见面之前，将胶卷藏在了别处，并没有随身携带；二、对方到诊所后，找地方将胶卷藏匿了起来。

他实在不愿意刑讯一位曾经的合作者。

就在医生犹豫着是否将桥本弄醒时，视线无意间落在床下那双皮鞋上，心中一动，忙将一只鞋子拿起。

取出鞋垫，再将鞋跟处的牛皮底揭开，戴夫勒眼底闪过一抹喜色——一个拇指大小的铝制圆筒，嵌在鞋跟的凹槽里。

接着他又拿过另一只鞋，同样在鞋跟里，找到一个“秋田制作所”特制的胶卷筒。将两只圆筒的盖子拧开，倒出里面的两枚 17.5 毫米微型胶卷，戴夫勒总算放下心来。

接下来要做的，就是让这名已经暴露的同伴安静地死去。戴夫勒将胶卷重新装进铝制圆筒，看了一眼昏迷中的桥本，快步离开了客房。

诊所一楼。黑暗的医药室里，阿豪拿着手电筒，小心翼翼打开一扇玻璃柜门，取出柜子里的一瓶酒精和一捆绷带，放进脚下的帆布背包里。

“应该就这些了。”他低头想了想，手术刀、镊子、针、线、纱布等等手术器械和物料都有了。于是他关掉手电筒，背起鼓鼓囊囊的帆布背包，又从樊继宗的皮夹里拿出一叠钞票放在桌子上，然后钻出了窗户。

不对！刚朝院墙走了几步，阿豪突然感应到了什么，猛然转身，瞳孔顿时一缩——二楼的一扇窗户外，一个身背武士刀的黑衣蒙面人扒在墙上，如一只人形壁虎。此刻，这家伙正用恶狼般的眼神，居高临下盯着他……

二楼客房。戴夫勒再次推门进来时，右手上举着一只注射器，针头闪着蓝幽幽的细芒。

他刚走了两步，突然感觉有什么地方不对劲，正要回头，一只花盆重重砸在他的后脑上。医生眼前一黑，扑倒在地。

桥本站在门后，弯着腰，大口喘息、咳嗽，刚才那一击，仿佛用尽了他所有的力气。他仍然戴着手铐，不过双手已经从反剪在背后的姿势，变成铐在身前。这是常人难以做到的，除非拥有桥本这样百里挑一的身体条件——双臂长、上身短、肢体柔软——才能蜷缩起身体，将背铐着的双手套过屁股、双腿，放回身前。

桥本很快在戴夫勒身上找到了手铐钥匙，以及一把柯尔特手枪。这个过程中他一直在咳嗽，还干呕过几次。

然而，他胃里除了胃液，什么也吐不出来了。两小时前从餐厅回来，他抱着洗手间的马桶至少吐了三次。不过，桥本之所以要清空自己的肠胃，并不是因为他知道戴夫勒在晚餐的食物中下了迷药，而是身体本能的反应。

这也是为什么，他苏醒的时间比戴夫勒预计的提前了至少一个小时。

事实上，在戴夫勒将他的双手反铐起来时，他已经醒了，并意识到发生了什么。但那种情况下，他最明智的做法只能是继续“昏迷”。

后院。几乎在阿豪看到墙上那名蒙面人的同时，嗖，一道寒光已从对方手上激射而出，直奔他的面门。

来不及闪躲，阿豪的腰部仿佛被猛然向后折断，一式“铁板桥”施展到了极致，后背的背包贴到了地面。

“当”的一声轻响，十字镖高速旋转着从阿豪的鼻尖上掠过，打在他身后的砖石上，溅起点点火星。

“忍者镖？”阿豪心中正惊骇，刀光又至——他刚挺身而起，身体重心将稳未稳，双脚来不及发力之时，蒙面人已凌空扑来，手中忍刀朝他当头劈下。对方这一刀，时间拿捏得可谓精准而阴险。

刀锋临体的刹那，阿豪腰劲勃发，强行侧拧身体，避开这当头一刀，间不容发。

蒙面人反应迅捷，脚未落地，手腕翻转，忍刀变劈为撩，朝着阿豪的腰间闪电般抹去。

“噗嗤”一声，阿豪倒地翻滚，刀锋将他背上的帆布背包划出一道尺长的裂口，包里的大小瓶罐、盒子哗啦啦掉落一地。

蒙面人为之一愣。翻身而起的阿豪“呼”地掷一物，砸向他的面门。两人相隔不过五米，蒙面人同样来不及闪躲，挥刀猛劈。

啪，玻璃瓶爆裂，酒精和玻璃碎片四下溅射。蒙面人闷哼一声，额角冒出一丝血线，双脚交错迅速后退。

与此同时，阿豪已经掏出手枪。

蒙面人大骇，侧身扑出，着地后连续两个翻滚，起身时已至墙根下，紧接着他脚下一蹬，蹿上墙头，翻越而出。

对方这一连串动作快捷灵动，如兔起鹘落，阿豪看在眼里暗自佩服，心知即便自己开枪，也未必能击中对方。

当然，不到危及性命的关键时刻，他也不会开枪。这里是沙面岛，四面环水，地方狭小，一旦引来了英法军警，他很难脱身。

不过即便没有开枪，刚才他和蒙面人那场短暂而凶险的交手，也弄出不小的动静——那只被他当暗器掷出的酒精瓶，爆裂时的声响，比枪声也小不了多少。因而，蒙面人的身影刚从墙头消失，阿豪也闪身躲到墙角的阴影里。他一边紧张地观察着小楼里的动静，一边皱眉思索：一名忍术高手，为什么会在夜里潜入戴夫勒诊所？对方一见自己便下杀手，一击不中立刻遁走，行事狠辣、果决，来意绝对不善……

二楼客房。戴夫勒躺在地上，双眼紧闭，双手被反铐身后，亦如十分钟前的桥本。

一大杯冷水泼在戴夫勒的脸上。桥本可没时间等美国人自然苏醒，极度的愤怒和恐惧，让他精神快要崩溃。

见戴夫勒仍然没有睁眼的迹象，桥本划燃一根火柴，准备烧某人手心。“冷刺激”不行就“热刺激”，火柴盒里还有二十多根呢，他想。

兴许是外科医生的手和心灵有某种神秘的联系，火苗还没靠近，戴夫勒的眼皮蠕动了两下后，缓缓睁开了。随即，后脑传来的剧痛，让医生发出一声惨哼。

桥本遗憾地吹熄了手中的火柴，一边咳嗽一边坐回椅子。

“你是不是该说点什么？”停止咳嗽后，他对脚下的人说，眼神比声音更加冷漠，像是在看一具即将被解剖的活体。

“这是个误会……”戴夫勒强忍着头部的疼痛，断断续续说道，“我只不过……想证实一下资料的真实性……桥本君，你并没有受到真正的伤害，不是吗……”

“谢谢！”桥本瞥了一眼地上摔碎了的玻璃针筒，“现在证实了吗？”

“我想不用了……胶卷在我房间的保险柜里，你可以拿回去，到香港后再给我。”戴夫勒道，“一切如你所愿……”

五分钟后，戴夫勒书房。

桥本打开保险柜，将装胶卷的两个铝筒拿在手里。戴夫勒无力地靠在一旁的办公桌上，神情痛苦而紧张。他背铐着的双手，悄然从桌上的一叠文件上取下一枚回形针……

桥本检查了铝筒里的胶卷后，站起身，用枪指着戴夫勒，目光阴冷：

“现在告诉我，是不是他让你杀了我？不要说之前你想给我注射的是某种解毒剂。”

医生稍一犹豫，苦笑着点点头：“但我并不想这样做……你是玉川隆盛研究小组的成员，对我们很有价值，我更愿意将你秘密带回美国。”

“为什么……他为什么要杀我？”桥本冷漠的眼神变得疯狂起来。

“我不知道你们之间发生了什么，”戴夫勒道，“他的态度很坚决，说你会给我们带来灾难，会害死所有人……”

“不！”桥本挥舞着手枪，歇斯底里地尖叫着，“我不会害他的，永远不会！他没有让你杀我，是你，是你想杀我，说，是不是……”

“桥本君，请相信我……”戴夫勒刚想解释，桥本已冲到他的面前，粗暴地将手枪枪管插进了他的嘴里，“说，是你想杀我，是你，不是他！”

戴夫勒一脸惊骇，被这个已经失去理智的家伙吓坏了，拼命地点头。尽管他背着的双手，已经用回形针解开了手铐，仍然不敢乱动。

桥本眼里的疯狂之色渐渐变成绝望，他咳嗽着退开，眼角隐隐有了泪光，接着“噗”的一声喷出口血来。

就在这时，书房被人悄然推开，一道身影闪了进来。桥本察觉到了动静，转身举枪。

看准时机才现身的阿豪，怎会给对方开枪的机会，在桥本刚转过身时，他已一个箭步电射而至，手中弹簧刀闪电般挥出。

桥本握枪的手腕霎时血液飞溅。他惨叫一声，丢了手枪，左手握住被割断肌腱的右手手腕，踉跄着后退。

阿豪一把抄住将要落地的手枪，正要开口，眼神突地一凝——却见退到戴夫勒身前的桥本，被医生用一把裁纸刀捅进了脖子。

“戴夫勒先生，”阿豪看着倒在地上抽搐的桥本说，“两万日元……你可真舍得。”

在从东山到沙面的一路上，他不下十次看到“甲级通缉犯”桥本三男的头像，哪会认不出来。

“亲爱的豪，我们可以谈谈。”戴夫勒用手背擦拭掉眼角溅上的血迹。看见掉在地上的两个胶卷铝筒，他弯腰就要捡起，手腕却被阿豪一把抓住。医生感觉像是被一把铁钳钳住了，嘴角抽搐了两下，便将手缩了回来。

"我们是该好好谈谈。"阿豪将两个拇指大小的铝筒拿到了手上，打开其中一个，倒出里面的胶卷看了看，重又装了回去。

将两个铝筒放进衣兜里，阿豪的手再拿出来的时候多了一把十字飞镖。"你这里今晚很热闹。"说着他将飞镖扔在了桥本的尸体上。

"这是什么？"医生问。

"忍者镖。"阿豪道，"十分钟前，一个会忍术的家伙留在你后院的。"

戴夫勒想到了什么，脸色越加阴沉。他伸手抓起办公桌上的电话，就要拨打，却被阿豪叫住。

"戴夫勒先生，如果你想对我不利，我保证没人能救得了你。"

医生心里一颤。他的确有杀了阿豪拿回胶卷的念头，不过此刻感受到阿豪身上散发出来的慑人气势，不得不将这个想法深深埋在心底。如果桥本给他的感觉是一条狡猾而疯狂的豺狗，那么阿豪就是一头冷静而强大的猛虎，必须要更小心地应对。

"亲爱的段，你刚刚救了我一次……"戴夫勒又瞥了一眼桥本尸体上那把十字镖，"或许是两次……我要做的只会是报答你。明天上午我就去一趟东山，不过我希望在治好你妻子的伤后，你能将那两卷胶卷给我。它对你没有任何价值……你的麻烦已经够多了，不是吗，我的朋友？"

没有价值？麻烦？阿豪心道，一个引动全城戒严的"甲级通缉犯"身上的胶卷会没有价值？至于麻烦，他现在怕吗？或许麻烦越大，他和立雪才越安全。

心中这样想着，阿豪对戴夫勒点点头："我对政治，和你的秘密没有一点兴趣……"

玉川公馆。

"刚接到电话，川崎任务失败。"西野敲门后走进办公室，阴沉着脸对玉川秀雄道。

"怎么可能？"玉川秀雄腾地从办公桌后站起，"他是一流杀手！"

"出意外了。"西野道，"川崎在诊所遇上了一名神秘高手，两人有过交手。对方有枪，他担心暴露，中止了行动。"

神秘高手？玉川秀雄正思索间，办公桌上的电话铃响了。他接起电话，和对方用英语说了两句后挂上。

“戴夫勒？”西野问。

玉川秀雄点点头。“他用药物解决了桥本，还说尸体自己处理，不用我们再派人过去。”

“医生对我们起疑心了。”西野冷森森笑道，“明天我亲自去一趟沙面。”

时间：第三日

位于珠江边上的荔枝湾，河涌纵横，是元朝的御果园所在。明代著名的“羊城八景图”之一“荔湾渔唱”，描绘的便是荔红时节这里百舸云集、游人如织的盛景。

不过在这个时节，荔枝尚未开花，离结果还有六七个月的时间，荔枝湾少有游客，河道上甚是冷清。

上午九点时分，一艘小木船荡开平静的水面，拐进一条狭窄的水道，缓缓停靠在一处普通的民居前。这一带的房屋前门临街、后门临水，家家户户都在后门外修建了石阶，方便乘船出入。

铁拐李付了船钱，拎起藤箱踏上了门前临水的石阶。紧跟着，顾铭也从船舱里钻了出来，他四下望了望后，跳下了船。

“这就是你说的安全屋？”铁拐李扶了一把腿上有伤的顾铭，看着上方油漆斑驳的木门，小声问道。

顾铭点点头，扫了一眼石阶上的积灰，几步登到门前，掏出钥匙。

这里是军统广州站行动组的一处秘密产业，只有组长顾铭和副组长江自强知晓。后者已在九月的破袭行动中牺牲，因而对如今的顾铭来说，这里是他在广州最安全的落脚点了。

今天早上，当得知城中戒严解除后，顾铭便决定搬来这里。他告诉铁拐李，水浸街并不安全，警方和玉川公馆的人没抓到阿豪，不会轻易放弃，很可能会在街上安排眼线。又说，人人都晓得这条街上铁拐李和阿豪交情最深，那些日本武士找不到阿豪，说不定还会来理发店撒野，劝铁拐李一起来这处安全屋避上一段时间。

铁拐李也觉顾铭说得有理，于是答应下来。两人早上简单收拾了些生活用品，便雇了艘疍民船来了荔枝湾。

进门后是一个50来平方米的小院，顾铭示意铁拐李先留在院子里。他径直走到通往堂屋的门前，打开挂锁。

进屋后，顾铭扫了一眼四周，视线落在八仙桌的一只茶杯上。他突然拔枪转身，指向门后的屋角。

“老顾别开枪，是我。”屋角的人影急切地说道，收起手里的枪，从昏暗中走出。

“令狐？”顾铭低声惊呼，“你怎么在这里？”在他印象中，这位和自己同期加入军统的陆军军官学校同学，一直在局总部机关工作，怎么会出现在广州，出现在这间屋里？

顾铭警惕而快速地观察了一遍屋里的各处角落，视线最后落在通往阁楼的楼梯上。

“老顾，不用找了，就我一个人。”令狐道。

顾铭眯眼看着令狐少卿：“你怎么知道这里？”

令狐少卿道：“我查阅过广州站所有机密档案，猜测如果前晚逃走的那个人是你，很可能来这里，所以……”

顾铭不等令狐少卿说完，跨步上前，大力抓住他的双肩：“你现在是什么身份？怎么知道我们昨晚遭伏击的事？”

令狐少卿感觉双肩好似被两座大山压住，努力挺直腰杆：“大年初二吃无情鸡，鸡头向谁边？”

顾铭怔了怔，接道：“向东北、向西北、向东南，西南客最尊。”

令狐少卿掏出衣兜里的半张十元面额的法币递给顾铭，后者接过这张看似随手撕下的半张纸币，然后从自己衣兜也取出了半张十元法币。两个半张纸币对在一起，没有任何规律的接缝处，严丝合缝。

顾铭收起纸币，一拳轰在令狐少卿的小腹上。后者惨哼一声，双手捧腹，半跪在了地上。

“说吧，我给你一个解释的机会。”

令狐少卿艰难地从地上站起，找了把椅子坐下，忍痛说道：“我来广州……有两个任务，一是以局座特派员的身份……对广州站内部人员进行秘密甄别，防止被日伪渗透；二是以独立情报组‘狐’组成员的身份，协助和监视‘火狐’的工作。两边都不知道我另一个身份……”

两分钟后，顾铭终于从令狐少卿口中得知了锄奸队昨晚遭日军伏击的真相，他全身发抖，双目赤红。

“老顾，冷静……”令狐少卿劝道，“这事后续如何处理，我会通过广州站那边的电台请示上峰，相信你那些弟兄不会白白牺牲。”

“请示个屁！”顾铭嘭地一巴掌拍在八仙桌上，震得茶杯、茶壶一阵叮咣乱响，咬牙道，“我不管她是不是奉命行事，也不管什么他妈的刺汪……这个女人必须死！”

戴夫勒诊所。

“……谢谢你，嬷嬷，”阿豪对电话里说，“请转告安德鲁牧师，戴夫勒先生今天上午正好要到东山办事，会顺道去探望他……”

此刻，这间书房的主人正站在窗前，从窗帘缝里看着下方的街道——一辆沃尔斯利牌英国警车缓缓停在路边，从驾驶位走下一名中年白人警察。

阿豪放下电话后，走到窗户的另一侧，掀开窗帘看了一眼。“他就是你那位朋友，威尔逊治安官？”

“一个拿钱办事的家伙，谈不上朋友。”戴夫勒揉了揉自己的双腕，脸色阴沉。他被阿豪铐在床上睡了一晚，哪会有什么好心情。

“戴夫勒先生，你可以出发了。”阿豪放下窗帘。“戒严已经结束，东山的临时哨卡和军警也都撤了。”

医生侧头看向阿豪：“段，你确定要这么做吗？戒严解除了，城门关卡还在……”

昨晚从阿豪口中了解了立雪的伤势后，戴夫勒欣然同意今天去东山堂给立雪手术。不过今早在得知城中戒严解除之后，阿豪改变了主意，决定将立雪接到沙面治疗。这让医生感觉到不安。

“治安官的车不是有外交特权免检吗？”阿豪道，“你昨天能带桥本回来，今天就能将我妻子安全接到沙面。在这里手术，我更放心。你应该理解。”

戴夫勒当然理解——诊所的医疗环境远远好于教堂，从对病人负责的角度考虑，的确应该在这里进行手术。但立雪这个病人太特殊，他不得不谨慎行事。

“段，你宰了三名日本军人，就在东山脚下……”医生担忧道，“军警撤了，便衣、密探肯定还会留在那里。你妻子的手术很小，没必要冒险……”

“不，”阿豪打断道，“我之前说过，他们昨天刚搜查过教堂，至少短时间里不会再关注那里。所以我认为现在将人接到沙面，是最好的机会。还有，日本人要抓的是我，不是我妻子。他们现在全力搜捕的对象应该是一名日本男子，而不是一个中国女人。戴夫勒先生，你大可不必紧张。”

他口中说不必紧张，心底却如压了块大石。戴夫勒的担忧并非没有一点道理，将立雪从东山接到沙面，的确需要冒一定的风险，即便她坐在有外交特权的英国警车里。

可是，不离开教堂就安全了吗？阿豪认为恰恰相反——日伪宪警短时间内不会结束在东山的调查，而教堂里不止住了李嬷嬷和安德鲁牧师两人，还有其他几位嬷嬷和三四名杂工。立雪在教堂待得时间长了，很难瞒住这些人。阿豪可不认为，这世上人人都像李嬷嬷和安德鲁牧师那样，有一颗悲悯、仁慈的心，能冒着被日本人惩罚的风险，去帮助一位陌生的女子。而且，阿豪估计，针对他和立雪的悬赏通缉令很快就会贴满大街小巷。到那时，如果他和立雪还留在东山堂，暴露的风险势必陡增。

之前藏身东山堂是危急之下的无奈之举，现在他有了更好的选择，为何不借此机会将立雪接来沙面？在这里，他不但不用担心戴夫勒向日伪告发，反而相信这位有着隐秘身份，还有把柄在自己手中的美国医生，会竭力为他们夫妻提供掩护。

在综合各种因素、一番利弊权衡之后，阿豪断然改变了之前的想法，坚持要戴夫勒将妻子接到沙面做手术。至于途中的风险，世上没有万全之策，他必须承担。况且，立雪如果真的在路上出了事，他现在也不是没有和日本人讨价还价的筹码。

“如你所愿，亲爱的段。”戴夫勒见阿豪态度坚决，也不再多说，大步朝书房门口走去。转过身后，医生的嘴角浮现一抹冷酷的笑意，如你所愿？昨天听他说过这句话的桥本，现在已经躺在后院花圃下的泥土中，等待被降解成肥料。

“三个小时……”阿豪稍显冷漠的声音从戴夫勒身后传来。医生停步转身。

“从这里到东山，驱车往返一趟只需要半个小时。”阿豪继续说道，“探望牧师应该不会耽搁太多时间……如果三小时后你还没有带回我的妻子，我会认为你们出了意外……”

“你不是认为路上没问题吗？”戴夫勒道。

“危险不一定来自外部。”阿豪的目光陡然锋利，“如果三小时后见不到我妻子，我会给宪兵司令部打电话……”

“你想干什么？！”医生脸色阴寒。

阿豪从衣兜里掏出那两只胶卷，放在书桌上。“戴夫勒先生请你记住，在我眼里，没什么人和事物比我妻子的安全更重要。当然，我更希望完成和你的交易，而不是日本人。”

人心难测！自从昨晚“重新认识”戴夫勒后，阿豪可不相信这位将裁纸刀捅进桥本脖子后眼睛都没眨一下的医生，会真心感激自己昨夜的出手相救。他心里很明白，对方这趟东山之行以及接下来为立雪的手术治疗，只不过是两人间的一桩交易，是对方感觉没把握杀人灭口后的被迫之举。

既然是交易，阿豪当然要将自己这一方的交易风险降至最低。戴夫勒隐秘身份的背后，必然有隐秘的组织，而此趟去东山，他不能随行，对方一旦脱离自己的控制，难说不会生出某种对自己不利的念头。因而此刻他必须将事情挑明，向戴夫勒展现自己决绝的意志，尽量打消对方心里某些危险的想法，扼制其行为。

东山，特高课监视站。玉川云子坐在办公桌后，一边小口啜着咖啡，一边听取小泽原的汇报：“……南水部已经派遣专家和防疫人员进驻市里的各家医院，一旦发现疑似‘零号’感染者会断然处置……”

这时，桌上的电话铃突然响起，打断了小泽原。玉川云子接起电话，听了一小会儿后，快速说道：“你做得很好。记住，让你的人保持距离，宁可跟丢也不要惊动了对方，确定人进入沙面后立刻汇报。还有，立刻通知城关哨卡，不要检查对方的车辆……”

等玉川云子挂了电话，小泽原忙开口问道：“东山堂有动静了？”

女课长点点头：“五分钟前，有人开车接走牧师和两位嬷嬷，林谷已派手下跟上去了。”

“谁？”

“来了两个人，一个是沙面的英租界治安官威尔逊，林谷见过这个人。另一个人的身份，他也从教堂门房口中打听出来了，是个叫戴夫勒的美国医生，常和安德鲁牧师来往。”

“戴夫勒？”小泽原皱眉道。

“对，”玉川云子道，“你昨天在牧师办公室接到的电话，应该就是从他诊所打来的。小泽，你当时的处置是正确的。这个案子我们不能再当成单纯的刑事案，而要以间谍案来对待。”说着，她端起咖啡杯，走到窗前。

“课长，要不要立刻向司令部申请进入沙面的搜查令？”小泽原道。

“搜查令当然要申请，但搜查行动还要等一等。现在看来，这件案子有些复杂，牵涉到了美国人，政治上很敏感，我们必须要有一定的把握才能行动。再说，沙面是一块死地，我们只要加强布控，凶手插翅难逃，不用太过着急。”

“是。我现在就去布置，立刻对戴夫勒诊所展开外围调查。”

玉川云子点点头，看向对面的樊府，嘴角勾起冷漠的笑意：“有意思……一个段世豪牵连出了樊兴业、英国的治安官、美国的牧师和医生……小泽君，我有种直觉，这次我们一网下去，会有惊人的收获。所以，要有点耐心。”

沙面。咖啡馆二楼，阿豪独自坐在临窗的位置上。他手拿报纸，注意力却全在斜对面的诊所上。用戴夫勒提供的道具和药水，简单给自己易容后，他眼角和额头多了些皱纹，加上下巴的一撮小山羊胡子，让他看上去比实际年龄大了至少十岁；鼻梁上架的那副金丝边眼镜，遮挡了眉眼的锋芒，又让他整个人的气质柔和了许多。如果不是熟识的人，现在很难一眼认出他来。

阿豪掏出怀表看了一眼——十二点零五分。戴夫勒离开已超过两小时，难道真的出了意外？心中正焦急时，那辆沃尔斯利牌警车出现在了他的视线中，由北往南驶来。

警车缓缓停在了诊所门口。戴夫勒当先从副驾驶位置上下来，很绅士地拉开后座一侧的车门……

阿豪看到李嬷嬷将一身修女装束的立雪搀扶下车，一直提着的心总算放了下来。

沙面是个小而宁静的地方，街道上行人寥寥、车辆稀少。阿豪又观察了一会儿，没发现可疑的人员和车辆后，这才起身下楼了，出了咖啡馆，穿过街道，朝诊所后门的方向走去……

三小时后。诊所手术室里，立雪趴在病床上，裸露着后背。手术前服用了东莨菪碱的她仍处于麻醉中，长长的睫毛盖在深陷的眼窝上，一眨不眨。

戴夫勒完成最后的包扎，取下口罩："接下来就要靠她自己了。"

阿豪小心地给妻子盖上棉被，紧张道："有什么问题吗？"

他一直在边上充当手术助手。在他眼里，立雪的手术过程很顺利——取弹、清创、消毒、上药、缝合以及最后的包扎，戴夫勒只用了不到两个小时就全部完成。

"手术没有问题……"医生看了一眼脸色苍白的立雪，"你妻子身体虚弱，有些贫血，这会影响术后恢复，而且，容易引发炎症……不过，她是我见过的最坚强的女士，相信能挺过来。"

三年前的那一幕，戴夫勒至今难忘——一个红衣、赤足，狼狈不堪的女子，用一辆两轮木板车推着一名浑身是血的军人，闯进了他的诊所。当得知对方是从河南的下渡街，用了近五个小时将自己的丈夫一步步推到了10公里外的十三行路后，他简直难以相信：在密集的枪炮声中，在中日军队还在进行惨烈的巷战时，在一座流氓、土匪四处乱蹿、烧杀抢掠的城市里，一个娇弱的女子是怎样做到的？只有最坚强的意志，才能创造出如此"神迹"，他想。

"不，她不需要再坚强……"阿豪在床边坐下，轻抚着妻子消瘦的脸颊，"戴夫勒先生，你有什么办法吗？药物，或其他什么？"

"最好的办法是输血。"戴夫勒道，"不过这比较麻烦，要去医院做配血……"

"你忘了吗？"阿豪打断医生的话，"当年你抢救我的时候，输的是谁的血？"

"噢，上帝……"医生夸张地耸起肩，"我忘了，你们是天生的一对。"

玉川公馆。"蠢货！"玉川秀雄一巴掌将照片拍在高桥满的脸上，怒不可遏。“一个支那人都对付不了，你还是大日本帝国的武士吗？！”

高桥满看着地上阿豪和立雪的合影，咬牙道：“我现在就去杀了他们！”

啪啪啪，玉川秀雄一连抽了高桥满三个嘴巴。“你怎么杀？带多少人去杀？混蛋，那里是沙面！段世豪要是好杀，前晚三名帝国士兵就不会死在小树林里，昨晚川崎就不会失手！”

一边的西野将照片从地上捡起，撇嘴道：“没想到这个家伙居然和医生搅到了一起，还真是难办啊……”

玉川秀雄发泄一通后冷静了下来，皱眉想了想，对西野道：“让我们的人继续寻找机会。同时，安排死士，如果戴夫勒落在特高课手里，立刻灭口，不用管胶卷了。”

西野道：“通知医生不行吗，让他马上转移？”

“怎么通知？”玉川秀雄反问，“诊所的电话已被监听，附近还有特高课的密探。而且，医生已经对我们心生警惕，一旦他知道自己被盯上，躲进了美领馆，我们怎么办？”

丁零零……电话铃声响起。玉川秀雄抓起话筒，“谁？”随即他脸色倏然一变，改用英文说道：“K 先生，您的情报非常及时，多谢……”

时间：第四日

宪兵司令部，刑讯室。丁晓霞坐在宽大的刑椅上，娇小的身躯像被定住了似的，一动也不动。她没有被铐起来，但仅仅是墙上的斑斑血迹，和挂着的皮鞭、镣铐、烙铁等等刑具，就让她脸上没了一点血色。

“丁小姐，不用担心，我们请你来只是了解一些情况。”玉川云子坐在审讯桌后，左手端着一只精致的白瓷耳杯，右手的拇指和食指捏着一把小巧的银汤匙在杯中轻轻搅拌着。“你只需诚实回答，很快就可以回家了。”

丁晓霞小鸡啄米般连连点头。

站在审讯桌边上的小泽原，拿起桌上的照片上前递到她手上。“仔细看一看，想好了再回答。你只有一次机会。”

丁晓霞一眼就认出了照片上的那个男人，拿照片的手不停地颤抖。

“认识吗？”小泽原弯腰逼视着女护士，目光戏谑而凶残。

丁晓霞惊恐地往后缩了缩，艰难地开口：“认识。”

“这是一个很好的开始。”玉川云子放下咖啡杯，“接下来把你知道的都说出来。”

丁晓霞惨然地点头，随即轻声啜泣起来。对不起，段大哥……

“中国军人……”半小时后，玉川云子手指轻叩桌面，思忖着自语，“他找戴夫勒仅仅是为妻子治病？”

“应该是这样。”小泽原瞥了一眼丁晓霞，“她不像是受过训练的人，证言可信。课长，既然只是单纯的刑事案，我们没必要再浪费资源，现在就可以通知租界警方配合我们抓捕凶犯。至于那名美国医生，为了避免外交上的麻烦，交给我们的外事部门处理即可。”

玉川云子没有立刻回应小泽原的提议，拿过边上记录员手中的审讯笔录翻看起来。经过半小时的询问，她当然能看出丁晓霞只是普通人，应该没有撒谎，但她不甘心接受这样的结果。桥本的下落至今没有找到，她需要破获一桩间谍大案来将功折罪，不是仅仅抓捕一名刑事案凶手。

“你说戴夫勒拒绝了段世豪，态度十分坚决？”玉川云子一边看记录一边问丁晓霞。

“是的。”丁晓霞道，“戴夫勒先生当时在接待一位重要的朋友，而且明确表示不会私下去诊治枪伤病人，所以无论段大……段先生怎么恳求，他都没有同意。”

“那后来又发生了什么呢？”玉川云子看向小泽原，“昨天拒绝出诊，今天却亲自去东山堂将人接回沙面？”

小泽原道：“将段世豪抓回来审讯就知道了。大概是跟金钱有关吧，美国人都很贪婪。”

“不，”玉川云子摇头，“这里面肯定有问题，让我们的人继续监听、监视，暂时不要惊动对方……”

说着，她突然想到了什么，又看看审讯记录，对丁晓霞道：“昨天跟戴夫勒一起回诊所的人，你以前见过吗，他叫什么名字？”

“从没见过，”丁晓霞想了想说，“当时戴夫勒先生也没跟我介绍他这位朋友。”

“你说说他的体貌特征？”

“身材瘦小，大概……一米六五左右……”丁晓霞回忆道，“是个亚洲人……”

“亚洲人？”玉川云子脸色陡然一变，紧张道，“哪国人？中国还是日本？”在之前的询问中，她关注的重点在阿豪和戴夫勒身上，并没有太在意这位医生昨天带回诊所的朋友，下意识以为是名西方人。此刻听到丁晓霞说是亚洲人，身高、身材竟然和桥本相似，心情不免有些激动。

“他没和我说话……”丁晓霞想了想，摇头说，“看不出来。”

“拿桥本三男的照片来，快！”玉川云子厉声对身边的记录员道。这名士兵飞快地跑出刑讯室，十秒钟后便拿了张通缉令回来。

“是不是这个人？”玉川云子坐不住了，亲自将通缉令拿到丁晓霞的面前。

丁晓霞看着桥本的头像：“不，应该不是。他留着络腮胡子……”

“别管胡子，看脸型、鼻子、眼睛。”玉川云子急切道。

“脸形……不像。”丁晓霞迟疑道，“不过，眼睛……”

玉川云子用手将桥本头像的下半部遮住。“仔细想一想。”

丁晓霞眸光一亮，“像，很像！”

“小泽，我马上去向原田大佐汇报。你立刻通知黄沙守备队封锁沙面，通知南水部派遣防疫组前往待命，然后集合我们的队伍，准备进入沙面。”玉川云子抬腕看了一下表，快速而严厉地命令，“现在是下午两点，一个小时后，所有人员必须全部到位。”

“是。”小泽原双腿一并，看了一眼惴惴不安的丁晓霞，问：“她怎么处理？”

“送检疫所隔离观察。”玉川云子快步朝审讯室外走去。

看着两名走向自己的日本士兵，丁晓霞整个人都瘫软了下去……

戴夫勒诊所。病房里，立雪靠坐在床上。她看起来仍然虚弱，但脸上已有了血色，比昨日好了许多。

戴夫勒坐在病床边，耳朵里插着听诊器耳塞，手拿杯式听头按在立雪胸前，神情专注。

“怎么样？”阿豪端着一个托盘走进病房。托盘上搁着一碗热腾腾的米粥，一小碟白糖和一个鸡蛋。

“心跳、心率都没有问题。”戴夫勒结束听诊，示意立雪取出夹在腋下的温度计，接过看了看说，“三十七度二，有些低烧，不过在正常范围内。”

“还需要输血吗？”阿豪将托盘放在床头。

“不……”医生刚说出一个字便咳嗽起来，忙用手堵在嘴上。

“你没事吧，戴夫勒先生？”阿豪关心道。昨晚他便发现对方不时会咳嗽两声，但显然没有此刻这般剧烈。

“没事……”戴夫勒止住咳嗽，“感冒引起的，吃几片药就好了。”

“戴夫勒先生……”阿豪想了想问，“船有问题吗？”

医生夸张地耸耸肩。“亲爱的段，我不会拿自己的生命开玩笑。太古轮船公司和日军方有良好的合作关系，我多次坐他们的货船前往香港，从没遇上检查。放心吧，你和你妻子明天这个时候就能欣赏到维多利亚湾美丽的风景了。”

“你也请放心，”阿豪暗示道，“船资我们一分不会少给……”

这时，一阵电话铃声从半开的房门外传来，医生指了指接诊台的方向，示意阿豪，自己要去接一下，起身走出病房。

半分钟后，戴夫勒匆匆返回，对正在剥鸡蛋的阿豪道：“威尔逊夫人在家里摔倒了，不能动，我必须去看看。”

阿豪怔了怔，随即点头。

“段夫人，回来再给你换药。”医生又对立雪说。

“谢谢你，戴夫勒医生。”立雪诚挚地说。

“等等，”阿豪叫住要走的戴夫勒，放下手中的鸡蛋，起身从挂在枝形衣架上的风衣口袋里掏出一个皮夹，“麻烦你带些食材回来。鸡、鱼……对，还有红糖，谢谢！”

“是要给夫人大补吗？”戴夫勒接过阿豪递来的钞票，看了一眼立雪，调侃道，“遵命，情圣先生。”

五分钟后，戴夫勒穿戴整齐，拎着医疗箱走出诊所，从外面将大门锁上。阿豪站在二楼一扇窗户后，将窗帘撩开一道细缝，看着医生朝南而去的背影，眸光闪烁。

作为交易的最后部分，戴夫勒答应明天中午，带他们夫妻从沙面码头登上一艘叫“鳕鱼”号的英国小火轮，前往香港，并利用自己的关系，帮助他们通关。阿豪相信对方有这个能力，也有这样的意愿，毕竟，他掌握着对方的秘密，但这不足以让他完全信任这位美国医生。

阿豪放下窗帘，快步离开房间，直奔二楼走道南端。他推开窗户，看了一眼下方无人的夹巷，翻窗而出，跳了下去……

而就在阿豪放下窗帘的同时，从诊所对面咖啡馆里走出了两名亚洲男子。他们先是看了一眼诊所，然后跟在了戴夫勒的身后。不过，这两名特高课便衣的跟踪刚一开始便结束了——当他们经过前方的一处巷口时，四名戴鸭舌帽的家伙突然从巷子里冲了出来，迅速而隐蔽地将他们胁持，带进了巷子里。

沙面码头。悬挂英国旗帜的“鳕鱼”号货船马达轰鸣，烟囱里冒着滚滚黑烟，几名船员正在装满货物的前甲板上忙碌着。

戴夫勒拎着医疗箱，匆匆走下通往码头的石阶，朝货船快步而去。悄然跟在医生后面的阿豪，此刻一切都明白了——医生不是去给什么威尔逊夫人出诊，而是要撇下他们夫妻，乘船离开。

不，绝不能让他走！阿豪心知，他和妻子无论是继续在沙面藏身，还是离开广州，都需要这位美国人的帮助。

然而，就在他准备冲上前截住戴夫勒时，有人比他先一步动手了——从码头边的堆场里，突然蹿出三名男子，将戴夫勒拦下。

日本人！阿豪脸色骤变。虽然这些人都戴着口罩和护目镜，但从身形步态上看，显然不是西洋人，再联想到前晚潜入诊所的那名忍术高手，他不难判断出这些人的身份……

病房里，立雪吃完鸡蛋，又喝了一碗热粥，觉得自己有了力气。她在病床上躺得时间太长了，决定下床走走。不料刚一起身，便碰到了床头柜上的托盘，打翻了水杯。瞥见阿豪先前随手放在床头柜上的钱夹，她忙一把拿起，怕被水浸湿了。

立雪随手翻看了一下这只棕色皮夹，整个人顿时僵住。皮夹的透明塑料封皮下，压着一张有些泛黄的三吋黑白照片，照片上的男子年龄三十出头，身着立领长衫，怀里抱着的一个笑容烂漫的小女孩。照片底部，有几个勉强可辨的小字“雪儿五岁留存”。

“爸爸……”立雪看着照片上的男子，颤声呢喃，热泪夺眶而出……

与此同时，一支日军小型车队正快速通过英格兰桥，进入沙面。车队打头的是一辆插着旭日旗的轿车；其后是一辆军用卡车，车厢里整齐地站着两排全副武装的宪兵；最后是一辆封闭式卡车，车厢上喷着“特别移送”四个日文，颇为神秘。

威尔逊治安官和七八名英国军警站在哨卡边，个个脸色或阴沉或颓然。英国租借沙面这八十年来，还是第一次有外国军队进入这里。不过所有人心里都明白，曾经强大无匹的“日不落帝国”如今荣光不在，正在遭受德军持续轰炸的母国，岌岌可危，远在万里之外的沙面殖民当局，如何能承受在亚洲不可一世的日本军队的威压？

“法克！”威尔逊大骂一声，带着几名手下朝戴夫勒诊所赶去。

第八章　双雄会

东山，樊府。

樊兴业坐在宽大的书桌后，看着手上的一张男女合影照片怔怔出神。照片是昨天侦缉处办案人员上门来汇报案情进展时，他让对方留下来的。他当时只看了一眼，就对照片上那名目前还不知道名字的女子，有了一种似曾相识的感觉。

“爸，行李都收拾好了……”樊继宗推门走进来，“我们出发吧。”

樊兴业从书桌后起身走出，将照片递给儿子。“回头找侦缉处的人打听一下这女子的身份。”

樊继宗接过照片，看着上面的阿豪撇了撇嘴。“这家伙，唯一做的好事，就是让我们有借口回香港。”

这时，桌上的电话铃响起，樊继宗顺手接起：“喂，这里是樊府……小姐你怎么称呼？……罗立雪……”

正在穿大衣的樊兴业全身一震……

戴夫勒诊所。

“……我想向樊参议员打听一个人，”立雪站在接诊台前，手拿话筒，看着她从皮夹里找到的樊兴业的名片，声音颤抖，“一个叫樊东楼的人……我，我在沙面……”

就在这时，几道鬼怪似的身影突然冲了进来。“啊”的一声尖叫，立雪被这些戴着防毒面具的日本士兵吓坏了，手一松，话筒掉落，连带着电话机一起砸在了地上……

樊继宗听着电话里“嘟嘟嘟”的断线声，转头看向父亲，脸色阴郁。

“怎么了？”樊兴业紧张道。

“好像出了什么事。”樊继宗放下电话。

“罗立雪……雪儿，一定是雪儿……”樊兴业激动地来回踱步，“十五年了……终于有消息了……她在什么地方？”

“沙面，具体地址还没来得及说就断了。”

“继宗，你立刻去沙面……”

“爸，冷静……”樊继宗思忖道，“这件事太巧了，会不会是特高课设下的圈套？如果他们查到了你当年将姐姐寄养在舅舅家的一些线索，故意试探我们……”

“我改名，以及当年和振邦的关系，都不是什么秘密，而且那时候我还没有入党，不怕他们查。”樊兴业看了一眼电话机，“特高课在监听我们的电话，所以，无论是不是你姐姐打来的，我都要做出最正常的反应。不然，反而会引起更多的怀疑。”

樊继宗点了点头，想到前天被劫持的事，自语道：“沙面，怎么又是沙面……”

樊兴业眼神一亮，激动道：“照片给我！”

看着照片上的立雪，他缓缓在沙发上坐下，泪水迷蒙了双眼。“像……太像了……”

沙面。几辆日军军车堵在诊所门前的街道上，四周是持枪警戒的宪兵。一辆英国警车横在街口，两名租界警察挥舞着手中的交通棍，指挥过往的行人和车辆绕行。

两名穿白色连体防护服的人，抬着一具覆盖白布的尸体从诊所里走出；紧跟着，一个双手铐在身前的娇弱女子，被两名头戴防毒面罩的士兵押了出来。

这一幕，让在街头观望的人们骚动起来，女士们低声惊呼，男人们议论纷纷。阿豪站在人群中，看着脚步蹒跚的妻子，全身战栗，他紧握的双拳掌骨凸起，似要裂开肌肤。

他大口呼吸，告诉自己冷静，再冷静！然而，内疚、悔恨和愤怒组成的情绪洪流，像一头失控的怒龙，在心底翻滚咆哮，似是要撕裂他的胸腔，冲破理性的堤坝。

立雪仿佛感应到了什么，在被押上囚车前，她侧头看向远处围观的人群，一眼便找到了自己的丈夫。她竭力露出一个坚强的笑容，微微摇头。

阿豪的心碎了，恨不得掐住自己的脖子狠狠暴打自己一顿，然后将自己撕成碎片。或许只有这样，才能稍稍减轻他此刻那深入骨髓的痛楚……

夕阳下，浩渺的江面上烟波荡漾、水光滟滟。

阿豪独立江堤，却无心欣赏白鹅潭怡人的风景。妻子已经落在了日本人手中，时间每过去一分，他的心便沉上一分。而出现在诊所的那些戴防毒面罩、背消毒装具的日本士兵，更让他感到莫名的惶恐。吐血的桥本、剧烈咳嗽的戴夫勒、戴口罩护目镜的神秘绑架者，这些画面一一在脑海中闪现……

“传说曾有一只白色‘神鹅’在此出现，拯救落难的人们……”一个女人的声音从身后传来，打断了他的思绪。

秦芳好走上江堤，双手插在玫红色呢子大衣的口袋中，和阿豪并排而立，看向茫茫江面。“你遇上麻烦了，希望我是那只‘鹅’对吗？”

直接、骄傲、咄咄逼人……阿豪侧头看了一眼身边仰着下巴的女人，苦笑道，“你一点都没变……”

“你还没有回答我。”女人说。

阿豪咽了咽干涩的喉咙：“是的，我需要你帮助。”

“说吧，什么机密大事，只让我一个人来？”秦芳好得意地笑了，挽上男人的胳膊。

阿豪回头看了一眼不远处的小影姑娘：“你从没听过我的。”

冬日的江堤上，冷冷清清，一对昔日的情侣依偎着漫步而行，夕阳将他们的身影拉得很长、很细。小影姑娘形单影只，一个人远远落在后面，不时用她秀气的小脚踢着堤上的碎石。

“宰了三个日本兵？！”秦芳好停下脚步，有些惊愕，随即嘴角勾起骄傲的笑意，“不愧是我看中的男人。”

“他们该杀！”阿豪的声音比身边的江风还冷。

"红颜祸水！"秦芳好冷笑道。

阿豪脸色一沉，目欲喷火。如果不是眼前这个女人，这一切都不会发生。现在立雪被抓，自己也成了通缉犯，对方毫无愧疚不说，反而出言诋毁，幸灾乐祸，让他如何不愤怒。

"怎么，想动手？"女人仰脸挑衅，"要打要杀，随你。"

阿豪败下阵来，扭头看向一边。"帮我救她。"

秦芳好如吵架赢了的妻子，脸上闪过一抹胜利的喜悦，随即敛去得色，沉吟道："这么大的案子，又涉及日本军方，不好办了……不是简单靠钱和面子能解决的事。"

"立雪是无辜的。"阿豪拿出一个拇指大小的铝筒，"动用你们的力量救她出来，这个归你。"他心里很清楚，只有利益才能打动这个女人，同时他更知道，秦芳好的身份绝不是中和堂大姐头那么简单。

"里面是什么？"秦芳好狐疑道。

"胶卷。"阿豪道，"虽然不知道内容，但我想，一名甲级通缉犯身上携带的东西，应该很有价值。"

秦芳好反应极快，惊问："桥本三男？！"

阿豪点点头。

"你怎么拿到的？"

"这不重要，回头再告诉你。"

秦芳好拿过铝筒，打开盖后倒出里面的一个微型胶卷托在手心。"桥本三男被通缉的罪名是'共产国际间谍'，胶卷里面的东西的确很有价值，不过……"她话锋一转，"我刚才说了，这是涉及日本军方的大案，没抓到你之前，他们不会轻易放人，而且，你现在又牵涉进了一桩间谍案，事情更复杂、更难办了。"

"那就用胶卷和日本人交易，你帮我做中间人。"阿豪咬牙道，"而且要快，我妻子身上还有伤，不能让她再受到其他伤害。这件事你应该知道找谁，请你尽快联系！"

"铁骨铮铮的你，有一天也会置党国利益不顾，和日本人交易……"秦芳好像看怪物一样看着阿豪，良久后咯咯笑道，"变化可真大啊，我对那个女人越来越好奇了。"

阿豪眼角抽搐了一下。“只要能保她平安，和谁交易我不在乎。”

“我有什么好处？”秦芳好问。

阿豪从秦芳好手中拿回胶卷。“这东西不止一个。”

“成交！”女人笑颜如花，重又挽住男人的胳膊……

而此刻，已经换上蓝色病号服的立雪，正静静躺在检疫所的病床上。她双目紧闭，一只苍白、骨感的胳膊伸在被子外边，手背上扎着输液针头，透明的液体从床边架子上挂着的玻璃瓶里，顺着长长的塑料软管缓慢滴注进她孱弱的身体……

病房外，玉川云子负手而立，透过门上的玻璃窗看着病床上的女子，目光闪烁。在她的左右，分别站着小泽原和一名中年军医。

“……淋巴结肿大，有化脓、破溃迹象……”中年军医低头看着手里的文件汇报着：“属于腺鼠疫初期症状……肺、肝、脾、肾等脏器有充血、肿胀等肺鼠疫的特征……可以初步认定桥本在生前感染了‘零号’，并且过了24小时的潜伏期。”

“死亡时间呢？”玉川云子问。

“昨晚八点到十二点之间。”

小泽原问：“也即是说，死前和他接触的人都有被感染的可能？”对这种病菌，副课长还不甚了解。

鸠山摇头：“不仅仅是死亡前，过了潜伏期，尸体同样可以传播病菌。而且，‘零号’对外界的抵抗力非常强大，如果不消毒，桥本留在诊所的病菌可以存活数周，甚至几个月。”

“鸠山少佐，”云子朝病房里翘了翘下巴，“说说她的情况！”

“伤口缝合得很好，体温、血压、心率等生理指标也没有大的问题，只需要一段时间的静养就可以恢复。”鸠山推了推鼻梁上的圆框眼镜，“至于是否感染上了‘零号’，要等明天血液检测的结果出来后才能确定。”

“现在能审讯吗？”小泽问。

鸠山摇头：“最好等检测结果出来之后。”

能等吗？玉川云子面沉如水。桥本感染“零号”菌已得到证实，那么和他直接或间接接触过的罗立雪、段世豪和戴夫勒三人都不能排除被感染的可能。

“不能等，就地审讯。鸠山少佐，立刻命人取防护服来。小泽，你准备一下，我们必须尽快找到戴夫勒和段世豪的下落，还有她跟樊兴业之间到底藏着什么秘密。”女课长迅速做出决断。

想到在抓捕罗立雪的同时，发现的那张照片和樊兴业的名片，以及东山站传来的监听报告，玉川云子阴云密布的心里闪现了一抹亮色，期待着这个意外的收获能让“冰山”开始融化。

冬日的夜来得早，还不到八点，天已经完全黑了。白日里就算不上热闹的汉民路此刻更显萧瑟，沿街店铺均已关门打烊，行人寥寥。

两道雪亮的车灯划破黑暗，低沉的马达声中，一辆黑色福特轿车从十字路口拐上这条笔直的街道。

从沙面出来时，阿豪代替来时自己驾车的秦芳好，坐在了驾驶员的位置上。

这辆车同樊兴业的座驾一样，有宪兵司令部颁发的“甲字号通行证”，因而很顺利地通过“英格兰桥”桥南的英军哨卡和桥北日军今天临时设置的检查站。

意外来得突然。就在离中和堂大药房不到50米的地方，一辆黄包车突然从街边巷口冲出。车仔跑得甚急，收住脚时，已来到轿车前几米处。

刺耳的刹车声在静谧的街道上响起，阿豪急转方向，但仍然没能完全避开，将对方连人带车撞翻在了路边。

阿豪阴沉着脸走下车。立雪生死未知，唯一能帮助自己的秦芳好又心思难测，他不得不有所防备。一路上，他脑子没有停歇过，揣度着事情接下来发展的种种可能，以及自己如何应对……这种情况下，心神一时疏忽，在所难免。

好在车速不快，对方应该不至于受伤太重，他想。

“你怎么样？没事吧？”快步走到车仔身前，阿豪蹲下身，关切地问道。

车仔侧卧在地上，双手抱着一只大腿不停呻吟。他脑袋上扣一顶棉布帽子，帽檐压得很低，遮挡住了眉眼。

阿豪正要伸手搀扶对方，突然察觉到身后有异样，忙转身回望斜停在街心的轿车。

“别动，不然打死你！”车仔突然从怀里掏出一把短枪，顶在阿豪的腰眼上，颤声说道。

阿豪身体微微一僵……

与此同时，一名身材魁梧的汉子从路边的阴影里蹿出，迅速拉开轿车驾驶室的车门，钻了进去。后座上的小影反应很快，贴在右手手腕处的袖珍手枪，瞬间滑落至手心，抬手对着前面汉子就要射击。

“别开枪！”边上的秦芳好急忙喝止。她看着前面男子手中举着的那个黑色玻璃瓶，满眼惧色。

小影皱了皱小巧的鼻子，握抢的手纹丝不动，枪口直指前方男子的太阳穴。

“这是日本人的纵火瓶，混合燃料，碰撞式激发，一般用来对付装甲目标……”秦芳好快速对小影解释着，见小影朝自己微微努嘴，示意自己下车，她苦涩说道：“最可怕的是，这个东西和手雷手榴弹不一样，它没有延迟，瞬间爆燃……”

小影终于不再坚持，任由秦芳好将自己举枪的手臂缓缓按下。

“缴枪。”魁梧男子的声音嘶哑，带着不容抗拒的杀伐气息。

秦芳好从小影手中抽出手枪，小心翼翼放在副驾驶的座位上。来人那股不惜同归于尽的气势，震慑住了她——顺从是目前最好的选择。

街边，阿豪双手抱头，趴在地上。车仔站在他后面，双手握枪，手臂微微颤抖，哑着嗓子道：“别动，也别回头……”

这时，不远处的中和堂大药房传来动静——七八道人影从大门里冲出，晃动着手电筒，迅速朝这边跑来。

“你们想干什么？”阿豪对车仔低吼，“不要动她！”

车仔神情复杂，随即低声丢下一句话，转身跑向福特轿车，钻进副驾驶位置。

那些挥舞砍刀、斧头的中和堂打手堪堪赶到时，福特轿车的发动机猛然轰鸣，急速后倒至十字路口，车尾一甩改变方向，朝着北边疾驰而去。

当轿车的引擎声完全消失，那几名中和堂的汉子咆哮一阵后，匆匆返回。

大街上又恢复了宁静。阿豪从街边一座骑楼的廊柱后转出，他望着轿车驶离的方向，低声咒骂："老东西，你在闹哪样？"

铁拐李别说遮着半张脸，即便是化成灰他都能认出来。上前天分手后，阿豪一直忧心着这老小子会被玉川公馆的人找麻烦，没承想现在竟撞上他和别人劫持秦芳好。为什么？你一个水浸街开廉价理发店的老瘸子哪来这胆子？你以为捏着嗓子说话就能骗过我，还是说你一瘸一拐走路的样子没人见过？中和堂是你能招惹的？你那同伴又是谁？

脑子里一连串的疑问，并不影响阿豪的行动，他闪身进了边上一条巷子，朝北边狂奔……

秦芳好是他和日本人交易的关键人物，怎么能出事？刚才要不是"劫匪"的身份让他太过震惊，犹豫了一下没有立刻出手，对方哪可能这样轻松地将人劫走？

不过事情还有挽回的余地，铁拐李也应该认出了他，留了一个地址——城北关帝庙。

特高课会议室。二十多名身着军服或黑色国防服的特高课男女属员们肃然而立，聆听他们长官的训示。

"啪"的一声，玉川云子将一叠印有阿豪相片的纸张摔在桌上，厉声道："这份通缉令，明天早上会出现在广州的各大报纸上，但我们的行动不会从明天开始，而是现在！我要求，一小时之内，这份通缉令要送达广州各城区所有的17家警察分局、36个哨卡以及帝国驻屯军9支巡逻队的长官手上；明天天亮前，城里的每一道墙，每根电线杆都要贴上它。城外的各村、围、乡、寨也必须张贴。"

"此外，"女课长从身边侍从官手中拿过戴夫勒的照片，"这名美国人的照片要和通缉令一并发放下去。记住，出于外交上的考量，我们不能公开通缉此人，只能秘密侦缉。"

"是！"众人齐声道。

"行动！"随着玉川云子一声令下，所有人迅速离开会议室，各奔岗位。

"小泽君，"玉川云子叫住她的副手，"计划安排得怎么样了？"

小泽原道："任务已经下达，监听组、跟踪组和抓捕组的人员全部到位。明天上午，侦缉处的汪处长会以通报案情名义上门拜访樊兴业，投下饵料……”

“不，”玉川云子皱眉道，“计划今晚执行。也不用汪琦上门，我们直接将情报抛给他，然后盯着他的反应就可以了。”

“课长……”小泽原惊讶道，“这种手法太粗糙了吧？”

“小泽，我们没时间了。”玉川云子道，“今天如果不是罗立雪的一个电话，樊兴业父子现在已经到香港了。他自己有船务公司，随时都能走，我们没有任何理由阻止。”

小泽原想了想道：“我们已经掌握樊兴业和共党有牵连的证据，可以以此为由向司令官阁下申请，禁止樊兴业离境。”

三小时前在检疫所的那场审讯，他们收获颇丰。根据罗立雪的供述，结合之前对戴夫勒诊所女护士的问讯以及其他相关调查的结果，两位审讯专家基本厘清了案情，获知了段世豪击杀三名日本士兵的始末和卷入桥本案的原由。

当然，罗立雪对一些问题还有隐瞒，比如，在没有特别通行证的情况下，她和她丈夫是如何登上火车的？逃往途中都有谁帮助过他们？等等。

不过这些问题，并不是小泽原和玉川云子眼下最关心的，他们也没打算在对方血检报告出来之前严刑逼供。

让两人大感兴趣的是罗立雪的离奇身世——这名前国民党少校军官、现在日本人通缉的要犯的妻子，竟然是樊兴业失散了十多年的亲生女儿。而樊兴业当年离开上海时，寄养女儿的家庭，又在国民党发动的“4·12”清党行动时遭到血洗，全家人除了当时才九岁的罗立雪外，其舅父罗振邦、舅母刘芬芳和他们的儿子罗瀚全部被杀。

“仅凭樊兴业妻子的哥哥是共党分子，原田大佐就会支持我们，限制他的好友离境？”玉川云子摇头，“不会……现在新政府中不乏高官要员曾经是亲共分子，甚至就是共产党那边投诚过来的，比如掌管新政府特工总部的李士群、丁默邨。还有袁殊，此人炸毁过帝国在上海虹口的军火库，暗杀了不少新政府特工，但仍然深得岩井英一和影佐祯昭阁下的信赖……此外，你难道没想过，樊兴业今天接到罗立雪的电话后，为什么放弃离开广州，为什么不隐瞒消息，反而四处打听？因为他有底气，他不怕我们从这方面去调查。”

“当然，”玉川云子嘴角泛起冷笑，“罗立雪，不，应该是樊立雪的出现，让我对樊兴业共党身份的猜测更有把握。事关整个共党南方地下组织的生死存亡，我不信他这座‘冰山’还能藏匿水下……至于手法，粗糙有粗糙的好处，‘冰山’这类深度潜伏的特工，必然是心思缜密、狡猾多疑之辈，太过精细的设计，反而可能弄巧成拙。”

夜色中，位于半山坡上的关帝庙一副破败、阴森的景象。四周黑漆漆的，唯有大殿里隐隐透着火光。殿内一角，半人高的铁架子火盆里，几根手臂粗的柴火在烈烈燃烧，偶尔发出噼噼啪啪的木材爆裂声。

大殿中央，那座三米多高的关帝坐像，已没了捧读《春秋》的双臂。塑像全身上下裂纹遍布，蛛网四结。原本护卫在关帝像左右的“关平”“周仓”，也没了踪影，早已碎成一块块大小不一的泥块，散落在大殿各处。

关帝像下，顾铭用袖子将香案上厚厚的积灰抹干净，取过铁拐李抱着的一块灵位牌，恭恭敬敬地放在上面。灵位牌没有上漆，白生生的，只用毛笔写着几个人名。

“大个儿、黑子……”顾铭沙哑的声音微微打着颤，“还有陈二狗、书生你们几个……对不住了……今天简陋了些，没酒没烟的……你们先将就下……将就下……”

顾铭抹去眼角的泪水，抓起香案上的一把香，走到火盆前点燃，又回到灵位牌前。

“兄弟几个，过了今晚你们就可以放心去了…… 到了下面，要好好的啊……”捧着香深深鞠躬三次后，他将香在香炉里插牢实，哽咽道，“放心，只要我活着，隔三岔五地就给你们烧纸……烟酒都有……想要啥就托梦给我……大个子，我不在你就是队长，要照看好他们……还有陈二狗，到了下面管好你那张狗嘴，不然黑仔揍你活该……”

顾铭像个娘们儿一样絮絮叨叨说了一通后，才掏出腰间的匕首，转身走向大殿一角。

秦芳好和小影的嘴上都勒着布条，双手被反剪着绑在身后。见一脸厉色的顾铭走来，小影立刻挡在秦芳好身前，反绑在背后的双手竭力扭动着，试图挣开捆扎在双腕上的细麻绳。

秦芳好下意识地后退两步，眼神慌乱。还在来关帝庙的路上，她便大致猜到了绑架者的身份。她本以为，对方既然是绑架而不是当街刺杀自己，那么接下来应该会有一场“审讯”。而只要对方给自己开口说话的机会，事情就会有转机。她甚至在脑海中模拟过对方审讯自己的各种情境，准备了好几套不同说辞来一一应对、化解。

总之，秦芳好相信，凭自己的口才和容貌，一旦给她分辩的机会，即使不能让对方马上放了自己，但暂时打消其杀人的念头还是能做到。而只要度过这最危险的一刻，接下来就好办了……然而此刻，看到顾铭握着柄寒光闪闪的匕首，一言不发朝自己走来，秦芳好恐慌起来——不觉得这个眸光都在燃烧的汉子，还会给自己开口的机会。

顾铭一把掀开身材娇小的小影，伸手抓向秦芳好。小影当即又冲了过来，呼地一脚，踢向顾铭的咽喉。顾铭不躲不闪，收回伸出的手，准确地抓住了她的足踝，狠狠一捏。

“呃……”小影惨哼一声，顿时没了力气。紧接着，她后腰上便挨了顾铭重重一脚，整个人被踢飞出去，砸在一堆泥块上。她挣扎了几下，却没能爬起来，显然伤得不轻。

秦芳好呜呜地喊着，神情激动，想要上前察看，却被顾铭一把抓住胳膊，拖拽着朝香案走去。

关帝像下，秦芳好被顾铭按在灵位牌前跪倒。她几次想挣扎着站起来，但按在肩上的那只大手如铁钳般坚硬、如山岳般沉重，根本无法抗争。

“你有话要说？”见秦芳好放弃挣扎，扭头看向自己，顾铭沉声问道。

秦芳好点头。

顾铭抓住她乌黑的秀发向后一拽，露出白皙的脖颈。

“我不想听……你有话，下去说给我的兄弟们听……”顾铭指了指香案上的灵位牌，“他们有很多时间听你忏悔……生生世世的忏悔……”顾铭呵呵笑了，听着却像是在哭。

秦芳好饱满、挺拔的一对酥胸剧烈地起伏着，脸上汗津津的，粘着几缕乱发。绝望的情绪从心头升起，恐惧瞬间攫获了她全部的神经，让她的身体止不住地开始战栗。

站在边上的铁拐李欲言又止，瞥了一眼黑漆漆的殿外，神情复杂。

顾铭转到秦芳好面前，手一抬，锋利的匕首尖抵在了女人的咽喉处，然后开始缓缓下滑，最后停在那对高耸、白皙的双乳之间。

“你什么也不用说……我会将这里剖开，把心挖出来……让你自己看看它到底是什么颜色！”沙哑的声音、徐缓的语速传递出汉子不可抗拒的意志。

顾铭手上用力，就要将匕首插进女人的胸脯。突然，他神情一变，另一只手迅速掏出别在后腰的手枪，指向殿外。

“别动！”与此同时，一个双手握枪的身影出现在大殿的门口。

“自己人，”铁拐李急忙喊道，“别开枪，都别开枪！”

阿豪举枪站在大殿门口，脸色发白，胸膛剧烈起伏着，全身汗出如浆。从汉民路到这里，有七八公里的路程，他一口气跑来，体能消耗快到了极限。

此刻，看到跪在香案前、双手被反绑背对着自己的秦芳好，以及边上那名一手拿枪一手握着匕首的阴沉汉子，阿豪瞬间明了了当前的局面，心里暗道一声好险！如果自己晚到一步，秦芳好已经被人抹了脖子。

“你告诉他的？！”顾铭瞪着铁拐李。

“他就是阿豪……段世豪……”铁拐李退开两步，指了指秦芳好尴尬道，“她应该是他的……那个老相好……”说着侧头看向门口的阿豪，“我是听虾仔那小王八蛋说过，本来不信……今天见你们在一个车里……”

“他是谁？”阿豪打断道，枪口指着顾铭，一动不动。

“他叫顾铭，我表侄……”铁拐李对阿豪解释，“年初在街上偶然碰见，身份特殊，所以没跟你提起。”

“你家里的枪是他给的？”阿豪问。他大致猜到了顾铭的来路。

“我只是帮他保管。”

“你们要干什么？”

这问题铁拐李不好回答，扭头看向顾铭。“执行家法！”后者冷声道。

“我不管什么家法。”阿豪对顾铭道，“你不能动她。”

“你们都把枪放下再说。”铁拐李一脸焦急，两人却没一个听他的，举着枪互相瞄准，纹丝不动。

顾铭以为阿豪听不懂军统处决内部叛逃人员的一贯说法，解释道：“家法就是军法。这个婊子，投敌叛国，出卖弟兄，你说该不该死？”

“该死！”短暂沉默后，阿豪道，“但你不能杀她。”

“就因为是你老相好？”顾铭鄙夷地笑了笑。

"她……对我很重要！"阿豪道。

秦芳好的双肩微颤……

"重要？"顾铭用匕首一指香案上的灵位牌，大声吼道："有我这些弟兄重要吗？他们每个都是忠诚英勇的战士，直到死前的最后一秒钟，都在和鬼子战斗！他们的膝盖可以被子弹打烂，可以被刺刀刺穿，但面对敌人时却是钢铁铸就，绝不会软，更不会跪下！他们的腰杆永远挺直，可以折，但绝不可以弯！哪怕是流干身上最后一滴血，他们也不会匍匐在敌人面前！她呢？"

顾铭收回匕首，抵在秦芳好的脖子上："可耻的叛徒、汉奸。我的这些兄弟，被她出卖给了日本人，就死在了珠江边上。你说，谁重要？"

"顾兄，你的心情我理解。"阿豪诚恳道，"我也是从战场上下来的人，最恨那些在弟兄们背后捅刀子的人，不过今天我想请求你，暂时放过她，我……"

"闭嘴！"顾铭怒喝道，"知道你上过几天战场，杀过鬼子。那又如何？有血性的中国爷们儿谁他妈没干过日本鬼子？可现在呢，你是什么东西？逃兵、自私的软蛋、一条汉奸政府的走狗！为一个投敌叛国的婊子求情，你有什么资格叫我顾兄，有什么脸站在这里和我说话？"

"三娃子，"见阿豪脸色已经难看至极，铁拐李忙开口对顾铭劝道，"有话好说……"

"表叔，对不住了！"顾铭双眼血红，瞪着阿豪，"这个女人今天必须死在这里，谁救她，我一起干掉！"

阿豪一时默然无语。为冤死的弟兄们报仇，杀死叛徒，天经地义！他自问，换作曾经的自己，也会这样做……有些事，必须要做！谁拦，杀谁！

但秦芳好不能死！尤其是当着自己的面被人杀死！无论她做了什么，不管她有多么的罪大恶极，她绝不能死！容不得考虑什么是非对错，正义邪恶。他告诉自己，为了立雪，必须救她！

"等等！"见顾铭眼中凶光暴射，手中匕首就要抹过秦芳好脖子，阿豪急忙叫住。

他垂下举枪的双臂，走到铁拐李跟前，交出勃朗宁手枪，上前两步，对顾铭道："在你动手之前，我想问她几句话。"

"滚！"顾铭不为所动，手中毛瑟手枪的枪口正对阿豪的眉心，"这里是刑场，不是法庭！”

阿豪停下脚步，看向顾铭的眼神却是陡然凌厉，无视对方黑洞洞的枪口，丝毫没有退缩之意。

两个对峙中的男人，身上散发出的气势都如出一辙地决绝、坚毅，可令鬼神辟易。这一瞬，大殿里空气仿佛都为之一凝；火盆里烈烈跳动的火焰好似静止在了空中；残破的关帝像也陡然变异，由肃穆、庄重变得狰狞起来……

跪在香案前的秦芳好、半张着嘴的铁拐李几乎同时感受到了某种让人窒息的压迫感，他们一动不敢动，如雕塑般静默，甚至忘了呼吸、失去了心跳。

“三……二……”嘶哑的声音从顾铭的喉中传出，语气缓慢而坚定。火光中，他那张眼窝深陷、颧骨高耸的国字脸上，杀意森然！

“顾老三，你……”边上的铁拐李又急又怒，正想要抢上几步挡在阿豪身前。

“一！”

轻轻一个字，却如炸雷般在殿里众人的耳边响起。

铁拐李目眦欲裂，恍惚间，好像看见阿豪的眉心，出现了一个汩汩冒血的弹洞，身体在缓缓倒下。

跪在关帝像下的秦芳好，浑身一颤，闭上了双眼。

然而，枪声久久没有响起……

“还算有种！”顾铭放下举枪的手臂，阴沉的目光中有了一丝欣赏的意味。

“你真要开枪，就不会三二一了。”阿豪的眼神重归平静，两只紧握的拳头也渐渐松开。之前那短短的几秒，几乎让他窒息，远不像外人眼中看到的那般镇定。

任何人在面对黑洞洞的枪口时，都不可能真正的无畏无惧。毕竟，生死之间有大恐怖！它直指生命的本源，能让所有生灵本能地为之战栗、想要逃避。当然，如果用枪指着他的只是某个装腔作势的江湖混子，或者色厉内荏的帮派枪手，他会比现在好得多，不至于背脊发寒，双唇发白，好似脱力一般。他会寻找或制造机会反击，干掉对方。

但顾铭不同，阿豪能感受到他身上的那股极其凶悍、危险的气息！这是属于那些经历过无数次生死搏杀后，存活下来的强者的特有气息。他甚至觉得，如果将自己和对方放在一个公平的环境中决斗，活着的未必会是自己。

“你只有一分钟。”顾铭收了匕首，拎着枪退到一边，盯着阿豪，保持着警惕。

阿豪走到秦芳好身前，解开她嘴上勒着的布条，问：“你真的做了吗？”

秦芳好没有回答，扭头看向稍远处的顾铭。“你见过令狐少卿？”此刻她已经明白，顾铭并不知道自己的身份，对方之所以能找到她，准确掌握她今天的行程，只有一个可能——令狐少卿出卖了她。

顾铭根本不搭理秦芳好，对阿豪道：“你没有几句话的时间。”在他心中，和这个女人多说一句话都是对死去弟兄们的背叛。

阿豪点点头，问秦芳好：“你真的做了吗？”

秦芳好惨然一笑，知道自己说什么顾铭也不听，遂点了点头。

阿豪长吁一口气，转身朝顾铭走了两步，伸出手：“顾兄，借刀一用。”

顾铭警惕道：“你想干什么？”

阿豪道：“怎么说她都是我曾经的女人。就让我送她上路吧。”

“不行！”顾铭咬牙道，“我在兄弟们的灵前发过誓，必须亲手宰了她。”

阿豪摇摇头，转过身，从右手衣袖里抖出弹簧刀，弹出刀刃，毫不犹豫地朝秦芳好的脖子挥去。

“住手！”顾铭暴喝，一个箭步蹿上，没拿枪的手一把抓向阿豪的肩膀。

阿豪等的就是这一刻，待顾铭堪堪从后扑来，他挥刀的手迅速收回，手腕一转，反撩向顾铭伸来的小臂。

顾铭大惊，心知自己上当。手臂向外猛甩，避开刀锋，同时脚下迅速后退，想要拉开和阿豪的距离。然而为时已晚，阿豪趁他中门大开、身形将退未退之际，滑步前冲，扭腰拧胯，一肩撞向他的胸膛——靠山贴！

“嘭”的一声闷响，顾铭整个人倒飞出去，摔在五米外的地上。偷袭得手，阿豪不喜反惊，他来不及喘息，脚下猛蹬，猎豹般朝顾铭冲去。对方虽然被他撞飞，但手里仍然牢牢握着那把毛瑟手枪。

阿豪心里很明白，顾铭之所以被自己算计，除了他主动缴械，降低了对方的警惕之外，最根本的原因在于铁拐李。如果不是他和铁拐李之间的交情，对顾铭的心理产生了某种程度的影响，他先前亮出弹簧刀装作要杀秦芳好时，对方的反应不会是来抓他的肩膀，而是直接攻击。

但机会只有这一次，他必须抢在对方开枪之前，将其彻底制服！不然，后果将是灾难性的，不但救不了秦芳好，自己说不定也要死在这里。

阿豪刚冲出两步，就见顾铭已从地上坐起，手上红光一闪——乒！

枪声响起，人即倒地……

山坡下。一辆装甲巡逻车停在路中，车门大开。马路边上，三名背枪的日本士兵一边小便一边叽里呱啦地闲聊着。突然，其中一名士兵竖起耳朵，看向关帝庙的方向，一脸狐疑……

关帝庙。毛瑟手枪枪口闪出火光的同时，阿豪前冲之势不减，身体后倒，贴地向前滑铲。

嗖，子弹尖啸，带着一道灼热的气流，擦着额头飞过后，阿豪凶狠的一脚已踹至顾铭的面门。

阿豪应变的速度，令顾铭心惊，他来不及再次开枪，双臂迅速十字交叉，护住面门。“嘭”的一声，阿豪势大力沉一脚踹在他的小臂上，震飞了他手中的毛瑟手枪。

不过在贴身肉搏方面，顾铭的经验绝不比阿豪差，技巧和应变能力也同样出色。在硬抗阿豪这凶猛的一脚之后，他并没因为手枪掉落有半点慌乱，而是借着对方这一脚的力量，身体顺势一个后滚翻，半蹲起身时，已拔出腰间的匕首。

顾铭的动作快，阿豪也不慢。在对方后滚翻时，他同样一个鲤鱼打挺从地上弹起，接着又是一个侧身鱼跃，抓向地上顾铭掉落的那把毛瑟手枪，动作连贯而迅捷。他心里很清楚，只有夺了顾铭的枪，才可以破掉眼前的死局——在不伤害顾铭的情况下，救下秦芳好。

然而，就在阿豪的手刚刚摸到枪柄的刹那，心中却突然一悸，全身汗毛陡然乍起。

顾铭振臂、甩腕，就要将手中匕首掷出。两人相距不过五米，他有一击必中的绝对信心。然而就在这时，大腿处突然传来一股剧痛——尚未愈合的伤口迸裂。尽管，这股痛楚只让他的动作稍稍一滞，但高手搏杀，胜败、生死只在瞬间。

“你有伤？”阿豪翻滚起身，单膝跪地，举枪对着顾铭。看着血液从对方捂着大腿的左手手指缝里溢出，他后怕不已——自己刚才的直觉没有错！这一次，顾铭比他快，如果不是对方之前受过伤，手中那柄匕首现在已经插在自己身体某个部位上了。

顾铭一声不吭，死死盯着阿豪，眼里充斥着愤怒、不甘和悔恨，却独独没有面对枪口时的畏惧或退缩之意，一丝也没有！

“你们打完了吗，打完了吗？”铁拐李大吼，气得浑身哆嗦。先前顾铭和阿豪的交手可谓电光火石、惊心动魄，震得他目瞪口呆，此刻才醒过神来，“打死算，别停，打死算……”

“老东西，立雪被宪兵队抓走了。”阿豪对铁拐李道。

“什么，宪兵队？！”铁拐李大惊，“那你还不赶紧想办法捞人？”

阿豪看了一眼秦芳好。“她能帮忙。”

“我说你怎么为了一个……拼命呢。”铁拐李小声嘀咕一句，看向顾铭，“三娃子，阿豪的老婆被日本人抓了，这个秦……能帮忙救人，你就看在表叔的面子上，放过她这回？”转头又对阿豪说，“还有你，先把枪放下。”

阿豪退开几步后，缓缓放下枪，不过仍然对顾铭保持着高度的警惕。

“你还真会找人……”顾铭从地上站起，鄙夷地瞥了一眼跪在香案前的秦芳好，对阿豪竖起大拇指，“想从宪兵司令部的大牢里捞人，整个广州城，除了原田冈夫的姘头，还真没几人能办得到。我是不是该提前恭喜你？”

阿豪没有在意顾铭的嘲讽，一边朝秦芳好退去一边诚恳说道：“顾兄，我不想伤害你，但今天必须带她走。”

顾铭毫不领情，眯起双眼，森然说道：“想带她走？你试试！”

“你到底想怎样？”阿豪终于动怒，额头的青筋微微跳动。

“开枪打死我！”顾铭冷哼一声，“不然，她今天必须死在这里！”说着突然振臂一挥，匕首脱手而出，箭矢般射向阿豪。

阿豪大惊，本能地侧身一闪，避过激射而至的匕首。与此同时，一张惊恐、绝望的脸出现在他的视线中。对方的目标是跪在香案前的秦芳好！

顾铭的勇烈与决绝，超出了他的预料，竟然豁出命也要杀了秦芳好。事实上，他一直警惕着顾铭，也完全能在对方出手之前开枪将其射杀，但十分之一秒的犹豫，让他彻底失去机会。

看着从胸前高速旋转着飞掠而过，直插秦芳好脖颈的那道寒光，阿豪的心瞬间凉透。

就在这时，一道纤细的身影突然从旁蹿出，将秦芳好撞倒。先前被顾铭打晕过去的小影，不知何时已经醒来，正拖着受伤的右腿一步步挪向秦芳好，一见顾铭出手便奋不顾身地扑了出去。

“噗”，匕首划破她的手臂，溅起几缕鲜红，深深扎入坚实的地面，只露出一截手柄。

阿豪霍地举枪对准顾铭，担心这家伙还要出手。后者浑不在意黑洞洞的枪口，视线落在躲过一劫的秦芳好身上，杀意不减丝毫。

“刚才为什么不开枪？”片刻后，顾铭收回刀子般的眼神，瞥了一眼阿豪手中举着的毛瑟手枪。。

“咔嗒”，阿豪卸下手枪的弹夹，扔在地上，紧接着，枪闩、枪机、枪管、枪机框、激发锤等构件，飞快地从他手中往下掉落。转眼间，这把德国原装进口的96式毛瑟半自动手枪，就被解构成28个零部件。

顾铭不屑地撇撇嘴，视线重又盯上秦芳好。“下次，我必杀她！”

阿豪暗自松了一口气，扔下手中的木质枪柄，转身走到香案前，从地上拔出匕首，迅速将秦芳好和小影身上的麻绳割断。

秦芳好双手解开后，立刻扑向小影，将她抱在怀里，关切道：“你伤得怎么样？”

“没事。”小影忍痛摇头。

见小影胳膊上的伤口还在渗血，秦芳好忙从衣兜里掏出手绢帮她包扎。

另一边，铁拐李将轿车钥匙和勃朗宁手枪交还给阿豪。“车停在牌楼边的林子里，早些将立雪救出来。”

“老东西，你小心点！”阿豪道，“等救出立雪，我们一起去看你。”

“别来烦我老人家了。”铁拐李鼻子有些发酸，抬手揉了揉，“你们不是要去香港吗？接上你老婆就有多远滚多远，多生几个崽子才是正事。”

阿豪看了一眼边上的顾铭，对铁拐李道：“不管你和他要干些什么，记住，一定要活着！以后你还得帮老子带儿子。”

铁拐李抬手在两边眼角抹了抹，“知道了！赶紧走走走，罗里吧嗦的……”

阿豪不再多说，上前和秦芳好一左一右搀扶起小影，朝殿外走去。

目送三人的身影在夜幕中消失，铁拐李转回身，对顾铭叹道：“三娃子，莫要怪你表叔……”

顾铭飞快地将地上散落的毛瑟枪部件一一捡回，重新组装好后，强忍着怒气说道：“表叔，你知道吗，你今天的行为，往轻了说是因私害公，往重了说就是叛国。如果在部队，你会上军事法庭的！”

“叛国？”铁拐李指着自己的酒糟鼻头，愕然道，“会被枪毙吗？”

“会！你破坏锄奸行动，帮叛徒逃跑，就是叛国！是要被枪毙的！”顾铭正义凛然。

铁拐李怔怔地看了会儿顾铭，随即摇摇头，找了根柱子靠着坐下，自顾自地从衣兜里掏出一根皱巴巴的香烟，“刺啦”一声，划燃一根洋火，点上。

“叛国就叛国吧……”他深深吸了一大口烟，吐出浓浓的一股青色烟雾后嘟囔道，“这年头，有啥稀奇的，汪精卫都叛成主席了，也没看到你们把他咋个样……”

“汉奸必锄、抗战必胜！”顾铭神情坚毅，“中华民族必然复兴！”

“三娃子，莫忙，等老子抽完这根烟，你就毙了我这个汉奸……”铁拐李从鼻孔里喷着两股青烟，悠悠说道，“兴许，锄掉老子，抗战就能胜利咯，民族也能复兴了！”

“表叔你……”

车灯下的路面坑坑洼洼。阿豪开着车，小心翼翼地行驶在下山的土路上。后座，小影依在秦芳好怀里，小脸煞白，轿车的每一次颠簸，她胳膊和脚踝的伤处都会传来一股疼痛，姑娘牙关紧咬，一声不吭。

“我知道你心里不好受……”秦芳好打破车里的沉闷气氛，对阿豪道，“锄奸队中埋伏的事，的确跟我有关，但其中缘由很复杂。我的工作性质你也知道，详细内情不能告诉你。等一切结束后，我会给你一个解释。”

“你不需要给我解释。”阿豪道，“你们内部的事跟我无关。但你要记住一件事，没有那个老家伙，我救不了你。”

“你想让我放过他？”

“他是我朋友……无论我在哪里，都不想听到他出事的消息！”

“你是在威胁我吗？”秦芳好的声音冷了下来。

阿豪沉默以答。

“好，我可以放过他。”秦芳好道，“但作为交换，你帮我杀了顾铭。”

“你过分了。”

“我过分？！”秦芳好一直压抑着的恐惧和愤怒终于爆发了出来，尖叫道，“段世豪，你眼瞎了吗？他刚才要挖我的心！你去杀了他，现在就去！”

“闭嘴！”阿豪低喝。

“我可以闭嘴。”秦芳好嘴角微翘，笑意残忍，“但某些人别忘了，自己老婆还在宪兵大狱里。救她，还是杀了顾铭，二选一，随你。”

这时，轿车已拐上了山坡下的公路，阿豪一脚急刹车将车停下。

抱着小影的秦芳好猝不及防，差点一头撞在前排的座椅靠背上。

“你干什么？”女人尖叫，随即看着前风挡玻璃，脸色骤变——前方十米开外，一辆装甲巡逻车静静停在公路上，挡住去路，车头的两管机关炮正对着他们，如一头体型巨大，趴在黑暗中守候猎物的钢铁猛兽。

嘭，巡逻车上的大功率探照灯亮起，雪白的灯光直直射了过来。紧接着，咔咔咔咔……细微却让人心悸的机械传动声响起，装甲车平指前方的机炮炮口降了下来，对准轿车。

阿豪一手抬起遮挡刺眼强光，一手伸进怀里。“四天里两次遇上装甲巡逻车？真他妈好运！”他忍不住在心中咒骂。不过，现在可不是抱怨的时候，一辆装甲巡逻车无声无息停在这里，正好挡住他们的去路？想到之前关帝庙里的那声枪响，他不认为这仅仅是自己运气糟糕所至。

“不要乱动，我来处理。”秦芳好迅速恢复了冷静，低声叮嘱阿豪后，打开车门钻了出去。

阿豪心中苦笑。以为我要掏枪吗？开什么玩笑，装甲车上配置的那两挺 13.2 毫米口径的重型机枪，连发射速高达每分钟 550 发，两秒内就能将他打成肉泥。

他只不过是想拿出眼镜戴上，多少掩饰一下容貌。然而下一刻，他便放弃了——放在衣兜里的那副眼镜，已在之前和顾铭的打斗中断成了两截。

第九章　危局与往事

东山，樊府。听着“嘟嘟嘟”的喇叭声比往日急促许多，老郝忙从门房里出来，麻利地将两扇锻花铁门左右打开。

樊继宗直接将轿车停在了小楼前，匆匆下车，三步并两步进了大厅，登上二楼，直奔书房。

“爸……”他推开房门，刚一开口就顿住了。是自己眼花了吗？不过半天的时间，父亲看上去就衰老了不少。

“继宗，有消息了？”樊兴业终于等回了儿子，忙从沙发上站起，急切地问道。

“爸，先不要着急。”樊继宗上前将父亲扶到沙发上重新坐下，端起几上的水杯喝了口才道，“今天下午宪兵队在沙面有行动，搜查了一家诊所，有人看见他们抓走了一名年轻女子。我后来去警察局和宪兵司令部找人打听过，说是特高课的案子，主要抓捕目标是段世豪，今天抓到的是他老婆，一个叫罗立雪的女人。”

“雪儿，真的是雪儿……”樊兴业紧绷的身子突然一软，重重靠在沙发靠背上。

“人呢？关在什么地方？”随即他又猛地站起，盯着儿子，“还有，段世豪到底犯了什么事？普通案件特高课不会插手。”

樊继宗摇头：“案情保密程度很高……人关在什么地方要明天才能知道。侦缉处的汪处长答应帮忙打听。”

“不行，不能等明天，我现在就给原田打电话，把事情挑明，不能让雪儿遭罪。”樊兴业快步走到办公桌旁。然而，没等他拿起话筒，敲门声响起，甚是急促。

樊继宗眉头微皱，上前将书房门打开。

“少爷，”门房老郝站在门口，双手递给樊继宗一封信，“刚才来个人，说是给老爷送信，还说什么十万火急……”

樊继宗问：“是什么人？”

“帽檐压得很低，天又黑，没看清，在门外丢了信给我就走了，喊都喊不住。”

樊继宗压下心中的疑惑，说道：“辛苦你了，郝叔，早点休息去吧。”

老郝哎了一声，关上门离开。

樊继宗看了一眼空无一字的信封，将信递给樊兴业。后者接过，撕开信封，取出里面的一页信纸。

信上只有数十字，字迹潦草，显然书写匆忙，信尾亦没有落款。樊兴业匆匆扫过，脸色骤变，拿信的手不住抖动。

“爸，怎么了？”樊继宗忙问。

樊兴业嘴里喃喃念着：“中统在江西动手……李照贤叛变……谢育才、郭谦、黄家栋亦相继被捕……南委机关或将暴露，速撤离……”

“爸，你在说什么？”樊继宗大惊，一把抓过信纸。

“……李照贤叛变……谢育才、郭谦、黄家栋被捕……南委机关或将暴露，速撤离……”樊兴业反复咀嚼着这几句信息量极为惊人的话，遍体生寒——如果信中消息为真，那么，这件事的后果之严重、情况之紧急，绝对不亚于十年前中共特科负责人顾顺章的那次叛变。而那一次，幸亏潜伏在中统头子徐恩曾身边的钱壮飞及时获得情报，并抢先一步通知党中央，这才避免了党在上海的中央机关和江苏省委的覆灭，周恩来等党的核心领导同志才得以幸免于难。而这次呢？

“什么意思？”樊继宗飞快看完手中的信，连珠炮似的发问，“爸，李照贤、谢育才、郭谦、黄家栋都是什么人？跟南委是什么关系？让谁撤离？”

樊兴业沉声道：“李照贤，赣南特委组织部长……谢育才谢书记，之前是福建省委常委，今年5月才被中央调到江西主持省委工作……”

“不可能！”樊继宗惊呼。他跟上级组织的联系仅限于陈俊生、老吴这两个人、一条线，对中共南方特委内部的组织结构和相关人事知之甚少，除了直接领导方书记之外，其他主要负责人的姓名则一概不知。此刻听闻这个消息，心中的震惊可想而知。

待激荡的心情稍稍平复后，樊继宗思忖着说道："我们在国民党统治区的组织活动早已由明转暗，怎么可能无声无息地就出了这么大的事？如果组织部长叛变，省委书记被捕，意味整个江西省委和赣南特委都出事了。在江西，咱们至少有上千同志吧？现在是国共联合抗日时期，蒋介石也公开宣示'今后再无剿共之军事'，在国内民意、国际舆论巨大压力下，我不信他徐恩曾有这么大胆子，敢抓我们的省委书记和上千同志，也不信他的中统有这么大本事。"

"千古奇冤，江南一叶……"樊兴业踱步到窗前，拉开窗帘，看着外面的沉沉夜色，喃喃念着，"同室操戈，相煎何急！继宗，恩来同志这首题词，难道你这么快就忘了吗？"

樊继宗沉默。这首"皖南事变"发生后，中共领导人周恩来于今年3月发表在《新华日报》上的悼词，他当然没有忘记。

事情发生在今年的1月。当时，奉"国民军事委员会"命令北撤的共产党武装力量——新四军，行军到安徽泾县时，突然遭到第三战区司令顾祝同的8万国民党精锐部队伏击。是役，新四军副军长项英牺牲，军长叶挺前往谈判时被国民党囚禁，最终，9000多名新四军官兵，或死或俘，仅余2000余人突围渡江，战况极其惨烈……

眼角隐隐泛起水光，樊继宗垂着的双手握成拳头，越攥越紧。此刻，仿佛有隆隆的枪炮声、厮杀声在他脑海中响起。他的视线仿佛穿越时空，看到那片硝烟弥漫、肢体横飞的战场，成千上万的新四军战士，正被十倍于他们的敌人包围、剿杀！他们冒着敌人炮火，发起一次次无畏的冲锋；他们倒下，又爬起，一个个残肢断臂，满身血污，但仍然昂扬前行！硝烟，遮不住他们英勇的身躯；震耳欲聋的枪炮声掩盖不住他们愤怒、不屈、如海潮般一浪高过一浪的怒号……

"血淋淋的教训啊……"樊兴业转过身，沉痛道："对蒋介石集团消极抗日，积极剿共的罪恶本质，我们要有清醒的认识，要时刻警惕，不要被其联合抗日的口号麻痹。尤其是徐恩曾的'中统'。这个特务组织就是为了对付我们而成立的。哪怕如今国土沦陷近半，他们也不曾将力量投入到抗击日寇上去，仍然如一群嗜血的鬣狗般盯着我们，时刻准备咬上一口。"

“爸，你相信这消息是真的？”樊继宗兀自不敢置信。

樊兴业点点头：“这次来广州前，我在香港和方书记见过一面，听他说起过江西的事。江西省委和南委的电台联络，今年七月就中断了，直到十月才重又恢复联系。江西那边说是电台的真空管坏了，花了四个月时间才买到新的换上。方书记对此颇为忧虑，江西毕竟是国统区啊……”

樊继宗的心渐渐沉了下去。方书记是南委的总负责人，有他早前的话印证，江西那边应该是真的出事了。

“南委机关或将暴露……”他又看了看手中的信，疑惑道，“即便李部长和谢书记真的出事了，又如何能危及南委？爸，连我们都不知道南委粤北机关的详细地址，远在江西的同志……”说到这里，樊继宗突然一顿，又看了一眼信纸，问，“郭谦、黄家栋是什么身份？”

樊兴业看着儿子，脸色愈加阴沉。“方书记不放心江西的事，恢复通讯后，又秘密派了南委组织部长郭谦、电讯科长黄家栋前往吉安调查。这件事南委内部知道的人也不多，所以，我不怀疑这封信内容的真实性。南委危险了……”

“当啷”一声，樊继宗手中水杯掉落。

“爸，我现在就去惠爱街走一趟，确认消息来源。”片刻后，樊继宗缓缓拾起地上的水杯，“如果这封信是老吴那边给我们的紧急通知，他会对外发出警讯。”

“是要即刻确认消息来源。不过，我们要做好两手准备……”樊兴业思忖道，“信如果由老吴发出，同样的消息他肯定会第一时间传回南委机关。可如果这封信是来自敌人呢？”

“特高课！”樊继宗眸光一闪，“的确，日本人的情报收集能力强大，完全有可能得到并抛出一份高价值情报来试探我们的反应。”

樊兴业点点头：“这份情报的来源没有第三种可能，知道我真实身份的只有方书记、老吴和联络员陈俊生。所以，我们要做好传递情报的准备。”

“爸，这太冒险了……”樊继宗色变，“我们的任务不是收集传递情报，我必须对您的安全负责！”

“继宗，现在不是谈组织分工的时候。如果老吴和南委那边至今还不知道郭、黄二人在吉安被捕的消息，你知道将是什么后果吗？他们中任何一人叛变，都将给南委粤北机关带来灭顶之灾。与组织的安危相比，你我父子的安全又算得了什么？！这个险，我们必须冒。我相信换作老吴，他也会如此选择。”

“好，我去和老吴接头……”樊继宗道，“不过要等天亮之后，现在上门太过突兀，如果有盯梢不但无法将情报传递出去，还会暴露联络站。”

“继宗，这份情报事关粤闽浙赣四省上百个党组织，上万名同志的安危，我们一刻也不能耽搁。”樊兴业看向窗外的黑暗，目光坚定而智慧，“当然，夜间接头的危险性我也考虑过了，所以这次我会和你一起去！”

“不行，接头只能我去，你不能露面！”最后，樊继宗强调，“这是组织规定，你不能违反！”

“谁说我要违反组织规定？”樊兴业转身看着有些激动的儿子，机智地笑了笑，“我要做的，是我现在应该做的事。”

公路上。夜色如墨，秦芳好独自伫立在探照灯雪亮的光束下，如舞台上唯一的主角般耀眼。她站在车门边，优雅地从手袋里掏出一个巴掌大小的绿皮证件，高高举起，用日语大声喝问：“你们是哪个部队的？”

巡逻车车门打开，一名端着步枪的日本士兵从车上跳下来，紧接着下车的是一名腰挎手枪的军曹。

“自由射击！”在下车的同时，军曹对车里的机枪手下达命令。

“是！”机枪手低声回答时，食指扣在一挺91式重机枪的扳机上，双眼一刻也没有离开过射击观察口。

身材瘦小的二等兵小鹿晋二，端着枪小心翼翼跟在军曹身旁。探照灯光照之外的黑暗，给了他巨大的心理压力——三名同伴死后的惨状，让这名来自福冈县的新兵已经连续做了两天的噩梦。原本，小鹿晋二很为能被分配到广州驻屯军服役而庆幸。

就在前几天，他在给父亲的信里还这样说道：“这里的支那人，比我曾经听说的还要温顺和懂礼貌，他们从不会无礼地和我们对视。经过哨卡时，他们会主动对我们鞠躬，在巡逻时遇上也是如此。他们好像除了跪在地上磕头，就什么也不会做了。还有，九月份的事发生后，城里的抗日分子和他们的组织已经被彻底清除了。因为保密条例的缘故，我不能给您说太多的事，但请父亲放心，这里很安全……”

然而，就在这封信寄出后的第二天，小鹿晋二刚刚建立起来的安全感瞬间崩溃——亲眼见到了三名同伴可怕的死状，第一次近距离接近死亡的他呕吐不止。

“那可是三名作战经验丰富的海军陆战队前辈啊，比起自己来不知道高明多少倍。对方一个人，干掉了他们，如杀猪宰羊一般……”他至今仍然为之心悸。

“你们是什么人？”军曹在离秦芳好五米外的地方站定，“为什么出现在这里？”

秦芳好并不答话，晃了晃手中的证件。小鹿晋二上前接过证件，转身递给军曹，后者借着探照灯的灯光仔细查看。

证件上有秦芳好的相片，盖着宪兵司令部的红色大印以及原田冈夫的亲笔签名，职务一栏写着“特别治安顾问”。

“刚才山上响枪，是什么情况？”军曹审视着秦芳好。

“宪兵队的行动。我无权对你透露详情。”秦芳好镇定道。

军曹质疑道：“为什么我们没得到通知？”

按程序，宪兵司令部在驻屯军辖区的军事行动，都要先行向驻屯军司令部报备。当然，如果情况特殊，也可以先行动，事后再行通报。

“这是一次高度机密的任务，明天会有通报发往二十三军司令部。”秦芳好道，“到时候你们可以去核实。”

军曹一双小眼珠子在秦芳好和黑色轿车上来回逡巡着，似在犹豫。证件没有问题，如果在往常，他会放对方离开。但三天前在东郊发生的巡逻士兵遇袭事件，给所有驻屯军巡逻队敲响了警钟，尤其参加夜巡的军士，无不打起十二分精神，对一切异常事物保持高度的警惕。

“秦顾问，抱歉。还请你跟我们去一趟驻地，核实情况。”军曹上前两步，将证件递还给秦芳好。

“有问题吗？”秦芳好接过证件道。

军曹摇头。

“我说过，你们可以等天亮后去司令部核实情况。我同伴受了伤，要尽快送去医院，就不去贵驻地打扰了。”秦芳好说完，转身准备上车。

“等一下！”军曹喝道，接着示意身边的小鹿晋二检查车里的情况。

二等兵当即上前敲开司机边上的车窗，探头看了一眼蜷缩在后排的小影后，对阿豪用生硬的中文说：“你的，证件。”

阿豪飞快地瞥了秦芳好一眼——证件，他哪有？只能寄希望对方来解决这个问题了。

“中士，”秦芳好会意，寒声对军曹抗议，“你的行为，是对宪兵司令部的羞辱。”

“抱歉。秦顾问，我们在执行任务，请你的人配合！”军曹冷漠道。

秦芳好面色一沉，她没想到一个小小的军曹态度如此强硬。不过，转念一想，这里是驻屯军辖区，而自己这个宪兵司令部的“特别顾问”纵然有些特权，但并无军阶和实权，又是中国人，实难压服对方。

阿豪虽然听不懂日语，但军曹的态度却是看在眼里，心中一紧——事情正在往坏的方向发展。

他朝车窗外的小鹿晋二点点头，一边假装翻找证件，一边快速分析着当前的处境：“拿不出证件，下一步肯定要被搜身……手枪被搜出来倒没什么，以秦芳好的身份还担得起，关键是那两卷胶卷就放在上衣口袋里，一旦被搜出来他再难脱身……而失去这两卷胶卷，自己又拿什么去和日本人交易？”之前，他还寄希望秦芳好能将此事应付过去，但看现在的情形，对方不买这位中和堂大姐头的账。这让他不得不朝着最糟糕的结局去设想、筹谋。

“装甲车距离十米左右，重机枪正前方的射击死角是车头下方两米内，右侧车门半开，车里现在应该还有一到两人……”阿豪偷眼瞥了瞥前方的装甲车，心思电转，“如果在一秒钟内击毙车外两人，再以最快的速度抢至装甲车的射击死角，或许还有一线生机……”

余光中，车门外那名日本士兵悄悄后退了两步，一脸警惕之色，本来下垂着的枪口，也开始慢慢上抬。

“对不起，忘带了。”阿豪忙停止寻找，扭头对小鹿晋二道。接着，他从车窗探出头，对站在后门边上的秦芳好说，“出来前换了身衣服……”

秦芳好朝他摆摆手，对军曹用日语说了两句。军曹先回了她一句，语气短促而生冷，接着就对身边的士兵下达了某道命令。

不能指望秦芳好了，阿豪心想。他甚至怀疑，这个心思难测的女人在和军曹的对话中，是不是已经将自己卖了？毕竟，三天前她才把一支锄奸队卖给了日本人。

“下车！”小鹿晋二举起枪，刺刀刀尖几乎戳到了阿豪的脸颊上。

“好，好，下车，马上下车……”阿豪忙不迭应着，像是被吓着了。他左手打开车门，右手悄然握住后腰上的勃朗宁手枪枪柄，拨开保险。

命运必须掌握在自己手里！阿豪深深吸了口气，抬头看了一眼黑沉沉的夜空，心中狠狠骂了句——狗日的！

接着，他咧嘴对小鹿晋二笑了笑，就要拔枪。“八嘎！”就在这时，秦芳好快步越过他，走到二等兵面前，啪、啪给了这个日本士兵两记耳光，呵斥道，“无礼的家伙，宪兵队的人是你能检查的吗？！”

这突兀的一幕，让在场所有人都有些反应不过来。小鹿晋二被打懵了，眨巴着一双小眼睛，回头看着身后的军曹，不知所措。

军曹死死盯着秦芳好，眼里快要冒出火来。他没想到，一个宪兵司令部的中国顾问，竟然敢抽一名帝国士兵的耳光，还是正在执行军务的士兵？！

但正是秦芳好这种上位者的强势作风，震慑住了这名军曹，让他纵使满腔羞怒，一时也不知道如何发作。毕竟，名贵的轿车、车上的特别通行证以及对方出示的证件，无一不显示出面前这个说着一口流利日语的女人，有着比他高得多的身份和地位。即便对方证件上的国籍是“中国”。但作为一名帝国军人，他必须捍卫军人的尊严。

“秦顾问，请不要妨碍军务。”军曹从腰间枪套里拔出手枪，指着阿豪，“上级命令，没有证件的人，必须严加审查。你可以走，他不能。”

“中士，”秦芳好厉声喝道，“你在犯一个愚蠢的错误！我再次提醒你，我们在执行一次高度机密的任务，现在需要紧急赶回宪兵司令部，汇报有关桥本三男一案的重要线索。案情重大，你扣留我的司机，耽误案件侦破，你承担得起后果吗？！”

“桥本三男？”军曹心里一突，就在他身后的巡逻车上，还有一张宪兵司令部传来的通缉令。为了抓捕这名共产国际间谍、甲级通缉犯，宪兵司令部不但开出了高达两万日元的悬赏，还全城戒严二十四小时——案情之重大可想而知。

军曹脸色瞬间数变——如果相信这位秦顾问的话，他现在要做的就是立刻放行，正如对方所说，他承担不起“耽误案件侦破”的后果；如果不相信……他有理由不相信吗？对方宪兵司令部特别顾问的身份，极其咄咄逼人的气势，让他根本没有勇气去质疑对面的女人是在说谎。

秦芳好当然没有说谎，阿豪可不就是“桥本案”的重大线索？她故意点出桥本三男的名字，就是要利用这件案子的重大影响力，来压迫、威胁对方，让这个色厉内荏的家伙不再纠缠，赶紧滚蛋。

“中士，我不想再耽搁时间，现在给你两个选择，”看对方表情，秦芳好便知道这名军曹有了怯意，态度越加强硬起来，“一、立刻让开道路；二、报上你的姓名、部队番号、职务，我让我的司机跟你走。”

军曹的脸色难看至极，和秦芳好足足对视五秒钟后，咬牙向小鹿晋二吼道：“收队！”

“年叔，这不是从前在村子里的时候，”关帝庙里，顾铭蹲在铁拐李面前，语重心长地说着，“我们现在是党国军人，抗日战士……”

“慢点、慢点……”铁拐李依然为顾铭先前说他叛国而愤怒，“你娃是不是记性不好？老子早就不是啥军人了，也不是啥抗日战士，莫给老子戴高帽子。”

“你错了，年叔，你是一名真正的抗日战士，为抗日立下过大功！”顾铭见铁拐李又要张嘴，忙摆摆手制止，“你听我说完。年叔，先不说你当年在上海打鬼子的事，你还记不记得上次去你那取军火的人，姓江的那个？”

“记得啊，大个子，一口山东腔……”铁拐李想了想说，“对了，我还给他修了个面。看着是你同事，说了句不要钱。嘿，他还真不客气，说正好没带钱，下次来一起给。咋的，你帮他还我？”

“他牺牲了！”顾铭黯然道。

铁拐李怔了怔，一时不知说啥好，只好又掏出一根烟，接着抽。

“9月份的事……叔你应该记得。”顾铭说。

“记得，他9月16号来拿的东西。”铁拐李点点头，叹道：“第二天城里就出了事，到处都在爆炸，听说死了不少日本人和二鬼子。后来紧跟着就戒了严，鬼子四处抓人……当时，我就猜到有他的事。”

“他在珠海中路遇上日本巡逻队盘查，引爆了身上绑的炸弹，和五个鬼子同归于尽了。”顾铭看着火盆里渐渐暗去的火苗，“那些炸弹就是从你那取的。”

“我就是帮你保管一下东西……”铁拐李说。

“不，年叔，你参加了一次伟大的抗日行动！”即将熄灭的火苗在顾铭那双幽黑的双瞳里烈烈燃烧。“他叫江自强，是行动三组的组长。‘9·18’事变10周年，为了不忘国耻，打击日伪的嚣张气焰，军统广州站奉命组织了这次行动。黄大仙祠的宪兵司令部、市政厅、越秀警署和东郊油库我们都得手了，消灭了不少鬼子和汉奸……当然，我们也牺牲了不少同志，但他们死得值！”

“幸好你娃当时不在，不然，顾家的独苗就没了！”铁拐李道。

“国都快没了，哪来的家？”顾铭一拳砸在地上，低吼道：“叔，我都说了，不管你承不承认，你已经是我们中的一员了，我们还要一起抗日锄奸。你要提高觉悟，今天的错误绝不能再犯！”

“觉悟？我呸！”铁拐李拍了拍有些瘸的左腿，气鼓鼓道，“这条腿就是老子的觉悟！民国二十二年，老子在上海和鬼子拼过命，后来呢……算了，不想跟你说那些狗屁倒灶的事。”

铁拐李一句“那些狗屁倒灶的事”，让顾铭把想说的话又憋了回去。他心里也明白，当年“福建事变”，十九路军倒戈反蒋失败后，从总司令蔡廷锴到下边的官兵，这些年的日子都不好过，深深浅浅对党国和领袖有一股子怨念，不是他三两句就能消解的。

“叔，那些事都过去了，谁对谁错，现在还说不清楚……”长久沉默之后，顾铭再次开口，语气温和了许多。

“今天叔就跟你说清楚！”铁拐李摆摆手，打断顾铭，显然心里也憋着气。“莫替老蒋说话，也莫扯那些大道理，叔听不懂也不想听。告诉你三娃，叔上次帮你藏那些军火，还有这次，帮你抓姓秦的，都是冲你喊老子一声表叔，我们是亲戚，自家人帮自家人，晓得不？跟啥舅子党国，抗日，莫得多少关系！以后也少在老子面前……”

兴许是过于激动，岔了气，铁拐李话没说完就咳嗽起来。

“好好好，年叔，我就不扯党国、抗日这些。”顾铭忙轻拍铁拐李有些佝偻的后背，“你也说我们是亲戚，自家人要帮自家人！可刚才你为啥要帮那个家伙不帮我？就因为他救过你的命？战场上我救你你救我是情、是义，但也是应该做的事，袍泽之间不存在谁欠谁多少。难道你要用一辈子去还？要不顾良心、道义地去还？你有没有想过，今晚你帮他救走一个叛徒，将来这个叛徒又会害死我们多少的弟兄？叔，难道你要用这么多条命加起来，去还他所谓的救命之恩？”

铁拐李点头又摇头，沉默地看着对面火盆里跳动的火苗，思绪回到了当年硝烟弥漫、尸横遍野的淞沪战场。

片刻后，年近五十的老兵缓缓开口：“敢死队是临时组建的，有七个人，大家都不熟，但水性都很好。那晚，我们潜到黄浦江里，把鬼子的‘启德’舰炸了……鬼子疯了，几挺重机枪不歇气地追着我们打，最后活着爬上岸的只剩我和阿豪两个。

“我小腿挨了一枪，腿肚子上核桃那么大一个洞，根本没法跑。一班小鬼子在后面追，军舰不停打照明弹……最后，狗日的还用炮轰我们。我当时就想自己死定了，不用鬼子杀我，流血都能流死。也没指望那小子能救我，他自己能跑掉就算命大了。结果，他问都没问老子一声，扛着老子就走……他当时也受了伤，左肩上还插着弹片……就这样，他还背着我跑了十几里的路，找到师部医院。

“半路上我就晕过去了，是他跟人吵架把我吵醒的。三娃，你知道他当时跟谁吼吗？军医。我刚睁眼时，吓了一跳！那家伙拎着把大锯，浑身血乎刺啦地站在床前，活像个屠夫。阿豪不让那棒槌锯老子的腿，说保得住，两人就吵起来了……”

铁拐李轻轻拍打着他那条微跛的左腿，转头看着顾铭，继续道：“三娃，阿豪救的不是叔一条命，是整个下半辈子。叔现在虽然有点瘸，但还能像正常人一样过活，自己养活自己，不用低声下气，求人施舍饭吃。这多亏了阿豪……那军医当场就撂了挑子，后来想想也怪不得他，那么多等着手术的伤兵，他一个人也忙不过来。”

“段世豪帮你保住了这条腿？他还会医术？”顾铭忍不住问道。

“怎么说呢？”铁拐李摇头道：“手术他不会。不过他练武出身，家里有些中医传承，所谓医武不分家嘛。那小子，会些简单的跌打损伤治疗手法，按摩、针灸也会些……三娃你应该知道，战地医院条件很差，人手和药物方面都很缺，手术前后一旦感染，小命就保不住了。所以，军医们喜欢截肢，一看你伤口已经发炎，或者不好清理，就直接给你锯了，这样至少可以保命。你叔我呢，是运气好，遇上阿豪这小子，无论是手术前的伤口清理、消毒还是手术后的护理，他拍胸都包了。那军医也是被他缠磨得没办法，又见他也真懂些医，能帮上手，最后才答应不锯老子的腿……”

夜更深了，火盆里的火苗在渐渐收缩、暗淡。铁拐李仍然在不停地说着，他觉得这是自己这辈子话说得最多的一次。

顾铭在边上静静听着，不插嘴，也不回答铁拐李偶尔问的那些问题。他知道，这时的年表叔，根本不需要人回答些什么，他只需要一个听众，听他说那些故事……

“三娃，你知道阿豪两口子为什么没能逃出广州，为什么会像现在这样遭罪？是被我们几个不中用的残废连累的……那天啊，他们本可以撤出城的，但没见到我们几个，他又跑回来找……结果被一发炮弹埋进废墟里，要不是他老婆不要命地找啊，刨啊，他早死了……

“不过，我要告诉你，造成这一切的真正混蛋、罪魁祸首不是我们，是余汉谋、是十二集团军部的那些王八蛋们！他们才该送去军事法庭审判！”

“年叔，余将军没能守住广州，的确失职。”顾铭道，“不过像中日之间这种长期和全方位的战争，一城一池的得失，并不重要。而且，年叔你可能还不知道，余将军和他的十二集团军，这两年一直在粤北和日军作战。他们打得很好，没让鬼子占到一点便宜。我相信，广州城和中国其他失陷的城市一样，迟早会被我们的军队夺回来……”他倒不是要帮余汉谋和十二集团军辩解，丢了广州，被老百姓骂，也是应该的。他只是不想铁拐李和很多国人一样，对这场中日之间的举国之战失去了必胜的信念，这才是最可怕的事。

“屎！”铁拐李一点不给面子地打断了顾铭的激情鼓舞，“三娃，余汉谋丢广州也好，将来再打回来也罢，跟老子一根屌毛的关系都没有！老子想跟你说的是，小日本打进来那天，我们‘十九路军荣养院’的三百多伤残军人和十几名医护人员，本来可以全部撤出广州的……市府的撤离计划里，给我们院配备了五辆卡车。一旦接到上面通知，所有人都可以坐车走……可是，三娃你知道吗？整个荣养院，最后活着出了广州城的，还不到一成！没出去的，大部分都死啦……有炸死的、有被枪打死的，还有被追上来的鬼子用刺刀捅死的……只有我和黄七指、赵德才几个运气好，活了下来……”

铁拐李竖起的食指微微颤抖着，哽咽道：“三娃，只有一成人活啊，你知道这都是因为什么吗？因为十二集团军抢走了我们的运输车啊！”

“什么？”顾铭脱口而出后，又讪讪闭嘴，觉得自己有些白痴。这还用问，卡车这种稀缺的运输工具，即便是在平时都很紧俏，何况在兵荒马乱的大撤退中。当时的广州城，不知有多少军政要员和紧要物资需要重点、优先保障撤离。而像十九路军这种连番号都已经撤销的部队，其伤残士兵更是姥姥不疼舅舅不爱，计划中的车辆配额被军队抢了去，实在太正常不过。

“等我们知道这个消息，再想找车根本来不及。鬼子都打到东大门了……没办法，阿豪带着人去路上拦了两辆出城的军车，恳求押车的军官把我们捎上，能走几个走几个……可是，不管咋求，都他妈快跪下了，那狗杂种却铁了心，死活不让上人，一个都不行！还张嘴军事机密、闭口紧要物资的，我呸！”铁拐李狠狠吐了一口唾沫，看着顾铭，切齿道，“狗屁的军事机密、紧要物资……阿豪后来急了，直接缴了那狗杂种的枪，强行打开了车厢……你知道里面装的什么吗？整整一车的家具！双人床、大沙发、梳妆台，还有他妈的一个镶金边的马桶……”

之前，顾铭尽管同情铁拐李他们当年的遭遇，对十二集团军这种不顾那些伤残军人死活的做法，感到愤慨，但另一方面，作为军人，他又多少能够理解。毕竟，战争就是这样的残酷、无情！很多时候，为保住更重要的目标，或者达到更关键的目的，统帅者们会放弃相对次要一些的东西——一个阵地、一座城池、一条防线或一些人……因为拉家具，就不顾这些曾经的抗日老兵的死活？这他妈还是人做的事吗？

“该死！”顾铭切齿骂道。

“谁该死？余汉谋还是某个后勤处的副官，或者哪个瞒着自己长官干这事的勤务兵？”铁拐李讥讽道。

顾铭怔怔说不出话来。

铁拐李摇摇头，叹道：“三娃，你先前骂阿豪骂得很痛快。说什么他当逃兵，背叛国家、民族……其实，是他们先抛弃了我们啊……”

夜雾中，一辆黑色轿车在下山公路上缓慢行驶。拐过一道弯后，轿车突然停在了路中。

樊继宗推开车门下来，打着手电走到轿车尾部。他抬脚踢了两下轮胎，检查了底盘，最后用手电朝身后的公路四下照了照，这才回到车上。

“雾太大，无法确定。”樊继宗低声说道。

轿车后排，樊兴业看着车窗外沉沉夜雾，脑子里仿佛有一只时钟在转动，滴滴答答的声音越来越大、越来越急促。“不要耽搁时间了，进城。”

当轿车重新启动，缓缓没入前方的夜雾后，三道骑自行车的人影从后方的黑暗中悄然显身，在他们身后更远的地方，还跟着一辆无线电探测车——夜色和雾，是跟踪者们绝佳的掩护……

半小时后，樊继宗驾车顺利通过东大门检查站，驶入惠爱大街。这条由东到西横贯广州城的长街，分为东、中、西三段，拥有广州城最豪华洋派的嘉利华俱乐部、最多座位的新华电影院、最多莺莺燕燕的如意坊妓馆；除此之外，还有一大批或大或小，但绝对高档的烟馆、赌场、饭店酒楼密集扎堆在这条长街上；入夜后，自有一番灯红酒绿、浮华躁动景象。

“哧”地一脚急刹车，樊继宗将车停在惠爱东街的十字路口，他险些撞上一名从街边的居酒屋里突然蹿出来的日本醉鬼。在等待这个家伙踉踉跄跄穿过马路的间隙，他调整了后视镜的角度，观察后面那辆黑色雪佛兰牌轿车。

就见那辆雪佛兰轿车响起几声急促的喇叭声后，车头一偏，从左侧超了过去，径直驶向前方的惠爱中街。

见这辆从东大门开始就跟在后面的轿车远去，樊继宗脸上的警惕之色稍稍褪了些。他看了看左右，没发现什么异常，这才启动轿车，朝前方驶去。

过了十字路口，右手边的第三家商铺就是“平安药房”。此刻，药房已经打烊，门缝里隐隐有灯火透出。

轿车缓缓从药铺门前驶过。当门柱上吊着的那盆蟹爪兰落入视线，樊兴业父子的心瞬间沉入谷底——这盆往日代表“一切正常”的蟹爪兰，今夜传递出的却是截然相反的讯息。

樊继宗深吸一口气：“爸，今晚我们接触的任何人，都会有危险……您确定还要接头？”随着这盆蟹爪兰的出现，他心中最后的一丝希冀荡然无存。事情已经很清晰了，那封神秘的信件是敌人投下的诱饵，相应的，一张看不见的大网肯定已在他们四周布下，但凡今晚和他们父子有过接触的人，必然成为敌人怀疑的对象。

樊兴业从车窗外收回视线。他何尝不知，联络站这边的“一切正常”，对他们父子来说恰恰是最危险的讯号。今晚，敌人设下了一个陷阱！然而，对情报内容真实的判断，又让他明知是陷阱，却又不得不蹚下去。事关整个南委的安危，他能退缩吗？不！

“按计划行事。”樊兴业重重说道。

“爸……”樊继宗迟疑道，“你有没有想过……郭、黄两位同志被捕的时间已经超过一个月，南委或许已经出事了……我们这样做非但毫无意义，反而会暴露自己，连累联络站的同志。”

“或许……”樊兴业道，“或许因为我们及时传递情报，南委能安全度过这次危机。”

短暂沉默后，樊继宗突然猛拍一把方向盘，咬牙道：“电台，段世豪那个混蛋摔坏了电台！我们即使将情报传给老吴，短时间内他也没办法将消息传回南委。”

樊兴业叹道：“我们做到我们能做、该做的事。至于如何将情报迅速传回去……相信老吴，他是总联络人，应该有其他渠道。”

雪佛兰轿车冲过十字路口后便放缓了车速。小泽原坐在副驾驶位置上，不停从倒车镜和后视镜里观察着樊兴业的座驾。

“没有转弯，跟上来了。”后座上一名便衣道。

“保持车速。”小泽原吩咐司机，眉头拧起。他更愿意看到目标车辆做出急停急走、突然转向、兜圈子之类的反跟踪动作——这才是特工接头或传递情报时应有的行为模式——而不是现在这样四平八稳，一直沿着惠爱大街缓慢行驶……

小泽原并不担心被目标摆脱——还有两辆民用轿车在后面交替跟踪。此外，他还提前派出了几组便衣队伍，分别在樊兴业最可能出现的地点，如樊兴业在市府的办公地点——市参议院办公楼、六二三路上的兴业商贸公司总部以及位于南关天字码头的兴业船务公司等地蹲守。

为了今晚这次行动，小泽原从特高课和警察局调用了大量人手和车辆，对樊兴业收到情报后的种种反应都做出了相应的部署和精心的安排。

根据他和玉川云子的分析，如果“冰山”想要将这份时效性很强的重大情报迅速、准确地传递给自己的组织，无非三种方式：其一，使用电台、电话；其二，人力传递——直接接头，或通过事先约定的“死信箱”间接传送情报；其三，信鸽。

得益于近一个月来，特高课对樊兴业的全方位的监视、监听和调查，让具体指挥这次行动的小泽原不用担心“一只鸽子从樊府中飞出，带着情报消失在黑暗天际”这类令人绝望的情景出现。

至于电报、电话——无论是樊府还是樊兴业的其他几处办公地点，都在特高课监测、监听之中。小泽原很遗憾对方在接到情报后没有采取这两种方式对外联络。

那么剩下的只能是人力传递了。半个小时前，东山监视站传来的消息——樊兴业父子出门——让小泽原兴奋不已。原本，他对这次行动并没有多大的信心。毕竟，“冰山”是共产党的高级特工，身份重要、潜伏极深，哪会因为一份来路不明，真假难以甄别的情报而犯险？

然而，事实证明，他的女上司的直觉和判断是正确的：

“小泽君，这上面每一个字都是真实的，”行动前，玉川云子扬着手中的信纸告诉他，“事件、时间、名字、地点都是真实的，而‘真实’拥有强大而神秘的力量……请相信我的直觉，‘冰山’得到这份情报后一定会有所动作！”

第十章　全城皆敌

惠爱西街3号的两扇黑铁大门紧闭着。借着幽暗的街灯，可以勉强看清大门边的水泥柱子上，挂着“广东省会警察局”的木头牌子。

这里和惠爱东街只隔着四五里路，却已远离了霓虹与喧嚣。

昏暗的街道上，两点车灯由远及近，马达轰鸣。别克轿车一个急刹车，停在了警察局的大门外。樊继宗从驾驶位上跳下来，几步跨到门前，哐哐哐地猛砸铁门。

“停车。”前方的雪佛兰轿车里，小泽原看着后视镜，心里隐隐有些不好的感觉……

值班警员将两扇铁门打开，樊继宗将车直接开到警察局大楼台阶前。轿车刚一停下，樊兴业不等儿子下来开门，自己先下了车，黑着一张脸，三两步上了台阶，朝楼里走去。

“樊大参议……您怎么来了……”从楼里匆匆出来一名三十多岁的瘦高个警官，他显然是得到了门卫的通知，忙出来迎接。瘦高个儿一边整理着上衣一边恭敬地说道，“这么晚了，有事您打个电给过来，交给小刘办就是，怎么还……”

“你们汪处在不在？”樊兴业抬手打断了对方的殷勤，他脚下不停，直接往值班室走去。

“樊参议，您请……请！”这位侦缉处二科科长，赶紧追上几步，上前将虚掩着的值班室门推开，“有什么事您吩咐小刘，这么晚了，处座应该已经休息了……”

值班室二十来平方米的空间里，烟雾缭绕，沙发前的木头茶几上，放着只海碗大的青瓷烟灰缸，里面挤满了烟头。

“这事你处理不了……”樊继宗伸手在鼻端扇了扇，沉声道，“赶紧给你们汪处打电话！”

刘科长当然不愿意这么晚了还去打扰自己那位脾气古怪的顶头上司，他端起茶几上的烟灰缸，麻利地收拾起台面上的杂物，顾左右而言他，“樊参议请坐，请坐……您喝茶还是咖啡……”

“我什么都不喝，”樊兴业不耐烦道，“赶紧联系你们处长，告诉他，不管是在牌桌子上还是在姨太太的被窝里，都立刻过来！”

“这个……”刘科长有些为难，但又不敢得罪此刻心情极其恶劣的樊兴业。他隐约听说过，汪处长之所以能在年初那场“处座”之争中胜出，多亏了眼前这位参议员在日本人那边帮着说话，两人之间的关系可想而知。

“要不……您先告诉小刘到底是什么情况……我也好……”他赔着笑脸，讪讪道。

樊兴业重重冷哼一声，不再理会此人。他走到桌前，伸手抓起上面的电话听筒，就要拨号。

刘科长暗暗松了口气，心想，这才对嘛，您老人家自己打电话不就得了，何必让我们这些做小弟的去触霉头？不过，还没等他这口气松完，下一刻心又提到了嗓子眼儿……

“哐当”一声，话筒突然掉在了桌上，正要拨号的樊兴业一手扶着自己的额头，一手撑在桌沿上，似站立不稳。

“爸，怎么了？”樊继宗一步抢了过去，扶住父亲。

“樊参议您先坐下，坐下……”刘科长更是大惊失色，连忙上前和樊继宗一起扶着樊兴业在沙发上坐下。要是樊大参议在这儿出点啥事，他这霉头可就触大发了。

樊兴业仰头靠在沙发靠背上，半晌才长长呼出一口气，揉着太阳穴说：“老毛病了，不要紧……继宗，药带着没有？”

樊继宗把自己周身摸个遍，愧疚道：“之前出来得急……忘带了……”

“算了……”樊兴业无力地摆摆手。

“这附近有药店吗？”樊继宗问边上手足无措的刘科长。

“有有……我这就叫人去买，不，我自己去！”刘科长说完就要转身出门。

“小刘，让继宗去！”樊兴业叫住他。

"爸，我马上回来，您忍忍。"樊继宗匆匆出门。

"小刘，你赶紧给汪纪打电话。"樊兴业继续催促，"就说事关樊某身家性命，请他立刻来一趟！"

"这么严重？"刘科长一脸震惊。

"你自己看。"樊兴业从衣兜里掏出那封密信，一把拍在茶几上，"有人设局，想构陷樊某是共党，还不严重吗？！"

"共党……"刘科长微微张着嘴，半天没合上。

寂静的街道上，黑色轿车疾驰而来，随着一道刺耳的刹车声响起，轿车停在了平安药房门前。樊继宗没有熄火，跳下车后冲到药店门前，一边"咚咚咚"地砸门，一边隐秘而迅速地观察街上的动静——脚步踉跄的醉汉、骑单车的男子、飞快跑过的黄包车、疾驰而去的轿车……一切看上去都很正常。

不过，樊继宗很清楚，在他看不到的黑暗角落，不知道有多少双眼睛正盯着自己。

"来了、来了……"药铺里传出年轻伙计不耐烦的抱怨，"吵死人了……大晚上的也不知道轻点，街坊邻居还要不要睡觉……"

两扇中间镶嵌着玻璃的绿漆木门从里面打开，樊继宗推开堵在门口的伙计，一边往店里走一边大声道："快点，给我拿瓶阿司匹林……"

"推什么推……"年轻伙计嘟囔着，"有病就了不起啊？没礼貌……"

樊继宗没有搭理他，径直走到柜台前，在台面上猛拍一巴掌，吼道："少废话，赶紧拿药，出了事你这整个药店赔上都不够！"

伙计恼了，一撸袖子，还要争辩，柜台后通向内室的房门打开了，老吴从里面走了出来。"小武！"他冲年轻伙计使了个眼色，数落道，"大冷的天还不把门先掩上……客人半夜来肯是急症，你要体谅人家的心情……"

小武悻悻转身，掩门去了。

"先生，什么病这么急……"接着，他看向樊继宗，微微点头，示意安全。

樊继宗又往柜台边凑近了些，低声而快速地说道："今晚有人给樊府投信，我们怀疑是敌人阴谋，但我父亲认为信上内容可信，事关南委安危……"

老吴黝黑的脸渐渐开始泛白，心湖震荡，巨浪滔天。

两分钟后，樊继宗匆匆走出药店。情报顺利传递出去了，但年轻共产党人的心里，却比来时更加沉重——在传递情报的同时，他也将危险传递给了自己的同志。

二等兵小鹿晋二回到守备队驻地时，已过了晚上熄灯的时间，除了营房的走道上和队部室里还亮着灯，其他地方都被黑暗笼罩，犹如他此刻的心情。军曹和巡逻车上的其他三名同伴已经回兵舍休息了，小鹿晋二不能，他还要清洗车辆。

“该死的女人！”晋二摸了摸红肿的脸颊，一边低声咒骂一边拎起水桶朝营房前的水槽走去。这时，一辆挎斗摩托风驰电掣般从营门口驶来，从他身前掠过，停在营房台阶下。

“该死的宪兵！”二等兵看着戴白袖箍的骑手，又在心里骂了一句。对于这些有特权，同阶士兵薪水比他高十倍的家伙，小鹿晋二满心的羡慕、嫉妒还有恨。

不过，两分钟后，小鹿晋二对这名宪兵队通讯兵的嫉恨瞬间化为狂喜……

“晋二！”当时，正在接水的二等兵，被今晚的值班军官丸尾队长叫到了队部室。中尉交给他一叠还散发着油墨味道的通缉令，要他送到正村执行官那里。

小鹿晋二拿着这叠通缉令，在走道上走着走着便停了下来。他站在路灯下，盯着通缉令上的照片，一双眯缝眼越瞪越大。像，三分、五分、七分……二等兵努力回忆着，最后兴奋得想要尖叫。

“丸尾队长……要立刻向丸尾队长汇报！”小鹿晋二转身朝队部室跑去，一路跌跌撞撞——天照大神啊，三万日元，三万日元悬赏！他每月薪水九块，要当几辈子兵才能到挣这么多钱？

玉川公馆。剑道室里，啪啪啪啪……两柄木刀在空中快速交击，玉川秀雄双手握刀，不停横劈竖砍，步步进逼，攻势凶猛。而他的对手高桥满，则是连连后退，手中木刀左支右挡，甚是勉强。

西野走进剑道室时，正好看见高桥满手中的木刀被劈飞，肩膀上狠狠挨了一记，不由撇了撇嘴角，心道这家伙真够可怜，因为段世豪的事，被社长当成出气筒，这两天不知道吃了多少苦头。

“蠢货！”玉川秀雄将木刀扔给高桥满，大步朝西野走来，“什么事？”

“有段世豪的消息。”西野道。

玉川秀雄闻言一振，脸上的阴郁之色顿时消散大半。

西野继续汇报：“刚才丸尾健来电，一小时前，他属下的一支巡逻队在北郊发现了段世豪。”

“现在人呢？”玉川秀雄面皮又是一紧，“被他们抓起来了？”

如果段世豪落在军方手里，对他来说绝不是好消息。

“没有……”西野接着将他和丸尾通话的完整内容叙述了一遍，最后说道，“丸尾已经将消息压了下来，那名士兵他会尽快秘密处理掉。”

“好，丸尾处理得非常好！”玉川秀雄赞完自己的秘密下属，眉头旋即又皱起，“秦芳好……怎么又是这个女人？”

“我已经派人去了中和堂还有宝华路监视。”西野道。

玉川秀雄对西野的迅速反应很满意，点了点头后，语气森然：“今晚务必拿回胶卷，杀了段世豪。”

高桥满杀气腾腾：“我去！”

“你除了杀人还会什么？”玉川秀雄冷冷瞥着他，“会中国话吗？会刑讯吗？”

高桥满讪讪摇头，朝西野努努嘴：“还是你去吧。”

西野想了想，对玉川秀雄道：“姓秦的女人呢？他们今晚很可能在一起。”

“一并杀了。做干净点，不要让宪兵队查到我们头上。”对秦芳好，玉川秀雄早有杀心。他一直有将中和堂收归己用，作为玉川公馆一股暗势力的打算。事实上，他已有所行动和收获——在玉川公馆的威逼利诱之下，雷麻子、傻彪、大老二等几个堂口大佬已经暗中投效了他。

然而，就在玉川秀雄准备将雷麻子推上中和堂的头把交椅前，秦芳好突然冒了出来，抢先一步，当上了广州市第一大帮派的“大姐头”。而且，更让他措手不及的是，当他还在对这个神秘女人进行试探、摸底，尚未决定如何应对时，对方又抢先出手，果决而狠辣，一夜间干掉雷麻子、傻彪、大老二等人，并清洗了这三名大佬在帮中的势力。

为此，玉川秀雄大发雷霆，一度下令要暗杀掉秦芳好。只不过在进行了一番调查后，他发现这个女人竟然在短短的时间里，便傍上了“宪兵司令部”这棵大树，这才放弃。今次，秦芳好又卷入了桥本案中，对他产生了莫大的威胁，因而他不惜冒着开罪原田冈夫的风险，也要将这个女人除掉。

“是。”西野点头，想了想又道，“之前川崎也来过电话，说医生服用磺胺后，感染症状有所减轻，问要不要加大剂量。”

“如果在段世豪那里找到了胶卷……”玉川秀雄眯起双眼，“为什么还要浪费如此昂贵的药物？杀了，烧掉！”

特高三课的办公室里一片漆黑。“丁零零……”刺耳的电话铃声在寂静的房间中响起。

玉川云子从办公桌后的椅子上直起身，打开桌上的台灯，足足盯着面前那部红色电话机好几秒后，才拿起听筒：“说。”

听完小泽原的汇报，她快速下达了命令：“今晚接触过樊兴业的警员，让汪纪隔离审查。你们的工作重点，是监视那家药铺，不要惊动……”

挂上电话后，女课长拿起桌上樊兴业的照片，嘲讽地笑了笑：“报案，犯病，买药，合情合理……樊大参议，你这一手还真是漂亮！”

放下手中的“樊兴业”，玉川云子又拿起桌上的另一张照片：“还有你这只老鼠……段世豪，从明天开始，这座城市再没有一条阴暗的水沟，一处肮脏的角落可供你藏身……”

位于城西的宝华路是广州有名的富人住宅区，“西关大屋”鳞次栉比——这种砖木结构的建筑向来以外表朴素隐秘、内里锦绣无限著称，极符合那些信奉“财不露白”信条的富商和官僚们的心理。

轮胎沙沙碾压着地面，黑色福特轿车行驶在夜晚静谧的街道上，最后停在宝华路十六号——一栋两层高的宅邸前。

“不要熄火。”轿车后座上，秦芳好对阿豪丢下一句后，匆匆下车，快步走到高大的门廊前。不过还没等她敲门，西关大屋的“三件头”大门——内门、栅栏趟拢、矮脚吊门，已被人从里面一一打开。

一名女佣打扮的中年女人出现在门口，欢喜地叫着：“董事长回来了！”

秦芳好点点头，急促问道：“黄阿四呢？”

“我在这里。”没等女佣回答，黄阿四从门厅角落的阴影里走出，右手插在怀里，警惕地看了一眼轿车，“你没事吧？”

“我没事，一切回头再说。小影受了点伤，你马上开车送她去医院。”秦芳好吩咐完黄阿四，又对女佣道：“莲姨，你也去。”

莲姨慌忙应了一声，紧跟着黄阿四走向轿车。

阿豪下了车，对龙行虎步走来的黄阿四点点头，跟秦芳好走进屋里。

“关上门。”秦芳好头也没回地说，脚下不停直奔前厅墙上挂着的电话机。“哪里有水？”阿豪将三道门一一关上，问正在拨打电话的秦芳好。

后者指了指通往天井的门，对电话里杀气腾腾地说道：“刘二爷，我是秦芳好，立刻派人去抓令狐少卿，对，抓起来……”

幽暗的天井里，阿豪站在水槽边，将嘴伸在水龙头下，汩汩汩地灌着凉水。他下午从戴夫勒诊所出来，到现在大概有八个小时，期间一滴水都没喝过，喉咙里干涩得快要冒火，如同被十个太阳一起烘烤着。

“妈妈说，喝凉水会肚子疼。”一个女童稚嫩的声音突然响起。

阿豪循声看去，就见在回廊通往二层的木质楼梯上，坐着一个小小的身影。那里背光，他看不清孩子的模样，于是关上水龙头，甩了甩手上的水，走了过去。

“小妹妹，你叫什么名字？”阿豪蹲在楼梯口，温和地看着坐在第二个台阶上的小姑娘。

“一一，第一的一！”小姑娘认真答道，齐眉刘海下，一对黑漆漆、亮闪闪的大眼睛一眨不眨。

“你多大？”

“我六岁了。”

见小姑娘身穿红色棉布睡袍，赤着一双白嫩的小脚，阿豪便猜到这个小家伙是趁大人不注意从床上溜出来的。

他脱下大衣，包裹在小姑娘身上。“一一，你妈妈有没有说过，不穿鞋也要生病？”

小姑娘缩了缩脚，委屈道：“可是，可是，我不想一个人睡觉……”

“一一，你妈妈在哪里？叔叔带你去找好不好？”阿豪摸了摸一一的小脑袋说。

"不！你是臭叔叔……"一一皱着小巧的鼻子说。

阿豪愕然……

"你的衣服好臭……"小姑娘随即嘻嘻笑道："不过，好暖和……"

"现在能告诉叔叔，你妈妈在什么地方吗？"阿豪赧然。

咯咯咯……高跟鞋敲击地板的声音在回廊上响起。阿豪猜到是秦芳好来了，正要起身，却发现小姑娘脸上娇憨可爱的笑容消失了，神情有几分畏怯。

阿豪心里没来由地一疼，伸手握着一一冰凉的小手："一一别怕，叔叔陪你！"

秦芳好在几步外停了下来。"一一，你妈妈呢？"她没有理会阿豪，对坐在楼梯上的小姑娘淡然道。

小姑娘看着自己的膝盖，也不说话，好一会儿才伸出食指，朝天井斜对面指了指。

"丽英！"秦芳好朝那边喊了一声。

很快，随着一阵细碎的脚步声，从对面厅房拐角处转出一个女人的身影。应该是认出了秦芳好，女人加快了脚步，几乎是小跑着来到了回廊下。

"董事长，您怎么……"话说到一半，这位年轻的女佣突然停止用围裙擦拭双手的动作，盯着阿豪身后的小姑娘，惊讶道："一一，你怎么跑出来了？"

说着，她快步走到楼梯前，将小姑娘抱在怀里后才对秦芳好道："对不起董事长，我以为她睡着了……"

"以后注意点。"秦芳好摆摆手，"回屋吧，外边冷，孩子容易着凉。"

"是、是，董事长，我这就回屋给她暖暖……"叫丽英的女佣慌忙抱着一一离开。

"晚安，叔叔！"小姑娘趴在丽英肩头，朝阿豪摆着小手。

"晚安，一一！"阿豪微笑道。

二楼，暗室。"啪"的一声轻响，双色安全灯在黑暗中亮起，发散出诡异的红绿色光芒。

阿豪站在工作台前，一点点将胶卷拉出来。为了不留下指纹，他双手戴着白色薄棉手套。

要在胶卷不曝光的情况下看到里面的内容，必须用上这种专业的安全灯，之后还要用卷胶器将拉出的胶片卷回，复原。

好在秦芳好家里有整套的胶卷冲洗设备，安全灯、卷胶器、放大机、冲洗罐、显影液、漏斗等等，应有尽有。

“不要留下痕迹。”秦芳好一边看向阿豪手中的胶卷，一边将一把卷胶器放在工作台上。

随着手中的胶卷越拉越长，阿豪的脸色越发的难看。他放下手中的胶卷，拿出另一个，迅速在安全灯下扯出胶片。紧接着，他的大脑和手中的胶卷一样——空白一片！

随即，他终于解开了心中的一个疑惑：今天下午，戴夫勒为什么会丢下他们夫妇，独自前往码头。

看着双色灯下的空白胶片，秦芳好心中的失望和沮丧并不比阿豪少上几分。

她今天为了见阿豪，为了这两卷胶卷，差点连命都搭上了，怎能心平气和地接受这样的结果？

眸光中异色一闪而逝，秦芳好淡淡说道：“你饿了吧，我让人给做宵夜。”

夜晚的街道，路灯昏暗，寂静无声。当两名巡警骑着自行车，从宝华路十六号的大门前晃悠悠经过，消失在前方的街口后，在这栋西关大屋一侧的夹巷中，冒出七八道面戴黑布口罩、背负武士短刃的身影来。

西野检查了一下手枪，重新插回腰间。作为忍术高手的他，原本一直不屑于在行动中使用枪支，不过今晚要对付的目标，着实让这位玉川公馆的杀手头目心生忌惮——对方只身袭杀三名全副武装的日本士兵，以及和川崎交手不落下风的战绩，让他今晚不得不带上手枪，以防万一。

当然，不到万不得已，他不打算开枪。这里是富人区，有专设的治安所，一旦响枪，警察在三五分钟内就能赶到。虽然几个中国警察，并不被他看在眼里，但他们今晚要血洗的这座宅邸，其主人的身份非同小可——广州第一大帮派的首领、宪兵司令部的特别顾问——如果在现场露了行迹，会给玉川公馆惹上巨大的麻烦。

因而西野对今晚的行动非常慎重，他原本打算等到后半夜再动手，不过接收到眼线打回的电话后，他改变了计划。那名玉川公馆派来宝华路的监视人员汇报说，秦芳好和疑似段世豪的男子回宝华路十六号后，秦芳好的男保镖黄阿四和女保镖向小影同车离开了。

西野虽然猜不到秦芳好这对二十四小时不离身边的男女保镖，为什么会双双离开，但这个意外的发生，对他们今晚的行动来说，无疑十分有利。

西野朝一众手下打出“开始行动”的手势后，两名杀手迅速在墙根下搭好手架，另一名身材瘦小的杀手，助跑两步，单脚在同伴的手架上一蹬，人高高蹿起，攀上四米高的墙头，翻过上方的青砖护栏，跳进黑漆漆的露台。此人一连串动作迅捷而无声，如夜行的猫科动物，显然是名翻墙入户的好手。

两个月前那次对秦芳好的暗杀行动，虽然最后时刻被玉川秀雄中止，但通过前期的踩点调查，玉川公馆的杀手们对这座府邸的结构、布局以及人员情况有着相当的了解——

他们曾秘密胁持一名秦宅的女佣，从对方口中逼问出了不少情报，如：在这座两进宅邸里，通常有七人居住；一男两女三个下人，再加一个小女孩，都住在后庭的三间偏房里；秦芳好和她贴身的女保镖的卧室，以及两间客房在前庭的二楼上，男保镖则住在楼下。

小个子杀手一翻上露台，径直摸到通往楼里的一道小门前。他先贴耳在门上听了听，门后很安静，门缝里亦没有光亮透出。于是杀手取出随身携带的“问外”——一把20厘米长短的纤薄的铁钩——插进门缝，钩拨门闩。

十秒钟后，杀手感觉门闩已被打开，于是回到露台护栏边，解下斜挎在肩上的一圈粗麻绳，将麻绳一头绑在结实护栏上，扔了下去。

西野拽着麻绳飞快地攀上露台。然而就在此时，露台上的一扇窗户里亮起了灯光，他立刻朝下方的杀手们打出暂停的手势，迅速靠在窗户一侧的墙上，藏匿身形。与此同时，先上来的那名杀手也将自己隐藏在了露台阴暗的角落里。

窗户被人推开。西野屏住呼吸，右手悄然从腰间的镖囊里取出十字镖。这种淬有强烈麻醉性神经毒素的忍者镖，可以在两秒钟内让中镖的人失去意识，是他们今晚行动最理想的攻击武器。

秦芳好站在窗前，看着外面黑沉沉的夜空，神情复杂。她掏出一支烟点上，深深吸了一口后，徐徐吐出一股青烟……

感觉屋里很安静，西野对角落里的杀手打出手势，准备动手。

“明天……用你的车送我去趟沙面。”就在这时，一个男子的声音突然传出。西野暗惊，停止了动作。

屋里，阿豪捧起桌上的一大碗面，狼吞虎咽起来。今天，他只在早餐时吃了一小块面包。

秦芳好闻言身子微微一颤，随即掐灭了烟，关上窗户，转身问道：“去干什么？”

“拿回真的胶卷。”

“你不是说戴夫勒已经失踪了吗？”秦芳好略一思忖，揣度道，“除非……你知道他的下落？”

“我不知道……”阿豪喝了口面汤说，“但有人能找到他。”

“谁？”

“明天你就知道了。”

秦芳好眸光急速闪烁，看到阿豪将一大碗面吃得干干净净，遂归于平静。“那好，就等明天……你今晚睡个好觉。”她在面里下了安眠药，有足够的时间做出决定，不用急于现在。

窗外，西野将屋里的对话尽数听在耳里，脸色数变。最后，他朝对面角落打出撤离的手势。拿到胶卷，是今晚杀戮的前提。而且，那名知道戴夫勒下落的人，还需要阿豪替他们找出来。

“明天，”煤油灯下，平安药房的年轻伙计小声而坚定地说到，“我明天一早就出发，争取三天内赶到大岭山根据地。东江特委有电台，可以将情报迅速发回南委机关。”

狭小的房间里，老吴眉头紧锁，来回踱步。这几个月来，一直横梗在他心中的隐忧——在广州联络站的电台修好之前，有紧急且重大的情报需要发回南委——今晚已成事实。

在只能依靠人力传递情报的条件下，前往两百公里外的大岭山抗日游击根据地，通过电台和南委联络，当然比直接将情报送到三百公里外、设在粤北曲江的南委机关更加高效——至少能快上一天的时间。

“不，”思虑片刻后，老吴否定了小武的提议，“明天你还有我，都不能离开广州，药铺也要继续营业，一切照常。”他接着解释道，‘冰山’同志的判断是正确的，这份情报的来源非常可疑，很可能是敌人的阴谋。我们现在应该被盯上了，任何异动都是危险的。”

“那谁去传递情报？俊生吗？”小武猜测道。广州联络站只有三个人，他、老吴和陈俊生。

“不行，”不等老吴回答，小武摇头又道，“俊生不是这条线上的人，他没有跟游击队那边联络过，去了反而误事。”

“俊生也离不开。”老吴说，“他在执行另外的任务，短时间里不能和我们联系。”

“那怎么办？”小武焦急道，“你刚才还说，这份情报关系到整个南委的安危，紧迫至极！早一分钟，或晚一分钟将情报送到南委，结局或许是天堂和地狱的差别。不是吗？”

“是。”老吴道，“‘冰山’同志前不久才和方书记见过面，知道南委近期的一些内部消息，所以我相信他对情报真实性的判断。不然，他不会明知这是敌人的圈套，仍然冒着巨大的风险，连夜通知我们。”

“吴启明同志，”小武的眼神渐渐锐利起来，“你曾经告诉我，要革命，要抗日，就不能怕苦、怕累、怕死。今天你怎么了？既然情报是真实的，难道因为有危险，我们就要放弃这次传递吗？”

老吴怔了怔，旋即明白小武误会了自己，无奈一笑：“情报的事你不用担心，我明天会发出去。”

“你有别的渠道？”小武双眼一亮。

老吴点点头，再次严肃起来。“我最担忧的，不是我们的安全。如果牺牲你我能拯救南委，我愿引颈就戮，相信小武你亦如此。”

小武默然点头，神情坚毅。

老吴接着道：“之前我说的危险，并不仅仅指我们，更主要是为‘冰山’同志的安全考虑。近期特高课一直在调查他，今晚对方抛出这份极其重大的情报，目的是什么？这个阴谋针对的是谁？现在你应该清楚了。所以，我们要做的，除了将这份情报传回去，还要确保‘冰山’同志身份不会暴露，至少不会因为我们而暴露。”

“小武，我们即将面对一场严峻、残酷的考验。在这之前，我必须郑重提醒你，‘冰山’同志在组织内部的保密级别非常高，如果不是今晚事发突然，情况特殊，你或许永远不会知道他的存在。同时，‘冰山’同志某种程度地掌握着南委的金融命脉，建立、管控着海外物资输送进来的重要渠道，是我们在经济战线上不可或缺的一位同志。你明白了吗，武长顺同志？”

“吴启明同志，”小武从板凳上站起，无比郑重地说：“你是我的入党介绍人，请相信我的党性！”

时间：第五日

在秦芳好家二楼的客房里，阿豪身着一套“和平建国军”少校军服，站在穿衣镜前。他昨晚睡得很沉，一觉到天亮，不像前几夜，一只老鼠从房间穿过都会被惊醒。睡得好，自然精神饱满、双目亮而有神，整个人一扫昨日的疲态。

不过，看着镜子里面那个脸上敷粉，上唇多了两撇八字胡，左边颧骨上“长”了颗豆大黑痦子的家伙，阿豪心里多少有些别扭。

“你运气不错，和这混蛋的身形、相貌有几分相似……”秦芳好将阿豪从镜子前拽着转过身，一边用眉笔帮他勾勒眉毛，一边轻蔑地介绍着这身军服的原主人，“南京参谋部的一个军需处长，来广州出差。他还以为自己多不得了呢，也不看看这是谁的地盘……”

原来，这个“和平建国军”少校的身份倒不是秦芳好编出来的。只不过本人现在被关在刘二杆子堂口的一家赌场里。原因很简单，这家伙昨天中午喝多了，在赌场耍酒疯，输了不认账不说还大打出手，结果被刘二杆子的人在赌场外打了闷棍，关了起来，说等秦芳好发落。秦芳好昨天下午约阿豪见面，一时把这事忘了，后面想起这个家伙证件上的照片和阿豪的脸型有几分相似，于是借了来用。

在秦芳好精心的修饰下，阿豪锋利如刀的眉峰变得圆润起来，双眉间的距离比之前短了些。仅是眉形的细微改变，就让他整个人气质都有了不小的变化——少了几分硬朗、疏阔，多了些阴柔、狠狭。

秦芳好放下眉笔，拿出一副金丝边眼镜架在阿豪的鼻梁上，端详几秒后露出满意的表情。

“你自己看。”她坐到边上的圆桌旁，从桌上拿起一张证件扔给阿豪。

这是张由日本南支那派遣军司令部签发的“特许通行证”。阿豪接过后打开看了看，里面有持证人的照片、姓名、行程、时间等信息，还加盖了日本华南派遣军司令官田中久一的人名章。

“皇浦杰。”阿豪扫了一眼这个倒霉蛋的名字，问：“有麻烦吗？”他不想节外生枝，一名少校军官失踪，而且还是军需官，无论在哪里都不是小事。

秦芳好给自己倒了杯茶，轻轻啜了一小口，才朝桌上的棕色公文包努努嘴，道：“身份证件、出差公文都在里面，应付一般的检查足够了。刘二他们也打探过，这人昨天刚到广州，一个人，住在新华大酒店。他第一次来广州，也不认识什么人，失踪个三五天应该没什么问题。那时，你的事也办完了不是？能有什么麻烦？倒是你脖子下面的疤……”

说到这里，她重又起身走到阿豪身边，翻开他的衣领，轻轻摩挲着，“时间太紧，来不及处理……”

微凉、滑腻的手指触摸过的肌肤泛起阵阵的酥麻的感觉，仿佛有微小的电流经过；女人清新中带着淡淡体香的味道，丝丝缕缕在鼻端萦绕，好似要勾起某种男性原始的反应。阿豪有了短暂的恍惚，低头看着给自己整理衣领的女人。

上午明媚的阳光，从窗外洒进来，照在秦芳好姣美的面庞上。她此刻的眉宇间，有着淡淡忧色，红唇弥动，像是一名温婉的妻子正在叮嘱即将出门的丈夫。

“你也不用太担心，坐我的车很安全……”秦芳好抬头看着阿豪的双眼，笑容妩媚。

这一瞬间，阿豪突然有种将面前这具娇俏的身躯拥在怀里的冲动。好在门外及时传来的敲门声，让他从迷离中清醒过来，尴尬地松开不知不觉间已搂在女人纤腰上的双手。

“进来！”秦芳好道，双颊上的红晕飞快散去。

黄阿四应声推门而入，完全没有感受到房间里的异样气氛。

“你们看。”他将卷在手里的一份报纸打开，放在桌上。在这份《新民日报》的第二版上，一张通缉令占了四分之一的版面。

尽管对此早有心理准备，但此刻看到报纸上自己的头像以及“通缉令”上的悬赏金额，阿豪的心仍不由地一沉——他没想到日本人对自己如此“重视”。

阿豪还记得，前年的时候，一名中国厨师，一顿饭毒死了白云机场日军守备队十几名士兵，而后宪兵司令部对其的通缉悬赏，也不过五千日元，可他呢？

“哇，三万，不是军票，是日元！”秦芳好小声惊呼，一脸夸张表情，“你好值钱，比桥本还贵一万。”

“这是日本人至今开出的最高赏格。”黄阿四凝重的语气，破坏了秦芳好刚刚营造出来的一点轻松气氛，他指着报纸上的一行字说，“你们看罪名是什么？”

阿豪目光一凝，秦芳好则小声念了出来：“入户抢劫、杀人、强奸……西关六一五灭门惨案凶手……”

这桩发生在半年前的灭门惨案，广州城几乎无人不知，至今还时常能在酒桌茶肆上听到人们的议论——

今年六月十五日中午，凶手趁着人们午睡，潜入西关一位吴姓富商的宅邸，先后杀害男女主人、他们七岁的男孩、两名下人和一名司机，共六人；而后凶手还打开了主人书房的保险柜，将里面的金银、珠宝和现金洗劫了个干净后逃之夭夭。而且，据案发后警方的现场调查和尸检报告显示，年轻的女主人在死前还遭到了强奸。

在日本人控制的这几年，广州城里三天两头都有人横尸街头，或浮殍江中，人们对死人的反应已经相当麻木了。而这件案子之所以过去半年了，人们仍难以忘记，除了案情本身的血腥程度（全部六人皆被利刃割喉）、凶手的惨无人道（连七岁的孩童都不放过）足够耸人听闻令人印象深刻之外，当时各大报纸连篇累牍、猎奇似的报道更是主要原因——

这些文章大多是“赤裸女尸的真实身份”“情杀？仇杀？”“羊城再现‘武二郎血溅鸳鸯楼’”“巨额财富去向成谜？”……这类引人无限遐想的标题，让市民对这桩令警察局和宪兵队焦头烂额的案件保持着持久的热度。

阿豪甚至记得，在那段时间，连一向懒散的虾仔都突然有了工作积极性，巡街时打了鸡血似的，恨不得将所有过往的男人都截下来盘查一番。

“你小子到底在搞什么鬼？”

“巨额财富啊大哥！抓住那凶手，咱兄弟不就发了吗？发大了……不过，咱不能先带回局里，要秘密拷打、审讯……”虾仔回答时那神秘、兴奋，还带着几分狰狞的表情，让他不寒而栗。

“还真够恶毒的……”秦芳好从报纸上收回视线，看向阿豪，眼里有着深深的忧虑，“杀日本士兵，在国人眼里你是反抗侵略者的英雄、好汉，赏金虽高，想要出卖你的人不会太多，良心这一关不好过。可如果你是个奸杀中国妇女、连七岁孩童都不放过的穷凶极恶之徒……三万日元，再加传闻中的巨额财物，会让你无所遁形。”

阿豪的脸色已黑如锅底，他何尝不明白日本人这样做的险恶用心——这是要让他成为广州人的“公敌”，千夫所指、寸步难行。

“我能怎样？”旋即他苦涩一笑，“总不能去登报澄清事实吧？”

秦芳好看了黄阿四一眼，后者会意，退出了房间。

“你能不逞英雄吗？”秦芳好柔声道，“阿豪，你现在的处境比之前凶险十倍不止……再考虑一下我的建议，你不要露面，把你知道的都告诉我，剩下的事我来办。你放心，既然我已答应了你，事后一定会保住那个女人，无论我有多不喜欢她。这也是你最在乎的，不是吗？请考虑好再回答。”她顿了顿，补充道，“阿豪，你一个人，对抗不了整座城市！”

女人爱怜而忧虑的眸光，恳切到近乎哀求的口吻，让阿豪坚固的心防有了松动的迹象，尤其是秦芳好最后这句话，如一把巨锤砸在他的心上。

是啊，从今天开始，除了军警特宪，广州六十万国人或为正义或因金钱，都将成为他的敌人。全城皆敌，以他一人之力别说对抗，就连找一处藏身之所都非常困难。而秦芳好不仅有军统背景，还是广州第一大帮派的魁首，又有宪兵司令部这座强大到令人生畏的靠山，其拥有的势力和各种资源，非他这种小人物能望其项背。

然而，要借助秦芳好的力量，他必须亮出“底牌”，还是一张他尚未抓到手中的“底牌”。

最终，阿豪摇了摇头：“有些事，必须自己去做。”

他怎能将救妻子的最后希望，寄托在一个功利、善变，为达目的不择手段的女人的口头保证上？

秦芳好失望地叹了口气：“好吧，我让阿四开车送你。他是非常好的帮手。”

阿豪点头：“我的确需要他的帮助。”

与此同时，在玉川秀雄面前的矮几上，同样放着一张《新民日报》。他盘腿而坐，盯着报纸第二版上的“通缉令”，思忖着说道：“‘六一五西关惨案’凶手……段世豪的时间不多了……”

打横坐在一边的高桥满伸长脖子看了一眼报纸，挠挠头，一脸疑惑，对坐在玉川秀雄对面的西野道：“西关惨案……这不是你干的好事吗？”

“闭嘴。”玉川秀雄呵斥完这个没脑子的家伙后，对西野道：“之前的计划要调整。既然胶卷不在他手上，就没必要留活口。通知川崎，不，你亲自去沙面主持行动，段世豪一露面，立刻干掉，不能让他活着离开。”

“你担心戴夫勒还向他透露过别的秘密？”西野道。

玉川秀雄点点头：“在胶卷的事上，医生欺骗了我们，所以，他其他的话都不可信。不能让段世豪落在宪兵队手里。”

“不等他和那人见面吗？”西野道，“知道戴夫勒下落的人同样是隐患，必须找出来除掉。”

玉川秀雄讥讽地笑了笑：“我大致能猜到他说的那人是谁。如果我是段世豪，也会从这人身上去找医生藏身的线索。”

“谁？”西野疑惑道。

“和段世豪、医生有共同交集的朋友，在沙面有能力庇护戴夫勒安全的人。”玉川秀雄道。

西野皱眉思索。

“段世豪要找的那人在什么地方？”玉川秀雄问。

“沙面。”西野道。

“段世豪的妻子，是谁开车和医生一起去东山堂接到沙面的？”

“威尔逊治安官。”

“那么，他们三人应该算是朋友了，一起干过坏事的朋友。”玉川秀雄道。

西野点头。

“昨天下午医生离开诊所用的什么借口，他对段世豪怎么说的？”玉川秀雄又问。

“出诊，治安官的妻子摔伤了。”

“现在明白了吗？”

“明白。”西野道，“那需要将威尔逊一起除掉吗？他或许知道些什么不该知道的。”

“不不不，西野君，治安官是无辜的，他什么都不知道。”玉川秀雄神秘地笑了笑，随即森然说道，“去吧，如果我的推测没有错，就干掉段世豪，以绝后患。”

“是。”

正当午时，位于靖海路中段的莲香茶楼食客云集、人声鼎沸；跑堂的小二、迎客的伙计个个忙得脚不沾地。

老吴如往常来这吃饭时一般，脸上挂着闲适的微笑，缓步走进茶楼的大门。

一名伙计立刻笑脸相迎：“吴老板来了，楼上请。”

“不用管我，招呼别的客人去。”老吴朝这名相熟的伙计摆了摆手后，轻提长袍下摆，登上通往二楼的楼梯。

他是这里的常客。莲香茶楼离平安药铺不过三里多路，他隔三岔五就来这里吃上一顿，和这里的老板、店员们相当熟稔。

当然，老吴今天来这里自然不是为了满足口腹之欲，品尝莲香楼远近闻名的烧腊、蒸包、艇仔粥等等美食，而是为了摆脱敌特的跟踪。

他昨晚近乎一夜未眠，在脑中一遍遍思虑、斟酌今天行动的每一个环节，仅是行动的第一步——前往莲香茶楼——的时间选择上，便权衡、反复过多次。

最终他选择了中午，而不是早上。一来，中午在莲香楼用餐的客人比早茶时多，经常会出现满座的情况——人越多越利于他摆脱跟踪者；二来，到莲香楼吃午餐更符合他的日常习惯，而不是早茶。效率和安全，他必须兼顾。因而，尽管心急如焚，想要尽早将消息发回南委，老吴今天仍然如往常一样，七点钟开铺子营业，煎熬过了整个上午，才不紧不慢来到这里。

二楼同样闹闹哄哄的，两侧的隔间和堂中的卡座几乎满座。客人们吃喝聊侃、大呼小喝，几个伙计不停上菜倒茶、穿梭往来……

老吴在楼梯口顿了顿，自然而快速地用眼角余光回瞥了一眼下方——两道身影，堪堪走进大堂门口。

老吴陡然加快脚步，穿过卡座间的通道，拐进厨房。他对里面几个厨子拱拱手，嘴里打着哈哈，说了句“没位置等不及了下次再来”便从厨房另一头专供店员出入的后门离开。厨子们正忙碌着，见是熟客，也不在意，没人多说什么。

当老吴从厨房后门出来，顺着靠墙的旋梯下到茶楼的后院时，两名从平安药房一路跟踪而来的特高课便衣，正阴沉着脸，在二楼一个隔间一个隔间地找寻他们这次的监视目标……

莲香茶楼的背后，是一片杂乱而密集的民居。老吴显然对这一带相当熟悉，从茶楼后院的小门出来后，在狭窄、曲折的巷子里三转两拐便消失了身影。

一刻钟后，老吴从这片民居的一处巷口走出，站在长堤大马路的街边。他隐秘地观察了一遍四周，确定没有可疑之人后，钻进了一家名为“逍遥池”的浴室。

第十一章　自投罗网

黑色福特轿车里，黄阿四再次抬腕看表，他已在沙面英军巡捕房外等了近一个小时。尽管阿豪下车前说过，他这次拜访威尔逊治安官可能需要一到两个小时的时间，但平常最不缺乏耐心的黄阿四，今天却莫名感到阵阵烦躁。他也察觉到了自己的这种异常情绪，觉得应该是和一名甲级通缉犯在一起的原因。可这种解释，放在一名经过严格训练、深入敌后的行动特工身上，是相当勉强的。

事实上，如果黄阿四此刻拿着望远镜，朝他九点钟方向的斜上方看，就会知道心中那股烦躁的真正来源——在150米外的一栋居民楼楼顶，一把德军制式狙击步枪正瞄着他的头部。

楼顶上，石川浩二看着瞄准镜，缓缓将98K毛瑟狙击枪的枪口从黄阿四的头部移开，重又对准英军巡捕房的大门。他的目标是段世豪，而不是那名司机。只不过在无聊的等待期间，他很享受将一个个陌生的生命，放在瞄准镜十字准星中，化身为“神”的感觉——食指轻轻一勾，嘭，头颅爆开！

150米、微风，今次的射击条件相当不错，他想，自己应该只需要开上一枪，就可以迅速撤离了。

这时，从巡捕房里闪出两道制服身影，石川浩二脑中的杂念迅速清空，只剩下西野组长对目标的描述：身高180厘米，身着和平建国军少校军服，中国人。符合这三点的人，就是即将死在他枪下的第十七个狙击目标。

徐徐呼出肺部的空气，石川浩二看着瞄准镜，将十字准星从那名身材高大雄壮、留着浓密的络腮胡子的白人警察脸上移开，对准他旁边的那道身影，食指轻轻搭在了扳机上……

"威尔逊……"轿车里，黄阿四看着巡捕房大门口，眉头皱起。他虽然没有和这名英租界治安官打过交道，但远远见过几次，对方的身材和相貌给他留下了深刻的印象，因而一眼便认了出来。

西野站在街角的电话亭里，看着和同伴有说有笑走出巡捕房的威尔逊，同样皱起了眉头。

为了监控阿豪今天在沙面的行踪，他做足了准备。这座人工小岛总共只有大小八条街道，每处街头巷尾他都安排了精干人手，确保目标不会丢失。而杀人的方式，因忌惮目标惊人的身手，西野放弃忍者式的冷兵器刺杀，选择了枪械。为此他准备了两套方案：

一是远距离狙杀。如果能实施，最为理想。毕竟这里是英法租界，远程狙击有利于枪手撤离，除了弹壳，不会留下更多的线索。

因此，当玉川秀雄的推测得到证实——阿豪一进入沙面便直奔英军巡捕房，西野便立刻让石川浩二前往狙击点，待阿豪走出巡捕房，一枪将其毙命。

第二方案是近距离射杀。如果远程狙击因某种原因失败，两名他带来的死士便会贴近目标开枪射击。总之，不能让阿豪再活着离开。

不过此刻，西野的心理和黄阿四一样，有些烦躁——威尔逊已经去享受午餐了，而阿豪却迟迟没有从巡捕房里出来。

一个小时了，那个家伙在里面干什么？西野隐隐感觉这次任务有了失败的迹象……

黄阿四看着威尔逊和他的白人同伴，一起走进街对面的西餐厅，脸色越来越阴沉。

"妈的，被这家伙耍了！"他推门下车，大步朝街角的电话亭走去。虽然有些丢人，但必须尽快向秦芳好汇报。

电话亭里，西野看到黄阿四朝这里走来，迅速推门而出，转过街角，朝停在街边的本田轿车走去。

黄阿四看着西野匆匆离开的背影，心中一动，此人应该在哪里见过。他稍一犹豫，快步跟上，在街口拐角处探出头飞快地看了一眼。

黑色丰田轿车！黄阿四想起来了，一小时前他开车驶下英格兰桥时，看见这辆车停在屈臣氏大药房的门口，当时，这名穿深灰色西服的亚洲男子，正坐在副驾驶位置上看报纸。

“段世豪，你混蛋！”黄阿四转身走回电话亭时再次咒骂，“拿老子当幌子，也他妈不先说一声。”

事实的确如此——阿豪欺骗、利用了这位军统特工。尽管他不知道自己今天的动向已被玉川公馆获知，对方会派出杀手，准备当街枪杀自己，但他深知自己目前的处境有多么险恶——这座城里的每一个人，包括曾经的朋友、伙伴，都可能变成敌人——他只有单独行动，不让任何人预判到或掌握自己的行踪，才能在秦芳好口中的这场所谓“一个人对抗整座城市”的较量中，争取到最低程度的安全保障，以及获得几分不对称的主动性优势。因而在阿豪的计划中，今天行动的第一步，便是摆脱黄阿四。如果不是进入沙面需要秦芳好的轿车掩护，他根本不会告诉对方自己今天的目的地，以及接受她派来的这个帮手。

然而，沙面岛太小，想要摆脱明里（黄阿四）、暗里（不可预知又无处不在）的视线极为困难。最终，他想到了英国治安官威尔逊。

事实上，阿豪从未和这位英国治安官照过面，今天来这里也并非如玉川秀雄猜测的那样，是要从威尔逊那里打听戴夫勒的下落。一进巡捕房，他便直接去了一楼的厕所，而不是治安官的办公室。三分钟后，他找了个无人的机会，从厕所的后窗翻了出去。

阿豪对这里并不陌生，他之前当差的黄沙警察分局和沙面仅隔着一条沙基涌，双方免不了有警务工作方面的往来。阿豪来过两次英军巡捕房，知道这里的厕所后面，隔着一道两米高的铁栅栏，便是皇后花园。而穿过这条东西狭长、草木繁茂的花园，就到了沙面码头。

阿豪今天真正要去的地方，就在码头的边上。此刻，他已看到老船长酒吧最醒目的标志——屋顶立着的那支巨大的铁锚。

“警察局刚才送来的……”特高三课课长办公室里，小泽原将一份档案交给办公桌后的玉川云子，“平安药房已开办两年多，老板吴启明是广东清远人，去年年底丧偶，至今未续娶……伙计武长顺是吴启明的老乡，一直跟着他……仅从档案上看不出异常。”

“现在人呢，有什么动向。”玉川云子一边看着带有老吴照片的档案，一边问道。

“戊班之前报告，吴启明半小时前离开了药铺，林谷的手下正在跟踪。武长顺留在药铺，暂时没有异动。”

特高三课又分为甲、乙、丙、丁、戊等五个班，各司其职。其中戊班专门负责行动，成员皆是跟踪、监视、刺杀、抓捕等行动方面的专家、好手。

这时，戊班班长林谷匆匆走进，脸色铁青，报告道：“课长、小泽副课长，目标摆脱了我们的跟踪。”

“什么？吴启明跑了？”小泽原厉色道，“什么时间、地点？”

“五分钟前，靖海路，莲香茶楼。当时用餐客人很多……”林谷简要地将手下在电话里向他汇报的情况说了一遍。

“总算有所收获。”女课长静静听完，淡淡说道，脸上没有林谷想象中的怒意，反而嘴角带笑。

“收获？”林谷一怔，人没抓住能有什么收获？

“你派去跟踪的人是新手？”玉川云子问。

林谷摇头：“两人都是经验丰富的特工。”

“一个普通的药铺掌柜，能发现专业特工的跟踪，能从他们的眼皮底下逃脱吗？还有，他为什么要逃走？”女课长继续质问。

“的确有收获。”小泽原道，“不过这只能证明吴启明有问题。我们没抓到人，没有确凿的证据，仍然不能动樊兴业。”

“逻辑也是一种证据。”玉川云子道，“反谍不是破案，一旦怀疑，就要立刻动手，刑讯会让你得到一切想要的东西，包括证据。”

林谷附和道：“只要人到了我们手里，没有撬不开的嘴！”

玉川云子道：“当然，樊兴业身份特殊，我们很多手段不能动用。但吴启明的可疑行为，让我们有了延长对樊兴业的调查时间，禁止他们父子离开广州的理由，相信司令官阁下会批准。”

“是。”小泽原道，“我马上写报告申请。”

“平安药房肯定有问题。”玉川云子从椅子上站起，对林谷命令道，“搜查药铺，将那名伙计抓回来严审，一旦拿到口供，我们立即对樊兴业父子动手。”

“是。”林谷快步离开。

时隔一个小时，老吴再次出现在靖海路时，从头到脚都换了身行头——之前头上戴的绍兴船形乌毡帽、身上穿的中式长袍和脚上的圆口棉布鞋，改成了洋派的圆边礼帽、深灰色西装和三接头牛皮鞋。

除此之外，他还修了面，刮光了下巴上的花白短须，戴上一副时髦的墨镜，整个人比之前年轻、洋派了许多。

这一切都是在“逍遥池”完成的。他是那里的老顾客，在浴室的更衣间有自己专用的储物柜。此刻这一身穿戴，早前便存放在储物柜里，以备不时之需。

老吴警惕而隐秘地观察了一遍四周，再次确定没有可疑之人后，快步穿过街道，走进靖海路上最宏伟的建筑——五层高的广州电报电话大楼。

电报大楼三层是业务大厅。进门的右手边，靠墙摆着一溜涂着绿漆的长条木椅，供等候发报的客人休息。长条椅对面，是一排齐胸高的深棕色木质柜台。柜台上方的栅栏上，从左到右分别挂着白底黑字、写着“登记”“审核”“计费”“收发”的木头牌子，示意不同的办理窗口。

老吴进门后四下扫了几眼，大厅没几个人，应该是下午刚营业的原因。长条椅子上，隔着很开坐着两名中年男子，各自看着手中的报纸；长条椅的另一端，一名戴眼镜的西装男子，站在远端的窗户前，对着外面抽烟；“计费”窗口前，一个长衫男子正弓着身，对里面的人小声说着什么……

收回视线，老吴走到“登记”窗口，从怀里掏出一本巴掌大小、草绿色封皮的“国民手账”——也就是老百姓口中的“良民证”，递了进去。

“谢谢！我要发报。”他弯腰点头，对里面坐着的那名身着深色制服，梳中分头，面皮白净的青年男子说。

中分头瞥了老吴一眼，接过证件，一边翻看一边问道：“发哪里啊？上海、南京还是香港、澳门？”

自日军占领广州后，广州的电信业同其他行业一样，遭到了极大的破坏。加之日本占领军的有意管控，国民政府交通部曾经在广州开通的港、澳、台、南洋和海口、上海、南京、汕头等十几条商业短波无线电电路，如今只剩下上海、香港和南京、澳门这四条。

“香港，皇后大道中31号，普济大药行。”老吴回道。这是八路军驻香港办事处的一个秘密联络点，以批发兼零售药品为掩护。

听到是给香港发报，中分头也不觉得有什么异常。广州和香港的商贸往来历来密切。尤其是日军占领广州后，本地大量的民族企业或者外迁或者被毁，很多基本民生用品，如药品、煤油、棉布、水泥、火柴等等都需要从香港、南洋等地进口才能满足基本的需求，使得两地间的商贸关系之紧密更胜从前，相互间的电报往来自然也是越加频密。

中分头看了看国民手账上的照片又抬头盯了几眼老吴，例行公事地核对起信息："姓名？"

"黎海昌。"老吴随口回答。

"年龄？"

"现年 52 岁。"

"住址？"

"上九铺路甲 17 号。"

"职业？"

"恒昌公司襄理。"

……

中分头拿起放大镜，仔细核对了国民手账上照片一角印着的那枚"广州省会公安局"的圆形骑缝章，和右下角日本宪兵司令长官原田的方形人名章后，将证件扔出窗口。

"登记，"随后他递出一本登记簿，"发报人的姓名、地址和对方的都写清楚。"接着，他又扔出两张电报纸，"电报内容写上，一式两份。"

"货讫。另，转告方老板，郭黄染恶疾，速通知家里人！"老吴掏出自来水笔，"唰唰唰"将早已想好的这句话分别写在了两张电报纸上。他相信，清楚自己身份的普济大药行老板刘东延，看到这封电报后不难猜出自己的用意。

整个南方局只有一个"方老板"——南委书记方方。即便刘东延不知道郭黄是谁，但"染恶疾"在暗喻什么，肯定心中了然。加上自己突然用这种非常规的方式同他联络，本身就传递出一个事态紧急的讯号，对方必然会在第一时间将这封电报的内容发送给南委。

而方书记，当然比谁都清楚郭、黄二人指的是谁。他本来就是因为怀疑江西省委那边有问题，才派这两人秘密前往调查，自然明白他们"染恶疾"

意味着发生了什么。

当然，老吴同样知道，如果追踪自己的特务看到这份电报上的内容，肯定不会像现在正坐在“审核”窗口后那位一脸严肃的眼镜男子那样，随口问上两句，就盖上代表通过审核的小方戳。

在训练有素的特务们眼里，这段普通、正常的电文，由一名共产党嫌疑犯发出就绝不普通和正常。其中所表达的意思，直白的就像评书里那些江湖好汉嘴里的“点子扎手、风紧扯呼……”这类谁都明白的黑话。

半小时后，老吴走出电报大楼时，才察觉到自己后背已被汗水浸湿，冷风一吹，泛起阵阵寒意。之前在这栋楼里的每一秒钟，对他来说都是那样地漫长而让人窒息。大厅门口每出现的一道人影，都会让他本就紧绷着的神经再次拉伸、战栗，仿佛随时会发出琴弦崩断时的轻响。

毕竟，雄踞在靖海路南口的电报大楼如此的醒目，敏感的“电报”两个字有可能给追踪他的两个特务某种提醒——如果他们还在这附近锲而不舍搜寻自己的话。

他知道自己此行冒着何种巨大的风险——一旦那两名跟踪自己的特务找到这里，他非但不能及时给南委发出示警，还将间接暴露樊兴业的身份以及香港八办的秘密联络点——“普济大药行”。

好在电报已经发出，他担心的最坏的情形没有出现。现在，远在粤北的南委或许会因为这份他及时发出的电报化险为夷，但身处广州的他和樊兴业面临的危机却并没有解除，反而更为凶险莫测……

在“老船长”酒吧的后门边，靠墙有一道通往二楼的铁梯。如果不是来这里喝酒的客人，通常都会安静地从后门进来，登上这道铁梯，进入一间宽大且光线昏暗的房间。

此刻，阿豪便站在这间小型仓库兼办公室里，双手高举——他后背上顶着一杆枪管乌黑发亮的双筒猎枪，拿枪的是名身材高大结实、脸上有一道丑陋刀疤的黑人男子。

当然，他目前的处境，完全是自己造成的——为了避开酒吧喧闹的大厅，他选择从酒吧后院翻墙而入，结果被酒吧后门的看守抓个正着。

“我说老巴迪……”阿豪咳嗽两声，对前方阴影中的大块头说道，“你就不怕被烟呛死？”空气中浓郁的雪茄烟雾，让他有些受不了。

“呃……”一个浊重而悠长的饱嗝声，从阿豪对面的办公桌后传出。一位体型肥硕，正在专注用餐的白人男子，将光秃秃的脑袋从银质餐盘上抬起，不舍地看着左手叉子上那块鸡蛋大小、油汪汪的牛肉。他放下右手握着的餐刀，抚摸着敞开的皮大衣下、被紫色羊毛开衫裹着的滚圆肚皮。再次打了个嗝后，他还是将叉子上的牛肉塞进了嘴里。

“小威廉……浪费食物……是可耻的……”老巴迪一边用力地咀嚼，一边用古怪但让人能勉强听懂的汉语咕哝着。

“You're right，my great boss.”站在边上伺候的华裔男子立刻谄媚地迎合。他先说英文，接着用汉语逐字逐句重复了一遍，“您，说得，太正确了，我，伟大的，老板！Right——正确，Great——伟大……”

“喂哒、喂大……的我！”老巴迪用力咽下口中的牛肉后学道。

“古德古德！”这位侍者兼汉语老师一边点头称赞，一边将手臂上搭着的白色餐巾递给他的老板。

这个三十来岁，身材干瘦的家伙，穿着件皱皱巴巴的灰色西服，中分头下那张惨白的脸上戴着厚厚的近视眼镜。他总是微微前倾着上身，一副随时准备弯腰行礼的谦卑样子。

老巴迪先将沾满油渍的双手在边上的报纸上擦了擦，才接过餐巾。胡乱地抹了把嘴后，他把餐巾扔在桌上，顺手端起桌上装着褐色液体的平底玻璃杯，仰头将大半杯威士忌倒进嘴里，咂巴了一下嘴，发出一声满足的呻吟……至此，这位“老船长”酒吧老板兼黑市大佬，终于完成了长达一个半小时的午餐。

他双手撑着桌沿，在屁股下那张高靠背皮椅吱吱咔咔的舒展声中，费劲地站起身，又从边上的青铜烟灰缸上，拿起一根袅袅冒烟、比成人大拇指还粗上一圈的雪茄，塞在嘴里，这才绕过宽大的办公桌，蹒跚地走向阿豪。叫王威廉的侍者，忙双手捧着烟灰缸跟在后面。

阿豪看着左腿有些微跛的高大胖子，眼里闪过一丝怜悯，尽管对方朝他瞪圆了一对灰蓝色眼珠子，神情凶恶得能吓哭小孩。

这位前英国军舰上的大厨，凑到阿豪面前，伸手将他鼻梁上眼镜、嘴上的两撇胡须一一取下后，忍不住咧嘴大笑起来，“哈哈……你要参加化装舞会吗？”

“算是吧……”阿豪同样咧嘴一笑，“还需要几样道具……”

不等他把话说完，老巴迪突然对他喷出一口浓浓的烟雾。

“你……”猝不及防下，阿豪被喷了一脸，在对方得意的大笑声中，捂着口鼻，一通猛咳。

恶作剧后，老巴迪朝他的黑人保镖摆了摆手，后者这才将举着的枪放下。

“来吧，亲爱的豪……”老巴迪亲热地拍了拍阿豪的肩，走到靠墙一排两米来高的储物架前，手伸进其中一个格子里，摸索着打开了某个机关，然后哗哗啦啦朝左推开半边储物架，露出后面黑漆漆的，两米来宽、一人多高的圆拱形门洞。

“欢迎来到……应有尽有的‘老巴迪杂货铺’！他上前拉了下墙边吊着的灯绳，门洞里旋即透出了电灯的光亮，显出向下的一道石阶。

阿豪回头看了看面无表情的黑人壮汉，和那名正对他露出一个谦恭笑容的王威廉，跟在老巴迪的身后走下石阶。

石阶底部是一道铁栅栏门。老巴迪从腰间皮带扣上摘下一把黄铜钥匙，将挂在铁门扣上的铁锁打开，吱呀一声推开门。

“豪，你在害怕？”站在三百多平方米的“杂货铺”入口处，老巴迪头也没回地问道，像是背后长了眼睛，看到了先前阿豪脸上的警惕之色。

跟在他身后的阿豪脚步稍稍一滞，“我怕什么？”

“你，现在，很值钱……”老巴迪仍然没有看向阿豪，他走到左边那面挂满了各式枪支的展示墙前，取下一把‘托卡列夫 TT33’型手枪，把玩着，“我看了今天的报纸……很多，很多的钱……你不怕，我，出卖，你？”

阿豪嘴角扯了扯，再次感受到了日本人这份通缉令的威力。三万日元的赏额，足以让不少对夫妻成仇、父子反目了。而自己和眼前这位白人走私犯的交情，值这么多钱吗？

“钱，真是个好东西！”阿豪苦笑，“这么大一笔钱，我自己都想把自己卖了。”

他何尝不知道自己这趟出行步步危机，只不过，形势严峻而急迫，他没时间从容准备，必须以最快的速度来沙面找戴夫勒。

昨天下午，截住戴夫勒的三名日本人，并没将医生带离沙面，而是将他胁持进了离码头不远的一家小型货栈。

如果不是暗中看到这一幕，心里还保留着一线希望，阿豪也不敢确定昨夜看到两卷空白胶卷的瞬间，自己能不能承受住那令人崩溃的打击。

然而，要想将戴夫勒从那些日本人手中救出来，他离不开这位“杂货铺”老板的帮助，必须来这里。

且在阿豪看来，和这个性格粗豪，本身就是干着“违法”买卖的黑市大佬打交道，远比秦芳好来得简单和放心。至少，老巴迪并不知道自己要干什么，也不太可能和这桩隐秘的间谍案有牵涉，让他不必像防备秦芳好那般，担心来自身后的谋算。

“能告诉我发生了什么吗？豪。”老巴迪转过身，用一块黑绒布仔细擦拭着那把以威力大、精度高、穿透力强而闻名的苏联制式手枪。

“斩了三个日本士兵。”阿豪苦笑道，“挺麻烦的……”

“What……？”老巴迪感到惊愕，“不是强奸……杀人……抢劫！”

阿豪只摇了摇头，并不打算多解释。

“干得漂亮，伙计！”老巴迪毫不掩饰自己的兴奋，他更相信这个中国男人的话，而不是报纸。

“这个，老巴迪的奖品……”大块头将手中的‘托卡列夫 TT33’拍在阿豪手掌里，“谢谢你替我这条腿，还有尤莉报仇……该死，这帮混蛋……噢，可怜的尤莉……她烤的土豆饼……那些畜生，都该下地狱……”

“小曼莎还好吗？”见老巴迪脸上时而狰狞时而伤感的表情变化，阿豪不得不打断他。不然，这个快 50 岁的鳏夫，又会像他前两次来水浸街找自己喝酒那样，开始一次漫长的、对他那位烤得一手好土豆饼的妻子的追忆。当然，这其中，少不了对那些害死他妻子、还将他左腿胫骨打断的凶手们的诅咒和谩骂。

老巴迪的妻子，在年初的一个傍晚，被一辆失控的日本军用卡车撞死在太平南路的大街上。当时，那名四十多岁的爱尔兰女人，正和她也是老巴迪唯一的女儿——7 岁的小曼莎，坐在一辆人力车上，返回她们在沙面的家。如果不是母性伟大的本能反应——老巴迪的妻子在危险降临前的瞬间，将女儿紧紧护在怀里——小曼莎嫩苗似的生命，将和她的母亲一起在那一刻终结。

而老巴迪的左小腿的胫骨，是被那名害死他妻子的日军少尉，命令手下士兵打断的。当时，他去日本宪兵司令部，为自己无辜的妻子讨公道。

“那帮杂种，在电话里告诉领事先生，下次我再敢去，他们就会以‘妨碍军务’或刺探情报这类狗屁罪名，枪毙了我……”老巴迪有一次喝得快醉的时候，对阿豪说。当时，他的神情说不出的沮丧与哀伤，絮絮叨叨说了一些诸如“大英帝国荣耀百年……伟大的女王陛下的子民，尊严不容冒犯……盎格鲁-撒克逊人是这个世界上最高贵的人种，不应被低劣种族如此对待……”等等糊话。

那场导致老巴迪失去妻子的车祸发生时，阿豪正巧在那里巡街。就他看见的情形而言，如果不是因为卡车后来撞上街边大楼前的水泥廊柱熄了火，驾驶室里的那三名醉醺醺的日本军人连车都不会下。不过，对于车祸的受害者和那些受到惊吓的路人们来说，他们宁愿这三个混蛋直接离开。

当时，开车的年轻上等兵，被副驾驶位置上坐着的少尉呵斥后，瞪着血红的眼珠子下了车。他拖着一根汽车手摇柄，摇摇晃晃走到被他撞飞出去的那名车仔身前——这个四十来岁的干瘦男子趴在马路牙子上，已经失去了知觉。他半张着的嘴里，随着身体的每一次抽搐，汩汩地往外溢血。

上等兵一边咒骂，一边抡起手上拐杖似的铁家伙，对着车仔的头部一通猛砸，直到白色的脑浆裹着血水溅到他那张还略显稚嫩的脸上，这才住手。

而那名留着人丹胡子的少尉，显然对侧卧在地上、怀抱着小女孩的妇人更感兴趣——他蹲在她们身旁，一边打着酒嗝，一边用顽童般好奇的眼光打量那根拇指粗细、插在妇人背心处的人力车轮辐钢条……

散发着酒臭和血腥味的大街上非常安静。人们像躲避瘟疫似的躲在远处，大气也不敢出一口，仿佛那样会惊动正在进食的恶魔，给自己带来灾难。是的，在遇上日本士兵忘记躬身敬礼都会被打个半死的广州城，没人有胆量在那几个疯子离开之前，去查看地上躺着的无辜者是否还活着，包括穿着巡警制服的阿豪。

“人丹胡子”伸出了手，握住那截插在妇人背心上的轮辐钢条，然后他猛地一抽……看着狂飙而出的那股鲜红的液体，这家伙一脸傻笑。

在少尉嘎嘎嘎地怪笑声中，被抽走了最后一点生命力量的西方妇女身体瘫软开，露出了怀里抱着的小女孩。

夕阳下，穿着白色短纱裙，有着一头柔软金发的小姑娘，静静躺在母亲血泊里。她的小脸白皙、精致，没沾上一点血迹或污渍，看起来像是熟睡中的公主。在无数人沉默的注视下，她动了，尽管只是稍稍蜷曲了下身子，闭着的眼睛还未睁开，但所有人都长长呼出一口气——她还活着。

“人丹胡子”停止了他那乌鸦般难听的怪笑，用血淋淋的轮辐钢条在小姑娘纤细的手臂上戳了戳，一副发现了新奇玩具的兴奋样子。小姑娘仍然没睁开眼，只是身躯蜷缩得更紧了些。“人丹胡子”的脸上再次有了白痴般古怪的笑意，他用钢条在小姑娘白皙的脖颈上比画着，像是在寻找一处合适插下去的部位……

“太君，”阿豪快步来到这名日军少尉的身后，一脸谦恭，“太君，这个德国小姑娘还活着……她父亲是圣心大教堂牧师，我认识，是德国人……”他指了指沙面的方向，把“德国”这两个字咬得很重，提醒着这个被酒精烧坏了脑子的畜生。

在他想来，日本人再疯狂，也不会干当街杀死盟国公民的蠢事。要知道强大的德国，现在俨然世界霸主，不但征服了大半个欧洲，还在东西方向同时出击，一边出动装甲洪流，摧枯拉朽般摧毁着数量庞大的苏联红军的层层防线，直逼这个世界上最大的共产主义国家的心脏——莫斯科；另一边，不可一世的德国空军，正日复一日飞跃英吉利海峡，对英国首都伦敦狂轰滥炸，誓要强行按下这个曾经的世界之王——日不落帝国——高傲的头颅。

对于这样一个强横无匹的国家，如果只是一次普通的车祸，导致它的某个国民失去生命，肇事者还可以通过赔偿、道歉来解决问题，但当街杀死它的公民，尤其还是对一名小姑娘下手，这就是赤裸裸的挑衅，其后果可不是一个小小的日军少尉能够承受的。

果然，原本因为自己的“娱乐”活动在关键时刻被打断而异常愤怒，转身就要掏枪给阿豪来一下的日军少尉，总算听懂的了“德国”这个汉语词，这让他那迟钝而凌乱的心智稍稍清醒了点，不敢再对地上的小姑娘做些什么。不过，这个恼羞成怒的矮胖子，没有让阿豪好过，他抡起手中的钢条，对阿豪劈头盖脸一通乱抽乱打后，才悻悻然地登上那辆重新发动了的卡车。

其实，阿豪既不认识什么德国牧师，也从没见过躺在血泊中的那位金发小女孩，这只不过是他情急之下编撰出来的谎言。

待日军卡车离开，阿豪以最快的速度将小姑娘送去医院抢救，并成功地保住了这条幼小的生命。这之后，他便认识了“老船长”酒吧的老板兼做黑市生意的巴迪-霍利……

“哦，我可爱的小曼莎……”阿豪成功地转移了话题，老巴迪不无忧虑地说，“不是很好……该死的哮喘，上个月还折磨过我的宝贝……而且，她不开心……我打算结束这里的一切，带她回尤莉的老家……我的朋友，看上什么就尽情拿去吧，老巴迪给你五折。”

说完，他拍了拍阿豪的肩，蹒跚着向台阶上走去，嘴里还嘟哝着，“我得再喝两杯……这都怪你，小子……”

看着老巴迪迟缓、艰难的步履，阿豪暗自摇头。与十个月前相比，老巴迪真得老了。那时，这个近一米九的大块头男人，尽管身材有些发福，又因妻子的离世精神略显颓废，但看上去仍是一个强壮的家伙。可现在，仅仅过去了不到一年，还算壮年的他已须发半白、眼神浑浊。阿豪甚至怀疑，他那看着快有200公斤重的肥硕身躯一旦摔倒在地上，是否还能自己站起来。

“嘿，伙计……”阿豪叫住自己的英国朋友，“你知道，我也有过一段那样的日子……不停用食物和酒精折磨自己的胃，好像那样就会好受一些。但有一天我照镜子的时候，突然发现……没用的，你只会将糟糕的生活变得更糟。我当时狠狠扇了自己几个巴掌，你这个混蛋，差点毁了自己，在你爱的人还需要你的时候！”

老巴迪站在台阶上，看着下方的阿豪，浑浊的双眼微微有些湿润。“可是，尤莉，去了上帝那里……”

“你还有小曼莎！”阿豪道，“她需要你巴迪，但，看看你现在的样子……你有多长时间没给她讲过故事了？有多久没有将她高高举起，放在你的肩膀上玩耍了？你还记得吗？”

“你……”老巴迪黯然道：“你怎么知道？小曼莎在圣心教会学校寄宿，她不愿回家，也不太愿意同我讲话……”

“控制你的食欲，戒掉酒精。一切还来得及，为了你的健康，为了小曼莎。”

“好吧，为了小曼莎，我会控制，也会戒掉一些东西。”老巴迪转身，慢腾腾朝台阶上走去，“不过我的朋友，离开前陪我喝上两杯，最后两杯……”。

阿豪无奈地摇摇头，不知道老巴迪说的“最后两杯”是指他们两人之间，还是他自己人生的最后两杯。

不得不说，用“杂货铺”来称呼老巴迪的这个走私仓库，十分贴切。放眼看去，整个三百来平方米的空间里，墙上挂的、架子上放的、墙角堆着的全是各国军队的制式装备和武器——从最常见的日军的南部十四型半自动手枪、昭和军刀、防毒面具、九七式手雷等等，到德军的毛瑟手枪、功能强大的 10×50 蔡司双筒望远镜、热带特战高筒靴，再到英国皇家伞兵的防水迷彩服、汤姆逊突击步枪、军官标配的 37 式武装带，这套武装带——包括了腰带、背带及附件、罗盘口袋、弹药包、手枪套、水壶、背包以及军官用行军包等等，可谓五花八门、琳琅满目……

半小时后，阿豪穿上英国飞行员翻毛皮夹克，将裤腿塞进脚上那双黄牛皮热带高筒鞋里，系好鞋带，拎起鼓鼓囊囊的英军 P08 式行军背包，踏上台阶。

楼梯尽头，雪茄烟的味道从门缝丝丝缕缕地飘进来，阿豪的鼻腔里有些发痒，忍不住打了个喷嚏。他有轻微的鼻炎，尤其是冬季的时候，对烟雾很敏感。

“老巴迪……”阿豪推开货架，捂住鼻子从里面走出，“你猜你会怎么死去？肺癌，还是胃……”话没说完，他突然顿住，瞳孔骤然收缩。

“他怎么死，当然要看您的表现了……段世豪先生。”王威廉阴恻恻地说道，脸上没有先前的谦卑笑容，取而代之的是小人得志后的那副狠厉、疯狂的嘴脸。

此刻，他站在老巴迪坐着的那张高靠背皮椅的边上，偏头看着阿豪，右手反握着一把带着背刺的匕首，锋刃抵在老巴迪粗壮的脖颈左侧。没人会怀疑，只要他轻轻一抹，那条如蚯蚓般蠕动着的青色颈动脉血管，将如高压水枪一般，在两三秒之内将这俱庞大躯体里的血液喷射一空。

而可怜的老巴迪，被对方用小手指粗的麻绳牢牢绑在椅子上，动弹不得；嘴上勒着他先前擦嘴的白色餐巾，说不出话来，只能用一双快要瞪出眼眶的灰蓝眼珠，来表达心中的愤怒。

阿豪飞快地瞥了一眼那名刀疤脸黑人，这家伙站在靠近门口的地方，正举着双筒猎枪指着自己，神情警惕而凶狠。

阿豪心中一沉，知道在这种情形下，自己没有半分机会，抢在这两人动刀或开枪之前，救下老巴迪。

“有话好说，你们这是做什么？”他深吸一口，让自己冷静。

“考验你们的友谊……”王威廉手腕一翻，刀尖噗地插进老巴迪左边胸脯，“不得不承认，我的这位老板对你很够意思……所以，现在该你选择了。”

阿豪目光一凛，这家伙下手真狠！刀尖入体两寸左右。要不是老巴迪脂肪够厚，这一刀能捅伤他的肺叶。

“要我做什么？”他问。

“双手抱头，去那里跪下。”王威廉用下巴指了指前方的空地。

阿豪稍一犹豫，这家伙就开始回来拧动插在老巴迪胸脯上的匕首，血液不停溢出。老巴迪惨哼一声，额头的青筋随之鼓起，脸上汗珠密布。

“你赢了……”阿豪将手中拎着的背包放在脚下，双手高举，走到中间空地上面对王威廉双膝跪下，“放过他，你们已经控制了局面，没必要这样对待你的老板。”

“古德，够义气！”王威廉竖起了大拇指，镜片后的双眸里闪烁着戏谑的光芒。他抽出刀，将刀尖的血迹在老巴迪的羊毛衫上蹭干净，“不过，段先生您显然误会了，您的到来，只不过让某些事提前发生了……”

王威廉拿起桌上那张《南华日报》，将印有通缉令的版面对着阿豪，啧啧说道：“这是很大一笔钱，足够普通人惬意地生活很长时间，也许是一辈子。可你小看我了，仅仅是为了这三万日元，我，还有忠诚的布鲁，我的黑人兄弟，是不会这样对待我们的老板的。毕竟，现在像他这样慷慨的人不多见了……”

说到这里，他将手中的报纸放下，拿起烟灰缸上丝丝飘出青烟的雪茄，对着已经快要熄灭的烟头吹了两口气，让它重新变得赤红、炽烈，然后杵在老巴迪左胸那个被他用刀尖掏出的血窟窿里。

嗞——，一股黑烟，从老巴迪血肉模糊的胸脯上袅袅升起。他喉咙里发出一声闷哼，涨红的脖子猛地后仰，颈椎骨发出咔吧的声响，像是要将自己的头颅从肩膀上掰断。

“但是，他不该在我面前抽烟……”王威廉道，“这一点，我跟您一样，非常不喜欢闻到烟味……”

“够了！”阿豪喝道，“你别忘了，他是英国人，这里是英国人的地盘。”

“哦？英国人，我好害怕……”王威廉撇了撇嘴，把被血水浸灭了的雪茄烟头随手扔在桌上的餐盘里，“不过段先生，我得纠正你，如今这里真正的主人是日本人。你猜，我在抓捕你的过程中，失手杀了一个包庇、协助甲级通缉犯的英国人，日本宪兵司令部会奖赏我，还是惩罚我呢？”

“还有，段先生，打断别人说话是很不礼貌的行为……当然，这比让人端着烟灰缸，像狗一样站在边上伺候要好一些！”说着，他绰起桌上那只手掌大小的铜制烟灰缸，朝老巴迪的额头狠狠砸下。

“死肥佬，敢让我端烟灰缸？！还搓澡、按摩……”随着他连续猛击，一下接着一下，老巴迪的前额的皮肤开始乌青、破裂，最后鲜血飞溅……而施暴者的神情，越来越歇斯底里，“该死的骗子，你他妈要走了，什么都不给老子留下，你以为你走得了吗？愚蠢的肥猪……”

“十万日元！”阿豪突然大声道，“放了他，我给你们十万日元。”

王威廉一怔，扔掉了手里血迹斑斑的烟灰缸，重又拿起匕首，盯着阿豪：“说谎可不是绅士行为，你会为此付出代价。”说着，他拎起老巴迪的一只耳朵，用匕首比画着。

“现钞没有。”阿豪摇头，“是黄金和珠宝。”

“黄金、珠宝？”王威廉突然想起了什么，眼神陡然炙热，一把抓过桌上的报纸，喃喃自语：“西关惨案……户主是南洋珠宝商……传闻是真的？你真洗劫过一批珠宝、黄金？”

“现可以谈谈了吗？”阿豪道。

“当然可以。”王威廉将报纸一扔，激动地要从办公桌后走出。不过他旋即想起，自己先前忙着发泄，忘了一件重要的事。

“抱歉，段先生，我很愿意跟你交易。但你威名太盛，为了我们双方的安全，你还需要配合一下。”王威廉说着用眼神示意站在门口的黑人布鲁。后者会意，取出一副黄铜手铐，朝阿豪走来。

机会来了！听到身后传来脚步声，阿豪视线下垂，抑制住心跳的速率，避免引起对面王威廉的警惕。

身后拿枪的家伙，一直和他保持着距离，威胁最大。他需要一个近身的机会，才能将对方解决。

至于持刀胁持老巴迪的王威廉，在阿豪看来不过是一个色厉内荏的小人，他有八成把握，只要自己能迅速解决身后的黑人，失去了武力依仗的王威廉绝不敢真的动刀杀人。到那时，他有的是办法救下老巴迪。

一步、两步……阿豪全神贯注聆听身后的脚步，判断双方的距离，隐藏在衣服下的肌肉紧绷，聚集起爆炸性的力量。他跪下后一直用脚尖撑地而不是脚背，这样可以更快速地蹬地发力，展开攻击。

“停下！”就在疤脸黑人还差一步进入阿豪的攻击范围时，王威廉突然用英语急切喊道，“布鲁别靠近他，退后，保持距离，这家伙非常危险，将手铐扔给他。”

布鲁的丑陋的脸上浮现出不屑的笑意，不过最终没向前再走，将手铐抛在了阿豪身边。

“段先生，戴上吧，双手背后。”王威廉道，“为了你的朋友。”说着又将匕首架在了老巴迪的脖子上。

阿豪的心重又沉了下去。不过，传说中的那批黄金、珠宝应该可以帮他和老巴迪争取些时间，他想。

见阿豪捡起手铐，依言将自己双手反铐在背后，王威廉总算放心下来。然而，他脸上刚浮现出轻松的笑意，下一秒便僵住了——布鲁一枪托狠狠砸在阿豪的后脑勺上。

阿豪眼前一黑，扑倒在地。“伙计，坚持住！”昏倒之前，他在心里对老巴迪说。

“布鲁，你干什么？”王威廉一脸惊愕。

布鲁咧嘴一笑，露出一口白牙和半截舌头，脸上那道刀疤越发狰狞、丑陋。他指了指地上的阿豪，用手语说：“现在没危险了。”接着又指指桌上的电话，“领赏吧，我们发财了！”

“蠢货！”王威廉心中暗骂，不过随即想到，这家伙听不懂中文，哪知道他正和段世豪在谈一笔十万日元的大生意。

干瘦的车仔拉着黄包车一路小跑，老吴坐在车上，掏出怀表看了一眼时间——2 点 45 分。他重又闭上双眼，在脑中再次回忆自己这趟出行的每个环节，思索是否还有被忽略的细节或无法自圆其说的疑点。

40 分钟前，他从电报大楼出来后，又去了趟逍遥池，换回先前的打扮——黑毡帽、大襟棉袍和圆口棉布厚底鞋。而脱下来的西装、礼帽、皮鞋以及那副墨镜都不能再留了，被他从浴室二楼厕所的窗户扔到一辆过路的板车上，这份意外的收获，估计能给那位大冬天还穿着大襟短衫拉煤渣的汉子一个小小的惊喜。

至于恒昌公司襄理“黎海昌”的证件，也被他在厕所里烧成了灰烬。

这本国民手账，出自广东省会警察局民政科某位警官之手——今年五月，汪精卫的南京政府，正式从原来的“广州治安维持会”的手中接过了广州市的管理权。在那一小段混乱的权力交接时期，人心惶惶的原政府大小官差们，很愿意趁机捞些外快。谁知道自己还能在现在的位置上混几天呢？于是，老吴通过中间人，花了 50 斤大米的代价，给自己换来了这本盖着日本宪兵司令部长官个人名章的合法身份证件，以备不时之需。

现在，发报的相关线索全部清除，接下来要面对的就是特高课的审讯了，他想。

对自己今天的行为、行踪的解释，老吴已有准备，他不认为特高课能从自己这里找到破绽，而无论面对何种酷刑，他吴启明都是一个普通的药铺掌柜。可小武呢？他还不到二十岁，热血冲动，演得好自己的角色吗？……老吴为此深感忧虑。

“老板、老板……”车仔放慢脚步，惊慌喊道，“平安药房像是出事了，还去吗？”

老吴睁开双眼，远远就看见自己药铺门前停着一辆警车和一辆日军挎斗摩托车，门口站着几名宪兵和警察，还有着便服的男子在铺子里进进出出。

“就在这里下吧。”老吴叫停车仔，在离平安药铺三十米外的地方下了车，付了车钱。

他看了看熟悉的街道和灰蒙蒙的天空，深吸一口气，朝药铺走去。

“你是什么人？”门前的一名警察喝问，边上的日本兵举起刺刀。

“我是……”老吴战战兢兢答道，“是……这家铺子的掌柜……”

铺子里，小泽闻言转身，几步踱到门口，死死盯着老吴，凶厉的眼神中闪过一抹阴森。对方竟然回来了？

“吴启明？”

“是…… 我是吴启明。”

“你回来了？”

“我……我的铺子……”老吴面色如土，结结巴巴，“我、我……当然要回来。”

第十二章　兽行

老船长酒吧。阿豪双手反铐，侧脸趴在潮湿、冰冷的水泥地上，双眼紧闭。王威廉半蹲在边上，用匕首啪啪啪地抽打他的脸颊，力道一次比一次大。

布鲁在酒柜里挑挑选选，终于找到了那瓶老巴迪一滴都不允许他碰的威士忌。打开瓶盖后，勇敢的黑人也不用杯子，直接往嘴里咕咚咚灌下一大口。

这瓶苏格兰布鲁赫拉迪赫酿酒厂生产的威士忌，名为“一种对生命有害的水”，酒精度九十二度。

于是，两秒钟后，这名勇士怪叫一声，冲到屋角的水槽边，往喉咙里狂灌凉水。

“蠢货！”王威廉鄙夷地瞥了一眼布鲁，低声咒骂后，抬腕看表——差五分三点。他懊恼地摇摇头，起身朝电话机走去。

段世豪昏迷已经超过半小时，不能再拖了，必须尽快处理。这个房间虽然是酒吧某种意义上的禁地，除了他和布鲁等少数几人，其他人未经召唤一般不会前来。但酒吧里总会发生一些需要老板出面的事，而厨子瓦西里、领班杜克有时候也会过来请示工作。这两个家伙可不跟他一伙。

阿豪努力挣扎开一道眼缝，模糊的世界渐渐清晰。意识回归的同时，剧烈的疼痛从后脑处传开，让他不由发出一声惨哼。

声音不大，却足以惊动三米外的王威廉。这家伙正半个屁股坐在桌边打电话，此刻发现阿豪有了动静，忙撂下话筒走过来。

“段先生，你还好吧？”王威廉半蹲下来，拿匕首在阿豪眼前晃了晃，“如果看得见听得见，我们就开始吧。时间有限，我的耐心也有限，什么事都可能发生。”

“老巴迪……你把他怎么了？”看清眼前的人后，阿豪艰难开口。他趴在地上，视线被桌子挡着，看不到桌后的老巴迪。

“放心，死不了。”王威廉停止晃动匕首，“说实话，我很喜欢你这种人，讲义气、重感情。所以，你现在还在这里，而不是宪兵队的囚车上。”

“你想怎样？”阿豪慢慢调整呼吸，感受着身体的状态。

“全部！”王威廉皮笑肉不笑，“本来呢，我已经拨通了日本宪兵司令部的电话，不过，你的话提醒了我……求财嘛，西关灭门案，你的收获肯定超过三万日元，全部交出来，我和布鲁立刻消失，将这里还给你的朋友。如何？”

“你……太贪了。”阿豪说，心里却想着，日本人将“西关惨案凶手”的罪名栽在自己头上，未必全然是坏事。

“贪婪是人类进步的动力之一……不过，现在不是讨论哲学的时候。”王威廉双眼放光，嘴唇因兴奋而微微哆嗦，“说吧，你上次洗劫了多少黄金还有珠宝？都藏在什么地方？！快说！”

“让我……”阿豪一边咳嗽一边说道，“看看老巴迪……他活着……我们再谈，他死了……你什么都没有。”他艰难地在地上蠕动，看上去痛苦而虚弱。

“你再说一遍！”王威廉双眼凶光暴射，一把揪住阿豪的头发，用匕首对着他的一只眼睛，“挖掉你一只眼睛，日本人不会少给我一分赏金。”

“他死了……你什么都没有。”阿豪一眨不眨地看着快要戳上眼珠的匕首尖说，气息虚弱，语气却格外坚定。

王威廉嘴角抽搐，收回匕首。“布鲁，弄他起来！”

他能感觉出，地上这个男子的意志，不是可以用简单威胁和肉刑就能打败的，至少短时间里不能。而且，对方刚从昏迷中醒来，身体和精神都很虚弱，他不想再将人弄晕过去。

水槽边，布鲁哇啦一声从胃里吐出一股褐色液体，九十二度的“一种对生命有害的水”从没人像他这样喝过。

布鲁用衣袖一抹嘴角，晃了晃有些发昏的脑袋，抱着枪走了过来。应该是酒精刺激的原因，这家伙双眼通红，面目比之前更加丑陋、狰狞，上来就是一脚，狠狠踢在阿豪腰间。

阿豪一声惨哼，肋部骨裂般的疼痛，让他身体里刚刚重聚的力量，消散了大半。

布鲁咧嘴一笑，露出半截舌头，脸上那道从眼角到耳后的刀疤，仿佛一条活过来的巨大蜈蚣。别人的痛苦，总能让他生出快感，尤其是自己亲手施加的痛苦。

布鲁很想伸出舌头舔舔嗜血的嘴唇，但他做不到，于是越加地愤怒，再次抬起穿硬底高筒皮靴的大脚。

“布鲁，你不想发财了？”王威廉用英语说道，“事后你可以尽情享受，剁碎了都行，但不是现在。”他知道这个家伙有一颗和其面孔同样邪恶的心，尤其是在喝了酒之后。

哑巴悻悻放下脚，弯下腰，伸出一只手去抓阿豪的后脖领。而王威廉则转身朝桌后走去。如阿豪还要提出别的条件，他准备切掉老巴迪的耳朵、手指或身体其他部位。他觉得对付所谓讲义气的汉子就该这样！

就在布鲁堪堪要抓住阿豪的后脖领，同时也是王威廉即将转过那张宽大的办公桌，还差三两步就要走到老巴迪身边的刹那，趴在地上，先前连扭动一下身体都艰难无比的阿豪突然动了——他猛然翻身，仰面朝上，先前涣散、无力地眼瞳里迸射出两道凌厉的杀机。

布鲁一惊，脚下慌忙后退，同时捞枪在手，就要射击。然而，苏格兰人是诚实的，他们用“对生命有害的水”为自己酿出酒命名绝非耸人听闻的宣传，布鲁的动作比平常迟缓了些，于是，砰，他听见的不是枪声，而是睾丸爆裂声在脑中响起。

阿豪闪电般地一脚踢在了这家伙的裆部，紧接着一个鲤鱼打挺，从地上弹起。布鲁扔了猎枪，双手捂住自己的生殖器，踉跄后退，一对血红的眼珠就要从眼眶里瞪出来。他张着只有半截舌头的嘴，喉咙里酝酿着惊天惨嚎。

啊——黑人刚发出半个音节便中断了。阿豪已电射而至，凌空一脚，狠狠地踢在他的下颚上。布鲁的脑袋猛地后甩，颈椎咔嚓断裂，几颗白牙和着血水从口中喷出，身体后仰，咚地砸在地上。

王威廉呆滞地看着阿豪，不敢相信自己的眼睛。这他妈的是什么怪物？！双手反铐在背后，人躺在地上，这都能反杀？两脚踢死凶悍强壮、手持猎枪的布鲁?!

不过，王威廉很快就从惊骇中清醒过来，三步并做两步，奔向老巴迪。他太明白了，接下来自己要想活命，必须将前主人控制在手中。他很有自知之明，单纯比武力和胆量，十个他都不如布鲁，更何况对付刚刚杀死布鲁的凶人?即便自己手里有刀，对方只有双腿，他也没有一丁点正面对抗的念头。

阿豪一脚踢翻布鲁后，动作没有丝毫停顿，转身就要朝老巴迪冲去。然而，他的右腿刚往前一蹬，便生生停住，心也跟着沉了下去。

他的反击不可谓不快，解决布鲁顶多用了三秒钟，但还是晚了一步——王威廉手中的背齿军刀，再次架在了老巴迪脖子上。

“不……不许动!”王威廉尖叫着，脸上惨白，努力做出一副狰狞的表情，“你动我就杀他……我真的会杀了他!”

阿豪看了一眼被绑在椅子上，脑袋耷拉在胸前，不知死活的老巴迪，对王威廉道:“你把他怎么了?”

王威廉的内心在一点点崩溃，对方看自己的眼神分明像看着一个死人。他颤声说道:“睡着了……他很能睡……每天超过十二个小时……我这就叫醒他。”说着他用没拿刀的手扯下勒在老巴迪嘴上的餐巾，搬起对方的大脑袋，连声喊，“老板，醒醒……快醒醒……”

很快，老巴迪缓缓睁开了充血的双眼。

阿豪心下一松，冲满脸血污的朋友道:“你还好吧?”

老巴迪一阵咳嗽后，虚弱地说道:“诚信的老巴迪说过，要和你最后喝上两杯……”

“我说过他没事……”王威廉的脸上重又恢复了习惯性的谄媚，“豪……豪哥是吧……我想我们可以谈一谈。”

同样是一句“谈一谈”，不过此刻从王威廉口中说出来，语气中早已没有之前狷狂与戏谑，连头脑还没有完全清醒的老巴迪都听出了其中的乞求意味，这让他很是疑惑——阿豪双臂被反铐着，而王威廉手持利刃，随时可以割断自己的喉咙。还有布鲁，那个混蛋手里拿着枪——等等，布鲁呢?老巴迪的目光在房间里一扫，没见到布鲁的身影。

阿豪没有理会王威廉，对老巴迪笑了笑，侧开身子。

老巴迪眼睛立刻瞪了起来——阿豪身后，那个可耻的背叛者仰躺在地上，满嘴是血，身体痛苦地扭曲着，不时微微抽搐一下。

他又飞快地瞥了一眼门口——厚实的橡木门紧闭，门闩仍然从里面插着。

“你怎么做到的？”老巴迪疑惑地看着阿豪。

“你忘了我为什么被日本人通缉吗？”

老巴迪呵呵笑了，笑声越来越大，尽管不时咳嗽两声，尽管喉咙上抵着一把利刃，他仍然兴奋、畅快地大笑着，笑得泪流满面。

“法克！”王威廉尖声咆哮，他被老巴迪笑得心慌、心悸，“不许笑，不许笑，让他退开，你让他退开！”

老巴迪终于止住了笑，大口喘息着，灰色眼眸里闪烁着疯狂的光芒。“豪，不用管我……杀了这个狗娘养的！”

阿豪眯起眼，死死盯着正缓缓转到老巴迪身后的王威廉。对方手中那把刀一刻都没有离开过老巴迪的脖子。这是个狡猾、谨慎的家伙，不好对付，他想。

王威廉同样眼睛一眨不眨地看着阿豪，脸上带着卑微而真诚的笑意。“豪哥，这样耗下去对我们都不是好事。小弟有一个提议……”

“你说。”阿豪点点头。

王威廉的表情越加诚恳。“你离开这里，我放了他。不用怀疑我的诚意。我怕死，豪哥的本事小弟见识过了，绝不敢食言。”

阿豪点点头：“手铐钥匙呢？我这样子怎么离开？出去等着人来抓吗？”

“的确是小弟考虑不周。”王威廉皱了皱眉，旋即指了指通往密室的门，“要不这样，你先进去，等小弟离开了再出来？我会留下手铐钥匙。”

阿豪的脸黑了下来，正要开口，王威廉忙道：“豪哥请放心，你进去后我绝不动他一根毫毛，我立刻就走，我发誓不会告发你，用我老母的名义发誓！”

“王……金……水……”这时，老巴迪开口了，“我干你老母！”

王威廉脸上的笑意顿时消失，取而代之的是浓浓的怨毒之色。“我叫威廉王，威廉王！”

“王金水，你被高利贷追杀，跪求我的时候，也用你老母发誓……”老巴迪放肆地大笑起来，“王金水……你老母……王金水……干你老母……王金水，你这个狗杂种……”

见王威廉神情急遽变化，阿豪暗道一声不好！明白老巴迪这是在求死，要故意激怒王威廉。他想用他的死，来为自己解开这个死局。

果然，王威廉双眼开始发红，五官狰狞地扭曲着。

“死肥佬，你闭嘴！不然我杀了你，我杀了你……”王威廉歇斯底里地嘶吼着，一刀朝老巴迪的脖子捅去。

阿豪见状，一声暴喝：“你敢！”

王威廉闻声胆战，握刀的手为之一顿。

一缕鲜血缓慢地从老巴迪的颈侧溢出。阿豪见状反而松了口气。颈动脉没有破，不然血会像喷泉般喷射而出，神仙也救不了。不过，阿豪转向王威廉的目光仍然如利刃般森寒。

王威廉浑身一颤，哆嗦道：“他没……事……豪哥，我……我们继续谈……”

老巴迪突然哈哈大笑，一脸鄙夷：“王金水，你是个懦夫，是坨狗屎……你不敢，老巴迪自己来！”

说着老巴迪全身用力，猛地朝颈侧的刀尖撞去。王威廉一惊，下意识地缩手避开。然而，让王威廉和阿豪都没有意料到的是，老巴迪这一撞，可谓是用尽了全力，整个人失去了重心，连人带椅朝地上倒去。

这突来的变故，让王威廉有些愕然，眼睁睁地看着老巴迪庞大的身躯和他身下的椅子轰然砸在地上。

一直在等待机会的阿豪，脚下用力一跺，几乎在老巴迪倒地的同时，人已“咚”的一声，跳上了三米外的桌子上，紧接着一脚踢向王威廉的头部。

虽然只需上前半步，俯一下身，王威廉就可以将手中军刀插进老巴迪的脖子，或者引而不发，再次控制在手中作为人质。但阿豪的攻击势如奔雷，逼得他不得不先求自保——下意识地抬手护头。

“咔嚓”，王威廉的肘关节被阿豪一脚踢断，手上握着的军刀脱手飞出，砸在后面的水泥墙上后，当啷啷掉在地上。他大声惨叫，抱着手臂踉跄着后退数步，跌坐在墙根下。

巨大的痛苦让王威廉的脸惨白而扭曲。他看向居高临下俯视自己的阿豪，眼神中有惊恐、有绝望，更多的却是怨毒。

他突然扑向掉在地上的那柄军刀，拿在左手，飞快地爬向老巴迪，像一条绝望的疯狗。死，他也要拉着这个傲慢、自私、愚蠢的肥佬一起……

“咔嚓”，骨头碎裂声再次响起，王威廉再次惨叫。他趴在地上，握刀的左手竭力向前伸出，刀尖离老巴迪的脖子不过数寸。然而，阿豪已从桌上跃下，一只穿着硬底野战军靴的左脚，重重踩在这只胳膊的肘部。

“我的……这里一切都是我的……”王威廉痛苦而不甘地尖叫着，“你不该来……你他妈为什么要出现在这里……”

事实上，王威廉之前对阿豪说“你的到来，只不过让某件事提前发生”并非虚言。他和他暗中投效的新靠山，已制定好了一个恶毒而详细的计划，双方准备里应外合，将老巴迪的财富和产业榨取干净。近期就要开始实施。

但此刻，王威廉知道一切都没了，那些即将到手的财富、华丽的人生都因为这个通缉犯今天的出现，从他的生命中消失了。

“我说过，”阿豪盯着脚下的小丑，“你太贪婪了。”说完，一脚将王威廉踢飞。

重重摔在几米外的墙角，王威廉噗地喷出一口鲜血。“我也说过……贪婪，是人类进步的原动力……”他每说几个字，就有一股血从嘴角溢出。

“老巴迪……你没事吧……”阿豪坐在地上，反铐在背后的双手握着军刀，割锯绑在椅背的绳子。

“我没事……”老巴迪气息粗重，“我最忠心的手下呢……死了？”

阿豪抬眼看了一眼墙角的方向：“还有口气。”

“谢谢！”老巴迪说。

“对不起……”阿豪道，“我差让小曼莎失去父亲。”

“不，我亲爱的豪……”老巴迪道，“老巴迪应该感谢你，是你救了小曼莎的父亲，我会报答你的，我最真诚的朋友。”

解脱身上的绳索后，体重一百五十公斤的酒吧老板用了一分钟才从地上爬起。

他看了一眼王威廉，那家伙匍匐在地上，正一点点蹭着，朝门口爬去。他又看了一眼布鲁，这个丑陋的黑人一动不动，显然已经气绝。

老巴迪从阿豪手里拿过背齿军刀，蹒跚着走向布鲁的尸体，嘴里咕哝着：“可怜的黑奴，难道你不知道，如果不是我，你一辈子都将睡在锅炉舱的煤堆里，干最苦的活，吃畜生的饭菜，最后不是死于肺痨，就是被某个醉酒的白人水手活活打死，就像割掉了你舌头一样随意……可你，又是怎么对待一个让你可以天天喝着朗姆酒，在温暖的太阳下呼吸自由的空气的好人呢？”

老巴迪在布鲁尸体边蹲下，用军刀在那张本就丑陋的脸上，缓慢而用力地交叉划了两刀，做了个血淋淋的“X”记号。

“上帝啊，请让这个带着罪恶印记的灵魂，永世得不到救赎吧！阿门！”老巴迪随手将刀尖上的血迹在尸体的上衣上擦拭干净，然后艰难地站起身，拖着小山一般的身躯，缓慢地朝王威廉走去。

王威廉一边爬一边咳血，身后留下了一道断断续续的血迹。这个胸骨坍陷，双肘粉碎的家伙，表现出来的求生意志之强烈，简直不亚于战场那些最英勇的战士。但奇迹，永远不会在他身上发生。

老巴迪叉开腿，肉山一般的身躯缓缓骑坐在王威廉的后腰上，霎时，一声非人的惨叫从喉咙里发出，王威廉半张着嘴，带着沫子的猩红液体大口大口喷出。

老巴迪抱着王威廉的头，高高抬起，鼓起他庞大身躯里的全部力量，狠狠砸下。“砰”的一声，头颅如熟透的西瓜般爆裂，红白浆液飞溅。

老巴迪重重呼吸着，缓慢站起，转身对着阿豪耸耸肩：“他发过誓，以他母亲名义，愿意为我，干捞土地！”

阿豪一怔，随即撇嘴道：“看我的口型，是肝、脑、涂、地。”

两小时后，阿豪爬上了老船长酒吧尖耸的屋顶，蹲在酒吧巨型招牌——船锚——的后面，用望远镜俯视三百米外的目标。

在德军制式高倍望远镜里，货栈的一砖一瓦清晰可见。之前在帮老巴迪处理伤口时，他已经从对方口中大致了解了一些情况，知道这家名为玉川商事的小型货栈是日本人的产业，主营鸦片、西药等高价商品。

得知阿豪此行的目的后，对沙面了如指掌的黑市大佬对他强调说，货栈的安保力量很强，至少有十名护卫，他们配备了长短枪支，还豢养有狼狗。

此刻，在阿豪望远镜里，这条壮硕的日本狼青犬正在攻击一名黑巾蒙面、手拿短棍的家伙。狼狗的速度非常之快，前一秒还低伏的身躯，下一瞬已闪电般蹿出，腾空扑向三米外的蒙面男子，一口叼住男子挥舞的短棍、戴着一只齐肘皮制手套的右手手腕，撕咬不放。

男子见无法摆脱，这才用左手拉下蒙面的黑巾，打出结束训练的手势……

看着重又趴在地上，吐着猩红长舌头、满嘴白森森利齿的日本狼青犬，阿豪心知，这头凶猛的畜生，是他今晚行动时最需要警惕的对象。

货栈位于珠江边上，占地大概两千平方米，主体建筑是南端的一栋两层青砖小楼，东西北三面皆筑高墙，和主楼构成一个矩形的隐秘空间。若非站在超过普通楼房三层高度、位于货栈西北方向的老船长酒吧的屋顶用望远镜观察，外间很难窥视其中情形。

阿豪很快锁定了观察目标——小楼二层走道最东边的房间。那里有一名男子把守，其穿着打扮和他昨天在码头上见到的三人一致——戴口罩、着黑色国防服。

此刻，这名守卫正用钥匙将房门打开，放一名穿手术服的男子进入。而在房门开关的瞬间，阿豪看见了房间里的人——戴夫勒。没错，在望远镜10×50蔡司镜头的帮助下，他清晰看见了这名美国医生。

情形虽然有些诡异——难道这些日本人准备在这里给戴夫勒做手术？但至少戴夫勒还在这里。阿豪暗自松了口气，从昨夜到现在，一直有个隐忧横亘在他心里——那些日本人会不会将戴夫勒转移？

此刻，心中阴霾消散，一股强烈的自信在阿豪胸中澎湃。排除掉一个关键，且不可预知和左右的因素后，之前模糊的计划又清晰了几分。接下来就是行动，目标明确、目的清晰的武力行动！而这，正是他最擅长的领域。

穿手术服的不一定就是外科大夫。此刻，站在戴夫勒面前的玉川公馆二号杀手，从头到脚都是一副医生临床手术时的打扮，他脸上除了口罩还戴了一副护目镜。

“戴夫勒先生，您知道见您一面有多麻烦吗？”川崎张开双臂，向谈话对象展示自己的着装。他不懂英语，但中文说得不错，所以和中国通戴夫勒之间不存在交流障碍。

“麻烦……就放我出去！”戴夫勒吼道，在狭小的房间里来回走动，“你们怎能这样对待……”一阵剧烈的咳嗽打断了他的愤怒，好一阵后，美国人才缓过气来，喘息道，“对待……合作伙伴……”

“相互信任才是伙伴。”川崎道，“戴夫勒先生，为什么不把胶卷给我们呢？你应该知道，你的身体已经不适合‘邮差’这份工作了。”

“我说过……胶卷被段世豪抢走了。”戴夫勒道，“还有，我的身体没问题……肺炎而已……磺胺片很管用，我不是已经好多了吗？”

川崎点点头，上前一步，猛地一拳捣在戴夫勒的腹部。美国人惨叫一声，弯腰跪在了地上。

“你辜负了我们的信任，也侮辱了我们的能力。”川崎道，“我们用昂贵的药物为你治疗，你却用欺骗回报我们。戴夫勒先生，作为曾经的伙伴，我再给你一天的考虑时间。不要相信你受过的所谓反刑讯训练，当你感受到了真正的痛苦后，才会明白，人是多么地脆弱。”

宪兵司令部审讯室。阴森湿冷的房间里，摆放着老虎凳、水刑架、电刑椅、火盆、钉床等各式刑具。

小武四肢张开，被绑在一具十字木桩上，身上血肉模糊。此刻，看到一块烧红的烙铁朝自己胸膛杵来，他满脸惊恐，不住哀求：“求求你们，饶了我，饶了我……”

“吱”，行刑手将烙铁狠狠杵在他赤裸的胸膛上，黑烟飘起，空气中顿时散发出焦煳的肉味。小武持续惨叫，声嘶力竭。

“他叫什么名字？”主审官小泽第九次重复问道。

“不知道……”小武虚弱回道，“我们……没有问客人名字的规矩。”

“以前见过他吗？”

“第一次……”小武摇头，哀求道，“放了我……求求你们……”

“他昨晚去药铺干什么？”

“买药……阿司匹林……”

“你们掌柜中午干什么去了？”

“莲香楼……吃午饭……我受不了了……放……我……”

小泽死死盯着小武，试图从对方表情、语气的每一个细微的变化中识破某种伪装。原本在他想来，从一个不到二十的小伙计口中榨出些“有用”的口供并不难。在这间刑讯室里，即便是那些受过训练的中国特工，也少有能熬过三小时的人物。不过，让小泽失望、懊闷的是，在接近四小时的刑讯中，无论怎么用刑——鞭打、老虎凳、烙铁轮番使用，对方仍然只是一名普通的药铺伙计。

“放你，可以……”小泽亲自从火盆里取出一只烙铁，上前道，“说出药铺的，或者你们掌柜的秘密。”

小武惊恐地看着再次杵来的烙铁，用尽最后的力气哀嚎道：“不要……我说……掌柜的床下……地板有暗格……藏有……藏有……”

“藏有什么？！”小泽咬牙问道。

“金条……至少三根，还有袁大头，50块……我就知道这些……可以放我了吧……”

“混蛋！”小泽将烙铁重重杵在小武左乳上。他的手下已经全面彻底地搜查过了平安药铺，怎会不知床下暗格里藏着什么。

小武再次惨嚎，随即脑袋耷拉下来，没了动静。边上的一名军医立刻上前，翻开他的眼皮检查瞳孔，又摸了摸耳后颈动脉，对小泽报告说，犯人昏迷。

小泽皱眉想了想，正要下令将小武拖走，提审吴启明，林谷匆匆走进。

“副课长，前往莲香楼和逍遥池调查的人回来了。”戊班班长向小泽汇报说，“吴启明的确是这两个地方的常客，他今天的行踪都得到核实，没有明显的漏洞。”

小泽的眉头蹙得更紧。他之前已经询问过吴启明，对方解释了自己离开莲香楼的原因，以及他之后去了逍遥池，在那里叫了外卖，然后泡澡、搓背、修面，最后小睡了一个小时才返回药铺的整个过程。

现在，吴启明的这番说辞得到证实，尽管其摆脱跟踪的举动仍然可疑，但对方明知军警在搜查药铺仍然选择返回的行为，逻辑上又让他们的怀疑仅仅只能是怀疑。

“打针！”小泽眼里闪过狠厉之色，对军医命令。后者立刻从医药箱里取出强心针，将针剂注入小武的身体。

尽管小泽知道，这个年轻伙计的身体已经极度虚弱，再继续用刑对方活不出这间刑讯室。但他没时间用更专业的手法，慢慢去撬开对方的嘴。后天是原田冈夫给出的最后期限——如果在这之前特高课三课不能拿出有力的证据，证明樊兴业是共产党或者有通共的嫌疑，就必须结束这次政治背景调查，提交最终的调查报告。

十分钟后，小武悠悠醒来。他发现自己被剥光了全部衣物，赤条条固定在电刑椅上。双手手腕和双脚脚踝分别被马蹄形的铁箍紧紧扣住，双臂、脖子和上身勒着三指宽的黄牛皮带，头顶还罩着一顶连着电线的奇怪的“帽子”。

“太君……饶了我吧太君……我真不认识共产党啊……那是要杀头的……小人哪敢啊……”小武全身瑟瑟发抖，脸色惨白、牙关打战，嘶哑着嗓子哭嚎、哀求。他知道自己要死了，这不可怕。但此刻的小武心中充满遗憾，他的牺牲不够英勇，不能在敌人面前大义凛然，因为老吴告诉过他，在这场严峻的考验中，我们越表现得像一个普通人，对樊兴业同志的保护便越多一分……

“电击产生的痛苦源于神经、肌肉和骨骼，而不仅是皮肉……”刑讯室的单向透视玻璃墙外，玉川云子介绍道，“特别是当电流回路通过心脏时，会给受刑人造成极为痛苦的心脏麻痹。这种痛苦与其他刑罚造成的疼痛不同，是极其难以忍受的，即使是再坚强的人，在强烈电流的刺激下也会禁不住狂喊嘶叫。同时，电刑还可以造成受刑人神经系统的紊乱，使其不由自主地招供。在特高课的刑讯记录里，还没有人能熬得过此刑。”

立雪只看了一眼，就差点呕吐出来。刑讯室里那残忍、丑陋的场面，让她浑身抽搐，双脚发软，如果不是左右分别被两名女特工牢牢抓住胳膊，她已经瘫倒在了地上。

“你有一个好父亲，也有一个坏丈夫。”玉川云子继续道，“你父亲已亲自找过了我们的司令官阁下，打听你的下落，并愿意为救你付出让人无法拒绝的代价。不过，你丈夫的逍遥法外，破坏了他一切的努力……”

刑讯室里，小泽见手下已经将电极固定在了小武的肛门和阴茎上，铁青色的脸上绽开恶毒的笑意—— 性器官是人体最敏感的器官，当电流通过受刑者的性器官时，会产生强烈的精神和肉体刺激，令受刑者痛不欲生。

“渡夫，开始。”小泽朝行刑手下令。

小武惊恐地看着边上那名满脸痤疮、摇动电机手柄的矮壮家伙，心里却在默念着他当初的誓言：严守机密、服从纪律、不怕牺牲、努力革命、永不叛党！

从被抓的那一刻，小武便有了经受各种酷刑的心理准备。尽管这是他人生第一次受刑，但对日寇的种种残忍、毫无人性的刑讯手段，他早有耳闻。他坚信自己会挺过去，无论怎么样的酷刑加身，他都会挺过去……

随着渡夫缓缓摇动手柄，电机上的绿灯亮起，电流表上的指针慢慢升起，1 毫安、2 毫安、3 毫安……

在吱吱的电流声中，小武清晰地感受到一股麻酥酥的感觉顺着电线进入了自己的身体，通过脑神经，瞬间遍布全身……不过让他诧异而羞愧的是，此刻他并没有感觉到任何痛苦，相反，他的身体开始兴奋，进而产生出快感，阴茎快速勃起。他下意识地看了对面的小泽一眼，却见对方正看着自己的下体，露出淫邪而残忍的笑。

下一秒，当电流表指针指向 5 毫安刻度，一声撕心裂肺的惨嚎从小武的喉咙里传出，让人毛骨悚然。而小泽和他的几名手下却对此早有预料，每个人脸上或多或少都挂着戏谑、满足的笑意。

如果说上一秒，那些在身体流淌的电流还如同丝丝细绒，在温柔地拂过他体表的每一寸肌肤，那微微酥麻的感觉会让人忍不住发出舒爽的呻吟，而下一秒，这些丝绒就骤然变成亿万根烧得通红的钢针，猛地刺入他的身体，在每一根细小的血管、神经和骨髓里疯狂游走、炙烤，这转瞬间如天堂到地狱般的剧烈转变，让人从精神到肉体都难以承受。

小武的身体不由自主地开始抽搐，6 毫安、7 毫安、8 毫安……随着电流的逐渐加大，他身体的痉挛不断加重，五脏六腑都在急骤收缩。9 毫安、10 毫安、11 毫安……他的四肢五官百骸如被烈焰焚烧，他一声惨过一声地嘶吼着。12 毫安、13 毫安、14 毫安……他全身快要沸腾了，已经无力嘶吼惨叫，下嘴唇被自己咬得鲜血淋漓，面容通红、扭曲，额头青筋鼓胀，似欲爆裂一般。

15 毫安……当小泽闻到一股屎尿味道时，他知道犯人已经大小便失禁，于是朝控制电机的渡夫摆了摆手。后者停止摇动电机摇把。

两名在外面待命的中国劳工进来，快速地将地上便溺之物打扫干净后离开。小泽用白手帕捂着鼻子，走上前，近距离打量着像是刚刚从水里捞出来、瘫软在电椅上的小武，用蹩脚的汉语瓮声瓮气地说："你的身体很棒，一般人在 10 毫安就会大小便失禁，恭喜你，可以享受更长时间的'电浴'。"

“求求你……我受不了……”小武祈求地看着小泽，断断续续道，“太君……放过我吧……我什么都不知道……”

刑讯室外，玉川云子朝一名女特工眼神示意，后者抓住立雪的头发，将她低垂的头强行拽起。

“段夫人，我今天请你来这里并无恶意。”玉川云子道，“我们上次的交谈中，有些重要细节，比如谁帮助你们坐上了火车？你丈夫在广州有哪些亲密的朋友？你都没有告诉我们……我希望这次参观能帮助你回忆。这也有助于你重获自由。”

针对段世豪的通缉令已经发出一天了，特高课仍然没有任何收获，这让玉川云子万分焦急。尽管今天中午的时候，她接到检疫所的报告：罗立雪的血液检验结果显示她并没有感染“零号”。但妻子没感染病菌，不代表丈夫不会感染——从死亡时间上推算，前者没有和桥本直接接触，后者却非常有可能。

于是，女课长命人将罗立雪押来了这里，想要从她嘴里得到某些有利于案件侦破的线索。只不过囿于原田冈夫的郑重要求——尽可能不要对樊兴业女儿的身体造成伤害，玉川云子才没直接用刑，而是打算先用这种柔和的方式，看能否撬开对方的嘴。

此刻，见罗立雪已面无人色，浑身瘫软，她觉得差不多了，便问：“想起什么了吗，段夫人，谁帮你们上的火车？”

这是玉川云子最想弄清的问题之一。如果不是昨日罗立雪被高度怀疑感染了“零号”菌，审讯条件恶劣，不方便用刑，她当时就会从对方口中逼问出答案。

在前几日的调查中，特高课曾找到了一条有关段世豪的线索——全城戒严当晚，车站守备队队长在没有登记“特别通行证”的情况下，私自将一对中国男女领进站台。不过，当特高课想要审讯这名叫佐佐木的少尉时，却发现这个人已失踪，最后他们在城北的一处林子里，找到了守备队队长被拧断了脖子的尸体。

这个情况立刻引起了玉川云子的高度重视。通过对已掌握的信息梳理、分析，她认为佐佐木的死跟段世豪有关，但又非段世豪所为——这位车站守备队队长死亡的当天，段世豪上午从东山劫持了樊兴业父子到了沙面，此后的大部分时间都待在戴夫勒诊所，根本没有作案的时间。

那么，凶手是谁？杀死佐佐木的动机又是什么？玉川云子进一步推测，像段世豪这种低阶巡警，工作地点又在远离城北火车站的黄沙分局，没有特殊机缘，不可能巴结上一名日本少尉、车站守备队长。因而，在佐佐木私放段世豪夫妇离境一事中，应该有位颇有能量的中间人。而正是这个中间人，在得知段世豪犯下大案后，担心自己受到牵连，将佐佐木骗出杀害，以绝后患。

而根据对凶杀现场的勘查，行凶者与其同伙一共三人，这便不是个人而是团伙作案。玉川云子不认为，在广州除了国共两党的地下组织，还有什么势力有胆子、意愿和能力绑架、谋杀一名日本军官。

所以，她最终得出结论，在这名中间人的背后暗藏着某个反日组织。如果能将这人找出来，不但可以破获这个反日组织，还很可能一举抓获段世豪。毕竟，没几个势力敢庇护一名甲级通缉犯。

玉川云子曾经怀疑过一个人——林文涛。不过很快有调查表明，这位宪兵司令部的高级翻译是某种程度上的自己人——以私人身份担任着玉川商事的商业顾问，对方那晚出现在火车站并和佐佐木单独接触，是为了替玉川商事发运一批货物。

至此，特高课在这个方向上的侦破受阻，直到昨天罗立雪被捕，她才重又转回视线，尝试从这个环节突破。

罗立雪双眼紧闭，长长的睫毛不停颤抖，她可以不看刑讯室里的情形，但耳朵里听见的非人的惨叫声，脑海中浮现的一幅幅惨不忍睹的画面，让她的精神已接近崩溃。

“我什么也不知道……”立雪痛苦地摇头，哀求道，“我不知道……我要离开这里……让我离开……”她声音越来越尖利，情绪越来越激动。

“好，我再给你一个晚上的时间考虑。”玉川云子嘴角勾起冷漠的笑意，摆摆手让两名女特工将罗立雪押走。

她也不想逼迫过甚。这种血腥而残暴的场景，莫说一名普通女人，即便一些赳赳武夫，见了也未必受得了。长时间的高强度刺激，还真可能导致对方精神失常。于是，她给了罗立雪一晚的时间来消化、体会这份恐惧。她相信，明天这个女人会知无不言。

审讯室里。电流指针很快超过15毫安，并缓慢上升，20毫安、30毫安、40毫安……小武的声带因一次次地哀嚎而撕裂，只能发出呜呜的声音；他开始口吐白沫，接着吐出胆汁和胃里所有能吐的东西；他双眼一直瞪着，快要从眼眶里滚出来，呼吸越来越不规律，好几次差点停止。

小泽一直冷漠地看着，直到电流达到75毫安，小武的眼球突出，瞳孔开始放大，他才命令渡夫停下。边上的军医给小武灌下了一大瓶生理盐水和葡萄糖液——这些液体中掺有大量的咖啡因和甲基苯丙胺，可以让人的精神长时间保持兴奋状态，不容易因剧痛而休克。

待小武精神稍有恢复，小泽即刻命令助手接着用刑。

就这样，小武被重复、持续地折磨了近三个小时。这期间，他又休克过去两次，但每次小泽都让医师给他注射大量的强心针和樟脑酊，将他救醒，接着施刑。

这令人疯狂的、长时间的折磨，让小武也有意志崩溃的时候，两次不由自主地脱口而出，“我说……”但当对方一旦停止用刑，小泽问他要说什么时，他的意志便重又回归，说些求饶，或求死之类的话。

老吴是今天的第二个观刑人。他被押进这间刑讯室时，两名行刑者正将耷拉着脑袋、全身瘫软的小武从电椅上解放下来，拖死狗一般拖向边上的十字桩。

此时的小武神情呆滞，下嘴唇被咬掉一块，血糊糊的碎肉吊在下巴上。他全身遍布皮鞭抽打、烙铁烧炙过的伤痕，几无完肤，阴茎被烧焦，肛门成了一个黑乎乎的大洞，不时有黑色黏稠液体流出……

尽管早有心理准备，老吴见到小武的惨状，仍热血冲顶、目眦欲裂，一句“畜生”差点脱口而出。“冷静，冷静！一定要冷静！”他竭力控制着情绪，眼角余光中小泽正窥视着他。

“太君……这是，这是……”老吴看向小泽，哆哆嗦嗦，满面惊惧之色。

“吴掌柜，你的这个伙计让我非常失望，希望你不会。”小泽瞪着老吴，恶狠狠道。他的确很失望，从来没有失手过的电刑这次失灵了。

他曾两次让渡夫将电流值保持在100毫安长达两分钟——这是一个十分危险的刻度，能摧毁人的意志，但也很可能让人丧失意识，变成一个傻子。这个刻度已经是极限，再高的话，受刑者的心跳将会立刻停止，身体组织全面钙化，再大剂量的强心针也救不过来。

而这两次 100 毫安的电击，的确摧毁了小武的意志，可令小泽失望的是，他仍然没从对方口中得到有价值的信息，最终，当他发现小武连意识都丧失之后，不得不停止了电刑。人在这种状态下，用任何酷刑都没有了意义，一个“傻子”无论承认什么，或供述什么已不能成为有效的口供。

不过，在小泽眼里，只剩一具躯体的小武还有些剩余价值，所以没有立刻将他处死，而是命人将老吴“请来”观刑。这也是他常用的手段。有很多时候，对“嫌疑人”展示一场血淋淋的刑讯，就足以摧毁他们的意志。

小泽的话让老吴脚下随即一软，好似站立不稳，忙伸手扶住边上的墙壁。“这、这……太君……”他脸色惨白，舌头打结，“我……小人一定，一定配合……”

小泽阴阴一笑。“先欣赏一下吧。”

两名行刑手将小武在十字桩上绑牢后，那名穿着白大褂的军医上场了。他戴上胶皮医用手套，在小武左肋处四下按了按，找准位置后，先用手术刀将包裹肋骨的皮肤划开，然后放下手术刀拿起一把大号钢钳，找到这根肋骨与胸骨的结合处，“咔嚓”一声钳断。

小武的身体只是微微抽搐一下，再没别的动静，他已失去了痛感和全部力气。

“人有 24 根肋骨，”小泽盯着老吴的肋部，“左右对称，各 12 根。如果剥离时足够小心，不伤到内脏，24 根肋骨全部抽出，人不会死。”

“当啷”，军医将一根血淋淋的肋骨扔进脚边的铁桶里。

老吴双膝一软，扑通一下跪在了地上，看着已经不成人形的小武，泪如涌泉。“太君……这孩子到底干了什么……你们要这样对他？”

小武艰难地抬起头，努力睁开被血液迷糊的双眼，看到视线中那道熟悉而模糊的人影，他很想笑一笑说：“老吴，你看，我经受住了考验。”然而，他什么也没说，也没有气力再说，呼出生命中的最后一口气后，重重垂下了头。

第十三章 人心险恶

时间：第六日

夜色深沉，江雾笼罩了整座沙面岛。万家灯火早已被黑暗湮灭，只有几盏街灯孤零零地亮着。

老船长酒吧黑漆漆的屋顶上，阿豪正在做行动前的最后侦察。望远镜里，玉川商事货栈里幽暗寂静。三小时前，那些护卫们先后回到了他们位于一楼的宿舍，熄灯睡觉。现在整栋楼只有一楼楼梯口那盏路灯还亮着。

阿豪主要关注的是二楼。通过下午和入夜后一段时间的观察，他已经可以确定，总共有十二间房间的货栈二楼，今晚只住了两人——戴夫勒和他的那名专职看守。后者就住在医生的隔壁房间，是他今晚行动的最大障碍。

这个家伙入睡的时间比他楼下同伴要晚一些，十点半左右房间才熄灯。不过阿豪觉得，三个多小时，足够对方进入深度睡眠了。

他放下望远镜，看了一眼表——凌晨一点，决定开始行动……

半小时后，阿豪出现在了货栈西侧的围墙下，他背着背包，猫腰在阴影中快速向南边的楼房摸去。玉川商事的安保意识很强，货栈的围墙高达四米，墙头还布满了碎玻璃碴子。阿豪无意去挑战这种高难度的徒手翻越。在寂静的深夜，但凡弄出一点动静，都可能惊动那只日本狼狗，而今晚行动的关键在于隐秘。

他有更好的选择——白天从望远镜里，他观察到在货栈主楼西侧的外立面墙上，有一根从屋顶垂直而下的排水管。

阿豪很快找到了这根成人胳膊粗的铁管，他用力晃了晃，感受了一下排水管的牢固程度后，又掏出手电，照了照固定铁管的几处扣件的位置。

随后他收起手电，解下背包，从里面取出一瓶医用消毒水，在自己身上四处洒了些。医用消毒水，是狗类最厌恶的味道之一，避之不及。

接着，阿豪又掏出老巴迪友情赠送的那把“托卡列夫 TT33”型手枪，上好子弹重新插回腋下的枪套。当然，不到万不得已，他不会开枪——他可不愿意看到英法军警在沙面展开一场大搜查，这只会让他的处境雪上加霜。

他甚至希望，今晚连绑在右腿外侧的那把德国伞兵匕首也不需要拔出来，只用背包里的长绳和万能钥匙就完成这次行动。

他虽然不是开锁专家，但作为曾经的军统“青浦训练班”的行动课教官，用一套由钢丝、铁钩和齿模组成的“万能钥匙”打开普通的锁具，是必备技能之一。

完成各项检查和准备，阿豪开始向上攀爬。这并非易事——除了一根光滑的铁管，和每隔两米才有的扣件螺栓，再没有别的抓手和踩点可以借力。好在铁管和墙体间还有宽窄不一的缝隙，他能将手指或整个手掌插入，大力将铁管抱住，给登踩在墙上的双脚提供足够的反作用力支撑，一步步向上移动。

不过这种攀爬方式，容易致使固定排水管的扣件螺栓从墙体里松脱，最严重的后果是导致整根排水管掉落下来。阿豪很快便察觉到了危险——铁管和墙体间缝隙越来越大。

当他就要爬到这根七米高的铁管的顶端时，危险真实发生了——随着“咔嚓”一声轻响，最上方那道扣件的两颗螺栓从墙体里脱出，排水管管口瞬间脱离楼顶水槽，向下倒去。

阿豪心中猛惊，在身体后倒的刹那，双臂闪电般向上伸出，手指堪堪扣住上方的水槽边沿。

在没有外力的继续作用下，排水管停止了倾倒——下方三道扣件上的螺栓，尚未完全从墙里松脱，勉强维系住了重力平衡。

阿豪十指死死抠住水槽边沿，牙关紧咬，双臂用力，艰难地将吊在半空的身体一点点往上拉。终于，他爬上水槽，翻入楼顶平台。

回头再看下方的排水管，阿豪一边大口喘息，一边心道好险！刚才自己的动作哪怕晚上十分之一秒，整根铁管就会砸下去，即便他不会因此受伤，但如此大的动静，也将彻底毁掉今晚的行动。

调整好呼吸后，阿豪猫起腰，无声而快速地朝楼顶中部的一道小门走去。

为了最大限度地避免惊动一楼的护卫，以及那条入夜后便再也没从望远镜里见到过的狼狗，他为今晚行动选定的最优路径是：从排水管上到楼顶，通过楼顶的天台门进入楼里，然后直奔二楼，打开戴夫勒的房门，带着医生从原路撤离。

不过此刻，当他走到天台门前，伸手推了推了后，心下就是一沉。白天从望远镜里，他并没看出这道油漆斑驳的小门，竟然是扇封闭式铁门。而这种铁门一旦从里面锁上了，除非用极其暴力的方式，休想打开。

此路不通，阿豪迅速离开，来到楼顶的西北角，探头观察下方的院落。看守的房间在二楼走廊的东端，为避免惊动对方，他选择从最西边下去。

此刻，更深雾重，整个货栈幽暗而寂静，唯有哗哗江水声隐隐入耳。

确认安全后，阿豪翻过护栏，站在水槽边。他背转身，双手把着护栏的立柱小心蹲下，将双腿下伸，夹住水槽下方那根方形廊柱，然后手脚并用，抱着廊柱，无声地向下移动。

十秒钟后，阿豪下到了二楼阴暗的走廊里。这条东西向的走廊长约五十米，他现在位于走廊西端。拔出绑在小腿外侧的匕首反握手中，阿豪靠着墙，无声而快速地朝走廊另一头走去。

楼梯口位于走廊中部，没有开灯，黑漆漆的。阿豪经过时，突然心生警兆，霍地扭头朝右上方看去——就见一条黑影，从通往天台门的楼梯上蹿下，箭矢般射来，大嘴张开，白牙森森，直奔他的咽喉。如果是普通人，骤然遇上如此迅猛、凶狠的攻击，十有八九会被这条经过严格训练的猛犬扑倒在地，一口咬断脖子。

不过以阿豪的身手和反应速度，即便之前没有防备，也断不至于被这条狼狗扑咬上。他心中虽惊——万万没想这条狼狗会在这里，但动作极速，脚下后退的同时，抬起左手护住咽喉。

“咔嚓”，当狼狗一口咬上他的左小臂后，他右手握着匕首闪电般插进狼狗的后脖颅骨根部，一刀切断了这头猛犬的中枢神经。狼狗一声呜咽，搭在阿豪双肩上的前肢顿时一软，瞬间失去了意识和全部能力。

阿豪迅速将手臂从狗嘴里抽出，抱住这条日本狼青，没让这头50公斤重的大家伙直接砸在地上。

其实，如果只是为了重创或击毙这只狼狗，他没必要将手臂送给这头畜生咬上一口。无论是用匕首还是拳脚，他都能在自己被扑咬到之前，让这头猛犬失去攻击能力。

但在那电光火石的瞬间，他想到的是如何能“更快速、更安静”地处理掉这头警惕而凶猛的家伙，不让它有机会发出一声犬吠，而不是被咬上一口后，左手小臂会不会如此刻般隐隐作痛。

是的，只是隐隐有些痛感。下午看到这条狼狗的撕咬训练后，阿豪在行动前给自己的左右小臂缠上了好几层结实的粗麻布，加上厚实的飞行皮夹克外套的保护，他不认为被狼狗咬一口，自己会受到多大的伤害。毕竟，被人驯养的狼狗，咬合力再强，也比不了真正的狼。

将狼狗轻轻放在地上，阿豪心中暗自庆幸——所谓咬人的狗不叫，今晚他如果遇上的不是这只品种优良、训练有素的攻击犬，而是那些不怎么敢咬却特别能叫的土狗，那么，这次隐秘的行动，立刻会变成一场以杀戮开道、暴力突击的战斗。成功的可能性将大幅降低。

就在这时，前方阴暗的走廊上突然一亮——灯光从看守的房间里透出。阿豪心中一凛，大脑高速运转，进击还是退隐？他必须迅速做出决策！

看守这时候开灯，无论是什么原因引起，有一点可以确定——对方醒了。如果他仍想按原计划行事，此刻要做的就是立刻隐藏起来，等对方重新入睡后再继续行动。然而，一旦他选择隐藏，局面立刻陷入被动，形势将对他非常不利——对方什么时候重新入睡？需要多久才能进入深睡眠阶段？对方会不会走出房间？等等不可预计和控制的因素太多……

想到这里，阿豪立刻做出了决定，快速且无声地向看守的房间靠近。他杀了那条狼狗，机会只有今夜这一次，此刻只能进不能退！

阿豪此时反而希望这名看守能走出房间，这样可以帮他解决一个非常棘手的问题——怎样才能悄无声息地除掉对方？

运气这次站在了他这一边！“吱呀”一声，房门打开，一个矮壮的身影出现在门口。此时，阿豪离房门还有五米的距离，他陡然加快脚步，等这家伙转身看过来时，他一个箭步射至其近前，同时闪电般地一拳挥出，击向对方的喉部。

这次攻击他没用匕首——过重的血腥味并不利于今晚的行动。不过这一拳，是他从八极拳最基础的拳式“撑捶”简化而来的近身杀招，可谓“动如绷弓，发若炸雷”，完美体现了八极拳的要义。别说这个还一脸睡眼惺忪的看守，即便是擂台上全神贯注的对手，只要被他正面近身，也没几人逃得过他这暴烈一击。

“咔嚓”一声脆响，喉结碎裂，矮壮看守一脸惊恐，双手捂着自己的喉部，半张着的嘴里发出嘶嘶嘶的气声，像破了的风箱。见对方脚下踉跄着就要向后摔倒，阿豪一步抢上，用手臂夹住他的脖子，迅速拖进房里。

将还在垂死挣扎的看守按在地上，阿豪双臂用力，扭断了他的脖子。既然袭杀了戴夫勒的专职看守，他便不需要再复习一遍用万能钥匙开锁的技巧，从对方身上找到一串钥匙后，阿豪迅速关了灯走出房间，拉上房门。

走廊上重又恢复了黑暗。阿豪站在戴夫勒房间门口，正准备开门，突然想到什么，随即从衣兜里掏出一个医用口罩给自己戴上。他怀疑房间里的人患上了某种传染病，否则那些接触戴夫勒的家伙不会人人口罩遮面。

打开门锁，轻轻推开房门，阿豪闪身而入后反手将门掩上。房间里比外边走廊还要黑暗几分。他打开手电筒，快速将整个房间照射一遍。

房间大概二十来平方米，陈设简单，除了一桌、一椅、一床再无他物。此刻，戴夫勒正躺在靠墙的单人铁架床上，抬起头，用惊疑的目光看着他这个不速之客。

显然，阿豪动作虽轻，但仍惊醒了医生。这也不奇怪，没几人戴着手铐还能踏实睡觉。

“谁？”戴夫勒抬手挡住射来的电筒光，低声问道。

“是我，段世豪。”阿豪将电筒从戴夫勒脸上移开，照在他铐在床头的右手手腕上。

“段……你怎么来了？”戴夫勒激动道，随即翻起身，靠坐在床头。

“交易，来和你再做一次交易。”说话的同时，阿豪将手电照向房间里唯一的窗户——这扇朝南的推窗，被七八根十厘米宽的厚木条从里面封住，木条两头用铁钉固定在木质窗框上。看上去应该是一项临时措施。

“我需要付出什么？”戴夫勒问。

“桥本的胶卷。”阿豪一边回答，一边解下背包，从里面取出一根撬棍。

“胶卷不是在你手上吗？”医生惊讶道。

“戴夫勒先生，”阿豪走到床前，逼视着对方，“我来这里很不容易，希望你坦诚一些。”

“你要胶卷干什么？”戴夫勒试探道。他已从川崎口中得知罗立雪被捕一事，其实已经猜到了答案。

“我妻子在宪兵队手里，我需要用桥本的秘密换取她的自由，也是你的自由。”阿豪觉得没必要对一个聪明人说谎。他走到窗前，开始撬钉在窗户上的木条。

“如果我没有胶卷……”戴夫勒敛容道，“亲爱的朋友，你不会将我继续留在这个该死的地方吧？”

“不会。”阿豪头也没回，冷酷道，“我想，你的价值并不比桥本的胶卷差多少。”

“你……”戴夫勒刚从牙缝里挤出一个字，便剧烈地咳嗽起来，他忙用左手捂住自己的嘴，足足咳了近半分钟才停下。再开口时，他的气息虚弱了许多：“你……你想把我……交给宪兵队？”话一出口，医生也觉得多余，他太知道正在撬窗户的这个男人，能为他的妻子干出多么疯狂的事来。

“对你来说有什么区别吗？同样是日本人，不过是换个地方。”阿豪口中说着，手却一直没停下，小心且迅速地将一颗颗铁钉撬出。

“我要是不想走呢？”戴夫勒不甘道，“只要我大喊一声……这里有很多守卫，你能杀光他们吗？”

“你可以试试。”阿豪回头看了医生一眼，视线如两道利芒，刺破黑暗。

戴夫勒心头一颤，沉默片刻后，沮丧道：“好吧，你赢了……出去后我会把它交给你。”

阿豪面色如常，心里却是长舒一口气。事实上，在这之前，他一直担心着两件事：

其一，是否真的存在两卷承载着某份高价值情报或机密的胶卷？毕竟，那晚在戴夫勒书房外，他只看见了短短的一幕，而且他听不懂英文，不知道当时桥本和戴夫勒在说些什么。

一切都是他通过常理做出的判断——桥本是共产国际间谍，是日伪大力通缉的要犯，身上携带的微型胶卷，定然有很高的价值。但也不排除桥本带在身上的，只是两卷尚未使用的胶卷。

其二，即便戴夫勒之前通过某种方式，暗中用空白胶卷置换了桥本身上承载着机密的胶卷，但他已被这伙日本人囚禁了一天两夜，胶卷还能保住吗？

不过现在，对方已亲口证实胶卷的存在，并且还在掌握之中，这让他一直提着的心稍稍放下了些。

但阿豪此刻还不能全然相信戴夫勒，脑中还有一个疑问："你前天去码头没带胶卷，为什么？"

是的，戴夫勒既然表示自己还掌握着胶卷，证明他当时没有随身携带，不然胶卷现在已落在了囚禁他的这些日本人手上。可对方明明是要离开广州，为什么不将如此重要的东西带走？这不合常理。

"事实证明我的预感没有错。"戴夫勒晃了晃被铐在床上的右手，苦涩道，"如果我当时带着胶卷离开，现在……我的朋友，你应该见不到我了。"

阿豪接受了这个解释，心知应该是那晚出现在诊所的日本杀手，让戴夫勒心生戒备，从而将胶卷藏匿起来，留下自保的后手。

"你很快就会重获自由。"他说着将撬下的第七块木条轻轻放到屋角，心想，应该不需要勉强去做那件违心的事了。

其实，阿豪先前嘴上虽然说，没有胶卷就用戴夫勒和宪兵队交换立雪。但真要这样做，他的良心未必会答应。毕竟，这位美国医生虽然不是什么善良之辈，但从没主动伤害过他们夫妻。相反，从某种意义上讲，对方还是他的"救命恩人"。即便他给予了对方同等的回报，但也做不到把对方交给宪兵队后还能心安理得。

"你认为……我现在的身体……可以从二楼的窗户逃走吗？"黑暗中，戴夫勒一边咳嗽一边说道。

阿豪用行动回答了医生的担忧。他将钉在窗户上木条全部撬掉后，从背包里取出一捆拇指粗的麻绳，将绳子一头牢牢绑在铁床的床架上。

"我的朋友……"戴夫勒颓然一笑，虚弱道，"我现在走路都需要人搀扶……你觉得……我还能抓住绳子……把九十公斤的自己放下去吗？"

"你可以什么都不用做。"阿豪说着用从背包里取出一件"五点式安全带"。这件船员高空作业时必须穿戴的安全装具，和他今天携带的所有武器、工具同样来自老巴迪的"杂货铺"。

“亲爱的豪……看来你早有准备……”戴夫勒道，“我如果不答应跟你走，你会打晕我……用这玩意，把我像尸体那样弄走。是吗？”他语气调侃，心中却对阿豪越加忌惮。

“现在不会了。”阿豪用从看守身上找到的钥匙，打开戴夫勒右手腕上的手铐。

医生的身体状况的确很糟糕，起床都有些困难，阿豪不得不加以援手，帮他穿上外套，戴上安全装具，搀扶上窗台。

接下来的过程相当缓慢、吃力。阿豪站在窗后，一只脚登在窗台下沿上，双手紧紧攥住绳子，一点点下放。六米不到的高度，他足足用了两分钟才将戴夫勒放到地上。

把头探出窗外，见九十公斤的美国人安全落地，阿豪长长呼出一口气——行动最后也是最“沉重”的环节终于完成。

他掏出怀表看了一眼时间——凌晨两点零五分，然后登上窗台，背转身，双手攥住绳索，一跃而下……

一刻钟后，两道身影出现戴夫勒诊所后门外。欧式铁门紧闭，门上交叉贴着两条英军巡捕房的封条。

戴夫勒扶着墙瘫坐在了地上。这里距货栈不过五百米，但他看起来像是刚完成了一次十公里的武装越野——呼吸粗重、满头大汗，没了一点气力。

阿豪手脚并用，三两下攀上路边一棵粗壮的樟树，站在高过诊所后院围墙的树杈上观察诊所里的动静——后院和小楼，皆黑暗、寂静，没有一丝生命的气息。

一分钟后阿豪重新回到地面。“戴夫勒先生，我再重复一遍我们的交易……”他半蹲在医生面前，逼视对方，低声而严肃地说，“我拿到胶卷，你获得自由。机会只有这一次……你现在还确定我们要进去吗？”

“我向上帝保证……”戴夫勒虚弱地道，“你和我要的东西……都在诊所里……还有药物……我必须马上吃药……”说着医生又是一阵猛烈地咳嗽，接着他捂住自己的喉咙，发出阵阵痛苦的干呕声。

“好。”阿豪眼里闪过一抹怜悯。他虽然一直没问病情，但看得出戴夫勒的确病得不轻——精神萎靡、面容憔悴，和前天离开诊所时判若两人。

阿豪起身走到诊所后门前，打开笔形手电筒，咬在嘴里，照住门锁，然后从背包里取出“万能钥匙”。

他没想到这套在货栈没能用上的开锁工具，今夜还有使用的机会。当然，如果只是他一人进入诊所，无须如此麻烦——四天前那个晚上，他翻越这道三米高且没有任何防护措施的院墙，只用了三秒钟。

但今晚，他必须和戴夫勒寸步不离，以防止这位美国医生重演逃跑的戏码——美国领事馆就在离他们三百米外的地方。而目前此间主人的身体虚弱如百岁老人，要求对方用翻墙的方式回家很不人道。

阿豪比照锁孔的大小和形状挑选出一把齿模，插进了锁孔，接着又将一根带弯钩的细铁丝捅了进去。他一手旋转齿模确定开锁的方向，一手拨动铁丝寻找锁栓的位置，反复数次后，“咔嗒”一声，锁簧弹开。

阿豪迅速收起万能钥匙，关了手电筒，朝墙角的戴夫勒招了招手后，轻轻推开门，闪身而入。

他拔出匕首，警惕而快速地朝通往后院的楼门摸去。上次的遭遇他可不想再来一次——那名日本武士的偷袭差点要了他的命。

阿豪伸手轻推，虚掩的木门无声打开。楼里越加黑暗、寂静得可怕。他打开手电，朝里面四下照了照，小心翼翼地走进去。

戴夫勒跟在后面，脚步虚浮，呼吸急促。进门后，他扶着墙，断断续续说道：“我不行了……先去……医药室……我要吃药……”

医药室在楼梯口边上，此刻房门半开着。阿豪走到门口，用手电朝里面照了照——室内乱遭遭的，工作台抽屉、储物柜柜门都打开着，各式药瓶、药片和医用器械掉得满地都是，这里显然被人粗暴而仔细地搜查过。

“我来找……”戴夫勒从阿豪手中拿过手电筒。

阿豪也不以为意，药瓶上都是英文，他可不认识什么是“磺胺”“阿司匹林”，干脆守在门外。他总感觉在这栋黑暗、阴森的小楼里，藏匿着某种危险。

然而，就在阿豪在外全神戒备，防止突然从某个黑暗角落杀出的袭击者时，医药室里却出了意外——正弯腰在地上寻找药物的戴夫勒，突然一头栽倒。

阿豪闻声转头看去，只见医生趴在了地上，一动不动，掉落在了一边的电筒还在微微晃动。

“怎么了？！”他低声问道，见戴夫勒没有反应，心中一紧，忙快步走去。

如果对方出事，他之前的冒险，所做的一切，就都白费了。

“戴夫勒……”阿豪半蹲在医生边上，伸手探了探对方的鼻息，心下稍宽，应该只是昏厥。他拍了两下医生的肩膀，“戴夫勒先生，醒醒……醒醒……”

终于，医生蠕动了一下身体，嘴里发出虚弱的声音：“扶……扶我……”

阿豪暗自松了一口气，将匕首插回绑在小腿外侧的皮鞘中，俯身搀扶。

“找到药了吗？”他伸手揽着戴夫勒的后脖颈。

“上帝保佑……”医生无力地抬起手，将握着的管状物递到阿豪眼前。

阿豪以为是药瓶，正要伸手接过，突然“嗤”的一声，一股气体喷在了他脸上。事发突然，他根本来不及闪避。一来是距离太近，戴夫勒抬起的手离他面门不过十来厘米；二来对方糟糕的身体、之前的昏迷，让他一时放松了警惕。

乙醚！微甜、刺鼻的气味，让阿豪瞬间意识到吸入了什么——一种极其厉害的麻醉药，只需两三秒的时间就能致人昏迷。

他挥手打飞戴夫勒手中的喷雾器，一手大力扼住对方脖颈，一手闪电般拔出匕首，插向戴夫勒的心脏。

戴夫勒的脸部瞬间鼓胀、扭曲，惊恐地看着阿豪手中匕首，一动也不能动。

“你干什么？！”阿豪低声怒吼，匕首尖抵在戴夫勒的左胸上，却迟迟没有插进去。如果此刻用乙醚攻击他的不是戴夫勒，他会毫不犹豫地在自己昏迷前将对方杀死。但这一刻他犹豫了，意识里有个声音在提醒他——不能杀！他是救出立雪的唯一希望……

从阿豪今晚出现在自己的房间，说明来意的那一刻起，戴夫勒每一秒钟都在想着如何利用对方逃离后，摆脱甚至除掉这个危险人物。但他很清楚，阿豪警惕性高，意志坚定，自己不交出胶卷，想要靠威胁、诱惑或欺骗等手段脱身或反制对方，根本行不通。依靠武力？他想都没敢想——这世上有几人能徒手格杀三名全副武装的日本士兵？思来想去，戴夫勒觉得只有将阿豪骗到自己的诊所，或许才有机会。于是他很坦诚地说出了藏匿胶卷的地方——诊所。

事情的发展，一如戴夫勒所料。在医药室里，他如愿找到了藏在储物柜一个暗格里的乙醚喷雾器，接着他假装摔倒，引诱阿豪来搀扶自己，然后突然出手。

他成功了！要知道他手中的这支喷雾器，并非寻常医院里使用的医疗器具，而是美国战略情报局专门为外勤特工设计的便携式武器，其麻醉效力和药性展开的速度都远远超过普通的医用麻醉剂。实验表明，一旦吸入这种乙醚气体，普通人一秒之内就会神志模糊，两秒钟内彻底失去意识。

感觉到勒在脖子上的手臂缓缓松开，湿冷、新鲜的空气再次从口鼻进入干裂的胸腔，戴夫勒终于确定自己这次赌赢了——对方太在乎他的妻子，所以昏迷前没将匕首插入自己的心脏。而这短暂的犹豫，决定了两人的生与死。

“亲爱的朋友，这是你自己的选择，我会为你祈祷。”当阿豪身体一软，重重翻倒在一边后，美国医生在心里说。他一边大口呼吸一边艰难地从地上站起。

之前在阿豪面前，戴夫勒将自己的病状表现得夸张了些，但实际上，他的身体也的确够糟糕的了，走起路来摇摇晃晃，仿佛一个风烛残年的老人般缓慢、吃力。毕竟这两天的发烧、咳嗽不是装出来的。

弯腰拾起地上的手电筒，照着地上男子那张双眼紧闭却仍然带着怒意的脸庞，戴夫勒小心翼翼上前半蹲下，在阿豪身上摸索。拔出阿豪腋下枪套里的手枪后，他起身退开两步，颤颤巍巍抬起手臂，对准阿豪的心脏。

扣动扳机前，戴夫勒复又将枪放下。他想到了一个严重的问题——枪声一响，会引来什么。于是他打着电筒，在地上寻找阿豪先前握着的匕首。尽管他已经很虚弱了，但还不至于无法拿刀割断一个人的颈动脉。

不过外科医生没能找到他最擅长的工具，应该是阿豪摔倒时甩丢了。他不打算花时间去找这把掉在某个黑暗角落的匕首，他有更趁手的杀人武器。麻醉剂的药效在三十分钟左右，时间足够了。

戴夫勒转身走出医药室，来到楼梯前，将手电筒和枪放在边上的接诊台上。他先握住楼梯右侧第二根立柱逆时针转了两圈，然后双手抱住第一根罗马柱的柱头，转动这颗直径十厘米的木质圆球。很快，这颗看似和下面方形立柱为一个整体的实心木球被他取了下来，露出下方的孔洞。

戴夫勒伸手从孔洞掏出一只巴掌大小的皮包，打开后从里面取出一只黑色钢笔。他小心翼翼旋开镶嵌着一圈金边的钢笔笔帽，露出尖锐、散发着幽幽银光的金属笔尖。这同样是一只美国战略情报局特制的杀人器具，钢笔的水管里装的不是普通墨水，而是一种剧毒——氰化氢液体，可以让人在几秒钟之内死亡。

转头看了一眼医药室地上的身影，戴夫勒重新将笔帽套上，放进衣兜，气喘吁吁走到接诊台前，拿起电话。自己身体的情况自己清楚，他需要人接应。

“嗖”，黑暗中寒光一闪，紧接着戴夫勒发出一声惨叫。一只十字镖扎在他拿电话的左手手背上，尖利的镖尖透掌而出，鲜血淋漓。

“咣当”一声，手中的电话听筒掉在台子上，戴夫勒右手握着左手手腕，“噔噔噔”连退好几步后才靠墙站住。在他惊恐的眼神中，一个背挎忍刀、戴着口罩的男子从黑暗的走道里缓缓步出。

“你……是谁？”戴夫勒忍痛问道。

来人只用眼神凌厉地瞥了一眼戴夫勒，便不再理会，径直走到接诊台边。他打开手电筒，照了照台上的那把手枪和黑皮软袋后，先将枪插回腰间，然后从袋子里掏出一个拇指大小的铝筒，打开盖子，倒出里面的胶卷，用手电照着仔细查看。

Mycro——当看到这五个字母，确认手中是秋田制作所生产的十六毫米微型胶卷后，川崎眼里露出了得意之色。

事实上，在得知阿豪拿到的是假胶卷后，川崎和他的首领玉川秀雄一致认为，真胶卷很可能被戴夫勒藏匿在诊所里的某个地方。不过，要想在一栋上下两层，总面积超过七百平方米的建筑里，寻找一个被藏匿起来的拇指大小的物件，无疑是非常困难的。况且，现实条件还不允许他们明目张胆地在这里进行搜索。

因而，半小时前，当例行夜巡的川崎发现戴夫勒被人救走后，并没惊动货栈里的其他手下展开大肆抓捕，而是独自追踪——单纯地抓回戴夫勒意义不大。他暗中尾随在两人的身后，希望借机找到被藏匿起来的胶卷。这种行动显然并非人越多越好，况且时间也不允许他召集人手——当时他从囚禁戴夫勒的房间窗户里，正好看到两道身影消失在楼房的拐角，他不敢耽搁，如果戴夫勒直奔美国领事馆，他必须将其截杀。

此刻，川崎很为自己当时的决断自得。事情的顺利超出他的预计，胶卷轻松到手，而那名救走戴夫勒、令他颇为忌惮的家伙，竟然中了医生的暗算——医药室的门大开着，躲在斜对过走道里的他，目睹了刚才发生的那一幕。

“是你……”戴夫勒终于认出了来人，一脸惊惧。

“抱歉，”川崎抬起手电筒，照在戴夫勒那张惨白、扭曲的脸上，“戴夫勒先生，这是个误会，我没认出您来。而您，不该打这个电话。”他的语气戏谑而冷漠，哪有半分的歉意。

“川崎，你想干什么？”戴夫勒握着被十字镖扎穿的左手，全身都在因疼痛而战栗。

“我来救您啊！我发现您被人绑架后，立刻赶来了。”川崎抬了抬手，电筒光从戴夫勒的脸上移到医药室地上阿豪的身上，“他还活着吗？”

“昏迷……啊，我的手……”戴夫勒痛苦呻吟，靠着墙跌坐在了地上。

“放心，您会得到最好的治疗。”川崎朝医药室里走去，“等我处理掉他就带您回去。”

“等等……”戴夫勒叫住从身边经过的川崎。

“你……”川崎脚下一停，闷哼一声，踉跄着后退两步。他伸手摸到插在自己大腿上的硬物，拔了出来，用手电照了照，见是一支钢笔，有些错愕。

“现在……公平……”戴夫勒对着川崎射来的电筒光，艰难地举起插着十字镖的左手，心里却在读秒，“一、二、三……”氰化氢毒性发作需要 8 到 10 秒的时间，他要在这之前稳住对方。

“混蛋！”川崎咒骂，手中忍刀一挥，却又生生停住。在胶卷的真实性得到证实之前，戴夫勒还不能死。

川崎咬牙放下高举的忍刀，狠狠瞪了戴夫勒一眼，一瘸一拐地朝医药室里走去。阿豪虽然被戴夫勒不知道用什么办法迷倒，但他仍不放心，要尽快解决掉。

然而，刚走两步，川崎便感到胸间突地一闷，莫名地感到一阵恶心，勉强再走了一步后，胸腹之间又有一股强烈的呕吐感骤然袭来，这让他不得不停了下来。

听见川崎的干呕声，戴夫勒暗自松了口气。氰化氢的毒性终于发作了！恶心、呕吐，接着他会视线模糊，身体抽搐、痉挛，直至死亡……医生一边想着，一边艰难地从地上站起。他要提防川崎临死前的反扑。

戴夫勒的小心没有错，他刚站起身，一道电筒光就照了过来。

“钢笔上有毒！”川崎嘶哑的声音里包含着无尽的愤怒。身体的突然不适，让他立刻想到了戴夫勒用钢笔捅自己的那一下。

愤怒之后就是恐惧，对方在钢笔上淬了毒，是要置自己于死地。然而，现在明白已经晚了。他的视线开始模糊，戴夫勒那张脸渐渐融化在电筒光白色的光晕中。

川崎感到了绝望，虽然他不知道对方用的什么毒，但从毒性发作如此迅猛来判断，他确定这必是一种剧毒，也绝了最后一丝的生念。

“啊”的一声惨叫，川崎咬破了自己的舌尖，在剧烈疼痛的刺激下，他消散的神志重新聚集回来，然后整个人纵身朝戴夫勒扑去。死也要将那个卑鄙的家伙干掉！这是玉川公馆二号杀手最后的执念。

虽然早有准备，但戴夫勒仍没能完全避开川崎的攻击。他的身体状况极其糟糕，行动迟缓，而川崎的反应之快，超出了他的预计，几乎没给他逃离的时间。

“噗”的一声，川崎手中忍刀扎进了戴夫勒的小腿肚。医生一声惨叫，扑倒在地。原本，川崎这一刀瞄准的是戴夫勒的背心，想要一击毙命。但身体突然的痉挛让他无法再保持平衡，半途跌倒，只勉强刺中戴夫勒的小腿。

戴夫勒挣扎着想要从地上站起来，但手上和腿上的伤让他无力做出这个简单的动作，最后只能在地上拼命地往前爬。

身体已经有些僵硬的川崎，同样也失去了站起来的能力。感到自己的神志再次开始消散，死亡即将来临，他爆发出全部的力量，身体猛地向前一蹭，伸手抓住了戴夫勒的一只脚踝。

川崎艰难地抬起握刀的手，胡乱地朝戴夫勒身上戳去，一下、两下、三下……感受到飞溅在脸上的温热液体，他呵呵地狞笑，举起忍刀，用尽最后也是全部的力量朝戴夫勒背心插去……

二十分钟后，阿豪半蹲在两具尸体边，用手电照着死不瞑目的戴夫勒，昏沉的脑子渐渐清明，而一颗心却沉入谷底——戴夫勒死了，他拿什么去救自己的妻子？此外，他心中也不免有几分愧疚——这个救过自己，也算是救过立雪的美国人的死，和他有着莫大的干系。但无奈的是，如果时光倒流，他仍然别无选择。

发生了什么？阿豪伸手合上戴夫勒的双眼，起身用手电四下照射，突然，他眼神一凝，盯着楼梯口那根没有柱头的罗马柱。

阿豪心中一动，快步上前查看，随即眼神渐渐亮起——这是一个藏物的隐秘机关，现在里面空了，东西呢？

阿豪扭头看向地上的戴夫勒和蒙面人，大致猜到自己昏迷期间这里发生了什么，心里隐隐升起一丝的希望。

他快速在两人身上搜索，很快便从川崎身上找到了那个软皮手包，取出里面的胶卷筒，一双眸子在黑暗中闪烁着激动的光芒——这次应该是真的了！

随即，阿豪看向罗马柱，心思电转，片刻后视线又落在两具尸体上，一个置之死地而后生的计划在心里制定完成！

他掏出怀表看了一眼时间，已是凌晨三点。时间有些紧张，他必须在天亮前清理完现场、完成布置……

第十四章　明知是陷阱的交易

新一天的太阳刚刚升起时，一辆车头插着美利坚国旗的黑色林肯牌轿车缓缓在上九路路口停下。

“朋友，谢谢！”阿豪推开后座车门，对前方穿蓝色制服的司机道。

二十来岁的白人男子转过头，微笑着用生硬的中文回道：“老巴迪的朋友，你可以叫我杰克。”

“好的，杰克，再见。”阿豪点头致礼后，拎起放在边上的皮箱，推门下车，走进行人稀疏的街市。他重又穿上和平建国军少校军服，用上了皇浦杰的身份。

在快到上九路和下九路相邻的十字路口时，阿豪拐进了边上一条巷子，找到一家修理钟表、锁具的小铺，走了进去。

许是刚开门的缘故，铺子里没有客人，只有一个50来岁、满头花白短发的干瘦男人坐在柜台后面，在台灯下鼓捣一只手表。

“师傅，修表。”阿豪沙哑着嗓子道。

干瘦男子闻言，先是抬头看了一眼，才轻轻放下手中放大镜和镊子，起身伸出戴着蓝布袖套的手，一边接过阿豪递来的怀表，一边漫不经心地问：“长官，您这表怎么了？”他用语恭敬，眼底却闪过一道鄙夷之色。

阿豪不语，墨镜后的眼角眯起戏谑的笑意。

“这表哪儿来的？”干瘦男人打开表盖看了两眼后，突然失声问道。他抬头盯着嘴上多两撇胡须，颧骨还粘了颗让人厌恶的大痦子的阿豪，原本浑浊的眼眸，霎时目光灼灼，满是狐疑和警惕。

“七指哥，近来可好？”阿豪摘掉墨镜和头上的军帽，露出招牌似的一口白牙。

“你、你、你……”黄七指又惊又喜，伸出断了三根手指的右手指着阿豪，结结巴巴。突然，他脸色一变，顾不得说话，慌忙从柜台后转出来，三两步跑地门口，将一块“歇业”的牌子挂在外面后将铺门关上。

“你胆子太大了！”黄七指关好铺门后，心有余悸道，“知道吗？这条巷子最近老有巡逻队过，碰上就麻烦了！”

“警察还是日本宪兵？”阿豪皱眉道。

“有区别吗？通缉令贴得满大街都是！”黄七指急了，“小子，你现在是杀人满门的江洋大盗，身怀巨款，谁不眼红啊？你不找地方猫着，大白天乱跑个啥？”

“江洋大盗……身怀巨款……”阿豪苦笑道，“你信吗？”

“我当然不信！但有个卵用啊……”黄七指一顿，又好奇道，“我说，前两天还听李瘸子说，你有大喜事，要把弟妹接回来，怎么转眼惹出这大事来了？”

“我宰了几个日本兵。”

“你说什么？”黄七指缺了一颗门牙的嘴里嘶嘶吸着冷气。

接下来，阿豪简略地将这几天自己的经历说了一遍，但跟“桥本案”有关的人和事他没有告诉对方。这倒不是他不相信这位同生共死过的战友，而是不想让对方牵连太多。

“立雪被宪兵队抓了，这可麻烦……”听完阿豪的讲述，黄七指一脸凝重，“你打算咋办？”

“办法有了，但要求七指哥你帮个忙。”阿豪说。

“求我帮忙？”黄七指垮下脸，“小子，再从嘴里吐出一个‘求’字，马上有多远滚多远。”

阿豪尴尬地笑了笑，道：“好吧，这件事你必须要出手。”

“说，要我干什么？”

“干你的老本行。”阿豪道。

黄七指眉毛一挑，微微佝偻的后背挺了起来。“说，炸什么地方？雷管、炸药、起爆器……导爆索也成，只要你能提供，整个宪兵司令部我都能帮你炸成废墟！”

阿豪将手中拎着的皮箱放在桌上，打开后道：“你看这些够不够用？”

“妈的，算你小子狠！”黄七指扫了一眼箱子里码放整齐的一块块“梯恩梯”炸药，倒吸一口冷气，“你真想把宪兵司令部全炸掉？”

特高三课课长室里，“啪”的一声，玉川云子将手上的一叠审讯记录摔在办公桌上。

“课长……”小泽尴尬道，“昨晚和今天，我和林谷轮番审讯吴启明，时间超过十个小时，所有手段都用上了……”

“你认为是我的判断错了？”女课长质问。

“不敢。”小泽道：“但根据目前的调查以及审讯，我们的确没找到他言行上的破绽。莲香楼的后院门开在一条叫‘二斜巷’的小巷子里，从那里到长堤大马路的逍遥池，比走茶楼前门的靖海路要近很多，他抄近路的解释也能自圆其说……”

“逍遥池的情况呢，核实了吗？”云子皱眉问道。

小泽道：“已经核实。吴启明是那里的常客，浴室的堂倌、搓澡和修脚的师傅都认识，知道他是平安药房的掌柜。据这些人说，吴启明的确是在中午12点左右到的逍遥池，2点半前后离开，坐人力车。而他回到平安药房是2点50分，从时间来看，一切都能对上。所以……”

“所以，吴启明昨天的异常行为合乎逻辑，一点破绽和漏洞也没有？”玉川云子重又坐下，端起桌上的咖啡杯，轻轻抿着。

“属下愚钝，请课长示下！”

女课长思忖道：“小泽君，你之所以认为他的行为没有逻辑上的破绽，是因为你心里还在把他当成普通人，而不是共党分子看待。如果我们确定吴启明就是樊兴业的同伙，那他昨天的行为可以有另外一种推测和解释。”

“我怀疑，在中午12点至下午2点50分这段脱离我们监控的时间里，吴启明已通过莲香楼的某个厨子、伙计、客人，或逍遥池的堂倌、师傅，传递出了情报。”

“既然吴启明已经将情报传递了出去，也知道我们不会放过他，为什么要回药铺？”小泽不解道。

“保护樊兴业！”女课长思索片刻后，笃定道，“只有这样才能解释。”

小泽一怔：“他这样做，是要让我们没有理由直接对樊兴业展开调查？”

玉川云子点点头，脸色再次阴沉下来。之前她还想以吴启明摆脱监控的可疑行为为由，向原田申请延长对樊兴业的调查期限，但随着吴启明的“自投罗网”，加上审讯失败，让她失去借口。

“狡猾的混蛋！”小泽咬牙切齿，眼冒凶光，“课长，我建议将莲香楼和逍遥池的人都抓回来，一个一个审。”

玉川云子摇头叹道：“小泽君，你不知道今天我们必须结束对樊兴业的调查，明天早上8点要将最终报告交给司令官阁下吗？这两家店的老板和员工加起来人数超过四十，我们还有时间一个一个地审讯吗？”

“那现在怎么办？”小泽道，“吴启明已经打过两次强心针了，短时间内再对他用刑，人肯定撑不住。”

“用刑，当然还须用刑。”玉川云子狠厉道，“不过，这次换个审讯对象，罗立雪。”

“课长，您是想换个突破方向？”小泽原略一思忖便明白了她的意图。他和玉川云子讨论过佐佐木的案情，并同意对方的分析——全城戒严那晚帮助段世豪离境的中间人、第二天杀死佐佐木灭口的凶手，背后藏着一个反日组织。

“对。”玉川云子道，“而且，我更倾向于认为，是共党的地下武装杀死了佐佐木。而段世豪，如今很可能正受这伙人的庇护。”见小泽原投来疑惑的目光，她又解释，“国民党的地下势力，在我们这几个月的持续清洗下，损失巨大，据我安插在军统的两名内线回报，他们这段时间最重要的任务就是蛰伏，没有任何的行动。”

小泽原萎靡的神情稍稍一振：“撬开她的嘴，找到那个中间人。我们就能一箭双雕，破获一个共党地下组织，抓住段世豪。”

“不，是一箭三雕。”玉川云子眯起的双眸里，射出两道针芒，“吴启明那个药铺应该是共党地下组织在广州的一个联络站。共党成员不可能每个人都是铁嘴钢牙，一旦我们破获这个组织，只要一人开口，即便不能直接指认出‘冰山’，但吴启明暴露概率会很大。这样一来，樊兴业这只老狐狸的尾巴就露出来了。不是吗，小泽君？”

小泽心下犹豫，他可不是出生于玉川这样的贵族家族，不敢违逆原田冈夫的意愿，想了想提醒道：“课长，樊兴业的政治调查还没结束，如果最终结果显示他没有问题，而我们对他女儿刑讯……司令官阁下那里如何交代？”

玉川云子冷酷道：“摧毁一个人的意志，难道只能用血淋淋的手段吗？”

半小时后，审讯室。立雪被绑在倾斜的水刑床上，还没开始用刑她已经痛苦不堪——后肩尚未痊愈的伤口再次崩裂；紧紧勒在脖颈、胸腹上的绳索让她呼吸艰难。

“段夫人，你即将体验的是一种非常古老的刑罚，至少可以追溯到中世纪西方宗教裁判所时期。”玉川云子坐在边上的椅子上，指了指行刑手拎着的还在滴水的毛巾，“我们将用湿毛巾捂住你的口鼻，然后一点点浇水。很快，你就会有溺水窒息的感觉，会拼命挣扎。一分钟后，你体内的血氧会消耗殆尽，此时，人体的条件反射将迫使你张开嘴用力地呼吸和吞咽，将大量的水吸进胃、肺叶及气管和支气管中。受这些水的刺激，你会在水中呕吐及咳嗽，极度的难忍，两分钟便会失去基本的意识……”最后，她提醒道，“段夫人，你还记不起那个人的名字吗？”

“不……不要……”立雪惊恐道，“我不知道，真的不知道谁帮我们上的火车……”

“通常女人都很会撒谎，但段夫人，你没有这个天赋。”玉川云子说完向行刑手眼神示意——动手。

后者立刻将湿毛巾盖在立雪的脸上，他的另一名同伴则从后面按住立雪的头。

玉川云子又道：“水刑之所以备受推崇，很大程度上是因为即便受刑者丧失了意识，他的中枢神经仍然在工作，能感受到肉体正在承受的极致痛苦……”

立雪体验到了玉川云子所说的一切——强烈的窒息感，让她不由自主地张开嘴呼吸，大口大口将水吞进肺叶、气管、支气管和胃里，接着开始剧烈地咳嗽、呕吐，然而每一次咳嗽和呕吐后，都会有更多的液体从鼻腔口腔倒灌回来，她感觉五脏六腑快要被撑爆，痛苦到想要结束自己的生命……

事实上，立雪觉得自己就要死了，她的意识已开始模糊，身体不再有挣扎、痉挛的迹象。

经验丰富的女课长立刻下达了暂停行刑的命令，两名行刑手动作麻利，飞快地揭掉立雪脸上的毛巾，解开勒在脖子上的绳索。

空气的进入让心肺功能复苏，立雪一边剧烈咳嗽，一边从喉咙里喷出大量的液体，半分钟后，她才艰难地睁开双眼。

玉川云子背负双手，俯视着水刑床上狼狈的女子，叹息道："同样身为女人，我并不愿意看到美丽的段夫人大小便失禁、七窍流血的场景，但职责所在，如果你再不开口，下次灌进你身体的就会是辣椒水……"她看了一眼立雪的下体，恶毒地补充道，"而且，不仅仅是从你的嘴里。"

立雪满脸是水，分不清哪些是眼泪哪些是从她嘴里呕吐出来的。她虚弱而凄惨地笑了笑，没有力气也不想再说什么。

如果只为不让林文涛和虾仔受到他们夫妻的牵连，她或许忍受不住这种酷刑。然而丈夫的安危，胜过她生命中的一切！尽管立雪不知道丈夫目前的状况——有没有联络林文涛或虾仔，寻求他们的帮助？但她不能排除这种可能……

立雪的沉默，让玉川云子失去了高高在上的淡定、从容，脸上的表情，从"神俯视众生时的怜悯"瞬间转换成"恶魔噬人前的狰狞"。

"继续，换辣椒水！"

立雪浑身一颤，闭上双眼，准备迎接痛苦和死亡……

"课长，"这时，小泽原推门而入，对玉川云子道，"司令官阁下来电，要你立刻过去一趟。"

"什么事？"女课长皱眉道。

"不知道……"小泽看了一眼水刑床上的立雪，"不过他在电话里询问了罗立雪的情况，得知我们正在审讯后，严令我们立刻停止，并加以善待。"

女课长牙关紧咬，脸色阴晴不定。最终她对行刑手命令："暂停，等我回来。"

玉川云子走进司令官办公室时，房间里除了坐在办公桌后的原田大佐，在会客区的沙发上还坐着一名女子。她认识对方——宪兵司令部唯一的女顾问秦芳好。

此刻见她进来，这位美艳的黑帮大姐头浅笑起身，顿首致礼。玉川云子同样矜持地点头回礼。

原田冈夫见玉川云子进来，放下手中文件，拿起桌上的一个信封，起身从办公桌后走出。

在会客区的单人沙发上坐下后，司令官示意两个女人落座，然后将信封放在茶几上，对玉川云子道："你先看一下。"

信封封口已撕开，底部有凸起，显然装着物件，女课长看见信封上写着"秦芳好亲启"五个字，疑惑地瞥了一眼对面的女人，然后将里面的东西倒在手心。

"秋田制作所特制十六毫米胶卷。"玉川云子一眼便认了出来，并立刻联想到了桥本落在检疫所的那台秋田牌微型相机，她吃惊地看向秦芳好。

"今天中午，有个替人跑腿的报童，将这个信封送到我家里。"秦芳好解释道，"紧接着，一名男子打电话过来，说他愿意用桥本的秘密交换他妻子的自由。"

"段世豪？！"玉川云子反应极快，脱口而出。其实并不难猜，桥本被杀当晚，段世豪就在戴夫勒诊所，两人都有可能拿到桥本的胶卷。而她刚对段世豪的妻子用过刑。

"对，他自称是段世豪，说他妻子是无辜的，请我做这次交易的中间人。"

"你和他什么关系？他为什么找你做中间人？"玉川云子狐疑道。

"他妻子，那个叫罗立雪的女人，是我花舫里的姑娘，卖身契如今还在中和堂，这应该就是我和他的关系。这方面的情况相信特高课已经掌握。"秦芳好道，"至于为什么找我做中间人，他说解铃还须系铃人，最主要的，还是因为我有一个宪兵司令部顾问的身份。这不是秘密。"

特高课这几天针对阿豪和立雪展开了大量的调查，两人的身份、来历，案件的起因、经过等相关信息都在玉川云子的脑子里，此刻经秦芳好提醒，她立刻想了起来。略一思忖，觉得如果自己是如今的段世豪，大概也会找秦芳好来做这个"中间人"吧。

于是，玉川云子不再在这个问题上深思，接着问道："这样的胶卷他有几个？"

"他说有两个。第一个先交给你们，确认真假和价值。第二个，他要在他妻子获得自由后才能交给你们。"

“怎么确认他有两个？或者只有两个胶卷？”玉川云子问。桥本窃取机密的胶卷到底有几个特高课并不清楚。

“这需要你们来判断。”秦芳好自嘲道，“我连他人都没见过，只是个跑腿、传话的角色。”

原田吹了吹杯中茶叶：“宁可信其有。”

“是。”事关检疫所的绝密，玉川云子当然知道对段世豪的话只能“宁可信其有”。她提出这个问题，不过是对秦芳好的一种试探，想知道这个所谓的“中间人”，在桥本一案中的涉入程度。

此刻见司令官表明态度，她便不再将心思用在这上面，转入最关键的问题，对秦芳好道：“他想怎么交易？谁来担保我们放了他妻子，他就会交出胶卷？秦顾问，是你吗？”

“保人？我哪担得起……”秦芳好轻笑道，“我这个‘中间人’不过适逢其会。当然……”她顿了顿，看了一眼边上正专心致志品茶的原田冈夫，“我很高兴有机会协助宪兵司令部的工作，尽一名顾问应尽的义务。”

玉川云子心中冷笑，想插手特高课的案子，你还没有资格，嘴上却说：“那就请秦顾问解惑，段世豪到底想要什么花招？”

“如果宪兵司令部同意这次交易，他可以先自首，你们再放人。他妻子一旦获得自由，他就说出第二个胶卷藏匿的地方。”

玉川云子略感诧异：“这样的交易，还真让人无法拒绝。”随即眼里闪过一抹狐疑，“他还有其他要求吗？”

“有，”秦芳好道，“他只有一个要求，在自首前，他要确认他的妻子还健康地活着。”

“他想怎么确认？”玉川云子嘴角噙着一丝冷笑。

“明天下午五点，将他妻子带到他指定的地点。”秦芳好道，“为了避免误会，他会提前三个小时通知我们具体地址，给宪警方足够的准备时间。”

“避免误会？他这是在挑衅！真是个狂妄的家伙。”玉川云子冷笑道，“如果我们不同意呢？”

“他说如果我们不同意，那就证明没有诚意，或者他妻子已经死亡。他会将手中的胶卷交给别的势力，比如美国人、德国人、苏联人……”秦芳好无奈而苦涩地笑了笑，“他还说，这些国家在广州都有领事馆，并不难联系上。”

玉川云子听完，脸色铁青，咒骂道："混蛋！竟敢威胁宪兵司令部？！绝不允许！"

秦芳好再次看向原田冈夫，后者终于放下了茶杯，脸上看不出喜怒。"秦顾问，你的意见呢？"

"司令官阁下，如果我是玉川课长就答应他，这是抓捕段世豪的好机会。"秦芳好道，"他提出这个要求，无非是想借机救人，到时候必然现身，不会只躲在暗处偷窥。"

"从宪兵队手里救人？"玉川云子讥讽道，"除非他拥有一支军队！"她转向原田，"司令官阁下，属下怀疑对方此举更可能是要杀人，不是救人。"

此话一出，原田和秦芳好皆感愕然。段世豪要杀自己的妻子？为什么？

事实上，玉川云子自己也不认为段世豪会做这样的事。这家伙从袭击高桥满、杀死三名巡逻兵到胁持樊兴业父子，所做的每一件事都冒着巨大风险，犯下的每一桩罪都足以被判死刑，而他所做的这一切，都是为了他的妻子。这样的男人，又怎么会害自己的妻子？

然而，玉川课长有一种直觉，这次绝不能答应段世豪的要求，否则将会引发某种灾难。

尽管她之前也说，段世豪这次想要救人，除非拥有一支军队——这也是基于现实的判断和理性的分析。但她往往更愿意相信自己的直觉——刚才一听到段世豪提出要在某个指定的地方见罗立雪，她心里立刻生出一丝不安，进而隐隐感到恐惧。

当然，玉川云子也知道，仅凭这种非理性的对未来的模糊感应，不能说服原田，拒绝和段世豪进行这次所谓的"交易"——

对方用自己和桥本的胶卷作为筹码，太过诱人。抓住段世豪，不但军方高度关注的"三名巡逻士兵被杀"一案告破，桥本的案子也将获得突破性进展，甚至一举侦结，追回被窃取的绝密资料。

于是，玉川云子决定用另一件大案来影响原田的决策，迟滞和段世豪的交易。

她解释道："司令官阁下，属下并非妄言。佐佐木队长遇害，和段世豪脱不开关系，通过这段时间的调查，特高课有理由怀疑凶手是共党地下武装。这也意味着，段世豪和这伙共党分子有关联。而罗立雪是侦破此案的关键……”

她顿了顿，加强了语气，“共产党人六亲不认，为了他们的信仰和组织，往往不惜牺牲自己亲人的生命，所以不排除对方有杀罗立雪灭口的动机。杀人和救人是两种性质，一旦罗立雪暴露在外，我们很难防范，一名狙击手就能将其狙杀。属下认为不能答应段世豪这个要求。”

原田皱眉。佐佐木不是普通士兵，身为驻屯军车站守备队少尉队长，其被杀后引起了二十三军高层的极大震怒。酒井隆甚至专门给他打电话，勒令宪兵司令部尽早破案。因而原田对此案的侦破十分关注，熟知案情，知道玉川云子的顾虑不无道理。

“接下来呢，你打算怎么做？”思忖片刻后，原田问。作为下属，你可以提出反对意见，但同时要拿出解决问题的办法，否则就是为反对而反对了。

玉川云子心中暗喜，瞟了眼秦芳好，对原田道：“请司令官阁下允许特高课刑讯罗立雪，属下保证在一天之内拿到她的口供，进而侦破佐佐木案。既然段世豪与杀害佐佐木的共党有勾结，我们以此案为突破，或可一举两得，既打掉一支共党地下武装，又抓住段世豪。”

“当然，为了以防万一……”她转向秦芳好，“还要请秦顾问稳住段世豪，下次你和他联络时，就说宪兵司令部同意和他交易，正在从安全角度评估他提出的要求，明天，最迟后天给他答复。”

秦芳好心中冷笑，稳住段世豪？稳不住就是我的责任了？还有，什么叫下次你和他联络？想阴我？

“玉川课长，我非常愿意协助特高课的工作。”中和堂大姐头面色如常，“但很抱歉，一、我无法主动和段世豪联络，只能被动地等他联络。二、我无法预知他和我联络的方式，也许电话，也许是像今天中午一样，随便找个报童送信到我家里；因此，我无法保证能将你刚才的话转达到他。三、他今天在电话里强调了两点：其一，他要看到他妻子健康地活着，而不只是活着。其二，明天下午五点见不到人，他会立刻将胶卷交出去，不会和我们再有交易。所以，玉川课长，你最好还是从佐佐木一案上尽快突破。”

“有把握吗，明天下午五点之前抓到段世豪？”原田看向玉川云子。后者脸色阴沉，事关重大，她哪敢说有把握，“司令官阁下，特高课将全力以赴。”

原田默然点头，态度不明。

秦芳好道："司令官阁下，我个人认为，像段世豪这种人不会伤害自己的妻子，无论他是不是共党。"

"你很了解他吗？"玉川云子道。

"以前不了解，"秦芳好道，"但他这几天的所作所为，难道不足以让人做出这样的判断吗？"

玉川云子也知道，仅仅给扣上一顶"共产党"的帽子，就断定段世豪有杀妻子灭口的动机，理由有些牵强。想了想后，她突然眸光一闪，又问："你确定打电话给你的人是段世豪？"

秦芳好微微一怔，随即摇头："只闻其声，不见其人，不能确定。"

玉川云子神情振奋："既然不能确定，那就不排除有人冒充段世豪……"她的话没说完，被原田的轻咳声打断。

别人听不出段世豪的声音，他的前情人还听不出来吗？事实上，在玉川云子来之前，秦芳好已将她和段世豪曾经的关系向原田交代过，但其中涉及秦芳好在军统培训班当学员的经历，原田不想让更多人知道，以免暴露某个秘密。

司令官放下茶杯："玉川课长，桥本案后续侦破工作的核心之一，是追回失窃的机密。当务之急，一是核实胶卷内容；二是让技术部门仔细检查，对胶卷内容是否已经泄露做出明确判断。"

"是。"玉川云子起身敬礼，"特高课有全亚洲最优秀的痕迹学专家，最先进的检测设备，属下可以保证，只要胶卷之前被打开过，无论对方是用何种方式、无论过程中多么小心谨慎，专家们都能检测出来。"

说话间，女课长飞快地瞥了一眼秦芳好。她这番话本就是对这位胶卷的经手人所说，此刻见对方脸色微变，眼里不由闪过一抹森冷。

她对这个女人有着天然的敌意，很希望对方在交出胶卷之前，做过些什么。玉川云子相信，一旦技术部门证实这卷胶卷之前被人打开过，今天的宪兵司令部女顾问，明天就会变成特高课的阶下囚。即便这个女人拥有近半个广州黑道，还深得司令官阁下的"宠幸"。帝国军方的顶级机密，岂能容外人刺探？

玉川云子拿起胶卷就要离开，原田叫住了她，语气中带着警告的意味："玉川课长，从现在起，停止对罗立雪的一切审讯，照顾好她的身体。"他最终选择相信秦芳好的判断，表明态度——接受段世豪提出的交易条件。

玉川云子心下一沉，她没想到原田这么快就做出了决定，不给她再审罗立雪的机会。在她看来，只要再用一次刑，那个软弱的女人就会交代出一切。

“司令官阁下，”女课长心有不甘，咬咬牙再争取，“请恕属下冒犯……特高三课完全有能力抓到段世豪，追回胶卷，没必要和一个杀死帝国士兵的罪犯交易，这有损皇军的尊严。而且，打电话的人未必是段世豪，属下怀疑其中另有阴谋……”

“这是命令。”原田将茶杯一搁，语气不重，脸色却很是阴沉，“如果你没有信心，我可以换一个人来执行这次任务。”

玉川云子不敢再有迟疑，双腿一并：“司令官阁下，您的命令将得到严格执行，只要段世豪出现，属下一定会将其缉捕归案。”

看着特高三课女课长离开的背影，秦芳好心情复杂。阿豪，你要我做的事我已经做到了，接下来，你们两口子自求多福吧……

“秦小姐，”等办公室房门重新关闭，原田死死盯着秦芳好，一脸严肃，“有些秘密，是你绝不能碰的，后果非常严重。你现在最好诚实地告诉我，有没有动过胶卷？”先前秦芳好瞬间的情绪波动，玉川云子能从她脸上捕捉到，原田冈夫同样也看在眼里。

秦芳好淡然一笑。“司令官阁下，我的主要工作不在情报，对胶卷的内容不感兴趣。检查结果会证明我的诚实。”

她之前的确暗自心惊了一下。但不是因为心虚，而是后怕。她说对胶卷内容不感兴趣，当然是谎言。事实上，她对“桥本的秘密”非常感兴趣，中午一收到胶卷，就想去暗房查看。不过，阿豪的电话紧跟着就打了过来，向她保证这次的胶卷没有问题，而且郑重地告诫她，日本人的技术能力很强，以免后患，不要像上次那样去查看内容，最好直接交给原田。

秦芳好当时权衡再三，觉得阿豪的话并非危言耸听，加上阿豪催促得很急，要尽快赶往宪兵司令部，这才打消了去暗房的念头。不然，她此刻哪能在原田森然的目光下安之若素？

原田足足盯着了秦芳好五秒钟，确定眼前的女人没有说谎后，暗自松了口气。他还不想失去这名和重庆方面的秘密联络人，尤其在这关键时期。

“很好，你的工作的确不在情报。”原田从沙发上起身，回到办公桌后的高靠背皮椅上坐下。

秦芳好也跟着走出会客区，在办公桌前的圈椅上优雅落座。

“有消息了吗？”原田拿起一份文件，看似漫不经心地问道。

“上面想知道，这次密会，日方代表的层级。”秦芳好不答反问。

原田猛然抬头，“蒋同意谈了？！”

秦芳好点头，又摇头：“大局鼎定之前，委员长不知道中日双方会有这样一次接触。”

原田了然一笑。“这次香港会谈的日方代表是今井武夫大佐。”

“日本参谋本部中国课课长今井武夫？”秦芳好确认道。

原田点头：“双方初次接触，帝国派今井阁下出面，足见诚意。你向上汇报吧，尽快。”

“不用汇报了。”秦芳好道，“今井武夫阁下，在上峰同意会面的人员名单中。”

原田欣然点头，中方既然事先做了功课，证明对这次密会相当重视。

“重庆方面的特使是什么身份？能代表蒋吗？”他问。

秦芳好拿过办公桌上的纸和笔，唰唰写下一行字：香港中文大学教授张治平。

原田一看，眉头拧起，隐有怒意。他的同僚兼好友今井武夫，是帝国军方“和平势力”的重要代表，在诱降汪精卫一事上居功至伟。一名教授，无论背后还有什么隐秘身份，也没资格和今井这样的人物面对面洽谈中日之国事。

“司令官阁下，”秦芳好不等原田发作，解释道，“这位教授只是中方特使在香港的联络人。”

“特使是谁？”原田问。

“具体是谁我不知道，只知道他来自宋氏家族。”秦芳好道，“这个身份够不够分量，想来司令官阁下自有判断。”

“中华民国第一家族。”原田眉头舒展，心道，今井君，这次我应该不负君之所托了吧……

时间：第七日

和平饭店，是座四层高的殖民风格建筑，位于上渡路的南口，是海珠区最高档的酒店。

此刻，在这家酒店顶层的一间高级套房里，阿豪举着望远镜站在窗户前，观察着七百米外，位于下渡路上的原“十九路军荣养院”。

昨天黄七指来这里预订房间之前，他专门叮嘱过，要窗户朝南的房间。当然，如果仅从观察的角度来选择，荣养院对面的那家牛记茶餐厅，或它隔壁的东方旅店要理想得多。

但阿豪清楚，在他一个小时前的那通电话打出之后，整个下渡路很快便会布满日伪特工军警。如果他不想在确认立雪出现在这条街上之前被敌人发现，就要待在更远些的地方。

在德国军用望远镜的高倍蔡司镜头下，阿豪发现下渡路上陆陆续续多了一些巡逻的警察；此外，还有几辆可疑的车辆停在了路边，车上下来的便衣男子们个个警惕而匆忙，不停在周边的饭店、商铺进进出出；紧接着，在一辆日军军用摩托的带领下，一辆载满日军宪兵的卡车出现在下渡路上，并直接驶进了荣养院残破的石拱门……这一切都在他的意料之中。

放下望远镜，拉上窗帘，阿豪掏出怀表看了下时间——三点零五分。他将疲惫的身体重重扔在柔软的大床上，很想好好睡上一觉，弥补一下这几天来身体和精神上的亏空，但显然他没有这个时间。

虽然和平饭店不在下渡路上，已超出了最远的狙击距离，应该在敌人的排查范围之外；但他心里清楚，意外随时都可能发生，多一分准备，就多一分成功或者活命的机会，他不允许自己有丝毫懈怠和侥幸。

“叮咚”，门铃声响起。

“还真够快的。”阿豪心道，神情古怪地从床上爬了起来。

刚一开门，一股浓郁的香水味便扑鼻而来，熏得他差点打喷嚏，好不容易才忍住。

“先生……”门口站着位年轻女人，她瞥了一眼门上的房间号，“406……我有走错房间吗？”

"请进，这么早让你过来，实在抱歉。"阿豪侧身邀请这名浓妆艳抹的女人进屋。

"老板客气了，干我们这行没有白天黑夜。"女人打了个小小的哈欠，扭腰摆胯走进房间，脸上厚朴朴的脂粉掩盖不住一脸的倦容。

阿豪关上房门，先付了嫖资。女人笑着将钱装进手袋："老板想怎么玩呢？"

"不急。"阿豪开了瓶酒柜里的洋酒，倒上两杯，"咱们先喝点。"

"看来，先生是个有情趣的人。"女人将手袋随意扔在沙发上，接过阿豪递来的高脚玻璃杯，暧昧一笑，轻佻地搂过阿豪的脖子，在他脸上亲了一口，留下一道鲜红的唇印。

阿豪下意识地抬了抬手，想要擦脸，念头一转，觉得还是留着的好。"干！"他和女人碰了杯，一口饮尽。

"接下来呢……"女人浅浅喝了一小口，扭动腰肢，诱惑道。

"当然是，脱……"阿豪咧嘴一笑，解开自己上衣的纽扣。一住进酒店，他就给海珠区的"春和坊"打了电话。他觉得在高级酒店开房玩妓女的行为，很符合一名从南京到广州公干的某"国防部后勤军官"的形象。而且，单独一个男人待在酒店的房间里，多少会给人一种"神秘感"，容易引起某些人的窥探欲，尤其是那些便衣、密探。

半小时后，躺在卧室床上的女人开始胡思乱想起来。她怀疑自己是不是遇上了某个有"怪癖"的顾客。不然，自己脱光衣服等了这么长时间，也不见那位说要"准备准备"的男人进来。

他在准备什么？大烟？还是某种助兴的工具？女人干这行有两年了，遇上过要抽两口大烟才硬得起来的烟鬼，也遇上过用皮鞭抽打女人一顿之后才能兴奋的"变态"……

"叮咚、叮咚"外间急促的门铃声打断了女人的猜度。"难道是在等同伴，要一起上？"女人觉得应该是这样了，随即坚定地告诉自己："这绝对不行！哪怕再中意也不行，除非他给双份的钱！"

外间，阿豪缓缓拉上窗帘，转身看向房门，眉头深深皱起。如此急迫的按门铃很不礼貌，应该不是酒店的服务员，况且，他并没有呼唤任何服务。

那么，另一种可能就大了许多……想到这里，阿豪不由在心里为自己的坏运再次叹息。“还好，”他瞥了一眼卧室虚掩的门，心道，“这钱没有白花。”

“谁啊……”阿豪拿起先前打开的那瓶威士忌往嘴里灌了一大口后，不耐烦地嚷道。他穿着酒店的锦缎面睡袍，脸上还保留着那枚鲜红的唇印，一边打着酒嗝，一边打开了房门，十足一副醉鬼加色鬼的形象。

“先生，抱歉打扰。”门口的年轻警察颇有礼貌，“酒店临时检查，要核对一下您的身份，请配合。”

阿豪故意不看后面那两名一高一矮的便衣汉子，斜睨着比自己低半个头的年轻警察，用官员加醉汉的嚣张口吻喝骂：“什么他妈……呃……临时检……查，赶紧滚……呃……蛋……”随手就要关门。

“八嘎！”站在后面的矮个便衣抢上前，伸手推住门，厉色道，“你敢妨碍特高课执行公务？”他汉语说得生硬，但“特高课”三个字咬得很重。

边上的中国警察连忙介绍：“这位是特高课的服部组长。”

“特高课？”阿豪晃了晃脑袋，取下鼻梁上的金丝边眼镜，揉了揉了眼睛后重又戴上，仿佛酒醒了些，脸上挤出笑容，“原来是服部组长……请、请。”说着让开门口，做出延请的手势。

将三人让进房间后，阿豪看似随意地关上了房门。虽然为了应对目前这种情况，他提前做了不少准备，但也没有十足的把握逃过对方的检查。因而不得不做出最坏的打算——一旦身份被识破，迅速将这三人格杀在房间里。

“你的证件，出示。”服部走进房间，快速扫视一眼后冷声道。阿豪忙从挂在衣架上的军装上衣里掏出一本证件，递给对方。

这时那名高个便衣已走到窗前，拉开了窗帘。

如果说昨天走进黄七指的钟表修理铺之前，阿豪化妆成“皇浦杰”的相貌和这本证件上的照片只有五六分相似的话，那么现在应该达到了十分的程度了。黄七指在得知他要顶着“皇浦杰”的身份在外行走后，第一件事便是拉着他到一间熟识的相馆照了张证件照。熟人的缘故，加之钱给得足，相馆也是特事特办，昨天上午九点左右照的相，不到中午便洗印出来，送到了钟表铺。

随后，黄七指又花了两个来小时，将照片做旧，和原本证件上的照片来了个“移花接木”，而且做得毫无破绽。至少，阿豪看不出这本证件有什么问题。

“谢谢，请收好你的证件。”服部反复察看后将证件递还给阿豪，神情缓和了些。不过，这家伙显然没打算马上离开，一双精明的小眼睛扫过沙发上的女士手袋后，视线落在卧室的门上问，“里面是什么人？”

“那个……”阿豪有些尴尬，“女人……”

“你的登记，是一个人。”服部说完看向边上的中国警察，后者点头，以示确认。

“临时的……都是男人，你应该理解。出差嘛，免不了寂寞。”阿豪讪笑着解释。

“妓女？”

阿豪点点头：“春和坊叫的，就在附近。”

服部再次看向中国警察，后者再次点头：“离这儿不远，是海珠最大的妓院。”

“津口，核实一下身份。”服部吩咐高个子同伴，“快一点，我们还有十几名住客需要问询。”

津口点点头，快步朝卧室走去。

“啊……”卧室里传来女人一声惊呼……

“还希望这件事不要……”阿豪心虚地朝卧室方向看了一眼，对服部道，“我这趟是公务，如果传到国防部……”说着他从挂在衣架上的军服兜里，掏出两张50块日元，塞到服部上衣口袋里，一脸讨好的笑容。

虽然已成功将对方注意力引到妓女的身上，但面对狡猾、多疑的日本特工，阿豪不敢有半点松懈，他要给对方以更多的误导和心理暗示，强化自己“贪杯、好色，国防部军官”的形象。

服部对这种贿赂习以为常，也不拒绝，撇撇嘴：“我们没有为贵‘国防部’纠察风纪的义务。”

“那就好，那就好……”阿豪“感激”地点点头，随即指了指卧室，“我去看一下……”他那只危险的行李箱就放在卧室的床底，尽管那名叫津口的特工的注意力，应该都在床上的妓女身上，却也不能让那家伙在里面多待。

服部不耐烦地“嗯”了一声，转身朝门外走去。在他眼里，已不需要在这个人身上浪费宝贵的时间了。

阿豪转身走向卧室，心道这一关应该过了，那名春和坊的妓女，身份怎可能有问题。

卧室里，津口站在床尾，翻看手里的证件。女人躺在被窝里，除了双手将被子紧紧拽在胸前，神情倒也不甚惊恐，看来没少经历这种场面。

阿豪进来时，日本特工回头看了一眼，随手将证件扔给床上的女人。

“继续吧，两位。”津口暧昧地笑了笑，朝卧室外走去。这女人一看便是风月场中之人，核对完“良民证”上的一些基本信息，他又随口问了关于春和坊的几个简单问题，见对方反应正常，没什么可疑之处，便不打算再浪费时间。

阿豪让开门口，谦恭地笑了笑。不料，津口却又停了下来，转身看着床上的女人，问：“对了，你最近接客时，有没有见过这里有刀疤的男人？”说着伸手在自己的颈根比画了一下。

这几天，搜捕段世豪是特高三课近乎所有便衣们的第一要务，津口当然也不例外。之前他们四处走访、排查时，只能让问询对象辨认通缉令上的照片，至于凶犯的另一个显著特征——颈部接近肩膀位置的刀疤，却无从问起。大冬天，没谁外出时还穿坎肩、背心。不过，此刻面对的是一名妓女，对方的职业就是每天和不同的男人赤裸相对，津口出于职业习惯，临走前最后问上一句。当然，他只是随口一问，并没指望有什么收获。

然而，阿豪闻言却是心中一紧，他突然想到自己犯了一个严重的错误——先前装“嫖客”时，不该当着这女人的面换衣服。于是，在双眼紧盯着床上妓女的同时，他一手悄然将半开的卧室门掩上。

好在女人听了津口的问话想也没想就摇头，表示没见过。阿豪提起的心这才稍稍放下。想想也是，妓女这行当也有不少明的暗的规矩，“不能泄露客人的隐私”就是其中之一。这其实也是对妓女们的某种保护。毕竟，妓院这种地方藏污纳垢，客人是三教九流什么行当、营生的都有，嘴不严很可能给她们这些生活在社会底层的弱者招来祸事。

“可惜，三万日元的赏金和你没关系了。”津口最后又调侃了一句，扭头就准备离开。不过，在他转回头前的一瞬，却发现那名妓女神情突变——半张着嘴想说什么，眼睛瞟向自己身边的男子，旋即又惊恐地避开……

“不对！”津口立刻意识到了什么，第一反应便要拔枪。不过，阿豪的动作比他更快！就在津口的右手刚摸上枪柄，喉咙里第一个音节就要发出的刹那，他的攻击已至，动作快如闪电。

“咔嚓”一声，津口的喉结被阿豪一记凶狠的手刀劈碎，张着嘴，一点声音也没能发出。然而，床上的妓女却“啊——”地发出一声惊叫。

阿豪脸色再变。女人的这声尖叫，让他偷袭外面两人的想法几乎不可能再实现。怎么办？对方下一刻就会冲进来，或者召唤更多的同伴前来……

房门外的走道上，服部和那名中国警察闻声色变，先后冲回了屋里，手都下意识摸在了各自的枪柄上。前一刻他们还隐约听见津口问询的声音，这一刻发生了什么？

“太君，有话好说……”紧接着，从关着门的卧室里，传出阿豪有些激动的声音，像是在劝阻津口。

“不要，你走开，走开啊……”女人带着哭腔的叫喊声，让服部的脸黑了下来。这种事经常发生，在特高课这些高高在上的家伙们眼里，莫说一个中国妓女，只要他们有了兴致，即便广州某个大户人家的女人，凌辱、强奸一番也不算什么。

“混蛋！现在是工作时间。”服部在心里咒骂，松开枪柄，大步朝卧室走去。阿豪给他留下的印象太差了——脸上印着女人唇印、穿着睡袍、拖鞋，半醉不醒，一看就是贪杯、好色，而且怯懦的蠢货。这让服部在推开卧室门之前，丧失了一名特工最基本的警觉性。而那名中国警察也“猜到”了卧室正在发生什么，神情尴尬地站在房门口。既然没有能力阻止，他不如眼不见为净。

卧室里，女人看着趴在自己身上蠕动、挣扎，嘴里大股大股流淌着血水的男人，恐惧得无以复加，浑身战栗。

先前，阿豪将津口的喉骨击碎后，将这个即将窒息而死的家伙直接扔在床上。女人的尖叫，让他失去偷袭外面三人的机会。那么，就让她的尖叫再惨烈些，给外间的人造成某种错觉。

“嘭”，服部大力地推开卧室门，就见津口趴在床上，他身下的女人一脸惊恐，而那名中国军官，则无奈地站在门边。

服部心中恼怒，就要上前将丢人的同伴从妓女身上拽起来。“不对，津口没有动，脸上还有血迹？”下一瞬，他的双瞳却是猛然收缩，右手同时握住了腰间的手枪枪柄。

不过服部再没有拔枪的机会——阿豪一记凶狠的勾拳，重重击打在他的下颌上，使得他整个人朝客厅里倒飞出去。

阿豪紧跟着冲了出来，双手握枪，指着那名中国警察，低喝："别出声，把门关上，快！"说话间人已抢到服部身边——这家伙躺在地上，嘴角溢血，正努力地想要睁开眼睛。

阿豪一脚踩在他的脖子上，重重一跺，咔嚓声中，颈骨断裂，人抽搐了两下便没了声息。

这短暂而暴烈的一幕，吓蒙了客厅里的年轻中国警察。他看看地上双眼暴凸、耳鼻淌血的服部，又看看阿豪，面部因惊恐而夸张地扭曲。

此刻，阿豪仍然穿着睡袍、脸上的唇印也还在，不过，在这名年轻警察眼里，他已不是刚才那个贪杯、好色的"国防部官员"，而是一尊"凶神恶煞"。

"关上门，快！"阿豪再次催促，用枪点了点房门。

"是、是、是……"年轻警察回过神来，忙将房门关上，紧张不安地看着阿豪。

"除了这两个，酒店还有特高课的人吗？"阿豪迅速绕过地上的尸体，朝门口走去。

"没……没了……"年轻警察吓得连忙闪到一边。

阿豪贴门听了听，外面走道上没有丝毫动静，紧绷的心神稍稍松弛了些。袭杀这两名日本特工弄出了不小的动静，如果对方还有同伴在楼里，他今次的行动还没开始就将面临失败的危险。

回头见和虾仔年龄相仿的小家伙双腿发软，他放下枪："说说你的任务。"

"我……我的任务就是……就是配合特高课检查……"

"你是哪个分局的？"阿豪问。

"海珠分局。"

"叫什么名字？"

"黎祖德。"

"还有其他分局参与今天的行动吗？"

"有……"

快速问完想问的，也是这名低阶警察能回答的问题，阿豪道：“我需要你帮个忙。”

“我帮、我帮……”黎祖德小鸡啄米般连连点头。

阿豪上前两步：“死了两个日本人，你不吃点苦头，他们不会放过你。”说着握枪的右手猛地一挥，枪柄重重砸在对方的太阳穴上。

抱住黎祖德瘫软的身子，轻轻放在客厅的沙发上后，阿豪迅速返回卧室。此刻，那名妓女已经从床上爬了下来，蹲在屋角，紧紧抱着自己的双肩。

“爷……别杀我……我什么都不会说……别杀我……”见阿豪进来，妓女浑身颤抖，不住哀求。

“我不会杀你，也不需要你帮我隐瞒。”阿豪从地上捡起女人的外套扔给对方，“警察问什么你说什么。但你现在还不能走。”说完不再理会这个给自己制造了一次巨大危机的女人，蹲身从床底拖出行李箱……

第十五章 向死而生

一辆经过改装的三菱厢式卡车，停在荣养院大门外的路边。几名宪兵持枪在周围警戒。

此刻，在这辆特高课“战术指挥车”里，玉川云子正在听取副手小泽的汇报。车里还有两名头戴耳机的通讯兵，他们正各自操作着面前的硅两瓦短波步兵电台，和带着同样短程通话设备的各观察哨保持联络。

“……两个狙击小组已经就位，随时可以对目标进行非致命射击。”小泽指着行军桌上一张临时绘制的建筑图道，“荣养院大部分的建筑都已坍塌、损毁，搜索队已完成了排查工作，没有发现任何暗室或密道。熊本队长两个班的宪兵，正在进行外围警戒布控，内圈有林谷班长的两组特工贴身看守，安全方面可以确保。”

“附近街道呢？”女课长问。

“一小时前，便衣队在当地警察的协助下，已对这条街上的酒楼、旅店和商铺完成了排查，没有发现可疑人员。无论是荣养院里还是在这条街上，我们都安排了大量的人手，段世豪一旦现身，插翅难飞。”

“其他高点呢？有人员留守吗？”玉川云子问。她心里仍然没有排除另一个可能——这次和他们交易的对象并非段世豪，而是那伙杀害佐佐木的共产党分子，对方有杀罗立雪灭口的动机。

“这附近的楼房不多，四百米内的高点都已经检查过，并安排了人员留守。”小泽原道。四百米，是狙击行动的极限，这世界上还没有一支枪、一名狙击手，能在四百米外射杀目标。

厢车外，大量警察、便衣汇聚在这条街上，越是靠近荣养院大门的地方，人员越是密集。他们三三两两，或是守在一条条巷口，或者在路边一间间店铺的门前转悠，个个表情严肃，目光警惕。

一辆黑色轿车和一辆警用厢式小卡车，一前一后开进了几成废墟的荣养院，最后停在院子东边一栋破败的大瓦房前。六名身着黑色国防服的特高课便衣率先从警车里跳下，迅速在黑色轿车四周散开警戒。

待属下就位后，林谷从轿车的副驾位置走下，拉开后座的车门，很绅士地请里面的两位女士下车。

“这就是你们举行婚礼的地方？”秦芳好下车后，看着面前这栋屋顶瓦缝间长满杂草，破门烂窗、蛛网四结的建筑，好奇地问道。

立雪轻轻“嗯”了一声，缅怀道：“这里以前是食堂，我们结婚时，几乎整个荣养院的人都来了……”

想到三年前那个喜庆的日子，立雪的脸颊泛起幸福的红晕，噼噼啪啪的鞭炮声重又在耳畔响起，她仿佛又回到了那幸福的一刻，正身着大红嫁衣，挽着即将成为自己丈夫那个男人的胳膊，低着头走进欢闹的人群……

“上去转一圈吧，这是他的要求。”秦芳好指了指食堂大门对着的石台说，心中莫名地升起一丝嫉妒。身边的女子，尽管被这些年的风月生涯摧残了容颜，而伤痛的折磨更让此刻的她显得那么憔悴、暗淡，然而，对方仍然有一双如少女般澄澈的双眸，有一股从内而外的柔美与纯净的气息。而这，是她永远不会再拥有的。

立雪转身，缓步走上荣养院曾经的礼台。她知道丈夫正在某个地方看着自己，既激动喜悦，又深感忧虑，一遍遍在心里祈祷：阿豪，千万别干傻事啊！

和平饭店406房间里，已换上一身警服的阿豪，此刻正站在房间窗户前，举着望远镜，看着七百米外的那道身影。当立雪的容貌在望远镜里渐渐清晰后，他长长呼出一口气——计划的第一步成功了，日本人如约将立雪带来了！

接着，他将望远镜转向街边停着的一辆卡车。十分钟前，他看到一名女子从另一辆黑色轿车里走出，钻进了这辆带金属天线的卡车的车厢。

在下午两点的那次通话中，他从秦芳好口中得知，宪兵司令部负责这次行动的人，是特高课的一名叫玉川云子的女课长。

之前那两名日本特工，虽然给阿豪带来了一场巨大的危机，但并未打乱他的计划。而且，对方的出现，也有有利的一面——让他接近这位特高课女课长的理由更加充分……

指挥车上，玉川云子抬腕看了一眼时间——五点零五分，道：“再等五分钟，如果仍然没有动静，立刻结束行动。我们已经满足了段世豪的要求，司令官阁下不会再有指责。”

“是。”小泽原道，“我马上通知林谷。”

事实上，玉川云子此刻的心情相当矛盾，一方面她希望段世豪出现，将其抓捕，一举侦结近期发生的几件大案，追回检疫所失窃的机密。另一方面，从昨日开始便横亘在心里的不安感，此刻愈加地强烈起来，让她迫切地想要尽快离开这里。

“报告。”这时，一名便衣出现在车门外。

“田中，有什么情况？”小泽速问。

“玉川课长、小泽副课长，”田中道，“一小时前服部和津口前往和平饭店排查。按行动部署，他们应该在十分钟前返回，进入相应位置待命。但至今没有他们的消息。情况有些异常，属下认为应该立刻派人前往查看。”

“和平饭店？”云子问，“在排查范围内吗？”

“之前不在。”小泽解释道：“和平饭店在上渡路，远远超出狙击射程。不过，我来这里之后，发现那里是附近最高的建筑，谨慎起见，临时加入了排查名单。”

玉川云子点点头，对田中道，“立刻带一队宪兵过去。”

“是。”田中领命，快步而去。

和平饭店外的街角，一名脏兮兮的小乞丐正在垃圾桶里翻找食物。

“快滚！”阿豪挥舞着警棍对小乞丐呵斥，“小心日本兵抓你，还不滚远点！”

小乞丐惊慌地跑开，钻进了边上的巷子。阿豪可不是在吓唬他，近来广州城里的乞丐、流浪汉都快绝迹了——日本兵见一个抓一个，全部送去了难民所。

小乞丐跑远后，阿豪一边观察着四周，一边将胳膊下夹着的一个牛皮纸包裹打开，扯出一截导爆索，然后将包裹放在垃圾桶里。接着，他从兜里掏出一根烟叼在嘴角，摸出火柴划燃，见暂时没人经过，迅速将导爆索点着，闪身进了边上的巷子，躲在墙后。

牛皮纸包裹里是一小捆雷管。为了尽可能避免伤及无辜，阿豪特意让黄七指将这些雷管的加强帽摘除了，这样可以降低雷管的爆炸威力。

“五、四、三……”阿豪一边在心里读秒，一边从裤兜掏出浸了红色液体的手巾，胡乱在脸上、手上涂抹。

“轰隆”一声巨响，垃圾桶爆开，黑烟冲天、各种垃圾在空中飞溅飘舞。阿豪丢了手巾，双手从怀里掏出两把先前缴获的南部手枪，朝空中砰砰砰地一阵乱射后，这才扔掉枪冲出小巷，朝下渡街狂奔。

此时街道上已是一片大乱，行人四下里奔逃、呼号，轿车、黄包车竞相争抢道路……

“怎么回事？”几名被爆炸和枪声惊动的警察从下渡路方向赶来，其中一人远远朝着满脸血污、狼狈不堪的阿豪喊道。

“和平饭店出事了……情况紧急，我要见玉川课长……”阿豪一路声嘶力竭地大喊大叫，脚下丝毫不停，从几人中间一冲而过，混在惊慌的人流中，朝南边猛跑。

几名警察相顾之下，皆是一脸的惊骇——几个月前，军统特工组在广州城发起的那一连串的爆炸袭击，大家都记忆犹新。

指挥车里。“收到、零一收到。”一名通讯兵迅速摘下耳机，对玉川云子和小泽汇报他刚收到的消息：“四号观察哨报告，和平饭店外突然发生爆炸，伴有枪声，原因不明。”

“报告！”通讯兵话音刚落，去而复返的田中特工站在车门外大声道，“服部组长他们在和平饭店遭到袭击，请求支援！我已派一队宪兵前往。”

“消息来源？”玉川云子问。

“协助服部小组排查的那名中国警察回来了。”

“服部组有伤亡吗？”

“据他回报，在他离开前饭店前，服部特工腹部中弹，急需医疗救援。”

“敌方的身份、人数和火力情况清楚吗？”

“尚不清楚。”

“立刻派救护车过去。”玉川云子道，“另外，把那名警察带来……”

越过几名宪兵把守的警戒线，阿豪低着头，跟着前面带路的田中特工，朝那辆带金属天线的厢车走去。这是他今次行动的第二步，也是最关键的一步——胁持特高课女课长玉川云子。

“不许动，举起手！”然而，就在他离这厢车还有十来步的距离时，田中突然转身，用枪指着他。与此同时，哗啦哗啦的枪栓拉动声在他的周围响起——负责外围警戒的几名宪兵纷纷对他举枪瞄准。

阿豪脚下一顿，看了看左右，皆是黑洞洞的枪口。他扔掉手中的警棍，缓缓举起双手。

见阿豪已束手待擒，玉川云子从车里走出，下巴微微上翘，骄傲而矜持地微笑着。守在车旁的几名特工，迅速拔出手枪，护卫在她身边。

“段世豪先生，终于见到你了。”

阿豪抬起头，盯着前方的女人，问：“你是这里的最高负责人吗？”他遮挡在帽檐下的眼眸里，没有丝毫的惊慌与沮丧。

“怎么？段先生还想劫持我，然后带着你心爱的女人逃走吗？”玉川云子讥讽道。在她眼里，此刻双手高举的阿豪，和落入陷阱的凶兽无异，没有了任何威胁。

阿豪道：“我是来进行交易……”

“好了，”玉川云子冷下脸，“在你身上我们已经浪费了很多时间。现在把东西交出来吧。”

阿豪摇头：“我们的交易不是这样。我要先见到我妻子。”

“什么交易？”玉川云子轻蔑道，“大家心知肚明，你提出的所谓交易条件，不过是想借机从宪兵队手里劫走你的夫人。而我们接受你的条件，也只是想用你的夫人做诱饵，钓出你这条鱼……段先生，我不得不承认，你的狂妄和愚蠢，超出了我想象，竟然想以一己之力，挑战宪兵司令部……不过现在，一切都结束了。”

“还没结束。”阿豪道：“除非你们不想要那卷胶卷。”

“我当然知道，像段先生这么聪明的人，怎么会把保命的东西带在身上？”玉川云子自信地笑了笑，“但你确定，到了特高课刑讯室还能守住秘密？”

“时间长了不好说，但两三小时还能熬得住。”阿豪道。

“你什么意思？”女课长脸色微变，对方显然话里有话。

“晚上八点之前，如果我的朋友没接到我的电话，他会把胶卷交给某个美国人。”

“混蛋！”边上的小泽低声咆哮。

“别耽误时间。”阿豪看向脸色铁青的玉川云子，“我们继续交易如何？”

“原来这就是你的依仗？”女课长道，“段先生，如果我说，不需要两三个小时，只要两三分钟就能让你心甘情愿把胶卷奉上，你信不信？”

“你想干什么？”阿豪问。

“你能眼睁睁看着自己心爱的女人，被挖出眼珠、割掉舌头，削掉鼻子吗？”玉川云子道，“我优秀的手下，可以在三分钟内完成这一切，并保证她还活着。”

“你没有机会！”阿豪道，眸光凛冽如霜刀冰剑。

尽管双方隔着六七米的距离，玉川云子仍然感到了一阵寒意，下意识地后退半步。当她就要下令抓人时，却听阿豪又是一声大喝：“不要试图对我使用任何武力，否则，大家一起死！”

喊出这番话的同时，阿豪朝众人亮出夹在左手指缝间的一根金属细棍，接着又道：“日军制式九七式手榴弹保险销，你们应该认识。猜一猜，我身上有多少颗这种手榴弹？”

在场的日本特工，包括玉川云子在内的所有人都是心头一颤。尤其是离阿豪最近的田中，更是脸色骤变，脚下不由自主地后退了好几步——他看得很清楚，阿豪手里拿的的确是九七式手榴弹的保险销。

哪怕对方身上只有一颗手榴弹，但已经拔出了保险销，稍有磕碰，就会爆炸——十米内不留活物。

“射击”两个字就在玉川云子的嘴边，现在下令击毙段世豪还来得及——九七式手榴弹激发后有四秒钟的延时，时间虽短，但足够在场的特工和士兵们撤离、隐蔽。

然而，追回桥本窃取机密的胶卷——是她不容有失的任务。段世豪一死，胶卷的线索就断了，她又如何追回？

如果换一个抓捕对象，玉川云子此刻还有一个选择——身边都是特高课精锐特工、行动专家，可以命他们在不动用枪械的情况下，将人生擒活捉。但段世豪同样是行动高手，且在她眼里是个心思狡诈、性情凶悍的家伙，她没有半分把握，自己这些手下能在对方激发手榴弹之前将其制服……

短暂的犹豫，让女课长彻底失去了说出这两个字的勇气——阿豪一把扯开警服上衣，亮出炸弹背心。

看到捆在阿豪腰腹上的那几块巴掌大小，印着“TNT”字母的块状炸药，在场的所有人都倒吸一口凉气、全身寒毛炸立。

阿豪取下挂在腰侧的手榴弹，道：“其实我只有一颗……不过，一个玩炸药的朋友告诉我，你们这种‘九七式’手榴弹，每颗只装填了45克我身上这种炸药。而我身上这些……差不多两公斤半，一次性引爆的话，大概相当于六十颗。他说他也不知道爆炸后杀伤范围有多大……要不然，我们今天就来试验一下。你们有四秒钟可以跑……”说着，他将手榴弹在手上颠了颠。

玉川云子脸色瞬间煞白——相当于六十颗手榴弹威力的“梯恩梯”同时爆炸，至少百米内将没有活物。四秒内谁能跑出百米的距离？即便她躲进边上的指挥车，但在这种当量的爆炸下，这辆三菱厢车和孩童的玩具没有两样，会被强大的冲击波瞬间震飞、摧毁，变成一堆废铁。

女课长和她的属下们，没人认为阿豪是在虚张声势。每个人心里都明白，以段世豪犯下的案子，被捕后注定不会有活路，此刻身绑炸弹现身，反而符合“一个走投无路的亡命之徒”的形象。

之前之所以没人想到他会用这样的手段来“死中求活”，主要是因为广州宪警方对爆炸物的管制一向极严，尤其是军统广州站九月发动的那次爆袭行动后，宪兵司令部和广州警察局这几个月来一直在持续、大规模地清查、打击军火走私，一经查获，无论数量多寡，即便是一根雷管一克炸药，买卖双方皆处以重罪。

因而，莫说军用级别的手榴弹和炸药，就连雷管、黑火药这种工业用途的爆炸品，在黑市上都已经绝迹。他们哪能想到，段世豪不但能搞到一颗

‘九七式’手榴弹，还弄来了两公斤半的梯恩梯炸药。

“段世豪，你到底想干什么？”玉川云子强作镇定道。形势瞬间逆转，面对一个身绑两公斤半“梯恩梯”的疯子，她需要改变策略。

“带我去见我妻子。”段世豪摘掉帽子，脱下外衣扔在地上，“我说过我是来交易的。”

“可以。”玉川云子道，“不过，希望段先生遵守约定，不要再有超出交易范围的举动……你们跑不掉的，哪怕你以自爆相要挟！”

“我不跑。”阿豪环顾四周，“但为了保证我和妻子的这次见面愉快，不受干扰，我需要你，还有这里的所有人，从现在起暂时听我的指挥。”

“痴心妄想！”玉川云子双眼冒火，“大日本皇军的尊严不容玷污！”

阿豪看出对面的女人已是色厉内荏，但内心还在挣扎、抵抗，于是决定给对方最后一击。

“那就试试！”他脸上突然浮现出疯狂之色，掂了掂手中的手榴弹，向空中一抛。

阿豪此举太过突然，没人能想到他说爆就爆，根本不留一点谈判的余地。好像他此来的目的，就是要和他们同归于尽。

如果只是一颗手榴弹，爆炸有四秒的延时，足够周围这些心智和反应皆远超常人的特工们逃离、躲避；或有身手敏捷的，还会第一时间扑上去，抢在爆炸前，将手榴弹远远丢开；可现在是六十颗手榴弹一同爆炸，其恐怖的威力，让所有大脑瞬间一片空白，身体僵硬，来不及做出任何反应。

玉川云子、小泽原、田中等特工以及稍远一些的几名宪兵，所有人都惊恐地看着那颗从空中掉落的手榴弹，失去了心跳——“死亡”之手攥住了他们每个人的心脏，只待手榴弹落地，心脏便会被这只手捏爆。

“停下！”玉川云子瞳孔陡然放大，下意识地惊呼出声。她没想到阿豪这样决绝，几句话谈不拢就要拉着自己这些人一起死，这是何等的疯狂！

阿豪闪电般地伸手一捞，在离地半米的位置稳稳接住手榴弹。“下次早点开口。”

女课长脸色苍白，胸部剧烈地起伏着，半晌后才从牙缝间挤出两个字：“疯子！”

“现在该听我的了吧？！”见玉川云子保持沉默，阿豪对几名举枪对着自己的特工道，“你们把枪放下。”

这些特工齐刷刷地看向自己的上司。

玉川云子脸色数变，最终朝自己属下们摆了摆手。

见这些家伙将枪放下，阿豪暗自松了口气。在这短短的几分钟里，他的心神一直高度紧绷，远不是面上表现出来的那种“已将生死置之度外”的淡定或疯狂。这是一场以寡敌众的心理交锋、以弱凌强的意志较量。他的战术直接而决绝——向死而生！他用生命为武器，捆绑着所有人，一起朝“绝命悬崖”狂奔，谁先试图停下脚步，谁输。现在看来，他赢了。

阿豪握着手榴弹，朝玉川云子走去，他要和对方更紧密地捆绑在一起。

“站住！”田中横跨一步，举枪挡在他身前，“你想干什么？！”

阿豪掏出手枪，砰的一枪轰在这家伙的大腿上，用行动回答了对方的问题。

“混蛋……”田中一声惨叫，抱着腿跌坐在地上。小泽等人脸色大变，纷纷重又举枪，对准阿豪，包括外围的那几名宪兵，也再次端起了步枪。

等了数秒，见没人开枪，阿豪对这次暴力测试的结果很满意。“我说过，现在开始，你们都听我的指挥，直到我见完我妻子。”

“段世豪，你……”玉川云子的脸色阴沉得快要滴水，“你还要干什么？”

“让你的人下车。”阿豪用枪指着三菱厢车说。

“收队！”荣养院食堂外的空地上，戊班班长林谷看了一眼表，对在周边警戒的属下命令道。六名便衣闻声而动，以黑色轿车为中心收缩队形。

“你丈夫……不会来了。”一直陪在立雪身边的秦芳好叹道，眼神复杂。

“只要他平安，一切都好。”立雪最后看了一眼破败不堪的食堂，转身朝轿车走去。

秦芳好摇摇头，正要迈步跟上，一阵发动机的轰鸣声从大门方向传来。她抬眼看去，就见特高课那辆战术指挥车正朝这里驶来。而在车后飞扬的尘土中，还有一群人在持枪追赶——便衣特工、宪兵和警察都有。

“出事了！”秦芳好心中一惊。

“警戒！”同样看出情形不对的林谷大喝。他的六名手下，以及更远处守在外围的十来名宪兵闻声而动，纷纷举起枪，瞄准驶来的厢车，如临大敌。

指挥车车厢里，“乒乒”两声枪响过后，两台步话电台的仪表盘上分别出现两个窟窿，烟气袅袅从机箱里飘出。

阿豪将手枪插回后腰，转身走向坐在固定座椅上的玉川云子。后者眼角微微抽搐，她不是为两台价格昂贵的通讯设备受损而心疼，而是因阿豪的疯狂举动再次心悸。纵然“梯恩梯”性质稳定，不会被一两点火星引爆，但有几个人敢在身绑两公斤半的烈性炸药时，毫无顾忌地开枪？

“拿稳。”阿豪将手榴弹放在玉川云子手上，在对方惊愕的目光中取下挂在腰间的手铐。

“你是想羞辱我吗？”见阿豪用手铐铐住自己的右手手腕，玉川云子问。

“不，”阿豪将手铐的另一只铐在自己的左手手腕上，“你不是担心我逃走吗？现在不必了。”

指挥车在离林谷等人不远处停了下来，车厢一侧的车门打开，玉川云子从车里探出身子，朝围在车外的一干手下和宪兵大声命令：“所有人后撤、散开，和我保持十米以上的距离，没有我的命令不准开枪。”

林谷等人满脸疑惑，但上司的命令不容违抗，纷纷后退。与此同时，追赶而来的队伍，也在小泽原的命令下停下了脚步，与指挥车保持着十来米的距离。

等玉川云子按自己的要求控制住了局面，阿豪这才和女课长一起下车。他可不想在这之前贸然现身，被某个冒失的家伙打上一枪。

林谷等一干守在荣养院内的特工和宪兵们，并没看到先前在荣养院外发生的一幕，此刻见一个一手持枪、一手握着手榴弹，腰间绑着一圈炸药的男子从厢车里走出，无不惊骇。而且这个家伙竟然和玉川课长铐在一起，到底发生了什么？

就在众人疑惑之际，“段世豪”三个字从林谷嘴里脱口而出。这位戊班班长脸色骤变，先前垂下的枪口霍地重又举起。他身边的几名属下，也紧跟着抬起手臂，用黑洞洞的枪口指着阿豪。

“林谷，你干什么？！”玉川云子厉喝，“要我重复一遍命令吗？！”

女课长阴寒的目光，让林谷猛地清醒过来。现在的情势很明显——段世豪用炸弹挟持了自己的上司。

“放下枪。”林谷即刻对身边的手下命令，将举起的手臂放下。全场一片死寂。

“段先生，现在你满意了吗？”玉川云子对身边的阿豪道，“希望你不要失言。”

“我和妻子见完面，就告诉你胶卷在什么地方。”阿豪一眼便看到了站在林谷等人身后的立雪，拽着玉川云子向前走去。

女课长脸色稍稍缓和了些，心想，如果今天的行动真有这样的收获——人和胶卷都落在自己手里，那么此刻受到的些许羞辱，也不是不可以接受之事。

林谷等人见阿豪走来，纷纷左右散开，眼角瞥着阿豪腰间炸药块上的“TNT”字样，无不心生恐惧。

“你找了个好男人。”和罗立雪一起站在轿车旁的秦芳好喃喃说道，“第二次了……”短暂的震惊后，中和堂大姐头旋即想起了前些天雄叔对她说过，这家伙三年就这样干过一回——身绑炸药闯进雷麻子的堂口，为的是同一个女人。

“阿豪，你怎么了，哪儿受伤了？！”立雪快步迎向自己的丈夫，见阿豪一脸血污，颤声问道。

“我没事，是别人的血。”阿豪警惕地看了看四周，见离自己最近的林谷和小泽等人都在十米之外，将手枪插回腰间，牵上妻子的手，“别怕。”

“我不怕，只是你不该来……”立雪环顾周边持枪的特工、军警，又看了一眼阿豪身上的炸弹，惨然一笑，“一起走也好。”

玉川云子就在身边，阿豪不方便向妻子透露自己隐秘的安排，只是咧嘴笑了笑，温柔而自信。

“里面都检查过了吧？”随即他指了指食堂大门，对玉川云子道。

“你想干什么？”

“我在里面给我妻子藏了份礼物。”

“我可以派人帮你取。”

“不行。”阿豪断然拒绝，“这份礼物非常特殊，不能经别人的手。这是我最后的要求。”

女课长死死盯着阿豪，想从他脸上看出某种端倪，最终却一无所获。

“林谷。”玉川云子对戊班班长招手喊道。后者快步走来。

“站住。”阿豪手按枪柄，示意林谷在五米外说话。戊班班长凶狠地瞪着阿豪，脚却没有再向前迈出。小泽原已将田中特工大腿中枪一事告诉了他。

“里面什么情况？”玉川云子问。尽管之前小泽曾汇报，说这里被彻底搜查过，没有任何暗室、密道。但她总觉得，在这间破烂的食堂里，隐藏着什么不为人知的秘密。

“属下带人对这里进行过仔细排查，除了有一处小型地下室，再没任何可以藏人的地方。”

“地下室？”女课长警惕起来。

林谷点头道：“准确地说是地窖。宽四米，深约八米。从残留物来判断，以前应该是储存食物的地方。属下亲自检查过，四周窖壁平整、坚实，不可能暗藏机关；顶部无排风孔洞，地下也没有密室、暗道入口。”

玉川云子皱眉思忖，这家伙到底想干什么？起先她还一度猜测，阿豪劫持自己的目的，无非是要以自己为人质，带着老婆逃走。可现在看来，对方好像没这种打算。不然不会在这里浪费宝贵的时间……

“礼物就在地窖里，如果你不放心，可以再让人检查一遍。”阿豪道。

“这是最后的要求吗？”女课长道。

阿豪点点头。

“林谷，带你的人跟我进去。”玉川云子道，接着又对远处的小泽原大声下令，“小泽副课长，外面交给你。没有我的命令，谁也不许进来。”她不得不防备最糟糕的事情发生，让更多特工和士兵因此赔上性命。

“是。”小泽原大声应道。

地窖位于食堂东北角的位置，紧挨着曾经的厨房。阿豪握手榴弹的左手和玉川云子铐在一起，他用右手搀着立雪，三人避开地上的碎石、瓦片，走到地窖的入口前。林谷和他的几名手下，小心翼翼跟在他们身后，保持着七八米的距离。

入口成长方形，一米二宽、两米长，仅够一个成年人出入。此刻，盖住入口的木制盖门已被人扔在了一边，人还没下去就能感受到里面的阴寒气息。

阿豪从裤兜里掏出一把笔形手电，打开电源，照了照下方的台阶后，将手电交给立雪："去吧。"

这处黑黢黢的入口，是他们通往光明的大门。

"等一等。"边上的玉川云子道，"我们需要再检查一遍。"

阿豪点点头。三人退到一边，让出入口。林谷身边走出两名特工，拿着手电筒，先后钻进了地窖。阿豪牵着妻子的手，站在一旁静静等待，神情中没有丝毫的紧张、不安。

几分钟后，两名检查完地窖的特工先后从石阶爬了上来，他们没有任何新的发现。

"可以了吗？"阿豪问玉川云子。后者眸光快速闪烁，从始至终她都不相信阿豪所说——在这处地窖里给妻子留下了礼物，却又猜不到对方此举真正的意图。

逃跑吗？罗立雪手无寸铁，难道还能在地窖里挖出一条通道？

犹豫片刻，女课长点点头，她找不到理由拒绝阿豪这个"最后的要求。"

"去吧，那份'礼物'属于你，也属于我，我会和你一起分享。"阿豪对立雪粲然一笑说。

立雪的眼角有些湿润，此刻她已猜到些什么，用力点点头："那是我们共同的礼物。"

"小心些，下面黑。"阿豪叮嘱道。

嗯，立雪不舍地松开丈夫的手，打开手电，走到地窖入口前，小心翼翼钻了下去。

玉川云子一个眼神示意，刚才下地窖检查的那两名特工，再次朝入口走去，显然是要跟下去。

阿豪突然拔枪，嘭，子弹打在他们的脚前。"想死就再往前走。"

"混蛋！"随着林谷一声怒喝，几名特工就要冲出。

"冷静。"玉川云子及时出声，制止了属下们的冲动行为。

林谷和一干戊班特工，看着阿豪手中举着的手榴弹，个个悻悻然退了回来。

阿豪冷眼看着玉川云子："在我妻子上来之前，谁也不能下去打扰她。"

"要多久？"玉川云子皱眉问道。

"很快！"阿豪道，"我比你更希望她早点得到那份礼物。"

阿豪的镇定，让玉川云子再次怀疑地窖里隐藏着某个可以出逃的暗道机关，否则无法解释对方此举的用意。

但这可能吗？地窖空间狭小，四周密闭，林谷几人都是经验丰富的专业特工，反复检查了几次，即便再疏忽大意，他们也不至于犯这样的错误……

地窖里。立雪下来后，牢记阿豪先前在耳边的叮嘱，先迅速用手电光将这里检查一遍，确认没人隐藏后，这才打开丈夫暗中塞来的纸条，用手电照着仔细看了两遍，随即朝最深处的洞壁走去。

对于这处地窖，她并不陌生，因此尽管身处黑暗空间，也没什么恐惧感。在荣养院当护士的那些日子里，逢年过节加餐的时候，厨子们忙不过来，她没少来这里帮忙，偶尔也会进出地窖帮着拿些粮油、食材。

地窖尽头的水泥面洞壁上，布满蛛网般的裂纹，有两处地方被人为撬掉了巴掌大的几块，露出里面新鲜的红色土壁。这应该是之前来这里检查的某位日本特工留下的"杰作"。

立雪用电筒在地上照了照，果然如丈夫在纸条上所写，散落着好些大小不一的石块。她俯身拾起拳头大小的一块，走到洞壁的最左侧，半蹲下身子，咚——咚、咚，有节奏地用石块敲击了三下洞壁，然后侧耳贴在洞壁上聆听……

岭南大学位于海珠区北部，是所拥有文、理、工、农、医、商、神学院以及附属医院的私立大学，外籍教师数量曾多达五十余位，盛极一时。然而，1938年，日寇隆隆的炮火打破了这里的宁静。岭南大学的师生们鉴于去年天津沦陷前后南开大学遭到日军蓄意地野蛮轰炸，于当年10月，在得知日军在大鹏湾登陆后撤离，集体前往了香港。

现如今，原本美丽、优雅的大学校园，已是一派破败、荒芜的景象：四处花木凋零、野草丛生、蛇鼠横行；残砖烂瓦遍地，危楼、残墙随处可见。

此刻，在校园西边一处废弃的防空洞里，黄七指坐在尽头的洞壁下，再次看了一眼手腕上那块老旧的瑞士爱其华手表。他在这个位置枯坐了快两个小时了，一刻都没敢离开过，生怕没听见插进洞壁里那根细铜管里发出的声响……

“七指哥，你还记得岭南大学那个防空洞吗？”

“你是说……挖到了咱们食堂下面，差点打穿储藏室那个洞？”

“嗯。”

“嘿嘿，记得。当时要不是有个伙夫躲在储藏室偷酒喝，听见洞壁后边有声音，以为有鬼，满世界嚷嚷开来，说不定真被那边的蠢货挖通了。”

“这事后来是我去那边交涉的。当时测算了一下，顶多还有一米，就能挖穿。”

……

“不出意外的话，立雪会在下午五点半之前进入食堂储藏室，传出信号。但那边不能弄出太大动静，所以你得想个法子。”

“这个简单。先在洞壁上打个小孔，当然，不能打穿，然后插根铜管进去。那边有一点震动，我都能听见……”

这是昨天上午，黄七指和阿豪在钟表铺阁楼上的一段对话。当时（也包括现在），黄七指尽管不知道阿豪的全盘计划，但见他连这样的细节都考虑到了，也就对救出立雪多了不少信心，不再以为阿豪是在“瞎胡闹”。

然而此刻，随着手表的指针一点点地接近5点30分，黄七指的心也一点点地往下沉……

他下意识地从怀里摸出一根皱巴巴的烟卷，刚塞到嘴里，突然想起身边洞壁上的一个个孔洞装得是什么，忙又将烟取出，轻轻抽了自己一个嘴巴子。

就在这时，耳边的铜管里传出了呜——呜、呜的声响。“来了！”黄七指激动地差点跳起来。他听得分明，一长两短，三声。

抄起脚边的手锤，黄七指在铜管下方一尺的位置，重重砸了两下，然后仔细聆听铜管的动静。

“呜、呜——呜”这次声音的间隔是两短三长，双方暗号对上。黄七指知道现在是争分夺秒的关键时刻，不敢耽搁，用手锤再一次用力砸了一下洞壁——通知对面躲避，然后扔了手锤，一边读秒，一边朝洞口方向走去。

十秒钟后，黄七指站在出口处，点燃了脚下的导爆索，紧张地看着一溜火花哧哧哧地朝防空洞尽头燃烧而去。

这是一次低当量的定向、定位爆破，他需要在防空洞尽头那堵一米厚的洞壁上炸出一个可供人通过的缺口，而不是将整个防空洞炸毁——这是他离开前要干的事。

尽管黄七指对自己的爆破技术很有信心——他仔细勘查过这洞的结构、空间、土层、石质等等影响爆破的因素；反复测量、计算过每处炸点的位置、炸药的用量。

但此刻，黄七指却像个第一次学习爆破的新兵蛋子，心中忐忑不安。他只有一次机会，如果失败——将山洞炸塌堵住了出路，或没能在洞壁上炸开通道——阿豪将前功尽弃，不但救不出立雪，还把自己搭了进去……

地窖里，立雪双手抱头，蹲在石阶下的角落里，等待爆炸声响起。“你到底要在这里耗上多久？”特高课女课长的声音从她头顶隐隐传来。

“应该快了。”阿豪道，“说实话，我比你着急。”这的确是他的心里话，此刻他最担心的是黄七指那边出了某种意外。

阿豪话音刚落，一道低沉的“轰隆”声从地窖口传来，紧接着一股夹杂着着淡淡硝烟味道的气浪从入口涌出。

“怎么回事？”玉川云子勃然色变。林谷几人就要冲向地窖入口。

“谁也别动！”阿豪厉喝，将手中那颗九七式手榴弹再次高高举起，“我妻子在下面。我都不急，你们急什么？”

林谷几人生生止住了脚步，看向他们的课长。

“地窖下面有什么？”玉川云子强迫自己冷静下来，心道，只要抓住段世豪，这次行动就不算失败。

“礼物。”

“有人从外面炸开了地窖？”女课长猜测道。

“对。”阿豪道，“我给我妻子的那份礼物是‘自由’。我，不允许你们再剥夺她这份自由。绝不允许！”

“混蛋！”玉川云子咒骂，她知道对方在拖延时间，但现在能怎么办。这家伙守在地窖入口，一副玉石俱焚的架势，她能怎么办。场面一时僵住。

“轰隆”，两分钟后，爆炸声再次响起，比之前那次剧烈得多，还伴随着洞体坍塌的土石崩落声。阿豪悬着的心终于放下，嘴角笑意绽放。此刻，在场的人只有他心里清楚，这第二次爆炸意味着什么——黄七指炸毁了岭南大学那边的防空洞，堵住了敌人追踪的路径。

“真以为这样就跑得了吗？”玉川云子盯着阿豪，冷笑道，“广州，是大日本帝国的广州。”随即，她对林谷等人道：“传我命令，让熊本队长立刻派人搜索周边区域。另外，急电司令官阁下，请求紧急封锁河南所有对外通道，严查过往车辆、行人。同时通知水上巡逻队全体出动，封锁江面，禁止一切船只渡江，直到我命令解除……”

一连串的命令从云子口中快速发出时，阿豪只是冷眼旁观，直到一名特工领命朝食堂大门跑去，他才抬手“乒”地开了一枪——传令特工的腿部中弹，应声倒地。

“玉川课长，你忘了我之前的话了吧？”阿豪完全无视拿枪指着自己的林谷等人，晃了晃左手上的手榴弹，对玉川云子道，“现在这里由我指挥！”

“那我们的‘交易’呢？什么时候进行？”女课长神情数变，最终强行忍住满腔怒火。她也想明白了，逃走的女人和眼前这个通缉犯相比，其实无足轻重。犯不着为此激怒对方，造成不可挽回的局面。

“交易？再等等。”阿豪道。

“等什么？”玉川云子问。

“电话。”阿豪道，“和平饭店外有一个电话亭，如果没有意外，六点半最迟不超过七点钟，我妻子会打来电话。”

“如果没有电话呢？”女课长双眼危险地眯起。

“那就证明她出了意外。”阿豪道，“而我，没给自己留后路……七点一过，要么我接到电话，要么，我们一起死。美国人会得到胶卷。”

他何止没给自己留后路，也没给对手留一点余地。他必须将时间、生死、胶卷，三者精确而紧密地捆绑在一起。只有这样，他才能在制造出一种类似“定时炸弹倒计时”的急迫感的同时，又给玉川云子留下了某种程度的希望。前者会给对方造成强大的精神压力，无法充分地进行思考和展开行动部署；而后者，会让对方滋生某种“侥幸”或“冒险”心理，从而“配合”他下一步的计划。

“所以，你现在要做的不是下令抓我妻子，而是祈祷她平安无事。”阿豪最后说道。

“林谷，”玉川云子脸上浮现疯狂之色，尖叫道，“开枪，打死这个混蛋！”自加入特高课以来，她参加、指挥过无数次抓捕行动，但没有一次像今天这样被动过——局面被抓捕对象控制，自己和一干属下只能一次次地妥协、退让。耻辱！从未有过的耻辱！这让骄傲的她再也隐忍不住，一时忘了对方身上绑着足以和这里所有人同归于尽的“梯恩梯”炸药。

“是。”林谷咬牙应道，举枪的手却在微微颤抖，迟迟没有扣动扳机。最终，他放下枪，厉声喝道：“卑鄙的支那人，解开手铐，和我来一场公平决斗！”玉川云子一时失去了理性，林谷可没有。

阿豪嘴角翘起，知道胜利的天平开始向自己这边倾斜……

岭南大学。树林外，一辆车头插着美国国旗的黑色林肯牌轿车停在路边。

“我说巴迪大人，您能不能不要在车上抽这该死的雪茄了。”长着一头漂亮金发的杰克抱怨道，“德朗普领事最讨厌这味道。”

“小子，两百美金，加一瓶上好的苏格兰威士忌，还堵不住你的嘴吗？”副驾驶位置上，老巴迪朝车窗外吐出一口浓浓的烟雾后说道。

“可是……先前的爆炸声是怎么回事？”杰克侧头瞥了一眼后座上叠放着的黑色修女服和金色假发，狡黠道，“老巴迪，风险和收益要成正比，这是你说的。今天这位乘客……”

“杰克，做人不能太贪。你一个月薪不超过 15 美金的家伙，以后还想在我酒吧里喝上好的威士忌，就他妈给老子闭嘴。”

此时，一男一女从树林里匆匆走出，老巴迪远远看见，拧成一团肉疙瘩的额头舒展开来，补充道，“不过，你如果现在就发动汽车，然后安全地将我的客人送出河南，这次酬劳加倍。”说着，推开车门走了出去。

“我的祖国，光辉无处不在！”杰克欢快地吹了声口哨，发动了轿车……

第十六章　惊变

快到晚上七点的时候，天色已经很昏暗了。一个小时前，大批的军警从四个方向封锁了和平饭店外的十字路口。封锁区域里的行人、商贩全部被驱离；所有店铺被勒令关闭；附近的居民，包括和平饭店里的住客都遭到军警的警告——不许离开房间。

现在，以十字路口为中心，向东西南北四条街道延伸50米以内的街区里，只有一辆黑色小轿车孤零零地停在街角的一座电话亭前。

轿车里，三人的脸都晦暗不明。秦芳好坐在副驾驶的位置上，她身后并排坐着阿豪和玉川云子。驾驶位置空着——司机林谷一直守在电话亭边上。

“几点了？”阿豪问，这句话打破了车里凝固的空气。

玉川云子目视前方、双唇紧闭，恢复了理智的女课长努力保持着一名皇军军官的威仪和尊严，只不过微微抽搐的眼角，透露了她内心的某种情绪。

“6点58分。”两秒钟后，秦芳好抬腕看了一眼表道。她没有回头，声音里也听不出异样。

“我有种不好的预感……”阿豪瞥了一眼手上的手榴弹，“秦董事长，你这个中间人可以离开了。”

“段世豪，蝼蚁尚且偷生……”秦芳好点上一根烟，深吸一口，徐徐吐出，“一定还有别的路可走，我劝你……”

“四天前我杀了三名日本士兵，四个小时前，又有两名日本特工死在我手上……”阿豪道，“秦董事长，还有两分钟……走还来得及。不走，和我们一起死，你也不冤。我和我妻子走到这一步，也有你的功劳。”

“段世豪，”玉川云子终于忍不住开口，情绪有些激动，“即使你妻子出了意外，也绝不会是我们的人造成的。我们想要的只有那卷胶卷，而不是她！我可以再和你做个交易。你不必死，只要你现在立刻通知你那位朋友，不要将胶卷交给美国人，我们什么都可以谈，金钱、自由，这些都可以满足你。”

“你今天计划周全，肯定会给自己设计好了退路。我可以一直做你的人质，去你认为安全的地方交易。不要怀疑我的诚意，那卷胶卷对我们太重要了，比三名士兵两名特工的生命加起来还要重要！”她一口气说完，胸膛剧烈起伏着，满眼期待地盯着阿豪。

“如果我能确定我妻子的安全，或许会考虑你的建议。”阿豪道，“希望还来得及……”

“什么意思？”女课长紧张道。

就这在时，隐约的电话铃声传进了车里。三人神情皆是一振，看向电话亭——林谷飞快地接起电话……

“立雪，你还好吗？”十秒钟后，阿豪握着电话，声音微微有些发颤。

“阿豪，我很好，你……”电话里，立雪声音哽咽。

“我很好……你现在在什么地方？”阿豪紧张道。

“在……你的心里……”立雪忍不住哭泣起来。

“是的，永远在……”阿豪长长舒了口气。尽管他相信老巴迪会不负所托，能借来美国领事馆的车，安全将妻子接走；但玉川云子之前有一句话没有说错——广州是日本人的地盘——什么意外都可能发生。现在听到立雪说出事先约定的回答，证明她真的安全了。那么，接下来，他将无所顾忌。

“玉川课长，你刚才说的交易还算数吗？”阿豪挂上电话，对铐在一起的女课长道。

“算数……”玉川云子嘴角勾起一抹冷意，“不过，我不喜欢戴着手铐，跟一个身绑炸弹的家伙交易。”

阿豪心中一凛，对方态度突变，由弱势到强硬，显然是有了某种依仗。正思忖间，一阵马达轰鸣声传来，他抬眼望去，就见一辆日军卡车冲过南边的禁戒线，疾驰而来。

当这辆带篷卡车在离电话亭不远处停下时，一股强烈的不安感涌上阿豪的心头。下一刻，他全身冰凉——

几名持枪的日本宪兵从车上押下来一群人，有男有女、有老有少。在林谷的指挥下，这些人被勒令在街心面对电话亭跪成一排。

在卡车车灯的照射下，阿豪清晰地看到了那一张张或恐惧或茫然或绝望的脸——水二姐、水三儿、陈大妈、刘老叔、小叮当、鼻涕王……除了这十来个水浸街同住一个大杂院的街坊邻居，还有一位阿豪的熟人——戴夫勒诊所的护士丁晓霞，尽管对方此刻蓬头垢面、形容憔悴，和三天前那个美丽健康的女孩判若两人，但他仍然一眼认了出来。

“你们要干什么？”阿豪的脸上渐渐失去了血色。

“我说过，大日本皇军的尊严不容玷污！”玉川云子一脸阴狠决然之色，“你想和我同归于尽，那就带上他们一起上路吧！”

“段世豪，”林谷拎着枪在街心厉声喝道，“你的表演结束了，放下武器，释放人质，不然，这些人一个个都会因你而死。”他走到丁晓霞身后，用枪顶着女孩的后脑，“三、二……”

“别开枪！”阿豪大喝，“放了他们，我任由你们处置。”

“好，你先缴械，”林谷道，“我以武士名义发誓，不开枪。”

阿豪抿了抿干裂的嘴唇，喉头艰难地蠕动着，最终，他神色一黯，将手枪往地上一抛，接着从裤兜里取出手铐钥匙打开手铐，放开玉川云子。

两名特工飞快地跑来，将他们的上司护在身后。

“手榴弹。”女课长揉着红肿的手腕提醒道。

既然做出了决定，阿豪也不拖泥带水，将手榴弹交给一名特工后，又将绑在身上的“梯恩梯”炸药块解下，递了过去。后者小心翼翼地接过，迅速离开。

紧接着，呼啦啦地从街角冲出来更多的便衣特工，个个举着手枪，将阿豪围住。

“放人！”阿豪大声对林谷喊道。与此同时，一名特工上前将他的双手反绑在背后，用手铐铐住。

玉川云子终于长长呼出一口气。长时间的精神高度紧张，近乎耗尽了她的全部心神和体力，此刻见危险解除，不由地脚下发软，差点就瘫倒在地上，幸亏身边的属下搀扶了一把，才勉强站稳。被一个随时准备自爆的疯子，用一颗拔掉了保险销的手榴弹和两公斤半烈性炸药胁持两个小时，其承受的心理压力，恐怖到无法用语言形容，若非她这样受过严格训练的特工，普通人恐怕早已精神崩溃。

街心，林谷收起手枪，转身从一名宪兵手中拿过步枪，用刺刀对准丁晓霞的背心，噗地捅了进去，血淋淋的刀尖透体而出。戊班班长朝阿豪露出一个残忍而戏谑的笑容，好似在说：“你看，我遵守了武士的誓言，没有开枪。”

“王八蛋……畜生！”阿豪愤怒地嚎叫，双眼霎时血红。那个前几天还对他说“段大哥，你以后就叫我晓霞吧”的快乐女孩，那位热心帮他给东山堂打电话、喂葡萄糖液的善良姑娘，那名帮他清理、包扎伤口的温柔女护士，就这样死了，因为他的缘故，被人当街残忍地杀害！

阿豪猛地挣脱身后特工的束缚，朝林谷冲去，无视那些对着自己的黑洞洞的枪口。这一瞬间他失去了理智，只想要为晓霞报仇。他的双手虽然被铐在身后，但他还有双腿、还有头、还有牙齿……

首先遭到打击的是腹部——斜次里蹿出来的一名特工，狠狠一脚踢在他的小腹上。闷哼一声后，他跌跌撞撞继续朝前奔去。

紧接着是头部受到重击——从左边扑出一个家伙，挥拳打在他左腮上。一颗带血的牙齿从嘴里飞出后，他晃了晃头，继续朝林谷走去。

接下来的攻击来自身后——一名便衣从后方腾空而起，飞踹在他的后背上。这一脚让他的身体彻底失去了平衡，一头栽倒在地上。

然后是无数拳脚雨点般地落下……

阿豪趴地上，艰难地抬起头，看着前方不远处躺在血泊里的晓霞，一点点向前蹭去，他想对这个无辜的姑娘说些什么。

“够了！”玉川云子喝止了属下们的发泄，对林谷道，“就地审讯，用最短的时间撬开他的嘴。”

“是。”

林谷命两名属下将阿豪从地上架起，上前说道：“你其实应该感谢我。你的女朋友死得很痛快。”他回头扫了一眼跪在身后的一排水浸街街坊，“如果你不想剩下的这十三个死得不痛快，你就痛快一点。”

阿豪将嘴里的血水咽进喉咙：“我杀你的时候，一定很痛快。”

林谷的眼角跳了跳，不是没人威胁过他，但他从不放在心上。在这位刑讯专家眼里，当那些犯人或咬牙切齿、歇斯底里，或痛哭流涕、声嘶力竭对他放出这类狠话时，只不过是因受不了折磨，在求速死。不过，阿豪说这话的时候，眼神冷漠、语气平静，好似在陈述一个事实，这让他感到莫名恐惧，进而又因这种感觉而羞怒。

“八嘎！”林谷啪啪两记耳光重重抽在阿豪左右脸颊上。

“再来！”阿豪噗地一口血水吐在林谷的脸上。

林谷转身朝水浸街街坊走去，掏出枪顶在水三儿的脑门上，他知道阿豪的弱点。

“豪哥……求你了……救我……”水三儿大声哭号起来。

“段大哥……救救我弟弟……救他……”水二姐跟着哭泣、哀求，“求你了，下辈子我做牛、做马还你……”

阿豪扭头对玉川云子道：“再死一个人，我保证你们什么也得不到。”

女课长朝林谷摆摆手示意对方放下枪，上前对阿豪道：“说吧，你那位朋友是谁，在什么地方？”

“你觉得我会出卖朋友吗？”阿豪道。

“好。你朋友不是重点。”玉川云子看了一眼表说，“你先给他打电话，阻止他和美国人见面。”

“来不及了。”阿豪道。

“什么来不及？”玉川云子陡然变色，又看了一眼表，“现在还不到七点半，你之前不是说，他在今晚八点前等不到你的电话，才会将胶卷交给美国人吗？”

阿豪道：“第一，他没有电话。第二，胶卷没在他手上。他只知道我藏了一样东西在某个地方。我要他做的，就是今晚八点，拨通我给他的一个电话号码，将地点告诉对方。”

“你是说，你根本无法阻止他？”玉川云子咬牙道。

“对。”

“美国人是谁，他的电话号码是多少？”玉川云子问。知道美国人的电话号码，特高课可以马上将其切断，同样可以阻止双方联络。

“我不能告诉你。”阿豪道，“他同样是我朋友，我和戴夫勒共同的朋友。”

一听是和戴夫勒有关的人，玉川云子立刻联想到了桥本案背后的外国间谍组织。她虽然很想马上知道这个美国人的公开身份，但事有轻重缓急，目前最紧急的要务是追回胶卷。

“你什么也不说，那我凭什么放过他们？”玉川云子指着一众水浸街坊，威胁道，“今天我拿不到胶卷，这些人都得死！”

“我可以带你们去拿胶卷，赶在八点之前。”阿豪道，“但你们必须先放了他们。”

玉川云子微微一愣，心道一声幼稚！随即对林谷大声下令：“放人！”时间紧迫，她不想耽搁，而且这些人随时都可以抓回来，她根本不担心阿豪出尔反尔。

阿豪却不觉得幼稚，只要过了今晚八点，无论自己是死是活，特高课再抓这些街坊们就没有任何意义了。

林谷得令后，迅速招来几名在外围警戒的警察，让他们给水浸的一众街坊松了绑绳，带着离开。

“现在可以说了吗，胶卷在什么地方？”玉川云子急切地问道。

阿豪目送着被两名警察抬走的晓霞，缓缓开口：“沙面。”

“沙面？”玉川云子心里一紧，抬腕看表——7 点 31 分，旋即大声命令：“林谷，快，立刻带两组便衣，用最快的速度赶往沙面！”

如果胶卷藏在广州别的地方，她用不着如此着急，可以电话通知那附近的宪兵队或警察局先行前往封锁、警戒，她再带着人过去也不迟。但沙面是租界，特高课权力再大也指挥不了那里的英法军警，何况此事涉及日军最高机密，行动保密是第一原则，哪能惊动对方？

而从下渡路前往沙面，至少需要二十五分钟车程，且美国领事馆就在沙面，这让玉川云子心急如焚，甚至来不及追问藏匿胶卷的具体地点，就直接将阿豪拽进了轿车。

“川崎有消息了吗？”玉川秀雄一走进公馆大门，就对迎上来的高桥满劈头问道。他手下的二号杀手前天晚上和戴夫勒一起失踪，至今活不见人死不见尸，脸色怎么会好看。

“西野下午打过一次电话回来，”高桥满道，“他让我向你汇报，说查到一些线索……”

“什么线索？”玉川秀雄脚下一顿。

“不知道。”高桥满摇晃着脑袋，“西野说调查完再打电话。”

“知道了。”玉川秀雄脸色稍缓，川崎失踪的事应该很快会有切实消息传回。西野头脑精明、做事谨慎，不是可靠线索不会专门向他汇报。

“社长，鸠山少佐来了，在会客室。”高桥满道。

“请他来茶室。”玉川秀雄道，“还有，鸠山已晋升军医中佐，以后是我们的人了，要保持足够的尊敬。”

“是。”

和室里，灯光柔和，檀香袅袅。玉川秀雄和检疫所的细菌专家鸠山野夫，隔着一张矮几盘腿坐在榻榻米上。

“鸠山君，恭喜了。”女佣离开后，玉川秀雄亲手端起矮几上的紫砂壶，给鸠山面前的小杯里点上热腾腾的茶水。对这位新同僚，他相当客气。

鸠山顿首一礼：“多谢社长栽培。”

“不用谢我，这是组织的安排。”玉川秀雄道，“你在大阪的家人也会得到照顾。”

“鸠山野夫誓死效忠组织。”鸠山再次顿首。

“不，所有皇道盟成员效忠对象只有一个——天皇陛下。”玉川秀雄道，“我们所做的一切，都是为了帮助陛下摆脱那些贵族、财阀的控制，你明白吗？”

“明白。”

“好了，说说‘零号’免疫血清研制的进度吧，你估计什么时候能有突破性进展？”

“鼠疫的免疫血清研制是个世界性难题……”鸠山端起茶杯，轻啜一口，皱眉道，“况且‘零号’不是自然疫源性鼠疫，而是我们实验室培育出来的新型病菌，没有任何相关理论和实验数据可以引用和借鉴。”

玉川秀雄眉头微皱：“直接用人体实验不是能加快研制进度吗？”

“根据你父亲的理论，用人做实验活体的确应该比用动物更高效……不过，到目前为止，我们共计对一百名甲等“猿”进行了不同剂量的病菌测试，实验结果……”鸠山摇头，“死亡率百分之百，没有一例能接受第二次免疫注射。即便其中存活时间最长的‘猿’，其血液中抗体的峰值也远远达不到最低的‘抗体效价’标准。”

“难道没有别的方法可以加快研制进度了吗？”玉川秀雄脸色阴沉了下

来。作为玉川隆盛曾经的学生，他当然了解免疫血清的制备原理和方法：要培制出一个合格的免疫血清源活体，通常需要对实验活体——兔、猴子、小白鼠等动物——进行三次病菌注射，才能刺激其机体中产生的抗体达到标准效价，成为合格的疫苗血清。

他本以为越过动物，直接用人体试验会很快研制出“零号”免疫血清，从而让他可以着手去解除一个巨大的隐患。但鸠山的话让他大失所望。要知道所谓“甲等猿”，身体各项指标都高出普通健康人标准。如今一百名这样的试验活体，没有一例能撑过第一次注射，这意味着研制“零号”免疫血清的时间，将远远超出他的预计。

“有，”鸠山放下茶杯，正色道，“有一个人，能帮助我们在最短时间内研制出‘零号’免疫血清。”

“是谁？”

“一个叫罗立雪的中国女人。”

“罗立雪？”玉川秀雄吃惊道，“通缉犯段世豪的女人？”

鸠山点点头：“她和桥本有过间接接触，被怀疑感染了‘零号’。三天前我在检疫所给她做了检查，结果显示，她的血液中没有‘零号’菌……”

“既然她没有被感染，对血清研制有什么意义？玉川秀雄不解道。

“社长，我只说没有发现病菌，并没说她没有被感染。”

“什么意思？”

鸠山看了一眼和室紧闭的拉门后，压低声音道：“她的血液里有‘零号’菌被杀死后的残留物——胞芽。不过，这一点我没有写进报告。”

玉川秀雄一愣，思忖片刻后道：“你的意思是，这个罗立雪曾经感染过‘零号’，但治愈了？”

鸠山点点头：“是的。所以我怀疑她的体内有某种可以杀死‘零号’的特殊抗体，或免疫性激素。”

玉川秀雄质疑道：“‘零号’是第一次出现在这个世界上的病菌。怎么会有人天然免疫？”

鸠山道：“但它本质上还是‘鼠疫杆菌’，理论上不能排除有天然免疫者，尤其是中国人。”

“中国人？”玉川秀雄疑惑道，“为什么？”在他眼里，大和民族的人种要优于汉民族，即便在免疫力方面也应该如此。

鸠山解释道："我在京都大学医学部任教期间，对近几十年中国爆发的几次鼠疫有过细致的研究和数据对比，如1910年在东北、1917年和1920年在山西的两次鼠疫大爆发。这三次的死亡人数分别为6万、1.6万和6500人，但更多的感染者不药而愈。对比历史上欧洲、美洲、非洲，乃至于亚洲其他国家如印度等地几次爆发鼠疫，死亡人数以百万、千万计，可以说中国人对鼠疫的天然免疫性比白人和黑人都强。这可能跟他们在历史上爆发过多次大规模瘟疫有关，如东汉末年，一场场席卷全中国的瘟疫，死亡人数高达五千万人，南北朝期间，中国一个叫'羯'的民族因一场鼠疫灭族……"

"鸠山君，"玉川秀雄打断道，"我明白了。你是想说，现在很多的中国人，因为他们的祖先们经历无数次瘟疫，或者是鼠疫爆发后活下来的幸存者……所以，那个女人的身体里，天然具备某种能杀死'零号'的特殊抗体或激素，并非不可思议的事。"

鸠山点头。

玉川秀雄想了想，又道："有没可能，她血液里残留的'胞芽'，是磺胺的功效呢？你曾说过，在'零号'的研制过程中，有几名'猿'通过大量服用磺胺活了下来？尽管他们活得很痛苦，随时会因为过量服用磺胺中毒而死，但他们体内的'零号'病菌同样被杀死了。"

"这正是我今天才来找你的原因。"鸠山解释道，"罗立雪的'尿检'分析报告今天刚出来，她的尿液里没有磺胺的残留物。磺胺很难溶解，如果她近期服用过，尤其是大量服用，不可能在尿液里检测不到。"

玉川秀雄道："你是说，罗立雪很可能是我们发现的第一位'零号'病菌的天然免疫者。"

"也可能是唯一的一位。中国人虽多，但战争迟早会结束，我们不可能无限制地拿他们当'猿'来测试。"鸠山道，"所以，社长一定要想办法从特高课手上将人要过来。有了她的血液，我们就可以制备出第一批免疫血清……"细菌专家眼神越来越炙热，完全没有发现谈话对象的脸色在一点点阴沉，"这将是细菌学，不，是世界医疗科学的里程碑，迄今为止，免疫性血清仅仅是一种理论上的存在，谁最先研制成功……"

"迟了，鸠山君……"玉川秀雄不得不打断越来越兴奋的军医中佐，"你的这个好消息来迟了一点……据我收到的消息，今天傍晚，罗立雪在她丈夫的帮助下逃走了。”

“逃走了？”鸠山震惊道，“特高课怎会如此无……”突然想到玉川课长正是眼前这位的夫人，他将“能”字生生咽了回去。

“真是个愚蠢的女人。”玉川秀雄却没给自己夫人留面子，咒骂出声。

鸠山尴尬地轻咳一声，问：“能抓回来吗？”

“当然要抓回来，一定要抓回来！”玉川秀雄狠声道。现在，罗立雪在他眼里，俨然是一只能下金蛋的母鸡，只要活着，就能源源不断地为制备“零号”免疫血清提供血液。而一旦有了这些免疫血清，就能培制出更多对‘零号’免疫的活体，那将是一笔天文数字的财富。对玉川秀雄来说，这世界上没什么生意比“一手投放病毒，一手高价出售特效药剂”赚钱更快、利润更高的了。

“社长，”鸠山开口，将他从对未来财富帝国的憧憬中惊醒，“这或许是我们的一个机会，如果能抓回罗立雪，秘密控制住……”

“我明白你的意思，”玉川秀雄摇头道，“但广州太大了，以我们的力量很难在短时间内找到她。所以，鸠山君，你现在要立刻将这件事通知我父亲，由他出面给宪兵司令部施压，让宪警方投入更大资源、更多人力去抓捕罗立雪，绝不能让她逃出广州。”

鸠山不甘道：“可是这样一来……”

“鸠山君，你听过‘卸磨杀驴’这句中国成语吗？”玉川秀雄眼中闪过戏谑而冷冽的光芒，“我们为什么不能等驴子完成它的工作呢？”

广州河南与江北市区隔着一条珠江北支流，海心桥是连接两地的唯一道路桥梁。已是入夜时分，过往两岸的人员、车辆比白日里稀疏许多，两名在桥头执勤的警察也清闲下来，靠在岗亭边抽烟闲聊。

下一刻，两人陡然瞪大了眼睛：疯狂的喇叭声中，一支小型车队呼啸而来；车灯刺眼，开道的警车根本不等他们抬起阻拦杆，直接一撞而过，发出“嘭”的一声巨响；三辆轿车紧随其后，油门猛轰，加速冲上桥头，疾驰而去……

第一辆轿车里，四人的位置没有变化——林谷开车，秦芳好坐在副驾驶位上，阿豪和玉川云子并排坐在后座——颠倒的是阿豪和玉川云子的“地位”：半小时前胁持人质、操控对方生死的阿豪，此刻已沦为任由对方生杀予夺的罪囚。

“……戴夫勒诊所？”听到阿豪说出这个地址，玉川云子不无自得地说，“符合我的推断。”

“胶卷放在一楼楼梯左手第一根罗马柱里。”阿豪道，“先将第二根立柱逆时针转两圈，再把罗马柱柱头顺时针转三圈就可以取下来了。”

“你确定？”见阿豪如此爽快，玉川云子反而疑惑起来。

“确定。如果你们觉得麻烦，直接将柱头打掉也行。”

女课长偏头盯了阿豪几秒，然后闭目思索起来。她总觉得事情没有那么简单——这个家伙此刻虽然满脸血渍、鼻青脸肿，看起来狼狈而沮丧，但以对方今天的所作所为来看，绝不是轻易就范之人。

阿豪当然不会“就范”。虽然他今次的行动遭受了重大挫折——特高课利用丁晓霞和水浸街街坊们的性命相威胁，一举解除了他最具威慑的武器，从而导致他在这场生死博弈的过程中，由主动变被动，陷入了艰难而危险的境地——但计划并没完全失败……

玉川云子只带了便衣特工，而不是所有的军警一起前往沙面——这符合阿豪在制定整个行动计划时的预判，尤其是在他失去主动、行动能力受到极大限制的情形下，这一点至关重要。

他计算了一下人数，后面两辆车里顶多十人，加上林谷和玉川云子，对方一共十二名便衣特工。到诊所之后，这些人不可能全部进入，必然会分出部分人员在外留守、警戒，这将是他反击、逃遁的最有利时机。当然，这个时间非常短暂，不会超过五分钟……

阿豪正思忖间，边上假寐的玉川云子突然睁开双眼，突兀地说道：“段世豪，你在沙面也留了后手吧？正如你在地窖所为。”女课长得意地翘起嘴角，像是监考老师抓住了一名正在作弊的狡猾学生。

阿豪心里一跳，面色如常。秦芳好虽然没有回头，但显然竖起了耳朵。

玉川云子继续道：“段先生今天的表现有勇、有谋，有计划、有后手……抛开各自的立场，我应该说声佩服。如果我没猜错，前往沙面本就在你计划之中，并且是最后一步——你要在那里逃之夭夭。我没说错吧？”

阿豪瞥了这个敏感、狡猾的女人一眼，重又闭目养神。对方是否猜中了自己的计划现在已经不重要了。重要的是解开手铐——沙面很快就要到了。

前天在老船长酒吧的遭遇，除了再次提醒了他，自己现在是‘全城公敌’，随时都可能被捕之外，还给了他一个深刻的教训：如果他当时身上有一根回形针或铁丝之类的小玩意，局面不会那样凶险——双手被铐限制了他大半的行动能力，老巴迪没有死在王金水手中，更多的是运气成分，而不是靠他解救。

于是，尽管这次行动从计划到实施，时间非常短暂——不到48个小时——准备工作进行得相当急迫、仓促，但他仍没忘记在自己的裤腰里缝进一根弯钩铁丝。现在是将这根黄七指专门制作的“手铐钥匙”取出来的时候了。

车速很快，有些颠簸，因而他并不担心被边上的玉川云子发现自己在背后的小动作。

“怎么逃之夭夭？我倒想听听。”片刻沉默后，秦芳好说。不知她是真的好奇，还是想帮玉川云子化解无人搭腔的尴尬。

“我刚才完整、仔细地回忆了一遍，从下午五点到现在这两个多小时里，他说过的每一句话，做出的每一个举动……梳理出了他这些言行背后的逻辑，洞悉了他的整个计划。”

玉川云子思忖道：“他的第一步，是用炸弹挟持我和我的属下，然后抛出一个时间节点——晚上八点，利用我们‘绝不能让美国人拿到胶卷’的迫切心理，提出一个小小的，对当时的我们来说没有任何风险的要求——和他的妻子见面。第二步，他以送礼物为名，让罗立雪单独进入地窖。和之前一样，这个借口虽然荒诞，但我的人已反复而彻底地搜查那里，我纵然有所怀疑，却没有拒绝的理由。我想，这也是段先生为什么要大度地、提前三个小时通知我方的原因。他料定我们会事先搜查那处地窖，在排除隐患之后，就会对他那古怪的要求失去戒心。”

“玉川课长不用自责。”秦芳好插嘴道，“广州城有太多的秘密，没人能了解这座城里的每一处角落。特高课只有三个小时的时间，岭南大学那条防空洞已经废弃，位置又隐秘，想要短时间排查出来，太过苛求属下们了。而且，如果不是非常熟悉那里情况的人，即便发现了那处防空洞，谁能想到它和荣养院的地窖只有一墙之隔呢？”

“这只是我们陷入被动的客观原因。”对秦芳好这番帮忙开解的话，玉川云子似乎并不领情，转而对阿豪道，“我不得不佩服你的演技，以及你对人心的把握和利用。你很清楚，你和手里的胶卷，才是我们的首要的而且是必须获得的目标，因而你认定我会为此妥协，暂时放过次要目标，也就是你的妻子。至于第三步……”

“第三步，”阿豪接话道，“我会把你们骗去诊所，然后在十几支枪口下逃走。”他在陈述一个事实，女课长却听出了否定的意味。

“难道不是吗？”玉川云子质问道，“你一直用炸弹和时间，控制着我们行动的节奏，打乱我们的部署，让我们忽略本不该忽略的危险，相信你的谎言。”

她看了一眼车外昏暗的天色，接着分析道：“你选择下午五点这个时间，和你选择的地点一样的精心。白天不利于你逃跑，这会让我们心理上产生某种程度的安全错觉。但事实是，在帮助你妻子逃走之后，你又以确认她的安全为由，将时间拖到七点。这个时候，天已经快黑了。而在这段时间，我因受到劫持，又相信了你可以通过电话阻止你朋友将胶卷交给美国人的谎言，白白浪费着时间。”

“我想，即使你仍然控制着我，最后也会抛出沙面这个地点……由于时间紧迫，令我方不能提前做出有针对性的布置和安排，比如切断或监听八点前打给沙面的所有电话，或通过正式渠道向英、法当局交涉，申请允许我方派宪兵进入沙面，从而导致我们的行动力量受到极大的限制……而当我们赶到诊所，天会完全黑下来，那正是你最佳的逃跑时机和地点。”

阿豪保持沉默。

“原来如此……”秦芳好感叹道，“不过这一切都不会发生了，不是吗？玉川课长真是名不虚传，抓住要害，一举扭转形势，重新掌控局面……”

“未必！”玉川云子并没因秦芳好的夸赞失去警惕，反而神情凝重，“这位段先生可不是一般人，虽然他本身的危险现在被我们解除了，但我怀疑他背后还有一股神秘的力量……此去沙面，我们很可能落入一个可怕的陷阱……”女课长死死盯着阿豪，“段世豪，你是个人才，如果愿意真心投效皇军，特高课愿意为你担保，既往不咎。还有你的妻子，不要以为她真的自由了，广州，乃至大半个中国都是大日本帝国的势力范围，要抓住她并不难……现在你有什么要告诉我的吗？这是你最后的机会，想好了再回答。”

短暂沉默后，阿豪道：“八点前赶到沙面。”

“你还要撒谎！”女课长尖声道。

“你可以让他停车。”阿豪用下巴指了指司机。

玉川云子神情僵硬。这次轮到她被击中要害——胶卷不容有失！

即便她认为阿豪说的全是谎言——沙面没有胶卷，只有一个能帮助其逃走的陷阱。可是，无论她的分析多么符合逻辑，推测多么接近事实，也仅仅是分析和推测。如果阿豪没有撒谎呢？哪怕只有百分之一的可能，她也不敢赌！

涉及检疫所绝密资料的胶卷，一旦落在外国势力的手中，她唯一的结局，就是为今晚的决策失误而自杀谢罪！

“林谷，”沉默片刻后，玉川云子终于有了决断，“加速行驶！”

林谷疯狂地按了一连串的喇叭，催促前方开道的警车，同时换挡加油，将车速再次提高。

“轰”的一声，轿车冲过一道坡坎，高高颠起又落下，继续向前疾驰。车里的人被震得东倒西歪，其他三人都有抓手，并没因此受到伤害，唯有阿豪的头被重重磕了一下，脸色有些泛白。

事实上，导致阿豪脸上失去了血色的真正原因，不是因为头部遭到撞击，而这一下突如其来的剧烈颠簸，震掉了他刚刚从裤腰里取出的那把细小的手铐钥匙……

沙面，英格兰桥。小型车队快速驶来，打头的警车已完成开道的任务，在桥头靠边停下，让后面的轿车通过。

租界的宵禁是从晚九点到凌晨五点。因而桥南的英国守卫并没有对这三辆有“特别通行证”的轿车过多留意，扫了一眼车牌便抬杆放行。

两分钟后，三辆轿车先后停在了戴夫勒诊所前。林谷当先下车，召集从另外两辆轿车下来的一干手下，迅速分配任务。十名特工很快在黑暗里四下散开，有的前往诊所后门，有的负责打开前门门锁，有的留在附近警戒，个个行动迅速、神色警惕。

“这里的主人呢？他为什么没将东西带走，而是留给了你？”轿车里，玉川云子看着诊所的大门问。

除了追回胶卷，还有很多涉及桥本案的关键性问题，她想要从阿豪口中得到答案：比如戴夫勒的下落？他和桥本之间到底是什么关系？还有没有其他的人或组织和这件案子有牵连？对方窃取这份机密的目的何在？除了这两卷胶卷，桥本生前还有没有向其泄露其他机密？……这些信息对特高课有着巨大的价值。

“这是一个惊险、复杂的故事……”阿豪背在身后的双手在座椅垫和靠背间的缝隙里隐秘地摸索着，“涉及很多人……”

“行了，这事以后再说。”玉川云子制止了阿豪的讲述。她突然想起车上还有一个“外人”。

这让阿豪很失望，他需要更多的时间，将落在椅缝里的那把已经被摸到、却被什么东西钩住了的“手铐钥匙”取出来。下一刻，无论他是留在车上，还是被带进诊所，都需要这把钥匙，否则，他在这里的一切布置都将失去意义。

片刻后，林谷快步走来，站在车窗外弯腰对玉川云子快速说道：“课长，诊所搜查完毕，没发现问题，是否让人开启机关……”

“不，”林谷话未说完，玉川云子打断道，“等我进去。”胶卷涉及军方绝密，经手的人越少越好，她不亲眼看着胶卷取出，第一时间拿到手中，放心不下——谁知道自己这干属下里，会不会出现第二个“桥本”，暗中将胶卷偷梁换柱。

“是。”林谷道，“不过，里面的电源已被切断，短时间内不能恢复。”说着警惕地瞥了一眼阿豪。

“是你做的手脚吧？”玉川云子扭头盯着阿豪道。

“是，我本想利用黑暗逃走……”阿豪道，“但现在你觉得我还有机会吗？机关在什么地方，怎么开启我都说了，你们还会带我进去吗？”他已经重新获得了手铐钥匙，只需要三五秒钟就能打开手铐，但此刻还不是时候，林谷就在车外盯着，再细微的动作都可能引起对方的怀疑。不过他相信，一旦诊所里传来爆炸声，自己的机会就来了。

玉川云子闻言却是一怔，她原本是没打算让阿豪亲自开启那处机关的——无论对方在诊所里布置了何种陷阱、留了什么后手，只要将他留在外面控制住，他在里面的一切布置和安排都是枉然。

但此刻见阿豪如此坦然、镇定，女课长反而犹疑起来，心中再次滋生出莫名的不安感。她瞥了一眼阿豪被铐在身后的双臂，突然推门下车："林谷，搜他身，彻底检查一遍！"

阿豪心中暗惊，但现在想打开手铐已然来不及——"别动！"林谷突然一声厉喝，举枪对着他。

与此同时，在车外警戒的三名特工也纷纷拔出手枪，指向车里的阿豪。在林谷的指挥下，一名特工拉开车门，小心翼翼地将阿豪拽出轿车，先检查了手铐，再对他进行搜身。

林谷打开手电，在阿豪全身上下照射，没发现什么异常。他无意间用电筒在后座上扫了扫，脸色骤变——坐垫缝里露出一截金属丝。

林谷弯腰钻进车里，取出这根五厘米长的弯钩铁丝，递给身边的玉川云子。后者接过看了一眼，心中先是一阵后怕——真让阿豪解开了手铐，自己很可能再次沦为人质，而在当前的环境下，以对方的身手想要逃走并非难事。

接着，女课长嘴角噙起一抹冷笑，拈着弯钩铁丝，上前对阿豪道："这就是你的后手吧，不在诊所而在身上。难怪你如此爽快地说出了藏匿胶卷的地方和机关开启的方法，原来你根本没打算进去，而是想留在外边找机会逃跑……"她终于从这个男人的眼中看到了一丝绝望，心中一股快感油然而生。

这时，一辆英国警车驶来，停在了斜对面的路灯下，两名警察从车里钻出。玉川云子瞳孔微缩，心知不能在这里耽搁太长时间，毕竟这里是英租界，如果阿豪没有撒谎，那名美国人定然会出手阻挠他们取走胶卷。以英美两国之间的盟友关系，对方有很多办法和理由来干涉他们的行动。

"安排人去挡着他们，说特高课要对凶案现场进行二次勘查。"女课长快速扫视着幽暗的街道，对林谷下令："押上段世豪，我们立刻进去。"

她在迅速对当前环境的风险进行评估后，临时改变主意。一方面，阿豪本身的威胁已被彻底解除，诊所里的安全业已得到确认，不用担心对方进去后还能搞出什么花样。另一方面，阿豪是桥本案后续侦破工作的关键人物，身上有很多特高课急需获知的信息，其人身安全必须得到保障；而她怀疑且担心，在这条街上的某个黑暗角落里，潜藏着阿豪的同党，正在伺机救人或者杀人灭口；如果将阿豪留在车上，势必要分散己方本已薄弱的力量，不如将人一并带上，和主力人手同进同出。

“是。”林谷得到命令后，立刻对边上的三名特工分配任务——其中两人负责应付英国警察兼在外警戒；另一人押上阿豪，跟他和玉川云子一起进入诊所。

轿车副驾驶位置上，秦芳好一边摸着腕部那颗精致的袖钉，一边看着倒车镜里被押走的阿豪，神情复杂。最终，她眸光一闪，推门下车，快步追了上去。

哎哟，由于走得急，光线又暗没看清路面，她脚下一绊，整个人踉跄着向前扑倒，押解阿豪的那名特工反应极快，忙转身将已经半跪在地上的秦顾问一把扶住。

秦芳好艰难地从地上站起，对回头看来的玉川云子、林谷两人尴尬地笑了笑。

“秦顾问，你就在车里等吧。”玉川云子皱眉说道，用命令的口吻。秦芳好敛起笑容，正要开口反对时，感应到了阿豪投来的视线，她瞬间读懂了对方目光中的含义，于是改口道：“也好。”说完转身走回轿车。

黑暗的诊所门厅中，几道雪亮的手电筒光束四下晃动，照射着各处角落。

特高课的六名便衣，分散把守在楼梯口、通往后院的小门和走道口等处，人人持枪，高度警惕。

“就是那根。”阿豪走进去后，对一边的玉川云子说，后者正用电筒照着楼梯左边扶手的罗马柱。

“先将第二根立柱逆时针转两圈，再把罗马柱柱头顺时针转三圈就可以取下来了。”阿豪又将在车上说过的开启方法复述了一遍。这处机关的开启方式并不复杂，前天晚上，在将戴夫勒和川崎的尸体扔进珠江后，他返回诊所，只用了二十分钟就琢磨了出来。

“林谷，你去。”玉川云子对身边的戊班班长道。后者领命，收起枪，走到楼梯旁。

当所有人的注意力，都放正在开启机关的林谷身上时，阿豪铐在背后的手有了细微的动作——用一颗金属袖钉悄然打开手铐。先前秦芳好在他身后“跌倒”的瞬间，将这颗专门用于开启手铐的特殊“袖钉”暗中塞到了他的手里。这让他本已沉入黑暗深渊的心，重又迸射出希望的光芒。

林谷按阿豪所说，逆时针转动了两圈第二根立柱，然后双手抱住楼梯口左侧那根罗马柱的柱头缓缓转动。吱吱嘎嘎，结合部螺纹套口处传出的摩擦声在寂静中略显刺耳……三圈过后，感觉到接口处已经松开，他小心翼翼将球状柱头取下。

不过，林谷再小心也没有了意义——四秒延时之后，空心柱头里那颗绊发式手雷就会爆炸。

在电筒光的照射下，双手抱着圆形柱头的林谷身体突然一僵，视线落在柱头底部细铁丝上勾着的金属拉环上，同时，一道细微的引信燃烧声传入了他的耳中。

“有炸弹！”林谷脸色剧变，一声大喊的同时，扔了手上的柱头，转身朝离他最近的房间——医药室——冲去。

在场的特高课便衣们，都是训练有素、经验丰富之辈，反应并不比他们的头领慢上一分，闻声后第一时间或纵扑或翻滚，寻找就近的掩蔽之所。

这其中，只有负责看押阿豪的那名特工，没来得及做出任何战术规避的动作——就在林谷发出示警的同时，阿豪重获自由的双手快如闪电，右手一把抓住他握枪的手腕，脚跟一旋，身体背转，左臂曲起，一记凶狠的肘击顶在他的胸口。

这名特工清晰地听见了自己胸骨的碎裂声，握枪的手一松，口喷鲜血，惨叫着倒飞出去。阿豪一把抄住对方的手枪，身形箭矢一般射出。

“他在干什么？”玉川云子被一名下属扑倒在地的刹那，满脑子疑惑：在众人纷纷闪避之际，这家伙却奔向爆炸中心？找死吗？

阿豪当然不是要找死。他的目标是楼梯口边上的医药室。不过在爆炸发生时，他刚跑到门口，与其说他是扑进了房里，不如说是被一股强大而灼热的气浪震飞出去。

在轰隆的巨响声中，阿豪最后看了一眼先他一步进来的林谷所在的位置，然后紧闭双眼，屏住呼吸。杀掉林谷为晓霞报仇，是他不顾爆炸的危险冲进这里的原因之一。

当然，如果罗马柱头里装得是一颗破片手榴弹，而不是毒气弹，阿豪不会冒这样的险。这颗美军制式“KJ型毒气弹”和他藏在医药室里的防毒面罩一样，都是来自老巴迪的友情赞助。

“这宝贝，能给你争取到更多的时间。”当时，头上缠着绷带的老巴迪，在地下室角落的一个木箱子里翻出一颗绿皮“菠萝”递给阿豪后说，“这东西一战时就有了。爆开后没有弹片，里面装的是四氯化什么的一种毒气。美军通常在想抓捕俘虏时，就会将这玩意儿往碉堡或地下工事里一扔。中毒的人，五分钟里没人能睁开眼，呼吸困难，眩晕，战斗力完全丧失……”

爆炸过去五秒钟后，阿豪闭眼摸黑在一个储物柜里取出一具防毒面罩迅速给自己戴上。

“你逃不了……”门厅里，玉川云子拔出腰间的配枪，咬牙切齿朝自己的属下们喝道，“来人……”突然，她感觉喉咙里像是被灌进了一股石灰水，食道和气管着火似的疼痛难忍，以至于口中发出的命令最后变成“啊”的一声惨叫。紧接着，她感觉双眼里扎进了千百根烧红了的细针，泪如泉涌……

“毒气弹……”女课长此刻终于想起爆炸后闻到的那股刺鼻的味道是什么了。不过，她现在想提醒自己的属下已经来不及，也做不到了。她感觉自己快要窒息，恶心到快要呕吐，不由自主地扔了手枪，双手扼住了自己的脖子，好像不这样做下一刻就会死去。

医药室里，林谷跪在墙角，泪流满面。他不停地挠着自己的咽喉，啊啊啊地痛苦惨嚎，脸色比他扔在地上的电筒发出的光亮还要惨白。

阿豪从黑暗中走来，戴着防毒面罩的他，看上去像是来自地狱的鬼怪。他举起刚刚缴获的南部十四手枪，朝着林谷的头部和心脏砰砰连开两枪，完成了一小时前的誓言——让这个杀害晓霞的刽子手死得很痛快！

阿豪小心且迅速地走出医药室时，更多剧烈咳嗽声、惨叫声、痛苦呻吟声在黑暗中响起，此起彼伏，让人仿佛置身于某个住满绝症患者的医院病房。

他在心里飞快地计算了一下，加上玉川云子，诊所里应该还有六名日本特工。这些人在五分钟内无法恢复行动能力，他完全可以将其一一杀死。

不过，他并非为杀人而杀人的邪恶之辈，虽然这些家伙的手上都沾满了中国人的鲜血。况且留给他的时间并不多——这里不是密闭空间，毒气两分钟左右便会散去大半。而诊所外还有四名日本特工，分别守在诊所前后门，大批的英法军警也很快会闻讯赶来，他必须快速离开。

于是阿豪关掉手电筒，径直朝楼梯快步走去。其他几只被主人扔下的手电筒发出的光亮，足够他通过护目镜辨识外部的大致环境，不需要拿着光源行动，以免成为黑暗中的靶子。

毒气弹对楼梯的损毁并不严重，阿豪靠着墙快速上行，身形转眼便在二楼拐角处消失。

两分钟后，他出现在这栋建筑的尖顶小阁楼里。轻声推开窗户，翻出阁楼，阿豪随即摘下防毒面具，轻轻放在脚下的瓦片上，弓着身子迅速朝屋顶西边摸去——那里有一栋和诊所相邻的黄色平顶小楼；两栋建筑之间相隔不到三米，后者的顶部略低些。他之前向老巴迪打听过，那是一处居住性质的产业，属于一名泰国富商。以他的身手，只要不是跳到沙面“法国兵营”这类建筑的楼顶，即便有所惊动，亦可从容离开。

淡淡的月光下，阿豪站在楼顶的檐口边，看了一眼下方街道上赶来的大队英国军警，朝着对面的屋顶纵身一跃……

第十七章　血路

老船长酒吧的后墙外，阿豪站在一棵粗壮的樟树下，警惕地观察着四周。确定没被人跟踪后，他从树下的阴影中走出，助跑几步，纵身跃起，脚登手攀，利落地翻过三米高的砖墙，跳进酒吧阴暗的后院。

此刻，酒吧里隐隐透着灯光，静悄悄的，没有音乐，也没有酒客们的喧嚣。

“嘿，亲爱的豪，‘老船长’今晚只接待一位客人……老巴迪会拿出最好的珍藏！”这是上午老巴迪在电话里向他发出的邀请。此刻想起，阿豪仍不由心中一热。他和立雪最艰难和危险的时候已经过去了，但他很清楚，无论自己如何地拼命，没有老巴迪全力支持，他的计划实施不到现在这一步；没有老巴迪的冒险相助，他和立雪或将没有明天。

阿豪走到楼后门前，不轻不重地敲了几下，里面很快传来了老巴迪那熟悉的咳嗽声和沉重的脚步声，以及一声咒骂：“滚蛋，今晚没酒了！”

“老巴迪，说好的珍藏呢？舍不得了吗？”阿豪隔着门打趣道。

“你……真的来了……”老巴迪打开门，盯着阿豪，有些不敢置信。

阿豪偏头看了一眼老巴迪身后，压低声音道：“一切还顺利吗？”

酒吧后门正对着一条贯穿厨房、直通大堂吧台的通道。此刻，厨房和吧台还亮着灯，大堂里则是一片黑暗。

“放心吧，老巴迪答应朋友的事，从不食言。”老巴迪将阿豪让进门，压低声音道，“她很安全。”酒吧主人知道阿豪此时最关心什么。

“谢谢，老巴迪。”阿豪彻底放下心，诚挚地说道。

老巴迪关上门，盯着鼻青脸肿的阿豪看了好一会儿，才摇头叹道：“亲爱的豪，今天你肯定累坏了，先喝上一杯……”

吧台柔和的灯光下，叮……两只平底玻璃酒杯轻轻碰在一起，杯中的琥珀色液体微微荡漾。

阿豪举杯说道：“老巴迪，我们中国人有句话——大恩不言谢。这杯酒，敬你，敬你为我和我妻子所做的一切！”

老巴迪咧了咧嘴，咕哝道：“敬这该死的世道吧。”说完抬手将整杯酒倒进嘴里。

阿豪一仰头，紧跟着干了杯中酒。然后他主动拿起瓶身上印着鹿头的威士忌酒瓶，分别在两只杯中倒了些酒。

“这杯敬小曼莎，祝她健康成长。”阿豪带着歉意，“还有，代我向小曼莎问好，请她原谅我的不辞而别。”

“我的小宝贝……噢，我想她会原谅你的……她是个非常懂事的孩子，知道意外，总在人意想不到的时候降临……”老巴迪变得伤感起来，“豪，接下来，我帮不了你什么了……一切都要靠你自己。”

“你已经帮我太多了……老巴迪，干！”

“干！”

两人同时一饮而尽后，老巴迪拿起酒瓶：“‘大摩’是最好的苏格兰酒……”说着就要给阿豪的杯子里倒酒。

“谢谢……”阿豪一边咳嗽一边伸手挡住酒杯，“说实话，我还真喝不惯……你也知道，接下来我还要……”

“好吧，我的朋友。”老巴迪打断阿豪的话，给自己倒上小半杯，“我记得你的忠告……这将是老巴迪此生最后一杯酒……”

阿豪突然觉得眼皮有些发沉。他用力甩了甩头，努力睁大眼睛，却发现老巴迪的脸越来越模糊，声音听着像是从极远的地方传来：“亲爱的朋友，请原谅一个七岁女孩的父亲……”紧接着他眼前一黑，彻底失去了意识。

看着阿豪瘫倒在地上，老巴迪一动不动。片刻后，他拿起酒瓶狠狠灌一大口，嘟囔着：“对不起，我的朋友……意外，总是在人意料不到的时候降临……”

酒吧二楼，一道幽灵般的身影出现在铁艺栏杆前——西野俯视着下方倒在地上的阿豪，笑意森然。如果说今天发生的“意外”对于阿豪和老巴迪来说是场灾难，那么对于西野来说却是个惊喜……

西野两个月前就盯上了“老船长”酒吧。他的组织需要在沙面拥有这样的一个场所，以掩护他们和“美国朋友”越来越密切的会面。此外，这里还是一个打探各种消息的好地方。

不过由于两点原因，组织不打算通过正常的商业途径获取这处产业：一是价格昂贵——租界面积狭小，寸土寸金，占地不到一千平方米的老船长酒吧转让费超过十万日元；二是经过调查以及和酒吧主人的接触，他们得出一个结论：这个英国佬对日本人充满仇视。

于是玉川秀雄在两个月前将“以非常规方式拿下老船长酒吧”的任务交给了西野。而玉川公馆的武士首领也知道，在英法的地盘上，他们之前惯常使用的那些简单、粗暴的手段在这里非但不能解决问题，还会惹上麻烦，要完成这项任务，需要更多的谋划。

事情在上个月有了突破性进展——他的手下石川浩二成功收买了老巴迪的一名“心腹”。那个小野心家对自己老板的背叛十分彻底，不但向他们泄露了那名英国佬利用酒吧掩护做黑市买卖的秘密，还为“玉川公馆如何以最小的代价攫取老巴迪的全部产业”提出了一个切实可行的计划，而这个计划的第一步，也是最关键的环节就是——绑架老巴迪“最亲爱的宝贝”。

不过，今天下午西野带着石川来“老船长”酒吧，并不是要催促王金水实施他的计划，而是想找这位在沙面消息灵通的眼线，打探川崎和戴夫勒失踪的线索。在彻底解除桥本留下的巨大隐患之前，西野没有精力和心思来谋夺这间酒吧。

然而，西野和石川还没走进老船长酒吧大门，就从酒吧的印度门童——王金水暗中拉拢的“背叛三人组”成员之一——口中得知一个让他们惊愕的消息：王金水和布鲁失踪了！

据这名年轻的大胡子说，从前天下午到现在，这两人一直没有出现。他侧面打听后得到的消息是：王金水和布鲁被老板派出去收账了。但老巴迪头上莫名裹上的绷带，让他觉得事情透着古怪。

石川是枭组里唯一懂英文的武士，他将大胡子的话转述给西野后，问印度门童：“老巴迪这两天还有什么异常行为？”

这名住在酒吧二楼清洁室的印度人仔细回忆后说，昨天凌晨，他偷看到老巴迪将一名中国军官送出了酒吧……

“中国军官？”石川惊问，“相貌看清了吗”他立刻联想到了自己前天的狙击目标——“和平建国军少校军官”。

印度人说他当时躲在清洁室的门后，距离较远，加上光线不好没看清对方的相貌，只隐约听见那个穿中国军服的男子和老巴迪是用中文在交谈。

“身形呢？”石川追问。

“比普通中国人高大魁梧，身高应该在一米八十左右。”背叛者回忆后说。

石川浩二连忙将这个重要的信息转述给了西野。后者眼里精光闪烁，显然也迅速将这名“身材高大的中国军官”和前天在沙面摆脱他们监控的阿豪联系在了一起。

“应该是他……”西野嘴角浮现出阴森的笑意，对石川说，“我们准备一下，去拜访这位酒吧主人。”

“需要带礼物吗？”石川问。

“当然，”西野朝印度门童努嘴道，“让他去一趟露德圣母教会学校……”

此刻，酒吧大堂。阿豪双眼紧闭，赤身侧躺在地上。他的双臂被反剪着铐在一根碗口粗的空心铁柱上，双脚脚踝也被麻绳捆住。

“弄醒他。”吧台拐角处，西野放下电话，吩咐石川。刚才在电话里，玉川秀雄得知他们抓住了段世豪，随即又对他下达一道命令：务必找到罗立雪，而且必须活捉！

打完这个电话，西野才知道，今天下午的时候，段世豪竟然在特高课的严密包围下救走了自己的女人。他看着地上只穿了一条内裤的男人，心中越发忌惮，即便对方现在看上去像条死狗。

石川从吧台的冰桶里打了一杯冰水，上前泼在阿豪的脸上。他们给阿豪的酒里下的是曼陀罗粉，用冷水喷面，是解除这种迷药最简单、高效的方法。果然，被冰水一激，阿豪立刻有了苏醒的迹象，他眼皮眨了几下后，缓缓睁开。

十数秒后，当眼底的迷茫之色渐渐褪尽，阿豪挣扎着从地上坐起，靠在身后的立柱上。此刻他视线所及的三人，都集中在吧台前一小片有灯光的区域里，至于在他身后和大堂其他黑暗角落里还藏着多少敌人，现在还不得而知。

阿豪的目光，在离他最近的那名矮壮男子脸上多停留了两秒。他依稀觉得在什么地方见过这个手持武士短刃、神情冷厉的家伙，但一时又想不起来。稍远处的吧凳上，坐着一名正在把玩折叠刀的中年男子，此人鹰鼻鹞眼，一看就是个狡诈阴狠的角色。

最后，阿豪看向老巴迪，问："能告诉我为什么吗？"

"抱歉，我的朋友……"老巴迪仍然坐在之前和他喝酒时的位置上，神情沮丧而愧疚，"这是个意外……我赶走了所有的酒鬼，等来的却是王金水的朋友……为了得到你，他们绑架了小曼莎……所以……请原谅一个七岁女孩的父亲……"

"我知道了……"听老巴迪断断续续说完，阿豪摇摇头，"这不是你的错，该请求原谅的是我……是我给你和小曼莎带来了伤害。"

老巴迪苦涩地咧了咧嘴，扭头对西野道："答应你们的事我做完了……把我的孩子还给我……还有我的店员，放了他们。"

"我该对你说谢谢吗？"西野拿起吧台上的那瓶威士忌，在鼻尖嗅了嗅后，一脸厌恶地将瓶里剩下的酒汩汩汩地淋在老巴迪的光头上。

老巴迪只是皱了皱眉，再没有其他动作。他头上还裹着绷带，前几天被王金水用烟缸砸伤的口子还没有痊愈，此刻被烈酒一浇火烧似的疼。但为了小曼莎，他连朋友都出卖了，这些许的疼痛和羞辱又算什么？

瓶中酒尽，西野倒握酒瓶，猛地砸向老巴迪的头。"谢谢！谢谢！谢谢……"他一边说着一边挥动手上厚实的酒瓶。咚、咚、咚，三声令人心悸的闷响之后，老巴迪头破血流，庞大的身躯从椅子上滑下，瘫坐到地上。

"老巴迪、老巴迪……"阿豪双眼通红，一边大喊一边挣扎，铐在双腕上的黄铜板铐被他在铁管上撞得咣咣作响，然而无论他的动作多么狂猛、使出多大力道，身后的那根铁柱仍然纹丝不动。

"安静！"石川上前两步，一脚重重踹在他心窝处。阿豪闷哼一声，差点喷出一口血来。

"满意了……就把……小曼莎还给我……放了我的店员……"老巴迪抹了把被血糊住的双眼，近乎哀求地说。

西野再次举起了手中的酒瓶。

"我有你们想要的东西……"阿豪咳嗽着道，"放过他……还有他的女儿……我给你们……”他突然想起为什么觉得石川有些面熟——这家伙就是玉川货栈那条狼狗的主人，他在望远镜里见过。既然知道了对方的身份，也就明白这些人想要得到什么。

西野放下酒瓶，走到阿豪面前：“如果你真关心你这位朋友和他可爱的女儿，那么请回答我一个问题：你的妻子在哪里？”

阿豪闻言心头先是一松——西野的话证实了他之前的判断：老巴迪没有向对方透露立雪的下落；接着又升起一丝疑惑——对方既然是玉川公馆的人，最想知道的不应该是戴夫勒的下落，最想得到的不应该是桥本的胶卷吗？怎么如此“关心”立雪？

“我妻子身上可没有赏金，也没有胶卷，她更不知道戴夫勒的下落。”阿豪一边思忖一边试探道，“先放了小曼莎，我给你们胶卷。”

“你以为我是特高课那帮蠢货吗，还是觉得自己有资格和我讲条件？”西野厉色道，“胶卷和你的女人我们都要，统统先交出来。”

“她已经离开广州了。”

“怎么证明你的话呢？”西野自问自答道，“我们来做个小测试吧。”说着转身朝老巴迪走去，同时手中魔术般地变出了一柄折叠刀，咔地弹出刀刃。

“混蛋，冲我来！”阿豪咬牙吼道。

“妻子和朋友谁重要呢？虽然你的答案我已经知道了，但我还是想证实一下。”西野朝他摇摇头，走到老巴迪身边半蹲了下来。阿豪痛苦地闭上双眼，却挡不住邪恶的声音传进耳中……

“你呢，老巴迪？”西野用刀尖在老巴迪脖子上轻轻划着，“是要保自己和女儿的命，还是保朋友妻子的秘密？”

“我不知道她在哪里……”老巴迪摇头。

“或许你说的是真话，但我不信。”西野拎着老巴迪的左耳，“为了你的小曼莎忍耐一下，保持安静。”说完他先从吧台上拿了一张餐巾布塞进老巴迪嘴里，然后再用刀一点点将耳朵割了下来。

老巴迪呜呜地惨叫着，脸色由白变红，由红转紫。他捂着自己受伤的耳部，鲜血从指缝中大股大股地溢出，很快染红了他半边身子。

阿豪双眼暴睁，看着西野扔在自己脚边的那只血淋淋的耳朵，胸膛似要炸裂。然而，他现在什么也做不了，连大吼一声的机会都没有——石川从后面用刀鞘勒住他的脖子，让他快要喘不过气来。

“你看，他什么也帮不了你。”西野换到老巴迪的右边，拿掉他嘴里的餐巾，用还带着血迹的刀尖指了指阿豪，“你觉得，他会为了你和你的女儿出卖自己妻子吗？中国人有句话‘人不为己，天诛地灭’……你想想再开口。我的耐心快没了，只能给你最后一次机会。如果仍然听不到我想听的话，我不但会割下你剩下的这只耳朵，还会让人给你送来一对可爱的小耳朵。我保证，十分钟内让你看到。”

老巴迪肥硕的胸膛剧烈地起伏着，一双血红的眼珠快要瞪出了眼眶。

渐渐，他身上的暴烈气息一点点消散，最终艰难地说道：“船……她在一条船上……”说完整个人瞬间委顿下来。

石川松开勒住阿豪脖子的刀鞘。

阿豪还没完成一次呼吸，就开始剧烈地咳嗽，感觉喉咙像是吞下了一枚烧红的火炭……然而，此刻肉体的痛苦，比起老巴迪嘴里吐出的这几个字是多么的微不足道。他感到了绝望，他拼尽一切，燃烧生命全部的力量，却在冲出黑暗深渊的最后关头，被重新打回地狱！

阿豪看着血人似的老巴迪，张了张嘴，却什么也没说。是的，他能说什么呢？老巴迪为了帮他，不但自己遭受着残忍的折磨，唯一的女儿还落入了一帮禽兽的手中。他又有什么理由、什么资格去要求对方不要用立雪的下落，去换取小曼莎的自由和安全？

“古德！”西野拍了拍老巴迪的肩膀，用英语赞道。他偏头看了一眼失魂落魄的阿豪，心中充满快感。“继续，什么船，在哪里？”

“先将小曼莎送到……送到英国大使馆……我再告诉你们……”老巴迪道。

“你觉得可能吗？”西野脸上刚刚泛起的笑意瞬间消失，眼神阴厉而狠毒。

“送她回学校……”老巴迪换了一个要求，“我的小宝贝该睡觉了。”

西野摇头。“这个，可以答应你。但要在我们抓到那个女人之后。”

“现在，至少……至少让我听听她的声音……”老巴迪恳求道。

西野略一思忖，点头答应对方这个不算“过分”的要求。两个小时前，他让老巴迪和他的宝贝女儿通过一次电话，这之后，一切都变得顺利起来——这个体重超过三百斤的英国佬，立刻从一头暴怒的阿拉斯加棕熊，变成一只温顺的澳大利亚小绵羊。他觉得在屠宰之前，应该让这只绵羊继续温顺下去。

老巴迪扶着吧台艰难地站起身，一眨不眨地盯着在吧台拐角打电话的西野……

“小曼莎，我最亲爱的宝贝，不要害怕，不要哭泣，爸爸很快会接你回家，相信爸爸，你是爸爸最最亲爱的宝贝，是爸爸在这世界上最最爱的人……”两个小时前，老巴迪在电话里对自己的宝贝说这番话时，心都碎了。他当时无数遍愤怒地对上帝发誓，向魔鬼祈祷：只要能将那个可耻的“犹大”，那个将小曼莎从露德圣学校诱骗出来的印度门童亲手撕碎，他愿意付出包括灵魂和肉体在内的一切！

然而现在，老巴迪的心里没有一丝愤怒和仇恨，他对上帝发誓，向魔鬼祈祷，只要他的小曼莎平安，他愿意付出一切，包括灵魂、肉体，还有对那个狗娘养的犹大的宽恕！

尽管老巴迪听不懂日语，但敏锐的察觉到了西野在打电话时，神情和语气有过短暂而细微的变化，让他隐约感到了不安。

“小曼莎呢？为什么不让我接电话？”老巴迪见西野挂上了电话，心中的不安更强烈了，忙上前问道。

“不用紧张。”西野微笑道，“你可爱的女儿已经睡着了，睡得很香。我觉得，这时候叫醒她是件很残忍的事……你作为她的父亲，也不愿意这样做吧？”他顿了顿，肃容又道，“我以一名帝国武士的名义发誓，只要你说出那条船在什么地方，我马上派人送你到你的宝贝身边。一旦你的话得到证实，你们父女就可以一起离开了。”

老巴迪看了一眼吧台墙上的挂钟——9 点 56 分，说：“小曼莎每晚十点都需要服药，请你再打个电话，叫醒她。”

“吃药？”西野眉头微蹙。

“我之前告诉过你们，小曼莎有季节性哮喘。整个冬季都要靠药物来保证睡眠……”老巴迪激动道，“不吃药睡觉，她会呼吸困难……”

“她应该吃过了。我的属下说，你的小宝贝睡得很安静。”西野道。事实上，刚才在电话里，玉川货栈那名负责看守小曼莎的武士向他汇报说，小女孩已经没有了呼吸，全身冰凉，死因不知。

“NO，NO，”老巴迪挥舞着沾满自己鲜血的一双手，激动地嚷着，“我必须听到她的声音，现在……现在就打那该死的电话，叫醒她，叫醒我的小曼莎……”

恐惧在他心中急遽蔓延，全身每一个细胞都因此而战栗。为什么不让我和我的宝贝通话？一定发生了什么！我的小曼莎，这帮畜生对你做了什么？！

“好了，不要激动……”西野装作无奈地笑了笑，上前拍着老巴迪的肩膀，“我现在就送你去见你的心肝宝贝。好吗？”

“老巴迪……”阿豪突然惊呼，他“小心”两个字还没喊出，西野另一只手上握着的折叠刀，已噗地捅进老巴迪的心窝，出手隐蔽而迅猛，15厘米长的刀身贯体而入。

老巴迪茫然而惊恐地瞪着西野，颤声问道：“我的小曼莎她……她……怎么了？”

他隐约猜到，世界上最可怕的事发生了，但仍抱着最后一丝的希冀。他在心里向上帝疯狂地祈祷着，发誓自己愿意承担人世间所有的罪孽，以换取小曼莎的平安。

“她死了。所以，你要见她，也必须死！”西野说着，又在老巴迪的心窝上连捅两刀。他很清楚，老巴迪绝非善类，既然瞒不住小女孩的死讯，他手上也就失去了唯一能胁迫对方的人质，那么留着绝对是个隐患，更别想从他嘴里得到什么有价值的信息，不如一刀杀了。至于罗立雪的下落，有段世豪在手，他不相信审讯不出来，只不过是时间长短的问题。

“畜生……”最后一丝幻想破灭，老巴迪愤怒咆哮，一把抓住西野握刀的手，另一只手伸出，去掐对方的脖子。西野反应极快，握刀的手一松，手腕翻转，在没被老巴迪的大手抓实之前挣脱开，同时脚下迅速后退，避开对方的攻击。

老巴迪一手抓空，踉跄着再次朝西野扑去。后者这次没有闪避，站在原地看着老巴迪，眸光中带着浓浓的讥诮之色。

“噗”，石川手中的武士短刃，从老巴迪的后心插入，50厘米长的刀身尽没入体。

老巴迪身体僵住，一口鲜血从嘴里喷出。随着石川将刀拔出，他那庞大的身躯轰然倒地。

“老巴迪！”阿豪在心底呐喊，“是我害了你……害了小曼莎……对不起……”他闭上上双眼，头一下一下地撞击着身后的铁管，仿佛那“嘭、彭、嘭”的闷响声，能减轻心中的愧疚和痛苦。

西野一脸厌恶地俯视着倒在血泊中的老巴迪，对石川道：“撤离，押段世豪回货栈。”

“后面关着的那三名店员怎么处理？”石川问。

“全都做掉。”

“是。”石川点头，朝大门方向招了招手，两名拎着手枪的武士从黑暗中快步走来。在石川的命令下，他们先将阿豪从地上架起，接着其中一人后退几步，用枪指着他；而另一名武士则将手枪插回腰间，绕到柱子后面——这家伙先用一根绳子勒住阿豪的脖子，绑在铁柱上，然后才掏出手铐钥匙，打开阿豪手腕上的黄铜板铐。显然，在重新将阿豪双手铐上前，对方不会解下他脖子上的绳套。

“老实点！”石川拔出武士刀，刀尖抵在阿豪的咽喉上。

见这伙人对自己的警惕如此之高，阿豪不觉得自己还有脱困的机会。老巴迪死了，秦芳好也不可能再神奇地出现，给他一把手铐钥匙。没人能帮他了。

但阿豪并不因此而沮丧，只是有些遗憾——余生不能再和妻子一起度过。在策划这次行动时，他已做好被捕以及遭受各种酷刑折磨的心理准备——只要妻子能重获自由，这些又算得了什么？

立雪的下落并没有暴露——广州的大小船只成千上万，别说以玉川公馆的势力，即便是宪兵队出动，也不可能在一夜之间全部搜查一遍。而只要他能熬到明天天亮，立雪就彻底安全了。想到这里，阿豪再次看向老巴迪，眼神中充满了浓浓的悲伤和愧疚。这个帮他和立雪安排好了一切的朋友，倒在了自己的血泊中，还有他最最亲爱的小宝贝，可爱的小曼莎，也离开了这个世界……再见了我的朋友，希望你和小曼莎还有她的母亲能在天堂团聚！阿豪在心里做最后的道别……

西野对石川下达撤离的命令后，这个有轻微洁癖的家伙，先从吧台上找了一条雪白的餐巾，擦了擦沾满鲜血的双手，然后绕过地上的血泊，走到老巴迪的尸体前。他那把珍爱的折叠刀，不，准确地说，是“忍者手镰刀”还插在老巴迪的心窝上。

西野半蹲下来，用餐巾裹着刀柄，将手镰拔出。然而，就在他将刀从老巴迪胸膛上拔出的一瞬，地上的“尸体”突然双眼暴睁，双手一把抓住他握刀的左手。

西野脸色骤变，他完全没想到一个心脏和肺叶都被刺穿，流的血能装满一只浴缸的家伙还活着。这怎么可能？

“咔嚓”，老巴迪不等西野挣脱，双手用力折断他的腕骨。

西野“啊”的一声惨叫，手镰掉落。老巴迪松开一只手，拿起这把沾满自己血液的利刃，在西野惊恐的目光中，缓慢而有力地捅进他的心口。

“西野君！”石川扭过头，正看见西野栽倒在老巴迪身上。一声惊呼后，他立刻撇下阿豪，拎着刀冲了过去。

就在武士刀离开咽喉的刹那——不，应该是西野发出惨叫的同时，阿豪立刻意识到有变故发生，精神和身体瞬间高度紧张，迅速感知环境的变化，准备抓住任何可以利用的机会。

此刻，恰巧他背铐的双手已经从铁柱上解了下来，而他身后的那名武士，原本可以迅速将他重新铐上，但西野的惨叫，让这家伙手上的动作顿了顿，注意力被短暂地分散。与此同时，四米外那名举枪对准他的武士，同样惊讶于西野的惨叫，转移了视线……

不得不承认这是老天的帮忙——变故早一秒或晚一秒发生，他都没有出手的机会。

时机稍纵即逝，阿豪怎么能放过，他背在身后的左手猛然发力，手臂一震、手腕一翻，挣脱身后那名武士的手，五指成爪闪电般抓向对方的脖子。

阿豪出手突然，动作迅猛而准确，这名武士根本来不及反应，就被阿豪掐住脖子一把拽到身前。他拼命挣扎，双脚乱蹬，双手不停扒拉着掐住自己脖子的手臂，然而阿豪的臂力、指力何其强劲，哪容他摆脱，眼见着就要两眼翻白。

“混蛋，放开他！”持枪武士又惊又怒。他没想到自己稍稍分神，同伴就被阿豪制住。当然，若非事先得到过西野“活捉段世豪”的命令，四米的距离，他完全可以一枪打爆对方的头，即便阿豪将他的同伴挡在身前。

阿豪赌的就是对方不会在第一时间开枪——他身上有这些人想得到的

秘密，于是根本不理这家伙的威胁，一只手死死掐住身前武士的喉咙，另一只手快速拔出对方腰间的手枪，朝着对面的武士抬手就是一枪，毫不犹豫。

他知道自己的处境极其危急，虽然手铐解除，但双脚被捆、脖子被套，身体仍被禁锢，对方绝不会给他解除绳索的时间和机会。因而必须趁对方须臾的犹豫将其射杀，才有一线生机。

与此同时，冲向西野的石川霍然转身，盯着举枪射击的阿豪满脸惊骇——转瞬间反制小岛、枪指谷口，这家伙是怎么做到的？

一股寒意电流般蹿上石川的背脊，他脚下踯躅，隔着五六米的距离，不知道自己该抱着刀冲向阿豪，还是纵身跃入吧台躲避对方的下一枪。

一秒钟后，石川一愣，脸上随即浮现出狞恶的笑意——阿豪连连扣动扳机，枪声却未响起。

该死，卡壳了！阿豪脸色骤变。南部十四手枪的确故障率高，但他万万没想到在这个要命的时刻被自己撞上，运气真是差到极点。

谷口脸色铁青，知道自己捡回了一条命。先前阿豪出手太快，他根本来不及闪躲，而对西野的敬畏，让他在面对枪口时有刹那的犹豫，没有扣动扳机。不过他不会再给对方机会。

“放开他，快！”谷口咬牙喝道。他双手握枪，脚步侧移，准备绕到阿豪身后……

与此同时，石川一挥手中的武士刀，小心翼翼地朝阿豪走去，这个家伙太危险了！他决定先废了对方的双手。然而，当石川刚走出两步，就听见身后传来一道无比沉重又极其痛苦的呼吸声，仿佛是一位沉睡的巨人，从噩梦中苏醒。

石川心中又是一惊，猛然回头，就看见西野瘦削的身体被老巴迪从身上掀开，翻倒在血泊中，一动不动。

“八格牙路！”看着西野胸口血肉模糊的刀口，以及口鼻处溢出的血迹，石川狂吼一声，双手握刀，朝从地上挣扎着站起的老巴迪冲去……

阿豪扔了手枪，悄然拔出身前武士腰间的匕首，然后朝谷口投去。后者见同伴跌跌撞撞朝自己扑来，下意识地想要上前搀扶。然而他刚跨出半步，小岛已扑倒在地上，鲜血汩汩地从背心的刀口冒出……

老巴迪没有闪躲，主动迎向刀尖，任由50厘米长的武士刀插入自己的腹部。他能站起来，几乎耗尽了这具庞大身躯里每个细胞里积蓄的生命潜力。他现在剩下的唯有一股执念——为小曼莎报仇！正是这股执念让他支撑到现在。

当握刀的手被老巴迪一把抓住，石川狂乱的头脑总算有些清醒——他不该在这个只剩最后一口气的英国佬身上浪费时间，更不该和对方靠这样近。不过，他的这份醒悟来晚了——老巴迪另一只手上的“手镰刀”割断了他的颈动脉。

老巴迪完成了生命中的最后一击。看着对方脖子上如水枪喷射般飙出的血液，他空洞眼神有了一丝色彩。“当啷”一声，“手镰刀”掉落在地上。可以去见我的小宝贝了，老巴迪心想，庞大的身躯轰然倒下……

当老巴迪划破石川的颈动脉时，阿豪同样发出了孤注一掷的攻击，他甚至来不及割断套在脖子上的绳索，就将匕首大力朝谷口投去。后者正从同伴的尸体上收回视线，举枪朝他射击。

砰，枪声在昏暗的酒吧里响起，子弹擦着阿豪的头皮，打在他身后的铁柱上，火星四溅。

谷口踉跄着后退几步，惊愕地看着胸口上插着的匕首手柄，接着喉头一甜，噗地喷出一口鲜血。这一刀扎破了他的肺叶。谷口身形晃了晃，却没有倒下。他抬头看着阿豪，举起手枪，眼瞳里跳动着火焰。

在谷口扣动扳机的同时，阿豪终于解开了脖子上的绳套，纵身侧扑而出，倒地后迅速翻滚至边上的一张酒桌下。

砰，第二颗子弹打在他头顶的桌沿上，木屑飞溅。谷口一边开枪一边艰难地朝阿豪走去。

阿豪没时间解开脚上的绳索，眼见谷口走近，黑洞洞的枪口离自己不过五米，他抓起边上的一把椅子，大力朝对方砸去。

砰，谷口的第三枪，被凌空飞来的木椅挡下。随即人便被这把呼啸而至的椅子砸中，如挨了一发炮弹。谷口倒退数步，大股大股的血液从嘴里溢出。他还想举枪，却再也没了力气，脚下一软，倒在了地上。

阿豪迅速从地上坐起，一边大口喘息一边飞快地解开脚踝上的绑绳。他仍处于危险之中，必须以最快的速度离开这里——枪声肯定会引来英法军警，而酒吧里难说还会不会藏着日本杀手。

阿豪的担忧立刻得到了验证，一道身影出现在吧台后，朝他举起了手枪。他来不及起身，就地一个翻滚，紧接着朝谷口倒下的地方扑去。

砰，子弹打在他刚离开的地方。

吉永是西野今天带来的最后一名属下。他被安排到了酒吧后院的一间屋子外，看守三名老巴迪的店员。先前听见酒吧大堂方向连续传来枪声，吉永顿时紧张起来，意识到这边出了状况，于是赶过来支援。他快速穿过后厨，来到吧台时，正看见一个人倒下。尽管那里光线阴暗，吉永仍然认出那是他的同伴谷口。

紧接着吉永又看到了西野、石川和小岛，他们全都倒在地上，有的身体还在抽搐，有的躺在血泊里一动不动。

这让他感到震惊和茫然。十分钟前他离开这里时，酒吧大堂里除了自己的三名同伴和上司西野，剩下的两人一个被牢牢绑在铁柱上，一个是手无寸铁、连走路都有些困难的胖子。到底发生了什么？

正是这短暂的失神，让吉永没能在第一时间朝阿豪开枪。此刻，嗅着空气中浓浓的血腥味，看到上司、同伴的惨状，吉永的肾上腺素激素极速攀升，见那名该死的通缉犯竟然躲过了自己的一枪，他单手一撑吧台的大理石工作台，直接越了过去。

“那家伙手上没有武器，要以最快的速度将其击毙……”吉永脑中念头一闪，落地后迅速朝躺在六米外的阿豪开枪射击，准备一口气将手中这把南部手枪弹夹里的七发子弹倾泻一空。

与此同时，阿豪半躺在地上，手握谷口掉落的手枪，朝从吧台里跳出来的日本杀手射出子弹，砰、砰，枪声同时响起……

这是枪法和运气的较量，两人相距不超过六米。阿豪这次运气不错——对方的子弹打在他边上那具尸体的身上；枪法更好——准确地击中对方的腹部。当然，这跟光线有很大的关系——对方位于吧台的顶灯照射下，活脱脱一具人型枪靶，而他则躺在阴暗中。

吉永并没有立刻倒下，神情痛苦而狰狞。他一手捂着中弹的小腹，一手举枪瞄准阿豪。

砰，阿豪没给对方再次扣动扳机的机会，抢先一枪。这一次，子弹精准地击中了这名武士的头部，鲜血飞溅。见对方扑倒在地，他迅速起身，双手握枪，一边快速朝老巴迪躺着的地方移动，一边警惕着四周。他不知道这伙人的人数，担心下一刻又会从某个地方冒出来一位。

吧台左侧，阿豪绕过西野的尸体，来到老巴迪的身前。后者闭目躺在血泊里，半张着的嘴里流淌出浓稠的血液，脸上、脖颈和双手都被凝固的血液覆盖，小腹上还插着石川那把武士短刃，胸口上血肉模糊，两处刀口如咧开的猩红大嘴。

"老巴迪……老巴迪……"阿豪半蹲在老巴迪身前，低声呼唤着，声音哽咽。他伸出一只手，却不知道该放在哪里。

"太古仓……三号码头……"老巴迪闭着的眼半睁开，右手微微抬起，指了指吧台，用尽最后的力气说道，"潜水服……柜子里……"说完头一歪，再无气息。

阿豪的眼泪夺眶而出。小曼莎死了，老巴迪也死了，这对父女遭受的这场噩运，都因他而起。可对方在临死之际，对他这个"罪魁祸首"没有丝毫的指责、怨恨，咽下最后一口气之前，惦记的，还是他的事。这是什么样的一个朋友啊……

浩荡的珠江由西北朝东南奔流至沙面时，被一块巨大的沙洲——河南——一分为二。江水一支往东，一支往南，而后，两支江水在下游三十多公里的黄埔段再次合流。太古仓码头便位于往南这支江流的东岸，与沙面相距四公里的河段。

此时，在太古仓上游一公里处，隆隆的马达声打破了江上的寂静，一艘日军巡逻艇逆流而上，艇上的大功率探照灯射出的粗大光柱划破黑暗，在江面上缓缓扫过。当巡逻艇朝上游的白鹅潭方向驶去后，一个身影悄然从江边的水草下冒出。船只驶过荡起的波浪，轻轻拍打着他黝黑的身躯。

此刻的阿豪头戴黑色橡胶皮帽，身上同样穿着橡胶制成的紧身衣裤。据老巴迪说，这是意大利"蛙人"部队的潜水服，是他收集的新奇玩意儿之一。虽然少了呼吸装置和脚蹼，但对一个要在冷水中长时间浸泡的人来说，穿上这套具有防水、保暖功能的衣裤再合适不过了。

一小时前，阿豪从吧台下的一个柜子里找到老巴迪给他留下的这套潜水服，赶在一队英国军警撞开酒吧大门之前，迅速从后院翻墙而出，直奔江边。

下水后他迅速横渡八百米宽的白鹅潭，进入珠江南支流。此刻，在小心翼翼靠着东岸泅渡了三公里后，太古仓码头模糊的轮廓，终于出现在他的视线里。

在这次逃亡计划中，停靠在太古仓码头的散装货轮——“鹈鹕”号，是他和立雪离开广州前最后的落脚点——这艘船将在明日凌晨，带着他们离开这座囚笼般的城市，前往自由的香港。

当然，能找到这条“诺亚方舟”，并因此确定计划的最后一个环节，完全得益于老巴迪广厚的人脉关系。“鹈鹕”号和太古仓码头都属于英国太古轮船公司，该公司总部就在沙面，作为老船长酒吧老板兼黑市生意人，老巴迪和太古轮船公司的经理、属员们都相当熟稔。其中不乏一些时常走私的船长、水手和他交情深厚，比如“鹈鹕”号的大副——英籍华人陈泰来。

不过阿豪今晚想要见到这位“鹈鹕”号的大副却并非易事——三个小时前沙面就被日伪军警封锁，走水路是他唯一、也是计划中逃离沙面前往太古仓码头的方案。而所谓走水路，并不是找艘小船或筏子划过去，日伪宪警对沙面的封锁不会仅仅是在英格兰桥和法兰西桥的桥头设置哨卡，水面上同样会派出巡逻船。

事实证明了阿豪的判断——在他先前横渡白鹅潭时，江上便有两艘巡逻船在来回游弋。如果不是他的肺活量远超常人——高达六千毫升，每次潜泳时间超过五分钟，未必能躲过在水面上频繁扫射的探照灯灯光。看着远去的日军巡逻船，阿豪抹去脸上冰冷的江水，继续顺流而下，像一条在黑暗江水里潜行的大鱼，无声无息。

江水寒冷刺骨，但看着前方越来越近的太古仓码头，他的心愈发滚烫起来——“鹈鹕”号，我来了……

三号码头是太古仓三座码头中最靠近北边的一座。其栈桥朝江心延伸出两百米左右。此刻，三千吨级的“鹈鹕”号静静停泊在这座“T”形栈桥边。阿豪在离栈桥还有 50 来米的时候，游到岸边的浅水处停了下来，观察着码头、栈桥以及“鹈鹕”号甲板上的动静。

太古仓码头虽说是英国太古轮船公司的产业，但在年初的时候，日本军方征用了这里七座库房中的五座，以及三分之二的堆场，用于存放待转运的物资，并派了一支守备分队驻扎在此，对码头施行半军事化管理。因而在登上“鹈鹕”号之前，他不敢有丝毫的大意。

时间已接近晚上12点，码头上昏暗、静寂，没有人影，只有从哨塔上射出的探照灯光柱在缓缓移动，雪亮的灯光从仓库、道路、货物堆场、栈桥和附近的水面上一一扫过。

此外，栈桥桥头的一栋小屋里还透着灯火，有人影在窗后晃动，那里应该是夜班看守的房间。

当探照灯第三次从栈桥北侧的水面扫过，阿豪深吸一口气，潜入水中，飞快地朝栈桥游去。他先前在心里估算了一下，探照灯两次照射他和栈桥之间这片水域的时间间隔在三分钟左右，在这个时间内，他必须游到50米外的栈桥下的阴影中，而且，为了确保不被某个藏在岸边的暗哨，或者突然出现在栈桥附近的巡逻士兵发现水面上有动静，他必须在尽量深的水里潜泳。这也是他为什么不直接游向“鹈鹕”号的原因——他不觉得自己能一口气潜泳超过两百米。

黑暗的水里不能视物，阿豪只能凭着方向感朝前方一直游去。这种盲泳的体验非常可怕，就好比人在陌生的地方蒙眼奔跑，心理上会产生极大的压力。不过对于一名曾夜渡黄浦江，炸毁日军“启德”舰的敢死队员来说，50米的盲泳就算不得什么了。

两分钟后，阿豪从栈桥下的阴影中缓缓冒出水面。他一边徐徐呼吸一边仔细聆听栈桥上的动静，确认安全后，才贴着栈桥朝“鹈鹕”号游去。

江水拍打栈桥桥身发出的轻微撞击声，和桥下的阴影，完美地掩护了阿豪的行动。很快他便游到了“鹈鹕”号的船尾处。这里是码头上探照灯照射的死角，他不用担心被哨塔上的守卫发现。

一只红白相间系着绳子的救生圈，漂浮在船尾泛着白色泡沫的江水中。阿豪迅速游了过去，抓住那条从船上垂落下来的绳子。他抬头望着上方的船舷，双手握着绳子，使劲拽了两下，感觉很结实，于是双手交替，抱着这根直径三厘米的缆绳，向上攀爬。

“鹈鹕”号的尾部造型不似船头那般高高翘起，加之已载满了货物，吃水后尾部船舷离水面的高度不到四米。这个高度的绳索攀爬，原本对阿豪来说没有任何难度，正常情况下要不了十秒就能完成。

但现在，刚完成四公里泅渡的他，突然发现自己的体重比平时增加了不止一倍，每向上移动一寸都极其艰难。此刻他才意识到，除了今天早上在龙津路吃了碗馄饨外，这一整天自己再没有进食。而在这过去的十八个小时里，他的身体和精神都在高度紧张中度过，体力消耗之巨，可想而知。

阿豪竭力抓紧缆绳，一点一点将身体带出水面，双臂因此而不停地颤抖，大脑也出现了短暂的眩晕。他知道这是脱力前的征兆，但他更清楚，越是这种时候，越不能停歇和放弃，否则，这四米的高度或许将成为他和立雪之间的天堑。正如在无尽沙漠中或连绵雪山上孤独跋涉的旅人，一旦停下，将永远失去前行的力量。因而一旦开始攀爬，哪怕下一瞬他会因身体里最后一丝体力耗尽而掉落，他也绝不允许自己有“回到水里，恢复一下体力后再来”的念头。

然而，正在阿豪咬紧牙关，一寸一寸艰难地向船舷上攀爬时，隐约有马达声从上游方向传来。他循声看去，四五百米外的江面上，一艘巡逻艇正朝码头快速驶来。

阿豪心中一凛。他必须要在这艘巡逻艇上的探照灯照到这里之前，攀上头顶的船舷……

“鹈鹕”号是艘典型的“三岛式”杂货船，其上层建筑——艏楼、艉楼和桥楼，分别设在船首、船尾和中部。桥楼是全船工作和生活的中心，最上层是驾驶台、海图室、电报间等；驾驶台以下部分为船员居住、休闲的场所。当然，直径一米，高五米的烟囱也设在桥楼。白天船舶轰隆隆行驶时，从这里狂涌而出的浓浓黑烟，会让人有种“妖魔即将化形而出”之感。

此刻这艘长约九十米，宽在二十米左右，三层楼高的“大家伙”上非常安静。除了桥楼和前甲板上还有几处亮灯的地方，整个船尾都笼罩在黑暗之中。

当阿豪翻过艉舷的栏杆，扑通一声摔在了甲板上时，那艘日军巡逻艇正从五十米外的江面上驶过，探照灯的灯光随之从“鹈鹕”号的侧舷和尾部一掠而过。

这短短的十来秒，榨干了阿豪身体里最后一丝气力。他仰躺在冰冷的船甲板上，大口大口喘息着，像一条被扔到岸上、即将死去的鱼。

这时，一束电筒光从艉楼下的阴影中射来，照在阿豪苍白的脸上。紧接着，一个中年男人沙哑的声音响起：“伙计，你登船的方式还真有趣。”

“是陈泰来先生吗？我是老巴迪的朋友。”阿豪抬手挡住从侧面射来的电筒光，勉强坐起身。

“知道、知道……”大副关上手电筒，从阴影中走出，“不然，你以为我把这玩意儿扔水里是为了钓鱼吗？”说着他将手电筒塞进皮大衣的衣兜里，走到船舷边，抓起阿豪先前攀爬的缆绳，将吊在水里的救生圈收了上来。

“陈先生，谢谢您为我和我妻子所做的一切。”阿豪将头上的橡皮帽摘下，一边扶着身边的栏杆站起一边诚恳致谢。

“船上的人都叫我蒂姆。”大副将救生圈固定在它原来的位置上后，从怀里掏出一个套着皮套的扁状酒壶。他拧开金属盖，自己先往嘴里倒了一口，看了一眼阿豪的一双赤脚，递出酒壶，调侃道，“先来上一口，我再帮你找双鞋。当然，你得额外付费。虽然你的朋友已经帮你支付了享受贵宾服务的费用，还帮你准备了不少东西，食物、水、衣服……对了，还有药品和一笔让我都眼红的现金，但不包括这两样……”

“谢谢，蒂姆。”阿豪接过酒壶，猛地灌了一大口，仰望着深邃、寂寥的夜空，心道，老巴迪，谢谢……

一分钟后，在艉楼一间六平方米大小的舱室里，阿豪见到了立雪。还没等他脱下湿漉漉的潜水衣，女人便扑了上来，两人紧紧拥抱在一起。从下午五点到现在，他们分开还不到八个小时，却恍如隔世。

“过了今晚，一切都会好的……”男人安慰着怀里啜泣的女人，“明天，明天我们就能离开这里……”

“是的……过了今晚……一切都会好的……”女人呜咽着回应。然后，她推开男人，双手捧着他憔悴、苍白的脸，仰头看着，眼泪扑簌簌地止不住流淌。“吻我……”她说。

阿豪抱着妻子，重重吻向那张柔软的红唇……

何虹毅 著

微芒 1941

WEIMANG

下

金城出版社
GOLD WALL PRESS
·北京·

第十八章　花开花开

时间：第八日／凌晨1点

仁济大街，日本博爱会医院。停尸间里，四具尸体并排放在水泥地上。

玉川秀雄掀开一具尸身上的白布，看着石川近乎被切断了三分之一的脖颈，额角青筋一阵狂跳。

“怎么可能？！他们已经抓到那个该死的家伙了……”他收回视线，凶狠地看着对面的妻子，“一定有势力在暗中出手，你们查到什么了吗？”

两小时前，玉川秀雄从玉川云子打来的电话里得知西野等人出事的消息后，并没有向对方隐瞒自己这些手下出现在老船长酒吧的原因。

“暂时还没什么线索。”玉川云子的声音嘶哑，双目红肿——这都是美制KJ型毒气弹散发的“四氯化锡”气体造成的。

“我的人审问过那三名店员，他们一直被囚禁在酒吧后院的宿舍里，对酒吧里发生的事一无所知。不过，段世豪逃不了……”女课长杀气腾腾，“我进入沙面时，已下令对租界进行全面封锁。现在小泽原正带人在沙面连夜展开调查，英法双方表示会全力提供协助……不管他们是真心配合还是假意敷衍，这一次，不抓到段世豪，不挖出他背后的势力，特高课绝不撤兵！”

“那个叫罗立雪的女人呢？她的下落追查到了吗？”玉川秀雄问。

玉川云子摇头：“那个女人不重要了。而且，只要我们抓住段世豪应该就能找到她。”

玉川秀雄点头，不过心里认同的只是妻子后一句话。至于罗立雪的重要性，他相信妻子很快就会知道，自己不需要，也不能开口提醒。

“课长、玉川社长，”这时，一名特高课便衣推门进来禀报，“西野君手术成功。”

玉川秀雄闻言，阴沉的脸上闪过一丝喜色。之前听医生说西野的肺部遭到严重伤害，加上失血过多很难抢救，他已有了失去这名心腹手下的心理准备。此刻得知西野保住了性命，他糟糕到了极点的心情总算好了一些。

“人苏醒了吗？”玉川云子问。尽管她刚说了狠话，但如果没有任何证据和线索指向，她再大胆也不敢真的冲进外国领事馆去搜查。因而，女课长迫切地想要从老船长酒吧今晚唯一幸存的“当事人”口中了解案件的详情。

“没有，”前来汇报的便衣摇头，“江户医生说，病人伤势严重，脑部又因长时间缺氧受损。人虽然抢救过来了，但什么时候能苏醒，他无法预计。”

“呜——”长长的鸣笛声在大江上响起。“鹈鹕”号货轮喷着浓浓的黑烟顺流而下，驶入一片骤然辽阔起来的水域。

“快到了吗？”艉楼二层狭窄的舱室里，立雪透过圆形后窗看着两侧越来越远的江岸，欣喜地问道。

“快了，过南沙了。”阿豪紧挨妻子站在窗前，指了指西边的江岸道，“那里就是林则徐当年‘虎门销烟’的沙滩。可惜，不能带你上甲板好好看一看两岸的风景。”

在到达维多利亚港之前，大副希望他们尽量不要走出这间舱室。这是蒂姆开船前给他们送早餐时表达的意思。

阿豪当然不想给这位老巴迪的朋友添任何麻烦。毕竟，帮人“偷渡”本身就是一件不光彩而且违法的事，况且，他的身份一旦暴露，会给双方都带来危险。

“阿豪，你知道吗……”立雪侧头看着丈夫，动情地说道，“在我眼里，你就是最美的风景……”

阿豪心中一热，正要说些什么，突然目光一凝，怔怔地盯着远方的天空。立雪疑惑地顺着丈夫的视线看去——空中，几架飞机从广州方向飞来，很快掠过“鹈鹕”号的上空，朝东南方飞去；紧接着，又有几个小黑点出现在她的视线中，数秒之后，六架成两个三角编队的飞机再次从他们头顶飞过……

“48架……每两架战斗机护航一架轰炸机……”整整八个批次战斗机群

飞过后，阿豪从灰蒙蒙的天际收回视线。头顶飞过的日军机群，在他的心里投下了一片阴影。近两年来，随着中日军队的战线逐步西移，已经很少有战机成批次地出现在广州的上空了。即便是有，也是往西或西北方向飞行，去支援在广西昆仑关或湖南长沙一带与中国军队会战的日本军队——这些消息，时常会以“皇军昆仑关大捷”“阿南惟几中将攻陷岳阳”等等醒目的标题出现在广州的报纸头版上。

而此刻，却有多达48架的日军战斗机和轰炸机从广州起飞，成战斗队形，朝东南方向飞去……

“怎么了？”见丈夫神情不对，立雪担心地问道，“这些飞机……”

“没什么……应该是演习或者训练吧。”阿豪察觉到了立雪的不安，摇头道，用一个自己都不相信的借口宽慰着妻子。自从今年七月，日本不顾美、英等国的警告，令第二十五军强行进驻原法国殖民地印度支南部——越南——后，美、英、荷三国共同对日本下达了贸易禁令，这让石油、铁矿石主要靠美国提供的日本，犹如断了奶的孩子，包括燃油在内的大宗军事物资奇缺，哪还能进行这样奢侈的训练或演习？

“真的吗？”立雪仍有些不安，紧紧抓着丈夫的手。

“至少，它们不是来抓我们的。”阿豪故作轻松地调侃道。

就在这时，一直在他们耳朵里隐隐轰鸣的蒸汽机噪音消失了，“鹈鹕”号停了下来。阿豪和立雪对视一眼，都看出了对方眼里的紧张与不安。

“我出去看看……”阿豪沉声道。危险信号已经传来，这种时候哪能再顾忌大副的叮嘱，他必须尽快知道外面发生了什么。好在他此刻身上穿着一套卡其布工装，头戴一顶蓝色水手帽，一身装束和这船上大多数水手无异，不会轻易被他人识破。

“小心点。”立雪将丈夫的帽檐往下拉了拉。

阿豪点点头，打开舱室的门走了出去。

迟迟没等到西野苏醒的玉川云子，以最快的速度从博爱会医院赶回了宪兵司令部。凌晨五点刚过，特高课的值班少尉给医院打来电话，通知她原田司令官将在早晨八点召开一个紧急会议，要求宪兵司令部所有中尉级别以上的部队长必须参加。

恶劣的心情，让女课长走进机关大楼这间最宽大的会议室时，无法像往日那般脸上挂着矜持的微笑，回应那些打招呼的同僚们。她阴沉着脸，径直在自己的位置上坐下，心中惴惴不安。

昨天的行动，是玉川云子加入特高课以来遭受到的最重大的一次失败——她不但没拿回胶卷，还让两名重要的人犯逃脱，行动中又损失了包括戊班班长林谷麻衣在内的四名高级特工。这样的结果，不但是她本人的耻辱，也令整个特高课蒙羞！等待她的，必将是原田冈夫严厉的指责和惩罚。

"司令官阁下到！"随着侍从官一声低喝，会议室里正襟危坐的三十多名宪兵部队军官集体起立。

原田肃然走到会议桌主位，站在裕仁天皇巨幅画像下。刚从日军第二十一军司令部机关赶回来的他，尽量克制住内心的情绪波动，威严地扫视着一众属下。

"各位，"在会议室里的气氛压抑到令人窒息的程度后，原田缓缓开口，"今天凌晨四点，酒井隆将军接到大本营密电，电文内容——花开，花开！"

"花开、花开？"众军官心中嘀咕，面面相觑，不明白这四字电文代表什么意思。但所有人都清楚，司令官阁下一大早将他们召集起来开会，一定会有大事宣布，于是很快将视线重又转向原田，屏息以待。

原田再次环视众人后，一句一顿道："这道电文告诉我们，天皇陛下已经下诏，对英、美联盟，宣战！"

短暂的寂静后，会议室里的一众宪兵队军官爆发出山呼海啸般地呐喊："天皇万岁！天皇万岁！天皇万岁……"人人双手高举，满脸狂热。

原田双手虚按，压下众军官的呼喊声，亢奋道："这道电文告诉我们，帝国海军大将山本五十六阁下率领的六艘航母打击群，突袭美国夏威夷海军基地——珍珠港，大获成功！从此以后，大日本帝国的海军在太平洋上再无敌手！"

"这道电文意味着，帝国陆军大将山下奉文阁下，已率领第二十五军团成功登陆马来半岛！"

"这道电文是对香港进攻的命令！此刻，酒井隆将军麾下的陆军部队已分别从打鼓岭、罗湖和新田攻入香港新界；新见正一将军率领的遣华第二舰队已经完成对香港水域的封锁，协助海军陆战队从九龙岛登陆。大日本皇军对香港的攻击已经全面展开！”

“皇军无敌！帝国必胜！”众日军军官再次高举双臂，疯狂呐喊……

“诸位！”待狂热的气氛稍稍缓和之后，原田高声道，“帝国的陆海军勇士们在前方浴血奋战，为天皇陛下尽忠，为大和民族拓展生存空间，我们呢？”他环视四周，“六十万难民，香港之战结束后，将有六十万原广东籍难民遣返广州。这是参谋本部给出的数据，是我们宪兵部队要解决的问题！”

六十万，没人会怀疑这个数字。陆军参谋本部做出的任何军事计划或政治决策，都是建立在对海量的情报进行全面、细致地分析以及多角度、全方位的评估、推演的基础之上。

事实上，对于这间会议室里的很多人来说，不用参谋本部给出这个数据，只要他们狂热的大脑稍微冷静下来，对照一下现今和三年前广州的情形，就能大致推导出这次日军占领香港后，会有多少广东籍难民被遣返——在1937年年底，广州市政府进行过一次人口统计，当时的户籍人口约为一百二十万；而到了1939年3月，即日军占领广州5个月后，日军宪兵司令部和广州地方维持会共同签发的良民证不到三十万张。日军参谋本部根据获得的情报分析，近百万逃离广州的人，大部分去了香港——这期间，香港人口由不到一百万，暴增至一百七十万。

会议室彻底安静下来。“维护治安，绥靖地方”是侵华日军宪兵部队的核心任务之一。在座的都是宪兵部队的军官，对广州的民生、经济不乏了解：目前广州的人口总数大概在五十五万到六十万之间，由于民生物资短缺，像粮、油等生活必需品都实行配给制——比如米、面等主食，普通百姓每人每天定量四两三钱，也就勉强能吃饱，有钱也不能多买。这种情形之下，六十万难民涌入广州，不啻爆发一场滔天的洪水，会将这座城市淹灭。虽然名义上这座城市的主人是“中国政府”，但这里真正的管理者是他们，在座的这些人。如果任由这座刚刚恢复一些人气与活力的城市，被这六十万难民压垮、摧毁，他们都将受到惩罚！

“为什么要遣返这六十万中国人？”宪兵司令部本部守备队队长熊谷疑惑道。

“混蛋！”原田怒道，“这是你该问的吗？！你要做的是执行命令，不是质疑参谋本部的决策！”

“是”，熊谷悻悻地坐下。

其实，在三个小时前，原田也问过同样的问题。当时他刚参加完酒井隆主持的紧急军事会议，后者单独召见他，告知他参谋本部要从香港遣返六十万难民的计划，这让他感到不解。在他看来，香港即将和广州一样，成为“王道乐土”，而且，前者的经济、民生较后者更为发达、富裕，有什么必要将这么巨量的人口遣返回广州？他不相信参谋部的那些高级军官或广州事实上的“主宰”——酒井隆将军，会不知道广州的粮食本就短缺，再接收六十万难民，根本无法为这样庞大的人口提供最基本的口粮。

原田出生在日本最贫穷的三形县，他对“饥饿”的认知极为深刻，知道它的力量有多么可怕——既可以让一个强者变成卑微的乞丐，也能把一个弱者，变成最凶残、暴虐的亡命之徒。在广州东莞、宝安、深圳一带山里活动、神出鬼没的共产党游击队已经让他的宪兵部队疲于奔命，他可不希望看到成千上万的饥民为了吃饭而加入其中，让这些反日力量更加壮大。

酒井隆对原田的担忧表示理解，但从香港遣返六十万难民的计划不可更改。他解释说，帝国占领香港后，西方国家必定会切断对港贸易，香港的经济将遭到重创。此外，香港目前囤积的包括粮食在内的各种生活、生产物资和设备也将被大量运回日本国内，或补充给军队，因此当地的民生资源供给将严重不足。据参谋本部的测算，将来很长一段时间里，香港的人口都必须控制在一百万以下，才不至于完全崩溃。

至于遣返广州的这六十万人的安置问题，酒井隆说，参谋本部已有了一个两全其美——既不给反日力量壮大的机会，又能让广州长治久安——的计划，广州宪兵司令部只需要按计划执行即可……

“杀！”会议里，一名上尉霍地站起，从牙缝中挤出这个字，一脸狰狞。他的很多同僚都对他点头，表示赞同。

“用什么杀？你的佩刀，还是珍贵的子弹？”原田冷冷地看着这名上尉，咒骂道，“蠢货！‘南京事件’只不过杀了30万中国人，就让帝国的国际声誉大跌，松井石根和谷寿夫将军也因此受到天皇陛下的严厉斥责。你希望我像他们那样吗？”

上尉朝原田深鞠一躬，黑着脸坐下。

“司令官阁下，”玉川云子起身道，“属下认为，解决难民问题的关键，在于难民营的规划和建设，以及提前做好检疫防疫的准备工作，以免难民潮到来后引发大规模疫情。”

原田看了这名身份特殊的女下属一眼，对身边的侍从官道：“通知‘给水部’部队长佐藤大佐，我要和他紧急会晤。”

香港水域。海面上炮声隆隆，硝烟弥漫。日军遣华第二舰队的十几艘炮舰在近岸处一字排开，朝陆地上的炮台、掩体，有节奏地进行炮击，为一只只载着士兵的木筏和橡皮艇提供登陆火力掩护。

除了这些吨位较小、近岸攻击的小型炮舰之外，在更远的水面上，还有两艘“阳炎”级驱逐舰的主炮炮口，也在有节奏地喷发出火光和黑烟——从这两艘两千吨级的日军主力战舰127毫米口径炮管里射出的一枚枚重磅炮弹，尖啸着在空中划出长长的抛物线，砸在一座座海防炮台或水泥碉堡上，发出巨大的爆炸声，掀起漫天的碎石、土块或某个英军士兵的残肢……

空中，倾泄完全部载弹的一架架零式战斗机、一式轰炸机呼啸着返航。它们已经完成了这次战术突袭任务，炸毁了停在香港启德机场的五架英国战斗机和停泊在维多利亚港的两艘英国军舰——这些战斗机和军舰，是英国守军在香港的全部空中和海上作战力量。

此外，英军在香港新界的“醉酒湾防线”——一条18公里长的弧线形防线——以及维多利亚军营、九龙岛海防炮台，也是这支机群的重点攻击目标。这几处军事堡垒和要塞上的永久、半永久防御工事和军事设施，都遭到不同程度的破坏，大量英国和加拿大士兵伤亡……

“鹈鹕”号静静停泊在虎门入海口这片喇叭口状的水域上。阿豪站在船头，看着远方海面上那些和蚊蝇差不多大小的一艘艘日军军舰，心头如压了块巨石。之前他从艉楼走上甲板时，发现已经没有人关注他这个面孔陌生的“船员”了。除了船长、轮机长和引水员，几乎所有人都涌在了船头甲板上。他们朝东南方向眺望，忧心忡忡。

其实，三十多海里外的香港及九龙半岛，在他们的视线里，只是天际线下一小块模糊的暗影，但所有人都知道日本军队正在攻打那里——在他们停下手里的工作、涌上前甲板之前，船长布鲁先生，借助扩音器用他那一贯严肃而低沉的声音，转述了从太古轮船公司香港分部发来的无线电紧急通知：五分钟前，防空警报响彻整个香港的上空，不是演习，日军的轰炸机群在维多利亚港投下了成吨的炸弹。那名维多利亚港的调度员要求“鹈鹕”号立刻停止前往香港，等候公司管理层的决策。

短暂的惊慌失措之后，聚集在前甲板的人们纷纷散去，各自回到了自己的岗位，等待命运的安排。战争对于这个年代的人来说并不陌生，日军攻打香港或许令人惊恐，给他们的未来带来巨大的不确定性，但并不是世界末日。至少，他们还有公司。他们大多数人都相信，不论这场战争的结局如何，实力雄厚、声誉卓著的太古轮船公司不会弃他们不顾。

阿豪可没这些船员们那么乐观。他久久立在甲板上，茫然而沮丧。香港，原本是他和立雪开始新生活的希望。那里没有战争，没有日本宪兵，那里繁华、自由。他们深深向往着，向往着在那片安宁的土地上生活。

三年来，他一直为这份向往努力着、拼搏着、拼命着！然而，当这份向往伸手可及，当他带着妻子历尽生死，艰难跋涉而来，离这处希望之地只有不到一个小时的距离时，才发现自己所谓的向往和希望，却如海市蜃楼般地遥不可及。

他不认为连首都伦敦都快要沦陷的英国人，能在远离本土万里之外的一小块殖民地上，抵挡住日军的进攻。半个小时过去了，他没看到香港的上空有一架英国战机升空，也没看见海面上有一艘英国战船出击。那么，香港很快就会变成另一个广州。而他和立雪该怎么办？向死而生、冲破重重险阻，只不过是从一个牢笼走向另一间囚室。命运对他们何其残酷……

“或许，你愿意听到这个消息。”不知何时，大副蒂姆来到了阿豪的身边，他摸着嘴上两撇微翘的八字胡，意味深长地说道，“公司不打算让‘鹈鹕’号返航，我们可能会前往澳门。”虽然没向老巴迪打听过阿豪的底细，但蒂姆想，一个需要半夜从水里“登船”的乘客，肯定不愿意再回到他离开的地方。

“澳门？”阿豪神情一振。澳门位于珠江出海口的右岸，和位于左岸的香港相隔两百海里，是葡萄牙的殖民地。他听说那个欧洲国家，在这次几乎波及整个欧亚大陆的战争中至今保持着中立。当然，已经疯狂的日本人今天敢攻打香港，明天也可以进占澳门，但对于现在的他和立雪来说，去任何地方都比返回广州安全。

“这是公司刚刚发来的指令。”大副点点头，眺望着远方的水面，叹道，“日本和大英开战了……我要是他们，最先想到的也是如何保住公司的财产吧。”

“能过得去吗？”阿豪看着十多海里外，那几艘在出海口巡弋的日军海防船皱眉道。

“我们走西南航道，避开香港水域，应该问题不大。公司高层正在和日方交涉……”

玉川云子一进原田的办公室，就看到了坐在会客区沙发上的玉川隆盛。

“司令官阁下。”她对办公桌后的原田敬礼后，转向自己的父亲，“父亲，您怎么来了？”

玉川隆盛站起身，板着脸走到玉川云子面前，扬手两记耳光，重重抽在女儿的脸上：“跪下！”

“是。”玉川云子没有去擦嘴角溢出的血丝，当即跪下，双手扶地，上身匍匐，以最恭敬的姿势等待父亲的训示。

“罗立雪逃跑了？”

“是。女儿指挥失误，导致行动失败……甘愿接受任何惩罚。”玉川云子以额头触地。

“如何惩罚你是军方的事，我不干涉。”玉川隆盛道，“我只想告诉你，那名中国女子的血液检测结果显示，她很可能是一名‘零号’菌的自然免疫体。”

玉川云子浑身一颤，一时忘记了礼仪，抬头看着玉川隆盛。她之前心里还在疑惑：一向专注于医学研究的父亲，为什么会如此关心这名女犯？此刻闻言立刻醒悟，如遭雷击。作为检疫所的安全官和玉川隆盛的女儿，她当然明白“‘零号’菌自然免疫体”的出现意味着什么——“零号”免疫血清的研制工作将因此取得关键性突破，甚至在理论上，找到或培制出对某种细菌免疫的活体，其免疫血清的研制已经成功。

玉川云子更加明白，一旦“零号”免疫血清研制成功，又对日本以及父亲个人具有多么重大的意义——皇军将获得一件威力无匹的战略级生化武器；而她的父亲，玉川隆盛博士，将成为世界上第一个研制出鼠疫杆菌免疫性血清的科学家。

可是，这名迄今为止发现的第一例"'零号'菌自然免疫体"，从她手中逃走了！

玉川隆盛没有再理会失魂落魄、脸色惨白的女儿，转身对原田微微顿首："司令官阁下军务繁忙，鄙人就不打扰了，告辞！"

原田忙从办公桌后走出，脸上挤出笑容，亲自将玉川隆盛送出办公室。玉川云子一动不动地跪着，直到原田返回办公桌后坐下，她才猛然清醒，重重一头磕下：

"玉川云子严重失职，愿接受任何严厉地处罚，但恳请司令官阁下延后三日。如果三日之后我不能追回胶卷，抓捕段世豪夫妇，我会自行脱下军装，前往军法处。"

原田冈夫闭上布满血丝的双眼，揉捏眉心，心情和之前在会议室里宣布帝国正式对英美开战时的激动、亢奋截然相反，沉重到连愤怒都觉得索然……

酒井隆那淡然的腔调，此刻又在宪兵司令官脑海里响起："经参谋本部的测算，从香港遣返的六十万原广东籍难民，以广州目前的资源和经济能力，最多能承受三十万人，如果超过四十万，这座城市的经济和社会秩序将彻底崩溃。所以，参谋本部的计划是，以秘密的方式，用细菌战术消灭其中的一半，即三十万人。具体实施方案，由宪兵司令部和南支给水部共同制定并执行。此计划保密等级为'绝密'。"

对原田冈夫来说，如果仅仅是杀死二三十万中国人，并不会让他心里产生多少罪恶感，他顶多会为"既要消灭这么巨量的人口，又不能暴露这是日本军队所为"苦恼一番。至于什么"日内瓦国际公约""反人类罪"，有战无不胜的大日本军队在，皆可无视。但，如果日本输掉这场战争呢？原田不难想象自己的下场——他将和制造"南京事件"的松井石根、谷寿夫等人一样被送上绞刑架！然而，天皇陛下竟然真的对英、美宣战了！

四个小时前，当原田在二十三军司令部听到酒井隆宣布这个惊人的消息时，第一反应不是高呼"天皇万岁"，而是感到愕然和惶恐——

今年8月，原田回东京大本营述职期间，帝国最高统帅部内部对美"主战”“主和”两派的矛盾已公开激化：以陆相东条英机、海相吉川、军令部总长永野等为首的主战派认为，只有对英美开战，迅速攻占东南亚地区，夺取那里丰富的资源，才能一举解决日本日益严重的物资紧缺问题；而以近卫首相、天皇亲信顾问——宫内大臣木户和枢密院院长原嘉道等人为代表的主和一派，则主张以谈判的方式解决和美国的争端，对和国力远超日本的美国交战，他们感到悲观。

两派的激烈争论，最后因一张表戛然而止——近卫首相将一张关于日美两国实力的调查表发放给了大本营各级军官，并告诫所有人，日美之间的战争潜力悬殊巨大，如果两国发生战争，日本必败！

只看过一遍，表上罗列的一组组对比数据就刻在了原田的脑子里——美国的舰船数量多出日本近两倍、飞机数量多出五倍；美国的劳动人口是日本的五倍；美国的国民收入是日本的七倍；美国的煤炭产量是日本的十倍；美国的钢铁产量是日本的二十倍；美国的汽车产量是日本的八十倍；美国的石油产量是日本的一百倍……

现代战争打的是国力，拼的是劳动力基数、工业基础、技术能力、资源储量、生产能力等等战争要素的消耗。面对和美国在战争潜力上如此巨大的差距，原田认为，但凡天皇陛下有一点理智，也不会选择和美国开战。事情之后的发展，没有出乎原田的意外，也让他大大松了口气——这张表如同一盆冰水，当头浇在了主战派的头上，让他们发热的大脑和狂躁的心立刻清醒，同意近卫首相与美国和谈的主张，放弃了激进的南进战略。

然而，原田万万没想到，事隔不到半年，天皇陛下突然下诏对美、英宣战。他不知道这几个月里最高统帅部内发生了什么惊人的变化，也不知道日本和美国之间的谈判是怎样破裂的，或者是几个月前主战派对近卫首相的妥协，只不过是他们和天皇放出的烟幕弹，用以迷惑美国和国内那些亲美势力。但对于原田来说，这些都不重要了——“花开，花开！”意味着山本五十六大将率领的联合舰队成功偷袭了美国太平洋舰队的基地——珍珠港。同时，这也意味着日美之战不可避免。

“如果日美开战，日本必败！”近卫首相的告诫和那张表上的一组组日美国力的对比数据，如千斤巨石压在原田的心头。他仿佛已经看到这场战争的结局——光芒万丈的帝国，如京都早春的樱花，在短暂的绚烂之后，迅速凋零、湮灭。花开时候，也是花落的开始……

“起来吧。”半晌后，原田停止揉捏眉心的动作，直起腰，虎视着面容憔悴的特高三课女课长，森然道，“我可以给你三天时间。三天之后，胶卷和人，一个都不能少。尤其那卷胶卷，绝不能落在外国人手上。否则，你将会为你这次重大失职付出代价，谁也保不住你！”

此刻，他比任何时候都更加重视那卷胶卷。日军在广州进行细菌实验的秘密绝不能曝光！在今天之前，这卷胶卷关系到日本国的国际声誉，而现在，原田隐隐觉得它跟自己的命运联系在了一起——无论对日美开战的结局有多么悲观，参谋本部下达的难民消灭任务他都必须执行。在这种情形下，如何掩盖日本军队——不，准确地说，是他领导的日军广州宪兵部队和南支给水部，用细菌战的方式灭杀30万香港难民一事的真相，关系到日本战败之后他个人的生死。

是的，在原田的心里，同时跟中、英、美三国交战的大日本帝国，战败只是时间问题。届时，如果这卷胶卷作为指控他和佐藤军医大佐实施细菌战的证据出现在某个军事法庭上，法官将对他们如何裁决可想而知。

“是。”玉川云子从地上站起，双腿一并，“还请司令官批准特高课两项行动。”

“说。”

“第一，属下怀疑有西方势力在庇护段世豪，所以请允许特高课全面搜查英国和美国领事馆，以及这两国在沙面所有的公司、机构。”玉川云子道。

如果是在今天之前，她肯定不会提出这样疯狂的请求，那样除了遭受来自原田更猛烈的怒火，什么也得不到。但现在不同，帝国已经对英、美开战，特高课在沙面展开一次全面搜查行动再没有什么可顾虑的。

“同意。”原田道，“三个小时前，帝国军队已进入沙面接管防务和治安，解除了英、法军警武装。我会让外务省的人协助你们搜查这两国的领事馆。”

“是。”玉川云子道，“属下的第二个请求是，抓捕宪兵司令部顾问秦芳好，严加审讯。”

“理由？”原田眯起眼。

玉川云子上前两步，从衣兜里取出一枚金属袖扣，放在原田面前：“有一个疑问一直困扰着我——昨晚进入戴夫勒诊所前，我们对段世豪的搜身检查非常彻底，确认他身上没有任何细小的工具或物品，但他却在五分钟后，快速地打开了手铐。他是怎么做到的？直到我们从段世豪留在老船长酒吧的衣物里，发现了这枚特殊的女士袖扣……”

“你确定这枚袖扣曾经属于秦顾问？”原田拿起袖扣，只看了两眼，就知道这是一把特制的手铐钥匙。

“现在还不能确定。”玉川云子道，“但昨晚秦顾问在一个非常可疑的时机，做出了一个令人非常可疑的举动……”接着，她将昨晚在戴夫勒诊所外，原本待在车里的秦芳好突然追上他们，不小心在阿豪身后跌倒，之后放弃进入诊所的经过详细讲述了一遍。

“……有人自以为做得巧妙，但没想这颗袖扣最终会落到我们手上。”最后，玉川云子不无讥讽地说道。

原田眉头紧蹙，他不认为玉川云子敢在这等重大的案件上对自己撒谎，当即亦明白了对方之前立下军令状——三日内追回胶卷、抓获段世豪夫妇——的底气所在。

“她的动机是什么？”司令官沉默片刻后问。

“胶卷！”玉川云子道，“我怀疑她是敌国间谍，为了得到桥本留下的另一个胶卷，才帮助段世豪夫妇逃跑。这应该是她和段世豪之间的交易。否则，我想不出，以秦顾问的身份和地位，如果她不是间谍，不为获取高价值的情报，有什么理由冒着生命危险去帮一个帝国甲级通缉犯逃跑……当然，她这样做或许还有别的原因，一切都会在审讯后得到答案。”

原田闭目思索。他前天才警告过秦芳好——桥本的胶卷是她绝不能碰的东西！而秦芳好昨晚令人生疑的举动、段世豪奇迹般地解除手铐以及事后在段世豪遗留衣物里发现的特制袖扣，三者之间逻辑关系虽然达不到无懈可击的程度，但足以支撑玉川云子对其的指控。

“秘密抓捕，我要亲自审讯。”原田猛然睁眼，杀机毕露。日本已经和英美宣战，想必重庆政府的一众大员们正欣喜若狂，蒋介石不会再与日本和谈……那么，留下秦芳好这条暗线还有什么意义？

“是。”见司令官同意抓捕秦芳好，玉川云子精神大振，转身准备离开。

“报告，”就在这时，侍从官敲门后进来禀报，“司令，秦顾问求见，说有紧急公务。”

原田略感意外，轻轻哦了声，将那枚袖扣放进抽屉后，道："让她进来。"随即示意神情有些愕然的玉川云子留下。

同样是熬了一夜，秦芳好的气色却比玉川云子好上许多。两人的状态之所以有这样大的差别，除了前者没有遭到毒气弹攻击之外，心情是另一个重要的原因。

秦芳好从手袋里拿出一个信封，上前放在办公桌上。"司令官阁下，我虽然没有打开，但想来这里面应该是第二枚胶卷。"

原田眼中精光一闪，拿起封皮上写着"秦芳好亲启"的信封，撕开封口，倒出一个拇指大小的金属圆筒。他没有急于查看圆筒里的胶卷，眯眼盯着秦芳好："又是一名报童……送到你家里的？"

秦芳好点点头："一个小时前。"

"很好，"原田从座椅上站起，双手撑在桌沿上，赞赏道，"秦顾问，你再次证明了你对帝国的忠诚。"

"司令官阁下……"玉川云子想要说什么，却被原田打断。

"玉川课长，立刻检测胶卷。"原田眼神陡然凌厉，"记住，你只有三天时间。"

"是。"玉川云子脸色唰地一白，拿起桌上的胶卷筒，转身快步离开。

待办公室门重新关上，原田打开抽屉，取出那枚袖扣，一边把玩一边从办公桌后走出。见到原田手中的袖扣，秦芳好的眼角微不可察地抽了抽，心中暗自庆幸，自己及时交出了那枚胶卷。

"你对帝国向英美宣战有什么看法？"原田在会客区的沙发上坐下，将袖扣放在茶几上。

秦芳好不等对方邀请，自然而然地跟着在沙发上落座。对方既然选择在会客区而不是办公桌后和她谈话，微妙地表达出一种态度——在某件事上，他不想"公事公办"。

"我的看法是……"秦芳好沉吟着答道，"胜负难料，但战争总会结束，每个人都应该为那一天多做些准备。"她刻意强调话中的"多"字。

原田意味不明地哼了声，用下巴点了点茶几上的袖扣："这个送给你，算是对你这次立功的奖赏。"

"谢谢司令官赏赐，"秦芳好摇摇头："不过，我对这东西不感兴趣……"

"你想要什么，秦顾问？"

"我想做更实际的工作，以便更好地为新政府、为大日本帝国服务。"秦芳好道。

黄埔港是华南最重要的内河港口之一。三年前，日军占领广州后，将担负日本华南派遣军军需物资囤积和转运任务的"南支那派遣军后勤补给基地"设置在这里。

此刻，在基地办公大楼第二舰队经理部部长的办公室外，坐着一位西装革履、气度非凡的中年华裔男子——他叫莫清泉，是大名鼎鼎的英国太古集团公司董事兼广州太古轮船公司总经理。

今早八点，莫清泉刚走进位于沙面南街的太古轮船公司大楼，就收到了来自香港太古船坞调度中心的紧急电报，获悉了日军飞机轰炸维多利亚湾英军战舰和兵营的消息。

电文的真实性毋庸置疑——香港太古船坞建在维多利亚海湾南岸的"鲗鱼涌"，与英国海军设在维多利亚湾北岸的军港相隔不过四海里，肉眼可见。

莫清泉虽然震惊，但对此并不感到多么意外。作为一名跨国集团公司的高层领导，他的视野宽广，思虑深远，对国际政治的理解和这场波及整个欧亚大陆的战争的走势比绝大多数人深刻、敏感。

早在三年前日军刚占领广州时，他就悲观地预测，日军早晚会攻占香港——扼守在太平洋要冲位置上的香港，是通向中国大陆最重要的海外运输通道，战略地位极其重要。

英军能守住香港吗？孤悬海外的只有两万英联邦军队。而日军一旦开始攻打香港，则意味着日本向英国宣战。这种情况下，英国在华的利益势必不能保全，所有资产都将被日方攫夺。所以，今天一接到香港太古船坞发来的电报，莫清泉便立刻召开紧急会议，讨论如何保全公司的财产。

虽然莫清泉对日、英两国开战早有预见，这几年不断在削减公司的业务，将绝大部分固定资产——几十艘大小轮船、数以百计的仓库和十几座大小码头——先后转换成英镑、美元或黄金，存入瑞士银行；但太古轮船公司在中国的广州、上海和越南的海防仍保留了几处码头，以及少量的船只，维持着三地之间的客、货运业务，以便战后能迅速地重新抢占市场。

三艘货轮中的“沙市”号，正在香港太古船坞进行动力设备维修。现在战争已经打响，“沙市”号已不可能再离开，注定要和它停泊的香港太古船坞一同成为日军的“战利品”。

“新洲”号刚好在新加坡港，暂时不用考虑其安全问题——新加坡目前聚集着大英帝国在亚洲最强大的军力，加上两个月前抵达的由“威尔士亲王”号战列舰和“反击”号战列巡洋舰组成的特混舰队，英军在那里的海、陆、空军的总兵力超过十万。

至于正停在珠江出海口的“鹈鹕”号，只能说还有保全的希望。当然，对于目前的“鹈鹕”号而言，这份希望不在千海里之外的新加坡，而在距离虎门出海口两百海里的澳门——如果莫清泉能将日军的海上封锁线撕开一道口子，“鹈鹕”号与其冒着在前往新加坡的漫长海路上被日本军舰拦截、扣留，甚至击沉的巨大风险，不如前往这处中立国葡萄牙的殖民地。

作为一个成功的商人，莫清泉很清楚，在目前这种情况下要想保住“鹈鹕”号，走官方途径没有任何可能，只能靠私人关系来疏通。于是在短暂而紧张的会议结束后，他立刻驱车疾驰30公里，赶到日军这处后勤基地……

在办公楼走道里等待近两个小时后，莫清泉终于见到了结束视察工作、返回办公室的第二舰队经理部部长犬冢康介。

“清泉君，军务繁忙，只能给你五分时间。”挥退侍从官后，犬冢部长沉声说道，完全没了以往两人见面时的那份亲切。

莫清泉也不着急说话，先从皮包里取出一只漆盒，放在对方的办公桌上，然后打开盒盖，露出里面整整齐齐码放着的金条。

他相信，由这二十根价值超过六万日元的金条“开口”，自己在这间办公室里待的时间绝对不止五分钟。

看着木盒里一根根黄灿灿的金条，犬冢大佐眼角微微抽搐。尽管莫清泉不是第一次给他送礼，而他作为第二舰队的经理部部长，在财货方面也是眼界极高之人，但还从没一次性收受过这么大笔的贿赂。

一直在观察犬冢的莫清泉，敏锐地捕捉到了对方眼神里一闪即逝的贪婪之色。当然，这也在他的预料之中——通过这两年的交道，对方的心性和胃口他如何不了解。大佐这个级别的日军军官，每月的薪水不过三百日元，而这一匣子黄金的价值，相当于犬冢近二十年的薪水总收入。对方怎能不动心？

心中有数之后，莫清泉这才轻咳一声，开口将此行的目的说了出来，希望犬冢大佐帮忙疏通一下，允许现在停泊在珠江出海口的“鹈鹕”号，绕过香港海域，前往澳门。

犬冢习惯性地摸了摸鼻子下那一小撮黑黝黝的胡子，皱眉问道：“船上装的什么？”大佐的确对这些金条动心了。但现在是非常时期，他必须谨慎行事。

“甘蔗和桐油。”莫清泉解释道，“在越南海防港装船，准备运回香港。通关手续齐全……”

“清泉君，”犬冢摆手打断莫清泉，“想必你也知道，现在是战时，不比平常。”说完用手指轻轻敲击着桌面，不再言语。

莫清泉见犬冢没有一口拒绝，又摆出这样一副姿态，哪里还不明白对方话里的“战时”和“不比平常”是什么意思。

“大佐阁下，如果这次‘鹈鹕’号能安全离开，太古公司将再准备这样一份礼物奉上。”莫清泉咬牙说道。人人心里都有本账——造价高达二十万美金的“鹈鹕”号，四年前刚建造完成，还算一艘新船，如果花四万美金的代价保住，他也认了。

犬冢微微颔首，表示接受这次交易。他将桌上装金条的木匣盖上，站起身，从办公桌后踱到墙上挂着的地图前。这是一幅巨大的亚洲地图，上面没有任何人为的标注或圈划，不涉及任何军事秘密。

犬冢盯着地图看了一会儿后，摇头道：“直接开往澳门行不通……”

莫清泉的视线同样落在这幅地图上，没有接话。心道，你说直接行不通，那就是有间接的办法了。他之所以敢在犬冢身上狠命砸钱，是他知道这个家伙虽然贪婪，但身上有一点特质是他们商人喜欢的——拿钱就会办事，绝不敷衍。

“不过，太古轮船公司如果舍得船上那批桐油……”犬冢扭头看向莫清泉，“‘鹈鹕’号或许有机会离开。”

“现在哪轮得到我们说舍得舍不得？”莫清泉苦笑道。

“清泉君果然是做大生意的人。”犬冢拍了拍莫清泉的肩膀，然后用手指头在地图上一个位置点了点，“‘鹈鹕’可以先前往三灶岛，那里有我们第二舰队的一处战备基地……”

听完犬冢的安排，莫清泉沉郁的心情总算纾解了些。

珠海辖下的三灶岛，是珠江西部海域大岛之一，位于澳门西南，和澳门路环岛之间的航程不到三十海里。1938 年日军占领珠海后，在三灶岛上修建机场、开辟军港，将整个岛变成了日本陆、海、空三军的军事基地。

犬冢的计划是：他以“鹈鹕”号上的桐油是战略物资为由，用“南支那派遣军后勤补给中心”的名义对该船下达战时特别征召令，命“鹈鹕”号前往三灶岛，为第二舰队战备基地输送这批物资。而澳门，正位于广州到三灶岛的这条航线上，“鹈鹕”号可以在完成这次任务，从三灶岛返航时，以某种借口——比如机械故障，驶入澳门港锚泊。

最后，犬冢警告莫清泉，“鹈鹕”号必须保证将这批桐油送往三灶岛，而不是在这之前驶往澳门。否则，无论“鹈鹕”号还是太古轮船公司，都将遭到日本海军的严厉惩罚！

其实，不用犬冢这番威胁，莫清泉也不会让“鹈鹕”号借着他签发的战时特别征召令直接溜掉。他很清楚，如今在亚洲，日本俨然霸主，哪个国家或地区会因为一艘船、一家公司得罪日本军方。于是，莫清泉忙以太古轮船公司卓著的商誉和个人的身家性命担保，说不论从公司或个人的角度来出发，他都不可能为了区区一批桐油，失去日本海军和犬冢阁下的友谊！

犬冢对莫清泉的表态很满意，说他会尽快发出战时特别征召令，并直接派基地的汽艇送到“鹈鹕”号上，保证“鹈鹕”号在前往三灶岛的途中畅通无阻……

第十九章　投奔怒海

博爱会医院。“……血压、心率已恢复正常，病人之所以没有苏醒，应该是脑细胞毁损的原因……”玉川云子匆匆走进病房时，她丈夫正阴沉着脸听西野的主治医生讲解病情。而玉川公馆的头号杀手，仍然闭目躺在病床上，鼻腔里插着氧气管，脸色煞白、呼吸微弱，没有一点苏醒的迹象。

玉川云子是从沙面赶过来的。她在那里亲自指挥了一场大规模搜查行动。除了苏联、德意志两国的领事馆，沙面所有街道、建筑、设施都在搜查范围之内。尤其是对英、美领事馆，以及这两国在沙面的十余家公司、机构的搜查格外细致、全面。

女课长的人生正在遭受一次巨大的危机。她向司令官立下的军令状——三天之内追回胶卷、抓获段世豪夫妇——绝非儿戏。现在胶卷虽已追回，其真实性业已得到确认，但那是可恶的秦芳好的功劳。她如果不想三天后去军法处报到，必须将段世豪和罗立雪抓获，尤其是干系到“零号”免疫血清是否能研制成功的罗立雪。

然而，上百日伪军警在对常住人口不超五千、面积零点三平方公里的沙面进行了长达六个小时的地毯式搜索后，没有发现任何与段世豪夫妇相关的线索。这意味着段世豪很可能已经逃离了这座孤立的小岛，意味着特高课接下来的抓捕行动，要在拥有七十多万人的广州城展开，而不是局限在只有大小街巷八条的沙面。

在这种情况下，如果没有准确的情报或线索，想要在短时间里找到这对夫妻，只能祈求运气而不是大规模搜索、排查了。

于是，玉川云子扔下一众还在沙面进行侦讯工作的属下，匆匆赶来医院——昏迷中的西野，是她目前唯一的希望。

在来博爱会医院之前，玉川云子给丈夫打了电话。她虽然是玉川公馆名义上的女主人，但西野毕竟是丈夫最倚重的手下，有些事情她直接下命令不太合适——比如给刚做完肺部缝合手术的西野打强心针。

“你预计他还要多久才能醒来？”玉川秀雄问。

“几个小时，十几个小时……”医生摇头，“或许更长……这取决于病人脑损伤的程度以及他的求生意志，我无法给出准确的判断。”

“秀雄君，”玉川云子道，“我们没有时间了。段世豪应该已经逃离了沙面，如果再被他逃出广州……”

“你们特高课都是废物吗？怎么封锁的？”玉川秀雄咒骂道。

玉川云子平静地接受了丈夫的斥责，鞠躬道：“拜托了！”

犹豫片刻，玉川秀雄对医生道：“江户主任，请给他注射强心针吧。”

“不行，强心针会导致刚缝合的血管和伤口再次迸裂，病人会有生命危险……”江户摇头道，“而且，未必能让病人苏醒。”

“有生命危险就抢救！”玉川秀雄用命令的语气道，“总之，他必须苏醒。”

“你没权力这样要求一名医生。”江户拒绝，态度强硬。

见此，玉川云子对医生深鞠一躬：“江户主任，此事涉及军方重大案件，时间紧迫，请您务必协助。”

江户盯着一身戎装的女课长，最终无奈地摇了摇头：“好吧，我尽力……”

接下来，西野被护士们推进了手术室。江户医生做好一切急救手术准备后，让护士给他注射了1毫克的强心剂。

五分钟后，在众人紧张地注视下，西野缓缓睁开双眼。

“西野……”玉川秀雄迫不及待地扑了上去，低吼道，“到底发生了什么？”

西野双眼快速眨动，竭力地恢复着意识。眼神从茫然到清醒后，他虚弱而急切地说道：“船……太……谷仓……三号……码头……”

这是西野在彻底休克之前听到的最后一句话，也是他意识中最紧要、必须第一时间传递给玉川秀雄的信息。

昨晚在酒吧，他被老巴迪在胸口狠狠捅了一刀后，尽管伤势严重，大量失血，但没有立即失去意识。他在装死。而老巴迪对阿豪说这番话时，两人一个处于弥留之际，一个沉浸在巨大的悲痛之中，谁都没察觉到边上那个浑身是血、一动不动的家伙，还有微弱的呼吸。

“船？”玉川云子激动地喊道，“西野君，你说什么？请大声点！”西野的声音细微、模糊，她只听清一个“船”字。

西野积蓄起全部力气，大声道：“太古仓……三号码头……”说完哇地喷出一口血，头一歪昏死过去。

江户医生和他的助手们立刻对西野展开抢救，而玉川云子则转身冲出手术室——有“船，太古仓三号码头”这八个字已经够了。

医院总机房。“我是宪兵司令部特高三课课长玉川云子，”话务员接通太古仓码头日军守备队的值班电话后，女课长拿起话筒快速说道，“情况紧急，在你找你们队长松下贤之助核实我的身份之前，请立刻告诉我三号码头昨晚是否有船只停泊，现在是什么情况？”

“太古轮船公司的‘鹈鹕’号货轮停在三号码头……”短暂的沉默后，电话另一头传来守备队值班员的声音，“凌晨五点，‘鹈鹕’号起锚离港，该船的目的地是香港维多利亚港。”应该是一口标准的日语和自报的身份起了作用，加上太古轮船公司货轮的相关信息不属于军事机密，这名值班员简短扼要地回答了她的问题。

“现在返航吗？”玉川云子闻言大惊。战争打响后，宪兵司令部立刻对广州所有港口、码头发布了禁航令，并勒令各大船务公司召回已经离港，前往香港海域的轮船。

“暂时没有该船返航的信息。”值班员在电话里回道。

“‘鹈鹕’号最快航速是多少？”女课长当即追问。

“十五节。”

“从太古仓码头到珠江出海口有多少海里？”

“六十海里左右。”

玉川云子在心里快速计算后，长长舒了一口气。今天上午，她已从宪兵司令部收到的军情通报里得知，第二舰队于早晨七点封锁了珠江出海口，而以“鹈鹕”号的航速，不可能在这之前抵达香港。

傍晚。灰蒙蒙的天空下，“鹈鹕”号静静停在浩渺的水面上，海水裹挟着江流倒灌向珠江口，轻轻拍打着船身。

“涨潮了。”大副蒂姆手握烟斗，站在桥楼顶部的瞭望台上，他瞥了一眼几块在水面上浮沉的残破木板，心想，这应该是英国军舰上的船甲板吧。随即重又抬眼，眺望上游的方向……

在苦苦等待了一个白天后，两个小时前，“鹈鹕”号上那台无线电矿石收报机终于收到了公司发来的确切消息——日军“战时特别征调令”已发出，待日军方押运人员携该令登船后，“鹈鹕”号即刻按指令前往三灶岛日军第二舰队基地，卸载桐油。返航时，货轮在澳门路环岛码头进行补给，等待公司进一步指令。

收到这份电文后，从船长布鲁到大副、二副、再到轮机长、引水员以及所有船员都为之欢呼——没人愿意生活在日军的刺刀下！那些因忘了携带良民证或对日本士兵鞠躬不够标准的中国人，当街被羞辱、殴打甚至被刺刀捅死的一幕幕场景，让他们深感恐惧。

蒂姆应该是这些人中最渴望听到这个消息的人，尽管他的脸上没有比其他同事流露出更多的喜色。他心里隐隐有种感觉，如果“鹈鹕”号被勒令返回广州，躲在艉楼舱室中的那对夫妻，将给他带来天大的麻烦。这也是为什么他站在这里快一个小时了，还不打算回大副室的原因——他迫切想要看到往日那些在江面上耀武扬威、让他厌恶的日军汽艇。

终于，在大副第三次从裤兜里掏出烟盒，准备往烟斗里装填烟丝的时候，上游的江面上出现了一个小小的黑点。

十分钟后，一艘日军汽艇出现在他的视线中……

与此同时，艉楼舱室里，正在给立雪换药的阿豪亦听到隐约传来的汽笛声，他忙转头看向舱窗外，一眨不眨地盯着那艘高速驶来的日军汽艇。

快接近“鹈鹕”号船尾时，汽艇放慢了速度。这艘七八米长、没有舱室的小艇上，只有三名日军。而其中那名坐在艇首、身着士官制服的家伙，手里举着一支喇叭，正对着“鹈鹕”号喊着什么。

当汽艇缓缓驶过船尾，向“鹈鹕”号右舷中部靠去时，阿豪已经能看清汽艇上三人制服上的“M”形兵科章的颜色。舱室里的光线比外面昏暗许多，他并不担心自己被对方发现。

“茶色？”阿豪小声嘀咕着，紧绷的心弦稍稍放松了些，进而有些隐隐的期待。“茶色”是日军经理部，即军需部门的专用色。日军全面侵华已经四年多了，别说是阿豪这样从战场上下来的老兵，即便沦陷区一些细心的老百姓，也能从日本士兵胸前的兵科章的颜色上，大致分辨出对方的兵种。比如宪兵黑色、步兵红色、骑兵明黄色等等。

阿豪迅速将立雪的伤口重新包扎好，指了指头顶：“我上去看看，应该是好消息……”

当他爬上艉楼顶部平台时，两名船员已在右舷边放下了绳梯。蒂姆陪着一名身材高大的白人男子站在一旁等候。

“布鲁船长？”阿豪半蹲在平台栏杆后，远远猜测这名大胡子老者的身份。

很快，一名背着行军背囊的日军，沿着绳梯攀上了“鹈鹕”号。与此同时，停靠在“鹈鹕”号右舷下的那艘汽艇则启动了引擎，在水面上向右划出一道弧线，掉头返回。

看到那名日军和布鲁船长等人离开甲板，朝“鹈鹕”号的桥楼走去，阿豪长长呼出一口气。

“快开船了！”回到舱室后，他对妻子说。

立雪见丈夫嘴角挂着笑意，激动地问道：“澳门？”

阿豪点点头：“至少不会返回广州了。”他如此判断的依据非常简单——太古轮船公司和日本第二舰队交涉的结果无非两种：一是“鹈鹕”被勒令返航，二是准许其离开广州前往别的港口。如果是前者，登船那名日军不会带上由棉被、背包和水壶组成的行军背囊。

果然，没过多久，“鹈鹕”号的船身轻轻一震——起锚了，紧接着，蒸汽发动机的轰鸣声隔着舱门传了进来。

“呜——”发出一声长长的汽笛声后，这艘在珠江出海口抛锚了十个小时的货轮终于重新启航。

“怎么样两位？现在有心情吃点东西了吧？”15 分钟后，蒂姆敲开舱室的门，对段世豪和立雪道。略带调侃的腔调，泄露了大副此刻轻松的心情。

“谢谢！”阿豪接过对方递来的用报纸包裹着的食物，没在意里面是不是午餐时差点将他和立雪的牙磕掉的黑面包，急切求证：“蒂姆，能说说吗？我们去哪里？”

“这没什么好隐瞒的。”大副撇撇嘴角，将日本第二舰队经理部给“鹈鹕”号发了“战时特别征召令”，并派一名士官登船，将船上的一批桐油押运至日军三灶岛基地的事简短说了一遍。

“返航时，‘鹈鹕’号会在澳门路环岛码头进行补给……”说到这儿，大副耸耸肩，狡黠地眨了眨眼，“你明白的……”

阿豪和立雪对视了一眼，两人的眸光中都闪烁着激动和喜悦的光亮。

“蒂姆先生……”阿豪对大副道，“真不知道怎么感谢您。希望以后有机会……”

“以后的事，现在怎么能知道呢？”大副唏嘘着打断了阿豪，意味深长地道，“我一直没问你和你妻子为什么要以这种方式离开广州，也不想知道。但现在，大家都是一条船上的人。澳门，不再只是你们两人的希望，而是‘鹈鹕’号，是这艘船上所有人的希望。因此，我不得不提醒段先生你，船上现在多了一名日本押运官，我不希望你们的麻烦，变成整艘‘鹈鹕’的麻烦……”

“蒂姆先生，”阿豪抱歉道，“今天早上的事不会再发生。我向您保证，在‘鹈鹕’号到达澳门之前，无论是白天还是晚上，我和我妻子都不会出现在甲板上，甚至，如非必要，我们不会踏出这间舱室。”

“你不介意我将楼梯口的门锁上吧？”大副说。

“如果这能让你更放心的话。”阿豪苦笑道。他知道对方说得是二层楼梯口那道铁栅栏门。如果那道门锁上，他再想上甲板，只能从三楼平台跳上去了。不过，阿豪很理解蒂姆的谨慎态度——自己的确是“鹈鹕”号的麻烦。他甚至不无自嘲地想，这位对自己相当客气的大副，如果知道这几天死在自己手上的日本人超过十个的话，肯定不会用“麻烦”这个词，而是用“灾难”来形容自己和立雪了。现在别说锁门，估计将他们夫妻直接扔下海的心都有。

蒂姆对阿豪的态度很满意，点点头，扫了一眼狭窄、阴暗的舱室道：“那你们在这里多委屈两天吧。”

“谈不上委屈。”阿豪笑道。的确，只要能和立雪在一起，对于他来说，哪里都是天堂。

“祝你们好运……”大副朝阿豪伸出手，“半小时后‘鹈鹕’号就要入海，我该忙去了。”

“祝大家好运！”阿豪和大副握了握手。

就在这时，一道汽笛声远远传来，蒂姆和阿豪同时朝船窗外看去，就见在后方黑暗的江面上，远远有信号灯闪烁。虽然还看不清这艘船的大小和轮廓，但阿豪心中已有了不好的预感。

“是莫尔斯码。”大副站在阿豪背后，看着黑暗中闪烁的信号灯解释道，“紧急……停船……”

“让‘鹈鹕’号停下？”不懂船舶信号的阿豪问道。

蒂姆点点头，神情凝重：“记住，别离开这里，等我的消息。”说完匆匆离开了舱室。显然，这艘船的出现同样让大副感到了不安。

江面上，那艘不停打出灯光信号的船越追越近，其速之快，绝不是“鹈鹕”号这种最高航速超不过每小时十五节的货轮可比。而“鹈鹕”号在和对方进行了几次信号灯交流后，最终选择了停船、下锚。

随着“鹈鹕”号那轰轰的引擎声消失，整个世界都寂静了下来。在幽暗的舱室里，空气仿佛因这突来的寂静而有了些许的重量。

阿豪扒着船窗，看着渐渐追上的日军舰艇，脸色凝重。

立雪摸索着下了床，走到他身后，轻声道：“阿豪……和我说说话好吗？”

“好啊，你想说什么？”阿豪看着船窗外道。

“我想说，今天我很快乐！”立雪倚在丈夫的怀里，和他一起看向江面那艘轮廓逐渐清晰起来的舰艇。

“以后的每一天，我都会让你快乐的。”阿豪揽着妻子纤细的腰说。

追来的舰艇已经放慢了速度，缓缓朝“鹈鹕”号的右舷靠来。比起半小时之前送日军押运官的那艘汽艇，这艘大概三十来米长、船首架着一门双管速射炮的日军巡逻艇俨然是个大家伙。此刻，在这艘巡逻艇的前甲板上，一名军官模样的人昂首而立，而在他身后站着十来名荷枪实弹的士兵。

“是来抓我们的吗？”立雪有些紧张道。

“不一定……”阿豪看着正和“鹈鹕”号接舷的巡逻艇，眸光快速闪烁。

“阿豪……”立雪犹豫着道，“你的水性……很好……不是吗？”

段世豪侧头看着妻子，点了点头：“不用担心，船上有救生衣、救生圈，我这就去准备。如果他们真是冲咱们来的，咱们就下水。”

“不，”立雪拉住阿豪的手，看向窗外无边无际的黑暗，“阿豪，我找到父亲了。”

“怎么找到的？他在哪里？”段世豪惊愕道。他清楚妻子的身世：很小的时候立雪母亲死于一场车祸，而她父亲的工作需要经常出差，她被寄养在舅舅罗振邦家里。不料在立雪九岁那年，罗家惨遭灭门——罗振邦夫妇和他们十七岁的儿子被一伙青帮暴徒杀害，只有立雪侥幸活了下来，之后被一名好心的单身女教师收养。但从那以后，她便和父亲失散。五年前立雪孤身从上海来广州，就是为了寻找父亲——她小时候的一个邻居，曾在广州远远见过她的父亲，并将此事告诉了她。

不过这些年下来，立雪一直没能打听到父亲的消息。广州沦陷之前，阿豪还在报纸上登过几次寻人启事，但这个叫樊东楼的男人如石沉大海，杳无音讯。

“他改了名字……”立雪道，“你还记得那个皮夹吗？”接着，她将四天前在戴夫勒诊所，无意中发现皮夹里父亲和自己小时候的合影照片，以及之后又从玉川云子口中得到确认，如今的樊兴业樊参议员正是自己父亲的事，从头到尾快速地说了一遍。

听完妻子的叙述，阿豪愣住，既感世事奇妙难测——妻子苦寻多年的父亲，竟然以如此匪夷所思的方式找到了，又在心中暗自后怕——他差一点就杀了自己的岳父大人。而如果早知道樊兴业就是立雪的父亲，以对方的身份、地位，他何至于要用这样暴力而危险的方式来救妻子？

“为什么现在告诉我？”怔怔看了妻子数秒钟后，阿豪问。他隐约猜到了立雪的心思。

“阿豪，我的意思是，如果情况危急，你自己跳船走……我父亲会保护我的……”

“不！”阿豪有些粗暴地打断了妻子的话，“我不能留下你……事情没有你想得那样简单。现在你什么也别说，在这儿等我！”

“阿豪！”立雪眼圈一红，紧紧抓住丈夫的手不肯松开，哽咽道，“你听我把话说完。我也舍不得和你分开……记得我刚才说的吗？今天，我很快乐！我也希望能一直守在你身边，每天都这样快乐下去。但我们要面对现实……阿豪，这片水域太大，他们有巡逻艇，你带着我是逃不掉的，我不能成为你的累赘……”

“立雪，冷静点，或许事情没你想的那么糟……”阿豪吻了吻妻子的额头，“船上还有救生筏，现在是夜晚，我们有机会的，相信我……”说着他将昨晚换下来塞在小床下的那套潜水服找了出来。他原以为再也用不上这东西了，但现在看来，这件连体橡胶服给立雪穿上再合适不过——保暖、防水。如果他们需要坐救生艇或游泳离开这条船的话，这套服装可以最大限度地避免立雪的伤口被江水浸泡……

“鹈鹕”号上所有的灯都亮了起来，甲板上灯火通明。布鲁船长沙哑的声音一遍一遍从扩音器传出——全体船员五分钟内到前甲板集合……

蒂姆从桥楼三层的驾驶舱走出来的时候，心情比他头顶那片没有一点星光的夜空还要阴沉。与那些三三两两怀着茫然而忐忑的心情从各自岗位上离开、朝前甲板汇集的船员们不同，大副很清楚这艘船上即将发生些什么——两分钟前，第二舰队经理部那名押运官走进驾驶舱通知布鲁船长，说宪兵队怀疑“鹈鹕”号藏有日本军方的通缉要犯，因而要进行一次全面搜查行动。

大副还知道，如果不是这位经理部的准尉以军令——‘鹈鹕’号上这批战略物资必须在明天早晨七点之前送达三灶岛基地——为由，强烈抵制宪兵队那名态度强硬的军官的命令，“鹈鹕”号会被勒令返航，前往黄埔港。

走下桥楼连接甲板的铁梯，蒂姆避开守在左右船舷通道上的日本宪兵，钻进了桥楼和艉楼间的货物堆场，快步朝船尾走去。

“鹈鹕”号上有日本宪兵队要搜捕的通缉犯吗？他是谁？藏在什么地方？这些问题的答案，没有人比大副更清楚。将那对夫妻带上“鹈鹕”号，绝对是自己此生犯下的最大错误！走在货物阴影中的大副心想，但现在不是后悔和自责的时候，他必须为此负责，必须尽可能避免一场灾难的发生。

“鹈鹕”号的艉楼，和大多数三岛式散装货轮一样，是用来放置轮船所需的各类用具、维修配件和生活物料的地方，如缆绳、灯具、油漆、救生筏等等，并没有船员居住和作业的舱室。因而此刻，艉楼里并不像桥楼和艏楼那样灯火通明，反而被前方熠熠的灯光衬托得越发幽暗。

黑暗中，蒂姆掏出钥匙，摸索着打开了二层楼梯口的铁门，朝左手边的通道走去。段世豪夫妇藏身的舱室，位于这条狭窄通道的尽头。

“蒂姆先生。”大副刚走两步，阿豪低沉的声音在他身后响起。

“你怎么出来了？”大副霍地转身，低声惊呼。

阿豪的身影，从通往天台的楼梯拐角处转了出来。他飞快地瞥了一眼下方艉楼入口，“你忘上锁了。”说着伸手将铁栅栏门关好锁上。

“现在上锁还有什么用？！”蒂姆愤懑道，“日本人很快就会搜查这里，一把锁挡得住吗？！”

“情况不妙？”阿豪问。他虽然听不懂布鲁船长在扩音器里用英文喊了些什么，但从其严肃而沉郁的语气可以判断，定然是某种不愉快的事发生了。

“‘通缉犯’先生，”蒂姆上前一把揪住阿豪的衣领，低吼道，“是你毁了‘鹈鹕’号，毁了‘鹈鹕’号上所有人的希望。”

尽管阿豪早有心理准备，蒂姆的话仍然如一把利剑插进他的胸膛。那艘日军巡逻艇，果然是冲自己和立雪而来！

“……阿豪，这片水域太大，他们有巡逻艇，你带着我是逃不掉的……”妻子先前的话语，重又在他耳边响起。尽管他当时竭力让妻子相信，相信自己一定能保护她，能带她战胜一切艰难险阻，然而现在，当那个一直压在他心底的担忧终于得到证实后，一股绝望的情绪开始在他心里滋生、蔓延……

“不，绝不放弃！”一个不屈的声音突然在他脑海中疯狂呐喊，“还有办法，一定还有办法！冷静、你要冷静……”

“抱歉！蒂姆先生，我也没想到事情会这样。”阿豪一边快速运转着大脑，一边镇定地说道，“但正如您先前所说，我们是同一条船上的人。我希望您能继续帮助我。这样大家或许还有希望。”

“怎么帮？船上都是日本士兵！”

“有多少？”

“十个、二十个，谁他娘的知道！别忘了，他们开来了一艘军舰！”

“我需要一艘救生艇。”

“救生艇？”大副瞪大了眼睛，“你以为日本人是聋子还是瞎子？”

“你先告诉我，救生艇在什么地方？”

“就在艉楼下面。”

“跟我来。”阿豪走到通道尽头的船窗前，指着外面的水雾升腾的江面道，“起雾了，只要我们能坐上救生艇，很快就能消失在雾里。日本人在船上找不到我们，‘鹈鹕’号的希望也就还在。您说呢？”

“你怎么避开船上的日本兵？”大副仿佛动心了，追问道。

“桐油堆放在什么地方？”

“一号货场，靠近艏楼的位置……”蒂姆迟疑道。

“那就好！”

“你想干什么？”

“点燃它！”阿豪道，“趁船上救火的混乱时刻，我们在船尾左舷方向放救生艇下水。那时候，船上所有人的注意力都在船艏的大火，而日军的巡逻艇停靠在右舷，上面的人同样看不到我们……”

“你疯了！”大副低声怒斥，“那是一百吨桐油！你想毁了‘鹈鹕’号，烧死这船上的所有人，就为了你和你的妻子逃走？”

“不，蒂姆你听我说……”阿豪伸手按住蒂姆因愤怒而抖动的双肩，“我相信，你们既然能运输桐油，船上肯定会有相对应的消防设施，对吗？”

“那又怎样？”大副余怒未消，“没有桐油，‘鹈鹕’号还有什么理由离开这里，前往澳门？”

“如果被日本人发现我在这艘船上，‘鹈鹕’号才真的完了。不管有没有桐油，它都不可能离开广州。而且，船上的所有人都会有危险。”

“怎么会这样？”见阿豪神情凝重，不像是在危言耸听，蒂姆连忙追问。

“老巴迪死了……”阿豪艰难道，“因为我，日本人杀了他。蒂姆，你是好人，我不想你受到伤害。你要相信我的话，只要和我有牵连的人，日本人都不会放过，哪怕他们是无辜的。”

“你到底干了什么？”蒂姆震惊道。

“蒂姆，现在时间急迫，不是说这些的时候。总之，你现在必须帮我，要赶在日本人找到这里之前帮我和我妻子逃走。那样才能救你，救全船所有的人！”

“不，你必须告诉我！”大副坚持道，“他们说你杀了几个日本人，但这跟‘鹈鹕’有什么关系？”

“蒂姆，我知道你在想什么……”阿豪道，“你觉得日本人抓到了我，就会放‘鹈鹕’号离开。你错了！如果我仅仅是杀了几个日本人，或许事情会像你想的那样。但特高课这样费心地抓捕我，更重要的原因是为了一份情报……”

“你是间谍？”大副吃惊地张着嘴。

阿豪摇摇头，苦涩道：“不是，但那份他们认为极为重要的东西，曾经在我手上……”

“完了，”蒂姆脸上骤然失去了血色，喃喃道，“全完了……”他虽然不是军人，也不是某个情报机构的成员，但作为一名阅历丰富的轮船大副，也清楚刑事案件和间谍案在本质上的不同，尤其是在战争时期，是日本已经对英国宣战的当下……

“蒂姆先生，现在你应该相信我的话了。”阿豪急切道，“咱们必须马上行动！按我刚才说的，大家还有机会，再晚的话……”

“已经晚了……”蒂姆痛苦地摇着头，缓缓向后退着，“我帮不了你，看来，也帮不了‘鹈鹕’号了……”

“蒂姆，怎么回事？”大副此刻的反应，让阿豪的心瞬间沉到了谷底。他竭力说服蒂姆，是因为他很清楚，在现在这种危急时刻，对方的帮助，是他和立雪唯一的希望。而且，他相信，如果按他之前的计划实施，并非没有成功的可能。但现在看来，事情正朝着他预想中最坏的方向发展，或者说，最坏的事情已经发生了。

“这里已经被包围了，你们逃不掉的……”蒂姆绝望道。

阿豪一怔，随即明白了什么，浑身霎时冰凉，如坠冰窟。

“为了‘鹈鹕’号吗？”沉默半晌，他盯着站在黑暗中的大副问道。不过，话刚出口，他便明白自己问了句废话。

“为了‘鹈鹕’号。”大副自嘲道，“我以为能改正自己犯下的错……”

“我理解。”阿豪道，“为什么是你一个人来？他们没告诉你我是一名危险分子吗？”

“他们想活捉你们，但不清楚你有没有武器，不知道你现在是不是还待在舱室里……我能感觉到他们对你的忌惮，或许是因为你之前做的事吧。”说着，蒂姆从怀里掏出一把转轮手枪，对着阿豪，“他们让我，最好能对你腿上来一枪……”

阿豪的双瞳猛地收缩。他身处的这条通道，狭窄到无法供两个成年人并排行走，如果此刻三米外的蒂姆开枪，他根本闪避不开。

“蒂姆先生！”阿豪低吼道，“你这样做没有意义，日本人不会放过你的！我们再想想，或许……”

“是啊，那我该怎么做呢？”蒂姆喃喃道。紧接着，“乒！”的一声枪响，大副的身体撞在左边的舱壁上——他对着自己的右太阳穴开了一枪。

“蒂姆……”阿豪抢上前，抱住蒂姆瘫倒的身体，眼角含泪。又一个帮助自己的人死了！那个昨晚在船尾甲板上对他说“朋友，你登船的方式真有趣”的人，那个在他浑身冰冷时递给他一壶酒说“小子，来上一口，我再帮你去找双鞋”的人，那个拍着他肩膀说“老巴迪的朋友都叫我蒂姆”的人死了，他再也听不到对方那蹩脚的中文发音、那冷硬中透着温暖的腔调。

“咚咚咚咚”，艉楼入口通向二层的楼梯上，响起一阵急促的脚步声，接着是楼梯口的铁栅栏门被人猛烈摇晃的声音。阿豪轻轻将蒂姆的头放下，拾起他手边那把柯尔特转轮手枪，无声而快速地走到楼梯口。

铁栅栏门外，一名日军举起枪托，正准备砸开门锁，在他身后的楼梯上还有几道持枪的身影。

阿豪几乎是顶着这家伙的脑袋开了一枪。“乒”，血花四溅，砸锁日军的身体猛地向后飞去。后面的日军躲避不及，狭窄的楼梯上顿时人仰马翻。

“乒、乒”，阿豪接着又对下方的日军连开两枪。有人中弹，在黑暗中发出痛苦的惨叫。

阿豪的攻击出乎这队日军的意料——在他们的计划里，艉楼二层的枪声意味着那名通缉犯中了枪，而不是出现在楼梯口对他们射击。不过这些训练有素的士兵们反应迅速，转轮手枪的枪声未落，两名守在艉楼入口处的士兵立刻开始还击，他们一左一右隐蔽在入口两边的墙后，探出半个身子，对着二层楼梯口快速射击，掩护进入艉楼的几名同伴撤退。

密集的枪声中，三八式步枪六点零五毫米口径子弹不停打在铁门或铁门后的木板墙上，火花四溅、木屑乱飞。阿豪背靠在楼梯口边的墙后，打开转轮手枪的弹仓——六个弹巢里只有三发子弹了。

当然，他也明白，即便自己手中拥有一挺机枪和用不完的子弹，也不可能守住这里。敌人有太多办法攻进这座艉楼——从某个舱室破窗而入、从外面翻上天台自上而下攻击，或者直接扔一颗毒气弹进来……这些战术都是他不可抵御的。况且，这里是“绝地”，他想的不是守，而是如何离开。

三八式步枪的枪声很快停了下来。阿豪半蹲下身子，探头朝楼梯口下看去——楼梯上和艉楼入口处都没了日本士兵的身影，就连那名被他击毙的士兵的尸体也没留下。

“对方应该在调整战术。”阿豪心道。他立刻起身，快速跑回舱室。他必须把握住这短暂的时间，在敌人再次发起进攻前带立雪离开。

“我们走！”舱室门口，阿豪牵着立雪没有受伤的右手压低声音道，“注意脚下。”立雪没有出声，顺从地跟着丈夫走出舱室，朝通往天台的楼梯走去。

这时，“鹈鹕”号上的扩音器突然传出一阵刺啦刺啦的电子噪音，紧接着，一个男子怪异的腔调响彻了整艘货轮：“段世豪，我是特高课小泽原……你现在应该明白自己的处境，你已无路可逃。投降吧，段世豪！不要再做无谓的顽抗，和皇军对抗是没有活路的。我最后一次警告你，放下武器，走出艉楼。这样，我可以保证你和你妻子的人身安全，以帝国军人的荣誉保证。不过，我的耐心非常有限，十秒钟后，如果你仍然不投降，我将下令强攻，抓捕你们，生死不论！十、九……”

艉楼顶部的天台朝船尾方向挑空伸出，边沿的铁制栏杆超出下方艉舷近两米，像是一座离水面九米高的跳水高台。

当小泽原在扩音器里播报攻击倒计时时，阿豪和立雪已经站在了黑漆漆的天台上。此刻江面上水雾缭绕，艉舷上安装的夜航灯，仅能照见船尾十来米的一小片水面，更远处视线便模糊起来，白茫茫的一片。

阿豪快速走到天台边的栏杆前，取下系在栏杆上的救生圈，单臂拎着，侧身拧腰，“呼”的一声将救生圈大力抛出。白色的救生圈划出一道长长的抛物线，消失在 30 米外的浓雾之中。

立雪默默看着紧张忙碌的丈夫。寒冷的江风，吹拂着她消瘦的脸颊，飞扬起她耳畔的发丝。“或许他真的可以……”她想，黑亮的眼眸里闪过一抹希望之色。

“……三、二、一。”扩音器里，小泽原结束读秒后，用日语发出了攻击命令，“突击给给！”

“别怕……”阿豪迅速将一件救生衣给立雪穿上，拉着她走到天台的栏杆前，“到了水里，你什么也别做，一切交给我。”

立雪突然松开了他的手，后退两步。“阿豪，你自己走吧。我太累了……”

“你说什么？”阿豪一愣，扭头看向妻子。

“他们想要抓的是你，不是我。”立雪掀开兜在头上的橡皮软帽，侧过脸，避开丈夫灼灼的目光。

“雪，我知道你是怕拖累我，”阿豪急切道，“但我真的能带你走，相信我！”

见丈夫朝自己走来，立雪再次后退，摇头道：“其实，一直是你在拖累我！阿豪，你想想，如果不是你，我现在不会在这里，不用害怕在水里淹死、被日本人开枪打死……我应该在东山的别墅里，过着富家小姐的生活……阿豪，我已经找到父亲了，他有能力保护我，你快走吧……”

“你……”阿豪看着有些陌生的妻子，半张着嘴一时说不出话来。

此时，通往天台的楼梯上响起杂沓而急促的脚步声。立雪扭头看向身后那道木门——门缝里有光亮在闪烁。

“阿豪，快走吧！”见丈夫仍然如雕像般站在自己面前，立雪激动地喊道，“经历这么多事，难道你还不明白，老天是不会让我们在一起的！它会给我们降下无穷无尽的灾难……我求你了，快走啊！”

阿豪后退着，眼眶发热。“哐当”一声，天台门被撞开，一名手持长枪的日本宪兵冲了上来，在他身后还紧跟着几道持枪的人影。

“等我！”阿豪深深看了妻子最后一眼，转身朝栏杆外鱼跃而出，飞速向下方的水面坠落。

“阿豪，对不起……”立雪泪流满面，在心中祈祷，“你一定要活下去啊……”

第二十章 自助者天助之

时间：第九日

晨雾散去后，珠江出海口露出了它浩淼无岸的水面。阿豪趴在一块门板大小的残破木板上，身体随着江水微微起伏着。

昨夜江面上的大雾，虽然让他逃过了日军巡逻艇的搜索，但也让他失去了方向。而就在体力快要耗尽的后半夜，他终于在水面上找到了这块应该是来自某艘英国军舰的残骸——这无疑是非常幸运的，尽管日军飞机昨天炸毁了英军停在维多利亚港的全部舰船。

寂静的水面上，隐隐响起了船只的马达声。阿豪闭着的双眼缓缓睁开，循声望去——一艘船出现在两里外的水面，逆流而上。

昏昏沉沉的大脑立刻警醒，他揉了揉眼，努力辨认着。几秒过后，他提着的心总算放下了——这是一艘三桅木制机动船，船头的几道身影都是普通人打扮。

"是民用船！"阿豪暗感幸运。如果这是一艘日军或伪警的舰艇，他再没有一丝逃脱的机会。不过，在向四周远眺之后，他心里又升疑惑——一艘民用船只怎么会出现在这里？

两侧隐约成八字形的河岸线，以及这艘木船后方正在水面横向游弋的日军军舰，让他确定自己仍在珠江出海口这片水域。而视线中的那艘日军海防舰，比他昨天在"鹈鹕"号上看见时大了两倍——这意味着他漂到了离香港海域更近的地方。

这艘船是突破日军水上封锁，从香港前往广州？还是从上游航行到此，被日军军舰拦截后返回？这两种猜测都让阿豪感到不可思议。但他没有更多的时间去思考了，必须立刻行动——以这艘船现在行驶的速度和方向，几分钟后便会从他前方两百米外的水面驶过。如果错过这艘船，下一艘出现在这里的很可能就是一艘日军的巡逻艇了。而且，即便特高课已经放弃了派舰船对他搜索，他也不认为自己还有力气在水里游七八公里，登上遥远的江岸。

阿豪果断推开身下的门板，朝这艘船航行的方向游去。战乱时期，人命贱如草芥！他不能寄希望于这艘船上的人发现自己后，会主动过来救援，他必须尽量向对方靠近，给自己争取获救的机会。

然而，当推开门板之后，阿豪才察觉到自己的状况有多么糟糕——身体里空荡荡的，仿佛没有了一点力气，而麻木的双腿上，像是坠了铁块似的，要将他拽入江底。他当然明白，这是在冰凉的江水里泡了一夜的后果。

“这是你活下去唯一的机会！立雪还需要你去救！”阿豪在心里一遍一遍地告诉自己，希望用这样的方式将体内残存的气力全部压榨出来。

事实上，这种精神上的自我激励的确起到了作用。好几次，当他觉得再也挥不动手臂时，正是这种激励让他一次次爆发出顽强的力量，没让自己永远沉入江底。

终于，在那艘木船快要经过这片水域时，阿豪游到了它的右舷边上。隔着十来米的距离，他已能看清站在船头甲板上那几人的相貌。这些人也看到了水里的他，纷纷靠近了船舷。

阿豪艰难地举起一只胳膊，朝船上的人挥了挥。原本他还打算呼喊两声，却发现自己连这点力气都没有了，半张着的嘴里，被生生灌进一口苦咸的江水。

船上几人的目光，都看向一名身形消瘦的老者，等着他的决定。老者皱眉看着水里的阿豪，摇摇头后转开了视线。

黎悟本并非心狠之人，如果是在太平时节，他倒做不出见死不救这种事来。但眼下，好不容易才带着一家老小从新界逃出来的他，不想在前往广州的途中再招惹任何的麻烦。

看着眼前这艘二十来米长的机动木船没有一点停下来的意思，轰轰轰地继续逆流而上，阿豪的心如江水般冰凉。他感到绝望，却又不甘。他拼命游着，努力追逐，不想被这艘船抛下。

然而，人力总归是有限的。本就将体力压榨到了极限的他，并没坚持多久手臂便再也无法抬起，双腿也失去了蹬踩的气力，只能眼睁睁看着这艘希望之舟离自己越来越远……最终，他眼前一黑，缓缓沉入水中。

“阿公，那人好可怜啊！”船上，一个脆生生的女童声在黎悟本身后响起。

“小禾，你怎么不待在舱里？”黎悟本转身，对正扒在船舷边向后张望的孙女和蔼地说道。

“他一直在追我们，真的好可怜。”六岁的小姑娘偏着小脑袋，用一双泪汪汪的大眼睛看着自己的阿公。

黎悟本一声长叹，扭头对身后相貌憨厚的中年汉子道：“阿坤，停船，能救就救一救吧……”

黎悟本的长子咧嘴一笑，随即转身朝船尾跑去，一边脱衣服，一边对自己的两个儿子喊：“东仔停船，华仔跟我下水救人！”

“好嘞！”十七岁和十九岁的两个青年齐声应道。

阿豪再次被马达声唤醒时，一度以为这是死后的幻觉。在静静观察了一阵周遭的环境，以及感受到身体真实存在后，他才相信自己还活着。

他发现自己躺在一间低矮的船舱里，身上盖着棉被；钻进鼻腔里的那一股子浓重的鱼腥味提醒他，这应该是艘打鱼船。下一刻，他的意识全然回归，记起了自己昏迷前追逐一艘机动木船的情形。

阿豪挣扎着想要坐起，却发现身子软绵绵的，没有一点力气，抬了抬脖子后重又将头放回枕头上。

小禾正跪坐在船舱口玩耍，听见阿豪发出的动静后，小姑娘飞快地爬了过来，兴奋地说道：“叔叔，你终于醒了。”

阿豪看着这个皮肤黝黑、双眼发亮的女童，虚弱地笑了笑：“我睡了多久？”

小禾歪着头想了想：“反正很久。我们救你上来时，太阳还在东边，现在在西边了。”

“你叫什么名字？”

“我叫小禾，禾苗的禾。”小姑娘笑嘻嘻道，“叔叔你好可怜啊，一直跟着我们的船游啊游，都快累死了，是我让阿公救你的。”

"小禾，叔叔谢谢你，还有你的阿公。"阿豪回忆了一下自己失去意识前的情景，依稀记得船舷旁那几个人离开后，还有一个小小的身影扒在那里远远地看着自己。

"不过，阿公说是'天'要救你。"小禾不服气地指了指头顶，"他说什么自助者天助之，自弃者人弃之……都是者啊之的，我一个字也听不懂。"

"自助者天助之，自弃者人弃之……"阿豪在心里咀嚼着这句颇有哲理的话。

在今天之前，阿豪对这所谓的"天"可谓失望至极，愤懑至极！这些年，他在广州艰难挣扎，为求生存不惜抛却一名中国军人的荣誉，去充当侵略者的"看门狗"；为了攒钱给立雪赎身，他放弃男人的自尊，给当官的"站门子"，给有钱人"跑腿子"，甚至昧着良心打假拳；为了救妻子，他屡屡以命相搏……这难道不是"自助"吗？可这"天"有帮过他吗？没有！不但没有助他，反而每每在他快成功的时刻阻挡他，打击他，毁灭他拼尽一切刚刚获得的希望。他去接立雪回家那天如是！他和立雪坐火车离开广州那晚如是！他带着妻子登上"鹈鹕"号后如是……

"经历这么多事，难道你还不明白，老天是不会让我们在一起的！它会给我们降下无穷无尽的灾难……"昨夜，在"鹈鹕"号艉楼天台上，妻子说出这番话时，他痛彻心扉、无比绝望。是啊，如果这世界真存在"天"这样的神明，卑微的凡人又怎能违抗它无远弗界、坚不可摧的意志？！然而此刻，小姑娘阿公的话，让阿豪晦暗的心中重又升起一簇希望的火苗——自助者天助之！

昨夜，如果他没有在迷茫的大江上竭尽全力地逃遁，又怎躲过那艘巡逻艇的搜捕？而当他精疲力竭，在夜雾弥漫的水中不辨方向，求生意志即将被完全磨灭时，那块神奇出现在身边的木板，难道不是来自上天的眷顾？今早，如果他没有拼尽最后一丝生命之力疯狂追逐，这艘船会停下来吗……

"呀，"小禾一声惊呼打断了阿豪的思绪，"我忘了告诉阿公了！"小姑娘吐了吐舌头，起身跑出了船舱。

阿豪心知这艘船的主人很快就会出现，他不想失礼，于是双手撑着身下的床板，竭力想要坐起。不过仅仅是这样一个动作，就耗尽了他身体里刚刚积蓄起来的那一点可怜的气力，他不得不靠在身后的舱壁上，大口喘息。

不多时，船舱口处的光线一暗，他抬眼看去，只见一名身形瘦高的老者，微微躬身，钻进舱里。那名叫小禾的女童跟在老者身后。

阿豪尽量坐直身子。他想要表现得更恭敬一些——从榻上起来，但试试了后终究没有气力。

“小哥不必多礼，躺下说话吧。”黎悟本说着在床榻边的矮凳上坐下，仔细打量着阿豪。

都说人老成精，黎悟本六十多岁了，一生经历颇为坎坷，自然阅人无数。他可不想自己救了一个宵小之辈或凶顽恶人。

“失礼了……”阿豪喘息着道，“请问老先生……贵姓？”

“小禾，让你阿婆把姜汤和粥热热，给小哥端来。”黎悟本吩咐完自己的孙女，见小丫头蹦跳着离开后才看向阿豪，“免贵，姓黎。”

“多谢黎老先生救命之恩。”阿豪诚恳道。

“你要谢就谢我孙女吧。”黎悟本扭头看着小姑娘欢快的背影，叹道，“我救你也是有私心的……想为这孩子多积点德，让她将来多些福报罢了。”

“黎老先生一家良善，定然福泽深厚。”阿豪道。

“就不说这些虚的了。”阿豪的相貌、谈吐，让信奉“相由心生”的黎悟本心中稍安，“小哥怎么称呼？”

“您叫我小段就行。”

“那好，小段……”黎悟本正色道，“南石头码头就快到了。我们需要在那里接受海港检疫所的检查。在这之前，你有没有什么话告诉我？”说完目光炯炯地盯着阿豪。

就快要登岸了，黎悟本必须弄清楚对方的来历。虽然这个年轻人看起来不坏，但在日本人控制的地方，好人未必就不会带来灾难——比如那些抗日分子。

一个人不会无缘无故落水。阿豪被救上来的时候，虽然穿着船员制服，但当阿坤和阿华脱光他的衣服，帮他擦拭身体时，黎悟本就知道自己救上船的绝非一名普通船员。

阿豪浑身上下那些形状各异、新旧不一的伤口、疤痕，让黎悟本心生不祥之感。而这种感觉，越接近广州越强烈。有好几次，他都想让阿坤将对方扔回水里，但每每话到嘴边，又生生咽了回去。

阿豪知道黎悟本说这话的意思，也非常理解对方心底的担忧。他不想再连累任何人，于是不答反问：“黎老先生，请问现在几点？船在什么位置？”

他刚清醒，不知道现在的时间；人又躺在低矮、没有窗户的船舱里，看不到外面的景象，因而不知船到了什么地方。

“下午四点。船刚过洛溪渡口。”黎悟本答道。

“丫髻岛！”阿豪快速思索后道，“洛溪前面就是丫髻岛，麻烦黎老先生，船经过那里时，停靠一下。我先下船，就不给黎老先生一家添麻烦了。不过，希望老先生能给我准备些食物。”

身为一名通缉犯，别说“南石头”这类有日伪军警把守的官方码头，即便是一些民用小码头，阿豪也不会大白天的登上去。他很清楚，以自己现在的身体状况，一旦被人认出，绝无逃走的可能。

而“丫髻岛”虽名为岛，实际上不过是一块二十公顷大小、位于江心的沙洲。岛上虽草木茂盛，别有一番景致，但湿地遍布、地域狭小且四面临水，并不适合人长期居住。平常除了一些过往的疍民船会在此停靠歇息，又或者在盛夏时节，偶有市民登岛游玩、避暑之外，岛上大部分时间都鲜有人迹。阿豪打算先在岛上躲藏一段时间，视自己身体恢复的情况再决定下一步的行动。

黎悟本看着虚弱不堪的年轻人，心情复杂。对方的要求，证明了萦绕在自己心中的不安感绝非没有来由。

这时，小禾双手捧着一个搪瓷耳盅走了进来。在小姑娘身后还跟着一名五十来岁的妇人。小禾将冒着热气的耳盅递给阿豪，说：“叔叔，这是姜汤，驱寒的，你喝吧。”

“谢谢小禾！”阿豪直了直腰，接过姜汤，对那名妇人道，“是小禾的阿婆吧，给您添麻烦了。”

老妇人含笑点点头，弯腰将手中的粥碗放在一边的矮几上。“趁热吃吧，我放了些鱼片在粥里。”

阿豪再次表示了感谢。小禾的阿婆见自己的丈夫神情严肃，便不再多话，牵着小禾的手走出了船舱。

两人离开后，黎悟本也不打算再问些什么，点点头，表示同意阿豪先前的请求。

“你先吃点东西，我去安排一下。”他说完起身走了出去。自己一家还前途未卜，黎悟本绝不想让别人的麻烦也成了自己的麻烦。阿豪自愿提前下船，倒是让他暗自舒了口气。

阿豪计算了一下，从洛溪口到丫髻岛不过两三公里的水路，以这艘机动木船的航速，十来分钟后就能抵达，他要在这之前恢复更多的体力——丫髻岛可没有正规码头供这艘十八米长的近海渔船停靠，他必须保证自己有涉水登岛的体力。

一大盅热腾腾的姜汤喝下去，阿豪顿时全身冒汗，整个人轻松不少。加上一碗香喷喷的鱼片粥下肚，让他多少有了些气力。

黎悟本再次回到船舱时，手上拎着一个包裹。“这里有些干粮，还有火柴，只能帮你这么多了。”

“希望有机会报答黎老先生一家。”阿豪感激道。火柴当然是给他夜晚在岛上生火御寒准备的。对方的这份细心和体贴，让他心口发热。

黎悟本也不言语，默默从舱室一角的木箱里，找出一套衣物，放在阿豪身边。“你的衣服还没干，穿这些吧。是我家老二的，你们身量相当，应该合适。”

阿豪没有注意到，老人的视线从这套半新的西服套装上收回时，带着隐隐的不舍之意……

浑浊的水面上，机动木船放慢速度，在阿坤父子的操作下，船只缓缓朝左侧的丫髻岛靠去。黎悟本则站在右舷的甲板上，眺望对面的江岸，心生感慨——堤上垂柳依旧，远方若隐若现的建筑、景物是那样的熟悉……

三年前，他因战争离开这里，三年后，他同样因战争而返回。“家乡……”黎悟本喃喃念着。

“嘟、嘟……”后方突然传来喇叭声，黎悟本忙转头看去——一艘日军汽艇，从船尾方向推波劈浪驶来。

如果是在阿豪醒来之前，黎悟本并不担心这艘汽艇上的日本士兵会找他们一家的麻烦——从上午驶入虎门口水域后，一路上他们已被三艘这样的汽艇拦截过。而无一例外的是，当黎悟本向那些登船检查的日本士兵证明，自己一家是响应日方的号召、从香港返乡的原广州居民后，这些严厉的日本军人便不再留难，只是告诫他们，从香港返乡的广州籍居民，必须前往南石头码头，接受检疫和登记，在这之后才能上岸。否则，他们将无法获得广州市政府颁发的良民证，会被当成奸细处理。

然而现在，黎悟本看着这艘从后方驶来的日军汽艇，心中却是一紧。他快步走进船舱，对穿好衣服正准备从床榻上起身的阿豪匆匆吩咐了几句后，才重又返回船头。

黎悟本的长子阿坤，不用父亲招呼早已停了船，和东仔、华仔一起恭敬地站在父亲身边，迎接日军汽艇。阿坤的老婆——一名快四十岁的女人——则和她的婆婆将小禾护在身后，低头站在船舱边上。

汽艇在机动木船的右舷靠舷后，一名日本曹长带领两名士兵先后登船。不等对方开口，黎悟本便将一张皱皱巴巴的纸，双手递给神情倨傲的军曹，恭敬道："太君，这是我们拾到的传单……"

昨日凌晨，日本遣华第二十三军司令官酒井隆中将发出进攻香港的命令后，其麾下的先头部队——吉野联队，于上午七点跨过深圳河，此后只用了不到三个小时的时间，该部便击溃了英军在新界的守军，直扑九龙半岛和新界接壤的醉酒湾英军防线——至此，香港三区中面积最大的地区——新界沦陷。临近中午时，完成了首轮空袭的日本战机再次从广州白云机场起飞，不过在这一轮对香港的空中打击中，日军战机投下的不是航空炸弹，而是大量的传单。

这是一次对香港军民的心理攻击。这些印刷着中、英两种文字的传单，内容有三：其一是宣扬皇军无敌，奉劝英国守军放弃抵抗；其二是告诫香港各界人士，要支持大日本帝国驱除英夷、解放亚洲人民的正义战争；其三是以建立亚洲新秩序的名义，呼吁在香港的广州籍居民返乡，共建"王道乐土"。

黎悟本连比带画，告诉这名军曹，他们一家居住在新界大埔，是三年前从广州乔迁过去的。昨天在镇上见到这些传单后，他们全家决定响应日本国的号召，迁回广州。说完，他又从怀里掏出一本户口簿递给对方检查。

军曹接过这本主页上印着"中华民国 - 国民身份证 - 广州市"的户口簿，扫了一眼上面盖的篆字方形印章后，递还给了黎悟本，用生硬的中文说了句

“保管好”。然后开始逐一审视船上的其他人。

黎悟本接过户口簿，在一旁赔着小心。“长官，这些都是我家人……我们正准备前往南石头码头，接受海关检查，请问您还有什么指示？”

一路上遇到的几次检查，黎悟本都是这么应付过来的，此刻他见这名军曹的脸色，也不像要找麻烦的样子，心说应该差不多了。

就见军曹的视线从垂首而立的黎家男女老少身上一一扫过后，踱步走向艉舱。

黎悟本心中一紧，忙跟了进去。

舱里搁着的箱笼、物件都是些普通人家使用的东西，军曹的视线很快落在地铺上“昏睡”的阿豪身上。

“这是我家老二，晕船晕得厉害……吐了一路……”黎悟本平静地解释道，脉搏却在加速跳动。对之前登船检查的那几拨日军士兵，他也是这样敷衍的，但没像现在这样紧张过。

军曹盯了阿豪几秒，转身钻出船舱。跟在后面的黎悟本刚松了口气，却见军曹回头对他说道：“欢迎返乡。你们是第一个响应皇军号召的家庭，作为表彰，接下来，我给你们开路！”说完友善地笑了笑，带着两名士兵径直下船，回到了汽艇上。

机动木船再次启动后，黎悟本阴沉着脸钻进船舱，告诉了阿豪一个严峻的事实——日军汽艇在前方领航，他不能中途下船了。

“你是抗日组织的人？”到了这时，黎悟本不得不追问阿豪的身份了。此刻的他，心情糟糕到了极点——自己一个善举，却给全家带来了一场灾难？！

“不是。”阿豪摇摇头，快速思考着对策。他的心情同样沉重。绝不能让这家人受到自己的连累，他想。

“那你在怕什么？”黎悟本见阿豪摇头，紧绷的面皮稍稍放松了些。只要对方不是所谓的抗日分子，事情或许没那么糟。

“在广州，我杀了日本人，不止一个……”阿豪道，“有士兵，也有宪兵队的特工，还有一些日本武士……”

“你……你……”饶是经历过大风大浪，黎悟本也被阿豪这番话吓得张口结舌，“杀日本人？你……到底是干什么的？”在他想来，阿豪既然不是某个抗日组织的人，又哪来这么大的胆子和本事，杀这么多日本人？而且杀的还不是普通的日本人，是日军士兵和特工？！要不是他亲眼见到过阿豪身上那无数的刀痕、伤疤，断然不会相信。

“我是什么人？”阿豪苦涩地笑了笑，接着将他和立雪的事大致地说了一遍。现在这种情况，他也不再对自己这位救命恩人过多隐瞒。当然，讲述中，除了自己和立雪，他没有提及任何人的名字，涉及“桥本胶卷”的事更是只字未提。

然而，即便他说得简略、平淡，黎悟本仍然听得心惊肉跳。他活了六十多年，还从没见过这样血性重情，又如此的坚韧顽强、悍不畏死的男子——为救自己的妻子，近乎以一己之力对抗整个世界！而且差一点就做到了。

“你说日本人在全广州通缉你？”待心中的惊涛骇浪稍稍平息后，黎悟本皱眉问道。

“您老登岸后，应该很快能见到我的照片。”阿豪自嘲道。旋即他神情一肃，“请黎老先生放心，我绝不会连累你们一家。我仔细想了想，前面那艘巡逻艇到了南石头码头后应该就会离开，不会参与船只和人员的登记、检疫工作……而海关的人，并不知道我在这艘船上，只要我在这之前离开，你们一家不会有任何的麻烦。”

“离开？你怎么离开？”黎悟本疑惑道，心说有一艘日军巡逻艇在前面，不到南石头码头他们这船是靠不了岸的。

“跳水！”阿豪道，“我从船尾跳下去，可以避开他们的视线。”

“你要游上岸？”

阿豪点点头，然后掀开身上的被子，从床榻上站起。这个过程，他本想表现得利落一些，只不过身体太过虚弱，不得不扶着舱壁，才勉强起身。

“算了吧，孩子。”黎悟本不自觉地改变了对阿豪的称呼，“我相信，你再休息一会儿就能够自己走路了。但要想游到岸上……”他摇摇头，摆手示意阿豪重新坐回地榻上。

“没问题。”阿豪仍然坚持站着，“只是躺得有些久了，活动一下就好……”

“你是该活动活动……”黎悟本道，“不过现在，你先坐下来，听我把话说完。”

见老人态度坚决，阿豪也不再坚持，重又坐了下来。从丫髻岛到南石头码头至少还需要一个多小时，他觉得还有时间听听对方说些什么。

“你有没有想过一个问题……”黎悟本道，“虽然我说你是我家老二，但日本人既然费这么大力气通缉你……通缉令贴满了整个广州城，那这一路上登船检查的日本士兵怎么没一个认出你或者怀疑你身份的？”

他此刻也是心中苦涩。因为怕麻烦，他在虎门口水域第一次遭到日军巡逻艇拦截时，便对登船检查的日本士兵说阿豪是他的二儿子，此后遇上的几次检查也同样如此。然而，现在知道了阿豪的真实身份后，他才知道自己的怕麻烦惹出了真正的大麻烦！

不过黎悟本也清楚，现在后悔没有任何的意义，况且在听完阿豪的讲述后，他对这位年轻人充满了敬佩，对这对夫妻的遭遇深感同情。“送佛送到天，救人救到底！”他希望能帮助阿豪度过眼前的危机。

听完黎悟本的话，阿豪思索着说道：“可能是他们没想到一个逃走了的通缉犯还会返回广州吧……再加上舱里光线暗，我一直又在昏迷中，那些日本士兵一时没能将我认出来……”

黎悟本盯着阿豪的脸看了好几秒后，从边上的箱子里取出一面镜子递给他。“看看和通缉令上的你像不像？”

乍看到镜子里的自己，阿豪不由一愣。胡子拉碴、眼窝深陷、颧骨高耸，再加上没有一点血色的皮肤和花白的双鬓——镜子里的这张脸比他意识中的自己老了许多，的确和通缉令上的照片不怎么像了。

“伍子胥过昭关吗？”阿豪摸着鬓角的白发，对镜子里的自己苦笑。想想也是，这连日来，莫说剃须、刮脸，他连个囫囵觉都没睡过；加之心神一直高度紧张，体能和脑力消耗巨大，昨晚又在冰冷的江水里泡了一整夜……这一切，如何不让人形销骨立，容貌大变？

“看来我猜得没错。”黎悟本道，“你现在的样子和通缉令上相比有了不小的差异……”他也有几日之内容颜大变的经历，因而有此猜测。

“黎老先生的意思是……”

“你可以和我们一起登岸，用我家老二的身份……”黎悟本说，“其实，我看到你的第一眼，就有种熟悉感。后来仔细想了想，才明白这种感觉因何而起——你的样貌和我那死去的二儿子有些相似。当然，是指你现在的样子。此刻想来，我之前对那些日本士兵说你是我家老二，也是受了这种心理的影响吧。”

黎悟本看着阿豪，神情复杂。后者穿着他家老二的那套西服，加上两人酷似的外貌，恍惚间，让老人以为三年前死去的二儿子又活了过来。

“不，”阿豪摇头，“虽然我现在的相貌的确和通缉令上的照片有了不同，但仍然瞒不过心细之人。黎老先生的救命之恩段某尚未报答，怎能再让您一家为我冒险？”

“你不会是担心我登岸之后，向日本人出卖你吧？”老人家睿智一笑，“那可是三万日元……”

阿豪一愣。要说他心里没有一点这方面的隐忧也不尽然。对方救人时并不清楚他的身份，但现在既然知道了他是被日本宪兵司令部通缉的要犯，先不说那令人眼红的高额赏金，即便是为自己一家的安全考量，黎悟本也不乏向日本人出卖他的动机和理由。

阿豪深知，人心是复杂的，往往经不起现实的考验，尤其是在面对巨大的利益诱惑或事关自身安全的时刻。这也是他明知以自己现在的身体状况，跳船后很可能游不到岸边就溺死在江里，但仍然做出这个决定的原因之一。他不希望这名善良的老人，刚救了自己，便要面对一次残忍的人性拷问。当然，这些话不能宣之于口，他只好尴尬地笑了笑，否认道：“黎老先生想哪里去了？我……”

“你即便有这样的顾虑也是人之常情。”黎悟本摆手打断阿豪的解释，看了一眼舱外，“到南石头码头还有些时间，听完我们黎家的事后，你再做决定也不迟。”

阿豪迟疑着点了点头。

“我黎家世代生活在广州，以水产为业，家境倒也殷实……”黎悟本缓缓开口，“老夫辛苦大半辈，见两个儿子耀坤、耀庭都大了，本以为可以歇歇了，在家含饴弄孙颐养天年，谁知日本人来了……”说到这里，老人眼角隐隐泛起泪花，沉默半晌后才再度开口……

原来，在1938年日军攻打广州的前夕，黎家和城里的很多富人一样，有了举家迁移、外出避祸的打算。不过，当时正赶上黎耀庭的媳妇怀上二胎即将临盆，加之广州城军民抗战热情空前高涨——驻守广州的国民党第四战区司令余汉谋、广东省政府主席吴铁城和广州市市长曾养甫等军政大员，轮番组织了声势浩大的游行示威和捐款活动，组建了一支支英模队、自卫队、敢死队等抗日武装，宣誓要“誓死保卫广州”“与广州共存亡”——这种气氛，也让家主黎悟本离开广州的紧迫感不再那么强烈，因而决定等老二媳妇生下孩子，再举家迁往香港。

不料，黎家人这一等，先等到的却不是家里添丁进口的喜讯，而是一个灾难性的消息——10 月 20 日，日军从惠州大亚湾登陆！

不过，这个噩耗纵然令黎家人焦躁不安，但黎悟本并不认为形势危急到了要置二儿媳母子的安危不顾，立刻带着全家离开广州的地步。在他看来，惠州到广州，还有两百来公里的距离，而驻守广州地区的近十万国军，已备战了一年多的时间，即便最终挡不住日军的进攻，坚守一两个月还是没问题的。这会让他有足够的时间等二儿媳产下孩子，再带着一家人逃离战火。

可常言道：福无双至，祸不单行——据市立医院的妇产医生诊断，老二媳妇怀的孩子胎位不正，需要纠正后才能顺利分娩，否则母子都有危险。而这一纠正便是一周的时间。

这期间，随着国军节节败退的消息传来，出逃的居民越来越多；政府和军方在城里的各个机构也开始撤离。急剧蔓延、攀升的恐慌气氛，一天一天摧毁着广州城的秩序。城中治安大乱，流氓团伙、地痞宵小开始趁火打劫——杀人抢劫、奸淫掳掠之类的恶性案件层出不穷，并有愈演愈烈之势。

好在 10 月 20 日这天，黎家的二儿媳妇终于产下了孩子，母子平安。至此黎家上下才齐齐松了口气。但接下来，他们马上又面临一个严峻的现实——如何前往香港？

日军登陆大亚湾后便封锁了广州通往香港的水、陆交通。这种情况下，想要前往香港只有一个办法——走小路、山路，涉水翻山，一路步行。对于健康的人来说，这虽然是一次艰难的长途跋涉，但只要途中不遇上山匪，花上二三十天的时间，就能到达香港的新界地区。可对于当时的黎家人来说，这种办法却不行——二儿媳妇刚生完孩子，体虚气弱，根本无法支撑这样的长途跋涉；更不消说还要带上一名刚出生的婴儿。

无奈之下，黎家人只好暂时放弃前往香港的计划，打算等二儿媳稍稍恢复些气力，全家再谋出路。然而，让黎悟本万万没料到的是，就在他做出这个决定的第二天，即10月21日，一支三千人的日军部队便攻占了广州城！事实上，说是攻占并不确切——日军在广州城内外根本没遇上一次像样的抵抗。也就是说，是国军主动弃守了这座“华夏名都”。

那一天，当黎悟本透过家中窗户，看见一队队荷枪实弹的日本士兵从大街上跑过时，心中一片冰凉，进而感到阵阵悲哀！日军从在两百公里外的惠州登陆，到进入广州城，仅仅用了九天时间。一张张“誓死保卫广州”“誓与广州共存亡”的标语，还贴在大街小巷的墙壁上，而当初喊出这热血口号的八万国军在哪里？那一支支英勇的抗日“模范队”“自卫队”“敢死队”又在哪里？他黎悟本为抗日捐出的近三分之一的家产，又去了哪里？

灾难，是在日军进城后的第三天降临黎家的。其实，这几天，黎家上下已经十分谨慎、小心了——全家人尽量闭门不出，白天不生火、夜里不点灯。生怕引来那些在大街上横冲直撞、野蛮凶残的日本士兵。南京大屠杀的恐怖传闻，岂止让小儿夜不敢哭、妇人日不露脸，男人们同样心惊胆颤，不敢直视这些传闻中的恶魔！

然而，就在这天傍晚，黎家的大门仍被几名日本士兵撞开了……

接下来发生的一幕幕，即便已事隔三年，黎悟本讲述的时候仍然止不住老泪纵横，泣不成声：“这些畜生……当着耀庭、我和我老伴，强奸耀庭的媳妇，还逼着我们看……直到老二媳妇咽气……耀庭想阻止，也被这帮畜生杀了……走之前，他们……他们还将我那没满月的孙子活活摔死……”

“别说了，黎老先生……”阿豪颤声打断，眼里似要喷火。日军对中国百姓施加的种种暴行，他见过的、听说过的也不少了，但像黎家这样的历经，那些日本士兵如此灭绝人性、令人发指的邪恶行径，他还是头次听闻。

“幸亏那段时间，小禾住在老大家，没看到这一幕，不然……”黎悟本看向正在船甲板上玩耍的小禾，眼里有着浓浓的愧疚和悲悯之色。

“后来呢，黎老先生一家怎么到了香港？”阿豪转移话题，他不想老人继续陷在那过于惨痛的往事中。

“后来……”黎悟本从孙女身上收回视线，抹掉脸颊上的泪水，继续讲述：“广州沦陷后，大概半年时间吧，日本人站稳了脚跟后，重新开通了前往香港的铁路线。多亏了悟成，这个在我眼里‘不务正业’的弟弟，他认识‘维持会’某个大人物，花了一大笔钱后，帮我们搞到了去香港的特别通行证，全家也就过去了……”说到这里，老人又是一叹，一脸悲哀，“但最终呢？逃来躲去，还是要回到广州，还要在日本人的刺刀下过活……可这又有什么办法？我们这些普通百姓，唯一能做的就是这样苟活着。”

“黎老先生这次带全家人回来，是认为香港没有一点希望了吗？”

“没希望的……”黎悟恩摇摇头，“中国这么大地方，几百万的军队都挡不住日本人，香港一个弹丸之地，英国守军加上‘义勇军’也不过一万多人，怎么抵挡？这也是我着急离开，举家迁回广州的原因……刚打完仗的日本兵，个个都是禽兽，烧杀抢掠，无恶不作……我真是怕了那帮畜生。三年前那场噩梦，我们黎家再也历经不起了……”

事实正如黎悟本所料——仅仅十八天后，即1941年12月25日，伤亡过半的英联邦军队再也无力抵挡日军的进攻，港英当局宣布向日本投降。而新任香港总督酒井隆当天便宣布：特别放假三天，奖赏日军攻港部队！

这“奖赏”意味着什么？意味着在这三天里，日军官兵在香港可以恣意抢劫商铺、奸淫妇女、杀戮百姓！于是，成千上万的日军官兵如出笼的野兽般扑向港岛、九龙、新界的各处楼堂馆所、商铺、民宅……这三天，无论白天黑夜，香港的大街小巷上，枪声此起彼伏、横尸无数；妇女的惨叫声、男人的哀嚎声、幼童的恫哭声不绝于耳。日军穷凶极恶地抢劫，无数商铺、公司、民宅遭难；他们肆无忌惮地奸淫妇女，连医院的护士、教堂的修女也不放过；他们随意杀戮，并以此为乐，不分男女老幼，只要兴起便屠刀相向……东方明珠——香港，至此沦为地狱！

“这两年，日本人在广州的确收敛了些……”短暂沉默后，阿豪不无嘲讽地说道，“毕竟，在他们的宣扬中，广州是他们和新政府共建的一处‘王道乐土’。”

“好了孩子，”黎悟本正色道，“告诉你我黎家这些年的历经，是想让你知道，我黎悟本，我黎家老小，和日本人有血海深仇，绝不会出卖你。我老了，当年没勇气跟那些畜生拼命，忍辱偷生活下来，一是想着小禾还小，父母不在了，我这当阿公的要照顾她，抚养她长大，二是想看看这帮畜生，会有什么下场。老天长没长眼我不知道，但我活了这么大把年纪，自认为还有几分识人的眼力。孩子，你不是普通人，既然你说你要报答我的救命之恩，老头我也不矫情，你有多大本事，就杀多少日本畜生吧！那就算报答我了，也算帮小禾报了仇。”

阿豪郑重地点了点头。

“那你现在还想着跳水逃走吗？”黎悟本道。

“黎老先生的大恩，段世豪铭记在心。”说着，阿豪朝黎悟本跪下，恭恭敬敬磕了三个头。

“记得上岸后，要改口叫‘爸’。”黎悟本笑道。

阿豪点头，正色道：“但还请黎老先生记住，万一我被人认了出来，无论在什么情况下，您都要坚持说您不知道我的身份和过往。您救我上船后，因发现我失去了记忆，又和您家耀庭长相酷似，这才认了我做儿子。只有这样，你们黎家才能和我撇清关系，虽然免不了吃些苦头，但不会有大麻烦。毕竟，无论他们怎么调查，您一家的确是从香港返回广州的普通人，只不过是路上救了我而已，此前和我没有任何干系……”

南石头码头位于珠江南支流北岸，再往上游两公里就是阿豪昨晚登上“鹈鹕”号的地方——太古仓码头。

正如阿豪先前预料的那般，在前方领航的那艘日军汽艇，引着黎家的机动木船靠岸后，便径直离开，朝太古舱方向驶去。

一名码头工人，将黎家木船的缆绳系上缆桩后，已经等在边上的两名日军士兵和一名中国警察登上了船。

这名警察检查了黎悟本递过的户口簿后，大声宣告：船上的人都必须登岸，接受海关入境检疫和登记后才能进入广州。与此同时，那两名日本士兵则在船头船尾来回走动，清点船上的人数。

黎家人早有准备，听黎悟本一声招呼后，包括阿豪在内的老少八人各带行李，相携着下了船。

对这次所谓的入境检疫，黎悟本倒没怎么担心。他们一家人的身体都很健康，这些年也没人得过什么传染性疾病。唯一让老人提着心的，还是阿豪的身份。尽管户口簿上那张二儿子的照片和此刻的阿豪很神似，但正如阿豪所说，如果遇上心细多疑之辈，难免不会引起对方的怀疑。虽然按阿豪之前的那套说辞去应对，即便这种情况真的发生，他们一家应该能撇清关系，但阿豪一旦落到日本人手里会是什么下场，可想而知。这是老人绝不愿看到的。

然而，此时站在码头上的黎悟本，包括阿豪以及黎家的所有人都不会想到，他们走下船的这一刻，灾难已经降临。而这场夺命之灾，在黎家人踏上返乡之路时，便已无可避免……

粤海港检疫所建在码头西侧一座石岗上。对于这个日军占领广州后才设立的机构，阿豪以前只是听说过，今天还是第一次见到。而码头正对着的难民收容所，他虽谈不上多熟悉，但只要在广州待的年头够长的人都知道，其前身是惩教场——一座能容纳一千来名犯人的政府监狱。三年前日本人将这里改成了难民收容所，安置那些因战争而流离失所的人们。

黎家人和阿豪一行没被带去粤海港检疫所，而是在码头上的检疫站——一排显然是临时搭建的简易棚子——接受登记、检疫。

负责入境登记的是一位中方工作人员。这名坐在一张条桌后、梳着大背头的中年男子，笑容亲切地说了句“欢迎返乡！”后接过黎悟本递来的户口簿，一个个挨着点名。

第一个当然是户主黎悟本。背头男子问了些诸如姓名、年龄、哪年去的香港、在香港住什么地方、做什么营生、在广州还有什么亲属之类的问题，并将黎悟本的回答，在“返乡人员登记簿”上一一做了记录。整个过程也就三五分钟。最后，背头男子将一张带有编号、写了“黎悟本”三个字的黄纸条递过来，让他去隔壁的棚子接受身体检查。

因黎悟本已将黎家的整体情况都说过了一遍，背头男子接下来对林氏、黎耀坤一家四口的问询和记录简单、快捷了许多，很快便轮到了阿豪和小禾……

“姓名？”

“黎耀庭。”

“年龄？”背头男子看了一眼户口簿上的照片，又抬头看向阿豪。

“31。”

……

“这是你女儿吗？”背头男子用下巴点了点阿豪牵着的小禾。

“是的，六岁了。”阿豪微笑道。

“不,”小禾仰头看着阿豪，大声道，“不是……”

阿豪心中咯噔一下，余光迅速扫了一眼边上那名持枪的日本士兵，大脑高速运转，计划着身份一旦暴露，如何夺枪、如何逃跑……然而，这念头只是一闪，便熄灭了。以他现在的体力，莫说夺枪、逃跑，就是快走几步也要停下来喘上两口气。

隔壁，刚抽完血的黎悟本脸色唰地一下就白了……

之前在船上和阿豪商议之后，黎悟本便召集所有家人，告诉大家他们救的这个年轻人很可怜，失去了记忆，不知自己是谁，来自哪里。而他和对方一番交谈后，觉得这个长得很像耀庭的年轻人心性不错，决定收对方为义子。

黎家人都知道，这些年老爷子对二儿子的死一直深感愧疚，都以为他这次心血来潮之举，只是单纯源于对耀庭的思念，加之黎悟本是家主，向来在家里一言九鼎，于是也没谁反对。甚至黎家人还为此感到高兴。尤其是林氏，觉得丈夫有了这个相貌和耀庭有几分相似的义子后，心里多少有了些慰藉，不至于再像以前那样，时不时半夜从床上爬起来，对着耀庭的照片枯坐。

接着，黎悟本郑重告诫他的家人，为了避免通关时遇上不必要的麻烦，从现在起阿豪就是黎耀庭，是小禾的父亲。对此，黎家人也都表示理解和同意，大家都知道多一事不如少一事的道理，尤其是在被异族统治的家乡。最后，黎悟本又再三叮嘱孙女小禾，说以后阿豪就是她爸爸，千万别叫错了。小姑娘虽然不明白自己怎么突然间就有了一个爸爸，但三岁便没了父母的她仍然为此欢喜雀跃，小鸡啄米似的不停点头，当即兴奋地跑到阿豪跟前，喊了好几声“爸爸”。

在黎悟本眼里，自己孙女虽然才六岁，却是个乖巧懂事的小姑娘，心智也比同龄孩子成熟许多。怎么在自己反复叮嘱之后，现在却……

“小妹妹,”背头男子一怔，放下笔，笑眯眯地看着小禾，“不是什么？他不是你爸爸吗？”

“不是,”小禾对背头男子摇摇头，气鼓鼓道，“我不是六岁，还差一个月呢！”

“对不起小禾，是爸爸记性不好。”阿豪暗自松了口气，揉着小禾的脑袋说。

“下次要记得哦，爸爸！”

黎悟本听见小禾这番话，差点停跳的心脏总算恢复了正常。

针对返乡居民的入境检疫有三项检查：验血、测量体温和粪便检测。前两项检查还好，第三项却让黎悟本脸色难看了起来。检疫站里的日本医兵全是男性，如果都像他这样检查——被一名日本医兵带到棚子后的隔断间里，脱了裤子，由对方用针筒插进肛门提取粪便留样——那他黎家的女眷咋办？

一朝被蛇咬，十年怕井绳！三年前，二儿媳妇被日本兵强奸致死的那一幕，是黎悟本永远忘不掉的噩梦。如果某个检查他黎家女眷的日本医兵兽性大发……他黎家的男人还活不活了？

为此，黎悟本找了负责登记的“大背头”，想请对方帮着在日本医兵那里通融一下，允许自家的女眷自行提取粪便。对方态度虽然好，但语气坚决，说日本人做事极其认真，每项检查他们都要亲力亲为。最后，“大背头”应该猜到了黎悟本在担心什么，又小声宽慰了一句，说在新政府治理下的广州秩序良好，让他放心。

黎悟本无奈，只能在一旁提心吊胆地等待着。还好，半小时后，黎家所有女眷，包括小禾都完成了全部检查，没什么意外发生。老人提着的心总算放下。

此时的黎悟本还不知道，与之后那些数以万计、十万计从香港返乡的原广州籍居民相比，作为第一批回到广州的黎家有多么地“幸运”，至少在入境检疫这一关——

香港沦陷后，日本占领军为缓解巨量人口给他们管理这座城市带来的诸如粮食供给、治安防务、资源分配等方面的压力，迅速颁布了华人疏散方案，并成立所谓的归乡委员会，号召、利诱或威逼在港的广东籍居民返乡。

于是，大量当年从广州逃到香港的居民，开始在日军的组织和押送下乘船返乡。然而，当这些人抵达南石头码头后，才发现日本人那听起来颇为诱人的归乡政策，只不过是把他们从虎穴赶进狼窝的谎言。

确切地说，这些被日方称为难民的群体，刚一登船离港，便感觉到了死亡的阴影——那些身体看上去不太好，或仅仅因为晕船而呕吐的人，会立即被押运的日本人扔进海里或河里。理由是这些人不配享用日方为返乡难民配给的粮食。而且，这些被扔下船的人的亲属，不许哭嚎，否则，会落得同样的下场。有难民计算过，其乘坐的那条载有五百多人的“大眼鸡”机动木帆船上，至少有十几人因此丧命。这仅仅是开始。

面对汹涌而来的一船船难民，人手不足的粤港检疫所早有准备。这个名义上属于伪政府、事实上和难民收容所一样，隶属于日军南支给水部队的机构，在部队长佐藤俊二的密令下，迅速展开了一场“以检疫为名，最大限度地消灭返乡难民”的恶毒计划——

难民们在抵达南石头码头后被禁止下船，检疫工作直接在船上开展。不过，检疫所的日军医兵们上船后，并不急于用他们小推车上那些医疗器具进行各项检查，而是先目测，将船上的几百号人过上一遍。但凡老弱，或气色不好，或面黄肌瘦者，都会被他们一一指出，以这些人疑似有传染病为由，根本无须检查，直接让宪兵押往检疫所隔离。至于那些真的病重者，则会被直接扔进江里。而有幸剩下的人，不分男女，被要求全部脱光衣物，站在甲板上，接受初检。

这些日本医兵所谓初检，就是将身上有疮，有疹，有脚气病或皮肤有破溃——哪怕指甲盖大小的破皮——的难民剔除，以防止皮肤传染为由，交给宪兵押去隔离。接下来，他们才开始真正的检疫工作。

当然，其态度之粗暴可想而知——抽血还好，“取便”时，这些医兵无不是将粗大的针筒狠狠插进受检者的肛门，无数人因此而肛裂，但凡喊痛者，立刻被押去隔离。至于“隔离”意味着什么？难民们的心中大致有数——他们从没见到哪名被隔离者，还能从码头西边那栋灰色建筑里出来，倒是在夜间，不时能听见从那里传出撕心裂肺般的惨嚎声。

经过日本医兵的这几层筛查，一条船上出发时满载的五百来名难民，基本上十去其五，只剩二百来个。

然而，即便是度过了这几道鬼门关，难民们也不敢肯定自己能活着下船。因为他们还须在船上待上七八天，甚至更长的时间，等待检疫的结果。这期间，缺衣少食的他们，在寒冬腊月的日子里住在四处漏风的船上，稍不留意就会生病。而一旦有个头疼脑热，他们的下场如何不言而喻。

当然，这种朝不保夕、如同坐牢的境遇，也让船上不少青壮难民起了跳船逃走的念头。不过日本军方对这些返乡难民非常“重视”，不但在每艘船上都派士兵看守，还安排了汽艇在周边巡逻。入夜后，难民所哨塔的探照灯便会打开，将这片水域照得透亮。那些试图跳水逃走的冒险者们，不是被哨塔上的日本士兵射杀，成为一具江中浮尸，就是被日军水上巡逻队抓回，折磨致死后挂在码头的木杆上以作警示。

此刻的黎家诸人和阿豪，当然想象不到十几天后那些返乡难民们的悲惨遭遇，他们一行正被两名持枪的日本士兵押往难民收容所。前面带路的那名伪警对此的解释是：化验需要几天时间，结果出来之前他们需要在难民所等待。

难民收容所厚重的杉木大门打开着，两名日军士兵持枪把守在门边，神情严肃而冷漠，手中三八式步枪的单刃刺刀，在斜阳下闪烁着慑人寒芒。

阿豪抬头看了一眼高耸的围墙，以及墙头带刺的铁丝网，微微皱眉。他收回视线，和身边黎悟本对视，两人的眼里都有着浓浓的忧色……

第二十一章　悲惨的世界

时间：1942 年 1 月 1 日

南石头难民收容所占地近五十亩，四周厚实的围墙高达六米。在围墙的东南、东北、西南、西北四角上，各设一座哨塔。哨塔里的日军守卫居高临下，高墙内外的任何风吹草动，皆逃不过他们警惕的视线。

收容所设南北两道大门，南门临江，北门外是大片的稻田，日军在马路对面的稻田边架设了一道铁丝网对外隔绝。

收容所的中心区域——原“惩教场”关押犯人的地方——是成井字形排列的四栋二层楼房。这四栋共计有 304 间大小“号房”、一千张床位的建筑，便是难民们的安置之所。

难民收容所自三年前改建以来，收容了大量因战争流离失所的难民。而那些在广州市大小街巷上游荡的流浪汉和乞丐，一旦被日本宪兵发现也会被抓来这里。

每天的大部分时间里，难民们都被关在阴暗、潮湿的“号房”里，只在上午 10 点到 11 点、下午 5 到 6 点的这两个时段，被允许离开“号房”，在守卫们的监视下，到四栋监楼围出的空场上“自由活动”。

妇人们大多借此机会到水井边上洗洗涮涮、晾晒衣物，而男人们则更愿意相互走动、交流。不过，男人们的这种社交活动，必须保持良好秩序——不能大声喧哗，不能太多人聚在一起——否则，他们将被视为破坏了难民所的管理规定，轻者会被伪警呵斥、驱赶，重者将遭到日本兵的殴打和折磨。因而，难民们这所谓的“自由活动”跟监狱里的犯人放风性质无二。

1912 年 1 月 1 日，民国政府在南京成立后，临时大总统孙中山发布通告——“中华民国”改用阳历，以“黄帝纪元4609年11月13日”为“中华民国”元旦。自此，中国人又多了一个节日。

不过，1942年元旦这天，南石头难民收容所里没有一点节庆的气氛，相反，因这段时间不停地有难民死去，这里被大片的“愁云惨雾”笼罩，哭号声不绝于耳。

傍晚时分，监楼前的空场上，如往日一般密密麻麻挤满了放风的难民。在这些面容愁苦、缺乏生气的人群中，阿豪牵着小禾的手，站在通往难民生活区外的那道铁栅栏门前。

“爸爸，”小姑娘看着铁栅栏后的门洞，弱弱地问，“大爸、哥哥他们今天能回来吗？”

自从一周前，黎耀坤和他的两个儿子——东仔、华仔，被日本人带去做工后，小禾每天放风的时候都要在这里等他们回来。

“小禾，大爸他们会回来的……”阿豪半蹲下身子，将可怜的小禾紧紧揽在怀里，“不要怕，爸爸会一直陪着你。”短短十来天的时间，小姑娘已经失去了太多的亲人，他不忍说出自己那不祥的预感，虽然他觉得敏感的小禾已意识到了什么。

进入这里的人很快都会明白一件事——所谓的“难民收容所”，实际上就是一所守备森严的监狱，进来的人要想离开，除了像黎耀坤父子那样被日本人选中出去做工，再没有别的途径。而且，更让难民们恐惧的是，这里每天都在死人，越来越多的死人……

22天前，阿豪和黎悟本一家进入难民所时，这里都是些在难民所待了几个月甚至一年以上的老难民，人数不到三百。因而，在黎悟本贿赂了那名负责安排住处的曾警官后，黎家人轻易地获得了一间有十张床位的号房单独居住。即便在接下来的几天里，不断有返乡者被送进这里，但这些和黎悟本一家一样，不等战争结束便自行从香港返乡的原广州籍居民，人数并不多，大概三四百人，还不至于让这座有一千张床位的监狱过于拥挤。

然而，三天前，也就是12月29日那天，第一批由日本军政府组织返乡的三千多难民到来后，这里的居住情况便恶劣起来——每间号房都被塞进超出其床位近一倍的人。这些后来的难民们，晚上只能挨挤着睡在地上。不过，与让人窒息的拥挤相比，更让难民们难以忍受的是饥饿。

难民收容所的实际管理者——日本军方，给这里每人每天的粮食定量是“糙米三两”。这让每天只能在早上和傍晚喝到一小碗稀粥的难民们，无时无刻不处于饥饿之中。

这也是为什么，当日本人来这里招募难民做工时，有那么多人踊跃争取的原因——这些日本人宣称，为他们工作的人，不但自己可以吃饱，如果表现好，还会在结束一段时期的劳作后，发放一定数量的口粮以资奖励。对于这些饿得前胸贴后背的难民们来说，日本人开出的招募条件极具诱惑。然而，对方一次招募的劳工人数有限，最后只有50名身体健康的“幸运儿”被他们选中带走。

黎悟本一家这次返乡虽说走得匆忙，但带上船的粮食也有百来斤，够全家吃上十天半个月的了。但让黎家人没想到的是，在码头接受完检疫后，他们被港口的管理人员告知：难民收容所里不允许私自生火做饭，只能携带随身行李和干粮进入。因此，在住进难民所的第二天，吃完了携带的干粮后，黎家的人也面临和这里其他难民一样的窘境——每人每天三两糙米。

这怎么行？！大人还好说，少吃些也能扛几天，但小禾还小，东仔今年刚满十七，正是长身体的时候，没两天这两个小辈便饿得双眼发绿。

而除了饥饿之外，更让黎悟本感到恐慌的是，这里的看守对待他们的态度和囚徒无异，粗暴而冷酷。这让老人怀疑日本人和伪政府将自己一家安置在这里另有居心，并非是对方宣称的那样只是在这里暂住，等待检疫通过后便可以离开。

于是黎悟本坐不住了，趁一次放风的机会，暗中找那名曾警官，提出两个请求：一是请其帮忙在外边购买食物；二是求对方去一趟南华路黎记水产行，给黎悟成黎老板传个口信。曾警官在收下不菲的酬金后，把这两件事都愉快地答应了下来。

黎悟本相信，他二弟一旦得知消息，肯定会想办法将自己一家从这里接走。然而，老人并没等到他二弟的消息，他在进入难民所的第四天就病倒了——高烧、腹泻。紧接着，照顾黎悟本的林氏也病了，她的病情和丈夫一样。又过了两天，持续的高烧和猛烈的腹泻夺走了这两位老人的生命。

黎悟本和林氏生病期间，难民所的日本军医来看过，怀疑黎悟本夫妇染上了伤寒，有传染性。这名日本军医显然没打算救治病人，他开出的唯一药方便是“将黎家所有人就地隔离十日，进行观察。”

两位老人是在夜里先后咽气的。天亮后，他们的尸体被四名苦工用两张担架抬走了。安葬地点，是难民所西侧的化骨池——所有在难民所死去的人，尸体都会被扔进那两个长十五米、宽八米、深四米的硫酸池子里化掉。

尸骨无存？听到这个噩耗，眼泪本已哭干的黎家人再次号啕大哭了一场。

黎家的灾难并没就此结束，两位老人的尸体被抬走的第二天，耀坤的老婆又病了。她的病症和黎悟本夫妇相同：高烧不退，上吐下泻。四天后，病魔带走了这个质朴善良的黎家女人。

阿豪隐约觉得黎家这场灾难来得诡异。林氏和耀坤老婆的病，可以解释为被黎悟本传染，但老人又是如何感染伤寒的？黎悟本年纪虽大，身体却相当硬朗，而且在日常生活中对饮食卫生、御寒保暖这些细节都甚是注重。尤其是进入难民所后，阿豪不止一次听见他叮嘱小禾、东仔两个孙辈：不要喝生水、不要乱吃东西、饭前便后一定要洗手……

这样一个饮食节制、生活规律、注重卫生的人，刚来时身体还好好的，这才几天就得了传染病？而且据那名姓曾的伪警说，难民所里除了黎家人，再没有别的伤寒患者。这也就排除了黎悟本因接触其他伤寒病患者而染病的可能。可这几天黎悟本生活起居都和他在一起，老人吃的、喝的、用的和黎家其他人一般无二，怎么会感染上这种疾病？

思来想去，阿豪找不到问题的答案，只能将这份疑惑埋在心底。此时的他哪里会想到，黎悟本染病，只不过是日本人一个惊天阴谋的开端。

令人庆幸的是，黎耀坤老婆去世后，直到十天隔离期结束，阿豪和黎耀坤父子三人，以及大家最担心的小禾都没患病。而且，在这期间，由于那名收了黎家重贿的曾警官对他们的“关照”，包括阿豪在内的黎家人身体并没有垮掉。这名在难民所小有权力的伪警，不但专门安排了一名苦工为他们干些送饭、打水，清理便桶等方面的杂活儿，每天还偷偷从门洞里塞进一些馒头、面饼、饭团之类的熟食。

当然，得到对方这份“关照”的代价也是惊人的——黎家人离开香港时携带的，加起来价值超过三千日元的港币、洋银，金银细软等财物因此消耗殆尽。而比之这些钱财损失更让黎家幸存者们绝望的是，这名曾警官告诉他们，黎记水产行早已换了主人，他没有打听到关于原东家黎悟成的任何消息。

结束漫长而令人恐惧的隔离生活，对黎家幸存的四人以及阿豪来说无疑是件幸事。然而，难民收容所所长的场守喜，看到这一家五口出现在放风的人群中时，脸色却有些难看——伤寒菌的效果，并没有他预想的那么好，这一家八口，竟然有一半以上没有被传染。

在日军攻打香港的第一天——12 月 8 日——的晚上，的场守喜单独受到了部队长佐藤军医大佐的召见。在发誓“一辈子不对任何人说出接下来将听到的话”后，这位军医大佐向他下达了一条口头密令：利用细菌武器，尽可能消灭即将从香港返回广州的难民……

当时，的场守喜简直被自己将要执行的任务惊呆了，好半天才回过神来。这两年在难民收容所，除去被秘密送往检疫所的那些难民，的场守喜以各种借口处死的难民不下百人，可要他一个人，杀掉近二十万中国人，还要做到不引起中国政府注意和社会的怀疑，这是他一个小小伍长能做到的，能承担得起的任务吗？但军方高层的意志不可违逆，部队长的命令更是无法拒绝，的场守喜只得硬着头皮接受了这项“绝密”级别的任务。

时间紧迫、任务重大！的场守喜在拿到佐藤早就给他准备好的伤寒、副伤寒菌种后，立刻赶回难民所，思谋如何独立而隐秘地完成这个“难民消除计划”。

在冬季，难民收容所爆发一场持久而大规模的传染性疾病，进而导致难民大量死去——的场守喜承认，佐藤的这个计划的确巧妙，既能大规模消灭这些香港难民，又可以掩人耳目。但让他伤脑筋的是，如何让伤寒在难民中爆发并迅速传染、扩散？要知道难民所名义上是属于“中华民国广东省政府”的机构，虽然省政府只是象征性地派了几名警察和工作人员参与这里的日常管理工作，而且这些人都要听命于他这个所长，但他投放细菌的行为，绝不能引起这些中方人员的怀疑。

的场守喜在应征入伍之前，是日本朝鲜总督府统计组的一名文职人员。长期和各类数据打交道的他，工作作风自然比常人更加严谨、细致，习惯用数据和图表分析、判断事物。于是，为了找到一种隐秘而经济——最小的投放量，最高的感染率——的细菌投放方式，的场守喜决定，先对伤寒菌在难民所这种环境下的传染率和死亡率做一次测试，而他选择的测试对象，正是黎悟本一家。

的场守喜之所以选择刚到难民所的黎家人，而不是之前的难民来进行他的首次细菌测试，原因简单，目的也很明确：黎悟本一家是从香港返乡的第一批人员，如果伤寒菌由他们携带入境，那么日本军方对随后到来的大量难民实施强制隔离、检疫的做法，就有了充分的借口。

当然，即便没有这个借口，强制隔离这些难民的计划，也将得到强有力地执行。对日本宪兵司令部下达的各种命令或颁布的政策，伪广东省政府历来只能表示同意，并协助、配合，鲜有质疑之声，更别提反对了。

至于如何神不知鬼不觉地让黎家人感染病菌，对这位难民所所长来说并非什么难事。的场守喜在黎悟本一家到达难民所的当天，以了解黎家家庭情况为由，单独将家主黎悟本请到了自己办公室，然后以上位者的友善姿态，亲手将一杯微温的白开水递到黎悟本的面前……

从那天起，黎悟本一家人就成了一张秘密统计表上的数据和符号。黎家结束十天的隔离后，在这张由时间、房号、个体编号、受体、感染体、死亡体等参数组成的测试表格上，黎悟本对应的是一个表示“直接受菌体”的红色的“X”，林氏、耀庭媳妇对应的符号是一个黑色的“X”，而黎家幸存下来的五人则用黑色的“O”标记。

不到百分之三十的传染率和死亡率，让的场守喜对这次测试相当失望。不过他也知道，伤寒菌是以食物、水、病体粪便、接触为传播途径，经口感染的病菌，只要注意饮食卫生，在和病体直接或间接的接触时保持警惕，就可以最大限度地避免被传染上。因而，要想提高杀人效率，他必须让更多的人成为直接受菌体。

最先，的场守喜想出的办法是偷偷在难民所的两口水井中投下伤寒菌。这样一来，只要喝了井水的人都会被病菌感染。而在难民所患病的难民，是不可能得到任何医疗救治的，也就是说，感染即意味着死亡。

刚开始，的场守喜“水井投毒”这一招的确管用。一场疫病在难民间爆发：第一波染上伤寒的是七八名儿童，之后则是照顾这些孩子们的亲属……不过，在四十多名伤寒病病人死去后，这场疫病得到了遏制。

这一是因为，难民们都知道一个生活常识——喝生水容易生病，直接饮用井水的人很少。这也是为什么第一批感染者都是儿童的原因——这个年纪的孩子，很容易忘记大人的叮嘱。二是，难民中不乏心思细腻和懂医之人。有心打听之下，这些人都将这场突如其来的疫病的源头，指向了两口水井，并将这个推断迅速在难民中传开。这样一来，再没人敢喝那里的井水。

与此同时，一个令人惊悚的猜测在难民间传开——日本人在井里投了“脏东西”，要将他们全部害死。至此，别说喝井水、生水，难民们如果发现难民所提供的饭食、汤水是冷的，都拒绝食用。他们集体向中方管理者抗议，要求喝开水、吃热饭。

的场守喜见自己的伎俩被难民们识破，心中自然恼怒。但难民所毕竟不是监狱，难民也不是反日分子。日方可以用“维护广州市良好的治安、防止疫病传播”之类的借口，将这些从香港返乡的难民强制圈禁，却不能毫无底线地虐待、明目张胆地屠杀他们。加之刚刚因伤寒死了不少人，在伪政府的人看来，难民们提出的要求合情合理，如果他此时强行弹压，强迫难民们喝凉水、吃冷饭，难免会引起伪政府一方的怀疑，进而坐实在难民间流传的“谣言”。

迫于这种形势，的场守喜不得不满足难民们的最低要求，给他们提供开水、热饭。不过，难民们要是以为他们从此远离了疫病的威胁，就大错特错了。

黎耀坤父子三人，是在这场由井水引发的疫病之前离开难民所的。黎家仅剩的这三个男子，都有一身好筋骨，加之正值青壮之年，很容易便被来招募工人的日本人挑中。

隔离结束后，黎家人身上已没什么值钱的东西了。当曾警官发现在他们身上再也榨不出什么油水之后，态度立刻变了，以往脸上的温和与同情之色荡然无存，取而代之的是一副厌恶而冷漠的表情。这让黎家人心中最后一丝希望随之破灭——不能再寄希望对方帮他们找到二叔黎悟成，传递他们被关在这里的消息了。

来招工的日本人的话，没人敢真的相信，但正如黎耀坤所说，困在这里迟早饿死、病死，不如趁现在身体还没垮掉，搏一搏！当然，他要和两个儿子搏的不是日本人说话算话，而是觉得跟日本人出去以后，无论对方看守得多严密，逃走的机会肯定比在这座“监狱”里大。

黎耀坤相信黎悟成还在广州，也相信只要找到这位在广州颇有能量的二叔，他们一家就能有救。当然，黎家还需要留下一个人照顾小禾，这个人自然就是阿豪。

阿豪自知，尽管他如今的相貌和通缉令上的照片有了不小的差异，加之这半个多月的留发、蓄须，混杂在几千难民中的他，只要尽量避免和这里的守卫照面，倒是不怎么担心暴露。可如果他去参加招募，先不说能不能被挑上，仅是出现在那名来招工的日本人和他的翻译、随从们面前，就会面临莫大的风险。

"你们去吧，小禾我来照顾。"于是，当黎家父子决定参加招募后，阿豪对他们承诺，"只要我还活着，小禾就会好好的……"

此刻，低头看着眼角隐隐泛着泪光的小禾，阿豪又想起了一周前的情形：同样是傍晚时分，黎耀坤父子三人，一边随着招工的队伍朝铁栅栏门走去，一边回头向人群中的他和小禾挥手告别，脸上都努力挤出笑容。而小禾也像现在这样，紧紧抓着他的手，眼角的泪珠在夕阳下晶莹闪烁。小姑娘只是默默地看着她的大爸和两个哥哥离开，没有挥手道别。或许，她怕一挥手，就再也见不到她的亲人们了……

身后人群传来一阵骚动，打断了阿豪的思绪。他扭头看了一眼，拉着小禾往边上避开——两名苦工抬着一具尸体，朝铁栅栏门走来。一名伪警挥舞着手里的警棍，在前面吆喝着开道。

其实，用不着这家伙"让开、让开"地嚷嚷，密集的人群早已潮水般退开了。这些日子里哪天没有十来具尸体从这里抬出去？难民们根本不用去打听，就知道担架上抬的又是一个得了传染病的冤死鬼，不赶紧躲开才怪。

这段时间，难民们惊恐地发现，即便他们喝的是开水，吃的是热粥，但伤寒病仍在难民间肆虐。很多人因此而绝望，认为这是来自上天的诅咒，只能听天由命，活一天算一天。而另有一些人，虽然没有证据，却坚定地认为，难民间之所以再次爆发疫病，仍然是日本人搞的鬼！

阿豪属于后者。他是因早餐——一小碗稀粥——的温度变化而起的疑心，怀疑日本人在难民们的早饭里动了手脚。

他仔细回忆过，以前他们早上喝的粥都是刚熬好的，打到碗里，还腾腾冒着热气——有一次，饿慌了的东仔，心急喝粥，还被烫伤过嘴。不过，从四天前，也就是难民所第二次疫病爆发的前两天开始，苦工每天早上送来的粥只是微温，看不到热气。此外，阿豪还察觉到，每天早饭的时间也比以前晚了十来分钟。而与早饭相比较，傍晚的那顿稀粥却和之前一样，开饭时间和粥的温度没有大的变化。

阿豪也曾猜测过早上这顿粥变凉的原因，比如：苦工给各个号房送粥的顺序变了——自己所在的号房排在了后边，粥送来的时候自然没有以前热乎。又或是，厨房每天早晨煮粥的时间提前了，煮好后搁的时间长了，粥自然要凉……

于是，带着心中的疑问，阿豪在一次放饭的时候，不动声色地和那名送饭的苦工闲聊了两句。这名苦工告诉他，厨房做早饭的时间没有变，给各“号房”送粥的顺序也和从前一样。早上的粥之所以没以前热乎，是因为进出这里的那道铁栅栏门，比以前开得晚了些。

至此，阿豪大致能确定，问题就出在早上的粥里。纵然他没学过什么细菌学，也不懂西医，但开水能杀菌的道理，老百姓谁不知道？联想到之前日本人在井水里投毒的传言，那么，日本人故意将粥放凉，再往里加入病菌的阴险手段，也就不那么难以想象了。

“黎老先生的病，是因为那杯水吧……”阿豪暗自揣测。他想起刚来这里的那天晚上，黎悟本被日本人单独叫去问话的事。据老人回来后讲，那个日本所长很不正常，一脸假笑，还不停地请他喝水……

“这些畜生到底想干什么？让这里所有的人都感染上疾病吗？”细想之下，阿豪心中悚然。眼下难民所里至少有四千多返乡者，每天十几人、二十几人的因伤寒而死，这里四千多人很快会死光。而且，他还发现，这次疫病爆发后，死于伤寒的难民每天都在递增，从刚开始的每天五六人，到十数人，再到二十几人，死亡人数成倍增长。

然而，即便他猜到日本人的险恶用心、洞悉了对方的阴险手段又能怎样呢？他敢向伪政府的工作人员告发吗？不敢！别说他的身份很可能因此暴露，即便他只是这里的一名普通难民也不会那样做。阿豪从不觉得自己比别人聪明多少，他能揣摩出来的事，这四千难民中就没有其他人想到吗？那些天天在这里上班的伪政府工作人员不会起疑吗？

阿豪也当过伪警，太知道这些所谓的“政府工作人员”在日本人面前是怎样的一副德性。他敢断定，即便难民所的那些中方管理人员没有参与日本人的阴谋，但有人向他们告发，说出这场疫病爆发的原因是有人在难民的食物上动了手脚，那么，这名告发者非但等不到“正义”到来，反而会被他们交给那名日本所长处置。其结果可想而知。

因此，阿豪在分析出日本人的阴险手段后，并没有告诉任何人，哪怕是同在一个号房的难民——每被人多一分关注，他身份暴露的风险就大上一分。他唯一能做的，就是从那天起，他和小禾不再食用早上那碗粥。

不过，为了避免引起幕后黑手的怀疑，每天早上苦工送粥来的时候，他也会将自己和小禾的碗递给对方，盛上一勺子。他们不吃，自然有别的难民抢着吃。对于同号房难民“你们不饿？怎么不吃？”这样的疑问，阿豪就用一句“粥凉、吃了怕拉肚子”来解释，甚至是暗示这些人早上的粥有问题。然而，阿豪悲哀地发现，不是没有人听懂自己的暗示，而是这些人明知道喝下这碗粥后，自己可能就是下一个伤寒病患者，但仍然将粥倒进嘴里。

对此，阿豪只能默然以对。饥饿的力量太可怕！而且，尽管难民所里每天都有人死去，每天都会出现新的伤寒病患者，但感染者的数量在“四千”人中占的比例还算小。这个现象表明，喝粥之后，并非人人都会染病。因此，难民们宁愿去赌自己是大多数的幸运者之一，也不愿被饿死。

至于阿豪和小禾，之所以只喝傍晚的那一碗粥就能扛一整天，是因为他们还有干粮可以充饥。这些干粮，是黎家人省下来的。他们以惊人的价格一次次从那名曾姓伪警手中买来这些馒头、面饼、菜团后，食用时非常节制。那时候黎家的人已经预料到，他们的苦难日子会很长。

这些省下来的干粮，黎耀坤三人离开前全部留给了阿豪和小禾。所谓“全部”，也不过是三个杂面馒头、两张巴掌大小的油炸面饼以及四个核桃大小的菜团子。而就在昨天半夜，阿豪偷偷将最后小半张油饼喂进小禾嘴里后，他们再也没有余粮。

阿豪从来不是一个坐以待毙的人。自从进入这座难民收容所，他无时无刻不在观察这里的监控设施、建筑结构、守备人员数量以及他们巡逻、换岗的周期和时段等等情况，为越狱作准备。

立雪在召唤他！

“鹈鹕”号艉楼天台上那道娇弱而凄凉的身影，不分白天黑夜地出现在他的脑海。他迫不及待地想要朝那道身影奔去！

然而，摆在阿豪面前的一个严峻的事实是，这里的守卫极其森严。在与外界隔绝，得不到任何帮助的情况下，想要避开四座瞭望塔上24小时值守的日军哨兵，通过生活区那道有士兵日夜把守的铁栅栏门，翻越收容所六米高、设置了电网的围墙逃离这里，难如登天！况且，他还要带着一个六岁的女孩。

不过，绝望中孕育着一丝希望。经过一段时间的暗中观察，阿豪隐约察觉表面上死气沉沉的难民所里，有一股暗流在涌动。而且，随着第二次疫病的爆发，病菌以令人恐惧的速度在难民间蔓延、肆虐，这股暗流越加汹涌，随时可能掀起惊涛骇浪，冲破堤坝！

于是阿豪机警而耐心地等待着……

见两名苦工抬着尸体朝铁栅栏门走来，阿豪拉着小禾的手退到一边。铁栅栏门哗啦啦地打开，他下意识转头看了一眼，原以为守卫开门是要放抬尸体的苦工出去，不料却看见那位曾警官从铁栅栏门外小跑着进来，紧接着，这家伙将手里的警哨塞进嘴里，卖力地朝空场上的人群吹了起来。

尖利的警哨声刚一响起，放风的难民们已全部动作起来——坐在地上休息的慌忙站起、闲聊交谈的赶紧闭了嘴、溜达散步的停下了脚步、水井边洗洗涮涮的妇人们也都放下了手中的活计，连那些玩耍中的孩童们也纷纷被自家的大人抓回到了身边……所有人都紧张地望向铁栅栏门方向，各自不安地揣测着又是什么样的祸事即将落在头上？

黑压压的一大片人群，霎时鸦雀无声。

铁栅栏门处，曾警官闪身让过一边，身着日军伍长制服的的场守喜满脸戾气地走了进来。他身后还跟着两名挎枪的日本士兵，和一名身材干瘦的中国男子。

阿豪看见这名三十来岁的干瘦男子时，瞳孔不由微微一缩。他虽然不知道对方的名字，但一眼便认出这人是“老郭”那伙人中的一个……

老郭其实并不老。阿豪相信，如果这名身材瘦高、后背微微有些佝偻的男子，将他蓬乱的头发和杂草般的胡须清理一下，至少会年轻十岁，是名不到四十岁的中年男人。

老郭是难民所的老难民，也是老难民中第一个和黎家人接触的人。阿豪记得，在他们住进难民所的第二天上午，就是这家伙在放风的时候主动和黎悟本搭讪。黎悟本也想了解这里的情况，于是和对方聊了好一阵子。当然，抱着尽量少跟人接触的心思的阿豪不会去凑这种热闹——他当时远离人群，和小禾蹲在少人走动的空场一角，陪小姑娘用树枝在地上画小鸟。

之后阿豪对老郭的观察，同样以这种隐秘的方式进行。他之所以对此人感兴趣，是因为发现了对方放风时一些有意思的规律：

老郭不喜欢和其他难民扎堆说话，每次放风时，他都是一个人在空场上散步。不过在老郭这看似漫无目的地闲逛过程中，总会在三个固定的地方遇上三个固定的人——在东楼的楼梯口他会遇上一个喜欢看书的眼镜男子；在南楼前的水井边，他会和一名帮妇人打水的矮个汉子招呼；在空场北边的土台子下，他会在一名干瘦男子身边停下来休息。遇上这三人时，老郭都会和他们单独聊上几句，然后再继续自己的散步。

如果仅仅是这样，阿豪也不会对老郭心生疑窦——谁没有几个熟识、要好的朋友？尤其老郭这样在难民所待了不知多久的老难民。而让他怀疑对方不是一个普通难民的原因是，这三人每次和他聊完之后，便会很快离开原地，加入一个个聚在一起的难民小团体中，和那些人交流些什么。而且，随着这三人的加入，这些小团体的谈话气氛会骤然神秘起来。

这样的情形出现一次、两次还可以用巧合来解释，但每次放风老郭和他的三名同伴都是如此行事，就不得不让阿豪有所揣测了。“接头、串联、交流、组织……”阿豪只能用这几个词来定义老郭几人的这些举动。那么老郭将难民们暗中组织起来的目的是什么呢？这并不难猜——越狱！

死于疫病的难民一天多过一天，无休无止！在这样的恐怖气氛下，难民中既有抱着“多活一天是一天”心思的苟活者，应该也不乏“与其坐以待毙，不如生死一搏”的冒险者。

通过一段时间的观察，阿豪发现每次放风时，虽然和老郭的三名同伴——眼镜男子、矮壮汉子以及干瘦男子——直接接触的难民们只有十几人，但这些青壮男人们不可能都是单身，相反，从香港返乡的这些难民大多是家庭为单位。因而，即便只是这些人参与逃跑计划，等到行动开始时，老郭要带走的人数至少有几十人。这么多人一起越狱，即便是在深夜，也绝无可能逃过守卫的监视。除非他们掌握了一条通往难民所外的密道。

然而，密道存在的可能性微乎其微。如果有，老郭等人早就离开了，留下来等着被感染上伤寒吗？就算他们属于某个组织，因有使命在身不得不在明知有密道离开的情况下还要留下来，但如今难民所人满为患，再隐秘的地道入口也会被人发现吧。而一旦发现能逃出这里的密道，饿得前胸贴后背、随时可能被伤寒夺取性命的难民还不争先恐后地逃走，哪能守得住秘密？

阿豪无数次站在老郭等人的角度分析他们的越狱计划后，得出的唯一结论是：要想带领十几甚是上百人从这里逃跑，只能暴动，发起一场大规模的难民暴动！

难民所的伪警和日军守卫加起来不超过三十人，而难民却有四千之众。不需要全部难民参加，老郭等人只要能鼓动其间的两三百青壮，找准时机一起动手，并非没有成功的可能。阿豪可以想象，一旦这些率先行动的难民，能冲开难民生活区出口处的那道铁栅栏门，其余那些看到希望的难民会像潮水般汹涌而出。

当然，这场暴动注定会有很多人死在日本人的枪下，最后有多少难民能幸运逃走也不得而知。

“他们打算今天动手？”阿豪盯着被两名日本士兵押着的干瘦男子，大脑高速运转。

“元旦”可不仅仅是中国人的节日，也是大和民族一年中最重要的节日——新年。

阿豪虽然不知道日本士兵怎么过这个节，但大吃大喝一顿是肯定的。以他这两年在伪政府当差的经历，但凡遇上日本人的重大节日，如国庆、天皇诞辰、元旦等，广州街头就会出现大量酒后滋事的日本士兵。这些家伙醉酒之后更无人性——恣意殴打路人、抢夺财物，甚至当街羞辱、强暴妇女；而受害者们一旦反抗，轻者被打个半死，重者直接打杀……总之，这些兽性大发的日本士兵，会让他们的节日，成为中国人的灾难日，广州百姓在这些日子里轻易不敢出门，以避瘟神。

因此，阿豪虽然不敢确定，元旦这天难民所的日军守卫的人数会不会减少，但他相信，在节日的气氛和酒精的作用下，日军守卫的警惕性和行动能力多少会有所降低。如果老郭等人选择今天发起暴动，成功的可能性的确要比平常大上几分。当然，也不排除老郭那伙人出事了——干瘦男子因有人泄密被抓，或者他就是告密者。

阿豪收回视线，快速在人群中寻找老郭、眼镜男子和那名矮壮汉子的身影，想看看这几人的反应。然而，身边密密麻麻的难民遮挡住了他的视线。这种情况下没人敢随意走动，连抬尸体的两名苦工也放下了手中的担架，站在原地。

的场守喜大踏步穿过人群闪避开的通道，走向空场北边那座正对铁栅栏门的土台。两名日本士兵押着干瘦男子紧跟其后，他们背着的三八式步枪的枪刺，在夕阳下闪烁着慑人的寒芒，难民们无不为之心悸，连呼吸声都小了许多。曾警官落在最后，阿豪这时才注意到，这家伙手里还拎着一只扩音喇叭。

的场守喜登上一米多高的土台，恶魔般俯视着下方黑压压的人群。他背着手来回踱了几步后，才对台子下的曾警官招了招手。后者连忙爬上台子，将手中的喇叭递给对方，然后退到一边。

"你们的……大大地坏了！"的场守喜对着喇叭厉声吼道。他这怪腔怪调的汉语，却把人群中不少难民吓得浑身一抖。而更多人则是面面相觑，不知发生了什么。

"你们中间，有抗日分子！"的场守喜这杀气腾腾的话一出口，安静的人群顿时骚动起来。惊诧、恐惧、忧虑……人人神情不一，心思复杂，纷纷猜测着自己号房里的同伴或相识的人中谁像是这位日本所长口中的抗日分子。这可不是一般的罪名，沾上了绝无活命的可能。

与大多数在心里胡乱猜测的人不同，阿豪心中一动，想到了老郭等人。如果难民中真有抗日分子的话，他觉得没有谁比这几人更像了。

感觉到小禾抓着自己的手更紧了些，阿豪心知小姑娘应该是被这气氛吓着了，正准备安慰一下，不过当他将视线从土台上收回，扫过左前方那名苦工时，心中不由一动。

"他在紧张什么……"阿豪心中暗忖。他发现这名年轻苦工垂着的双手紧握拳头，双肩微微有些颤抖。

估计难民所的大部分难民都认识这名叫"小陈"的年轻苦工——他是难

民所四名“抬尸人”之一，每天都会在不同的号房里进进出出。

在难民所关了二十多天，阿豪对这些苦工们的来历也有所了解——他们都是附近南石头村的村民。在这些人里，少数是因为吃不上饭自愿来这里干活，大多数却是被日本兵强行抓来当苦工的。他们和难民最大的区别在于，每干完一个月可以离开难民所回家休息一天。

“安静！安静！”曾警官在台子上声嘶力竭地大喊，让人群中小小的骚动平息了下来。

的场守喜再次将喇叭凑在嘴上，厉声道：“你们，揭发抗日分子的，重重有赏！包庇的，全部同罪！”

这一次，人群没有一点动静，所有人都低着头。

的场守喜又道：“抗日分子非常地狡猾，你们可能不知道他们的身份，但只要说出这个是谁画的，同样重重有赏！”他说这话时，边上曾警官从制服兜里掏出一张纸片，举着向人群展示。

巴掌大小的纸片，别说离台子远的人，即便那些站在台子跟前的难民也看不清上面画的是什么。

这时，的场守喜将手中的喇叭交给曾警官，示意接下来的话让他来说。后者接过喇叭，高声喊道：“这是一张烟盒纸，有人偷偷在背面画了难民所的地图，还在上面标记了哨塔、守卫的位置。这是要干什么？是要搞破坏！显然，只有抗日分子、反对新政府的人才会干这种事！大家不要受这些人的蛊惑、威胁，要勇敢地站出来揭发他们。这样，不但能撇清和这些的人关系，还可以得到难民所管理方的奖励！”说着他指了指台下的干瘦男子，“他就是你们的榜样！”

两名日本士兵应声将干瘦男子推上了台子。众目睽睽之下，后者甚是局促不安。

曾警官晃了晃手中的纸片：“半小时前，他在这里捡到了这张可疑的地图，并主动将自己的发现向我们汇报。他的这种行为很好，很积极，我们决定奖赏他。奖赏什么呢？从明天起，每天他都会额外领到一个白面馒头！”

“轰”，人群炸开，议论纷纷。对于时刻处于饥饿中的人来说，还有什么奖励比食物更有诱惑力呢？金银财宝在外边是钱，但在这里算得了什么？在一枚金戒指顶多换三顿饱饭的难民所，再多的财富也支持不了多久，何况这些返乡难民本就不是什么富庶人家。而每天奖励一个白面馒头意味着什么？意味着只要不感染上那该死的伤寒，就不会担心被饿死。于是，一时之间各种表情出现在人们脸上，有羡慕的、有嫉妒的、有咽口水的，当然也有鄙视的。

台上发生的这一幕，让阿豪暂时抛开了对年轻苦工身份的猜测。

“果然，他们选择今天动手！”远远看着台上的干瘦男子，阿豪的眸光快速闪烁。虽然他不知道老郭等人的具体计划，但干瘦男子“主动向日本人告的密”，很可能是老郭一伙故意为之，否则他大可直接出卖老郭等人。

“我宣布……”土台上，的场守喜拿过曾警官手里的喇叭，恶狠狠吼道，“今天，抓不到抗日分子，找不出画这个图的人，你们统统地不准睡觉、不准吃饭！”说完将喇叭往曾警官怀里一扔，跳下台子，带着两名日本士兵朝铁栅栏门方向走去。

人群嗡嗡嗡的议论声霎时消停了下来。眼看就要到晚饭时间，饿得有气无力的他们突然被剥夺了进食的权利，个个如丧考妣，有在心里咒骂日本人阴狠、恶毒的，也有怨恨干瘦男子为一己之私害得大家饿肚子的，当然也有人将责任归罪于那名画地图的抗日分子……

的场守喜帝王般穿过仿佛在集体默哀的人群时，面色虽然阴沉心里却在冷笑。他正愁没有大肆杀戮的借口，没想到有人及时给他送上一份“新年礼物”——抗日分子？没有比这再好的杀戮借口了！

阿豪分析得没错，难民早上喝的粥，是这场已经死了近百人，并仍在持续爆发的疫病的源头。而始作俑者，正是的场守喜。

在井水投放病菌的手段因难民们拒绝喝生水而失效之后，的场守喜立刻变换了招数——改为在难民的早粥里投放伤寒菌。这样做的好处是，粥是熟的，难民们没有戒心。即便随着感染伤寒的人数暴增，会有人对难民所提供的食物产生某种程度的怀疑，但在没有证据的情况下，包括中方管理人员在内的所有人都不敢提出任何质疑——他腰间的佩刀可不是摆设。

不过，在熬好的粥里投放病菌也有两个弊端：

其一，为了避免中方工作人员的察觉，他只能在早上的粥里动手脚，晚餐那一顿只能放弃——给难民发放早餐的时间是上午7点左右，而中方工作人员的到岗时间是上午8点；因而，早上的时候，他只要支开厨房的苦工，便可神不知鬼不觉地在熬好的粥里投放病菌。

其二，因伤寒菌无法在高温下存活的特性，他只能在粥的温度降到四十二三度时投放。这是在对“隐秘”和“效力”两个因素反复权衡之后，他精心选择的温度——温度过低，粥送到难民号房时便成了凉粥，容易引人起疑；温度高于四十五度，病菌的存活率会大幅降低——不到百分之五十，达不到佐藤大佐“迅猛、大量消灭难民”的任务要求。而为了把刚熬出来的粥温度降下来，他特意命令看守难民生活区的日军守卫，将每天早上开门放苦工送粥的时间，延迟十五分钟。

但，即便是在四十二三度时投放，伤寒菌的存活率也就百分之五十左右；加之投放病菌时，他的动作必须小心而隐秘——除了中方人员和苦工，这里的日军守卫也是他防范的对象——因而投放量不能过大。这也是为什么并非每个喝了早粥的难民都会染病的原因。

过节，是件让人心情愉悦的事，尤其是元旦这样重大的节日。上午 10 点左右，南水部对官兵的节日犒赏便由总务科的车送到了难民收容所。看着一瓶瓶清酒、一箱箱牛肉罐头、一盆盆寿司……这些平常难得一尝的美味佳肴，的场守喜却高兴不起来——第二批香港返乡难民昨天下午已抵达南石头码头，这批由三艘“大眼鸡”机动木船运来的难民共计一千五百人。

尽管检疫所将这些难民拘禁在了船上，但这只是临时措施——这些船还要返回香港，继续运送难民，不能长时间停在这里。此外，以检疫为名的隔离期，最多不能超过十天，如果隔离期过长，这种违背检疫常识的举动，不但会引起中国政府的猜疑，造成不利于日军方的社会舆论，还容易让船上的难民们因恐慌、绝望而生出事端，爆发大规模的群体事件。这些显然不是日军方想要的结果。因此，十天之后，船上那些通过检疫的难民，必须进入难民所。而据检疫所的估算，这批人的数量会在 1100 人左右——这已经是检疫所尽最大努力的结果。

令的场守喜头疼的是，别说一千人，就算新增的难民人数减半——500 人，以难民所现在的拥挤程度也难以安置。按目前他消灭难民的速度——每天 20 到 30 人——十天后难民所的里人数最多能减少 300 人。这两天，如何更快、更多地消灭难民？让他绞尽脑汁。

正是在这种情形下，难民所里突然冒出了抗日分子，这如何不让的场守喜大喜！这么好的机会，这么堂皇的借口，不株连、杀戮几十上百，甚至更多的人，他这个日军伍长就白当了。

远远看着的场守喜走来，阿豪收回视线，和周围其他人一样低下了头。不用他叮嘱，乖巧的小禾早已躲在了他的身后。

“今天出现在这里的人，都有嫌疑！”的场守喜经过两名抬尸体的苦工时，突然停下了脚步，用手点了点两人，对边上一名伪警命令道，“尤其是这些可以出入这里的苦工，必须严查，防止他们被抗日分子利用，向外传递情报。你的，明白该怎么做了吗？”

“明白！”伪警敬礼道，“在没查出抗日分子之前，任何人不能离开这里。”

的场守喜满意地点了点头，又看了两名苦工一眼才继续朝铁栅栏门走去……

第二十二章　暴动

“大家听好了……每个号房选两个代表来我这里……”台子上，曾警官在喇叭里大声喊着，“辨认这张地图……找出画图的人，大家才有饭吃……还有，如果你们知道谁有异常行为，也可以向我们检举……”

随着他的喊话，人群中的议论声再起，不久便有一些难民陆陆续续从人群中走出，登上土台……

阿豪看了一眼的场守喜离开后重又关闭的铁栅栏门，又抬头看了看将晚的天色，心里隐隐捕捉到了什么。往日这个时候，放风已经结束，伪警会敲响挂在土台中央那根木杆上的铁钟，驱赶难民们回到自己的号房。

不过今天显然要例外了——在难民所，的场守喜的命令就是圣旨，没人敢违抗。

阿豪一边思忖，一边牵着小禾的手缓缓离开人群密集处，静待事态发展。在这个过程中，他一直留意着那名年轻苦工以及老郭等人的动向。前者除了显得有些沮丧，没有别的异常行为，和同伴将尸体抬到一处角落放下后，就在稍远的地方一屁股坐了下来。

至于老郭，阿豪一直没有看到他的身影。这也不奇怪，想要在几千人里找到一个人并不容易，况且天色已越来越昏暗。

终于，就在最后一丝天光即将消失之际，阿豪看到一个人——眼镜男子。这名老郭的同伴，不知从什么地方冒了出来，正缓步朝铁栅栏门走去。此外，他还敏锐地观察到，附近的人群中，一些青壮难民在不着痕迹地向铁栅门靠近……

“要动手了？”阿豪的心脏嘭嘭嘭地加速跳动起来……

眼镜男子走到出口处，对守在铁栅栏门外的那名伪警低声说着什么，后者听完稍稍犹豫后，转身对把守在铁栅栏门后的日本士兵说了两句，士兵随即打开了铁栅栏门的门闩，将门拉开。

伪警转身朝眼镜男子招了招手，示意对方跟他走。眼镜男子紧张地左右看了看后才迈步上前，仿佛不想被别的难民注意到自己此番的举动。

阿豪此刻位于东楼下的走道上，离门洞有三十米左右的距离。在眼镜男子走向门洞时，他看到人群中的六七名青壮汉子也加快了脚步，从各个方向朝铁栅栏门处汇聚……

"小禾，一会儿无论发生什么，你都别害怕。"阿豪拉着小禾的小手，走到一根廊柱的后面，弯下腰在小姑娘耳边轻声说，"爸爸会保护你……"

至此，他已大致猜到了老郭等人的计划——干瘦男子在放风快要结束时，捡到"难民所草图"并主动交给日本人；的场守喜因此要连夜彻查难民中隐藏的抗日分子；傍晚这次放风的时间因此延长，直至天黑；其后，由眼镜男子骗开铁栅栏门，而后面跟着的那六七名青壮难民则借机夺门……

至于老郭等人如何能判断出日本人看到那张"难民所草图"后的反应，从而加以利用，实施这次"暴动"计划，阿豪不得而知。在他想来，这里面有幸运的成分，又或许老郭等人还有其他方案，以应对日本人不同的反应。

对这里的绝大部分人来说，这场暴动来得极其突然，包括领着眼镜男子走出铁栅栏门的那名伪警，以及守门的那名日本士兵。

眼镜男子经过铁栅栏时，顿住了脚步，显得有些犹豫。在那名伪警眼里，告密者在出卖同伴之前，或因害怕报复，或因良心不安，有些心理反复的表现并不奇怪。殊不知，这是眼镜男子在给后面的同伴争取时间之举。

"你敢包庇抗日分子？"伪警回头看着眼镜男子，讥讽道。对方先前告诉他说，知道那张草图是谁人所画，还知道难民中有一个抗日组织，不过他希望直接向所长揭发这些人。如此重大的事，这名伪警不相信对方敢说谎，至于对方要当面向的场守喜揭发的请求，他也可以理解——邀功嘛，当然谁权力大、谁说了算找谁了。

"我……其实……"眼镜男子嗫嚅着答道。

就在这时，伪警神情骤变，惊疑地看着眼镜男子的身后——几道人影正快速朝铁门冲来。

"你们……"伪警刚喊出两个字声音便戛然而止，眼镜男子已扑到他的面前，“噗”地将手中的钢笔，深深地捅进了他的咽喉。

“八嘎！”边上的那名日军守卫大惊，旋即解下背着的步枪。就这此时，“哐”的一声巨响，当先冲来的两名汉子猛地用肩膀撞上虚开的铁栅栏门，大力弹开的铁门将门后的日军守卫撞倒在地。没等对方从地上爬起，撞门的两个青壮男子已冲进了门洞，其中一人飞扑而至，将士兵压在身下，双手紧紧扼住对方的脖子。不过，这名难民显然没经过什么格斗训练，加之这些天从没吃饱过，气力有些不济，两下便被身下的日军反转了形势，自己反而被压在下面。好在这时，另一名难民已捡起日军守卫掉在地上的三八式步枪，一刺刀扎进了这名日军的背心……

门洞里发生的这场搏杀，阿豪虽说看不仔细，但想来五六个汉子突然动手，对付一名伪警和一名日军守卫应该不是问题。此刻，他关注的是守在四栋监舍二楼走道上的几名日本士兵的反应，和北边土台上的变化。

就在几名青壮难民冲向铁栅栏门的下一瞬，站在东楼下的阿豪听见头顶的走廊上骤然传来厮打声，而他视线所及的西、南、北三栋监楼的二楼走道上同样异变突起——一伙伙难民突然从各个号房里冲出，扑向走道上的日军守卫。这些人显然早有准备，分工明确。他们每三五人对付一名日军守卫，领头者手里拿着板凳、水桶、笤帚把等五花八门的武器，劈头盖脸砸向毫无防范的目标，其余人则负责抢夺这些日军守卫的枪械……

“嘭”的一声闷响，一道人影从阿豪头顶摔了下来，结结实实拍在地上。这名先前守在东楼二层走廊上的日本士兵，口吐鲜血，身体在地上痛苦地扭曲着。周围的难民们茫然而惊恐地看着这一幕，不知所措。

“别看！”阿豪捂住小禾的眼睛，视线迅速投向土台上——那里同样爆发了骚动，几个难民已将曾姓伪警打翻在了地上。一个高瘦、后背有些佝偻的身影，正从地上捡起那只扩音喇叭。

“门开了，不想等死的人，快跑、快跑啊！”老郭喊完这句便跳下土台子，朝南边的铁栅栏门冲去，台子上其他几个难民，也都丢下了被他们围殴的曾姓伪警，跳下台子跟着奔跑。

“大家跑啊，日本人要杀死我们所有人……”

“冲啊，大家在这里只有死，出去才有活路……”

“铁门开了，机会只有一次……”

"跑啊，大家快跑……"

……

一时间，鼓动难民逃跑的喊声在人群四下响起。一小部分反应快、决断快的难民在老郭等人的带动下，在这些喊声的刺激下行动起来，快速朝铁栅栏门方向汇聚；而大部分还没从这场突如其来的变故中反应过来，或准备观望一下形势发展再做决定的难民，则被紧接而至的枪声惊醒——

"啪、啪、啪、啪……"清脆的枪声从难民所四座哨塔上传来，中央空场上不断有难民中枪倒地，惨呼声、哀嚎声、尖叫声此起彼伏。瞬间，恐慌的气氛充斥难民生活区各个角落，死亡的阴影笼罩住了每个人的心。

"轰"，黑压压的人群炸开，乱成一团，人们四散奔逃，有拖儿带女朝各自监楼里钻的，也有呼爹喊娘朝出口处跑的……

这一刻，最后一丝天光湮灭。黑暗让恐惧的人群越发混乱——在巨大而杂乱的奔跑声中，不少人在大声疾呼着自己亲人的名字，也有人因被挤倒、踩踏发出凄厉、痛苦的呼救；加上越来越密集的枪声，越来越多的鲜血飞溅，难民生活区此刻的景象，宛如世界末日降临。

阿豪后背靠在青砖砌成的方形廊柱上，双臂将小禾紧紧护在身前，不时闪避着惊恐奔逃的人流。这期间，他看到老郭最亲密的同伴之一——矮壮汉子——拎着一杆三八式步枪从面前跑过，带着几名青壮难民冲向铁栅栏门，一行人的身影很快消失在门洞里。

阿豪离铁栅栏门的位置比绝大多数难民都要近，本可以加入最早那批冲出去的人群中。但他心里十分清楚，出了那道铁栅栏门并不意味着逃出生天，相反，冲出去得越快死得也可能越快。尽管目前看来，老郭等人组织的这次暴动，的确是打了日伪管理方一个措手不及，但哨塔上的枪声一响，外边的日军肯定有了警惕。

阿豪虽不知道老郭等人的详细计划，但他确信，在这种情况下想要通过难民所的南门或北门逃出去，除了硬闯应该不会有别的办法了。当然，如果他是单身一人，或许会冒险冲在前面。这一来可以助老郭等人一臂之力，二来，冲在前面的一批人的死亡概率纵然远远高于后面的，但逃走的希望同样比后来者高——毕竟，外面的日军守卫要组织起来也需要一些时间。而一旦大队的日军从餐厅或宿舍里赶到，阿豪可以想象，人们逃生的大门，将变成一道鬼门关、一座屠宰场……

然而，对现在的他来说，保证小禾的安全是首要任务。他决定等一等，等这里的大部分人冲出铁栅栏门，等哨塔上日本哨兵将更多注意力放在外边冲击难民所大门的人群上时再行动。

一个探照灯的白色光柱，打在铁栅栏门前的区域。这里人群密集，每一声枪响后都有一人或两人倒下。不过，“死亡”此刻已失去了它往常的威慑力，无法阻挡人们不断向那里涌去……

阿豪竖起耳朵仔细聆听，察觉到这里的枪声远不如之前那般密集了。从每一枪的时间间隔上判断，应该只有一名士兵还在哨塔上朝这里射击。与这里相反的是，难民所南大门方向却是枪声大作。他甚至听到了“嗒嗒嗒嗒”的轻机枪扫射声从那里传来。

难民所的南门斜对着生活区出入口，位置稍稍偏东一些。24 天前，阿豪进入难民所时便用心观察、计算过——与周边高大、厚实的砖墙相比，南门那两扇陈旧的木门便谈不上坚固了；而从南门到生活区入口他走了 62 步，以他每步 80 厘米的步幅计算，两者之间不过 50 米左右的距离。

因此，老郭等人选择南门而不是距离远上两倍不止的北门突破，并不出乎阿豪的意料。这样近的距离，正常人全力冲刺只需要数秒的时间。如果有一群悍不畏死者带头冲击，南门那两名持手动式填弹步枪的日军卫兵，估计在三五次射击后便会被人群淹没。只要没死在日军子弹和刺刀之下，这头一批冲出去的难民，就可以赶在更多日军到达之前逃出难民所，获得逃生的机会。

不过，此刻日军的机关枪已经开始咆哮，阿豪便知道这种机会已经没了。在这种每分钟能倾泻五百发子弹的武器的持续射杀下，手无寸铁的难民们很快便会失去逃跑的勇气。

阿豪心知不能再耽搁，要赶在这场暴动平息之前离开，于是弯腰抱起小禾，朝三十来米外的下水道入口处跑去。

在进入难民所之前，阿豪已心生警惕，路过难民所南围墙下那条排水渠时，他刻意观察了一下水渠出口的位置和大小，再结合关进生活区后的多次观察，进而得出判断——逃离这里的唯一路径，便是位于生活区东南角的下水道入口。

他目测过，盖在入口上的长方形水泥板，宽度约60厘米、长度在80厘米左右，可以进人；而透过水泥板上那些泄水孔看下去，这处入口竖井的深度大概在两米左右。他还找机会在这块水泥板上踩了两次，用脚感受了一下这块水泥板的松动情况和大致重量，最后确定，自己能够在不借助工具的情况下将其搬开。

因而，从察觉到老郭等人在酝酿一场暴动伊始，他就没打算跟着对方行动——带着个小姑娘去冲击难民所大门，太过凶险，他没有半点把握在密集的子弹和狂暴的人流中保证小禾的安全。

于是阿豪打定主意，要借此次暴动为掩护，带着小禾钻下水道逃生。而此刻时机正好，一是天色已经够暗，下水道入口又在探照灯的光照之外，他不必担心来自哨塔上的子弹；二是空场上难民不是跑回了各自的号房，就是在涌向铁栅栏门，没人还滞留在下水道入口附近——他可不想引来一大队跟随者，从而被哨塔上的日军发现。

“小禾，我们要在黑暗中走很长一段时间，你怕不怕？”阿豪一边抱着小禾在走廊下的阴影里快步前行，一边在小姑娘耳边低声问道。

要长时间在黑暗、狭窄、肮脏的下水道里爬行，莫说一名六岁的小姑娘，即便是成年人，也会惶恐不安。因而他必须在进入下水道前，给予小姑娘某种心理上的帮助。

“有爸爸在，小禾什么都不怕。”小姑娘紧紧搂着阿豪的脖子。

“小禾真勇敢，爸爸……”阿豪话没说完，脚下突然顿住，双瞳猛地一缩——斜对面的南楼走廊下，两道身影从阴影里蹿了出来，直奔下水道入口处。

“怎么是他们？”光线虽暗，但只隔着几米的距离，阿豪一眼便认出来正是老郭和眼镜男子，心里顿生疑惑，这两人不是领着难民冲出去了吗？他们是因冲击南门不成而返回，还是和自己不谋而合——一开始便选择了这条下水道作为逃生之路？而他们发起这场暴动的真实目的，只不过是要利用那些此刻正在疯狂奔逃的难民来引开日军守卫的注意，为其真正的出逃计划做掩护？

心思电转间，阿豪瞥了一眼这两人的身后，却没看到干瘦男子和矮壮汉子的身影。“或许也不能说是完全利用吧……”他想，从这场暴动发起到现在的这三四分钟里，至少也有五六百人冲出了生活区。在这些人中，应该不乏成功闯出南门的幸运者，尤其是在日军用轻机枪扫射之前。毕竟，这里的日伪守卫人数有限，此刻又是吃饭的时间，除了大门和瞭望塔上的几名日军哨兵，其他看守人员应该在食堂大吃大喝庆祝节日……这样的防卫力量，要想尽数拦下几百甚至上千的暴动难民，并不现实……

这些念头只是在阿豪的脑海中一闪而过，他现在要立刻做出一个决策——要不要出手解决掉老郭两人？

阿豪最初的想法是，老郭两人和他一样选择这条下水道逃生是件好事——对方在难民所待的时间比他长很多，对这里的情况自然也比他熟悉；而且，从其策划、组织的这场难民暴动来看，对方应该是个有头脑、做事有计划的人。这种人既然放弃冲击南门逃生而选择走下水道，说明他认为后一种逃跑方式比前者胜算更大。

因此，当阿豪看见老郭和眼镜男子出现在下水道入口时，刹那的疑惑之后心下便是一喜，觉得从下水道逃生的希望大了许多。然而紧接着，他看向两人的目光瞬间冰寒！

阿豪看见老郭和眼镜男子时，这两人同样发现了他。显然，对他此刻出现在这里，对方也颇感意外。

老郭和眼镜男子对视一眼后，前者径直走到下水道入口的边上，迅速将手中的撬棍戳进水泥石板边缘的缝隙中；而眼镜男子却朝阿豪走了两步，一脸戒备之色。

阿豪这时才看清，对方手里还握着一把三八式步枪的枪刺——显然，这是从某个日军士兵的武器上卸下来的。

两人沉默对视两秒之后，老郭已经撬开水泥板，露出下方黑漆漆的方形井洞。

“快走。”老郭对同伴低喊一声后，迅速跳下竖井。

“别跟来！”眼镜男子晃了晃手中的枪刺，压低声音对阿豪威胁道，然后转身，快步走向竖井。

阿豪正在犹豫是不是放下怀里的小禾，先把这家伙干倒时，突然又看见一道身影从南楼走廊里跑出。不过这道身影并非朝下水道入口而来，而是向出口的铁栅栏门跑去。

“他为什么跑？”认出这道身影是那名叫小陈的苦工后，阿豪心里立刻跳出一个疑问。苦工不是关在这里的难民，他可以等这场暴动平息后安全离开，此刻完全没必要冒着被日本哨兵射杀的危险出逃。而且，即便是成功跑了出去，他的这个行为事后必然会引起日伪方的震怒和怀疑——那名日军所长先前离开这里时有过明确的命令，在查出难民中隐藏的抗日分子之前，这名苦工和他的同伴不能离开生活区。

“如此不智，除非他不得不逃，而且还能逃得出去！”联想到之前的场守喜宣称要查抗日分子时，这名苦工的异常表现，阿豪觉得此人绝非单纯的苦工。

“抱紧爸爸！”只犹豫了一秒钟，阿豪便做出决断，抱着小姑娘朝这道身影追去。

“钻下水道逃生”的计划，因为老郭和眼镜男子的敌意，再添凶险。尽管他相信凭自己的实力，如果小心应对，这条路并非不能走。但直觉告诉他，跟紧前面那个年轻苦工，离开这里的机会更大——与不能走出生活区的难民相比，相对自由的苦工当然更熟悉这里的环境，更容易逃脱！

此时，涌向铁栅栏门的难民比之前少了许多，这让阿豪可以在稀疏的人流中快速穿梭、闪躲。跑过探照灯的照射区域时，他尽量弓着身子，避免成为西北瞭望塔上那名日军哨兵的射击目标。

“啪！”，就在阿豪即将冲进门洞时，一颗子弹擦着他左颊飞过，在他斜前方奔跑的那名男子应声扑倒。阿豪心中一惊，暗道一声侥幸，脚下越加快速，三两步冲了出去。

难民所的南门洞开，子弹在空中嗖嗖地飞射，一道道细红线在夜空中交织成网。正如阿豪先前所料，这里已成了一处“屠宰场”——雪亮的探照灯灯光下，成片的难民倒在门前的斜坡上，鲜血汇集成股股小溪，在黑暗中静静流淌。倒在地上的人大部分已经咽气，一些受伤未死的难民则在血泊中哀嚎、挣扎。

刚从生活区冲出来的难民们，看到这幅地狱般的景象无不惊骇。一部分人就此失去了逃跑的勇气，停下了脚步，满脸的沮丧和绝望。也有一部分人选择继续狂奔，跨过一具具同胞的尸体，在密集的枪声和四面八方射来的子弹中冲向大门外的黑暗……

阿豪刚跑出生活区门洞，一股浓稠的血腥味便扑鼻而来。他并没像其他难民那样被南门前的景象吓软了双腿，也没有咬牙继续奔向斜坡上的大门，而是迅速脱离人群，朝右前方的那棵榕树跑去。他之前恍惚看见，那名年轻苦工的身影在这棵榕树下一闪而逝。对方已是他和小禾逃离这里的唯一希望，他必须紧抓不放。

抱着小禾跑到树下，阿豪一边大口喘息一边四下张望。前方是一排大小不一、高低错落的瓦房，黑漆漆的没有一点灯火，那名苦工早已消失不见……

南门外“嗒嗒嗒”的轻机枪扫射声已经停歇，四座哨塔上“啪啪啪”的三八式步枪射击声也渐渐稀疏起来。阿豪万分焦急，这场暴动即将平息，而他还没发现那名苦工的踪迹。

他回头看了一眼生活区出口处，那里拥挤着一大群进退不得的难民。他正犹豫着是否返回生活区，钻进下水道时，就见几名日军看守端着枪从东边快速跑来，于是断了这个念头。

“所有难民听着，所有难民听着……”此时，西南角哨塔上的电喇叭里传来一个杀气腾腾的声音，“立刻回到生活区，所有人，立刻返回，否则，格杀勿论……”

与此同时，一道粗大的探照灯灯光，由东而西划过生活区出口处骚动的人群，朝榕树的方向照射而来。阿豪心中一惊，忙抱着小禾朝最近的一栋瓦房跑去。

他刚躲进屋檐阴影下，探照灯光柱已快速掠过榕树，朝这栋建筑射来。阿豪不敢停留，抱着小禾朝房子的北头猛跑，赶在灯光追上之前拐进了两座瓦房之间的夹道。

看着探照灯灯光从夹道口一划而过，背靠在墙壁上的阿豪心里没有半点轻松之感。探照灯好躲，但接下来的搜索怎么避开？难民所发生了这么大一场暴动，日伪的增援队伍应该很快会赶过来。到时候，难民所内外必然会有一场大规模的搜索。即便他能借着夜色的掩护，侥幸避开这次搜索，那天亮之后又怎么办？他又如何带着一个小姑娘，翻越六米高的围墙和那道内倾式电网？

“只能回去了吗？”阿豪绝望地想。主动返回生活区和被搜索队抓回去，结局肯定不同——前者虽然逃不过一顿惩罚，但应该能暂时保住性命，后者恐怕就会被杀无赦了。他必须立刻做出选择。

正当阿豪暗叹一声，准备抱着小禾返回时，夹道里突然有了细微的响动。他循声看去，发现斜对面的一扇木窗，正被人从里面小心翼翼地推开。

为了避免被窗户里的人发现，阿豪一步跨到夹道对面，接着将小禾轻轻从怀里放了下来，示意小姑娘和自己一样，尽量靠墙站着。小禾聪慧、懂事，这一路上从不乱说乱动。尽管她那一双溜溜的大眼睛里满是恐惧，盈盈泪水快要溢出眼眶，但一直强忍着，没有哭出声来。

在这对临时父女的屏息以待中，一道身影从那扇窗户里爬了出来。

之前因窗户遮挡视线的缘故，陈俊生并没发现通道里还有人，在落地关上窗户后，他才看到几米外站着的阿豪。

“你想干什么？”陈俊生举起手中的铁锹，压低声音对缓步走来的阿豪说道，满眼警惕之色。

“想请朋友帮个忙，带我们离开这里。”阿豪同样压低声音道。他认出此人正是那名行为异常的苦工。对方刚才消失不见，应该是钻进了这间瓦房里。而看到对方身上的挎包和手上多出的铁锹，阿豪越加相信自己的判断——此人有办法逃出去。

“你怎么知道我能离开？”陈俊生惊疑道。

“我怎么知道不重要。朋友，此地危险，我们的时间不多，搜索队随时可能过来。如果你不想我和我女儿落到日本人手上，请立刻带我们走。”

“我也没有把握……而且还要带着这么小的孩子。”陈俊生有些犹豫。

“朋友请放心，我女儿很勇敢，有我照顾不会拖累你。路上无论遇上什么危险，你都不用管我们，自己能走就走。我们能逃出去，自然感激你，逃不走就是命，绝不怨你。”

“那好，你们跟我来。”陈俊生见阿豪言辞恳切，也不再耽搁，无声而快速地朝屋后走去。阿豪再次将小禾抱起，快步跟上。

这一排瓦房的后面，便是难民所的西面围墙，房屋和高耸的围墙之间隔着一条五六米宽的土路。陈俊生在夹道出口停下了脚步，探出半截身子，扭头看向左侧上方。

阿豪心知，对方这是在观察难民所西南角的那座哨塔。他们现在的位置离这座哨塔最近，大概五六十米的距离，行动时一不小心就会被哨塔上的守卫发现。好在这时候，暴动的影响还在——难民所内外仍有零星的枪声响起，日伪看守的喝骂声，男女老幼的惨叫、哭喊声不绝于耳；这一切，在让夜晚失去寂静的同时，也分散了哨兵的注意力。

陈俊生缩回身子，对阿豪低声而快速地说道："这些房子都是工坊或仓库，晚上里面没人……一会儿你跟紧我，小心脚下。"

阿豪点点头，低声道："我们要去哪儿？"

陈俊生伸出大拇指，朝北边指了指："化骨池。"说完有些担忧地看了一眼阿豪怀里的小禾。

"小禾别怕，爸爸会保护你。"阿豪低声安慰道，感觉小姑娘在自己怀里微微打战，他忙抱得更紧了些。

这时，一道探照灯灯光射来，硕大的光柱在他们前面那条土路上由南向北缓缓移动。

光亮消失后，陈俊生深吸一口气，朝阿豪比了"走"的手势，拎着铁锹转过屋角。

两大一小三道身影，贴着这一排瓦房的后墙，在一片片房屋的阴影中悄然而快速地朝北行进。三十秒后，在探照灯第二次照向这里之前，他们已经走到了这条土路的尽头——化骨池。

这是处露天设施，建在难民所西墙下，东、南、北三面围着三米高的圆木栅栏，只在南边栅栏上开了一道门。

纵然还隔着一道栅栏，那浓烈的尸臭味道仍让人作呕。陈俊生从帆布挎包里掏出一个医用口罩，熟练地给自己戴上了。不过在看到阿豪怀里用小手紧紧捂住口鼻的小禾后，他又将口罩取了下来，递给阿豪，示意给小姑娘用。

阿豪接过口罩，感激地点点头，心里对这名年轻苦工又多了几分好感。

陈俊生轻轻推开没有门锁的木板门，闪身走进。化骨池有南北两口，每口都有半个篮球场大小。池子里层层叠叠的尸体，都快堆到池口了。

阿豪一进来，就用手挡住小禾的双眼，他不想夜色中的这个恐怖景象，成为小姑娘一生的噩梦。

陈俊生掩上木板门后，朝阿豪招了招手，绕过面前的池子，贴着西墙的墙根快步朝北边的角落走去。阿豪抱着小禾紧跟其后，期间，在经过北边那口池子时，他意外地发现，在这方池子正对着的墙上，竟然有扇两米来宽的封闭式铁门，地上还有两道直通池边的轨道。尽管有些好奇，但在这紧要关头他无心打探门后的秘密，脚下稍稍顿了顿，便快步而过。

陈俊生在化骨池西北的角落蹲下身，放下手中的铁锹，快速地拔扯掉地上的杂草。阿豪见状忙放下怀里的小禾上前帮忙。

两人清理掉一小片杂草，露出下面的黄土后，陈俊生示意阿豪停手，侧头趴在地上，一边用拳头敲击地面一边聆听。由轻到重敲了三下后，他从地上爬起，如释重负地嘀咕道："没错，就是这里。"

"下水道？"阿豪小声猜测着。

陈俊生点点头，伸手指了指西墙，"通外面水渠。"

"你怎么知道？"阿豪脱口问道。不是他不相信对方所说，而是这条暗渠隐藏在地下，上面用夯土覆盖，一眼看去和别处的地面并没有不同，而土里长的那些快到小腿肚高的杂草则表明，这条暗渠绝非近期修建或翻修过，应该有些年头了。对方不过是一名抬尸体的苦工，如果说仅凭观察就能发现这地下的秘密，着实让他难以置信。

"我是南石头村人，修惩教场那会儿，我在这里做工。"陈俊生一边拿起铁锹开始铲土一边小声解释。

阿豪闻言，心中疑惑顿消，并暗感庆幸——自己的选择是正确的！按他的估算，从生活区里的下水道入口到难民所南墙外，距离百米左右。而在一个黑暗、狭窄和肮脏的下水道里爬行这样长的距离，对任何人来说都是一个巨大的挑战。况且他还带着一个六岁的小姑娘。但这里，和外面的世界仅是一墙之隔。虽然不敢说出去就安全了，但有这名当地人带路，逃走的机会肯定比跟在老郭两人后面大上许多。

黑暗中，陈俊生和阿豪交替地拿起铁锹，无声而快速地挖刨地面的夯土。化骨池的这处夹角，由于栅栏和围墙的遮挡，是难民所里少有的几处探照灯照射死角，因而只要他们不弄出太大动静，瞭望塔上的哨兵们不会注意到这里。

不过，危险仍随时可能降临——此时，枪声已完全停歇，这意味着暴动已得到控制。那么接下来，日伪军警对"漏网之鱼"的搜查行动就会展开。尽管化骨池不是处招人喜欢的地方，平日里除了抬尸体的苦工没人愿意光临这里，但阿豪和陈俊生心里都清楚，今晚肯定例外。

两人一刻不停地忙活了十多分钟后，埋在夯土下的一块长50、宽40厘米的青石板终于完整地露了出来。

听见石板下隐隐传来的水流声，阿豪和陈俊生对视一眼，都看见了对方眼里的激动和喜悦之色。接下来只要他们撬开这块石板，逃生之路上令人绝望的一道险阻——难民所的高墙、电网，将被他们越过。

不过，就在阿豪拿起铁锹，准备撬开石板时，边上那道封闭式铁门里却隐约传出响动和人声，阿豪和陈俊生同时扭头看去，就见铁门下方的缝隙里有灯光透出。

“糟了！”陈俊生脸色大变，对阿豪低声而快速地说，“检疫所那边要处理尸体。”

阿豪这时才知道这扇门的功能。他飞快地看了看铁门上方那盏门头灯，心知一旦这盏灯亮起，他们将无所遁形。

他迅速扫视周边，然而，被圆木栅栏围起来的这片区域里空空荡荡，没有任何地方可供三人躲藏。

最后，阿豪的目光落在化骨池上。之前他已注意到，池子里的硫酸都沉积在下半部，最上面一层的尸体尚未被浸泡。

没时间犹豫，阿豪将手中的铁锹放在墙角的草从里，俯身抱起小禾，几步跨到池边，跳了下去。陈俊生反应也是极快，紧跟着跳了进去。

池子里横七竖八铺满了尸体和残肢，恶臭扑鼻。大群的绿头苍蝇惊起，在黑暗里嗡嗡乱飞。但生死关头没什么不能克服。

还没等两人在尸堆上站稳，上方已传来铁门打开的声音，紧接着一片雪亮的灯光洒来。

两名从头到脚裹在白色连体防护服里的人，合力推着一辆铁皮手推车从门后走出。

阿豪将小禾的脸贴在胸前紧紧抱着，一动不动躺在尸堆上，双眼眯成一道细缝，观察着池口边出现的那两道逆光的人影。在他边上，陈俊生屏住呼吸，脸朝池壁侧卧在一具尸体的后面。

好在没人愿意在这地种方多停留，往池子里扔下三具裹了石灰的尸体后，两名抛尸人立刻拖着手推车返回。

三分钟很短，但对于躺在腐尸堆里的活人来说，却漫长得犹如一个世纪。当铁门再次关上、门头灯熄灭，这里重归寂静和黑暗后，陈俊生和阿豪迅速从尸堆里爬起，带着小禾翻出化骨池。

不过，当他们刚回到那块青石板前，北边栅栏外又有光亮闪烁。阿豪心中一紧，几步抢到栅栏前，透过缝隙向外看去——五六十米外，三道人影朝这边走来；为首一人拿着手电筒，一边走一边四下里照射，另两人端着枪跟在后面。显然，这是日军的一支搜捕小队。从他们的行进速度判断，一分钟后就会到达这里。

阿豪紧张地看向陈俊生，后者正用铁锹撬动地上那块石板。他迅速离开栅栏，上前小心翼翼地将被撬开的青石板搬开，露出下方的矩形水渠。

在阿豪的示意下，陈俊生拿起铁锹当先钻了下去，接着是小禾。

这时，日军巡逻队的脚步声已经在西边栅栏外响起。不过，阿豪觉得自己还有些时间。他迅速捧起之前刨开的泥土和拔掉的杂草，尽量均匀地撒青石板上，然后再钻进水渠，一点点将这块石板移到自己头顶，回归它原来的位置。

就在他做完收尾工作的下一秒，一道电筒光在化骨池入口处亮起——三名日军士兵出现在南边栅栏门的门口……

暗渠出口连着难民所西墙外一条由北向南的大水沟。水沟西侧是一片逐渐隆起的石岗——检疫所便建在这片石岗上。

陈俊生小心翼翼地从暗渠里钻出，下到半人深的水沟里，然后转身将小禾抱了下来。阿豪最后一个从暗渠里钻出，他注意到，在水渠出口南边几米外，有一道墙垣从石岗底部延伸至难民所西墙。瞥了一眼这条十来米长、三米多高的石墙，他想，墙后应该就是连接检疫所和难民所化骨池的通道。

黑暗、湿滑的水沟里，陈俊生猫着腰，向北边一步步蹚去。阿豪抱着小禾缓缓跟在后面。

他们现在面临的主要危险，来自难民所西北角的那座瞭望塔。好在这条水沟就在西墙外的墙根下，是瞭望塔上那盏探照灯照射不到的盲区；而此刻，从珠江上飘来的水雾已将这片天地笼罩，如果他们足够小心，便能在瞭望塔那名守卫的眼皮底下，穿过难民所北门外那条公路下的涵洞，到达对面的稻田。

五分钟后，三人摸到了涵洞洞口前，他们头顶六米处便是难民所的瞭望塔。北门外很安静，公路上没有一个人影。想来是今晚暴动的难民，冲击目标是难民所南门的缘故，这里暂时没有日伪军警出没。

在水沟里静静观察了一阵后，陈俊生率先钻进直径一米的圆形涵洞，接着是小禾和阿豪。黑漆漆的涵洞总算给了他们一点安全感，可以短暂地松弛一下一直紧绷着的神经。

“外面有铁丝网？”涵洞北端出口处，阿豪看着稻田上影影绰绰的铁丝拦网，小声问道。陈俊生在黑暗中点点头，同样小声道，“你们先待在这里。”然后拿起铁锹爬了出去。

靠着公路路基向西猫腰前进了七八米后，陈俊生找到了铁丝网下一处稻田排灌沟的出水口。不过，这处出水口较为狭小，小禾或许能钻过去，他和阿豪则不能。

陈俊生趴在地上，用铁锹一点点刨着出水口周边的泥土。虽然现在是冬季，稻田排灌沟里没有水流，但泥土仍然保持着湿润，加之他的动作小心而谨慎，铲土时发出的声响非常细微，从始至终都没有惊动瞭望塔上的哨兵。

十分钟后，陈俊生将上半身探进阔开的口子试了试，转身朝涵洞洞口招了招手。阿豪看见后立刻钻出涵洞，将小禾抱了下来，弓腰向对方走去。很快，三人先后从铁丝网下的水渠口钻了过去。为了不给南石头的村民留下麻烦，陈俊生在离开前对水渠出口做了恢复，归拢他之前刨掉的泥土，用铁锹压实，让这里看上去和之前没有太大的区别。

冬季的稻田光秃秃的，夜色下更显得荒芜、冷寂。两大一小三道身影在田垄间向前爬行了几十米，直到回望时已看不清那座瞭望塔的轮廓了，才一一从地上站起，朝前方的村子快步走去……

第二十三章　十分紧急

南华路是广州河南地区主要的商业中心和交通要道。天刚放亮，这条两千三百米长的街道上便喧嚣起来，人来车往川流不息，沿街的各家店铺、商号，更是早早地打开大门开始一天的营生。

位于南华西路的黎记水产行，生意看上去颇为景气。不停有酒楼掌柜或大户人家管事打扮的人，领着或推车或挑担的苦力们在这里进进出出，车里、筐中装满了鲜鱼、活虾。

阿豪牵着小禾的手站在黎记水产行的大门外。他现在的打扮和那些苦力一般无二——头戴斗笠，身穿藏蓝色粗布衣裤，脚下穿着双半旧的胶鞋。他这一身都是向陈俊生的堂兄借的。

昨晚那名叫陈俊生的苦工带着他和小禾逃出难民所后，没敢回自己在南石头村的家，而是去了村子北头他堂兄家借住了一宿。

陈俊生的堂兄三十来岁，一看就是个老实巴交的农村汉子，他老婆也是个质朴的乡下女人，两口子带着一个十来岁的女儿，住在村北的两间低矮瓦房里。乍听见陈俊生是从难民所里逃出来的，这对夫妇免不了惊恐不安，但血脉亲情和良善的心性，让他们做不出将堂弟拒之门外这种事，只好麻着胆子收留了他们。

一进屋，三人迅速将满是污秽的一身衣服换了下来，打了井水洗澡。堂兄老婆见小禾年龄小，怕她洗冷水澡生病，还想着去烧点热水，却被阿豪制止住——大晚上的生火、冒烟，容易引人注目，尤其是在难民所发生暴动有难民逃走的夜里。

洗完澡后，阿豪和陈俊生换上了其堂兄的衣服，而小禾则有堂兄女儿小时候的衣物替换。这之后，三人又吃了些堂兄家晚饭剩下的稀粥，勉强填了肚子，然后在灶屋后的柴房里歇了下来。此时，阿豪才有时间和陈俊生交流，知道了对方的名字，并牢牢记在了心里。

不过，两人都是有秘密的人，对话不多。阿豪一直对陈俊生的身份有所猜测，这两年广东地区的抗日活动异常活跃，“义勇军”“游击队”“英模团”等等国共两党的抗日组织或团体时常在广州出没，他怀疑对方是其中一员。但他并没有向对方打听、试探些什么来证实自己的猜测。他主要是替陈俊生担心——对方是南石头村的人，有名有姓，日本人发现他逃走后，很可能会去找他家人的麻烦。

陈俊生告诉他，自己的父母早已过世，唯一的兄长三年前离家后便再没有音讯，日本人想找也找不到他，而自己短期内也不打算再回来。至于堂兄这里，陈俊生说，整个南石头村，百多户人家不是姓陈就是姓赵，家家沾亲带故，日本人不太可能为了一个失踪的苦工将全村的人都审讯一遍，只要他们今晚没被外人看见，堂兄一家不会有事。

于是，第二天凌晨五点刚过，陈俊生便领着阿豪和小禾悄然离开堂兄家。三人先是到了村外大路边的一处竹林里藏了一阵子，待到天色又亮了些，路上陆陆续续有了行人，两人才互道一声珍重，先后走出竹林，上了路。

接下来，阿豪面临最大的一个难题就是小禾了。他是一名通缉犯，随时都可能遇上危险，将小姑娘带在身边对两人都是有害无益之举。黎耀坤父子三人不知去向，眼下小禾最好的归宿，自然是她二叔公黎悟成那里了。尽管那名曾姓伪警告诉黎家人，黎记水产行换了东主，没人知道黎悟成的下落。但阿豪并不相信这个家伙的鬼话，决定来这里看一看。

南华路在北江边上，而南石头村则临着南江，两地相距十里左右。阿豪现在身无分文，又是一身苦力打扮，当然不能叫辆人力车来代步，只能带着小禾步行。一路上他将小姑娘背一阵、抱一阵，速度自然快不起来，用了两个多小时才走到这里。好在这两地都在河南，中途不用乘渡船过江，不然别说他掏不出船资，渡口的日伪检查站对他来说就是一处险关。

此刻看到“黎记水产行”几个字，阿豪的心放下了一大半。

“小禾，还认得你二叔公吗？”他牵着小姑娘一边往大门里走一边问道。

“不认得……”小禾难过地瘪着嘴，“二叔公会不会也不认得我了？”

阿豪只是随口一问，小禾离开广州的时候刚三岁，哪能记得什么人。

此刻见她难过的样子忙笑着安慰："小禾这么乖，这么懂事，二叔公肯定认得。"他突然想到了什么，停下脚步，蹲下身，一脸严肃地看着小姑娘，"小禾，你要答应爸爸一件事……"

小禾紧张地点着小脑袋。

"昨晚咱们怎么逃出来的你一个字也不许对别人讲。有人问你就说自己睡着了，什么也不知道。明白吗？"

"明白了，"小姑娘点头后又问，"二叔公也不能吗？"

"不能。"阿豪认真道，"特别是救我们出来的那个叔叔，你一定不要对人提起。日本人会抓住他的。"

"爸爸，小禾不说，一个字也不说。"小姑娘连忙保证。

阿豪冲小姑娘赞许地点点头，重又牵着她朝门里走去。

进了黎记水产行，阿豪很快在交易的人群中找到一名这里的伙计，上前客气地问道："小哥，请问贵东家黎悟成在不在？"

这伙计上下打量阿豪一番，脸色阴了下来，鄙夷道："你算什么东西，敢直呼我们东家的大名！"

阿豪一听，不怒反喜。他故意说出黎悟成三个字，不是不知礼数，而是要第一时间确认现在的"黎记水产行"是不是仍然属于黎悟成。

"小哥误会了。"阿豪心中最后一丝忧虑去尽，忙解释，"我也姓黎，是你们东家的亲戚。麻烦你去通报一下我二叔，就说黎耀坤回来了。"黎悟成知道黎耀庭已死，他不想还没见面之前就引起对方某种误会，平添风波，因而直接冒用黎悟本大儿子的名字，而不是黎家给予他的"小禾父亲"这个身份。

"二叔……黎耀坤？"伙计一脸狐疑，再次打量了阿豪和小禾两眼，有些拿不准主意。

"正是。"阿豪一脸笃定地微笑道。

"你们……先跟我来吧。"伙计迟疑道。

阿豪牵着小禾，跟在伙计后面穿过一排排鱼档，走进后院的天井。伙计先将他们领到一间待客的小隔间里，说了声"稍等"后，快步离开了。

不一会儿，一阵杂乱而急促的脚步在天井里响起。阿豪抬眼朝门外看去，就见刚才那名伙计正领着一行人快步而来。这些人中有男有女，为首者是名身材瘦高的老者。不过，当阿豪看清这名老者的相貌后，心中顿时大惊。然而，对方已经走到了门口，他避无可避。

“耀坤、耀坤……”老者还没进门便激动地连声喊道。

“五爷，好久不见……”阿豪对刚踏进门口的成五爷抱拳说道，同时心中一叹，大感世事之奇妙，不可揣度。“黎悟成……成五爷……看来我跟这黎家当真有缘……”

来者正是千竹帮鼎鼎大名的成五爷。他这些年一直在对方手下打黑拳挣钱，两人熟识得紧。可他只知道对方“成五爷”的大名，还以为这位爷姓成，万万没想到对方竟然是黎悟本的二弟。

成五爷闻言一怔，站在了门口，随即低声厉喝：“你是谁？！为什么冒充我黎家之人？！”老眼里精光爆射，死死盯着半张脸藏在斗笠下的阿豪。

与此同时，两名精悍男子应声从门外抢了进来，唰地各自从袖笼中抖出一把尖刀，护在成五爷左右。门外那名伙计和成五爷的夫人刘氏，则是面面相觑，不知道发生了什么。

“五爷误会了。您先让这两位兄弟收起家伙，别吓着孩子，我慢慢给您解释。”阿豪淡淡说着，弯腰将吓得直往他身后躲的小禾抱着了起来，柔声道：“小禾，别害怕，他是你二叔公。”

“是你……”成五爷指着阿豪颤声道。先前他就觉得眼前的人似曾相识，只不过对方头上的斗笠压得很低，遮挡住了眼部，嘴唇和下巴上又蓄着一圈浓密的胡子，让他一时没联想到脸上一向光洁无须的阿豪。此刻，阿豪再次开口，他终于从声音里听了出来。

“她叫黎小禾，应该叫您二叔公。”阿豪没理会成五爷的震惊，再次提醒对方小禾的身份。

“你说什么？”成五爷的注意力总算转向了小禾，惊愕道，“她是……小禾，耀庭的女儿？”

阿豪没有回答对方的疑问，只是用眼睛瞥了瞥边上的两名保镖。成五爷毕竟是老江湖，立刻会意，知道阿豪不想在其他人面前暴露身份，于是朝身边两名汉子摆摆手：“你们守在外面，关上门。没有我吩咐，谁也不要进来。还有，告诉小六和夫人，今天的事谁也不许向外吐露半个字，不然帮规处置。”

“是。”两名汉子这才收了刀，转身出去，关上门。

"您有三年没见过小禾了吧，小孩子一年一个样，一时认不出来很正常。"阿豪说着重又将小禾放下，从怀里掏出那枚黎悟本唯一的遗物——红宝石戒指，递给成五爷，"这枚戒指想必五爷应该认识。"

"这是我大哥的。他人呢？"成五爷接过戒指，只一眼便认了出来。话一出口，他心中顿时一沉，大哥一家没一个人出现，而是托人将最小的孙女送到自己这里来，显然是出事了。

"小禾，还不喊二叔公？"阿豪并不急着回答成五爷，看向小禾道。

小禾也不开口，只是怯生生地看着成五爷。后者已经隐隐猜到些什么，面前这个楚楚可怜的小姑娘，渐渐和他脑海中三年前的小禾融合在了一起。

"小禾，我是你二叔公啊，不记得了吗？"成五爷上前两步，蹲在小禾的面前，颤巍巍伸出手，轻抚着小姑娘的头，眼眶含泪，絮絮叨叨说着，"你小时候爱吃鲈鱼，二叔公每次去你家都会带上几条……你三岁生日，叔公送你一个穿蝴蝶裙的洋娃娃，你喜欢得不得了……还有啊，你最喜欢揪叔公的胡子，你现在揪揪，看叔公的胡子还结不结实……"

"哇"的一声，小禾终于哭了出来，她或许记不起成五爷说的那些往事，但能感受到面前这个老人身上那股慈爱，那种来自血缘的亲近感。

"二叔公……小禾终于找到二叔公了……"小禾扑进成五爷怀里，紧紧搂住老人的脖子，泣不成声，"二叔公……阿公死了，阿婆死了……还有大妈也死了……"

成五爷如遭雷击，双眼一闭，两行浊泪滚滚落下……

隆隆的马达声中，一辆车身印着"特别移送"的厢式军车，爬上检疫所北门前的坡道，朝山岗上驶去。

车厢里很安静，有四个人——两名持枪的日本宪兵并排坐在车厢一侧的固定座椅上；另一侧坐着一名护士和穿病号服的年轻女子。

立雪长长的睫毛始终低垂着，视线落在双腕上的黄铜手铐上。自从一个小时前她被从南水部的特殊病房带出来，坐上这辆车后就一直保持着这个姿势。

二十三天前，"鹈鹕"号货轮返回黄埔港后，她立即被押送到了位于百子路上的日本南支派遣军给水部队。这地方她有印象，以前叫"中山医科大学附属医院。”

立雪原以为，到了这里后自己会被关进某间阴暗的囚室，接受审讯、拷问，然而日本人并没这样对待她，而是将她单独安置在了一间干净、整洁的病房里。这多少出乎了她的意料。

更让立雪感到不解的是，接下来的这段时日里，日本人对她的照顾可谓无微不至：每天都有医生护士来给她检查身体、护理伤口。给她提供的食物，搭配也颇为用心，除了每天早餐的牛奶、鸡蛋，中午和晚上对方会变着花样给她提供鱼、肉、各种时蔬和主食。而且，和她接触的医生、照顾她的生活护士，对她的态度都相当温和。这一切，让她感到是那样地不真实，心底隐隐生出某种未知的惶恐。

这期间，那名叫玉川云子的女人来过病房两次，询问了她一些事情。对方着重询问了她过往的病史，如：以前得过什么重大疾病，尤其是传染性疾病；家族有没有遗传病，等等。而且，在询问过程中，这个女人对她保持着基本的尊重和礼貌，并不强迫她回答不愿意回答的问题。因而，立雪并不抗拒回答这些单纯的医疗性问题。

鉴于特高课女课长温和的态度，立雪好几次都想从对方口中打听阿豪的消息，但每次都强忍了下来。她能看出，对方很希望她提及阿豪的事，然后就能把话题引向这方面，好从中得到些什么。最终，她只向对方提出了一个请求——希望见父亲樊兴业一面。对此，女课长的回答是，等你身体彻底康复后我们会安排。直觉告诉立雪，对方是在说谎……

“这是‘甲一零九号猿’最新的体检报告。”玉川隆盛的办公室里，玉川云子将一份文件递给坐在沙发上的父亲，“她的各项生理指标都达到了健康标准。”

玉川隆盛接过报告，灰白的眉梢挑了挑，问：“甲一百零九号？”

玉川云子稍感诧异，她不认为“零号”项目的专家组组长，不清楚这个编号的含义，不过仍然认真答道：“她是第一百零九个抗血清实验甲等猿。”

玉川隆盛摇摇头：“她不应该归到这个序列。”接着不等女儿回答，又对坐在对面沙发的鸠山道，“鸠山君，你认为呢？”

副组长鸠山稍一思忖，赞同地点点头，对玉川云子解释道：“这个活体很特殊，她的‘初次反应’没经过我们的医疗干预，而且从我们已知的信息来判断，她感染上‘零号’之后完全是自愈。因此，她很可能是首例‘零号’的特异性免疫体，的确不应该和之前的实验体归于一类。”

“明白。”玉川云子点头。她虽然不是细菌学专家，但一直以玉川隆盛助理的身份参与“零号”病菌的研制，自然能听懂鸠山口中“初次反应”“特异性免疫体”这些专业名词。

任何病菌的抗血清研制，都要对活体——牛、羊、兔、鼠——进行两次以上的病原体注射才能使活体血液中的“抗体”的浓度达到合格的效价值，然后再抽取这些活体的血液，制备出针对某种病菌的抗血清。

而第一次病菌注射后，活体的免疫系统在病原体刺激下，血液中分泌出“抗体值”即“初次反应”。当然，在一种新型病菌的抗血清研制过程中，会有大量的实验活体死亡，尤其是“初次反应”阶段。毕竟，科学研究的过程亦是“试错”的过程，某种程度上需要碰运气。

为了运气更好，玉川隆盛决定直接使用人而不是动物来作“零号”病菌抗血清的研制活体。

不过，实验结果让他非常失望——在先后给一百零八名健康“猿”进行微量病原体免疫注射后，他们悲观地发现，没有进行后续医疗干预——给实验活体服用磺胺类药物——的“猿”，“初次反应”的死亡率是百分之百，而进行医疗干预的组别，尽管有百分之三十一的“猿”存活，但这些幸存者如果不再次进行医疗干预，无一能挺过第二次“病菌免疫注射”，也就说，没有一个活体血液里的“抗体分泌值”能达到合格的效价值。

因而，当玉川隆盛从鸠山口中得知，有一名疑是“零号”的感染者竟然不药自愈的消息后，是何等的惊喜。尽管他相信，只要实验继续进行下去，迟早会发现或制造出一名、两名，乃至更多的特异性免疫体，但这需要时间，漫长而未知的时间。

“她的编号为‘特一’吧。”玉川隆盛放下手上的体检报告，对女儿和鸠山道，“希望她是第一个特异性免疫体。”

“是。”玉川云子兴奋道，“‘零号’的抗血清一旦研制成功，‘末日计划’即可展开，从而一举打破中国战场的僵持局面。父亲，您将为帝国立下不世之功！”

“我更关心的是科研，而不是战争……”玉川隆盛朝女儿摆摆手，对鸠山道，“鸠山君，今天就开始吧。”

鸠山点头：“已经准备好了，我会亲自给她注射……”

地下基地入口，立雪缓步走过六米长的石灰槽，然后被一男一女两名日军医兵押进边上的消毒间。

哧哧喷射着白雾的莲蓬头下，一名身穿白色手术服、脚穿条纹橡胶长靴、戴连臂胶皮手套的人缓缓转动着身体。当过两年护士的她，对甲芬升汞混合液汽化后的味道并不陌生——每次外科手术都会大量使用这种灭菌消毒药水。

这一幕，让立雪有瞬间的恍惚，像是回到了过去某个场景——自己还是一名护士，正准备协助大夫进行一次手术。不过接下来，当那个白色身影关上喷雾器开关，取下护目镜看向她时，一股来自灵魂深处的恐惧让她浑身一颤——对方那冷漠而锋利的眼神，不像是在看一个人，而是在审视一具待解剖的尸体……

陈俊生头戴斗笠，蹲在街边，竭力掩饰着心中的焦虑和不安。他面前停放着一辆木板手推车，车上放着几盆龟背竹、虎皮兰、红掌等适合冬季养殖的室内盆栽——选择贩卖绿植这份“职业”，便于他走街串巷四处联络。

清晨在南石头村外和阿豪、小禾分手后，陈俊生直奔堑口码头，在那里坐渡船过了北江，然后一口气赶到了惠爱西街。

今天是一月二号，他是上个月三号那天，被两个日本兵抓去难民所做苦工的，算起来已经和组织脱离联系三十天了，心中甚是焦急。作为南委广州联络站的交通员，陈俊生深知自己这段时间的失联，会给组织的正常运转造成很多麻烦。不过值得欣慰的是，他这次可以说超额完成了组织的任务，他希望第一时间将自己这一个月在难民所的所见、所闻向上级汇报。

然而，当陈俊生急匆匆来到惠爱街，看到的却是平安药房紧闭的大门和门上贴着的封条。他没敢停留，甚至没有向这里的街坊邻居打听一下平安药房发生了什么，装作一名无关路人，不疾不徐地从药铺门前走过，直到拐过街角才加快脚步。

平安药房被查封，意味着老吴和小武肯定出事了。在这种极端情况下，按组织地下工作的原则，他应该立刻切断和其他同志的联络，紧急赶往粤北大浦向上级组织汇报。

不过，陈俊生觉得，自己在离开之前必须确定一件事——老吴不止一次郑重地提醒过他，广州联络站的所有人都可以出事，但樊兴业同志不能！

于是，陈俊生在反复确认自己没有被人跟踪后，先去了趟花市街，找到他平常打散工的一家花草铺子，领了小车和兜售的花草，直奔六二三路，在兴业公司这栋白色骑楼的廊柱下摆上了摊子……

九点刚过，樊兴业的别克牌轿车从大街上驶来，缓缓停在了公司楼前固定的停车位上。

樊继宗抢先从驾驶室下来，拉开后座的车门。樊兴业下车后，目不斜视径直朝公司大门里走去。

“卖花的……”跟在父亲后面的樊继宗看见了陈俊生，于是停步招手，不客气地喊，“赶紧过来，找你好些天了……”

“哟，老板，要照顾生意啊？”陈俊生忙笑着上前。

樊继宗扬了扬刚脱下来的皮手套，作势要打。“狗屁生意！说好每礼拜来侍弄一次花草，你跑哪去了？我告诉你，那些花要是死了，全给你退回去。”

“别，老板，我这就去伺候……”

两分钟后，樊继宗领着陈俊生走进公司二层董事长的办公室。宽大的房间里，先到的樊兴业已经坐在办公桌后，一名女职员正将他脱下的黑色毛呢大衣挂在边上的枝形衣架上。

“看见没有，都快枯死了。”樊继宗指着窗户边两盆半人高的绿植对陈俊生嚷道。

“死不了，死不了。”陈俊生一边赔笑，一边快步走到盆栽前，从背囊里取出一把小铲子，蹲下身铲土。

“我有几个电话要打，不要让人进来打扰。”樊兴业一边翻看文件一边对给他泡茶的女职员说。

“好的，董事长。”面容姣好的年轻女子，将泡好的茶轻轻放在樊兴业右手前方，转身走出办公室，拉上房门。

樊继宗贴着门听了听外边的动静后，朝樊兴业和陈俊生两人点点头。樊兴业随即从皮椅上站起，端着茶杯从办公桌后走出。陈俊生也同时起身，朝樊兴业走了两步，压低声音问道："樊先生，平安药房…… 出事了？"

樊兴业沉重地点了点头。

"那老吴他们……？"

"俊生，先坐吧。"樊兴业指了指会客区的沙发。

陈俊生依言在沙发上坐下。

"你先喝茶。"樊兴业坐在他的对面，将手中茶杯放在两人间的茶几上，向前推了推。

陈俊生双手捧起茶杯，没有喝，他看着樊兴业，紧张的神情中带着些许的期待。

"武长顺和吴启明两位同志被捕后……"樊兴业悲痛道，"相继……牺牲了。"

陈俊生捧着茶杯的手抖了抖，滚烫的茶水洒在手上，他却没有一点痛感，颤声问："消息……确切吗？"

樊继宗走到陈俊生身边坐下，双手十指交叉紧紧握在一起。"日本人将尸体扔在北山乱葬岗，我暗中打探到了消息，偷偷去了一趟，找到了他们的遗体……"

陈俊生放下茶杯，双手抱头，沉默了好一会儿才开口问道："联络站怎么会暴露？"

"因为一份情报……"樊兴业说，接着他将自己接到"神秘信件"，以及那之后发生的一系列的事简短扼要地告诉了陈俊生。

"圈套，这一定是日本人的圈套！"陈俊生听完激动地说道，"老吴经验丰富，怎么可能上当？"

"的确是圈套……"樊兴业叹道，"但情报未必是假的。对方提到的人名都是这些同志的真名而不是化名，而且其中两名同志近期的行踪也属于保密的范畴，除了南委有限的几人外没人知晓……还有，如果是假情报，他们何必着急抓人呢？放长线钓大鱼，又或者顺藤摸瓜、一网打尽，不是更好？我不相信特高课不会这些招数。"

陈俊生渐渐冷静下来，认可了樊兴业的分析，忙问："情报呢？南委收到了吗？"不过话一出口，便自知失言。樊兴业和组织上的联系，只有他和老吴这一条线，如今老吴被捕，他刚从难民所逃出来，对方如何与南委联络？

“俊生，这正是我想问你的。”樊兴业盯着陈俊生，目光炯炯，“你们有没有什么快捷、安全的渠道将情报传回南委？”

陈俊生摇头。“大搜捕时，信鸽都转移出去了。这几个月电台又坏了，联络站对外传递消息，只有信件和人力两种方式。”

“老吴应该有别的渠道传递消息。”樊兴业皱眉想了想说，“不然，他那天不会出门。”

“或许吧……”陈俊生道，“但以防万一，我还得赶紧去一趟南委。”

“你不能去，没有意义。”樊兴业摇头，“事情已经过去二十多天了，你现在去已经晚了。如果南委收到了老吴之前传回的消息，早已撤离，如果没收到，最坏的结果已经发生……”

“那我们现在该怎么办？”陈俊生忧虑道。平安药房是组织在广州城里唯一的联络站。如今，联络站仅有的三名成员，武长顺、吴启明牺牲，只有他一个人侥幸从难民营逃出。而雪上加霜的是，上级机关很可能也出事了。这一连串的打击，让年轻的交通员痛苦而茫然。

“俊生，你失联一个月了，什么情况？”樊兴业不答反问。

陈俊生怔了怔，显得有些犹豫。

“我上次听启明同志说，你去南石头村调查一些事情，如果你的任务涉及组织机密，你可以不说。”樊兴业又道。

“樊先生您误会了。”陈俊生忙开口解释，“我不是要对您保密，只不过老吴再三交代，为了您的安全，除了和您工作有关的事，我们执行组织上的其他任务时，一律不许和您有交集，要彻底切割开。”

樊兴业点头道：“这点我知道。不过，现在是非常时期，我们和上级已彻底失去了联系，什么时候能恢复，未知。俊生，你自己权衡一下，如果你觉得你的任务重大而紧急，你就告诉我，反之，你什么也不必说。”

陈俊生低头想了想，郑重道：“樊先生，虽然只是我的猜测，但我觉得这件事，关系到很多、很多中国人的生命……”

樊兴业坐在会客的黑色皮沙发上，右手食指轻轻敲打着沙发扶手，神情凝重。陈俊生端着已经微凉的茶杯，小口小口抿着茶水。他一口气将这一个月的经历全讲了出来，着实有些渴了。

“这么说，南石头村的事已经引起了南委的关注……”樊兴业喃喃自语。

“对，”陈俊生吹了吹杯子里的茶叶，“据老吴说，组织上得知南石头村这两年发生的一系列怪事后，觉得难民所和检疫所大有问题……”

所谓南石头村的“怪事”樊兴业听老吴提起过——

日军占领广州不久，便将南石头村靠江一侧，包括原惩教场在内的一大片土地划为军事禁区，并在这块区域里修建了“粤港检疫所”“日军守备队军营”等建筑设施。

紧接着，南石头村的村民便发现，这里的日本士兵对老鼠和蚊子特别感兴趣，他们隔三岔五就会成群结队地拿着古怪的工具在田间地头抓鼠捕蚊。到后来，兴许是野外的老鼠蚊子被捕捉干净了，这些日本兵干脆闯进村民的家里抓捕。

当然，如果仅仅是抓捕老鼠、蚊子也就罢了，让南石头村村民在心里大骂这些日本兵“畜生、禽兽不如”的原因是，这些日本兵在夏天的时候，时不常会在村民睡觉后撞开某家的房门，说要在蚊帐里捕蚊子，干的却是趁机强奸妇女的罪恶勾当。

此外，这些恶魔还非常嗜血，和他们抓的蚊子一样。他们用各种残忍的方式在村民身上取血，有时候割开村民的耳朵取，有时候是挑断脚筋取，更恶劣的是，他们有一次将一个青年阴茎上的血管切开取血……

然而，强奸妇女、用残忍手段抽取血液，只是这些日本兵在南石头村犯下的罪行之一二。村民们后来又发现，自从村西那座检疫所建成以来，村里隔不了多久便会有人莫名其妙地失踪。尽管没有人亲眼看见，但人人心里都猜测这是日本人搞的鬼。最终，村民失踪之谜被村里一个王姓青年解开。

这个刚结婚不久的小伙子，是在失踪三天后，被日本从检疫所里放出来的。事实上，王姓青年不能算是失踪，因为三名日本兵抓走他时，被一名同村人偷偷看见了。当时两个人都在村外的竹林里砍竹子，相互间离得有些距离，日本兵抓走王姓青年时没发现这名同村人。

同村人回去后立刻将这件事告诉了王姓青年的家人。王家人一听顿时乱了方寸，但没谁敢去找日本人要人——南石头的村民都清楚，他们这些普通老百姓在那些日本兵眼里贱如蝼蚁，别说去检疫所要人，仅仅是靠那里的大门近了些，都可能被守门的日本兵打死。好在王家新过门的媳妇在城里的一个亲戚有些能耐，王家人近乎倾家荡产地凑了一笔钱托对方帮忙赎人。当时新政府还没成立，广州的“傀儡政权”把持在“治安维持会”手里，王家媳妇的亲戚最终走了维持会某个台面人物的路子，日本人才把王姓青年从检疫所里放了出来。

王姓青年回到村里后，所有看到他的人都惊掉了下巴——仅仅被日本人抓去三天，一个健壮的小伙子，变成了个骷髅架子，全身上下还长满了黄水疱。据王姓青年说，日本人将他抓去后，直接扔进了一间小黑屋里喂蚊子。而这样的黑屋子有好几间，里面传出的惨叫哀嚎声不绝于耳。他刚开始还竭力驱赶、拍打，但黑屋里的蚊子数量实在太多，很快他被叮得全身起包奇痒难忍，后来也顾不上打蚊子，双手都用来抓挠痒痒，一刻不停地挠、使劲地挠，恨不得将一身皮都揭下来……那种痛苦简直无法形容，王姓青年说，如果不是想再见父母一面，再看新过门的媳妇一眼，他会在黑屋子的墙上撞死。

王姓青年说完这话后几天便死了。他全身每一寸肌肤都在溃烂、流脓，没有哪个大夫能治得好这病，即便有，一贫如洗的王家人也请不起。而自那以后，南石头村的人们别说晚上独自出门，就连白天也不敢只身前往一些偏僻的地方。

兴许是村民们的谨慎，或者是因为“惩教场”改为“难民所”后越来越多的难民被关了进去的缘故，南石头村再没有人口失踪过。日本人最多是强迫他们中的一些人去难民所和检疫所做苦工，虽然待遇苛刻——只管饭，没有工钱，每个月只能回家休息一天——但大家至少不用担心被用古怪的方式折磨死。

发生在南石头村的这些事，外界鲜有人知道。这里的村民不止一次被日本人派来的狗腿子警告：谁敢将听到的、看到的有关难民所、检疫所的事对外乱说、乱传，便以泄露军事秘密论罪！这项罪名着实吓住了大家，没人敢轻易对外人说起日本人在这里犯下的罪行。再说了，即便对外说了又能怎么样？除了白白送死，什么也改变不了。正义是不会到来的，在这里，日本人就是天！

当然，陈俊生不是外人。虽然他不在村里常住，但时不常也要回来打理一下祖宅，给父母上上坟。

在得知村里发生的这些透着古怪的事后，陈俊生便上了心，找到那些在难民所和检疫所做苦工的同村人，旁敲侧击、零零星星地从他们口中打探出了不少消息，之后又将这些消息向他的上级——老吴做了汇报。

尽管广州联络站的工作职责并非对外收集情报，而是在南委和各地党组织、游击队之间上传下达各项指令、任务，反馈信息，安排人员接头等等，但老吴听完陈俊生的汇报后，也隐隐觉得日本人在检疫所和难民所里进行着某个巨大的阴谋，于是在去年 11 月回大浦南委驻地汇报工作时，他当面对方书记详细汇报了此事，并着重强调了两点：

一、这两年难民所陆陆续续收容的难民大致有四到五千人，只进不出，但目前只剩下不到三百人。

二、检疫所北区极为神秘，只有日方工作人员能进入，守备森严完全不像一个普通卫生机构。而据南石头村的村民讲，检疫所建成初期，经常会有惨嚎声从里面传出，犹如人在被活剐，后来虽然没再听见惨叫声，但在难民所负责抬尸的苦工发现，和检疫所连着的那个化骨池里的尸体，不是缺胳膊少腿就是被开膛破肚，又或尸首分家，甚至这名抬尸人还见过嘴巴一张一合没有完全死亡的人被扔在尸堆上。

方书记听完也感事情诡异而严重，当即指示老吴，以安全为前提，继续在外围收集信息，至于进一步地深入调查，他会安排专门的情报人员接手。

至于外围调查的人选，身为南石头村人的陈俊生自然最适合不过。因此老吴返回广州后，便将这个任务交给了他。在两人看来，陈俊生隔三岔五回一趟村子，和村里的亲友故旧吃吃饭、聊聊天很正常，不会有什么危险。

不料，陈俊生这次回村却发生了意外——正遇上日本人在村里招募劳工。其实，所谓的招募，有人自愿便是招募，没人自愿就是强征。陈俊生年轻，身体好，一眼便被领队的日本兵相中，抓了回去。

既然跑不掉，陈俊生也就老老实实在难民所干起了苦工。他觉得这也是一个实地调查的好机会，等一个月过去，苦工获准回家休息那天离开便是，反正他父母已经离世，村子里没有至亲，也不怕日本人找麻烦。然而，让他始料不及的是，就在他干满一个月，可以离开的前一天，难民所里竟然发生了暴动。

陈俊生当时有两个选择：一是静待暴动结束——他是劳工不是难民，

日本人迟早会放他出去；二是趁机从他事先想好的退路——化骨池边上的水渠——逃出去。表面上看，选择前者很安全，而后者十分危险。但陈俊生不这么认为。

如果这场暴动只是难民自发而起，他会什么也不做，老老实实等着暴动平息，而无论事后难民所管理方如何处罚那些参与暴动的难民，也都牵扯不到他的身上。可问题是，还在这场暴动尚未开始时，因为一张难民所草图的出现，那名日本所长已认定了难民里隐藏着抗日分子，这样一来，这场暴动的性质便完全不同了。

他可以想象，以日本人对抗日分子宁可杀错不可放过的宗旨，暴动过后必然会对难民所来一次彻底的调查和血腥的屠杀。届时，他们这些可以出入难民所的劳工，肯定是重点怀疑的对象。这一点，从那名日本所长特别下令，不允许他和另一名同伴离开难民生活区便可得到证实。

陈俊生心知，哪怕日伪方最后的调查结果显示他和那张草图，以及这次暴动没有关系，但这个调查本身就对他有着莫大的风险——自己能不能在严刑拷打中活下来？即便活下来，对“抗日分子宁可杀错也不放过”的日本人能放过他吗？

于是，暴动一起，陈俊生只用了不到半分钟的时间便权衡出利弊，果断选择了逃跑……

“如果不是这场暴动……”沙发上，陈俊生放下茶杯，心有余悸道，“我未必能活着出来……还真得感谢他们，虽然事情也是他们引起的……”

樊兴业知道陈俊生说的“他们”是那几个带头暴动的人，而正是这些人“主动”交出一张草图，将陈俊生置于危险之中。他点点头，叹道：“这些人有头脑，有胆魄，只是不知道他们组织的这次暴动，最终能有多少难民逃走……”

“那一带是军事禁区，应该逃不出几个……”樊继宗一边给陈俊生的茶杯里续水，一边接话道，“但这也是没办法的事。俊生不是说了吗，难民所霍乱流行，每天都要死上十几二十人，不逃跑迟早被传染上。”

“俊生，你说难民们怀疑，日本人在他们的食物里放了脏东西？”樊兴业问。

陈俊生点点头："难民们私下里叫'难民所'为'收命所'，还编了首打油诗，你们一听就明白了……"他想了想，缓缓念到，"笼中鸟，难高飞，不食味粥肚又饥，食了味粥腹必痛，屙不停，无药止，三天死落化骨池。"

樊兴业脸色阴沉得吓人。沉默半晌，他艰难开口道："老鼠、蚊子、神秘的检疫所、大量死亡的难民……俊生，继宗，日本人应该是在用病菌杀人……"

"病菌？"樊继宗惊愕，思忖后道，"爸，您的意思是……难民所的霍乱是人为制造的？"

樊兴业点点头，分析道："是不是霍乱我不能确定，但从染病后腹痛、上吐下泻这些症状来看，肯定是肠胃方面的疾病。而根据俊生之前所说，难民们在饮食上比较在意，不喝生水，不吃生食，或许之前还有人不重视饮食卫生，但疫病爆发后应该没人敢忽视了。可为什么疫病仍然持续不断地爆发呢？这不合常理……难民们的怀疑有根据，日本人在食物里动了手脚，放了'脏东西'，这种'脏东西'应该就是某种病菌。"

"为什么？"樊继宗不解，"日本人为什么要这样做？"

"粮食。"樊兴业分析道，"日本宪兵司令部和市政府以'维护广州的治安和防止疫病传染'的名义，将香港返乡难民安置在难民所，但实际上，是因为在日本军方的大肆攫夺下，广州的粮食供给非常紧张。目前广州只有六十来万人口，粮食尚需要配给制才能勉强保障，如果大量的香港难民涌入，那么，日本人在广州精心制造的'王道乐土'假象，立刻会现出原形。"

陈俊生皱眉道："既然明知广州粮食不够，日本人为什么还要大肆动员、鼓励在香港的广东人返乡？让他们留在香港不行吗？"

"俊生，你还记得广州沦陷后日本人都干了些什么吗？"樊兴业不答反问。

"烧、杀、抢、掠。"陈俊生咬牙切齿。

"对，"樊兴业道，"日军占领香港后同样是这样干的。他们大肆，而且会持续地掠夺香港的财富和资源，或运回国内，或补充军资。但这样一来，日本人又怎么治理拥有150万人口的香港？"

"所以，这帮畜生就威逼利诱，让广东人返乡，然后……"樊继宗战栗道，"他们要杀多少人才罢手？"

"不知道……"樊兴业摇头，"但绝不止难民所现在关着的那四五千人，还会有更多的人被他们的“归乡政策”骗回来，这会是一个以十万计的数字，不然，日本人解决不了他们在香港制造出来的问题……”

“对，”陈俊生道，“现在停在南石头码头的那几艘‘大眼鸡’船上，也挤满了难民，至少有一千多人。检疫所的说法是，让这些人在船上等待检疫结果，但我觉得日本人是把那些船当移动难民所。因为难民所里根本挤不下了，只能死一批，才能放进一批。”

“因此，日本人需要迅猛、大规模地削减难民人数……”樊兴业继续分析，“当然，南京大屠杀那样的事他们不会再做，以免再次遭到国际社会的一致谴责，以免日本国自我标榜的‘亚洲人民救世主’的形象再次坍塌，尽管全世界都知道那不过日本人自欺欺人的无耻谎言。所以，他们这次‘聪明’了，不再用子弹和刺刀杀人，而是用病菌！这样既能掩人耳目，又能大规模杀死难民，简直邪恶至极！”

“他们以为这样就可以瞒过天下人吗？”樊继宗双拳紧握，指骨嘎嘎作响，他看向陈俊生，“管理难民所的那些中方人员呢，他们难道看不出日本人在搞鬼？不敢站出来阻止，但向上面反映一下情况总可以吧？”说最后这句话时，他下意识地看向身为政府参议员的樊兴业。

樊兴业摇摇头，表示没有从官方渠道获知这方面的信息，随即又讥讽道：“能在日本人手下讨生活的人没有蠢货，一个比一个懂得明哲保身。继宗，你见过几个脊梁断了的人还能站起来？见过几条被驯服的狗会反咬主人？再说，按日内瓦战争公约，使用生化武器属于反人类罪行，日本人肯定会隐秘行事，不会轻易让人抓住把柄。即便难民所某个政府职员心怀正义，又掌握了日本人用细菌杀人的证据，你们觉得他向上面揭发的后果是什么？很可能日本人还没开口，他的上司就会置他于死地。所以，我们不能指望这些人。”

“难民每天都在死去，我们不能就这样眼睁睁地看着，要立刻行动起来……”樊继宗急切道。要做些什么，他想，一定要为这些同胞做些什么！

樊兴业点点头，从沙发上站起，一边踱步一边思忖道：“可以通过电台、报纸揭发日本人这个阴谋，制造社会舆论，引起国际社会的关注，从而给汪伪政府压力，迫使他们去调查。虽然这个调查肯定是走过场、装样子，最后什么也查不出来，但至少会让日本人有所收敛……”

“这个办法可行！”樊继宗眸光一亮，随即皱眉，“现在南委那边的情况不明，香港被日本人占领后，‘八办’也肯定会转入地下，我们怎么将消息传递给组织？”

办公室里，三人陷入了短暂的沉默。大家都清楚一个简单的事实——在日伪控制的沦陷区，没有任何一家报纸、电台敢报道、能报道“日本人用病菌大规模杀死香港返乡难民”这样的新闻。因此，要揭露日军在南石头难民收容所犯下的反人类罪行，只能借助重庆和延安的官方媒体，如国民党的《中央日报》和共产党的《新华日报》。不过，他们目前面临的难题之一便是，如何将这里的消息传递给组织？

“我去趟阳台山。”陈俊生开口打破沉默，“通过游击队和组织取得联系。”

樊兴业点点头，心知在目前的情况下，他们要主动和上级联络只能通过广东省委领导下的这两支游击队了。“不过，仅仅将消息传递给组织意义不大，我们还要取得证据。”

“对，要有证据。”樊继宗接话道，“日军在难民所使用病菌杀人只是我们的推测，且不说官方媒体在没有证据支持的情况下，会不会报道这件事，即便消息见报，日伪方也可以说这是国共两党的舆论战，是故意‘抹黑’‘污蔑’日军方，难以达到我们希望的效果。”

陈俊生思忖后，正色道：“樊先生，收集证据的事组织上肯定会有安排，您这边就不要参与了，这既是为了您的安全，也是组织纪律。”

“俊生，现在是非常时期……”樊兴业重新坐回陈俊生对面，郑重道，“什么时候能和组织恢复联系，我们心中都没数。你亲眼所见，难民所的难民每天都在大量死亡，我们可以等组织的消息、等组织的安排，但他们等不起。我们早一天拿到证据，早一天揭露日本人的阴谋，就会多救下一些人。”

“老吴说过，我们都可以出事，唯独樊先生您不能……”陈俊生依旧摇头，“他说，在任何情况下我们的首要任务是保证您的安全，因为您已经不是您自己，而是组织的重大资产！”

“俊生，我现在比以往任何时候都安全。”樊兴业道，“二十天前，宪兵司令原田亲口告诉我，我已通过了日方最严苛的政治背景调查，即将得到日方在华最高管理机构兴亚院的重用。”最后，他用略带调侃的语气说，“现在，我已经是一名‘铁杆汉奸’了，特高课不会再在我身上浪费时间和资源。”

樊继宗见陈俊生仍在犹疑，补充道："这段时间我仔细观察过，以前跟踪我们的'尾巴'没了。还有，我家对面那栋别墅也换了主人，我曾怀疑那里是日本人的一个监视站点。所以，原田的话虽然不能全信，但我们的环境的确比以前宽松了不少。只要保持谨慎，安全上应该没有什么问题。"

陈俊生被父子二人说服，想了想问："可证据如何收集？难民所、检疫所这两处地方都守卫森严，除非我们能策反他们的内部人员，但这样做风险太大，短期内也很难做到。"

"的确很难。我们都不是专业的情报人员……"樊兴业喃喃说道。起身在房间里来回踱了几步后，他仿佛做出了某个决定，抬腕看了一眼手表，对陈俊生道，"俊生，你在这里待的时间不宜过久。下午三点，你再送一盆花过来，有任务交给你。"

"好。"陈俊生从沙发上站起。

"继宗，送俊生出去后，你守在门口，别让任何人打扰我。"樊兴业叮嘱儿子。

樊继宗点点头，领着陈俊生离开。

待办公室的门重新关闭，樊兴业径直走到书架前，找到那本《新旧约全书》抽了出来。

这本中华书局于1925年出版的基督教圣经，是老吴送给他的，那位素未谋面的"云海"同志也有相同的一本。老吴将这本"密码书"交给他的同时，还告诉了他一套密码编译方法和联系方式，并强调说，只有在十分紧急，且无法和他取得联系的情况下才能和"云海"同志联络。至于"十分紧急"的定义，老吴的解释是——你的身份即将或已经暴露，需要紧急撤离的时候。

樊兴业从老吴话里透露出的信息判断，这位"云海"同志既然能在"十分紧急"的情况下掩护自己撤离，那么能力和能量应该不小，而且极有可能是位打入敌人内部的同志。

现在，他认为情况已然"十分紧急"，甚至是"万分紧急"——事关成千上万，甚至十万、二十万国人的生命……

第二十四章　致命的秘密

特高课审讯室里，老郭被牢牢绑在“老虎凳”上。他鼻青脸肿，赤裸的身躯上遍布血红、狰狞的鞭痕，显然已经被折磨一段时间了。此刻，两名行刑手竭力抬起他的双腿，在撕心裂肺的惨叫声中，将第四块青砖塞在他的脚下——这是老虎凳使用的极限，如果再垫第五块砖，受刑者的双膝便会被生生折断。

“说，你到底是什么人？”主审小泽在两名助手退开后上前问道。

老郭牙关紧咬，浑身战栗，显然在极力忍受着双腿上传来的巨大痛苦。“我……只是……难……民……”艰难地说出这几个字后，他眼珠子一翻，昏厥了过去。

昨晚，老郭和眼镜男子在下水道里爬了近一个小时后，终于从下水道位于珠江边的出口钻了出来。这时，难民所里的暴动已经平息，枪声也不再响起。然而，他们的好运也就到此为止——就在两人潜入江中，准备顺流逃走时，被一队在江边巡逻的日本士兵发现了。眼镜男子被当场打死在了水里，而他则被追上来的日军巡逻小艇抓住。

紧接着，老郭被押回难民所，和其他一些参与这次暴动并活下来的难民一起接受审讯。很快，他便被好些人指认出，是这次暴动的主要煽动者之一。

在难民所这次暴动中，除两名伪警被杀外，日军看守死亡三人、重伤四人，可谓损失重大。原田闻讯后大为震怒，觉得这场暴动肯定和抗日组织有关，命特高课彻查。于是，老郭等几名暴动领袖，被连夜押送进了宪兵司令部监狱。

哗啦，一瓢冷水浇在老郭脸上，几秒钟后他虚弱地睁开双眼。此时，他脚下的青砖只剩下三块。不过，这并不意味着他比之前好受——双膝处骨裂般的疼痛将持续消磨他的意志，直至心防崩溃。这正是“老虎凳”这种古代刑具至今还深受刑讯者青睐的原因。

“郭柄华……”小泽拿起审讯桌上的一份笔录看了一眼后，阴恻恻地盯着老郭，“这应该是假名吧？没关系，名字不是重点。先说说，你半年前冒充流浪汉，主动进入难民所是受了谁的指使？”

“不想饿死……所以去了，没人……指使……”老郭喘息着说道。

小泽朝身边那名矮壮助手努努嘴，后者会意，快步走向老虎凳后部的十字木桩，拽了拽木桩上那根套在老郭脖子上的麻绳，然后将手中一根尺长的木棍插进套绳和木桩的空隙之间，缓缓绞动绳索。这叫“绞脖”，特高课刑讯时常常用来和老虎凳配合使用。

随着脖子上的麻绳越勒越紧，窒息和头部充血造成的痛苦迅速超过快被折断的膝盖，老郭张着嘴，双眼翻白，满脸涨得通红，喉咙里发出呃呃地惨哼声，像是下一刻就会断气。行刑手显然很有经验，对绞脖的力道、节奏和时间掌握得恰到好处，在老郭感觉头部即将爆裂的前一瞬，他迅速回转手中的绞棍，让死神暂且退下。

“当初怕饿死，你主动进难民营，”小泽诡谲地笑了笑，“现在为什么又要逃走？还煽动、组织难民暴动。郭先生，这好像说不通吧。难道现在你走出难民所就不会饿死了？”

“饿死……总好过……被你们用病菌毒死！”老郭虚弱地说道。

“你说什么？”小泽愕然。

“别说你不知道……难民所的疫病是怎么回事……”老郭深呼吸几次后，攒了些气力，他愤怒地瞪着小泽，大声吼道，“是你们在井里、粥里投放了病菌，是你们在制造霍乱……别以为我们都是傻子……你们将人从香港骗到广州，关在难民所里，就是想全部杀死。畜生，你们这帮毫无人性的畜生……”

“混蛋，胡说八道！”小泽大骂，对行刑手喝道：“绞死他，绞死这个污蔑帝国皇军的家伙。”

事实上，小泽此刻的内心并不像他表现出来的这般气急败坏，他只不过在用愤怒来掩饰心底的惊恐与不安，同时他也需要以愤怒为借口杀人灭口。

虽然小泽不知道参谋本部下达了一道“用细菌消灭香港难民”的密令，

但当他听见老郭的这番指控后，心底蓦然升起一股惊悚之感。

难民所近期爆发疫病之事，他也有所耳闻，心里即便不完全相信对方所说——这一切都是因为难民的饮食被投放了病菌所致，但也不敢排除有这种可能。毕竟，空穴来风，必有其因。

而这个“因”，小泽隐隐能够猜到——宪兵司令部对大量的、源源不断涌入广州的香港返乡难民十分头疼，认为如果不妥善安置，这场汹涌的难民潮将彻底摧毁广州的社会秩序。

当然，即便眼前这名暴动领袖所说是事实——军方为了迅速且大规模地消灭难民，在难民所使用了细菌武器——小泽也不会因此感到丝毫的羞耻，不会对那些因此丧命的难民产生半分的怜悯和同情。此刻让他惊惧不安的是，他不能、也不该接触到这个显然保密层级极高的军事秘密。

因而，小泽不能再让这场审讯继续下去，不管对方是哪个组织的人，脑袋里有多少秘密，他都不想知道了，必须让这个“胡说八道”的家伙闭嘴，彻底闭嘴。不然，对方每多说一个字，他的危险就会大上一分。

事后证明，这名长期与阴谋和黑暗为伍的特高三课副课长，对危险有着远超常人的预见性，正是他此刻狠辣、快速的决断，救了自己的小命——两年后，难民所所长的场守喜，被调至前线作战部队，很快便死在了东南亚战场上。

老郭仿佛听见了自己喉骨被勒断时发出的轻微脆响，他瞪圆的双眼里浮现出一抹夹杂着解脱、遗憾和蔑视等诸多情绪的眼神后，便失去了所有生命之光。

老郭自从被日寇抓住后，便知自己必死无疑，无论他承不承认抗日分子的身份。或许别的中国特工被捕后还有活命的机会，但他没有，哪怕他的真实身份在日伪眼中应该比一些叛党、叛国的汉奸更有价值，日本人也会毫不犹豫地处死他。

因为他知道，他亲历了日本人一个天大的阴谋——用病菌杀人，大规模地杀死难民！所以，老郭觉得自己最好的结局是速死，所以他要大声说出日本人的阴谋，并激怒那名审讯者。现在，他得到了自己想要的结果……

见老郭断气，小泽立刻从负责笔录的士兵手中拿过审讯记录，迈步朝审讯室外走去。在拉开门之前，他停步转身，阴鸷的目光在室内剩下的三人——两名行刑手和那名负责笔录的士兵——脸上一一扫过后，厉声道："这次审讯，你们看到的，听到的一个字也不许说出去。尤其是那些污蔑皇军的言语。明白吗？"

"是。"三人齐声应道。

审讯室外的走道昏暗、狭长。林文涛手里拿着一只牛皮纸公文袋，朝出口走去。"林翻译……"一个声音从后面叫住了他。

林文涛转身，推了推鼻梁上的金丝边眼镜，看清来人后微微躬身道："是小泽副课长啊，请问有什么吩咐？"

小泽走近，眼里警惕之色一闪而逝，微笑道："林翻译怎么在这里？"问完他才想起，这位司令部总务处的翻译官，两天前已被借调到了特高课。

日军攻占香港后，需要大量通晓汉日双语，尤其是会说广东话的翻译人员，来协助新成立的日军总督府管理这座以华人为主体的城市。虽然香港不乏这方面的人才，但考虑到是新近占领之地，军政府和香港社会相互间尚未建立起足够的信任，于是总督府军政厅紧急从广州的日伪机构抽调了一批翻译人员过去。这样一来，广州这边的翻译员岗位上便出现了不少空缺，需要增补。特高课也不例外，被抽调走了两名翻译，于是从宪兵司令部机关借调了林文涛过来临时协助工作。

"赤松班长让我来协助审讯……"林文涛指了指边上的三号审讯室，脸上露出心有余悸之色，"坦率地讲，鄙人不太适合这工作啊……"

小泽扭头看了一眼斜对面的审讯室，里面隐约传来犯人阵阵惨嚎声。他呵呵一笑，拍着林文涛的肩膀宽慰道："多参加几次审讯，习惯了就好。"

这时，一声高亢而惨烈的叫声从审讯室里传来，林文涛嘴角抽搐了两下，苦笑道："我这人见不惯血，还是申请调回总务处吧……"

街边，阿豪坐在擦鞋摊的竹椅上，视线透过黑色玳瑁框平光眼镜，从手上那份《新民日报》的上沿射出，隐秘地观察着斜对面兴业贸易公司周边的情况——进出大门的职员、客人，外廊下过往的男男女女，沿街叫卖的商贩……一一落在他的眼里。

他现在看起来是个有钱且体面的人——脚下的黑色牛皮鞋、身上穿的深灰色西服套装、领口上系的宝蓝色丝质领带和头上戴的黑色圆边礼帽，都是高档货色。

当然，他这一身行头，包括左手手腕上那块银光闪闪的西铁城腕表、兜里的三百日元，全是黎悟成，也就是千竹帮的成五爷应他要求提供的——装扮成一位上流人士，外出时可以省去不少麻烦。至少街上巡逻的那些警察，轻易不会拦下他盘查。

下午从黎记水产行的后门出来后，阿豪先是冒充市政府的工作人员给樊府打了电话，得知樊兴业今天在公司办公后，他对接电话的女人说有重要文件要给樊参议送去，从对方那里要到了兴业公司的地址。

来到六二三路，在坐下来擦皮鞋之前，他花了半个多小时在这栋二层骑楼的四周和相邻的街巷里转了几圈，设计好了两条逃跑路线，已备这次贸然造访出现不利的情况下使用。

樊兴业的“座驾”就停在骑楼廊外，显示主人应该在这栋楼里。阿豪的目光一落在这辆黑色别克牌轿车上，便不由想到了二十几天前，他在东山堂劫持樊兴业的那一幕。

“如果早知道他是立雪的父亲，之后的一切都会不同，至少立雪不会吃那么多的苦，受那么多的罪……”他不无苦涩地想，这老天爷还真会作弄人！

带着小禾从难民营逃出来，并帮小姑娘找到她二叔公后，阿豪觉得对自己，以及对救了自己一命的黎悟本一家都算是有了交代。至于“寻找黎耀坤父子三人”这事，他不认为自己能比千竹帮的五爷更有办法。而且，以他“通缉犯”的身份，参与这件事更多是给黎悟成找麻烦，帮倒忙。

小禾的事一了，除了妻子的下落，阿豪的心里再没有别的牵挂。二十多天过去了，立雪现在怎么样了？是在樊兴业的帮助下已经脱离日本人的魔爪，还是仍被关在某个监狱里？宪兵队那帮畜生有没有折磨她？……这些问题像毒虫一样，无时无刻不在啮咬着他的灵魂。

按常理推测，日本人已得到了那两卷胶卷，而自己这个“通缉犯”也已经跳海，能活下来的机会微乎其微，特高课再关押立雪没有太大的意义。这种情况下，有樊兴业这样的大人物出来替自己的女儿作保，日本人应该会给面子，放了立雪。

当然，阿豪心知这只是自己美好的期望，事实如何还需要确认……

在两名伪警溜达着从白色骑楼的外廊下走过后，阿豪收起报纸，正要起身，却突然瞥见两个“熟人”从兴业公司的大门里走出。在感到愕然的同时，他下意识地将手中的报纸重又打开，遮挡住自己大半张脸。

“这两天勤来着点，”樊继宗站在门口对陈俊生恶声恶气道，“发财树死了可不吉利，到时候我非拆了你的摊子不可。”

“不会、不会……老板放心。”陈俊生点头哈腰，卑微地笑着。

樊继宗不耐烦地挥挥手，然后掏出香烟弹出一根递给边上门房。“老李，来一根？”

五十来岁的长袍男子笑着接过香烟，瞥了一眼樊继宗手上的烟盒，说：“百雀……好烟啊。”

樊继宗自己点上根烟，看着陈俊生离开，确定他身后没有尾巴后这才转身。“你拿去抽。”他将半包烟拍在老李手上，转身返回楼里。

“谢樊少打赏。”门房朝樊继宗背影呵呵一笑。

看着陈俊生渐行渐远，阿豪紧锁的眉头散开。无论陈俊生出现在这里只是单纯的巧合，还是这名神秘的苦工和樊继宗之间有某种隐秘的关系，他今天都要见樊兴业一面。

“樊参议在吗？”五分钟后，阿豪走进兴业公司的大门，对正在吞云吐雾的老李道，“我姓罗，是市政府的人，有重要公务和樊参议谈。”

老李上下打量阿豪两眼，觉得对方的穿着、派头的确像是个有身份的人，也不敢怠慢，拿起墙上的内部电话打了出去。不一会儿，随着“咚咚咚”的脚步声，樊继宗的身影出现在正对着大门的楼梯上。

“哪位是罗先生？”樊继宗瞥了一眼坐在椅子上看报的阿豪，对门房道。后者朝阿豪努努嘴。

阿豪折好报纸，放在边上的报刊架上后，起身朝樊继宗走了两步，伸出一只手。

“你好！”

樊继宗迟疑着伸出手，在和对方握手的刹那，他终于看清了对方帽檐下、镜片后的双眸，手臂不由微微一颤。

“你……好……”

“你好大的胆子！”二楼一间小型会客室里，樊继宗插上门栓，压低声音对阿豪道。

“以樊老板的身家，应该还看不上那三万日元。”阿豪一脸淡定，“再说，我们应该是一家人。”

“谁和你是……”樊继宗对阿豪可谓恨得牙痒，这个家伙先是破坏了组织的电台，后来又胁持他们父子，但对方的确是他继父的女婿，因而不得不将后半句话生生吞下，顿了顿改口道，“我姐呢？她还好吗？”

阿豪闻言脸色瞬间沉了来，这是他最不希望从对方口中听到的话。

“你们不知道吗？她被宪兵队抓走了。”

“你说什么？”樊继宗一惊，上前一步，身体几乎和阿豪贴在了一起，“你不是救走她了吗？”

为了立雪的事，樊兴业多次找过原田冈夫，后者曾亲口对他说：“你女儿被她的丈夫救走了。”

原田还对樊兴业说，这件让宪兵司令大损颜面的事本来该对外保密，只不过碍于双方之间深厚的友谊，他才如实相告。

樊兴业当然不会轻易相信原田的话，之后又托人打听了特高课那次诱捕段世豪的行动。虽然宪兵司令部的确在内部下达了封口令，不许对外透露这次行动的任何信息，但毕竟参与行动的人较多，宪兵队和警察局的人都有，以樊兴业的人脉不难打听到这次行动的一些细节和结果。而从几个渠道反馈的信息都表明：那是一次极其失败的行动，段世豪竟然从特高课的重重包围中，救走了他的女人。

原田的话加上这些来自内部的消息，让樊兴业和樊继宗一直悬着的心放下了——有个豁出性命也要保护住妻子的丈夫在身边，他们不需要过于担心立雪的安全。接下来慢慢寻找便是，只要人活着，总有重逢的那天。

不料此刻，阿豪却说立雪被宪兵队抓了，让他如何不惊愕。

“我们坐的船，在珠江口被宪兵队的巡逻艇追上了，立雪她……”

“混蛋！”不等阿豪说完，樊继宗一拳狠狠砸在他的小腹上。

阿豪猝不及防挨了一拳，噔噔噔退了好几步，背靠墙壁，单手捂着肚子，疼得直咧嘴。

“你知不知道，当时原田已答应父亲放人，要不是你乱来，我姐早就跟我们回家了。”樊继宗愤然道。

阿豪当时哪知道在广州政商两界大名鼎鼎的樊兴业就是樊东楼，是妻子寻找了十多年的亲生父亲。不然他也不会像樊继宗所说的“乱来”，采取那种极度暴力而危险的方式救人。

但现在一切的辩解都毫无意义，他忙恳切地对樊继宗道：“那就请你父亲现在去保释立雪，他应该有这个能力。”

“还用你说？”樊继宗恨声道，“倒是你，赶紧有多远躲多远，不要再出现在这里。我警告你……即使我姐出来了，你也不能见她，那样只会给她，给我们全家带来灾难。明白吗？”

“只要能救出立雪，你们要我做什么都可以。”阿豪道，“我发誓，一旦确认她安全了，我愿意彻底消失，永不见她。”

此刻，立雪在“鹈鹕”号艉楼天台上那番让他痛彻心扉的哭诉，又在阿豪脑海中响起：“经历这么多事，难道你还不明白，老天是不会让我们在一起的！它只会给我们降下无穷无尽的灾难……”

从不信世上真有神灵的阿豪，甚至愿意对满天神佛起誓，如果妻子真的安然无恙了，他愿意就此离开她，不再违背这些神仙大佬们的意志。

捕捉到阿豪眼底那抹一闪即逝，却深沉而浓烈的痛苦之色，樊继宗有些于心不忍。事实上，他尽管对阿豪没什么好感，但打心眼里佩服这个男人——别的不说，仅是对方身绑炸药，孤身对抗数十名全副武装的日伪军警的这份胆魄，就令这世界上绝大多数的男人汗颜。而对方之所以做出这样疯狂而亡命的行为，是为救他的姐姐，这让樊继宗如何不为之感动？

可是，此刻的樊继宗必须用冷酷无情将这份佩服和感动隐藏。阿豪是被日伪通缉的要犯，而他们父子则是“黑暗中的行者”，双方都不能见光。接近，会给彼此本已危机四伏的生存环境平添莫测的风险，因而他要逼迫阿豪远离，尤其在他们即将展开一次危险而重大的行动之际。

“留下一个联络方式，赶紧离开，”樊继宗冷漠道，“有了消息我通知你。”

阿豪想了想，突然问道：“原田什么时候告诉你父亲我救走了立雪？具体是哪天？”

樊继宗微微皱眉，立刻明白自己忽略了什么，反问道：“我姐是哪天被抓的？”他先前太急于让阿豪离开，以至于忘了问一些关于立雪被抓的细节，下意识以为是这两天才发生的事。

“上个月八号晚上，日军攻打香港的前一天。”阿豪说。见樊继宗倏然变色，他心中一凛，忙问，“怎么，是这之后？”

“父亲找过原田多次……”樊继宗沉声道，“他一直以案件高度涉密为由，拒绝透露详情。不过他向父亲承诺，会保证我姐的安全，说案子很快就会有结果，到时候他会第一时间放人。直到一周前，也就是日军攻占香港的二天，父亲受邀去宪兵司令部参加‘祝捷会’的筹备会议，借机再次向原田追问我姐的事，他才透露说你已将人救走了。”

“原田显然不想放人……”阿豪皱眉道，“我要见你父亲，有些事我必须当面对他讲。”

樊继宗想了想，缓缓点头。事情比他之前预想的严重、复杂许多。原田对父亲隐瞒立雪被捕一事的目的，仅仅是因为案子本身的缘故，还是又在设计一场针对他们父子的阴谋？要想对此做出准确的判断，他和父亲需要阿豪提供更多相关的信息。

半小时后，樊兴业的办公室。三个坐在会客区沙发上的男人陷入沉默。阿豪已将自己和立雪这次逃亡的起因和经历，包括无意间卷入“桥本案”一事，都对樊兴业父子二人完整地讲了一遍。

当然，他在讲述中，没有提及虾仔、黄七指、林文涛、陈俊生这些人的名字，只以朋友代称，也没有透露自己和秦芳好曾经的关系。他觉得隐瞒这些信息，并不影响樊兴业对整件事的了解，以及对立雪目前的处境做出正确的判断。

“雪儿被捕时身上的伤好了吗？”消化完阿豪一系列疯狂而危险的“事迹”后，樊兴业沉声问道，目光中有掩饰不住的痛楚和怒意。

“还没有痊愈……”阿豪自责道，“是我考虑不周……”他垂下视线，对面那个五官和妻子隐隐有些相似的中年男子，有资格也有理由对他不满。毕竟，立雪这些年吃苦、遭罪，如今又深陷囹圄，这一切都是他造成的。

“现在说这些还有什么用？”樊继宗道，“剩下那个胶卷呢？还在你手中吗？”。

“那东西只能引来日本人更疯狂的追捕……”阿豪摇头，“我托人转交给了秦芳好，现在应该到了日本人手里。”

樊兴业和儿子飞快地对视一眼，都看到了彼此眼里深深的失望——桥本被宪兵司令部通缉之前是检疫所的医师，身上携带的那两卷微型胶卷里，很可能有他们目前最迫切需要、又难以获取的，可以揭露日本人使用细菌杀害国人的证据！

在心中长叹一声后，樊兴业对儿子道："给原田办公室打个电话，说我希望在今天晚些时候拜会司令官阁下。"

樊继宗点点头，悻悻瞥了一眼阿豪，起身走向办公桌。

独自面对樊兴业，阿豪越加尴尬，他给对方留下的第一印象可以说糟糕到了极点——女婿绑架岳父！世上哪有这样荒谬的翁婿见面？

"世豪……"樊兴业向前欠了欠身子，语气缓和，"我可以这么称呼你吗？"

"当然可以……"阿豪道，"您叫我小段也行。"说着他起身将樊兴业面前的茶杯端起，双手递上，"上次的事让您受惊了，还请原谅。"

"你也是为了雪儿，不必端茶认错……"话虽如此樊兴业仍然接过茶杯，"不过你奉的茶我倒是有资格喝上一口。我们从今以后就是一家人了，是吗？"

"是，伯父。"阿豪点头一礼。

"伯父？"樊兴业微微一怔，随即苦涩地笑了笑，"看来，救不出雪儿我是没资格当你的岳父了……也好，等一家团聚后你再改口吧。"见阿豪想解释，他摆手制止，"坐下说话。"

阿豪依言重又在沙发上坐下。

樊兴业的目光在阿豪憔悴的脸颊和灰白的鬓角上扫过，喟然叹道，"你也吃了不少苦啊，才几天不见就老了一大截……"

阿豪下意识揉了揉脸颊，苦笑道："这样挺好，不会被人一眼认出来。"

"给我说说难民所的事……"樊兴业放下茶杯，正色道，"听说那里疫情严重，真实情况如何？"

先前阿豪讲述自己这段经历时，不想浪费时间，寥寥几句便带过。现在樊兴业既然专门问起，阿豪心知对方肯定有其用意，也越加怀疑先前陈俊生出现在这里并非巧合。

他想了想，认真说道："情况的确很糟，不然难民也不会暴动。且不说人满为患，十个人的号房挤着三四十个难民，让人真正恐慌的是，染病的难民越来越多，每天都有大量的人死亡。”

“死亡原因呢？”樊兴业问，“我听到一个传言，说难民所里之所以爆发疫病，是因为有人在难民的食物里放了‘脏东西’。你在里面待了二十多天，觉得这个传言有根据吗？”

阿豪深深地看了樊兴业一眼，心想，对方应该已经从陈俊生那里得到了很多信息，此刻还如此郑重地询问自己，看来是要在这方面做些什么。

“没有证据，传言就只是传言。”他摇摇头，不露声色地提醒道，“那里形同监狱，而且实际的控制者是日本人不是新政府……”

这时，樊继宗已经打完电话，向他们走来。见对方脸色阴沉，阿豪心中又是一沉。

“原田的侍从官青木说，司令官阁下这段时间公务繁忙，日程安排很满，无法和您会面。”樊继宗对父亲道，“对方还说，如果是公务，请您和司令部副官联系，如果是私事，原田会在方便的时候和您联络。”

樊兴业眉头紧皱，从沙发上站起，一边踱步一边沉吟道：“前次是隐瞒雪儿的消息，这次干脆避而不见……看来，雪儿的事有些麻烦了……”

“伯父，”阿豪也站起身，恳切道，“如果可以换取立雪的自由，我愿意投案自首。”

樊兴业顿住脚步，转身看着阿豪，赞许地点点头：“雪儿有你这样的丈夫，我很欣慰。不过，牺牲女婿换女儿这种事，我樊兴业还做不出来。如果做了，估计雪儿这辈子也不会原谅我。”

“不，”阿豪摇头，“日本人抓住立雪不放，无非是为了我。她已为我牺牲太多……如果伯父这边没有更好的办法，我就去宪兵司令部自首。”

“世豪，事情还没到那一步。”樊兴业道，“再等等，我在官场还有不少朋友，等打听清楚雪儿目前的情况，咱们再商议如何救人。别忘了我是雪儿的父亲，一个亏欠女儿太多太多的父亲……”说着眼角隐隐泛起泪光。

没有晚霞的傍晚，让小而精致的日式庭园更显幽静。花草间，一条朴拙的石径，沿着清澈的小池穿过藤蔓编织的月亮门直抵一栋和室风格的小楼。在小楼的木质回廊上，两名精悍的黑衣男子无声而缓慢地来回走动着，目光警惕地扫视着四周。

书房里，身着黑色和服的玉川隆盛手执一支狼毫斗笔，在桌上铺着的白色宣纸上写下一个大大的“禅”。最后一竖，锋利如剑。

“茶几上有份电报，去看看吧。”玉川隆盛接过玉川秀雄递来的手巾，一边擦手一边说道。屋里只有这翁婿二人。

玉川秀雄走到茶几边，拿起电报纸，刚看两眼，脸色大变。电报上写着：昭和十七年（1942年）元月一日夜，大阪道顿堀街甲十一号室内起火，两人死亡，疑是主妇玉川美惠子和其子玉川清司……

玉川秀雄抖了抖手上这份大阪警视厅发来的电报，不敢置信：“不可能……小姑和清司怎么会在大阪？”

美惠子是玉川云子的生母过世后，玉川隆盛娶的续弦夫人，因此玉川秀雄随云子称其为“小姑”。而玉川清司，则是玉川隆盛和美惠子所生，今年刚满七岁，是玉川隆盛唯一的儿子。

玉川隆盛老来得子，尽管表面对清司态度严苛，心里实则视若珍宝。现在，玉川家族唯一的男丁、将来的继承人莫名死于火灾，让这名年近六十的老人如何承受？

玉川隆盛的视线缓缓从“禅”字上移开，看向自己的女婿，浑浊的双眼里爆射出针尖般的利芒。

“你真不知道？！”

“父亲，您是什么意思？”玉川秀雄愕然，“我已经半年没回国了……”

玉川隆盛死死盯着自己的女婿，他相信，如果这场火灾是人为的，那么面前这个野心勃勃的家伙就是最大的嫌疑人。不过，在收到大阪警视厅最终的调查报告之前，他只能将这份怀疑压制在心底。

“和云子离婚吧！”良久，玉川隆盛沉声道。

“为什么？”玉川秀雄脸色阴沉下来，“父亲不会以为我和大阪的火灾有关吧？”

玉川隆盛冷冷一笑：“如果和你有关，就不是离婚这样简单……无论你背后的人有多大的权势，都保不了你的性命。”

“父亲，我身后有什么人跟我的婚姻无关，不影响我和云子的感情。”玉川秀雄明白今天是摊牌的时候了。

“感情？你和桥本三男又是什么感情？”玉川隆盛一脸厌恶，“别以为没人知道……真让人恶心！”

“对不起！”玉川秀雄满脸通红，朝玉川隆盛深鞠一躬道，“这事已经过去了……相信云子会原谅我的……”

玉川隆盛眯起眼：“你还不死心？那我就把话再说明白一些。你和桥本之间的事可以过去，但窃取帝国的科研成果卖给美国人，这件事能过去吗？！”

“父亲，”玉川秀雄道，“事关重大，没有证据，请您不要再说。”

“你和桥本的龌龊关系就是证据！”玉川隆盛道，“云子已经向我承认，你从她那里骗取了保险柜的密码。如果不是她向我替你求情，你现在应该站在军事法庭的审判席等待死刑判决，而不是在这里！”

“父亲，请听我解释……”玉川秀雄仿佛再也承受不住岳父眼神的压力，扑通一下双膝跪地，“我做这一切都是为了玉川家族的未来……您的研究成果、家族为此投入的人力物力，难道只是为战争服务吗？我这样做，是要将这些本该是您的成果，转变成家族的财富，玉川家族的财富……”

玉川秀雄越说越激动：“父亲，这不是普通意义上的财富，是巨量的、源源不断的财富……我们制造各类这世界上从未有过的病毒，再研制出这些病毒的疫苗、抗血清，就像您现在正在做的那样……然后，我们将这些病毒扩散出去，在中国、亚洲，甚至是全世界扩散，而疫苗和抗血清呢？掌握在我们手中！父亲，您想想，几亿甚至是十几亿人的健康和生命操之在手，将是怎样庞大的财富和权力？那时，玉川制药将成为HR那样的世界顶级医药公司，未来的玉川财阀，也会一举超越现在的三井、三菱成为能左右国内政治的庞然大物……”

“够了！”玉川隆盛走到茶几边盘腿坐下，冷笑道，“既然是为玉川家族，那你在这么做之前，为什么不问问我这个家主的意见？难道怕我会告发你这样‘忠心’的家族成员吗？”

玉川秀雄从地上站起，上前给岳父的茶杯里续上茶，恭敬地站在一边。“父亲，之所以我要背着您这样做，都是为您着想……”

“哦？”玉川隆盛花白的眉梢挑了挑，端起茶杯。

玉川秀雄接着道：“不得不承认，虽然这些研究成果出自您，是您多年心血的结晶，但它是属于军方的资产，我这样做的确……不光彩，而且很危险。所以，您事先完全不知情最好。一旦出事，您不会牵连其中，一切后果都由我独自承担。这也是我没有告诉云子的原因。”

玉川隆盛干笑两声，道：“真是好女婿啊！那你说说，你们为什么选择跟美国人合作，而不是日本公司，比如武田制药这样的医药巨头。虽然同样是窃取军事机密，但跟本国机构合作，至少不算叛国。”

“因为美国无论是资本、科技还是工商业都比帝国强大、先进，而且远离战火，可以让您的研究成果更高效、更迅速地转换成实际财富。”

“远离战火？”玉川隆盛讥讽道，“我还没老糊涂的话，二十几天前山本五十六将军已经将夏威夷变成了一片火海。这是不是让你们很意外，很失望？”

“不，”玉川秀雄摇头，“事实上，我们组织的智囊机构在去年年初就有过研判——美国人迟早会参加这次世界大战，而且会成为帝国的敌人！”

“组织？你们到底是些什么人？”玉川隆盛表面上不动声色，心中却警惕起来。他了解自己这个女婿，有野心、懂隐忍，如果没有几分保命的把握，背后没有势力暗中支持，不会轻易做出背叛自己乃至于帝国军方的事。要知道桥本窃取的机密，既是宝贵的科研成果也是足以让帝国被送上道德绞架的罪证。而且，和美国人进行这种高层次的合作，玉川隆盛不认为是玉川秀雄这种小人物力所能及的事。

原本在玉川隆盛想来，玉川秀雄背后的人或势力，再有权力和能量也不过是个不能见光的贪腐小团体，不难对付。不料，此刻却从对方口中得知，这个势力竟然有专门研究国际政治的“智囊机构”？这样一来，他必须重新评估自己女婿背后那所谓“组织”的实力了。

“我们是效忠天皇的人，只不过效忠的方式和其他将军、大臣们不一样。”提到组织，玉川秀雄的腰直挺起来。

“荒谬！”玉川隆盛怒斥道，“窃取帝国机密和敌人合作，还自称‘效忠天皇’？大言不惭！”

玉川秀雄并不急于辩解，反而在岳父面前坐下，给自己斟了茶，然后如饮酒般一口倒进嘴里。“父亲，您觉得帝国能赢得这场战争吗？”

“皇军战无不胜！”

“父亲，您这话是违心之言吧？”玉川秀雄道，“如果美国不参战，帝国或许能胜，但现在美国已经对我们宣战……正如我们之前的研判，无论是被动还是主动，美国都会卷入这场瓜分世界利益的大战。而从目前日美两国的综合国力、战争潜力对比分析，这场战争，帝国必败。到那时，无论是政府和军方的首脑，还是在背后推动这场战争的财阀，都是对方清算的对象。请问父亲，届时谁来维护天皇的尊严？谁来保住帝国的国体？只有我们！至少，美国人更愿意跟我们这些合作者谈判。”

玉川隆盛默然，仿佛在咀嚼女婿的这番慷慨直言。

“当然，这是从大局而言。”玉川秀雄又道，“至于个人，父亲，您有没有想过，一旦帝国战败，所有参与活体实验的人，尤其是您这样的主持者会得到什么样的判决？但现在您可以放心了，美国人既然分享了您的这些研究成果，他们不但不会审判您，还会为这一切保密。”

良久，玉川隆盛放下茶杯，一声长叹：“一个酒娘之子能走到今天，不容易。你走吧，就当我什么也不知道……以后，不要再叫我父亲。”

玉川秀雄起身，朝玉川隆盛跪拜：“多谢您的仁慈。”

玉川隆盛摆摆手，仿佛一下又老了许多。不过，当玉川秀雄离开后，老人脸上颓然之色一扫而空，眼里杀机迸射，他叫来侍从吩咐道：“给佐藤部队长打电话——不，直接联系酒井隆将军，说我明天去香港有紧急公务要当面向他汇报。”

庭园大门外，送客的侍女朝站在轿车边的玉川秀雄深深鞠躬，后者回礼，并将食指上的墨玉戒指旋转一百八十度。年轻侍女眼角微微抽搐，随即缓缓点头。

“回去后立刻给次长发报，计划提前。”奔驰的轿车里，坐在后座上的玉川秀雄语气森冷。

开车的西野看了一眼后视镜：“是。”

当夜，玉川隆盛于家中猝死……

傍晚时分，林文涛踩着单车，绕过前面一个挑担子的脚夫，悠悠朝自家所在的巷子里拐去。刚到巷子口，他像是想起了什么，又掉转方向，朝西边骑去。

五分钟后，林文涛在海幢寺大门外停下，将车靠着墙根放好，走进寺里。

这座号称广州“四大丛林”之首，曾经占地近两万平方米，拥有十来座殿堂的寺院，早已不复当初的风光——十年前民国政府划走寺庙的大部分土地，开辟成了海幢公园，如今这里只剩下天王殿、大雄宝殿和塔殿了。

天色将暗，本就香火稀少的寺院里更显冷清。林文涛看了看四周，不见香客，只有一名小沙弥在天王殿前打扫，于是上前说道：“小师傅，檀香还有没有，给我来一筒。”

“有。”十四五岁的小沙弥指了指石阶上的殿门处。

林文涛掏出两角军票，递了过去，说自己腰疼，爬不了阶梯，让对方帮忙跑两步。

小和尚也不拒绝，将条帚往边上榕树上一靠，接过军票帮忙捐佛香去了。林文涛揉着腰，一屁股坐在树旁的石条凳上后，一边警惕地观察四周，一边伸手在石条凳下摸索，很快将一张贴在条凳下的卡片揭了下来。

在将这张扑克牌大小的卡片装进上衣里兜之前，林文涛飞快地瞥一眼，是一张南洋兄弟香烟广告卡——卡片上，一个烫着波浪卷头发的时髦女郎正笑吟吟地看着他。

林文涛再次回到自家巷口时，又扫了一眼拐角墙壁上那个木炭画的“涂鸦”——上方一条波浪线，下方一个三角形。

他嘴里哼着欢快的曲调，心情却无比沉重——老吴告诉过他，巷口出现这个符号，意味着“冰山”同志那边有紧急情况发生。

事实上，这一个月来，林文涛的心从未有过一刻的轻松……

作为一名打入敌人内部的中共南方局秘干、战斗在敌人心脏的抗日战士，林文涛非常清楚，危险如一条条隐形的毒蛇在他身边蛰伏、游弋，稍露破绽，他便会遭到致命攻击，必须时时对环境保持高度的警惕、事事小心谨慎不能犯错。

然而，他在二十多天前却犯下了一个严重的错误——帮段世豪夫妇登上开往香港的火车。

原本在林文涛想来，这算不得什么大事——靠山吃山靠水吃水，日军火车站守备队的军官收受贿赂私放人员离境，或对走私货物网开一面，可以说是某个圈子里公开的秘密，甚至是潜规则。这种上下都有油水可捞的事，一般不会出问题。

但事有万一。林文涛万万没料到，那晚广州城会紧急戒严。当时他已回到家中，得知戒严的消息后，心中大惊，一度担心是刚潜入广州的短枪队暴露了，尽管这种可能性很小——短枪队的行动尚未展开，即便宪兵队侦知他们的行踪，也不应该搞出这样大的阵仗。但他仍然立刻跑到街头的电话亭，给宪兵司令部打了电话，在听值班军官说全城戒严是为抓捕一名叫桥本三男的日本人后，一颗提着的心才算放下。

林文涛接着又给火车站守备队队长打了电话，询问火车是否发出。在这种紧急状态下，任何小事都可能酿成大祸，他担心段世豪夫妇会遭受池鱼之殃。

事实证明，坏事一旦发生，往往会朝更坏的方向发展。佐佐木告诉他，火车尚未离站，所有乘客以及货物都需要重新接受检查。林文涛正要提醒对方关照一下段世豪夫妇，却从佐佐木口中听到一个让他心惊肉跳的消息——火车站发生了一起小小骚乱，有一名士兵遭到袭击，他的两位朋友失踪了。

制造骚乱、袭击士兵？林文涛猜这十有八九是段世豪所为，刚放下的心又提了起来——这个麻烦可是不小。

好在那名士兵只是受伤，没有死。而佐佐木在电话里小声紧张的语气，也让林文涛心中稍定，他知道这个家伙即便只为了保住现在的肥缺职位，也会极力隐瞒火车上有段世豪和罗立雪这两个人。但这还不够保险，在结束两人的通话前，他约佐佐木明天晚上在东风楼吃饭，说代表玉川公馆为队长压惊。

林文涛相信对方能明白自己暗示：一、这件事跟玉川公馆有关，他不用过于担心；二、他有好处拿。

第二天傍晚，佐佐木按时赴约。跟以往每次接受林文涛的邀请一样，他独自一人，身着便服，戴着墨镜，尽量避免被人认出。

佐佐木之所以这样小心，原因很简单，他在秘密为玉川公馆服务——通过定期、不定期地向对方提供车站的运输计划、发车时刻、每辆列车装载货物的种类以及数量、货物运送的目的地以及分属于哪家公司或机构等等信息和数据，获取金钱上的回报。

尽管佐佐木不认为自己这样的行为有多出格——他的不少同僚都在通

过和本国的商业机构合作而大发其财，可这毕竟有违军纪，要低调行事。

然而佐佐木不知道的是，虽然玉川公馆的确在驻屯军和宪兵队里收买、安插了不少暗桩，但这份人员名单中却没有他。

而他提供的这些或普通或机密，或属于商业性质又或属于军事范畴的信息和数据，都被玉川公馆的商业顾问，也是和佐佐木所谓的单线联络人——林文涛，通过中共广州联络站传递回了南委。

这些情报非常有价值。比如，掌握了某趟装载日军重要军需物资的列车的发车时间、行驶线路以及护卫兵力等信息，游击队就能有针对性地策划、布置破袭行动，对日军进行精确而沉重的打击；又比如，获知某个时期广州日军有通过列车大规模向东莞方向运兵的计划，南委便可以提前对东莞抗日根据地示警，并做出相应的作战计划和准备，从而化被动为主动——去年中共游击队能在“反扫荡”作战中打出“百花洞大捷”，林文涛功不可没，正是因为他提供的一份日军运输计划，让南委提前预判出敌人可能会在夏秋季节，对东莞一带展开“大扫荡”，为游击队赢得了时间，得以从容布置战场、准备战斗。

不过，就在约佐佐木见面当天的上午，林文涛不得不做出一个艰难的决定——立刻掐断这条情报源。原因是他刚到宪兵司令部总务处办公室不久，便听到一个耸人听闻的消息——昨晚十点左右，三名铁路巡逻士兵在东郊被袭杀，凶手在逃……紧接着，他就看到了刚刚翻印出来的嫌疑犯的照片——段世豪夫妇的合影。

林文涛当时便冒出一身冷汗，心中再没有一点侥幸的想法。对比打伤一名车站守卫，“杀死三名日军巡逻兵”绝对是大案，日军方肯定会一查到底。而从案发时间和地点上分析，特高课很容易将发生在东郊铁路边的这场凶杀案，与火车站发生的袭击事件联系在一起。加上已有了凶手的照片，调查起来并不难，他请佐佐木帮忙私放段世豪夫妇上车一事，迟早会被查出来。

当然，如果罪行只是“贿赂车站守备队队长，帮助两名没有获得特别通行证的中国人离境”，林文涛并不担心自己会受到多重的责罚，毕竟他在宪兵司令部有着不错的人脉关系，背后还有在日本留学时的同学——玉川秀雄这座靠山。

但林文涛十分清楚，特高课对这样一桩大案绝不会轻易放过，一定会对相关的人和事细究、深挖。届时，他冒用玉川公馆的名义，收集火车站机密的行为必将暴露……于是，在快速权衡利弊之后，林文涛只用了五分钟就做出决定——赶在特高课调查之前，除掉佐佐木！

当然，这样做非常冒险——尽管他昨晚在火车站和段世豪夫妇见面的时间非常短暂，而且是在候车厅贵宾室，当时那里已经没有其他候车的乘客，除了虾仔和佐佐木应该再没人知道，但他无法确保事后佐佐木没有对外露出口风。

然而，只要不被当事人直接指控，即便特高课找到某个他当晚和段世豪接触的旁证，他也有替自己开脱的说辞，不至于身陷绝境。因而，这个险他不得不冒。

所以，佐佐木走进东风楼后，见到的不是林文涛，而是两名短枪队队员……

事后也正如林文涛所料，他因为戒严当晚出现在火车站，并和佐佐木有过单独接触而遭到特高课的调查。不过，作为玉川公馆的兼职商业顾问，他当晚的行为有非常正当合理的解释——帮玉川商事协调运输货物的车皮。加之他也算是"自己人"，特高课只进行了一次简单的讯问后，便将他排除在了调查名单之外。

然而，佐佐木这颗"雷"刚刚排除，危险的阴云尚未散尽，一道晴天霹雳又在林文涛头顶炸响——平安药铺被查封，老吴和小武被捕！

在没有亲身体验特高课的诸般酷刑之前，没人敢保证自己可以坚守秘密，包括林文涛自己。而且他还知道，日本人近期研究出了一种叫"吐真剂"的药物，据他从特高课那边打听到的消息，这种药剂百试百灵，绝非人的意志可以抗衡。而老吴是南委在广州的总联络人，涉密层级非常高，一旦他的意志被敌人突破，党在广州的地下组织将遭到毁灭性的打击。

坚守还是撤离？林文涛必须迅速做出决策。他和樊兴业父子面临同样的困境——失去了老吴，也就失去了和上级的联系，一切都需自行决断。

如果按组织的地下工作原则，遇上这种极端情况，所有在广州的地下工作者必须第一时间转移、撤离，尤其像他这样打入敌人内部的"秘干"。不过，林文涛最终选择了坚守，选择了相信两名被捕的同志的党性和意志。

当然，为以防万一，他给自己准备了一颗毒药，随身携带。直到老吴和小武被捕后的第四天，林文涛才将这颗含有蓖麻毒素的药丸，重又放回书桌的暗格里。那天，他暗中打听到一个消息——老吴和小武已相继牺牲，特高课几乎用尽了所有刑具，包括吐真剂，但至死也没能从两人口中得到任何有价值的口供。

此后的二十多天里，林文涛一直怀着沉痛而焦急的心情，等待着和南委重新建立联系，但他没想到等来的却是“冰山”发出的紧急信号……

林文涛回到家里时，四个妇人正在堂屋里打麻将，他和往常一样和自己老婆以及老婆的麻友们笑着打完招呼后，不紧不慢地登上阁楼钻进书房。

一插上门闩，林文涛的神情立刻严肃起来，他迅速从书架上找到那本《圣经：新旧约全书》，然后从书桌抽屉里取出小苏打水，用棉签蘸了，涂抹在那张“南洋兄弟香烟”广告卡的背面。很快，一组组数字在广告卡片白色底面上浮现了出来，密密麻麻……

要想破解这种由四个数字组成的密码并不难，但前提是要确认与之相对应的“密码书”是哪一本。否则，就算是世界上顶级的密码破译专家，也只能看着这些数字愁肠百结。

黎记水产行。一间二十来平方米的屋子里，桌上油灯如豆。阿豪双脚并拢，蹬在床沿上，双手撑地，以脚上头下的姿势做着俯卧撑。一双裸露在无袖棉布褂外的手臂肌肉虬结，油光滢滢，汗水从鼻尖、额头不停滴落，将柚木地板上打湿了好一大片。

“51、52……”他在心里默数，觉得自己的力量和耐力比以前差了许多。一个月前，他连续不断这样做上一百个也不会喘大气，但现在刚过五十就有些支持不住了。

咚、咚……咚，三声有节奏的敲门声响起。阿豪知道是成五爷来了，顺势结束锻炼，赤着脚上前开了门。

成五爷黑着脸，进门后也不说话，径直走到靠墙的小桌边坐下，给自己倒了一杯水，轻轻抿着。

“有消息了吗？”阿豪拿起挂在脸盆架上的毛巾，一边擦脸一边问道。

成五爷在广州城的人脉极广，黑白两道上下九流，没有他摸不着的门道进不了的衙门，别的不说，打听几个普通的人的消息应该不在话下。

今天上午，从阿豪口中得知耀坤父子三人被日本人招去做工后，成五爷在脑子里稍一梳理，就知道该找谁打听这事，立刻叫水产行的经理去“河南警署”约司法科的科长吃晚饭。他隐约记得，这个在酒席上见过几面的王科长，对口管理的正是监狱、拘留所这一摊子。

在广州黑白道上混的，谁不知道垄断河南鱼市的黎记水产行背后站着千竹帮，而老板成五爷更是帮里头几号人物之一。因而，王科长在得知平常和自己上司称兄道弟的五爷，要单独邀请自己吃饭时，虽说不上倍感荣幸，但也觉得是件有面子的事，当然不会推辞。不过，在福福居的雅间里，当酒过三巡菜过五味、得知成五爷请赴宴的真正目的后，王科长的脸色就变了。

如果对方是让他帮忙关照某个关押在监狱里的犯人，又或是请他帮忙疏通关系捞人出来，只要对象不是抗日分子，只要价钱合适，他肯定会给成五爷这个面子。况且，靠山吃山靠水吃水，这类事本就是他捞外快的最大途径。但关于日本人在难民所里招募劳工，这些劳工又去了哪里这样的问题，他可不敢回答。

日本人在难民所招募劳工不是一次两次的事了，从两年前难民所成立以来，每隔三两个月日本人都会从那里挑选一批青壮难民带走，十几个，几十个，人数不等。而这些被以做工名义带走的难民，没一个再返回难民所的。

对这种异常现象，难民所的中方职员不是没人起疑过，曾经有人为此专门写了一份报告递到司法科。这名难民所的警务班班长在报告上详细罗列了自他上任的九个月以来，日本人每次在难民所招募劳工的时间、人数以及这些劳工最终的去向——检疫所。为了引起上面的重视，这名班长在报告末尾还加上了一句，说没发现检疫所有施工的迹象。

王科长看到这份报告，鼻子都差点气歪了——难民的去向、死活跟你一个小小的警察有什么关系？日本人想干什么谁管得了？你还真把新政府当回事了。

这名班长犯傻，王科长可不傻。他没有将这份报告再往上交——那是给上司添堵，给自己找不痛快的愚蠢行为，他直接将这份报告撕了，扔进了字纸篓。

撕了报告，王科长觉得还不保险，他不希望这个傻得有些可以的家伙再干这类蠢事，于是打算找机会敲打一下自己这位下属。然而，就在他看到这份报告的第二天，一伙歹徒夜间闯进了这名警务班班长的家里，先杀人后放火，一家五口惨遭灭门。

王科长得知这个消息后，当场瘫软，此后的好几天都过得心惊胆战，直到一次在走道上遇见自己上司的上司，一颗悬着的心才渐渐安稳下来——当时，那位对下属从来不苟言笑的署长大人，竟然对他露出温和的笑容，拍着他肩膀说，你不错，好好干，会有前途的！

至此，王科长总算知道检疫所的水有多深，哪还敢对外提及？

然而，对方是成五爷，是成了精的老江湖，他敷衍的话刚刚落下，又是两根拇指大的“金鱼”放在了面前，加上之前的两根，这价值，估摸着相当于他五六年的薪水总数了。

让王科长犹豫不决的，不仅仅是金钱的诱惑，还有对方哪句“为了我黎家的血脉至亲，成某什么代价都付得起，什么事也做得出来！”这是什么？是赤裸裸的威胁！但王科长不得不承认，对方有资格威胁自己，哪怕他是司法科科长。

最终，在成五爷“绝对保密”的承诺下，王科长极其不情愿地收起了四根金条，说出了“检疫所北区”五个字，并反复提醒，说但凡和那里沾边的事，都极其危险，要五爷千万千万小心行事。为了证明自己所言非虚，打消成五爷救人的想法，这位王科长还不惜将那名被灭门的原难民所警务班班长的事透露了一些……

“又是检疫所……”房间里，阿豪喃喃自语，神色极为凝重。

“怎么，你对那地方有了解？”成五爷道。

“姓王的说得没错，”阿豪在成五爷对面坐下，“虽然日本人在检疫所里具体干什么勾当我不知道，但我见过从里面扔进化骨池的尸体，大多都残缺不全……很不正常，总之是有大阴谋！”

成五爷的嘴角连续抽搐着，像是想到了某些让他难以忍受的画面。

“我认识一个叫佐藤茂的日本军官，”良久，他平复情绪，开口道，“好像是检疫所的庶务班班长。这混蛋每个月都要从我这弄百八十斤鱼走，是个吃喝嫖赌的下流货色，好对付，我先从他那里试探下。”

阿豪想了想，摇头道：“五爷，对方是日本人，事关他们的机密，您去试探，很容易引起他的怀疑。即便您自己不露面，让旁人去接触，他们只要有心也能查出来……这太冒险了。”

“为了黎家的血脉至亲，再大的风险，也得冒！”成五爷道，“不然，我下去了，哪有脸见父母和大哥大嫂他们。”

沉默片刻后，阿豪突然问：“那个叫佐藤的会说中国话吗？”

成五爷：“会，怪腔怪调但能交流。你问这个干什么？”

“想知道我跟这位交流时用不用带上翻译。”

成五爷一怔，见阿豪表情认真，转瞬就明白他的心思，感叹道：“阿豪，我知道你是个仗义之人。你将小禾完完整整交到我手上，我大哥对你的救命之恩也算报了。我堂堂千竹帮五爷，怎能再让你去为我黎家的事冒险？这不是挟恩图报吗？传出去我还哪有脸在道上混？”

“五爷，你听我说。咱们先不说黎老先生救我一命这事，单说以五爷和我的交情……”阿豪道，“这些年我打拳挣钱，没少得五爷关照，如今您有难事，我能不出把力吗？还有，五爷在广州有家有业，小禾还需要你抚养长大……我呢？通缉犯一个，估计没几天可活的了，还怕什么？”

阿豪一句“小禾还需要你抚养长大”让成五爷犹豫了。如果耀坤父子三人已经出了事，小禾就是他大哥那一房唯一的骨血了。自己要是出了事，黎家肯定完了，谁来照顾才六岁的小姑娘……

“那你打算怎么做？”思忖片刻，成五爷问。

“对付日本人，就得把事情做绝。”阿豪神情陡然狠厉，“五爷，以防万一，我建议您先把家里的老老小小都送走……”

成五爷双眼微眯，盯着阿豪，半晌后才开口道：“好……”

第二十五章　浮出水面

问心湖，曾经是海幢寺三大圣景之一，被划归海幢公园后，这里也是游人最爱驻足之地。不过三年前那场战火，将海幢公园里的亭台殿阁尽数摧毁之后，问心湖也就成了一片荒芜的大水塘子，除了附近的顽童偶尔会来这里嬉戏，再无慕名而来的游客。

中午时分，林文涛拎着渔具，行走在冷清的问心湖畔。

“朋友，怎么样，有收获了吗？”他走到一名垂钓者身边问道。

“问心湖的鱼不好钓。”穿西装、戴墨镜的男子坐在长条石凳上，看着前方平静的湖面，头也没回地说。

林文涛凑到钓者身边，掏出一盒烟弹出一根。“喜鹊能带来好运，要不要来上一根？”

墨镜男子抬头看了一眼他手上的“喜鹊”牌香烟，身子朝边上挪了挪。“我不吸烟，但喜欢收集烟卡。”

“我也想集齐一百单八将去南洋烟草换台留声机。”林文涛顺势在对方让出的石凳上坐下，“但总是差一张。”

“我猜你少了‘入云龙’公孙胜。”

“不，是‘没面目’焦挺。”

暗号对上，钓者取下墨镜，扭头看向林文涛，微笑道：“你好，‘云海’同志。”

“你是……”林文涛看着面前这个依稀在哪见过的青年，心生警惕——接头的程序、暗号都没有问题，但‘冰山’同志不应该如此年轻。

“我叫樊继宗，我父亲是樊兴业。某种意义上‘冰山’是我们父子共同的代号。”樊继宗猜到林文涛在疑惑什么，解释道。

"你父亲是市政府参议员、粤港商会副会长樊兴业？"林文涛问。

樊继宗点点头。"非常时期，他不便出面，由我代表。"

林文涛心下释然，樊兴业的身份地位和'冰山'同志担负的使命高度契合。与此同时，他也记起在什么地方见过樊继宗——有一次在宪兵司令部的大楼里，他远远看见对方和樊兴业从原田冈夫的办公室出来。

"什么情况？要我做什么？"同志的身份一经确认，林文涛便直奔主题。"'冰山'同志一旦主动联系你，意味着他面临极度的危险，而你必须尽全力保障他的安全……"两年来，他从未忘记老吴对自己说这番话时那严肃至极的表情。

"你在敌人内部？"樊继宗问。

"宪兵司令部总务处翻译。"林文涛道，"前段时间借调到了特高课。"

樊继宗眸光一闪，问："你对粤港检疫所和难民所这两处机构有多少了解？"

……

"……目前，帝国军队已经完全取得了东南亚海域的海空控制权，"宪兵司令部会议室里，一名来自驻屯军的参谋，正手持教杆，一边在墙上的地图指划一边讲解，"泰国已经投降。下一步帝国陆海军将对马来西亚、菲律宾、印尼、越南等东南亚国家发起全面进攻……"

这是一场没有会议记录的小型会议，与会者只有五人，除了这名来自驻屯军的少佐参谋，其余四人分别是宪兵司令原田冈夫、华南给水部部队长佐藤俊二、军医中佐鸠山、特高课三课长玉川云子。

待参谋介绍完战情，回到自己的座位上，原田起身，俯视众人："战场态势对帝国极为有利。不过，帝国对英美宣战之举，亦有负面作用。上个月九日，重庆政府对大日本帝国正式宣战、绝交，就是最直接的体现。鉴于重庆政府彻底关闭和帝国的谈判大门，参谋本部密令——加速实施'末日计划'。

"该作战目的有二。其一是在政治层面：迅猛、大规模而又不可遏制的疫病，将严重打击重庆政府的抗日信心，迫使蒋介石重新回到媾和的道路上，同时，这也能起到稳定汪政府的人心，坚固其亲日理念的作用。其二，是军事层面……”

原田转身走到墙上的地图前，伸出一根手指在两处点点了，继续道：“此次作战的目标是肇庆、高要。中国军队依托这两座位于珠江两岸的城市建立江防，封锁住了帝国部队西进华南的水上通道，必须尽快摧毁之。据参谋本部的测算，‘零号’病菌一旦在这两座分别有42万和37万人口以及1万中国驻军的城市爆发，两个月内至少会有8到10万人染病，上万人死亡。而中国政府的医疗体系完全无法应对这种新型病菌。届时，这两城的民众在恐慌的驱使下会大规模逃离，而这里的中国驻军同样不可避免地受到疫病的影响，将不攻自溃。”最后，他提高声音道，“诸君，‘末日计划’意义重大，不容有失。”

佐藤俊二、鸠山和那名来自驻屯军的参谋皆肃然点头，而玉川云子却有些走神，对司令官的话没有任何回应。

“玉川课长，”原田皱眉道，“你父亲的去世，是玉川家族的不幸，也是帝国的损失，请节哀。不过，这场关系帝国国运的战争还在继续，并且已经到了关键时期，请你务必振作。”

“是。”玉川云子慌忙起身，躬身答道。

原田摆手示意她坐下后，对鸠山道：“鸠山中佐，请谈谈‘零号’抗血清的研制进程吧。”玉川隆盛死后，作为专家组的副组长鸠山自然顶替前者，成为南支给水部细菌研究的最高权威。

“两天前我们已经给‘特一号’‘猿’进行了病原体注射。”鸠山道，“还需要一周的时间才能确认该‘猿’是否是我们一直在寻找的特异性免疫体。当然，其他组别的实验仍在大规模进行，专家组相信，即便‘特一号’的测试结果让人失望，有难民所源源不断的材料输送，我们迟早会培育出合格的供体……”

盯着侃侃而谈的鸠山，玉川云子眼里闪过一抹厌恶之色——父亲的地位和研究成果，都被这个家伙得到了，而可怜的父亲却死得不明不白。

是的，女课长的直觉告诉她，玉川隆盛的死亡原因绝非尸检报告上那简单的四个字——心肌梗死。尽管她知道父亲的心脏的确不怎么好，得过冠心病；也知道小姑和弟弟的死讯对父亲有多大的打击，而一个老人因此突然心肌梗死好像也合理。但她仍然在得知自己父亲身亡后，第一时间下令特高课控制了父亲身边的所有人，封锁了整个庭园，将玉川隆盛死前饮食，碰触过的、一切可以化验的食物、器皿送到南水部本部化验。在相关化验结果出来之前，她绝不相信父亲是“自然”死亡。

“报告，玉川中佐到了。”原田的侍从官敲门后进来禀报。

“请他进来。”司令官道。

看着身穿陆军中佐制服的玉川秀雄，玉川云子一时呆住——丈夫怎么一夜之间从一名普通商人，摇身一变成了帝国军官？

这几个月两人虽然分居，但并没断绝来往，尤其是这两天为了处理玉川隆盛的后事，他们没少在一起。然而，玉川秀雄在这件事上一丝口风也没向她透露。看着结婚八年的丈夫，玉川云子突然感到有些陌生，心中升起一丝惊悚。

仿佛是猜到了妻子的心思，玉川秀雄在向原田躬身行礼后，对玉川云子投去了一个歉意的眼神。

“诸位，”原田轻咳一声，“之前本人也不知道玉川君的真实身份是参谋本部八课（谋略课）参谋，直到昨天晚上接到大本营这份电报。”说着他从面前的文件夹里取出一张“陆军异动通报”放在会议桌上，“大本营任命玉川中佐为‘末日计划’作战执行官，望诸君配合。为了隐秘而高效地完成这次特别作战，玉川中佐对外另有职务安排……”

见原田看向自己，佐藤俊二也从面前的公文夹里取出一封电报。“南水部于昨日接到陆军参谋本部第九技术研究所发来的转职电报：玉川秀雄中佐即日接替岛义雄中佐，担任检疫所所长一职。”

“啪”，双脚后跟一碰，玉川秀雄向室内众人鞠躬，“请诸位多多关照！”

“玉川君，‘末日计划’如何展开想必你已得到参谋本部的指示，口述吧。”原田道。

“是，司令官阁下。”玉川秀雄道：“参谋本部决定，‘末日计划’不必等到‘零号’的抗血清和疫苗研制成功后再启动，现在立刻实施。步骤如下：一、从香港返乡难民中挑出全部原肇庆、高要籍难民，原籍不在肇庆、高要但在这两地有亲戚者亦可；二、给这些难民集体注射‘零号’病菌；三、以难以供给粮食为由，将这些处于病菌潜伏期的带菌者强行遣返原籍所在地；四、严密封锁前线，在这次‘特别作战’结束之前，任何从粤西进入帝国占领区的人，都必须经过十五天的隔离观察；五……”

位于南华东路的新亚酒店，可以说是河南数一数二的高档场所了。检疫所庶务班班长佐藤茂上尉是这里的常客，而且他每次都指定入住酒店唯一的西式豪华套房309房。只有这间套房卧室里柔软的大床、浴室里可供三人泡澡的西式浴盆以及客厅里的西洋电唱机，才能满足上尉的需求。

傍晚时分，佐藤茂脚步蹒跚地走在三楼廊道上，他那被酒精烧得晕晕乎乎的脑子里，晃动的全是女人白花花的屁股和乳房。他来这里之前就给长乐坊的老鸨子打了电话，点了两名红姑娘来这里伺候——一个叫春华，另一个叫秋实。

他喜欢看这对双胞胎姐妹光溜溜地跳扭屁股舞，喜欢听她们在马鞭的抽打下发出的呻吟声，喜欢她们张着小嘴等待他喷射尿液时，那副心中痛恨脸上却不得不装出饥渴的样子……

“今天玩什么新花样呢？”站在309号房门前，上尉邪恶地想着。他相信，推开门后，那两名双胞胎姑娘已经脱光了衣服，正赤条条地跪在地上迎接自己。这是他要求妓女迎接自己的礼仪，一贯如此。

“人呢？”佐藤推开门，看着空荡荡的客厅，心中顿时火起。两个婊子竟敢让他等候？就在上尉想着待会儿怎样加倍凌辱那一对失礼的双胞姐妹时，却听见浴室里传来隐隐的水声。这让他气消了不少。

佐藤茂大剌剌地走向浴室，推开门，上前拉开遮挡住浴缸的塑料帘子。水哗哗啦啦地从墙角的镀金水龙头里倾泻而出，下方乳白色陶瓷浴盆里已经放了小半盆水。花姑娘呢？

上尉突然感受到了一丝危险，伸手就要去掏腰间的手枪。

不过一切都晚了。没等佐藤的右手碰上枪套，一根尖锐的硬物顶在了他的后腰上，一个冰冷的声音随之传来，“别动！”紧接着，他腰间的手枪就被对方取走。

佐藤身体瞬间僵硬，酒立刻醒了。就在他想开口说些什么的时候，后脑遭到重重一击，整个人立刻失去了意识。

佐藤茂再次睁开眼睛时，发现自己仍然在这间熟悉的浴室里。不过和往常不同的是，此刻他没有躺在舒适的浴缸里，享受着两个中国花姑娘尽心而恭顺的各种侍候，而是手脚被绳子绑着，嘴里塞着布，侧躺在冰冷潮湿的地板上。

看到一名身着西装的男子，坐在边上的一把椅子上，翘着脚，正在居高临下地看着自己，佐藤还在隐隐犯疼的脑子很快清明起来。他艰难地扭动着身体，嘴里发出“呜呜”的声音，示意有话要说。在佐藤看来，敢袭击自己的人肯定是抗日分子，而对方没有直接下杀手，那就是想从自己口中得到些什么了。

果然，西装男子看到他有了动静，从椅子上站了起来，上前两步，弯腰将塞在他口中的毛巾取了出来。此时佐藤才看清这名中国男子的相貌，那张脸有些熟悉，但一时还想不起在哪见过。

“混蛋……卑鄙……”佐藤一边喘气，一边开始咒骂，“支那人……放开我……决斗……我要和你决斗！”

阿豪冷冷看着地上这个色厉内荏的家伙，也不说话，拿起边上一根直径三厘米的硬胶皮管，蹲下身，将管子粗暴地插进佐藤的嘴里。这根管子的另一头接在浴缸的水龙头上。

佐藤满脸惊恐。“水刑”，他太熟悉不过了，他在检疫所经常用这个法子惩戒那些看不顺眼的“猿”，以此为乐。这刑罚好就好在不容易死人，但绝对能让受刑者痛不欲生。

佐藤已经有些后悔了，他刚才不该表现得像个武士。他拼命挣扎，却无济于事——对方卡住他脖颈的大手，坚硬如铁钳。

冰冷的自来水激流般冲进咽喉，短短几秒钟后，佐藤便感觉自己的鼻腔、气管、支气管、肺叶和胃里全被水注满。他想咳嗽，但无法呼吸，强烈的窒息感让他感受到了死亡的气息，身体在湿滑的地面上疯狂扭动，他极度需要呕吐，感觉肚子快要被撑爆，但吐不出来，水还在不停涌入……这种痛苦，佐藤平生第一次体会，简直难以忍受，哪怕他作为一名涉密部队军官接受过一些反刑讯训练。

发现佐藤的身体开始痉挛式挣扎，并闻到一股屎尿味后，阿豪停止了灌水。他知道这是极限了，再持续下去这家伙就会死。

阿豪把胶皮管子从佐藤的嘴里拔出，扔进浴缸里。接着他拎起这个已经瘫软的家伙，将对方的腹部抵在浴缸沿上。

佐藤哇哇地朝浴缸里吐水，接着就是剧烈地咳嗽、大口喘息，足足两三分钟之后，才缓过一口气来。不料，他刚想开口说话，阿豪又掐着他后颈，将他的头死死按进浴盆的水中。

这一刻，佐藤脑子闪过一个绝望的念头：这混蛋不是想问我什么，只是想将我折磨死……

与被强行灌水不同的是，人在水里可以闭气。不过，随着体内的血氧消耗殆尽，人体的条件反射机制会迫使人张开大口，用力地呼吸和吞咽，从而导致大量的水被吸进胃、肺叶及气管和支气管中……

阿豪在心里计算着时间，两分钟后，他抓起佐藤的头发，将其从水里捞出，扔在地上。见这家伙已经失去了意识，阿豪用脚在他的肺部重重踩了两下。

“噗”地一口水喷出后，佐藤悠悠醒来，接着又是一阵剧烈地咳嗽，像是要将肠肝肚肺全咳出来。

“你……是谁……”佐藤瘫软在地上，用一双死鱼般的眼睛看着阿豪，嗓音沙哑，气若游丝。

阿豪半蹲在他边上，摘下头上的帽子。“我是段世豪。”

佐藤怔怔盯着阿豪的脸，满眼惊惧。“通缉犯……段世豪……你要杀我……”

阿豪点点头：“我杀了不少日本人，多杀一个也无所谓。”

“不，你不会杀我……”佐藤带着哭腔，“我对你有用……肯定有用……”

阿豪道：“本来是想问你些事，不过，既然你具有强大的武士精神，我想也问不出什么，也就不用问了。但我也不能白来一趟，想着你们喜欢对中国人用水刑，就在你身上试试。”

“试……试什么？”

“我听说你们宪兵司令部有个统计——用‘水刑’审讯犯人，成功率是百分之八十，而失败的那百分之二十，是因为犯人在受刑中死亡所导致。我今天还有些时间，想来一时半会儿也没人敢来佐藤上尉的房间打扰，那我就来测试一下，一名具有武士道精神的大日本军官，对水刑的承受能力如何。”说着阿豪站起，就要去拿橡皮水管。

“不用试……”佐藤哀求道。先前那两次生不如死的感受，彻底摧垮了他的意志。加之此时面对的，还是段世豪这样一个杀帝国军人不眨眼的凶残家伙。

阿豪仿佛没听见佐藤的哀求，打开水龙头，拎起橡皮管就要往他嘴里插。

佐藤一边挣扎一边啜泣："求求你，放过我……要我做什么都行……"

阿豪见差不多了，将水管从又扔回浴缸，关了水龙头。"你只有一次机会。一个字也别对我说谎。"

"是，是。"佐藤慌忙点头。他也明白，对方既然专门冲他而来，对他的情况肯定不是一无所知。

"姓名？"

"佐藤茂。"

"部队番号？"

"波字 8604。"见阿豪皱眉，佐藤立刻补充道，"对外称'南支给水防疫部队'。"

"你的职务。"

"检疫所庶务班班长。"

"检疫所是不是关押了很多难民？"

"是……"佐藤茂稍稍犹豫后答道。

"你们用这些难民做什么？"

"给他们检疫，打……防疫针。"

阿豪二话不说，直接再次对佐藤用刑。他知道这个家伙残存着一些保密意识，必须用粗暴的行动、决绝的态度将其心防彻底摧毁。

不过这次，他并没像之前那样灌太多水，这一来是担心对方的身体承受不住，二来是他看出佐藤已经吓破了胆，只需要低烈度施刑，就能激发对方心里全部的恐惧。

"我亲眼见过检疫所扔出来的尸体……有的被开膛破肚、有的四肢不全，还有的被挖去了双眼……你却告诉我是在给他们检疫，打防疫针？"待佐藤稍稍恢复，阿豪掏出一把雪亮的匕首，将刀尖抵在他的左眼皮上，恶狠狠道："那我就给你打上一针。"

"不，"佐藤惊恐道，"我说，我全说……"

阿豪拿匕首的手纹丝不动。

“但你要保证，放过我……还有，不要透露是我说的，不然，我会死。”他的确怕死。

如果是在刚踏上中国战场的时期，满脑子军国主义狂热思想，抱着誓死效忠天皇的武士道精神，怀揣为大日本帝国开疆拓土不惜玉碎”之梦的佐藤，绝不会像今天这样怯懦。然而，这两年在广州优渥而尊贵的生活，早将这一切消磨殆尽。什么武士道精神，什么忠、勇、死、狂，都不如活着重要。

“知道我为什么现在还没有挖出你的眼睛，或一根根切掉你的手指吗？”阿豪问。

聪明的佐藤忙道：“知道，知道……你需要我做事。”

阿豪点点头。“而且，我要你做的事并不危险。但前提是，你要让我相信，离开这里之后你对我的承诺仍然有效。”

佐藤咬牙道：“好，检疫所的事情我都告诉你。”他也清楚，今天不吐露些真正的机密，自己不可能活着离开。

“最后一次警告你，我对检疫所里的事并非一无所知……”阿豪站起身，狠狠一脚踢在佐藤的腹部。后者惨叫一声，身体蜷缩成一团。

“这房间就一点好，”阿豪扭头看了看身后关着的浴室门，“隔音。”

一小时后，客厅。

阿豪坐在沙发上，盯着跪在面前的佐藤，竭力克制住宰了这个家伙的冲动。尽管难民所化骨池里的那些残缺的尸体，让他已经猜到日本人定然在检疫所里实施着某种残忍而不可告人的暴行。然而，当亲耳听到佐藤茂的真实口述后，他仍然震惊、愤怒到无以复加。

两年以来，近千名中国难民被秘密关进检疫所，被当作所谓医学研究的材料——猿。检疫所那些医学专家们，给这些难民反复注射炭疽、伤寒、沙门氏菌、鼠疫等病菌，进行各种细菌感染实验；更令人发指的是，他们中的很多人还被活生生地解剖——或被开膛破肚摘取各个器官，用来制作病理切片；或被锯掉头盖骨，用来观察人活着时脑部的构造、组织形态……

虽然没有亲见，但阿豪能想象出那一幕幕血淋淋、惨无人道的场景——不同性别、年龄的同胞，被固定在铁架床上，他们的胸腹被手术刀剖开、脑盖骨被锯掉，眼睁睁看着自己的还勃勃跳动的心脏，还蠕动着的脑组织被一一取出……

阿豪深深呼吸，努力将脑海里这些邪恶的场景驱散。他从沙发上站起，走到佐藤看不见的角落，按下录音机的停止键——这部德国通用电气公司生产的便携式磁带录音机面市不到五年，在广州并不多见。但阿豪相信，以成五爷的人脉和财力是能搞来的。事实也正是如此。

阿豪倒了一下带，再按下播放键后，佐藤的声音便从播放器里传出。声音虽然不大，但在安静的客厅里清晰可闻。声音的主人原本还跪在地上，此时，身体一歪，倒了下去。

有了这份录音，阿豪觉得可以“相信”这名检疫所庶务班班长了。况且，正如他之前所说，他让对方做的事的确不算危险——确认黎耀坤父子三人是否被关在检疫所，人是否还活着？

不过，阿豪并没对佐藤茂直接提起黎耀坤父子的名字，而是让对方提供一份从去年12月现在所有被关进检疫所的人员名单，并严厉要求一个都不能少。在确定黎家三人目前的状况之前，他不能暴露自己的真实意图，以防止佐藤茂提供虚假信息，蒙骗自己。

芳村长堤。一辆白色的丰田轿车停在望江亭边，除了司机，车里只有玉川云子一人。她身着便衣坐在后座上，侧头看着夕阳下波光粼粼、烟波荡漾的宽阔水面，眉头紧蹙。

“鹅潭夜月”是著名的羊城八景之一。不过玉川课长来这里却不是为了观赏风景……

四天前，玉川云子终于等到了南水部的检验报告——化验结果显示，在玉川隆盛生前喝过的茶叶渣里，发现了微量的“多巴酚丁胺”，即强心剂成分。这份报告证实了她之前的怀疑——父亲死于谋杀，而不是因情绪激动引发心肌梗死而亡！

特高课常用“强心剂”抢救那些在刑讯时濒死的重要犯人。对这种能短时间内让人血压升高、冠状动脉扩张的药物玉川课长再熟悉不过——能救人，也能杀人！

父亲有冠心病史，每日都要服用药物，控制血压，有人竟然在他的茶里投放多巴酚丁胺，玉川云子怒不可遏。

然而，当她匆匆赶到监狱，准备提审负责侍候玉川隆盛饮食起居的侍女和田香子时，看到的却是一具尸体——经法医检查，人犯系服毒自杀。

死士——玉川云子当即明白了和田香子暗藏的身份。想到一名侍候父亲长达三年的侍女，竟然是某个势力安插的死士，女课长不寒而栗。但恐惧并没能让她放弃调查，反而令她为父报仇的决心越发强烈。

为此，特高三课课长暴风般地展开了一系列密集而严苛的调查，她甚至下令对玉川隆盛的贴身护卫武士、专职司机以及家中的厨娘、花匠等人动用刑讯手段。但，三天过去，所有的调查和刑讯工作皆一无所获。

而就在玉川云子因案件的侦破毫无进展心情沮丧且愤懑到了极点时，她收到了一个神秘的约会邀请——今天中午，在司令部军官食堂草草吃完午餐回到自己的办公室后，她发现一封显然是从门缝里塞进的信。

信封上一片空白，里面的信纸上也没有写字，简短的内容是用从日文报纸上剪下来的字粘在信纸上组成——欲知真相，今晚六点芳村望江亭，小心内鬼。

真相？什么真相？如果在往常，玉川云子当然猜不到对方约会自己的意图，但眼下满脑子都在思虑如何调查父亲被谋杀一案的她，自然明白信上的“真相”二字所言何事。

能无声无息将信塞进自己的办公室，说明对方是特高课的内部人员……他为什么不当面告诉自己，而是约自己在外见面？甚至谨慎到连笔迹都不落下？

信上“小心内鬼”四个字，回答了玉川云子心中所有的疑问。事实上，从得知和田香子是一名死士那一刻起，她便开始怀疑自己身边也有那股势力安插的眼线——对方既然敢对玉川家族的家主下手，定然势力不小，所图甚大，又怎能不对自己加以防备？

想明白这些后，玉川云子决定赴约。为了保密，她此行只带了司机兼保镖廉吉谷一人。芳村望江亭就在长堤边上，距宪兵司令部不到两公里，女课长不认为自己会有安全上的问题……

轿车后座上，玉川云子再次抬腕看表——六点二十五分。约定的时间已过去二十五分钟，她不打算再等下去，虽然她迫切地想知道父亲被害的真相，但对方迟迟没有现身，无论是什么原因造成的，今天应该不会露面了。

“廉吉，回司令部。”玉川云子吩咐司机。她想，既然这人有心向自己透露些什么，那么肯定会继续和自己联络。

“是。”廉吉谷正要发动轿车，玉川云子突然又道，“等等！”她看到了一个熟人。对方骑着单车，从马路对面的巷子里钻出，朝望江亭而来。

“是你？”玉川云子看着车窗外的男子。虽然是问话，但她心里已经确认对方就是约自己见面的神秘人。

“是我。”林文涛警惕地看了看四周，“这里不是谈话的地方，请玉川课长跟我来。”说完也不等对方回答，骑上车就走，仿佛这里随时有危险降临。事实上，他之所以敢现身，正是因为确定了附近没有危险。这也是他迟到了二十五分钟的原因。

“跟上他。”稍稍犹豫后，玉川云子对司机道。看着林文涛的背影，女课长隐隐感到有些紧张。她觉得自己即将得知一个残忍的真相。她和林文涛相当熟悉，知道对方除了是宪兵司令部的翻译，还是她丈夫的同学兼玉川公馆的商业顾问。而她心里也清楚，如果按照“谁得利，谁是凶手”这条刑侦法则去推理，她丈夫的确存在谋害自己父亲的动机……

“市立精神病疗养院”占地四十余亩，紧挨着芳村长提。1938 年 10 月，国民党广州市政府在匆忙撤退前，将这座精神病院委托给广州天主教教会代管。教会派了三名加拿大修女主管全院工作。这里没有专职医生，只有男女护士十余人，工友、更夫十余人。由于经费来源接近断绝，仅靠少量捐款及病人自费，医院运营得十分艰难，加之留医病人锐减，从八百多人，降到现在的不到百人，很多建筑设施空置了出来。为了补贴开支，医院便将一些空余的房屋和场地对外出租。

“惠民西医诊所”租的便是医院一栋临街的二层小楼。不过这家诊所上个月已关门歇业——紧闭的大门上，挂着一块“内部装修”的木牌。

诊所门前的小街长不过百米，狭窄而冷清。林文涛骑着单车，从街口拐了进来。他在惠民西医诊所门前停下，靠墙根放好单车。

丰田轿车停在了街口，玉川云子独自下了车。她没让廉吉谷跟着。父亲被害一事很可能跟自己丈夫有关，她不想让更多的人知道。

见玉川云子走来，林文涛打开门锁，推开半扇门，两人一前一后走了进去。

“林君，现在可以说了吧？”玉川云子站在昏暗的门厅里，扫了一眼空荡荡的四周，冷冷开口，“真相是什么？”

吱呀一声，林文涛将门关上，转身盯着玉川云子，目光锐利。

女课长脸色骤变，战栗感迅速遍布全身，如预感到落入猎人陷阱的野兽。她插在大衣衣兜的手刚想拔出，一道低沉而冷酷的声音从她身后传来。

“别动！”随即，一把毛瑟手枪顶上她的背心。

玉川云子身体一僵，脸色煞白……

上次和樊继宗在“海幢公园”会面后，林文涛便开始策划这次行动——密捕玉川云子。

“调查日军在检疫所和难民所实施何种阴谋”，本就是南委交给他的任务之一。如今，虽然老吴牺牲，他暂时失去了和南委的联系，但任务仍然要执行。而且，在听完樊继宗转述陈俊生在难民所的见闻后，他得出了和樊兴业同样的判断——日军在用细菌杀人，而检疫所神秘的北区，很可能是日军研究或生产这些细菌的秘密基地。

如何破解日军这个惊天阴谋，从而拯救数万香港返乡难民？林文涛在这个问题上也认同樊兴业的方案——收集证据，在国共双方的媒体上曝光，揭露日军的反人类罪行，从而形成强大的国内、国际舆论压力，迫使日军放弃细菌战这种邪恶的行径。

然而，收集日军实施细菌战的证据何其艰险。检疫所和难民所都是守卫森严之地，其核心管理层皆为日军方人员，外人绝难窥探其内部秘密。

林文涛告诉樊继宗，自从上月接到南委下达的这个任务后，他便开始收集打探和这两个机构相关的情报。但一来时间尚短，二来这两处机构并不隶属宪兵司令部，因此所得有限。目前他调查到的有效信息只有两条：一、宪兵司令部时常会将一些犯人押送至检疫所，押送这些犯人的全封闭式车辆标记有“特别移送”四个字，颇为神秘；二、特高三课课长的父亲是检疫所的首席专家，而检疫所的内卫工作正是由玉川云子负责。

最后，鉴于时间紧迫——每天都大量的难民死去——林文涛提出了一个极其大胆的方案：密捕玉川云子！

他对樊继宗说，玉川云子既是检疫所首席专家的女儿，又负责检疫所的安全工作，肯定知道检疫所里的核心机密。只要抓住此人，不愁找不到日军用细菌大规模杀害中国人的证据。

纵使樊继宗胆色过人，当听到这个计划时也觉得太过冒险，甚至疯狂——在沦陷区活捉一名日军特高课课长，秘密拘押、审讯？他对林文涛说，要实施这样的计划，需要得力且可靠的行动人手，需要周详细致的计划，需要准确的情报、需要绝对安全的关押地点……即便这些条件都具备，我们还需要运气。

林文涛说，人手和安全屋我们都有。接下来，他将南委计划在广州发动一场针对日军军需物资的破袭行动，并已派遣了三名短枪队队员潜入广州进行前期侦察一事告诉了樊继宗。

“老吴为此做了不少相应准备，包括建立供短枪队队员落脚的安全屋。”最后林文涛说，“我现在已经借调到了特高课，多少能掌握一些玉川云子的行踪，盯紧些，不难找到适合下手的机会……”

事实上，林文涛在对樊继宗说这番话时，也没想机会到来的会如此之快——玉川云子的父亲死了，死于谋杀！

他当然不知道玉川隆盛死亡的所谓真相，但那名叫和田香子的侍女在狱中服毒自尽，以及玉川云子随之展开的内部调查，让他和特高课的其他人同样意识到，这场谋杀的幕后凶手很可能是日本内部势力，并非抗日组织。而且，这股势力既然敢对一名连酒井隆将军都只能平视的本国大人物、女儿是特高课课长的玉川隆盛下手，必然有一整套周密的计划、安排，以防事情败露。特高课想要侦破此案，绝非易事。

基于这样的分析和判断，林文涛和三名短枪队队员迅速设计了一个诱捕玉川云子的方案，并反复推演了行动中可能出现的种种意外，制定出相应的应变措施。于是，今天玉川云子接到了那封神秘的“邀请函”……

小街街口。天色渐渐黑了下来，本就清冷的街道上更难见人。廉吉谷从车里钻了出来，点上一根烟叼在嘴里后，走到街边的一根电线杆子前小便。

当他完事后返回轿车时，就见一高一矮两名巡警懒洋洋地迎面走来。

“太君，借个火。”高个巡警拦在廉吉谷前面，点头哈腰，从上衣兜里掏出一根皱巴巴的香烟。个子稍矮那位则又往前走了两步，暗中解下了腰间的警棍。

廉吉谷掏洋火时心里突然升出一丝狐疑，自己穿着便服，对方怎么一开口就叫“太君”？不对！廉吉谷立刻警惕，伸手摸枪。然而晚了，矮个“巡警”手中的警棍狠狠砸在了他的后脑上。

廉吉谷眼前一黑，身体就朝地上倒去。两名“巡警”一前一后将他架起，迅速拖到丰田轿车边，塞进了后座。高个子打开驾驶座车门，闪身钻了进去。矮个则上了后座。

“嘀、嘀、嘀”三声有节奏的喇叭声响过后，白色丰田轿车掉了个头，朝长堤方向驶去。

在惠民西医诊所二楼的一扇窗户后，林文涛看着丰田轿车消失在街口，伸手抹去额头上的冷汗。

事实上，他很希望玉川云子带着她的保镖一起进入诊所，那样他们就不必冒险在大街上动手。即便这附近行人稀少，短枪队员们行动迅速，整个袭击过程非常短暂，但也难免被人看见，从而留下隐患。这时，他想到了樊继宗的那句话：我们还需要运气……

诊所的地下室，原本是精神病院的一处禁闭区，里面设有六间二十来平方米大小的特殊病房，用来禁闭有严重攻击性行为的精神分裂病患者。

林文涛走下几级台阶，朝门上的观察窗看了一眼，对守在禁闭区入口处的精瘦汉子道：“阿驹，她怎么样？”

“还算老实。”董百驹道。他二十五六岁的样子，皮肤黝黑，相貌看着普通，却隐隐透着一股子精悍的气息。

“这个女人非常狡猾，一定小心。”林文涛严肃地叮嘱道。

“放心吧，涛哥，”董百驹道，“在我眼里只有日本鬼子，没有男人女人。”说着取下挂在墙上的煤油灯，推开陈旧却依然结实的软包木门。

禁闭区里黑暗而阴冷。这里的电线、电灯早已老化、损毁，诊所的前主人显然只将此处当成杂物堆放的场地，没舍得浪费金钱恢复这里的照明设施。而老吴租下这里，只为给短枪队这次破袭行动提供一处临时落脚点，并没有长期使用的打算，当也不会在地下室的电力供应上耗费精力。

林文涛跟在董百驹身后，走到一扇半封闭的铁门前。后者提起煤油灯，从门上方的铁栅栏往里照去——女俘虏双手反剪铐在身后，屈膝坐在床上，向他们投来愤怒而怨毒的目光。

董百驹用钥匙打开门后，林文涛接过他手中的煤油灯，走进室内，盯着玉川云子道："廉吉谷已经被我们的人处理掉了，你不要再有任何的侥幸想法。"

"你是什么人？"玉川云子恨声道。

"中国人。"

"不，你是共产党，"玉川云子尖叫道，"是你杀了佐佐木……我早就怀疑你了，可恨……"

"玉川课长，我们双方的时间都很宝贵，"林文涛打断道，"不要浪费在无意义的事情上。"

"你想干什么？"玉川云子警惕道。

"我们想知道真相……"林文涛上前两步，逼视着对方，"难民所里那些难民是怎么死的？检疫所里藏着什么秘密？你父亲在研究什么？不要说你不知道。"

玉川云子侧头，避开林文涛锋利的目光。她已经明白了对方绑架自己的目的。但那是军方最高等级的机密，她怎么能泄露？

"虽然你是女人，但双手沾满了中国人的血。处决你这样的侵略者，我毫无心理负担。"林文涛继续说道，"你唯一活命的机会，就是站在正义的一方，用实际行动偿还你欠中国人的血债。"

见对方依然保持沉默，林文涛抬腕看了一眼表，"我给你时间考虑，不过时间不多，就一个小时。你也知道，这里离宪兵司令部很近，对我来说太过危险。所以我下次走进这间房间的时候，你必须做出选择。"说完起身就走。

新亚酒店高级套房 309 房间里，佐藤茂焦躁地在客厅里来回走动。他看了一眼沙发边上的西洋钟，时间已经到了八点，而他在这间房里已经待了快一个小时。

房间外的走廊上，成五爷踏着柔软的高级地毯和一对衣着时髦的男女擦身而过。目送这双情侣有说有笑地走进电梯，待电梯上显示楼层的指针指向“1”后，成五爷这才打开312房间的门。

房间里只开了墙角的一盏落地灯，显得有些昏暗。阿豪站在窗前，听见开门的声音，他将窗帘拉上，转过身。

“四周都看了看，没发现什么异常。”成五爷关上门，小声道。

“那我去了。”阿豪掏出手枪，一边检查一边说道，“如果有什么动静，五爷千万别出来。”

成五爷点点头，凝重道：“小心点……”他心里明白，如果真有埋伏，自己出去也帮不上什么忙。

拉开房门，见走廊没有人，阿豪闪身而出，几步便来到斜对面309房的门前。

房间的门没有从里面锁上，这是阿豪事先对佐藤的要求。他猛地推开门，双手握枪冲了进去。套房里所有的灯都亮着，包括卧室和洗手间，很亮堂——这也是他昨天离开前对佐藤的要求。

“双手抱头，跪下，快！”阿豪用枪指着呆立在会客厅里的佐藤茂，迅速扫视了一遍屋内的情形后，反手将房门关上。

佐藤茂嘴角扯动了两下，最终乖乖地双手抱头、双膝跪地。昨天的惨痛遭遇，让这位日军上尉失去了捍卫皇军荣耀的勇气。

阿豪举着枪，快速而谨慎地将卧室、洗手间、阳台检查了一遍。确定这间套房里没有藏人后，这才走向佐藤茂，开始搜身。

上尉身上没带任何武器，阿豪最后从他上衣内兜里取出一个信封。

“是这个吗？”他问。

“是。”佐藤道。

“全吗？”

“全。共计76人。”

阿豪走到沙发前坐下，将手枪放在面前的茶几上，抽出信封里的三张信纸查看起来。这是一份检疫所在押人员的名单，并按关押时间进行了分列。

看着信纸上工工整整的汉字，他不禁抬头瞥了一眼仍抱头跪着的佐藤，心说这家伙对中国文化真下了功夫，能说也会写。

很快，阿豪便在第一张信纸的末尾找到了黎耀坤、黎南东、黎南华的名字，不由心底一松。

“过来。”他对佐藤茂招了招手。庶务班班长这才放下抱头的双手，起身走到沙发前，躬身而立。

“你帮我救几个人出来，做不做得到？”阿豪指了指名单。

“我没这个权力……”佐藤茂脸色大变，“除了死人，没有难民能活着从检疫所出来。”

阿豪目光陡然凌厉：“昨天我问你要这份名单时，你就应该猜到我要做什么了吧？你做不到还敢来见我，是想求死吗？”说着将茶几上的手枪拿了起来。

佐藤茂脸上青一阵白一阵，半晌后才开口道：“事后你要保证将那份录音交给我。”

“成交。我的目的只是救人。”阿豪爽快道，“说吧，打算怎么救？”

佐藤茂显然如阿豪所言，对此早已有了腹稿，当即道：“之前我说过，我没有放人的权力，只有另想办法。现在有个机会，我可以将人从检疫所里帮你弄出来。不过你在广州见不到人，他们会被直接送往肇庆或高要。”

“什么意思？”阿豪皱眉。肇庆和高要在珠江上游，距广州一百多公里。当然，只要能救黎家三口的命，送再远也不是问题。让阿豪疑惑的是，这两座城如今还在国军的控制下，佐藤有什么办法，又为什么要这么做？

“宪兵司令部近期要遣返一批原肇庆、高要籍的难民。”佐藤解释，“我可以将你要救的人安排进去。”

“怎么安排？你先前不是说检疫所能进不能出吗？”阿豪道。事关黎家三口的性命，他不得不谨慎，要将所有细节盘问清楚。

佐藤茂道：“这次遣返不同，只要是原肇庆、高要籍的难民，无论关在难民所还是检疫所都要强制遣返。”

“为什么要遣返？”阿豪又问。

“粮食不够。”

阿豪认可了这个理由。广州每年的产粮，很大部分都成了日军的军粮，粮食当然紧张。日军在难民所用散播霍乱的方式消灭难民，其主要目的也是为解决粮食问题吧，他想，现在这些畜生可能觉得杀起来太慢，干脆将难民遣返至国统区，一箭双雕，既减轻了广州粮食紧张的压力，又给国统区增加负担。

“你能更改他们的户籍？”阿豪突然想到，黎家人上岸时，登记的原户籍地址是广州。

佐藤茂点头。

“那你不是可以将很多人都弄出来？”阿豪又问。

佐藤摇头：“人不能多。更改登记过的户口很麻烦，多了容易出事。”

阿豪想想也能理解。佐藤茂在检疫所虽然权力不小，但也不是可以只手遮天的角色，让他大量篡改难民的原始登记记录，的确容易出事。

“但在这之前，你要保证他们活着。”阿豪想了想沉声道。他现在已经知道，关在检疫所的难民是日本人进行所谓医学研究的活体材料，每天都有人被活活折磨至死。

“这一点我能做到。”佐藤茂解释，“挑选实验‘猿’由我们庶务班负责。”

阿豪猛地从沙发上站起，闪电般蹿到佐藤茂身前，一脚踹出。“你他妈才是‘猿’！”

佐藤茂惨叫倒地，捂着小腹在地上来回打滚。

阿豪也不理他，在房间的书桌里取出一支铅笔，径直回沙发坐下，拿起那份名单。他觉得佐藤茂的救人办法应该可行，于是用铅笔在黎耀坤三人的名字上打了钩。

“你有把握安排几个人？”阿豪一边翻看后两页名单一边问道。

“两个。”正从地上艰难爬起的上尉回道。

阿豪抬头，恶狠狠地盯着佐藤茂，一言不发。后者被他折磨怕了，有些发虚，“三个……四个……最多五个……”

“估计是这家伙的极限了。”阿豪心想，能多救两个是两个吧。他收回目光，继续翻看手上的名单。突然，他的瞳孔猛然一缩——罗立雪！第三页的头一个名字竟然和妻子的相同，一字不差。

阿豪迅速看了一眼名单上标注的收容日期——昭和十七年一月二日(1942年1月2日)，心道时间对得上，立雪是去年12月8号在“鹈鹕”号上被日本宪兵抓走的。而且，这两天从樊兴业那边反馈回来的消息是，无论是宪兵司令部直辖的三座监狱还是伪政府在广州的两座收容、羁押机构，他们都私下托人打听过，至今没查到立雪的下落。那么名单上的人十有八九便是妻子。

“猿？”想到日本人竟然将立雪当成活体实验的材料，阿豪一股气血轰地直惯头顶，双眼瞬间充血，他瞪向佐藤茂，恨不得立刻将其撕成碎片。

佐藤茂心尖一颤，脚下本能地向后退一步。他感觉此刻的阿豪更像一头噬人的凶兽而不是人。虽然不知道对方怎么会突然变得如此凶戾，但他清楚一件事，自己现在不能乱说一个字乱动一下身体。

十来秒后，阿豪逐渐恢复了冷静，他松开拳头，将不自觉间握成了纸团的那份名单一点点展开，在茶几上抹平。接着他重新拿起铅笔，在“罗立雪”三个字上打了钩。

“名字上打钩的是我要救的人，一共四个。”阿豪起身走向佐藤茂，递过名单，“相信没有超出你的能力。只要你能安全地将他们送出去，我绝不食言。不但会将那份录音交给你，我本人也会从这座城市消失，绝不对外人提及你的事。”

阿豪诚恳的态度，让佐藤茂感觉到了完美解决这件事的希望。他接过名单，很快找到了阿豪勾选的四个人名。黎家三人自然没有问题，但看到第四个人是“罗立雪”后，上尉的心又提了起来。

“阁下，”佐藤茂将名单第三页递还给阿豪，“其他人都可以，这个女人，我办不到。”

阿豪死死盯着佐藤茂，半晌后才从牙缝中挤出三个字：“为什么？”

“她是特殊……”佐藤茂生生将“猿”咽了回去，“特殊的人，受到重点看护，没有人能将她带出检疫所……”

“特殊？怎么特殊？”

“她住单人房间，生活有专人照顾，饮食标准比我还高一级……”

“为什么？”阿豪悚然心惊，事出反常必有妖。

上尉摇头：“我只知道这些。”

“说！”阿豪低声咆哮，一把掐住了佐藤茂的脖子，将其抵在墙上。

在阿豪面前，上尉没有一点反抗的能力，他拼命想要掰开掐在脖子上的大手，却是徒劳。渐渐，令人绝望的窒息感让他失去了挣扎的力气，只能大张着嘴，呃呃呃地叫着。

见这家伙已经开始翻白眼，阿豪松开了手。佐藤茂顺着墙壁瘫软了下去，一屁股坐在地上，捂着脖子剧烈咳嗽。

待佐藤茂稍稍恢复，阿豪蹲下身。“想起来了吗？她为什么特殊？”

上尉喘息道：“最高……机密，我的……级别不够……”

阿豪的手再次掐住佐藤茂的脖子，后者这次没有一点反抗的意思，仿佛在等死。见此，阿豪心中一阵冰凉。面前这个家伙将检疫所用中国人做活体实验这样的“绝密”都说了出来，还有什么不能向自己透露的呢？

“我相信你。”阿豪松开手，拍了拍佐藤茂的脸，“另外三个你帮我送出去吧，我之前的保证仍然有效……”

第二十六章　大局为重

时间："末日计划"实施倒数第七日

兴业贸易公司。董事长办公室里的空气近乎凝固。

"……这种被他们命名为'零号'的新型鼠疫杆菌，在人体内有两到三天的潜伏期，传染性极强，死亡率百分之百，到目前为止日本人还没有研究出治疗这种鼠疫的特效药物……"林文涛坐在沙发上，语气低沉，神情凝重。

"活体实验""新型鼠疫杆菌""末日计划"……听到林文涛的这些讲述，纵使樊兴业这样心性沉稳之人也忍不住霍然而起，差点砸了手中的茶杯。至于守在办公室门边的樊继宗，更是将牙齿咬得咯咯作响。

"据玉川云子供述，日军这次细菌战的战略目的，是要一举崩坏国民党军高要、肇庆两处江防要塞，打通西进广西的水上通道。"林文涛道。

"在难民身体里注射病菌，然后将这些'带菌者'驱赶至高要、肇庆……这是何其阴险、恶毒的手段……"樊继宗咬牙道，"绝不能让日本人这个计划成功！"

樊兴业深吸一口气，徐徐呼出。"对，即便不从军事层面考虑，为了高要、肇庆两城的近百万人，我们也要破解掉日本人这个阴谋。"

"难就难在我们如何将这个情报传递出去？"林文涛思忖道，"现在我们和组织失去了联系，也没有和国民党方面联络的渠道……"

三人都清楚，如果国民党方面能提前获知日本人这个阴谋，"末日计划"很好破解——第一时间将这些返乡的"带菌者"隔离，进行医疗干预，不让这些难民各自投亲靠友四散在城乡，从而引发疫病。但正如林文涛所说，失去老吴这个总联络人后，他们和组织也就彻底失去了联系，无法将这份具有重大战略价值，事关成千上万国军将士和两城百姓生命安全的情报传递出去。

“让俊生去一趟曲江，或东江游击区？”樊继宗提议。

“曲江那边的情况不明，南委如果收到了老吴发出的情报，肯定会秘密转移，俊生未必能联系上。”樊兴业道，“去东江找曾生或王作尧倒是可以考虑。他们应该能联系上那里的国民党部队。”

林文涛点头。“国民党的187师、独立9旅同样在东江地区活动，虽然他们视我三大队和五大队为眼中钉、肉中刺，但他们和驻守高要、肇庆的国军部队同属第四战区，想来不会坐视兄弟部队中日本的毒计。不管相信不相信我们传递的这份情报，他们也会第一时间发给第四战区司令部吧。”

“时间上是否来得及？”樊兴业对林文涛道，“离我们最近的第三大队的根据地，在大岭山，近百公里路程，还要走小路、山路来避开日伪的哨卡。据俊生说，走一趟单程最快也要四天时间……曾生那边和国民党军联络也需要时间，这样重大的机密情报，不可能通过士兵或低级军官直接传递，肯定要约见对方的高层，这最少要两到三天的时间……这还是最乐观的估计，无论是路途中，还是联络国民党军队这件事上，都有可能出现意外，耽误情报传递的时间。”

“来不及……”林文涛摇摇头，“七天。据玉川云子交代，第一批遣返的原高要、肇庆籍难民，共计150人，一周后宪兵部队就会展开行动，将这些‘带菌者’由水路押送至前线，登陆后再强行驱赶到国军的防区内。整个过程一天内完成。”

林文涛说完，屋内陷入了短暂的沉默，大家脸色都不好看。情报是有时效性的，一旦不能在这150名难民入城前将情报送达国民党守军，让这些不知情的“带菌者”们投亲靠友四散而去，后果不堪设想。

“炸了它！”樊继宗突然道，眼眸发亮。

“炸？”正在思索如何将情报尽快送达国军手里的樊兴业、林文涛二人，闻言皆是一怔。

“送情报来不及，咱们就从根子上破坏掉日本人这次行动。”樊继宗对林文涛道，“你先前说，这个‘零号’病菌的研究和生产基地都在检疫所北楼的地下？”

林文涛点点头：“据玉川云子交代，北楼地下有两层，一层是实验区，二层是细菌生产和储备区。”

“那咱们就给他来个釜底抽薪，直接将这个基地炸了，赶在他们给那批难民注射病菌之前。”

“能炸掉当然最好，但怎么炸？那里守卫极其森严，外人根本进不去。”林文涛道。

“你知道俊生怎么从难民所逃出来的吧？”樊继宗道。

“你是想从那条暗渠潜进去？”林文涛略一思忖后道，“但那条暗渠只能通向难民所。”上次在问心湖接上头后，樊继宗将陈俊生在难民所的经历大致给他讲了一遍，因而很快猜到了对方的打算。

樊继宗道：“俊生说化骨池边上有一道通往检疫所的门，晚上会有里面的人出来丢尸。”

这个细节林文涛并不知道，他看向樊兴业，后者点点头，确认了樊继宗所说。

樊继宗继续说道：“玉川云子在我们手里，她清楚检疫所内部的一切情况，比如处理尸体的时间，建筑的内部机构，夜间安全措施等等。有了这些情报，我们可以在夜间来一次突袭。虽然有风险，但成功的可能性很大。”

“人手呢？”林文涛问。加上没在场的陈俊生，他们一共只有四个人。不擅长行动的他和樊兴业显然不适合执行这样的任务。”

樊继宗自信道：“我和俊生两个就行。不是去和敌人硬拼，人多了反而不好。”

林文涛、樊兴业都认真思索起樊继宗这个大胆又极具诱惑力的计划。片刻后，樊兴业道：“上次难民暴动后，日伪肯定会加强警戒、排查，那暗渠现在是否可用，还需要确认。”

樊继宗点点头：“我一会儿去找俊生，今晚我们就去摸一摸情况。如果暗渠出口没有加固栅栏，证明日本人还没发现这个漏洞。”

“你们一定要小心行事。”樊兴业叮嘱道。

“夜里有雾，问题不大。”樊继宗道。

“炸药呢？短时间内能搞到吗？”最后，林文涛问。

樊继宗皱起眉，思忖道：“这的确是个难题……日本人对军火的控制非常严格，尤其是对炸药、手榴弹这种破坏力强的大杀伤类武器……”

房间再次陷入沉默。

“短枪队有！”林文涛眸光一闪，“三天后，第二批参与这次破袭行动的短枪队将会潜入广州，董百驹说他们会带一批手榴弹和炸药过来。”

“那就好！”樊继宗兴奋道，“炸药没问题了，我们分头行动吧。”

林文涛看向樊兴业。后者点了点头：“明天咱们再碰个头，确定行动的具体时间和细节。”

夜雾正浓，南石头村一片寂静。村南的田垄间，两个黑影正一前一后朝难民所方向摸去。他们弓着身子，小心翼翼地行进着，尽量不发出声响。

当难民所西北角哨楼的轮廓隐约可见时，走在前面的陈俊生停下脚步，趴在了地上，开始匍匐前进。跟在后面的樊继宗同样如此。

两人向前爬了二十来米，到达了铁丝拦网前。陈俊生找到上次他钻过的排灌沟出水口，解下绑在背上的短锹。他记得五天前，自己离开这里时，特意将掘开的出水口重新恢复过。

然而此刻，这处出水口赫然被人挖开了。陈俊生有些惊愕，心想难道在自己和黎姓父女之后还有人从这里逃走？或是因上次恢复得匆忙，没有夯实，水渠口的泥土自己垮塌了？不过此时此地不是思考这些的时候，也不方便和身后的樊继宗交流——哨塔就在他们斜上方，不到一百米。

陈俊生略一思忖，回头朝樊兴业微微点头，示意后者跟上，然后当先从水渠口钻了出去。尽管有夜雾掩护，但四周万籁俱寂，稍大一点的动静都可能给他们带来致命的危险。因而两人的动作都极为小心、缓慢，差不多用了五分钟才爬出水渠口，钻进公路下的涵洞。

黑黝黝的涵洞里伸手不见五指。陈俊生接过身后樊继宗递来的手电，正要打开，一束光突然朝他和樊继宗射来。“别动！”与此同时，一个低沉而冰冷的声音从光束后的黑暗中传来。

二人这一惊非同小可，后脊发凉、汗毛倒竖。他们哪里会想到这洞里还有人。好在光束一闪即逝，涵洞中重归黑暗。这种情况下，黑暗反而能给人安全感。

“自己人。”阿豪紧接着又道，旋即划燃一根火柴，让对方看清自己的脸后，迅速灭掉。他也没想到这么巧，竟然在这里撞上陈俊生和樊继宗。

“段世豪？”

“黎耀庭？”

陈俊生和樊继宗压低声音，几乎同时开口。两人紧绷的神经稍稍放松了些，虽然还不知道阿豪来这里的目的，但有一点可以确认——对方不是敌人。

“他就是和我一起从难民所逃出来的那位，他说他叫黎耀庭。”陈俊生对樊继宗低声道。

“原来如此！”这一句立刻解开了樊继宗心中的两个疑惑：陈俊生怎么认识阿豪？为什么叫他黎耀庭？

“你怎么在这里？”樊继宗躬身朝阿豪挪了两步，蹲下来低声询问。这才是他此刻心中最大的疑惑，也是最关心的问题。

“我来探探路。你们呢？”阿豪也不隐瞒。

“你想干什么？”樊继宗不答反问。

“这里不是说话的地方。”阿豪道。

“路还通吗？”

“通。怎么，你们今晚就要行动？”阿豪道。既然知道樊兴业想要调查日本人在检疫所有何阴谋，他就不难揣测出樊继宗和陈俊生二人今晚出现在这里的原因——要么是像他一样来探路，为行动作准备；要么就是行动已经开始，今晚就打算从化骨池那道门进入检疫所内部。

“和你一样，只是探路。”樊继宗在黑暗中答道。

阿豪暗自松了口气。如果樊继宗今晚就要行动，他必然阻止。他心里很清楚，这条潜入检疫所的路只能用一次，救立雪也只有一次机会，而他今晚还没做好准备……

时间："末日计划"实施倒数第六日

兴业公司董事长办公室。阿豪、樊兴业和樊继宗三人围坐在茶几边上，盯着一张用铅笔画在新亚酒店信纸上的检疫所北楼地下一层内部结构平面图。

不得不承认，从日本陆军士官学校毕业的佐藤茂上尉，在制图这门学科上成绩优异，仅凭记忆便能画出让人一目了然的复杂图纸——楼梯、入口、消毒室、通道、细菌培养室、检验室、器材室、血清制备室、实验区、病理解剖区、停尸房……无不标注得清清楚楚。

"……立雪被单独关押在这里，"阿豪用铅笔在草图上圈了一下——那是血清制备室边上的一个房间。

"这个区域24小时有专人看守，夜间每两小时换一班，两人一班。我计算了一下时间，检疫所每晚处理尸体的时间是九点，正好是看守换班的时间。我从化骨池的门进入，"他点着草图上连接化骨池的那条通道，"在这里解决掉两名抛尸人，然后换上他们的衣服，再伺机将两名夜间值守的武士干掉，这前后最多需要半个小时……也就是说，我和立雪有一个半小时的时间逃走，足够了。"见樊兴业二人脸上都有一丝怀疑之色，他解释道，"据佐藤茂说，地下室严谨烟火，看守不能携带枪支，只有短刀……应该不难解决。"

樊兴业思忖道："你的本事我不怀疑，这个计划也可行……不过佐藤茂可信吗？会不会有反复？"尽管他已经知道了阿豪收服佐藤茂的始末，拿到了足以致对方于死地的把柄，但事关女儿的生死，容不得半点差错，他必须将各个环节思虑周详。

"他应该能猜到我想救立雪，但不知道我会怎么行动。"阿豪想了想道，"他是个聪明人，应该不会做对自己不利的事情。"

"当时不会，但时间长了什么意外都可能发生……"樊继宗道。

阿豪点点头："你说得对，迟则生变……不仅是佐藤茂那边，我更担心的是立雪。日本人特殊对待她，绝没安好心，还涉及连佐藤茂都没资格接触的最高机密……我们必须立刻行动，立雪在里面多待一分钟都有生命危险。"

"你打算什么时候行动？需要我们怎么支持？"樊兴业问。

"我准备好了，今天晚上就行动。"阿豪道，"立雪的身体没有问题，所以救她我一个人去就可以，人多了反而容易暴露。不过以防万一，我希望陈俊生能在外面接应我们，南石头村附近的地形他熟悉，一旦有追兵，我负责引开，由他带立雪走。"

"今晚？"樊继宗道，"你确定今晚九点前有雾？如果是后半夜才起雾，错过抛尸的时间，你怎么进去？"

即便现在是冬季，南石头村又临着珠江，夜晚多雾，但也不意味着每晚八九点钟就会被雾气笼罩，也不乏后半夜才起雾的时候。而如果没有夜雾掩护，要想从冬小麦刚刚拔节——禾苗高不过脚踝——的田野里穿过铁丝网而不被哨楼上的守卫发现，可能性有，但极低。这也是为什么，昨晚八点樊继宗和陈俊生就到了南石头村，一直要等到凌晨才行动的原因。

“我考虑过这个问题，”阿豪道，“如果后半夜才起雾，就后半夜再行动。”

“然后呢？”樊继宗惊奇道，“你怎么进检疫所？”

“等。”阿豪道，“我会藏身在暗渠中，等到晚上。”

樊继宗张着嘴一时不知道该说什么。他还以为阿豪留有什么后手，比如佐藤茂会给予协助，却没想到竟然是等！在一条狭窄的臭水沟里从凌晨等到天黑？

短暂沉默后，樊继宗再次开口：“我相信你能做到。但你有没有想过，如果你救立雪出来后，仍然没有起雾，又怎么办？还能藏身暗渠等待吗？检疫所地下基地夜班是两小时一换，也就是说11点他们就会发现情况，日本人立刻会全面封锁附近区域，并进行搜查，而且很快就能推测出你们是从化骨池那道门逃走，暗渠是藏不住的。”

“不会等到11点。”阿豪摇摇头，“如果我和立雪的运气真像你说的那么差，我会想办法干掉哨塔上的守卫。当然我没有把握无声无息完成这件事，毕竟有六米高的围墙……这就是我想请陈俊生帮忙接应的原因。”

樊兴业道：“阿豪，这件事你不能单干，救立雪也不是你一个的担当……最重要的是，那条路只能用一次。”

“我明白。”阿豪道，“伯父，昨晚遇见继宗后，我就知道你们也想利用那条道，这也是我今天来找您的原因之一。如果不影响救立雪，你们的行动我一定配合。”

“那就好。”樊兴业点点头，“继宗你来说。”

樊继宗道：“我们一起行动，救出立雪，然后炸掉检疫所的地下基地。”

“炸掉？”阿豪一惊。

樊继宗道：“对，炸掉！你也从佐藤茂口中知道那是个什么地方了，难道不该炸掉？”

“怎么炸？”阿豪快速思索着炸毁检疫所会不会对救立雪有影响。

“定时炸弹，起爆时间设定为11点，足够大家安全离开。”

"好。"阿豪点点头，"你们准备好了吗？"

"三天后行动。"

"三天后？"阿豪脸色微变，"为什么？"

樊继宗解释道："三天后我们才能拿到炸药。"

"纵火不行吗？"阿豪皱眉道。他觉得三天时间太长。

"不行。我们的主要目标是地下二层，那里才是检疫所的核心所在，是日本人生产和仓储细菌的秘密基地……"樊继宗解释道，"据我们了解，在地下二层唯一的入口处，日本人设置了防火门，夜间关闭，锁具为密码锁，钥匙和密码分别由检疫所值班军官和特高课派驻的内卫人员管理，也就是说每天开启这道门，需要两人同时到场。而我们即便能找到开锁高手帮忙，也无法保证在短时间里打开那道门……如果在地下一层纵火，根本达不到目的，日本人的消防措施非常完备，所以，唯一的办法只能是用足够量的烈性炸药，将整栋楼地下地上一次性摧毁。"

阿豪想了想，摇头道："我等不了这么久。"

樊继宗一愣："三天很久吗？比你的计划晚两天而已。"

"晚一天也不行。"阿豪直视樊继宗，"你们也知道日本人在检疫所用活人做实验，难道希望她被绑在手术台上，让那帮畜生当'猿'一样地解剖吗？！"

"你……"樊继宗气结，半晌后才道，"立雪是我姐，我怎么可能……而且，你不是说日本人对她特殊关照吗，进去这么久了也没伤害她，再多等两天……"

"你怎么知道日本人没伤害她？昨天没伤害，现在呢？明天呢？你敢担保吗？"阿豪打断樊继宗的话，愤怒质问。

樊继宗无奈，转头看向父亲。樊兴业长叹一声："阿豪，你的心情我理解，你说得对，只要雪儿还在日本人手里，没人能保证她不受伤害。如果可以，我愿意付出一切，换取她的自由和安全……但事难两全，阿豪，我希望你以大局为重，多等两天。"

"伯父，抱歉……"阿豪看向樊兴业，摇摇头，"你可以为了所谓的大局牺牲自己的女儿……但我，做不到！"

樊继宗勃然变色，正要开口说些什么，阿豪又道："不过我可以发誓，救出立雪后，我一定帮你们炸掉那里！”

“不是帮我们，是帮千千万万的中国人！”樊继宗冷冷驳斥道，“还有，那条密道只能用一次，你又怎么炸？”

“办法现在我还没想到，但终会有的。”阿豪坚定道。

“等你想出办法，一切都晚了。”樊继宗愤愤道。

“什么晚了？”阿豪不解。

樊继宗用询问的眼神看向樊兴业，后者点点头。

“我们获知日本人有一个‘末日计划’，五天后实施……”樊继宗将从玉川云子口中得到的情报详详细细对阿豪讲了一遍后说，“一旦我们不能在这之前彻底炸掉检疫所的地下基地，破坏日本人这个阴谋，你想过没有，这种死亡率百分之百、没有疫苗、无法治愈的新型鼠疫一旦传染开，高要、肇庆的守军，两城的百姓，会有多少人死亡？数以万计、甚至十万计……你想看到那两座城市变成人间地狱吗？”

阿豪的心沉到了谷底。佐藤茂曾告诉他，为了缓解广州的粮食压力，宪兵司令部要大量遣返香港返乡难民，而第一批遣返的对象便是原高要、肇庆籍的难民。当时他还在为黎耀坤三人能因日军此举获救感到庆幸，但现在他才明白，这次遣返的背后隐藏着日本人怎样一个惊天阴谋。

同时，他并不怀疑樊继宗话的真实性。他亲身经历过难民所那场至今还在持续爆发的疫病，每天都有十数人、甚至几十人染病死去，那里的景象以“人间地狱”来形容并不为过。更何况日本人计划在高要、肇庆使用的病菌比难民所里流行的副伤寒可怕得多，后者主要通过食物、水以及接触传染。也就是说，只要注意饮食卫生，不使用病患使用的生活用具，便可以很大程度地避免被传染；而前者，樊继宗告诉他，这种被命名为“零号”的病菌，除了接触、体液，还会通过空气近距离传染，简直防不胜防，可怕至极……

见阿豪阴沉着脸，久久不言，樊兴业开口道：“阿豪，我知道你现在心里一定很矛盾……很难立刻做出决定。我有个提议，或许能让问题迎刃而解。”

“伯父请讲！”阿豪急切道。樊兴业说的不错，此刻他心中十分矛盾——为救立雪一人，而至千万人性命于不顾？要做出这样的决定，让他倍感煎熬，尤其是，他也不能确定，立雪在这三天里一定会有危险。

“你的害怕和忧虑在于，雪儿随时会有生命危险，或者受到伤害，所以迫切想要救她出来……当然，我作为雪儿的父亲，营救雪儿的心情和你一样急迫……”樊兴业道，“那如果我们能确定雪儿近期不会有事呢？你能不能和我一样，为了救更多的人等上一等？”

“怎么确定？”阿豪眼前一亮。

“你之前说，雪儿涉及检疫所的某个最高机密，但佐藤茂层级不够，所以不知道雪儿被特殊对待的原因？”樊兴业问。

阿豪点头道：“这一点佐藤茂应该没说谎。他负责庶务，不是研究人员，据他交代，有资格参与、了解检疫所的核心研究工作的，除几个专家组的教授、博士，就只有所长和特高课派驻的安全官员。”

樊兴业道：“这个所谓的‘最高机密’，有一个人应该知道，我们可以从她那里确认检疫所到底要对雪儿做什么，以及什么时候做！”

“谁？”

“你跟她打过交道，检疫所专家组组长玉川隆盛的女儿、特高三课课长，同时也是特高课派驻检疫所的安全官，玉川云子。”

阿豪愕然……

“我们秘密抓捕了她……”樊继宗道。

“你们没问她立雪的事？”阿豪疑惑道。他上次告诉过樊兴业、樊继宗二人，负责追捕他和立雪的正是这位特高课的女课长，现在他们既然密捕了这个女人，没理由不询问立雪的去向。

“问了，”樊继宗接话道，“现在看来这个女人骗了我们，她说立雪被原田派人带走，秘密关押起来，具体地方她也不知道。”

阿豪看眼手表：下午4点10分。

“人关在什么地方？”他问。

“芳村。”樊继宗道。

“事不宜迟，我现在就去。”留给阿豪的时间不多了——如果他决定今晚行动，那么必须在9点之前埋伏在难民所化骨池边。而河南和芳村还隔着一条珠江。

“好，你稍等，我去安排一下。”说完，樊继宗匆匆离开。

惠民西医诊所除了临街的大门，还在楼侧开了一道通往后院的小门。樊继宗站在锈迹斑斑的铁栅栏门前，警惕地看了看左右，见巷子里无人，迅速打开铁挂锁，推门而入。待阿豪进来后，他关上门，从外面将门锁上。

后院不大，两人几步便来到小楼后门前。樊继宗有节奏地敲了三下门，“是谁？”门后传来董百驹警惕的声音。

“阿驹，是我，樊继宗。”

木门吱呀打开，“樊兄弟……”董百驹话没说完，见到樊继宗身后的阿豪，脸色微变，手立刻抓住了怀里手枪的枪柄。

“放心，是朋友……我进去说。”樊继宗忙开口解释。

董百驹神情这才缓和了些，侧身让二人进屋，关上门。

“其他人呢？”樊继宗一边往禁闭区走一边问。

“跟俊生出去……”董百驹本想说出去熟悉地形，但瞥见有生人在，将后半句咽了回去。

“那个女人没闹出什么动静吧？”樊继宗又问。

“我去看过两次，很安静……”董百驹道，“地下室隔音很好，她也闹不出什么来。”

樊继宗点点头：“阿驹，麻烦开一下门，我和这位朋友要问那女人一些事。”

董百驹停下了脚步，狐疑地打量了阿豪两眼，将樊继宗拉到一边，低声道：“是组织里的人吗？怎么没听涛哥说起？”

樊继宗同样低声道：“不是，但可以算自己人……”

董百驹摇头：“涛哥说了，那女人很重要，不能有任何闪失。”

……

阿豪离两人不过几米远，隐约能听见他们的一些交谈内容，猜到是那位叫阿驹的汉子，不太同意自己见玉川云子，而樊继宗想要说服他。

果然，两人简短交谈后，樊继宗苦笑着向他走来，问：“你身上带武器了吗？”

“什么意思？”阿豪道。

“我们这位同伴纪律性强，他没得到上级的指示，所以不同意你去见那个女人……应该是担心你会对俘虏不利。我向他保证，你不会做出什么过激的行为，而且我们询问时他可以在场，他这才松口。不过有一个要求，你不能带武器进去。”

“我没带武器，让他搜吧。”阿豪想了想，也能理解对方的要求。对于抗日组织来说，玉川云子绝对是高价值的俘虏，自然要重视其安全。

见阿豪同意，樊继宗朝董百驹点点头，后者上前说了声“得罪了”，便将阿豪全身上下搜了一遍，没发现武器后，短枪队队员也不多话，直接朝地下禁闭区走去，打开入口处那道厚实的木门。

阿豪走进地下空间，感觉跟进入某座“深牢大狱”一般，阴暗、潮湿，不见天日。这里没有窗户，没有电灯，整个区域里，只有走道上挂着的那盏煤油灯发出昏暗而微弱的光亮，让四周更显黑暗、阴森。

樊继宗摘下墙上挂着的煤油灯，拎在手上，径直走到一间禁闭室前。跟在后面的董百驹掏钥匙打开门锁后侧身让到一边，示意樊继宗和阿豪可以进去了。

阿豪推开门，接过樊继宗递来的煤油灯，照了照裹着被子坐在床上的女人，迈步走了进去。

“你也是共产党？”玉川云子看着阿豪，惊诧道。今天上午，樊继宗来询问她时，并没有隐瞒自己的身份。他觉得没必要，这个女人泄露了日军方的绝密计划，已经不可能回头，而且人还在他们的掌控中。

阿豪将煤油灯挂在墙上的铁钩上，冷冷看着这个抓走立雪的元凶，问：“为什么将我妻子关在检疫所？你们要对她做什么？”他哪有心情和时间来满足这个女人的好奇心，直奔主题。

女课长身体颤了颤，阿豪话语里的寒意仿佛比这地下室的阴冷之气更为刺骨。她看了一眼站在门边的樊继宗，疑惑道：“他没有告诉你吗？”

“我没时间听谎话……”阿豪伸手搭在女人的肩上，五指用力一抓，“这里虽然没有你们特高课那些刑具，但我一样能让你生不如死！”说着稍稍用力。

玉川云子一声惨哼，感觉自己肩胛骨快要碎掉了，尖叫道：“我没有说谎，她就被关在检疫所……”

阿豪脸色陡变，转头看向樊继宗，特高课课长没说谎，那谁在说谎？咣当一声，樊继宗关上禁闭室那道半封闭的铁门，和董百驹站在了门外。

“中计了！”阿豪心思电转，他立刻明白过来，先前董百驹坚持要搜自己身的真正目的，不是为了俘虏的安全，而是要让自己此刻无法反击、脱困。想到这里，他不由在心里暗骂，“这两个混蛋，戏演得真他妈好！”

但现在不是自责的时候，他放开玉川云子，缓步走到门前，冷声道：“你要干什么？”

“抱歉了，姐夫，”樊继宗将铁锁锁上，“事关千万人性命，只好委屈你两天了。行动前我会放你出来。”

“立雪到底怎么了？”阿豪杀气腾腾。樊继宗这番举动，让他立刻意识到妻子有危险！对方将自己困在这里，无非是担心自己知情后提前行动，破坏了他们的计划。

“我姐的情况，玉川课长会详细告诉你……”樊继宗叹道，“床下面给你准备了睡具，生活上有什么要求你直接给阿驹说，他会……”

“樊继宗……”阿豪打断对方，语气平静而坚决，“如果立雪出了事，我会杀了你！”

虽然接触不多，但阿豪能感觉到樊继宗是什么样的人，对方的性格和自己有些相似——认定一件事后，无比执着，为了达到目的，不择手段。因而他知道自己此刻无论说什么，都无济于事，门外这个比他小几岁的男子不会改变主意。但他仍然要将这话说出来，因为这不是威胁，而是在告诉对方一个事实。

樊继宗苦涩一笑，“到时候任由你处置。”说完就准备离开。

“等一下，”阿豪叫住他，“这是你自作主张，还是伯父的授意？”

“我自己。”樊继宗道，“我姐现在的情况他并不知情。”

“你为什么要瞒他？”

“我想……给他留些希望……”

阿豪看着樊继宗离开，双手握住门上的铁棍摇了摇，感觉很牢固，脸色越加阴沉。

禁闭区外，樊继宗给一脸疑惑的董百驹解释了阿豪的身份，以及他为什么要将自己这位姐夫关在里面后，短枪队队员这才明白樊继宗在来之前给诊所里打电话时，为什么要他再给房间加一套卧具，要他配合演一出搜身的戏码。

“阿驹，记住一点，无论什么情况下都不要开门，”樊继宗接着叮嘱道，“如果实在拿不定主意，就给涛哥打电话，他今晚在特高课值班。”

“这合适吗？”董百驹挠挠头，“将你姐夫和一个女人关在一起？”

“做大事就不能拘小节……”樊继宗无奈道，“况且那家伙身手好，警惕性高，我又不能真的伤到他，只有这样出其不意才行。再说，他心里只有我姐，别说跟玉川云子这样的女人关在一起，就是换个仙女，他估计也不会碰一下。你别瞎担心了。”

“我是怕他知道你姐的事后，把那个女人宰了！”董百驹担忧道，“你和涛哥不是说，这个特高课课长很重要吗？”

“应该不会……”樊继宗道，“我来之前已经告诉过他，玉川云子已经答应站出来揭露日本人细菌战的阴谋……”

禁闭室里，玉川云子低头靠墙站着，她已经回答了阿豪先前的问题——立雪为什么会被关在检疫所？现在正在经历什么？一点也没隐瞒。

煤油灯昏暗的灯光下，阿豪的脸显得有些狰狞，他一把抓住玉川云子的头发，扬起对方的脸。“以前有多少人接受过这种测试？”

“118人。”女课长想了想，诚实答道。

“有活下来的吗？”

“没有，不过您妻子很可能是特异性……”

话没说完阿豪一把掐住了她的脖子。“去他妈的特异……”

检疫所所长办公室里，檀香袅袅，鸠山和玉川秀雄对坐下棋。后者手捻一颗白子，正思索间，敲门声响起。

“进来。”新晋所长淡淡开口。

一名年轻军医推门而入，急促道：“玉川所长、鸠山组长，化验结果出来了。”

“怎么样？病菌数量有没有减少？”鸠山忙问。他和玉川秀雄今天之所以推迟了下班，在这里下棋，就是在等这份血检报告。

“请您亲自过目吧。”年轻军医双手将一张化验单递给鸠山。后者接过，越看脸色越是阴沉，最后长叹一声：“真是让人失望啊……”

玉川秀雄显然明白对方在失望什么，脸色也不好看。不过他很快恢复正常，端起茶杯嘬了一口后道：“鸠山君，不用沮丧。只要有足够的实验‘猿’，获得足够多的实验数据，迟早能研制出灭杀‘零号’的药物。而我们现在会为实验材料的数量担心吗？香港的返乡难民源源不断啊……”

“只好这样吧……”鸠山不甘道，“不过你父亲的理论假设是，疫苗不仅仅能主动免疫预防某种疾病，而是可以通过诱导人体特异性的免疫应答，被动免疫来治愈疾病。这可是医学界划时代的伟大研究啊，如果我们不能找到‘零号’的特异性免疫体，进行人工被动免疫测试，即便是研制出特效药物，这个理论假设永远只能是假设。”

玉川秀雄显然对什么划时代的研究不感兴趣——只要能研制出治疗‘零号’的特效药物，就意味着拥有了攫取巨额财富的工具。但他不想在这个问题上和鸠山争论，只是无声地摇摇头。

年轻军医见两人一时无话，请示道：“‘特一号’猿怎么处理？”

“明天安排病理解剖吧，”鸠山道，“毕竟她之前疑似感染过‘零号’，或许我们能从她的器官切片上有所收获。”

玉川秀雄残忍地笑了笑。“可惜了……明天我会观摩这次解剖。”他很想看看，那名面容姣好、皮肤白皙，他最早想用来“作画”的女子，解剖起来和其他中国人有什么不同。

现在的玉川云子，身上没了一丝曾经的冷傲，言谈举止俨然一名温良恭顺的日本女子，即便双手戴着手铐，她仍然主动而殷勤地帮阿豪整理卧具。

看了一眼墙上挂着的煤油灯，女人嘴角有了一丝笑意。阿豪的到来对她来说是件好事，黑暗的世界里至少有了一点光亮。

阿豪静静地站在门口，透过门上的铁栅栏，冷眼盯着门外的董百驹。半小时前，对方从铁门下方一个20厘米见方的窗口，将他和玉川云子的晚餐递了进来，现在来收取两人用过的餐具。

董百驹被盯得有些尴尬，咳嗽一声道：“豪哥……有什么要求吗？樊兄弟说，除了放你出去，都尽量满足……”

“那就没什么了。我只想睡觉。”阿豪道。他面色平静，却心急如焚，只希望对方早点离开。

按玉川云子计算的时间，对立雪的免疫测试今天就会有结果。如果立雪被证实不是特异性免疫体，检疫所的细菌专家们很可能对她进行活体解剖。而自己却被该死的樊继宗关在这里！

“这个给你，”董百驹从门上的栅栏缝递过一把手铐钥匙，看了一眼阿豪身后的玉川云子道，“睡觉前将她铐在床上。”

阿豪接过手铐钥匙。他明白对方此举是为自己的安全着想——玉川云子虽说是女人，但同时也是一名日本高级特工。

见阿豪无话，董百驹又道：“豪哥你好好休息……我就在外面，你有事大声喊。”他已从樊继宗那里听闻了阿豪的事迹，对这位被日本人悬赏通缉的“甲级通缉犯”相当佩服，因而即便阿豪没给他好脸色，短枪队队员的态度仍然很友好。

听到禁闭区入口处传来关门的声音，阿豪迅速转身，他看了一眼手表——晚 6 点 35 分。如果不能在晚上 9 点之前，也就是 2 小时 25 分之内，赶到难民所化骨池边隐藏起来，就会错过进入检疫所的时机。这很可能是他拯救妻子最后的机会。

“你过来。”阿豪对正趴在地上整理被褥的玉川云子道。后者立刻起身，恭顺地应了声“是”，然后低着头走到阿豪面前。

“在门口盯着。”吩咐一声后，阿豪快步走到靠墙的单人床边，将这张沉重的铁架床朝房屋中间挪了大概一米的位置，然后站了上去。

禁闭有暴力倾向的精神病病人的“特殊病房”，毕竟不是真正的监狱牢房。阿豪被关进来后，只用了两秒钟便找到这间房的通风口——位于房间中部，天花板靠墙的位置。他目测了一下，通风口那道长方形铁制格栅板的尺寸大概长 50 厘米、宽 40 厘米。这非常幸运。

如果不是担心董百驹过早发现自己逃走，让樊继宗那边有足够反应的时间来阻挠自己的行动，他在晚饭前就可以从这处通风口钻出去，而不必等到现在。

阿豪踩在床头的横杠上，伸手抓住头顶的铁丝网格栅，用力拽了拽，感受了一下格栅的牢固程度，知道靠蛮力无法将焊死在周边铁架子上的这玩意儿掰下来，于是迅速在格栅的边缘摸了一圈，找到了四个角上的焊点。

接着他解下腰间的皮带，穿过铁丝网，套在格栅一角，猛地一拽，焊点咔吧一声断裂，经年累积的灰尘和水泥碎块扑簌簌落下……

守在门口的玉川云子看到这一幕，眼里的喜色一闪即逝。

将格栅四角的焊点一一崩开后，阿豪取下格栅放在床上，然后双手把住通风口边缘，双臂一拉、一撑，上半身便探了进去。

这是一条横排管道，他左右看了看——一头黑漆漆的，另一头有些微光——确定了出口的方向。

玉川云子以为阿豪会直接钻进通风口离开，心脏因激动而加速跳动，却没想到对方探进半个身子后又下来了。看着对方阴沉着脸朝自己走来，她心里一阵慌乱，不知道这个凶狠的家伙会如何处置自己。

"如果杀你可以让我妻子不受到伤害，我会杀你十次、百次！"阿豪将玉川云子拽到床边，解开她的手铐，将她双手反剪在身后，铐在床头的铁杆上。

玉川云子一声不吭，表现得很顺从。她知道向这个男人求情或挣扎都毫无意义。

限制了这名日本女特工的活动空间后，阿豪看了一眼腕表——6 点 51 分。他不再耽搁，再次爬进通风口，朝出口方向快速匍匐前进。

惠民诊所租下的这栋二层小楼，占地面积不过 500 来平方米，地下室的通风管道并不复杂。阿豪在狭窄、昏暗的矩形管道中向前爬了七八米后，顺着管道朝左一拐，便看到了两米外的出口。

通风口出口处的格栅没有焊死，检修工需要从这里出入，因而只是用卡子卡住。阿豪双掌按在格栅上，用力一震，咔嚓一声轻响，锈迹斑斑的铁卡断开了。

管道出口位于楼背面外墙的墙根下，出去便是阿豪来时经过的诊所后院。他钻出通风口，四下看了看——这里如他来时一样的安静，于是径直冲向两米五高的青砖围墙，脚尖在墙上一点，单手一撑墙头，翻越而过，落在侧门外的小巷中。

见小巷无人，阿豪暗自松了口气。他心里很清楚，自己越墙而出的行为很容易让人误会，如果被人看见，说不定会引来警察，那将给董百驹和樊兴业父子带来巨大的危险。他纵然救妻心切，也绝不愿看到这种情况发生。

快步走出小巷，阿豪扫了一眼行人稀疏的街道，没看见附近有等客的车仔。正焦急间，一辆黄包车出现在他的视线中。

几步抢到街道上，阿豪硬生生拦住这辆拉了客人的黄包车。

“这位老板，兄弟有急事，麻烦你再等一辆。”他掏出两元军票塞到乘客手里。言语虽然礼貌，但眼神凌厉，动作粗鲁。

“你坐、你坐……”穿长袍、戴眼镜的斯文男子显然是被吓住了，忙不迭下了车。

“快！芳村渡口，有多快给爷跑多快，三倍钱。”阿豪一边上车一边吩咐车仔。

“老板请坐好！”车仔顿时兴奋，拉起车开始飞奔。

当阿豪在街上强行拦下黄包车时，禁闭室里，一双眸子正盯着墙上静静燃烧的煤油灯熠熠放光。

玉川云子的双手被铐在床头的铁栏杆上。按说她现在最不难受的姿势应该是坐在床上，而不是舞蹈。但此刻，这位日本女特工却像一名正在演出的芭蕾舞演员——她站在床边，身体大幅后仰成反弓形，一脚点地，另一只脚高高抬起、绷得笔直，脚尖朝墙上挂着的煤油灯伸去……

被关进这里后，特高课女课长一刻都没忘记逃走。她跟阿豪一样，第一时间便发现屋顶的通气口。然而，几次尝试之后，她沮丧地发现，要想从通风口逃身，她必须先解决两个难题：一是去除手铐，二是打开通风口的格栅板。

在将检疫所的秘密，以及“末日计划”都毫无保留地告诉了林文涛后，玉川云子获得了一定程度的自由——不再被铐在铁架床上。不过在一天大部分时间里她还须戴上手铐。

当然，玉川云子这样经过专业训练的特工，会很多开锁的技巧。但在她被关进这里之初，全身上下都被搜过一遍——头上的发卡、脖子上的项链、外套上别的胸针等等金属之物都被没收。在没有任何工具的情况下要想打开手铐，别说她，便是这世界上技艺最顶尖的开锁大师也做不到。

而通风口的格栅板离地超过三米——身高一米八的阿豪，尚且要踩在床头才能勉强够着天花板，比阿豪矮了十几厘米的她又如何能将之取下？

但在今晚，玉川云子看到逃出去的希望，这两个原本对她来说无解的难题，阿豪都替她解决了。

玉川云子的脚尖终于钩住煤油灯的铁丝提把，她小心翼翼地将煤油灯从墙上的挂钩上挑下，缓缓收回腿，将煤油灯放在地上。

有了煤油灯，她接下来要做的就简单了，打开手铐只是时间问题。她俯下身，用嘴叼住煤油灯的提把，将煤油灯放在床头边，这样她被铐在床头的手便可以开始工作。

玉川云子取下煤油灯提把，将一头的弯钩插进手铐的锁眼里，扭动了几下后，寂静的房间里传出咔嗒一声轻响……

第二十七章　狂奔

蒙蒙夜色中，一艘疍民船缓缓靠向江岸。阿豪付了船资，不等小船停稳便跳下了船头。这是凤凰村的一处野渡口，位于检疫所西边约一公里的地方。岸上不远处是一片坟场，夜里出奇地安静。

阿豪对这一带虽说算不上熟悉，不过他的方向感极强，快速穿过坟场后，便沿着一条蜿蜒向北的小路发力奔跑。这里是河南的乡下，又位于军事管理区外，他不用担心遇上日伪巡逻队或关卡。他焦虑的是时间，脑子里"嗒嗒嗒"的钟表转动声，仿佛死神的脚步在临近。

田野间、房舍后、树林里、小溪畔……一道身影在夜色中快速奔跑、跳跃，须臾不停……十分钟后，阿豪冲上了凤凰村村北的一条东西走向的土路。

他稍作停歇，一边大口呼吸一边看表——8 点 5 分。还来得及！他再次发力狂奔，朝着西边的南石头村方向。

两分钟后，阿豪钻进了南石头村村北的竹林。"咕咕、咕咕……"他一边学着鸟叫，一边在黑暗的竹林中摸索前行。

"咕咕、咕咕……"很快同样的鸟叫声在不远处响起。阿豪辨明方向，快步走去。

竹林间一小块空地上，停着一辆黄包车，车旁立着一道瘦小的身影。

"师父，你怎么才来？"看着从竹间走出的阿豪，虾仔抱怨道，"我还以为你出事了呢！"

"没时间多说，东西呢？快给我。"

虾仔连忙从黄包车车座下取出一个蛇皮口袋递给阿豪。"都在里面。"

阿豪迅速打开蛇皮口袋，将里面的东西一件件取出——深色皮夹克、高帮皮靴、短柄铁锹……

“五爷有问你什么吗？”阿豪一边忙碌一边问道。

“没有。”一身车仔打扮的虾仔道，“知道我是来帮你取东西的人后，他二话没说，就让下人将这辆车和袋子给我了。”

今晚阿豪行动所需的服装和武器，都是他托成五爷帮忙准备的。现如今，也只有这位黑道大佬才能在一天之内帮他搞来这些东西。不过，他并没有告诉对方自己具体要干什么。就连立雪被关在检疫所一事他都没透露。人心难测，他必须有所提防。

换好衣服和鞋子，阿豪迅速将一把带鞘的匕首绑在右腿小腿的外侧，又从蛇皮口袋里掏出一具白蜡木弩弓背在背上——这具弩臂长 40 厘米、弩弓展开 30 厘米，精确射程达 25 米的手弩，比枪更适合他今晚的行动。

最后，阿豪从蛇皮口袋里掏出的是一个日军九七式制式手榴弹，这让他多少有些意外。他没想到成五爷真能搞到这东西，但他不希望今晚用上。

收拾利落后，阿豪再次看表——8 点 20 分。离检疫所抛尸的时间只有 40 分钟，时间非常紧迫。

“虾仔，感觉危险就跑，不必等我们。”说完也不等虾仔回答，他拎起铁锹，转身迅速离开。

虾仔怔怔看着阿豪消失的方向，喃喃道：“师傅、师娘要好运啊……”

与此同时，在惠民诊所的禁闭室里，玉川云子趴在床上大口喘息着，额头布满细密的汗珠。解开手铐她只花了不到十秒，然而当她尝试爬进通风口时却出了意外——

她的身高比阿豪矮了十多厘米，手臂也要短上一截，因而想要抓住离地面三米高的通风口下沿，她必须踩在床头的横杠向上跳起。正是在这个过程中，由于心情急切，用力过猛，她在向上弹跳的瞬间，踩在横杆上的脚一滑，扭伤了右脚脚踝，骤然而来的剧痛，让她刚刚攀上通风口边沿的双手失去了力气，重又跌了下来……

感受到右脚脚踝处的疼痛感缓解了些，玉川云子艰难地从床上爬了起来。今晚是逃生的唯一机会、最后的机会，绝不能失去、绝不能！女课长在心里一遍一遍呐喊。

她抬头看着上方黑漆漆的洞口，忍受着右脚脚踝处传来的痛楚，左脚踩在床头横杆上，猛地一蹬，瞬间爆发出全部的力气，单腿起跳向上蹿去。

这一次，她的双手牢牢把住通风口的边沿，双臂用力，一点点将身体拉了上去。不得不承认，在强烈求生欲望的刺激之下，人会爆发出平常不敢想象的力量。

夜色中，诊所后院亦如阿豪离开时那般寂静。玉川云子小心翼翼地从通风管出口钻了出来。她迅速观察了一遍四周后，踮着右脚，摸黑朝那道铁栅栏走去。

发现铁栅栏门上了锁，而外边是条黑暗无人的小巷后，女课长回转视线，在小院里快速搜巡。爬上通风口已榨干她身体里全部的力气，加上一只脚有伤，她不认为自己能徒手翻越两米多高的围墙。

玉川云子记得，这家诊所正在进行内部装修，尽管现在想来那只是林文涛一伙用来迷惑自己的伪装，但她在诊所大厅里，确实看到了木工的工作台子、粉刷匠的梯子、木头架子、水泥白灰等等施工器具和材料，她希望在这里能找到某种能帮助自己逃走的工具。

这一次，女课长得到了幸运之神的眷顾——在一处墙根的阴影下，她发现了一架横放在地上的竹梯……

夜晚的南石头村幽暗、静谧，远处偶尔响起几声狗吠。阿豪沿着村北到村南的一条小路快速奔跑，大口呼吸着潮湿而清冷的空气。

今晚星光黯淡，但没有雾，至少此刻没有起雾的迹象。这让他的心情越加焦躁。

村南的麦田里，四道黑影趴在一道东西走向的田埂后。这里离难民所北门外那道铁丝网只有八十来米的距离。

此时，难民所北门外的公路上，伴随着隆隆隆的柴油发动机轰鸣声，一辆日军装甲巡逻车正由西向东缓缓行驶，车头两道雪亮的光柱划破夜色，直射前方。在装甲车的车顶，一名露出上半身的日军士兵，举着手持式探照灯来回在公路边的沟渠和铁丝网上照射。

这是一辆维克斯轮式装甲车，重 7.5 吨，车上配备两挺 7.7 毫米机关枪，可乘坐五人。

“怎么会有装甲车巡逻？”田埂后，樊继宗缩回探出的头，低声问身边的陈俊生。他和陈俊生以及另两名短枪队队员，今晚来这里侦察，为三天后的行动做准备。比起一般的巡逻队，日军装甲巡逻车的出现，意味着敌人的火力更强，反应速度更快，对他们的这次行动极为不利。

“以前没见过，”陈俊生猜测道，“也许是难民所上次暴动的缘故吧。”

樊继宗看了一眼表：“现在是 8 点 25 分。咱们继续，今晚一定要搞清日军巡逻的规律和时间间隔。”

“有人来了！”这时，一名负责警戒的短枪队队员突然低声喊道。

樊继宗三人皆是一惊，同时回头朝这名队员示意的方向看去——夜色中，一道身影出现在他们斜后方的田间小路上，正快速地朝这边接近。

几秒之后，樊继宗认出来人的身形，低声惊呼：“段世豪？！”

“什么？”陈俊生惊愕道，“他怎么跑出来的？不是有阿驹看着吗？”

另两位短枪队队员也是一怔，心里和陈俊生有着同样的疑问。下午时他们虽然没在惠民诊所，和陈俊生一起来了南石头村熟悉地形，为晚上这次侦察做准备，但樊继宗傍晚赶来和他们汇合后，将自己囚禁阿豪和他这样做的缘由都告诉了大家。

“快拦住他！”樊继宗低吼道。人是怎么逃出来的现在已经不重要了，此刻最紧要的是阻止阿豪的行动。他很清楚自己这个姐夫此时来这里的目的。

两名短枪队员也立刻反应过来，一前一后地冲了出去，樊继宗也紧跟着从地上爬起，追在他们的身后。

“站住！”两名短枪队员拦住阿豪的去路，其中一人低声喝道。

阿豪骤然停步，正猜测对方的身份和来意，随即便看见紧随而至的樊继宗和陈俊生两人，心中立刻明白了。

“阿豪，你把阿驹怎么了？”樊继宗沉声问道。在他想来，阿豪应该是用某种方法骗董百驹打开了禁闭室的铁门，然后出手袭击董百驹，这才逃了出来。

“他没事，赶紧让开！”阿豪一秒钟都不想再耽搁，冷声道。

“你看看这天色，去送死吗？”樊继宗回头朝难民所的方向看了一眼说。此刻还未起雾，纵然天空阴沉沉的，云遮星月，但要在哨兵眼皮底下钻过那道铁丝网，仍然十分危险。

“让开！”阿豪一步向前踏出。他不想浪费唇舌，准备硬闯。

拦在他面前的一名短枪队队员随即出手——右手向前一探，抓向阿豪左肩肩头。出手带风，颇有力道。

广东人崇尚习武，游击队精挑细选出来的短枪队队员除了枪法出众，身手自然也不会弱。不过比起阿豪来，这名短枪队队员近身格斗的功夫还差了些。

阿豪脚下不动，更不屑用左手握着的铁锹格挡，而是左肩往后一甩，侧身避过对方的一抓，同时右手闪电般伸出，扣住对方右手手腕。这名短枪队队员反应也是极快，当即抬起左腿，屈膝撞向阿豪的右侧腰部。

然而，短枪队队员这一记在旁人看来迅猛难挡的膝撞，落在阿豪眼里速度却是慢了几分。对方刚一抬腿，他前踏的右脚已迅速后撤，身体也随之猛地右转，闪开了这凶狠一击，与此同时，他抓住对方手腕的右手突然往前一拽。

短枪队队员一膝击空，只有单腿支撑，力量的惯性让他身体大幅度右转近乎 180 度，背对阿豪。

“嘭”，阿豪紧接着一掌拍在他的背上。短枪队员的身体顿时失去了平衡，整个人飞扑了出去。

还好阿豪不想伤人，用的是借力打力的巧劲，而不是动辄伤人筋骨的八极拳技法，否则对方少说也要在床上躺个三五天养伤。

两秒！这名短枪队员从出手到被阿豪击倒，最多两秒钟的时间。樊继宗、陈俊生和另一名短枪队队员还没从震惊中反应过来，阿豪已经大踏步向前走去。

这时，扑倒在地的短枪队队员已经从地上爬起，他知道阿豪刚才手下留情了，也不再阻拦，而是和他的同伴一起看向樊继宗。此刻大家心里都明白，不动用武器根本拦不住阿豪，三人加起来都不行。

“站住！”樊继宗脸色铁青，一把掏出腰间的勃朗宁手枪，指向阿豪的后背，咬牙道，“再走一步，我就开枪！”

阿豪脚步一顿，没有回头。他抬腕看了一眼手表——8 点 28 分。只有 32 分钟了，他想，然后继续前行。

樊继宗打开手枪保险，枪口微微下移，瞄着阿豪的腿部。他感觉单手握枪有些不稳，于是改成双手。

突然，樊继宗感觉到脸上有了一丝凉意，接着是两丝、三丝……他抬头望向天空，蒙蒙细雨无声洒落，转瞬间迷蒙了这方天地。

雨雾中，那道孤独的身影越行越远，樊继宗缓缓放下举枪的手臂……

小雨淅淅沥沥地下着，街道上空无一人。

玉川云子扶着精神病医院的院墙，艰难行走。她看上去狼狈而凄惨——披着一头湿漉漉的乱发，身上的衣服脏得不成样子，走路还一瘸一拐。不过，女课长此刻的心里却是一片火热。

她逃出来了，那么樊兴业父子和林文涛这些隐藏得极深、危害性极大的共产党分子的末日就到了。尤其是樊兴业的暴露，让她兴奋得想要放声歌唱！那可是一条大鱼！

她一直认为这个家伙有问题，但对方是兴亚院看重的大人物、是富商、是参议员、是原田司令官的亲密朋友……对方的这些身份、头衔、人脉，让她调查起来畏手畏脚，最终不得不提交一份毫无瑕疵的政治背景调查报告。

玉川云子决定，一回到自己在特高课的办公室，便立刻展开行动，连夜将樊兴业、林文涛等共产党间谍一网打尽。只有这样，才能将功补过，弥补自己的泄密之罪。但她必须要快，要赶在对方发现自己逃走之前回到特高课。

然而，从这里到宪兵司令部虽然只有不到两公里的路程，但以她现在的速度，至少要走上一个小时，而这么长的时间，什么都可能发生。

看到街口的电话亭，玉川云子眸光一亮——此时，一名打着油纸伞的女子正朝那里走去。女课长强忍着右脚脚踝处传来的痛楚，快速奔了过去。

"女士，请你帮帮忙……"电话亭外，玉川云子拉住撑伞的年轻女子，用一口流利的中文恳求道，"我被人抢劫了，我要给家里打个电话，请借我一个电话币，我会十倍，不，百倍还给你……"

年轻女子起初被突然出现的玉川云子吓了一跳，仔细打量一番后，觉得这个女人看着的确像是被抢劫了，于是心生怜悯，从手袋里拿出一个电话币。"给你，不用还了。"

女课长匆忙谢过，接过电话币钻进了电话亭……

灯光有些昏暗，林文涛独自走在特高课空荡荡的走道里。他刚上完洗手间，准备返回自己的工作地点——综合办公区。

经过军官值班室时，见房门虚掩，有灯光从门缝里透出，林文涛顿住了脚步，打算和今晚值班的小泽副课长聊上几句。不过，他刚要敲门，房间里却响起电话铃声。

林文涛心中一动，这么晚了会是什么事呢？见左右无人，他侧耳贴在门边——

"玉川课长……"小泽接起电话的第一句，便将林文涛吓出一身冷汗，紧接着心脏开始嘭嘭嘭地狂跳。

"是……您在什么地方……精神病院外电话亭……是，我现在立刻给检疫所打电话，然后来接您……"

林文涛拔腿就走，迅速回到综合办公区。他从自己办公桌抽屉里取了配枪，匆匆下楼，骑上单车，冒雨冲出特高课的大门。

一定要抢在小泽之前赶到电话亭，除掉玉川云子，否则所有同志都将暴露！林文涛疯狂地踩着单车，心中只有这一个念头。

这是一场生死冲刺！好在宪兵司令部离精神病院不远，他骑单车可以穿街走巷抄近路，还有一线机会……

这场不期而遇的夜雨，给了阿豪极大的帮助，让他得以在雨幕的掩护下，用最快的速度钻过铁丝网、蹚过难民所西墙外的水沟、爬进化骨池边上的暗渠。

不过仍然有些晚了。当他移开头顶那块青石板盖板，准备从暗渠中爬出来时，通往检疫所那道门的门头灯突然亮起，这意味着下一刻，两名抛尸人就会从里面出来。

阿豪原本计划在这盏灯亮起之前将其破坏，利用黑暗掩护自己的行动，这样才能将暴露的可能性降至最低。

这种时刻不能有丝毫犹豫，他迅速解下背上的手弩，上弦、瞄准、扣动扳机，"嗖"，一支 20 厘米长的弩箭从箭槽里激射而出，穿过雨幕，"啪"的一声击碎了那盏门头灯的灯泡。

下一秒，铁门被人从里面打开，些许光亮从里透出。这些光只能让门口的一小片区域不至于太过黑暗，不似之前的门灯那般可以照亮化骨池大半区域。

阿豪迅速将手弩重新背好，爬出暗渠，拔出绑在小腿外侧的匕首，隐身在墙根的阴影之中。

两道身着白色连体防护服的身影，推着手推车从门里走出，嘴里叽里呱啦说着什么。阿豪虽听不懂日语，但见二人先后朝上方的门灯看了看，猜到他们在议论或者咒骂什么。

即便没有门灯照明，两名日本人仍然履行着自己的职责。毕竟天还没黑到不能视物的程度，不影响抛尸这种简单的体力劳动。

阿豪在两人将推车推到化骨池边，背对他抬起第一具尸体时，贴着墙快速朝门口移动。夜色和雨声给他提供了完美的掩护。他唯一要担心的是，在摸进那道门时，被两座哨塔上的哨兵发现。不过这种概率应该很小。

通道里灯光昏暗，空气中有股浓浓的石灰水味道。阿豪闪身进门后，立刻躲在了铁门的后面。

从佐藤茂那里得到的情报显示，守卫室和这里隔着两个区域——停尸房和一号实验区，他干掉这两人时只要不弄出太大的动静，应该不会惊动那里的守卫。

听到外边传来推车轱辘碾压铁轨的声响，阿豪屏住呼吸，紧了紧反握在右手上的匕首。

两名抛尸人推着车走进通道，其中一人推车缓缓前行，另一人负责关门。这个嘴里还叽里咕噜和同伴说着什么的家伙，只将门关到一半便愣住了，半秒后他的颈动脉和气管被一把锋利的匕首切断。

阿豪在这个家伙捂着脖子，惊恐地瞪着自己时，闪开飙射而出的鲜血，一个箭步向前蹿出。推车那名抛尸人听到身后动静，疑惑地扭过头，“噗”的一声，一把匕首扎进了他的背心……

雨幕中，马达轰鸣，小泽驾驶着丰田轿车在空旷的街道上疾驰，高速旋转的车轮溅起一簇簇水花……

小巷里，单车在坑坑洼洼的石板路上当啷啷地剧烈颠簸，林文涛抹了把脸上的雨水，双脚快速蹬踩。快、快、快！他在心里呐喊……

前边有条斜巷，穿过去便是精神病院门前的大街。林文涛脚下再次加力，不料刚一拐进巷口，猛然发现前方有一道身影。他急转车把避让，却撞在墙上，连人带车重重摔倒，顿时头破血流。

那道身影愣了半晌，才踌跚着走到林文涛面前，打个酒嗝后道："朋友……没事吧……"

林文涛没理会这个醉汉，挣扎着从地上爬起后，看了一眼边上链条脱落的单车，开始奔跑。

20 秒后，他冲出巷口——街道的斜对面便是这附近唯一的电话亭。林文涛一边大口喘息，一边拔出腰间的手枪。然而，正在此时，街道上响起了马达声，随之一辆轿车冲破雨幕，急停在电话亭前。

林文涛浑身霎时僵硬，特高课的人到了……

小泽原摇下车窗，看向电话亭。虽然亭子里光线昏暗，但他仍然透过玻璃隔子窗看到玉川云子的身影。于是，他拿起放在副驾驶座位上的德制 MP40 型冲锋枪，朝着电话亭猛烈地扫射——"嗒嗒嗒嗒"，雨幕中骤然绽放出一串火花……

五秒钟打光了整整一弹夹 9 毫米口径鲁格弹后，小泽将枪放回副驾驶座位上，然后拔出手枪，推门下车。就在这时，远处出现了两点灯光，有汽车朝这里驶来。他飞快地瞥了一眼，心想，没人能在这样近距离的密集攒射下幸存。然后果断转身上车，挂挡、轰油，疾驰而去。

小巷口，林文涛怔怔看着丰田轿车在雨幕中消失，心中疑惑，难道我听错了？电话不是玉川云子打的？就算不是，小泽为何要杀电话亭里的人？

等另一辆轿车从电话亭前驶过后，林文涛带着无数的疑问，快步朝街对面跑去。

电话亭上半部的玻璃隔子窗已被全部打烂，下半部的箱板上弹洞密布。林文涛绕过地上的玻璃碴子和木屑，拉开侧边的门，借着路灯的灯光，看见了躺在血泊中的那个陌生的女人。

确认死者不是玉川云子，林文涛转身就走，他要立刻赶去惠民诊所。今晚发生的事太过诡异，他明明听见小泽称电话里的人"玉川课长"，两人约的见面地点是这处电话亭，怎么到最后小泽赶来这里不是接人而是杀人？

离电话亭不远的一处屋檐下，脸色惨白的玉川云子抱着双肩坐在地上，身体瑟瑟发抖。几分钟前，她打完电话后，便将电话亭让给了那名借给她电话币的女子，来到这处屋檐下避雨，等待小泽原来接自己。

然而，女课长万万没料到，自己等来的是一场暗杀……

街心，林文涛突然停下了脚步，心思电转，如果自己没听错，那么眼下的情况只有一种解释：电话是玉川云子打的——这是离惠民诊所最近的电话亭，如果对方真的逃了出来，来这里打电话符合逻辑。只不过她没想到小泽对她有杀心，而小泽赶到这里，因电话亭里光线昏暗，加上下雨影响视线，从而杀错了人？

至于小泽为什么要杀玉川云子，林文涛隐隐猜到事情应该跟谋杀玉川隆盛那股势力有关。不过，这不是他此刻关心的问题。

林文涛迅速打量四周，寻找一个离电话亭近，又能躲雨的地方。很快，他锁定了电话亭边上一家当铺的大门——这附近只有那里的屋檐能够避雨。

林文涛拔出手枪，快步朝当铺大门跑去。果然，还离着七八米，他便看到当铺大门的台阶上，有一个女人缩在角落的阴影里。

玉川云子并非不想逃，一来，先前电话亭遭到冲锋枪扫射的那一幕，让她震惊而迷茫——自己的副手，一直视为心腹的小泽原为什么要暗杀自己？这个令人惊悚的问题，让她失去了平常的机敏，没有第一时间离开；二来，她右脚脚踝现在肿得像馒头，别说跑即便站起来都困难。因而此刻的她，只能寄希望从雨中走来的男子，不是自己的敌人。不过当看见来人的脸后，女课长感到一阵绝望……

“不想死就跟我走！”林文涛厉声说道。他右手握枪，左手抓住玉川云子的胳膊，将对方从地上拽起，拖着朝街对面他来时的小巷走去。

玉川云子没有半点反抗的意思，咬牙忍痛，一瘸一拐跟在林文涛身边。她心里非常清楚，此刻自己但凡有不配合的举动，这个一脸血迹，表情凶狠的共产党间谍绝对会干掉自己。

“把你在电话里给小泽说的话，一字不落地说一遍。快！”小巷深处，林文涛用枪顶着玉川云子的额头，急促而严厉地说道。

情况非常紧急——警察或宪兵随时可能因之前的枪声赶到这里，他必须要在这之前确认两件事：第一，惠民诊所还安全不安全；第二，他和樊继宗、樊兴业等人有没有暴露；

“我只说了两句，”玉川云子喘息着答道，“我在精神病医院外的电话亭，让他开车来接……还有，段世豪今晚可能会潜入检疫所，让他给那边打电话，提高警戒……就这些……”

“提没提诊所和其他人名字？”

“没有！”

“让我相信你的话，十秒钟！”林文涛道。

玉川云子的胸脯剧烈起伏着。“你也看到了，小泽要杀我，我撒谎已经没有意义。他今晚值班，应该很快就会发现自己杀错了人。如果他找到诊所，也是来杀我灭口而不是救我……至于你们的名字，我真的没提，我是想回去后亲自部署抓捕你们的行动，不想在这之前打草惊蛇。再者，小泽不傻，没有我指证，他即便知道你们的身份也不能做什么，他无法说清情报的来源……”

检疫所停尸房里，阿豪穿上从“抛尸人”身上剥下的白色连体防护服，戴上口罩、护目镜后，拎起上好弦的手弩，从停尸房通往内部的大门走了出去。

他还有一关要过——进入实验区的半封闭式铁门。根据佐藤茂提供的信息，晚上处理尸体的士兵经实验区进入停尸房后，值守的武士会将这道门关上，待他们完成工作返回时再来打开，以防止再次出现“桥本事件”。听完佐藤茂的解释，阿豪这才知道，桥本那晚竟然是利用这条抛尸通道逃走的。

来到实验区那道半封闭式铁门前，阿豪先将手弩放在边上的拐角处，然后按下了墙上的绿色按钮。衣服上被匕首刺出的破洞和血迹都在后背，他不担心被人从正面看出破绽。

片刻后，一名身着黑色国防服，戴口罩，手持一把武士短刀的男子出现走道的另一头。远远地，这名武士对阿豪说了句日语。

阿豪不能开口，于是将戴着胶皮手套的手握成拳头，堵在嘴上，不停咳嗽，以做掩饰。

武士并没起疑，快速走到门前，看了一眼阿豪身后，又说了一句。阿豪猜到对方应该是在问另一个人怎么没有返回，他用大拇指朝后指了指，又猛烈咳嗽起来。

武士开锁时，阿豪摘下右手的橡胶手套，待对方刚一将门打开，便一拳轰出，直取其喉骨。

这名武士毫无防备，而阿豪的出手又快如闪电，“咔嚓”一声后，喉骨碎裂——武士松开握着的武士刀，双手捂住喉咙，踉跄着后退，双眼里满是惊怖之色。

阿豪一个箭步冲出，探手抄住对方掉落的武士短刀，唰地拔出，一刀刺入对方的心窝……

检疫所的军佐住宅区，位于检疫所西边约一公里的地方。玉川秀雄自接任检疫所所长的职务后，便在这里拥有了一栋独立的小楼。

此刻，这栋两层小楼二楼的书房里还亮着灯，玉川秀雄独自坐在办公桌后，静静盯着桌上的电话机……

10 分钟前他接到小泽打来的电话时，果断地下达命令——除掉她。玉川秀雄相信，同为皇道盟秘密成员的小泽，会很好地完成这个任务。而玉川云子一死，他们的儿子玉川勇毅，便是玉川家族唯一的继承人。为了这一天，他已经隐忍、谋划多年。

玉川秀雄本名武田秀雄。八年前，出身贫寒的他为了和贵族之女结婚，不惜和亲生父母公开断绝关系，入赘玉川家族，改姓“玉川”。这样做尽管符合日本社会的传统，但招人耻笑和鄙夷是不可避免的。这对内心极其骄傲的武田秀雄来说可谓奇耻大辱，但为了以最快的速度跻身日本上流阶层，他“微笑”着承受了这一切。

玉川秀雄看中的当然不仅仅是云子的美貌和贵族血统，更重要的是云子是玉川隆盛的独生女。在他看来，年过五旬的玉川家家主不会再有子嗣，在其百年之后，他和云子的后代将是玉川家族唯一的合法继承人，而作为“继承人”父亲的他，攫取玉川家族的庞大家业只是时间早晚的问题。

然而，让玉川秀雄始料未及的是，就在玉川云子生下孩子那年，单身多年的玉川隆盛突然续弦再娶，而且，那名跟云子同岁的小姑竟然在第二年为玉川隆盛诞下一子。这个被取名为玉川清司的男孩的降世，对玉川秀雄的打击是致命的，使他的一切谋划皆如泡影般破灭。

不过那时的玉川秀雄已经不再是籍籍无名的小角色，他出任玉川商事广州分社社长不久，便展露出过人的商业才华——在不到一年的时间里，不但控制了广州近半的鸦片市场，还建立了好几条从“国统区”到“日占区”的走私渠道，源源不断地将“国统区”的铜、镍、钴、镭等重要金属以棉花、粮食等战略物资走私出来，贩卖至香港或日本本土，获利极丰。他的这种才华，很快便引起了日本陆军中的一个秘密组织“皇道盟”的关注。

对于军费捉襟见肘的陆军来说，急需儿玉誉士夫这样的敛财高手——这名日本黑道出身的海军军官，在上海设立“儿玉机关”之后，短短两年时间，便从中国为日本海军搜刮了近两百万美金的财富。这些钱如果全部用来购买武器，可以购买40架零式战斗机，或400辆九一式装甲战车，这如何不让陆军眼红？

于是，皇道盟的高层在获知有玉川秀雄这样的商业人才后，立刻派人前往招揽，开出的条件相当之优渥。

如果是在玉川清司降生之前，玉川雄秀或许不会轻易加入这个军方的秘密组织。他不是狂热的军国主义分子，也不是被极端右翼思想洗脑的日本青年，没有为了帝国或皇权随时可以玉碎的觉悟。他追求的是财富，他的最高人生目标是创建一家如“三菱”“住友”“安田”“三井”这样的日本顶级财阀，而不是从事危险的军人职业。

不过，皇道盟的秘密招揽，正逢玉川秀雄“攫取玉川家族产业”的阴谋破产之际，他急需得到家族之外的势力支持，加上皇道盟给予了他在组织内相当高的地位和权力，双方可谓一拍即合。

事情发展到现在，他已借皇道盟的力量除掉了玉川隆盛父子，攫取玉川家族产业的最大障碍已经铲除了，唯一的隐患便是云子。

玉川秀雄心知，玉川云子原本就猜到自己和桥本窃密一案有关，现而今玉川隆盛又在和自己见面后暴毙，难免会怀疑上自己。虽然那名皇道盟收买的侍女已经服毒自尽，掐断了所有的线索，但他很了解妻子的性格，一旦对某件事执拗起来，甚是疯狂，不达目的誓不罢休！

玉川云子可不是普通女人，是经过严格训练的特工，是特高课课长，手里掌握的情报和人力资源非同小可，玉川秀雄担心任由她持续调查下去，早晚会对自己不利，自然起了杀心。

只不过，即便在特高课有小泽这颗暗棋，玉川秀雄也很难对云子下手。他知道自己的妻子是个谨慎而多疑之人，加上弟弟、父亲近期相继死亡，对方肯定嗅到了危险的气息，会对身边环境保持高度的警惕。他们这时候动手风险极大。

然而，玉川秀雄没想到，两天前，玉川云子和她的司机突然一起失踪。而在昨天，宪兵队在离司令部五公里的西塱裕的一片野林子里，找到了玉川云子的那辆丰田轿车以及廉谷吉的尸体。

特高课经过一番调查后得出结论：玉川云子失踪，应该是某个抗日组织所为。

玉川秀雄当然希望妻子永久失踪下去，因而先前他接到小泽打来电话，得知玉川云子竟然重新出现，便毫不犹豫地下达了杀人的命令。这种绝佳的机会，失不再来！

丁零零……桌上的电话终于响起。玉川秀雄深吸一口气，抓起电话，听了几秒之后，淡淡说道："小泽君，辛苦了……"

检疫所地下基地里，阿豪右手举着手弩，左手反握匕首，沿着实验区灯光明亮的通道笔直前行，脚下迅捷无声。佐藤茂手绘的那张地图已经刻在了他的脑子里——守卫室位于地下一层入口处，紧挨着消毒间，而在前方的丁字道口右转，通道的第三个房间便是囚禁妻子的特别留置室。但在去那里之前，他需要前往守卫室干掉这里最后一名守卫，拿到打开特别留置室的钥匙。

然而，就在阿豪经过丁字道口时，眼角突地一跳——余光中，两道身影出现在右边的走道里。与此同时，两名正在走道里巡查的武士也看见了阿豪。白色的连体防护服让他们有刹那的恍惚，但阿豪右手举着的手弩肯定不应该出现在这里。

"什么人？"两守卫几乎同时开口，站在几米外用日语质问。

阿豪心中暗惊，手中弩弓一抬，弩槽里的箭矢电射而出，噗地扎入左边那名武士的颈窝。

"八嘎！"右边的武士一声暴喝，甩手间寒芒闪烁，一支三角镖高速旋转着朝阿豪激射而来。

"当"的一声，阿豪用手弩磕飞已至面门的暗器，险之又险。紧接着他将手弩用力朝这名武士砸去，在对方抽刀劈砍之际，朝着前方的守卫室拔足狂奔。

他没有急于干掉这名武士，也没时间思考是不是佐藤茂故意向自己隐瞒了这里夜间守卫的数量。现在最紧要的，是在守卫室里那名守卫拉响警报器之前赶到那里，阻止对方。

高速奔跑中，阿豪看到前方十米外一间亮灯的房间里，走出一道身影，朝自己这边张望。显然，武士之前的那声暴喝，惊动了屋里的这个家伙。

阿豪正要飞掷出手中匕首——不求一击毙命，只要能迟滞对方行动一到两秒，他便能赶到——然而，就在这一瞬，他突然感应到来自背后的危险，肌肉的记忆让他无法顾及其他，本能地向前扑倒。

“嗖”，又是一只三角镖激射而至，擦着阿豪的后背飞过。与此同时，他听见身后那名武士在大声喊着什么，语气急切，想必是在提醒自己的同伴。

阿豪前扑倒地后紧接着就是一个前滚翻站起，动作连贯而迅捷。然而还是晚了一秒，守卫室门口那名武士已经转身进屋，他失去了用匕首射杀对方的机会。这名值班武士显然意识到此刻的凶险，情急之下也顾不上关门，进屋后第一时间拉下墙上的警报器。

“嘟……”阿豪在第一声警报响起时冲进了守卫室，完成报警任务的武士唰地一刀朝他劈来，刀光雪亮，刀势凶狠。

阿豪正处于门口的位置，一边是办公桌一边是墙壁，空间狭小，加之这名武士在刀法上颇有造诣，斜劈而下的这一刀没给他一丝闪躲的余地，除了后退，别无选择。

阿豪当然不能后退，那样一来，身后追来的武士和屋里的武士将对他形成前后夹击之势。虽然他不惧同时对付两名武士，并自信能将两人击杀，但那会费些时间。现在警报已经响起，地面的守卫很快便会蜂拥而至，每一秒钟都关系生死，不能耽搁。

刀锋临头的刹那，阿豪不退反进，右脚箭步前冲，左手反手抓向武士刀，在手掌被刀刃划破的同时，他握匕首的右手闪电刺向对方的心窝，噗的一声，20厘米长的刀身透体而入。

以伤换命！这是阿豪为争取一秒，甚至零点几秒时间做出的选择。事实证明，他的这种选择是正确的——

阿豪还没来得及将匕首从这名守卫的心窝里拔出，身后追击而来的那名武士已经赶到，这家伙双目暴睁，双手握刀，猛地朝着他背心刺来。

感受到身后刀风凌厉，阿豪松开抓住刀身的血淋淋的左手，脚跟一旋，身体一百八十度侧转，顺势拔除匕首的同时，险险避开这致命一刺；紧接着他的右脚贴着地面闪电般踢出，朝着对方成“弓箭步”迈在前面的左脚。这一系列动作，连贯、准确、短促、迅猛，仿佛经过千百次的演练一般。

“咔嚓”，阿豪坚硬的皮鞋踢在这名武士右脚踝骨上时，清脆的骨裂声响起，武士随之一声惨嚎，半跪在地上。双手握着的武士刀，也由前指改成了刀尖戳地，想要保持住身体的平衡。

阿豪哪会再给敌人机会，挥手间用匕首切断了这名武士半个脖颈。噗嗤，红黑的血液从切断的颈动脉处爆射而出，溅在阿豪身上。至此，一身白色的防护服成了斑斑血衣，甚是可怖。

从警报声响起到杀死这两名日本守卫，阿豪估计用时不到三秒，然而他已经听到尖利的警哨声、急促的脚步声和日语喝喊声从上面隐隐传来。行动已经暴露，他原本计划中的“三十分钟救人、撤离”的时间，现在只剩几分钟，甚至一分钟。

在“嘟、嘟……”的警报声中，阿豪一把摘下被血污模糊的护目镜随手扔掉，快速在墙上一块挂满房门钥匙的木板上扫视。他虽然不认识日文，但他专门让佐藤茂把“特别留置室”这几个字标记在地图上，记得清楚，因而两眼扫过便在一排排日文房间名中找到了。

阿豪迅速摘下和特别留置室相对应的钥匙，转身冲出守卫室，朝来时的方向疾奔。此时，他听见地下基地入口方向有人在摇晃、捶打铁门，大声用日语呼喊……

检疫所的警报系统分为三级，用红、黄、蓝三色警报灯区分，同时为了警卫人员能迅速判断出预警区域，这三色警报灯还分别代表着检疫所的三个区域：红色——地下二层；黄色——地下一层；蓝色——地面。

因而两名正在北楼一层楼道里巡逻的守卫，见到是黄色警报后，只用几秒钟便赶到地下基地入口。不过，最先赶到的他们却被挡在了铁门外。

“桥本叛逃事件”发生后，检疫所上下检讨并加强了内部的安保措施，其中一条便是，开启这道门的钥匙不再挂在一楼守卫室的钥匙板上，改由当值军官保管，夜里每两小时的守卫换班，由当值军官带队前往，负责开门闭锁。

特别留置室里黑漆漆的，透过门上的观察窗，阿豪隐约能看见床上的那道身影。他迅速打开门锁，推门而入，解下脸上的口罩。“立雪！”

“阿豪……”黑暗中响起立雪不敢置信的惊呼，接着便是一阵咳嗽声。

“你怎么了？”阿豪几步抢到床边。

“别过来，会传染你……”立雪焦急道。

“我都知道了，快跟我走！”阿豪急促道，俯身就要将妻子抱起。

“我自己能走。”立雪眼眶一红，拿起床头的口罩给自己戴上。她知道现在无论说什么、做什么好像都改变不了丈夫的决定。

阿豪则趁立雪穿鞋的工夫，迅速脱掉套在身上的防护服。这身白色连体服已失去伪装掩护的意义，出去后反而容易暴露行迹。

地下基地的入口处，今晚的值班军官——高桥满中尉赶到了。军官的夜间值班室在西楼，那里有可供休息的床铺。因而高桥满从被警报惊醒到赶来北楼下的入口处，花了近一分钟的时间。此时这里已经聚集了 12 名手持武士刀的守卫。

高桥满快速打开入口处的铁门，一脸狰狞。这是他恢复军职，随玉川秀雄入驻检疫所后第一次轮班值夜，而且在半小时前，玉川秀雄专门打来电话，要求从今夜起提高检疫所夜间的安保层级，尤其是地下一层。为此高桥满临时增派了两名武士，加强了地下一层的守卫力量，没料到仍然响起了黄色警报，其心中的愤懑可想而知。

特别留置室外，阿豪牵着妻子的手，跨过地上那具颈窝处插着弩箭的日本武士的尸体，朝实验区走道跑去，那是唯一通向停尸房的路径。

高桥满带着一干武士从消毒区冲出来时，一眼便看见两道身影正朝走道另一头而去。实验区这条笔直的主通道，夜间亮如白昼，无所遁形。

“抓住他们！”高桥满手一指，高声怒吼。反应快的几名武士当即冲了出去，其他人紧跟其后。

“前面有间停尸房，你去那里等我，快！”走道尽头，阿豪松开妻子的手，推开虚掩着的铁栅栏门，催促道。此刻，当先追来的几名武士离他们不过八九米的距离，转瞬即至。而这道半封闭式铁门，不能从里面锁上，阿豪心知自己不停下来阻挡一下，根本无法带着妻子逃走。

“我等你！”立雪点点头，快步离开。接下来的一刻注定凶险无比，她不能成为丈夫的累赘。

唰唰唰唰……密集的拔刀声在走道中响起，阿豪刚转过身，一抹刺眼的刀光已凌空而至。这名冲在最前面的武士，隔着四米远便纵身而起，挥刀朝阿豪当头劈下。其后还有一群黑衣武士，手持明晃晃的武士短刃扑来。

好在走道只有两米多宽，阿豪不担心遭到群攻，而八极拳是最适合贴身肉搏的武技，他何惧之有？

当，金属交击声刺人耳膜，电光火石间阿豪双膝微曲，用右手匕首架住当头劈下的武士刀。旋即脚下一个闯步朝左前方滑出，左臂曲起，肘部猛击对方心窝。

这名武士心中暗惊，他没想到阿豪竟然用如此凶险的方式接下自己的全力一刀，正想变招，阿豪的攻击已至胸前，加之他身形刚刚站稳，根本来不及闪避，只听见“嘭”的一声闷响，整个人便倒飞出去，还没落地嘴里已喷出一大口鲜血。

“担山肘”本就是八极拳的重手杀招，阿豪此刻争分夺秒，使出来更是毫无留手，凌厉、迅猛至极，没几人能扛住。

“八嘎！”高桥满一声怒吼，他落在这只小型队伍的最后，赶到时刚好看见自己一名手下吐血身亡。制止住激动不已的11名武士，高桥满上前狠声道：“段世豪，你今天跑不了，我会一刀一刀剁碎你！”

“是吗？！”阿豪嘴角勾起一抹讥讽的笑意，他已经注意到几名武士的小动作——没有握刀的手正在准备暗器——于是猛地从怀里掏出那颗日制九七式手榴弹。

这颗手榴弹是他打算在这次行动中最危急、最紧要关头使用的武器，因而在潜入检疫所之前便摘了手榴弹的保险帽，这样可以省去一个击发环节，只需要拉掉保险销，将撞针体在边上的墙壁一磕。

阿豪眨眼间完成这两个动作，手榴弹的内置引信已被引燃，四到五秒钟内就会爆炸。不过他并没有立刻将手榴弹扔出去，而是在心里读秒。他不能给对方在手榴弹爆炸前再扔回来的时间，哪怕这种概率极小。

“一、二……”两秒后，阿豪抖手将手榴弹朝还在发愣的高桥满等人的头顶抛去，自己则转身闪到铁门里，一把将门摔上，然后朝前方猛跑两步后，纵身飞扑了出去……

“隐蔽！”高桥满狂喊。边上的11名武士霎时乱作一团——在狭窄的走道里如何隐蔽？下一秒是生是死各人全凭运气。

日制九七式手榴弹，装填45克“梯恩梯”炸药，杀伤力惊人，一旦爆炸，直径十米内难有活物。阿豪也知道自己这样做是在赌博，只不过他占据了主动，活命的机会比在爆炸中心的高桥满等人大一些罢了。

“轰隆”巨大的爆炸声震耳欲聋，阿豪刚刚扑倒在地，就感觉一股热浪从身后袭来，紧接着咣当一声，被炸飞的铁门砸在他身后20厘米的地方。

顶着簌簌落下的墙皮、碎块，阿豪迅速从地上爬起，朝前方的停尸房奔去。

“立雪、立雪……”他冲进幽暗的停尸房，大声喊着。这里虽然离爆炸地点较远，但并非绝对安全。手榴弹在建筑内部爆炸和在空场中爆炸相较，破坏力更大，实验区那道被炸飞的铁门便证明了这一点。

“我在这里。”立雪的声音从侧后方传来，阿豪循声看去，在墙壁和水泥石灰槽的夹角，看到了跌坐在地上的妻子。

“你没事吧？!“阿豪急忙上前搀扶。

“没事，爆炸时没站稳。”立雪扶着水泥石灰槽的边沿站起，“你呢？”

“我很好，快，咱们快离开这里。”阿豪拉着立雪朝通往难民所的甬道疾行。这里的追兵暂时摆脱了，那颗手榴弹给他们争取了短暂的逃跑时间，但外面呢？

检疫所的警报已经持续尖啸了四分钟，除了附近的日军巡逻队，驻扎在难民所东边的日军守备中队，应该会派出更多的士兵赶来……情形比他之前的预计严峻得多，凶险何止倍增！

第二十八章　不择手段

雨还在淅沥沥地下着。难民所化骨池外，所长的场守喜正亲自带着一小队日军守卫冒雨赶来。上次桥本从这里逃走之后，和检疫所同属南水部下辖机构的难民所，其管理层虽然没被追责，但这处安全漏洞业已被堵上——一旦检疫所传出警讯，难民所守卫部队必须第一时间赶到化骨池外警戒，抓捕任何想从这里离开的人员。

阿豪和立雪刚从化骨池那道铁门里钻出来，便听见木栅栏外传来一阵急促、杂沓的脚步声和日语呼喝声。与此同时，难民所西北、西南两座哨塔上的探照灯正交错着朝着这里扫射而来。

阿豪牵着立雪的手，贴在墙根下迅速移动，抢在探照灯灯光射来之前行至暗渠的入口处。之前他从这里钻上来后，并没有将掀开的青石板盖上，一是因为当时来不及，二是为了离开时能少费手脚，节约一点时间。而且，这里是探照灯照射的死角，他不担心暴露。至于难民所夜晚巡逻的士兵，更不用顾虑，晚上不是处理尸体的时间，没人会无缘无故来这里查看。

立雪当先钻进暗渠，阿豪紧跟其后，如果条件允许，他还会和上次一样将青石板盖上，这样至少可以拖延些时间，让追踪者难以在第一时间确定自己逃跑的路线。但此刻这样做已然来不及，几名日军已经冲进化骨池的木栅栏门。

的场守喜一手捂着鼻子，一手指着墙上的铁门，对士兵下达命令：“守住那道门！”

两名士兵应声上前，持枪警戒……

难民所西墙外的水沟里，阿豪迅速脱下身上的皮夹克给立雪穿上，然后将妻子背在背上，趟着没过脚踝的哗哗流水，深一脚浅一脚朝北边行进。

尖利的警报声已经停了下来，不过透过雨幕，他能隐约看见检疫所围墙墙头的黄色警报灯还在闪烁。

前方黑沉沉的，稍远一些便什么也看不见。一阵轰隆隆的马达声从北边的公路上传来，由远及近，又渐渐远去。阿豪听出是柴油发动机的声音，心情越加沉重——日军的装甲巡逻车！

不过，现在最令他紧张焦急的，还不是如何避开巡逻队，以及在难民所高塔上哨兵的眼皮下穿过公路边上的那道铁丝拦网，而是身后的追兵！

前者，他已经有四次这样的经验，即便今晚因为检疫所响起了警报，哨兵的警惕性因此大幅提高，但这场夜雨给他和立雪的行动提供了绝佳的掩护，他相信只要自己和立雪足够小心，便能成功逃离。

而后者，检疫所或难民所的日军早晚会发现那处暗渠入口，从而确定他和立雪逃跑的路线。对方发现得越晚，晚到他和立雪已经逃离了当然好，可如果已经发现，或者一分钟后、五分钟后发现，以他和立雪现在的行进速度，根本摆脱不掉对方的追击……

化骨池。高桥满猛地拉开虚掩着的铁门，他此刻的形象俨然一头从地狱里爬出来的恶鬼——一身中尉制服破烂不堪，浑身上下血迹斑斑，脸上黑一块红一块，布满指头大小的燎泡；左耳已经不见了，只剩血肉模糊的一片烂肉。

九七式手榴弹的威力固然惊人，但在过于密集的人堆里爆炸，单从人数上计，杀伤效果会受到一定程度的影响，大部分弹片和冲击波会被离爆炸点最近的肉盾们消受。高桥满之所以能活下来正是这个原因——至少有两名武士为他做了人体盾牌。

不过，即便没被当场炸死，高桥满也不好过——他的左耳被一块弹片削掉了，还差点被爆炸引起的一场小型火灾烧死，好在随后赶到的守卫训练有素，及时将火扑灭。

看着一地手下的尸体，高桥满哪里顾得上疼痛，火势刚被控制住便展开了对阿豪和立雪的搜捕。

“人呢？！”看到门外站着两名士兵，高桥满急切质问。

两名士兵被突然出现的高桥满吓了一大跳，端着枪后退两步，看向的场守喜，不知如何应对。

站在化骨池木栅栏门边的所长快步跑了过来，啪地立正。“报告，警报发出后我们立刻赶来这里警戒，没有任何发现。”虽然高桥满身上的制服破烂不堪，但肩章、领章还在，的场守喜只不过是一名伍长，岂敢对一名中尉无礼。

“混蛋！”高桥满一耳光抽在的场守喜的脸上，“一定是你们来晚了……一男一女，还不快搜！他们跑不远，应该还躲在难民所里！”

“是。”的场守喜大声道，随即命令身后的士兵传令下去，彻底搜查难民所的各个角落。

这时，两名武士牵着一条狼狗从通道里跑出。到了门口，狼狗在被雨水打湿的地上嗅了嗅，有些不知所措。牵狗的武士将手里拿着的布块凑到狼狗鼻子上，狼狗嗅了嗅这方立雪睡过的枕巾，在门口转了两圈后，鼻子贴着地面沿着墙根朝暗渠入口小跑过去……

水沟里，阿豪将立雪轻轻从背上放下，扶着她站稳。公路下的涵洞就在他们前方几米外。不过这几米，却是这条逃亡线上最危险的距离——稍微弄出点动静，都可能引来哨塔上哨兵的视线。他如果再背着立雪，目标太大，也无法保证脚步的轻盈。

幸运的是，雨还在下着，雨声和水沟里比往日更大的水流声，将这种危险降低了不少。阿豪伸手抹去立雪脸颊的雨水，对她露出一个微笑。

立雪高速跳动的心脏霎时放缓了下来，不知道什么原因，丈夫这样的笑总能让她感到心安。

就在这时，后方突然传来人声，两人回头一看，不由大惊——几十米外，有电筒光束闪烁，几个黑影正沿着水沟朝这边搜索而来。

阿豪再也顾不上动静大小，拉着立雪快速朝涵洞洞口冲去，此刻只有快才能赢得生机。

下方的动静果然引起了上方哨兵的警觉，两人刚刚钻进洞口，唰，一道雪亮的光柱便从哨塔上照了下来。

涵洞里黑暗、湿滑，阿豪猫着腰搀扶着立雪朝对面的洞口摸去。叽里哇啦的日本话从外面传了进来，声音很大，应该是高处的哨兵在和地面的日本士兵交流。涵洞里是藏不住的，必须在被发现之前钻过铁丝网、逃进南石头村。

阿豪、立雪双双钻出洞口，快速来到铁丝网下的水渠口前。此刻，追来的几名日本兵还在公路南边搜索，他们还有机会。

“快钻过去！”阿豪低声催促妻子，心脏一通狂跳。匕首是他现在唯一的武器，这里除了黑暗再没别的掩护，一旦被敌人发现，他身手再高也无法和枪械抗衡。

唰，就在立雪刚刚从铁丝网下钻过，哨塔上的探照灯灯光照在了阿豪的身上。

“举起手，不许动！”哨兵用生硬的中文厉声呼喝，居高临下举枪瞄准阿豪。

“你趴着别动，”蹲在铁丝网前的阿豪缓缓站起，高举双手，对妻子低声而快速地说道，“我引开他们后，你马上跑……村子北边有片竹林，虾仔在那等你。”

这一次立雪没有听从丈夫的话，她从稻田的水渠里站了起来，隔着铁丝网看着阿豪，决然道：“阿豪，我活不了多久了……没有你，我哪也不去……”

在阿豪眼里，此刻满身泥泞的妻子是那样的美，美得让人心碎。急促的脚步声、枪栓拉动声在他身后的黑暗中响起，更远处还有装甲巡逻车的马达声传来。他没有回头，朝妻子笑了笑，“我死之前，你必须活着！”

下一刻，阿豪突然朝黑暗的稻田大喊道：“听着，你们救她走，我替你们保守秘密！否则，谁也跑不掉！”他在赌，赌樊继宗等人没有离开，赌对方会接受自己的威胁。

“卑鄙！”藏身在田埂后的樊继宗在心中大骂。他和陈俊生以及另外两名短枪队员的确没有离开，他们留在这里本就有接应阿豪的打算。只不过接应也要视情况而定，如果阿豪只是被哨塔上的哨兵发现，樊继宗肯定会前往救援——毕竟有两名游击队神枪手相助，可以在第一时间打掉哨塔上的探照灯，然后抢在日军巡逻队赶到前，利用黑暗的掩护救走阿豪、立雪二人。虽然有一定风险，但并非不可为。

但现在，阿豪和立雪二人不但被哨塔上的日本哨兵锁定，还被至少四名日本士兵包围，更严峻的是，一辆火力强大的日军装甲巡逻车正朝此处赶来。这种情况下去接应两人，无异于以卵击石，樊继宗没有权力也没有理由让两名优秀的短枪队队员为阿豪、立雪二人牺牲。

然而阿豪的这句话，实实在在威胁到了樊继宗。阿豪敢赌，他不敢！樊继宗心里清楚，阿豪原本就因为被他囚禁一事对自己心生恨意，如果他此刻再不有所行动，以阿豪对立雪近乎偏执的感情，什么事都做得出来。自己牺牲是小事，但樊兴业、林文涛等人的身份绝不能暴露！

“我们上！”樊继宗只用了一秒钟便做出了决定，对身边的陈俊生三人急切道，“黑仔先打灯，对付哨塔上的哨兵，地面上的人交给我和阿强。”见两名短枪队队员点头，他又对陈俊生道，“俊生，你留在这里，如果我死了，立刻通知我父亲和涛哥，他们知道该怎么做！”说完也不等陈俊生反应，掏出手枪，跃上了田埂，朝铁丝网奔去。

黑仔和阿强紧随其后，他们的武器是两把毛瑟手枪，也就是俗称的盒子炮。如果是德国原产，这种枪的精度射击能达到 150 米，但他们手中的这两把枪来自“中国山西军艺技术厂”，是仿制品，有效射程在50至100米之间，加上天黑、下雨，对视线有很大的影响，两人虽然是神枪手，也不敢保证在 80 米外一枪打爆哨塔上的探照灯。

探照灯雪亮的灯光下，阿豪和立雪隔着铁丝网四目相对，他们身后的公路上，四名日本士兵端着枪，一边小心翼翼地逼近一边警惕着黑暗的四周——先前阿豪的大喊，他们虽然听不懂，但显然感受到了某种危险。

“我猜错了？”随着时间一秒秒过去，阿豪的心渐渐沉底。如果樊继宗等人没有如他所料仍然留在这里，他和立雪再无一丝逃脱的可能。

“乒！”一声枪响，哨塔上的探照灯应声而灭，世界重归黑暗。

“快趴下！”阿豪对立雪大喊。

乒、乒、乒、乒……两把二十响盒子炮高速喷射着子弹，这种最受游击队喜爱的半自动手枪，在非正规作战的环境下，与需要手动装弹的日军三八式步枪相较，火力优势非常明显。公路上的四名日军，其中两人第一时间中弹栽倒，另两各迅速匍匐在地，朝稻田里突然冒出的几道人影，迅速开枪还击。

阿豪在枪声刚起时便趴在了地上，趁着双方交火快速钻过铁丝网。“啪”，来自哨塔上的一枪，打在他边上的水渠沿上，泥水四溅。

“乒、乒、乒……”樊继宗快跑过来，他手持大威力勃朗宁手枪，一边朝哨塔上的士兵开火，一边对阿豪和立雪大喊：“快、快走！”

阿豪迅速从水渠里爬起，拉着立雪的手朝着黑暗的前方猛跑。

轰轰轰轰，公路上，那辆维克斯轮式装甲车驶来，从车顶盖探出身子的日本士兵，用手持探照灯捕捉到了阿豪和立雪的身影。紧接着，机枪枪口迅速调整，向他们瞄准。

“卧倒！”断后的黑仔见状忙一声大吼。

阿豪应声将立雪扑倒在稻田里，护在身下。“嗒嗒嗒嗒……”装甲车上机关枪喷出一串火舌，子弹嗖嗖嗖地贴着他后背飞过。

“乒、乒、乒、乒……”黑仔一边朝装甲车射击，一边和阿豪、立雪两人横向拉开距离。“我引开火力，你们快跑！”他大声喊道。

这时，先前被火力压制，趴在公路上的两名日本兵爬了起来，他们找到了铁丝网下的水渠口，正往稻田里钻。此外，还有一队日本兵从检疫所北门方向赶来。

另一名断后的短枪队队员阿强停下了脚步，他知道不守住铁丝网下的水渠口，大家很难摆脱敌人的追击。

“乒、乒”，阿强半跪在稻田里，朝着三十米外的水渠口连开两枪，击中最先钻进来的一名日军。随即他迅速一个侧滚翻，避开来自哨塔上的一发子弹。

黑仔成功吸引了装甲车上日军的注意，探照灯和机枪随即锁定了他。“嗒嗒嗒”子弹射来，奔跑中的黑仔大腿和腹部接连中枪，一头摔倒在田埂下。

见探照灯光束从自己这边移开，黑仔挣扎着坐起，举起手中的盒子炮，朝装甲车连续开火。他知道自己现在已经失去了射击的准头，不再指望这两枪能打掉探照灯或击中手持探照灯的日本兵，他只想为其他人多争取一点撤离的时间，哪怕一秒两秒！

装甲车上的探照灯再次朝黑仔照射而来，下一刻，“嗒嗒嗒嗒”一梭子机枪子弹打烂了他的胸膛，血肉四溅，殷红夺目。

“老黑！”不远处，阿强一声大喊，撕心裂肺般。他刚刚将想要钻过铁丝网的一名日本兵打了回去，便看到了这一幕。此刻，仿佛整个世界都安静了下来，只有这道悲怆的喊声，在细雨纷飞的夜空下回荡。

在这片稻田北边的尽头，樊继宗、陈俊生和背着立雪的阿豪同时停下急促的脚步，回头朝探照灯照射的地方看去。虽然隔着层层雨幕和一百多米的距离，他们根本看不见灯光下的人影，但大家都明白发生了什么。

唰，下一秒装甲车上的探照灯光柱一扫，照在了阿强的身上。盒子炮和机关枪的枪声同时响起，阿强只开了两枪便连中数弹，鲜血狂飙。他踉跄着后退两步，仰倒在稻田里。与此同时，那名从装甲车顶盖探出上半截身子的日本兵，一口血喷出，手中的探照灯从车顶上滚落，砸在了地上。

"快走，不能让我们的同志白白牺牲。"樊继宗低吼，竭力压抑着心中的痛苦和愤怒。

阿豪沉重地点了点头，背着立雪当先朝村子里跑去……

惠民诊所。房间里没有开灯，门窗紧闭，窗帘亦被拉上，光线昏暗，只有搁在办公桌上的一盏煤油灯亮着。

"樊继宗同志，两名游击队队员的牺牲，你要负主要责任。"林文涛的声音严肃而低沉。

"是，"樊继宗坐在诊疗床床沿边，颓然道，"这次是我带队，接应的命令也是我下的，责任在我。"

"不，"林文涛摇头，"我说的不是该不该下令接应他们的事。你下午将段世豪关在这里的错误行为，才是导致两名同志牺牲的根源。"

樊继宗皱眉道："这件事我没跟你商量，时间上来不及。但我不认为这是错误的行为，相反，事实证明我之前的判断是正确的，段世豪一旦知道立雪的情况，绝不会等到三天后和我们一起行动。我的失误在于，对他的控制程度不够，没有将他绑起来……不然，那条密道今晚不会暴露。"

"我理解你这样做的动机……"林文涛道，"但继宗你有没有想过，段世豪不是共产党员，我们有什么权力要求他顾全大局牺牲自我？他不是敌人，没有对人民犯罪，我们又有什么权力将他关起来？我们共产党人的行事作风，什么时候变成和日伪、国民党一样了，为达目的不择手段？！"

林文涛一番质问，让樊继宗哑口无言。

"还有，你这样做的后果，不仅仅是导致了两名同志的牺牲，还差点给组织带来更大的灾难……”接下来，林文涛将玉川云子利用阿豪打开的通风口逃跑，以及之后发生的一切讲述一遍。樊继宗听得直冒冷汗，心知林文涛说得没错，要不是特高课的小泽想杀掉玉川云子，他们今晚损失的不仅仅是两名优秀的游击队战士，而是全军覆没。

最后林文涛道："继宗你想想，如果你没有将段世豪关在这里，玉川云子就没有逃出去的可能；检疫所那边也不会因此得到示警，临时增派守卫；段世豪的行动也不会被对方提前察觉，最后连累我们的两名同志牺牲……这是因果律的体现，也是用不正义的手段追求正义的后果，这个教训，我们一定要铭记！"

"接下来我们怎么办？"沉默半晌后，樊继宗点点头，心有余悸道，"想让这个日本女特务弃暗投明没那么容易……留着危险，送走又缺人手……"

"我们还是缺乏政工经验啊，"林文涛苦笑道，"你去审审，看能不能再获取些有价值的情报……然后处决了吧，算是为黑仔和阿强报了仇……"

病房里，搁在床头柜上的煤油灯发出昏黄的光亮。阿豪戴着口罩，坐在病床边，将一块刚用冷水浸过的白毛巾敷在立雪滚烫的额头上。立雪闭着眼，呼吸艰难而虚弱。

在阿豪原本的计划中，今晚救出立雪后，两人先去黎记水产行躲上一段时间，然后再想办法离开广州。但立雪在他们刚离开南石头村时便支撑不住了——剧烈咳嗽，体温高得吓人，最后连意识都模糊起来。阿豪傍晚时听玉川云子讲过，这正是感染了"零号"病菌的症状，且已经过了潜伏期，开始向外传播病菌。

这种情况下，他不能不为黎家人考虑，因而临时改变计划，跟樊继宗、陈俊生二人来了这里。

更重要的是玉川云子关在这家诊所里——对方曾告诉他，如果立雪不是特异性免疫体，这个世界上只有她能救立雪的命。对这个日本女特务的话，阿豪只信了一分，另外九分是怀疑对方想借此利用自己做些什么——比如，帮她逃走！

但此刻，阿豪恨不得百分之百相信她能做到自己所说。为此，他告诉自己，只要玉川云子能治好立雪，什么条件他都答应。

想到这里，阿豪起身出了病房，摘下先前林文涛拿来的医用口罩，朝走道尽头的诊疗室走去。先前在这里撞上林文涛，阿豪大感意外，没想到对方竟然也是共产党人——虽然他们没有过多交谈，但林文涛大半夜里出现在这家诊所里，已经说明了一切。

另一个为此大吃一惊的，是虾仔。此刻，这家伙正在诊疗室里，一脸兴奋地看着来回踱步的姐夫。

樊继宗离开后，林文涛便将等在走道上的虾仔叫了进来。他也没想到，今晚的事还有自己小舅子掺和，一时不知道如何解释自己出现在这里的原因。

"姐夫，你是姓国还是姓共？"虾仔终于忍不住，压低声音，神秘兮兮地开口问道。姐夫是抗日组织的人，而且还是传说中的特务？对十七岁的虾仔来说，这是多么刺激的一个发现！

"别问东问西。"林文涛一脸严肃，"赶紧找个房间睡觉。不想死，就把你今晚看到的、听到的和做过的，通通烂在肚子里，谁也别说，包括你姐！"

事已至此，他也知道敷衍不过去。虾仔又不是懵懂小孩，一向鬼精灵，哪瞒得住？不过，今天发生了太多的意外——玉川云子逃跑，两名短枪队队员牺牲，潜入检疫所的秘密通道暴露……与这些相比，被小舅子撞破自己身份这件事，便显得不那么重要了。

"是是是，我睡……"虾仔忙不迭地点头，"不过，姐夫你到底是哪边的人？你不说我睡不着啊！"

林文涛正要发作，敲门声响起，随即阿豪推门走了进来。

"师父！"虾仔见是阿豪进来，忙问，"师母好些了没？"

阿豪摇摇头，阴沉的脸色稍稍一缓："虾仔，无论如何我都要谢谢你……"

"说什么呢师父，咱们是什么交情？！"

阿豪勉强笑了笑，看向林文涛："林先生，阿司匹林只能暂时退烧，您能不能帮我弄些磺胺？我听玉川云子说，感染上这种病菌，虽然没有对症的特效药，但大剂量服用磺胺，还是有几分治愈的希望……"

"磺胺，大剂量……"林文涛摇头苦笑，"这药本来就比黄金还贵，别说一般诊所，即便是广州的几家大医院都没有多少存量，几瓶而已。而且，从上月开始日军方已将这种药纳入'战略物资管理目录'，控制了所有进口渠道，无论是公立医院还是私家诊所都不允许私自购买。如果是在日本对英美宣战之前，我或许还能帮你搞到一些，但现在……我听说，即便在黑市上，这种药现在也是有价无市，我能去哪儿弄？”

阿豪神色一黯。他也知道，磺胺这药昂贵而稀缺，根本不是普通人能够搞到的。只不过林文涛的特殊身份，让他抱有一份希望，但现在听对方这样说，他只能将这份希望放在玉川云子身上了。

“林先生，今晚的事我非常抱歉……”阿豪诚恳道，“你们的两名弟兄，因为我和立雪而死……这份大恩我只能暂时记着，等立雪好了，我以命相报！”

林文涛看着阿豪，神情复杂，半晌后才长叹一声道：“阿豪，你和你妻子的遭遇我深表同情，你为此做的一切，我也可以理解。但这种理解，是从个人层面和自私的角度……如果站在国家、民族的立场，从道德的层面审视，你今晚的行为是可耻的，是对抗日大业的犯罪！”

“姐夫，我师父他……”虾仔想帮阿豪辩解，后者制止了他。

阿豪深深对林文涛鞠了一躬。“林先生，您批评得对。我用贵组织的秘密来要挟樊继宗帮我，的确很可耻。这一点我没什么可为自己辩解的。我先前也说过，待立雪的事一了，我这条命交给你们，任由贵组织惩处。不过现在，我还有很重要的事要跟玉川云子单独谈谈，希望你们行个方便。”

“什么事要单独谈？”林文涛警惕道。

“关于立雪的病。”

“为什么我们不能在场？”

“玉川云子只愿意将这个秘密告诉我一人，否则她死也不会说出来。”

林文涛摇头。“你知不知道几个小时前，你从这里逃出去后发生了什么？玉川云子利用你打开的通风口也逃了出去……要不是我今晚恰好在特高课值班，偷听到她打来的电话，侥幸将她抓了回来，否则会是什么后果？你、我、虾仔，这里所有的人，包括你的岳父，我们大家现在全都会在宪兵司令部的大狱里！”

阿豪骤然变色。他记得自己离开前，为了防止玉川云子利用通风口逃走，特意将她的双手铐在铁床的栏杆上，按理说不应该发生这样的事。

“当然，这事继宗也有责任，不和我商量就将你关在这里，太鲁莽了。”林文涛继续道。

“你们怀疑我是有意帮她逃走？”阿豪皱眉道。

“理论上不排除这种可能。”林文涛正色道，“大家都知道你很爱你的妻子，为了救她的命，你什么不能做，不敢做？！远的不说，仅是你今天晚上的行为，就让我们不敢无保留地信任你。”

阿豪张口结舌，林文涛的话让他无从辩解。的确，为了立雪，他什么不能做、不敢做？他提出单独见玉川云子，就是预见到那个女特务，很可能会以“治愈立雪”为条件，向自己提出某种要求，而对一个被囚禁的人来说，最迫切的要求是什么可想而知。

“那就不单独见了……”阿豪想了想，“如果真有治愈立雪的办法，我会让她说出来。”

林文涛点点头：“我和你一起去，希望还来得及。”

“什么意思？”阿豪一怔。

林文涛道：“之前我和继宗商议了一下，当时也不知道她还有办法治愈你妻子，我们觉得这个女人太危险，留着弊大于利……”

阿豪转身冲出房门……

禁闭室里，樊继宗对玉川云子最后的审讯已经接近尾声。

“特高课要杀我，是林桑亲眼所见……”玉川云子双手铐在身后，靠墙坐在地上，仰着头道，“所以除了跟你们合作，我没有别的路可走……你们放心，我不会再逃。我会积极配合你们，揭露军方的细菌战阴谋。请你们相信我，再给我一次机会！”

樊继宗半蹲在云子面前，冷笑道：“玉川课长，纠正你一句，不是特高课要杀你，而是某些人要杀你，所以你并不是走投无路。至于机会，我们已经给过你，但你却利用这个机会，害死了我们两位同志！”说完站起身，朝身后的董百驹点头示意。

董百驹早已双目通红，唰地拔出腰间匕首，朝玉川云子走去。黑仔、阿强是他的队员，也是他最亲密的同志加战友，两人今晚的牺牲虽然和阿豪脱不了干系，但凶手是日本人、是眼前这个日本女特务。

“黑仔、阿强，你们的灵魂应该还没走远。老董为你们报仇了，安息吧我的战友！”董百驹喃喃说着，匕首尖顶在玉川云子的心窝处，就要用力刺入。

“等一等！”阿豪及时赶到，在门口大喊一声。

董百驹、樊继宗同时转头看向他。

本已绝望的玉川云子，眸光中顿时有了希望的色彩，紧张到窒息的心脏重新开始跳动。

“等什么？”董百驹瞪着阿豪，咬牙道，“等你再放跑她一次，再去杀害我们的兄弟？”

“阿驹，你听我说，”阿豪正色道，“放跑她只是我的无心之失，绝非有意。至于你那两位兄弟的死，的确是被我连累，我先前对林先生说过的话，现在再对你说一遍——你那两位兄弟的大恩，我只能暂时记着，等我妻子的事一了，他们的恩，他们的仇，我用自己这条命来报！”

“不用你来报，我兄弟的仇我自己报，现在就报！”董百驹道。

“阿驹兄弟，你要报仇我不拦你，但你让我先问她一句话。”

“呸，”董百驹上前两步，吐了阿豪一脸唾沫，“卑鄙小人，你有什么资格叫我兄弟？滚！”

阿豪自知理亏，也不还嘴，只是抬手将脸上的唾沫擦去。

董百驹不屑地撇撇嘴，拎着匕首，转身朝玉川云子走去。

“站住！”阿豪脸色一沉，“你吐我骂我、打我都可以。但我说过，你报仇之前，我要问她话！”

董百驹站定，回头：“我不让你问呢？”

阿豪踏前一步，身上气势陡然凛冽：“那你就试试！”

“段世豪，你不要乱来！”边上的樊继宗下意识就要掏枪。阿豪的身手他已经领教过好几次，知道这种近距离肉搏中，别说董百驹一个，即便再加上自己也不是对手。

“继宗你干什么？亲者痛仇者快，想让敌人看笑话吗？”林文涛终于忍不住开口。他和阿豪前后脚到，先前之所以不出声，是有意让董百驹宣泄一下情绪，这也是阿豪应该承担的。但他不能让双方的矛盾激化到动手的地步，局面一旦失控，后果难料。

樊继宗悻悻放开握住枪柄的手。与此同时，董百驹的火气也降了些。他也听出来了，林文涛呵斥的对象虽然是樊继宗，但未尝不是提醒自己。

“阿驹，我理解你的心情。我同样为黑仔和阿强的牺牲感到悲痛。”林文涛温言道，“不过，阿豪他不是敌人。他是犯了错，但我想他已经认识到了自己的错误，并愿意改正。而且从某种意义来说，阿豪是个抗日英雄，死在他手下的日本士兵和特务可不少。所以，我们应该将他视为志同道合的朋友。他妻子的体内被日本人注射了病菌，病情严重，这个女特务或许知道治疗的方法，我想你也能理解他的心情。”

见林文涛发话，董百驹狠狠地瞪了阿豪一眼，默然退开。对方虽然不是他的领导，但在他眼里，这位代号“云海”的同志值得钦佩和敬重。

作为一名游击队员，董百驹太清楚共产党游击队在东江地区的生存是何等的艰难——前有日伪军扫荡、围剿，后有国民党军队暗算、偷袭。而分别以大岭山、阳台山为根据地的第三大队、第五大队，之所以能在如此恶劣的环境下生存下来并发展壮大，这位“云海”同志功不可没——几乎每次日伪军针对游击队的重大行动，他都能及时而准确地传递出相关情报。比如去年夏秋，日伪军对游击队大岭山和阳台山根据地发起的那场大规模军事行动，如果游击队没有提前得到“云海”传出的情报，获知了敌人进攻的时间和兵力，绝难打出那场东江游击队创建以来最大的胜仗。

阿豪对董百驹说了声谢谢后，上前两步，俯视着玉川云子：“我妻子已经救出来了……”

女课长低垂的头猛地抬起，骇然道：“不可能……你是怎么做到的？”

阿豪道：“她病了，高烧、咳嗽、呼吸困难，皮肤上有瘀斑，现在已经神志不清。是不是感染了你说的那种病菌？”

“是，”玉川云子用一种不容置疑的口吻说道，“接下来她会长时间昏迷，一天后，最多三天，她会死亡。而且她会死得很痛苦、很难看，全身皮肤溃烂、出血，黑血，她所有淋巴系统都会肿胀、流脓，臭不可闻……”

阿豪弯下腰，一把掐住玉川云子脖颈，打断对方充满恶意的描述。“你知道怎么救她？”

“知——道！”女课长艰难吐出两个字。

阿豪松开手。

玉川云子深吸一口气：“但我为什么要告诉你……救了她，我还是要死，对吧？”说完咯咯地笑了起来。

樊继宗看了林文涛一眼，悄然后退两步，手放在了腰间的枪柄上。在他眼中，只要能救立雪，阿豪多疯狂的事都能干出来，比如将玉川云子抢走，然后和对方达成某种协议……

“我放不了你，换个条件。”阿豪道。

玉川云子笑得越加疯狂。

林文涛道：“小泽不是要杀你吗？你不想知道为什么？我们可以帮你杀了他，或抓来让你问清楚？”

女课长停止大笑：“我命都没了，这些有什么意义？”

阿豪站起身，对林文涛道：“林先生，药房的钥匙给我用一下。”

“你干什么？”林文涛狐疑道。

“一会儿你就知道了。”阿豪道。

十分钟后，阿豪返回，举着一支医用注射器。

林文涛、樊继宗和董百驹三人有些茫然，不明白他此举是何用意。

玉川云子仿佛猜到了什么，对朝她走来的阿豪惊恐道：“你要做什么？”

阿豪板着脸一言不发，半蹲在玉川云子面前，单手摁住她的肩头，一针扎进肩窝，将注射器里两毫升的红色液体注入了她体内。

“这是从我妻子身上抽出的血，”阿豪拔出针头，“救她也是救你。”说完不理全身战栗的玉川云子，起身走到林文涛面前。

“林先生，如果能得到治愈这种传染疾病的方法，能救很多人的命。”他说，“杀了她，还是给她一个将功赎罪的机会，你们看着办吧。”

林文涛和樊继宗对视一眼，两人这才明白了阿豪的用意。他没有直接要求保玉川云子一命，而是给他们出了一道选择题——将玉川云子这个巨大的不安全因素立刻除去，还是冒险将对方留下，让其将功赎罪？

林文涛略微思忖后，朝边上的董百驹招了招手，后者上前两步，来到他和樊继宗身边。

“现在看来，我们已无法阻止日本人实施‘末日计划’，”林文涛道，“如果她提供的治愈方法当真有效，的确如阿豪所说，能救很多人的命，价值不可估量。为此我们担些风险，我认为是值得的。你们的意见呢？”

樊继宗没有立刻表态，走到玉川云子面前，冷冷道：“你的治愈方法多少时间能见效？”

“很快，十二小时之内病人的病情就会得到控制，二十四小时后所有病症都会消退。”玉川云子语气笃定。可事实上，她心里根本没有什么把握。

“不是‘磺胺’或其他难搞的药物？”樊继宗道，“如果你的处方需要这类药品，就不必说了。”

玉川云子摇头：“我提供的处方虽然特殊，但简单，对你们来说用药也不难。”

樊继宗转身对林文涛、董百驹道：“如果她的处方当真简单、有效，我们可以立刻派人前往高要、肇庆，告知当地政府……时间上虽然有些晚，我们来不及阻止疫病爆发，但只要这张处方能治愈被感染的百姓，就会给两地军民希望，军心、民心不至于因这场疫病而崩溃……让日本人的阴谋不能完全得逞。”

林文涛点点头，看向董百驹，后者瞥了角落里的玉川云子一眼。“没问题。这些天我和俊生轮流看守这里，二十四小时不离人，一旦有任何风吹草动，第一时间除掉她。”

三人意见达成一致后，樊继宗再次走到玉川云子面前。“你之前请求我们再给你一个机会，现在我答应你。只要你真心悔过，戴罪立功，我们共产党人说话算话，虽然不能放你走，但会保证你的生命安全，等具备一定条件后，再送你去大后方。”

玉川云子恳切道：“事实会证明，我是真心悔过，戴罪立功。”

“那现在就开始证明吧。”樊继宗道，“说出你的处方。”

“好，”玉川云子爽快点头，“不过在说出处方前，我要向段先生确认一些事。”

樊继宗心中不悦，以为这名女特务不相信自己的保证，想要让段世豪亲口承诺，保她安全。

“樊先生别误会，我问段先生的事和处方有关。”玉川云子察言观色，立刻猜到了樊继宗的心思，连忙解释。

“你问。”阿豪道。

“你知道自己的血型吗？”玉川云子道。

“‘O’型”。

“上个月在戴夫勒诊所，你妻子做了一次手术，请问当时是谁给她输的血……我的意思是，供血者是谁？”

“是我。”阿豪皱眉道，“有问题吗？戴夫勒说我和我妻子都是什么‘万能输血者’……”

“没问题。”玉川云子暗自松了口气，尽管之前她已经从立雪口中得知了这些信息，但此刻经阿豪亲口证实，才彻底放心，而且隐隐有些激动。

“最后，请段先生仔细回忆一下，你或者你身边的人，曾经有没有患过传染性疾病，比如……”

“‘黑死病’，”玉川云子还没说完，阿豪已经脱口而出。对幼时那场梦魇般的经历，他的记忆何其深刻。接下来，他将小时候父母双双死于鼠疫的事说了出来。

“你呢？感染上了吗？”云子追问道。

阿豪摇摇头，回忆道：“不确定。我当时有些发烧，吃了两天我阿公熬的药，没事了。”

“终于找到了！”玉川云子心中暗道，双眸中有着掩饰不住的兴奋。她父亲玉川隆盛曾言，“零号”虽然是人工培制出来的新型病菌，但其类鼠疫杆菌的性质决定了，“零号”病菌的特异性免疫体，大概率会出现在曾经感染过鼠疫的群体当中。

现在，阿豪的病史，以及并非特异性免疫体的立雪，初次感染“零号”病菌后“不药而愈”的事实，让玉川云子确信，阿豪才是真正的特异性免疫体。

“樊先生，”玉川云子自信满满，“我的处方就是段先生的血液！”

此话一出，在场众人皆一脸惊愕。

“我的血能治病？”阿豪同样不敢置信。

接下来，玉川云子快速、简要地将关于特异性免疫体的细菌学知识给众人讲述了一遍。

虽然很难理解对方口中那些艰涩难懂的专业名词，阿豪听完仍然激动不已，恨不得立刻将自己全身的血液都输给妻子。

樊继宗则看向林文涛：“林哥，你认为呢？”他对这方面的知识缺乏了解，希望林文涛能对玉川云子的话做出判断。

上次和樊兴业见面时，林文涛简短介绍过自己的入党经历——他是六年前在日本留学时期秘密加入的共产党，当时就读于帝国大学医学部。

“我学的是临床医学，对细菌学和免疫学知识只能说略知一二。”林文涛想了想道，“不过，既然动物血清能治病救人，理论上人血应该也能。”

樊继宗此刻总算明白了玉川云子先前那句“我的处方虽然特殊，但简单，对你们来说用药也不难”的真正含义。

想到这些，樊继宗不由心生恼怒，有种被玉川云子耍了的感觉。“玉川课长，即便如你所说，他血液里的抗体可以杀死‘零号’病菌，但他一身的血能治愈几个感染者？你这个处方，对大众，对我们抵御‘末日计划’毫无意义！”

樊继宗这番话说出了林文涛心中所想——“零号”一旦爆发，感染者会成几何级数增长，即便抽干阿豪身体里的血，又能救几人？因而对玉川云子的这个处方，林文涛非常失望，不过碍于阿豪在场，他不好将这份失望表达出来。

“继宗，”林文涛上前拍了拍樊继宗的肩膀，“不管怎么说，如果阿豪的血真能治好立雪的病，她便没有食言。救一人，还是救十人百人，都是救人，咱们不必纠结意义大小。”

阿豪脸上的激动和喜悦之色渐渐淡去，自己的血能救妻子的命，当然是天大的喜讯，但这个“喜”只是对他们夫妻以及他们的亲人、朋友们而言，正如樊继宗所说，对大众、对抵御邪恶的“末日计划”毫无意义。

今晚，两名共产党游击队队员的牺牲，让阿豪心中充满愧疚。他很希望此刻能为林文涛、樊继宗他们做些什么，稍稍弥补一些自己犯下的错误。

“没别的办法了吗？”阿豪对玉川云子道。后者摇头，说想让更多感染“零号”的人得到救治，必须研制出针对“零号”的“抗血清”，并成规模地生产，而找到“零号”的特异性免疫体只是制备“抗血清”的第一步，之后还需要进行多次实验，才能确定“抗血清”的效价比值，即便是以检疫所的技术实力，也不可能短时间里完成……

听完玉川云子的解释，众人的脸色一个比一个阴沉——难道只能眼睁睁看着日本人实施“末日计划”，任由数十万国人被病菌杀死？！

第二十九章　钻天

时间:“末日计划”实施倒数第五日

清晨。笃笃笃，病房外，虾仔端着一碗冒着热气的艇仔粥，轻轻敲门。阿豪打开门，他没有戴口罩，脸色苍白，面容憔悴，却眸光炯炯，透着喜色。

昨晚，在林文涛的协助下，阿豪将自己身体里近乎十分之一的血液输进妻子的身体后，独自在床边守了一夜。看着立雪脖颈、手背上的血斑一点点褪去，感受到妻子的体温渐渐降低，他不止一次流下眼泪。一小时前，当立雪终于睁开双眼，这个钢铁般的男人第一次哭出声来。

“师娘怎么样了？”虾仔一边朝房间里瞅一边问。

阿豪侧身让开。“烧退了……”

病床上，半躺着的立雪，朝虾仔虚弱地笑了笑。

“师娘……”虾仔兴奋地喊着，就要进门。阿豪拦住他，接过粥碗，说你师娘的病还没痊愈，不能靠近。虾仔留在门口，说师父你是不是快成仙了，百毒不侵，身上的血还能治病，简直是仙丹灵药，要不哪天你给我也换一遍血？

阿豪一边小口小口给立雪喂粥，一边打趣说，你先去地下室和那位玉川课长待两天，染上病我就给你换。

虾仔连忙摇头，说算了，那女特务现在看着老实，但阴险得很，说不定心里正憋着什么毒计，可不能往上凑。

“说正事，外面情况怎么样？”阿豪收拾起玩笑，问道。

“我刚才打电话去队里请假，方大脑袋接的，他说今天一上班，猪头祥就给兄弟们每人都发了你和师娘的照片，全轰出去找人，辖区里的医院、诊所、药店都要查一遍……”虾仔想了想又道，“方大脑袋还说，猪头祥下了一道死命令——说你们是极度危险分子，发现之后，绝不能靠近，也不需要抓捕，直接击毙！”

从玉川云子口中，阿豪得知了“零号”病菌的可怕：体液、飞沫、接触、空气皆可传播，一旦感染，死亡率百分之百。即便是当今世界上最强大的抗菌药物“磺胺”，对感染者的治愈率也不到百分之三十。因而日本人这般反应没有出乎他的意料。他相信，不仅是自己曾经当差的黄沙分局，全广州的伪警、日特都得到了这样的命令。毕竟，病菌的制造者、“末日计划”的制定者——日军方比任何人都清楚，一名不受控制的“零号”感染者对广州城意味着什么。

好在阿豪昨晚从检疫所将妻子救出来之后，除了自己，立雪没和其他人直接接触过。而且从南石头村到惠民诊所的这间病房期间，立雪一直戴着口罩。这在最大程度上避免了樊继宗、陈俊生等人感染上病菌。

至于阿豪自己，从没担心被妻子传染上。那时他并不知道自己对这种病菌免疫，想法相当简单——妻子的病能治愈，他被传染上了也能治愈，如这病不能治愈，那么他和立雪一起共赴黄泉就是。

“涛哥，怎么样？特高课是什么反应？”诊疗室里，林文涛刚推门进来，樊继宗便急忙问道。

“特高课、南水部和市警察局紧急组建了一个‘联合搜查本部’，专门负责搜捕段世豪夫妇。”林文涛走到桌上摊开的广州市地图前，用手点了点被珠江南北支流环绕的河南地区，“这一片是搜查的重点区域，我估计整个河南今天会被他们翻个底朝天。至于我们这里，紧挨着日军宪兵司令部，反而相对安全。”

“灯下黑……”樊继宗点点头，“小泽呢，他发现自己昨晚杀错人了吗？”

林文涛道：“肯定发现了。我打听过，今天凌晨，特高课法医室新送来三具尸体，两男一女。男的应该是黑仔和阿强，女的应该是那名死在电话亭的女人。”

樊继宗看了一眼林文涛额头上贴着的医用纱布，担忧道：“小泽目前必定处于高度紧张中，这种心态会让他比平常更为敏感多疑……昨晚你在值班，他要想知道你离开的时间很容易，加上你还受了伤，难免会引起他的怀疑……”

“摔伤，好解释，……”林文涛摸了摸额头，沉吟道，“而且，即便小泽对我有所怀疑，他敢调查我吗？又有什么理由调查我？现在心虚的是他。”

“明着他肯定不敢有所动作，但暗地里就不好说了。”樊继宗郑重道，“总之，涛哥你这段时间一定要多加小心。”

“继宗，你放心，这件事我心里有数。”林文涛道，“我们现在最紧要的，是商量出一个破解‘末日计划’的办法。”

“没有别的办法了，”樊继宗道，“我们只能做最坏的打算，武装突袭，炸掉检疫所的地下基地。”

“行动人手呢？”林文涛摇头道，“就凭我们几个，没有一丝成功的可能。”

“你不是说第二批短枪队员后天就到吗？他们有多少人？”樊继宗问。

“六人。”林文涛道，“你希望他们参与这个行动？”

“你应该能说服他们改变破袭目标。”樊继宗道。

“即便加上他们，武装突袭成功的可能性也很小。”林文涛忧虑道，“日军在南石头的兵力超过三百，而且还有装甲车，轻重机枪……实力悬殊太大，同志们不怕牺牲，但……”

这时，敲门声响起，打断了林文涛。他上前开门，见是阿豪，忙问，“怎么样，弟妹好些了吗？”

“好多了！”阿豪兴奋道，“从昨晚半夜开始，烧就退了，一直没有反复，咳嗽也轻了很多，刚刚还喝了一碗粥……”

“太好了，”林文涛长舒一口气，“看来你的确是特异性免疫体，玉川云子的判断很准确。”

“林先生，晚上麻烦你再帮我们输一次血。”阿豪恳请道。

“不行，”林文涛摇头，“你昨晚的血液输出量已超过极限，而且两次输血的间隔期要在三个月以上，不然会危及身体健康。”

“我的身体没事……”

阿豪还要坚持，林文涛摆手打断他：“血输多了对你妻子未必是好事……我一会儿去给她做个检查。昨晚你也听玉川云子说过，你血液里的特异性抗原体主要作用不是直接杀死感染者体内的病菌，而是激活感染者体内的抗体应答机制，从而让感染者产生自己的抗体，来杀死病菌。所以她不需要再输血。你是行动专家，不是医生，这事听我的。”

“好吧，立雪身体还虚，现在刚刚睡下，晚一点还请林先生帮她检查下身体。”阿豪道，“那我就不打扰二位了。”他见樊继宗在屋里，正皱眉看着桌上的一张地图，心知两人在议事，就想赶紧离开。

“行动专家……”樊继宗开口叫住阿豪，“你昨晚说的话还算吗？”

“算！”阿豪转过身。

“那就请你别急着离开，我和涛哥有事相求。”樊继宗笑了笑说。

“什么事？请讲。”

“一同赴死，敢不敢？”

阿豪心中一凛，看向林文涛。后者点头又摇头，叹道：“阿豪，你不是我们组织的同志……事关生死，我们绝不勉强。”

阿豪如何猜不到樊继宗和林文涛他们眼下要做什么。他咧嘴一笑，对二人道：“我虽然不是你们组织的人，但我们是一家人吧？既然如此，咱们从此不说两家的话。”说着脸上的笑意尽数敛去，无比郑重。

樊继宗从桌后走出，和阿豪对视良久后举起右手，摊开手掌。“啪”的一声，阿豪伸掌与之重重相击，随即两只有力的手紧紧握在一起。

“一家人！”阿豪、樊继宗同时坚定地说道。

林文涛上前，把住二人的肩膀。“一家人！”

……

“阿豪，行动方面你比我们在行，这个方案如何调整，最终如何执行，我们都听你的。”樊继宗讲完他设想中的武装突袭方案后说道。

“检疫所那个基地，一定要炸毁！”阿豪皱眉道，“不过，正如你所说，武装突袭的确是最坏的打算，所以不到万不得已，咱们不能和敌人硬拼……”

“道理我和涛哥都明白。”樊继宗道，“但我们没时间做更多准备，‘末日计划’四天后就要实施，不硬拼还有什么办法？”说完盯着阿豪，目光灼灼，饱含希望。

阿豪思忖后道：“入地不行咱们就钻天！”

林文涛疑惑道："入地、钻天？"

"这是道上的黑话。"阿豪解释道，"用挖地道、爬下水道、钻狗洞之类的方式潜入目标建筑内叫'入地'，而通过天窗、天井、烟囱进入的方式就叫'钻天'。"

"排气管道？"林文涛立刻想到了昨晚阿豪和玉川云子是如何逃走的，进而明白了阿豪的想法。排气管道能出当然就能进！诊所下面的地下室不过三百来平方米，尚需设置排气管道，而地下两层，空间比这里大上百倍的检疫所地下基地怎么可能没有相关设施？

"对，"阿豪点点头，"进入检疫所的暗渠被敌人发现，'入地'不成，我们或可试试'钻天'——从检疫所的外部排风口处潜入。"

林文涛、樊继宗闻言神情皆是一振——要炸毁检疫所地下基地，"潜入"显然比"强突"的成功机会大得多！

然而短暂的兴奋与激动之后，一系列棘手的、不确定的问题摆在了大家面前。而首要的，需要他们迅速做判断的问题是：检疫所地下基地的排风口出口设置在检疫所内还是在围墙之外？如果是前者，这个方案近乎没有成功的可能。

"排风系统的出口，应该在检疫所外。"林文涛略一思忖后开口道："检疫所的地下基地是进行细菌研究和生产的地方，空气里有害、有毒成分的含量比普通地方高得多，日本人不太可将这些气体直接在检疫所区域内排风。"

对林文涛这个判断，阿豪和樊继宗表示认同。不过三人的神情依然沉重，大家心里都明白，即便林文涛这个判断得到证实，要想"钻天"还有诸多问题、重重困难需要他们解决和克服——排风管道出口的具体位置在什么地方？附近有什么安保、防护措施？管道的口径是多少？出口处的隔栅是什么材质、固定的方式又是什么？

此外，还有排风系统内部的构造问题——检疫所的地下基地面积大不说，空间还分上下两层，又有诸多不同性质的区域划分，其排风系统绝不会像惠民诊所地下室——一根矩形管道直通地面——那样简单，必定是一个有多管道、多出口、装置了不止一台排风电机的复杂系统。

这一系列问题如果不彻底搞清楚，所谓"钻天"根本无从谈起。先不说如何进入守卫森严的军事管理区，避开密集的日军巡逻队，找到排风口的具体位置，即便这一切都顺利完成，但钻进排风系统的入口之后呢？选哪条管道、哪个方向和哪个出口才能到达地下二层的某个区域，而不是在潜入过程中，人被卡在某条狭窄的管道里，进退不得；或是在黑暗中艰难爬行很长时间之后，突然看见前方是一台扇叶高速旋转着的排风电机；又或是好不容易找一个出口，下去后才发现这是一处被从外面锁上的密闭空间……

"必须搞到图纸！"三人很快意识到，没有检疫所地下基地的建筑设计图，"钻天"绝不可行。

然而，要拿到这份图纸绝非易事。

林文涛道："我前段时间调查过，粤海港检疫所从建筑设计、施工到后来的运营、管理一直是日本军方在负责。现在看来，他们在建设之初就包藏祸心，要在地下建立一个秘密的细菌实验基地。既然是秘密基地，其建筑图纸当然也是机密，无论是存放在检疫所还是南水部，短时间内我们很难搞到手。"

"佐藤茂！"樊继宗眸光一闪，对阿豪道："你不是能拿捏那家伙吗？让他帮咱们找，检疫所没有就去南水部档案室里找，他是佐藤俊二的侄子，应该有办法。"

阿豪摇头道："时间上来不及。我和他约的是三天后通电话，如果要将时间提前，也不是不行，不过这种时候我给他打电话，恐怕不妥……"

"阿豪的顾虑是对的。"林文涛道，"检疫所出了这么大的事，特高课肯会对其内部进行一次严格的审查、甄别行动，这时候贸然接触佐藤，风险太大。"

"特高课……"樊继宗心中一动，"既然检疫所的安保工作由特高课负责，秘密基地里的一切对特高课来说就不是秘密，那特高课会不会存有建筑图纸的副本？"

"有可能！"林文涛停止来回踱步，"走，咱们去见见那位玉川课长。"

樊继宗当即从桌后站起，跟着林文涛就要出门。

"等等，"阿豪叫住二人，"我去问吧。别忘了，她现在可是带菌者……"

十分钟后，阿豪提着煤油灯，走进昏暗的禁闭室。戴着医用口罩的董百驹重新将铁门关上，站在观察窗后冷眼旁观。

见阿豪进来，玉川云子霍地从床边站起，紧张道：“她……有好转吗？”

“好多了。”阿豪道。

“哟西！”女人用母语表达了此刻激动的心情后，一脸渴求地看着阿豪。

“医生说，我要三个月后才能再输出血液。不然会有害健康。”

“不，不……”玉川云子惶急道，“我只需要一点点，一百毫升，不，50毫升……潜伏期不需要太多……”

“如果你帮我拿到检疫所地下基地的建筑图纸，我会考虑。”阿豪道。

“建筑图纸？”玉川云子一怔，“你要干什么？”

阿豪板着脸，冷冷盯着玉川云子。煤油灯暗淡的灯光，让他的神情看上去有些阴森。

“我只是想更好地帮助你们。”玉川云子诚恳道。

“我们要炸掉那里。”对方已被绝对控制，阿豪觉得没必要隐瞒。

玉川云子先是一惊，接着有些神经质地笑了起来。

女特务的反应让阿豪感到厌恶，不过就在他准备给对方吃些苦头的时候，玉川云子突然止住笑，恭恭敬敬朝他深鞠一躬：“段君，谢谢你，谢谢你们！”

阿豪神情漠然，心中却在诧异，这女人唱的是哪一出？

玉川云子抬起头，眼角竟然隐隐有着泪花。“检疫所的地下基地里有我父亲毕生心血的结晶，如今父亲被人害死，我不能让他的研究成果落在那些卑鄙小人的手中。所以，我很乐意看到你们炸掉那里，彻彻底底销毁一切。为此我会竭尽所能协助你们，请相信我。”说完再次鞠躬。

阿豪微眯起眼，眸光如针芒般射向玉川云子，良久后才点头道：“好，我暂且相信你！”

阿豪先后听佐藤茂和林文涛说过，检疫所主持细菌研究的医学专家玉川隆盛是玉川云子的父亲。而根据林文涛的分析，特高课的小泽昨晚之所以要对玉川云子下手，应该和后者在调查玉川隆盛的死因有关。

因而，他虽不相信一名日军的高级特工，会在这么短的时间内彻底觉悟、转变阵营，成为一名坚定的反法西斯战士；但不能排除为了报仇和自保，对方存在“叛变”的动机。

“在特高课档案室里，有一个我的专属文档柜，里面存有你们需要的图纸。”玉川云子道，“密码锁的钥匙在我的手袋里，密码是……”

诊疗室。林文涛站在办公桌前，在一张处方纸上写下四个数字后，抬头对阿豪道：“1-2-2-5？”

阿豪点头。“12 月 25 日是日本昭和天皇登基的日子，她用此作为密码锁的密码。”

边上，樊继宗从一个橘色的女士手提袋里翻出一串钥匙，在手上轻轻掂着，皱眉思索。

林文涛见他神情有异，问道：“继宗，有什么问题吗？”

樊继宗道：“涛哥，你有权限或者说公务理由单独进入特高课的档案室吗？”

林文涛摇摇头：“我只是翻译官，不负责具体案件，在特高课还属于临时借调性质，没有权限进档案室查阅资料。即便有工作上的需要，要调阅档案室的文档，也须提前书面申请，得到批准后才能借阅，而且只限于普通资料。”

樊继宗道：“也就是说，即便有了钥匙和密码，你也只能通过非正常途径才能单独进入档案室？”

林文涛点头：“这事肯定要冒一定的风险，但值得。今晚，最迟明晚我找个机会潜进去。档案室大门是普通的弹子锁，我有万能钥匙，打开不难。”

樊继宗沉吟道：“冒险不怕，我们天天都在冒险……只不过玉川云子如此痛快就把钥匙和密码给了我们，让我有种不踏实的感觉……”

林文涛道：“你怀疑这是一个陷阱？专门针对我的陷阱？”

樊继宗思忖道：“只是一种感觉……总之这事太顺了，我们着急要什么，她就给我们什么……当然，她是特高三课课长，负责检疫所内部安保，手中有图纸副本也不奇怪。而玉川隆盛离奇死亡，让她怀疑是内部人下的手，所以想借我们的手毁去她父亲的研究成果，不让那些人得到……这种心理逻辑也说得通……但我有一种直觉，这个女人极其危险、狡猾，就像一头看似被驯服了的野兽，实际上凶性未除，一旦有机会就会反噬主人。我们不要忘了，她是一名日本高级特工，不是普通女人。”

房间里陷入沉默。

片刻后，林文涛开口道："继宗的担忧不无道理。日本军人，尤其在中下级军官群体中，激进、狂热分子众多，'玉碎'对他们来说是件荣耀的事，不排除这是她临死前反噬我们的手段。但我们别无选择，即使是陷阱也得跳一次了。"

"涛哥，"樊继宗突然想到了什么，"特高课不是临时组建了一个'联合搜查本部'吗，他们呢，能不能进入档案室查资料？"

林文涛道："当然能。搜捕阿豪夫妇，是特高课目前最紧要的大案，'联合搜查本部'的成员被赋予了特高课能行使的最高权限，随时可以调动全广州的军警特宪为其所用，更不消说查阅档案资料……"说到这里，他看了阿豪一眼，又道，"而且，阿豪还帮我们背了黑锅，昨晚他在检疫所露面之后，原田认定玉川云子的失踪很可能跟他有关，于是将这两件案件并案处理，都交给这个'联合搜查本部'侦办。两件大案一起办，他们现在的权力可以说大得没边。"最后，林文涛无奈道，"可惜，我不是其中成员，不然……"

"等等，"樊继宗打断道，"我记得你先前说这个'联合搜查本部'成员由三方组成，警察局那边派来的是一个姓秦的女人，这女人叫什么名字？"

阿豪眉梢一动，想到了秦芳好。

"时间匆忙，没来得及详细打听，"林文涛想了想道，"听说是警察局新上任的一位副局长。"

"见过她吗？能不能描述一下她的外貌特征？"樊继宗转向阿豪，"说不定这位是阿豪的旧识。"

林文涛诧异地哦了声后，说在特高课的走廊上远远看了两眼，然后一边回忆一边将这名秦副局长的身高体型、相貌肤色大致形容了一遍。

阿豪仔细听完后，点点头，"应该是她。"

对秦芳好摇身一变，从黑帮大姐变成警察局副局长这事，他一点也不吃惊。这年头，只要对日本人有用，土匪、恶霸出身的李朗鸡都能当将军，广州第一大帮的大姐头，手下有三千帮众的秦芳好当警察局副局长有什么稀奇的？

"你觉得她能帮我们吗？或者说帮你？"樊继宗盯着阿豪，有些期待。他听阿豪讲过"用胶卷和特高课做交易"的事，虽然阿豪没细说他和这位中和堂大姐头到底是一种什么交情，但对方能答应帮一名通缉犯做交易的中间人，想来两人的关系不一般。

经樊继宗这一提醒，阿豪脑中突然冒出一个念头，不是请秦芳好帮忙窃取图纸，而是通过对方将日军的“末日计划”传递给重庆方面——共产党没有地下电台，经营广州多年的国民党应该有。

而只要国军掌握了这份情报，日军这次细菌战阴谋自然会破产，他们也就不用再冒死去执行一个成功率极低的破袭计划。即便仍然要摧毁那处每天都在吞噬国人生命的魔窟，他们也有更多的时间来策划准备，多几分成功的把握，不必仓促行事。

不过又一深思，秦芳好有过出卖顾铭等锄奸队员的前科，虽然对方暗示过自己，她那样做只是为了获得日本人彻底的信任，为了执行一个极其重大而隐秘的任务，但阿豪仍然不能排除对方“已彻底投靠了日本人”的可能性。而且，他心里非常清楚，林文涛和樊继宗他们要做的，是关系到数万国人生死安危的大公之事，而不是他的个人的私事，一旦秦芳好那边出了问题，他段世豪纵然万死，也难辞其咎。

于是，他坚决地抛弃了这个诱人的想法，苦涩地笑了笑，对樊、林二人道：“她这个人……心思难测，又很功利，做事只看利益，不讲什么感情、原则和立场。她上次帮我也是因为那两卷胶卷对日本人非常重要，她可以借此立功，这次我们能给她什么？”

樊继宗有些失望，想了想，不甘道：“要不你探探她的口风，多少钱才肯出手？如果钱能解决问题，我这边来想办法。”

阿豪还没答话，林文涛先开了口：“不用试探了。一来，日伪正在大力搜捕阿豪，他出去活动十分危险；二来，人心难测，试探容易暴露我们的目的，很可能适得其反。最重要的是，如果这个秦局长的为人真如阿豪所说，以她今时今日的地位，我估计就算将整个兴业公司送上，她也不会冒这个险。她现在脚踏黑白两道，端着日本人给的金饭碗，有权有势，怎么会傻到为了钱财去做可能砸了饭碗，甚是会丢掉性命的事？图纸还是我去取吧。”

丢掉性命的事？林文涛这话让阿豪心中突然一动，道：“涛哥，这事让我想想……”

时间:“末日计划”实施倒数第四日

广东省省会警察局。副局长办公室宽大的胡桃木办公桌后，秦芳好烦躁地将手中文件摔在桌上，起身踱步到窗前。笔挺、修身的黑色高阶警官制服，让她冷艳的气质中多了几分庄重之美。

不过女局长此刻的心情一点不“美”。原本，自上周如愿以偿坐上警察局第一副局长的宝座后，这些天她的心情一直很好，不过，这份持续了近一个礼拜的好心情，今天早上被破坏殆尽——那个男子又出现了！

事实上，这一个月以来，秦芳好不止一次感受到了莫名的危险，总觉得有人在暗中窥视、跟踪自己，随时会对自己发出致命一击。只不过，这种来自本能的感应是隐约和模糊的，没有丝毫的事实依据，她一度怀疑这是心理作用下的某种幻觉。

然而，在今天早晨的上班路上，当她的轿车在惠爱中街十字路口放缓速度，避让混乱的人流时，那个男人竟然出现在了她的车窗外，朝她森然一笑，然后举枪射击——噩梦和幻觉终成现实！

那一瞬，她的心脏停止了跳动，以为下一秒子弹便会如雨点般射向自己。幸运的是，这一幕没有发生——那人连续扣动了两次扳机，他手中的南部十四手枪却没有响起枪声。

“卡弹？卡壳？”那一瞬，秦芳好觉得自己是天下最幸运之人——即便南部十四手枪以高故障率闻名，但概率也只在千分之五到八之间。她是何等的幸运。

果然，那人陡然变色，快速拉动手枪复进机，一颗子弹从枪膛里跳了出来，掉在了地上。不过这时，坐在副驾驶位置上的黄阿四已有了反应——迅速拔枪、开门、跳下了轿车，没给对方再次开枪的机会……

此刻想起顾铭逃走前看自己的那一眼，秦芳好仍然不由自主地打了个寒战，对方眼神中浓烈的恨意和杀意，再次提醒了她一个事实——顾铭和她之间，不是你死就是我活！

敲门声响起，将秦芳好从那短暂而可怕的回忆中惊醒。

“进来。”她从窗前转过身，走回办公桌后。

黄阿四推门而入。他在惠爱中街的十字路口跳下车后，便一路狂追那名刺客，直到现在才回警局。

“被他跑了。”黄阿四阴沉着脸禀告。

秦芳好眼角微不可察地抽了抽，故作淡然道：“查到什么线索了吗？”

黄阿四从兜里掏出一颗手枪子弹放在秦芳好面前。“只在现场找到这个，南部十四手枪专用的8毫米子弹。我检查一下，弹体轻微变形，弹壳上有断裂的细纹……子弹的质量问题是枪械卡壳最常见的原因。”

秦芳好拿起这颗黄澄澄的子弹，冰冷的金属感瞬间从手指传遍全身。如果这颗子弹没出问题，现在就会在她身体的某个部位里。

“没别的收获吗？”她问，努力保持着淡定。

黄阿四摇头：“附近的店铺我都走访了一遍，街上的商贩也都询问过了，没什么线索。”

秦芳好将子弹朝桌子一抛，狠声道：“通知特务课的人，盯紧水浸街，暗中排查铁拐李的社会关系，发现此人立刻拘捕。”

黄阿四微微皱了下眉，提醒道：“段世豪还没落网……你答应过他，不动那个老家伙的。”

“答应过又怎样？”秦芳好嚷道，“今天顾铭没得手，明天呢、后天呢？哪有日日防贼的道理？这家伙一日不除，我一日不能安枕！他是行动高手、经验丰富，行踪不好掌握，而那个老家伙就是个普通人，还是个瘸子，特征明显，好找。顾铭在广州没有组织支持，我有预感，只要抓到铁拐李，九成九能拿住顾铭。”

黄阿四继续劝道：“我调查过，段世豪和老家伙交情过命，情同父子，我们如真拿了他……”

“闭嘴！”秦芳好尖叫道，“你很怕他，是吗？他是很厉害，杀了那么多日本士兵、特工，能一次次逃过特高课的追捕，还能从检疫所把老婆救出来……可我不怕他！”

黄阿四愣住，他从没见秦芳好如此失态过。

笃笃笃，敲门声再次响起，心情恶劣到极点的秦芳好本想朝外咆哮一声“滚”，转瞬想到应该是给自己买早茶的小影回来了，便压住火气，说了声“进来”。

推门进来的果然是小影，她提着食盒，神情有些古怪。秦芳好朝门口看了一眼，脸色同样古怪起来。

黄阿四背对着门，见秦芳好变了脸色，转身的同时已拔枪在手。不过下一秒，黄阿四的神情也变得古怪起来，心中暗骂：“这混蛋是谁啊？胆子不比顾铭小，竟敢跑到警察局追女人，追的还是副局长？”

小影身后跟着一名穿着体面、手捧鲜花的高大男子。男子轻轻关上门，绕过前面的小影，完全无视拎着枪虎视眈眈的黄阿四，径直走到办公桌前，将手中一大捧鲜花递给还在发愣的秦芳好。

“生日快乐！”

秦芳好看着戴了副墨镜，蓄了山羊胡，胡须和两鬓皆有些斑白的阿豪，神情由古怪渐渐变成了惊骇。“你……你好大的胆子。”

阿豪摘下墨镜，咧嘴笑了笑：“我胆子一向很大，你是知道的。”

秦芳好转而看向阿豪身后的小影，既愤怒又疑惑。她心里清楚，小影可不是普通女孩，如果没有她的配合，阿豪不可能这样大摇大摆走进警察局，来到自己面前。

“那个……刚才在警局门口……碰见段大哥……”小影支支吾吾，难得有些脸红，“他说你今天生日……专程……来给你送花……”

秦芳好低声骂道：“蠢货，我哪天生日你不知道吗？”

“怎么，你很不想见到我？”阿豪开口给小影解围。

秦芳好深深呼出一口气，努力让自己冷静下来。“你来干什么？！真以为我不敢抓你？”

阿豪没理会秦芳好，扭头看向还拿着枪的黄阿四。“要抓我吗？”

黄阿四冷哼一声，用目光向秦芳好请示。后者咬了咬嘴唇，微微摇头。

秦芳好心知，阿豪胆大归胆大，但不是鲁莽无脑之辈，他每一次看似冲动、疯狂行为背后，都有着某种计算和后手。比如上次在“十九路军荣养院”，他看上去是只身前往，完全没可能在宪兵队和特高课特工的重重包围之下救人，但结果，这家伙早已暗中安排了人手接应不说，自己身上还绑着足以毁掉一条街的炸弹，最后逼得玉川云子不得不妥协；又比如，接下来在戴夫勒诊所，他戴着手铐，身边围着超过十名特工，可这个狡猾的家伙，竟然事先在诊所里安置了毒气弹，从而顺利逃走……

想到这些，秦芳好哪敢在没搞清楚阿豪的来意之前，贸然做出某个决定。

见黄阿四收起枪，阿豪这才对秦芳好道：“如果不急于抓我，那我们谈谈？”

“谈什么？”

“谈一笔交易。”

听到“交易”这两字，秦芳好顿时眸光闪亮。上一次和阿豪做交易，她可是获益匪浅——她能坐上现在这个位置，阿豪留给她的那卷胶卷起了很大的作用。而且，她很清楚一件事，那个卷胶卷，阿豪当初完全可以不留给她。

“好！”秦芳好爽快道，“时间、地点？”既然是交易便不是一两句话的事，而和一名通缉犯在警察局自己的办公室里谈交易，世上没有比这更愚蠢的行为了。

“现在。”阿豪道，“昨晚下了雨，今天外面的天气很不错，咱们出去走走吧。”说完，他又用不容拒绝的口吻对黄阿四、小影发出邀请，“还有你们，大家一起去呼吸一下新鲜空气。”

出其不意，是他来警察局见秦芳好的安全保障之一。他绝不允许在自己离开之前，让这三人中的任何一个离开自己的视线。

海幢公园。问心湖畔，黑色福特轿车缓缓停下，黄阿四和小影分别从驾驶位和副驾驶位下车，两人一边呼吸着雨后清新的空气，一边不着痕迹地警惕着四周的动静。

轿车后排，秦芳好和阿豪并排而坐。

“现在可以说了吧，想和我交易什么？”秦芳好直奔主题。

“玉川云子的秘密你感兴趣吗？”阿豪虽然是在问，但答案他心里早就有了。

“果然是你干的！”秦芳好低声惊呼，“段世豪，这世上还有什么你不敢干的事吗？日军特高课的课长你都敢绑架？！”

“有什么不敢？绑架她也不是第一回了。”阿豪道。他当然不会说出实情，无论秦芳好会不会向日本人告密。

“她还活着？你想用她和我做交易？”秦芳好的心脏不争气地怦怦狂跳。一名特高课课长，还是专门负责谍报和反间谍工作的特高三课课长，其掌握着多少日军核心机密可想而知。别的不说，随便从对方口中逼问出一两个潜伏在国府或国军中的日本间谍，就是大功一件。或者将对方营救出来，在日本人那里，同样是天大的功劳。

“我说的是玉川云子的秘密，不是她本人。”阿豪强调道。

女局长火热的心稍稍降低了些温度，不过，特高三课课长的秘密，她同样很感兴趣。

秦芳好迅速调整心态，冷静道：“第一，是什么层级的秘密。第二，你要我做什么。”

阿豪不答反问：“你有没有进入特高课档案室的权限或者机会，我是说单独进入。”

“能。”秦芳好道，“你想要我帮你窃取那里的资料？”

“跟聪明人做交易就是省心。”阿豪打趣道。

“未必，”秦芳好讥诮一笑，“还要看我能得到什么。”

阿豪正色道：“玉川云子的秘密是什么层级我不能确定，但绝不是普通机密，不然她不会存放在专属机要文件柜里。”

“专属机要柜？”

“对，属于她个人的机要文件柜，除了她，特高课没人能打开。”

秦芳好点点头，算是认同阿豪的判断。“你要什么？”

“我只要文件柜里的一份图纸，其他的都归你。”阿豪道，“如果你同意，我现在就可以将钥匙和密码给你。”

“什么图纸？”秦芳好好奇道，“你又想干什么？”

“多的不要问，知道了对你没有好处。”阿豪道。

“好，你想干什么我可以不问……”秦芳好想了想道，“问题是我能得到什么？虽然那是玉川云子的机要柜，里面的文件保密级别应该不低，但对我来说，未必有价值。这种可能，你不否认吧？”

阿豪的确无法否认。他虽然没从事过情报工作，但在军统青浦特训班当过一期行动教官，对军统的情报体系有基本的了解，知道分属不同部门、领域的谍报人员，各有分工、互不交叉。

比如“国际科”的谍报员，主要工作是搜集有关中国抗战的国际情报，不会去窃取有关日伪的军事情报，那是“军事科”谍报员的工作；而“中共科”的间谍，绝不会去搜集伪政府官员的信息，那会遭来负责“策反”的同事的忌恨。总之，同一份情报，对分工不同的谍报人员来说，价值天差地别。

此外，同一份情报，在不同等级的特工眼里其意义截然不同。对一名外围、低层谍报员来说，获取一份普通战术级情报，便是立下了大功；而一名潜伏在敌人内部核心的高级间谍，就算这种级别的情报摆在自己办公桌上，也不会多看一眼。道理很简单，他们之所以能获得敌人的信任，深潜在敌人的心脏，组织上耗费了巨大的资源，付出了极大代价。而这种级别的特工，只有战略级别的情报才值得他们去冒险，如果他们为一份战术级情报出手，那是愚蠢，是对组织不负责任的行为。

事实上，玉川云子那个专属机要文件柜里除了检疫所的图纸还有些什么文件和物品，阿豪大致是知道的，当然，前提是玉川云子没有对他说谎。而他之所以不想提前透露给秦芳好，正是担心玉川云子口中的“绝密文件”，对秦芳好没有足够的吸引力。他本打算抛出一个不确定，但有想象空间，听上去很诱人的诱饵，希望能吊起秦芳好的胃口。不过现在看来，这个女人一如既往的精明、难缠。

于是，他只得直言相告：“里面有玉川家族的印章、传家玉佩、个人日记等等，这些玉川云子的私人物品我想你不感兴趣……不过，她告诉我，柜子里还有两份特高课的绝密级文件，是两张名单。一张是特高课在广州各外国使馆内收买的外籍间谍人员的名单，另一张是特高课安插在广东省军政要员身边的密探名单。”

“这两份名单的确有些价值……”秦芳好思忖后道，“但这还不值得我去冒险。”

沉默片刻后，阿豪道：“那就不勉强了。替我保密。再见。”

“等等，”阿豪刚推开车门，秦芳好叫住他，“再加上一个人，我就答应你。”

“不行，”阿豪皱眉，“我不可能把玉川云子给你。”

“我要的是顾铭！”秦芳好杀气腾腾，“无论死活。我相信你能找到他。”

“顾铭？”阿豪冷冷盯着秦芳好，“你怎么还不放过他？”

“是他不放过我！”女人厉声反驳。

阿豪摇头：“你们之间谁是谁非我不管，但我相信，顾铭是一名真正的抗日战士……你换一个条件，我能做到的。”

“我就这个条件。”秦芳好态度坚决。

阿豪推门下车。两秒后他拉开车门，重又钻了进来，脸色阴沉至极。“我可以试试。”

秦芳好嘴角勾起冷酷的笑意。“你什么时候交人，我什么时候给图纸。”

阿豪深吸一口气，艰难道：“明天天黑之前。”

“有把握吗？”秦芳好提醒道，“别忘了，除了我，全广州的军警特宪都在抓你。”

她不怀疑阿豪能追踪到顾铭的下落，并最终将其俘虏或击杀——单就行动能力来说，阿豪是她见过的最强者。令她生疑的是，对方正在被宪警方大力通缉，自身处境极其凶险，行动受到极大的限制。这种情形下，一天时间就能将身手同样强悍的顾铭拿下？可能吗？

“如果他和老李还有联系，问题不大。”阿豪解释道，“而且，过了明晚，那份图纸对我没意义了。”

秦芳好想了想，妩媚一笑。“好，成交！”

阿豪道：“但我也有一个条件……”

检疫所北区。东楼二层走廊上，原田冈夫、佐藤俊二、玉川秀雄和佐藤茂一行，从一间间关押难民的囚室外走过。

“……每间 8 到 10 人，总计 152 人……”佐藤茂一边走一边汇报，“其中 97 人原籍在高要、肇庆，另 55 人在这两地有亲戚可以投靠。”

原田在一道铁栅栏门前站住，其他三人跟着停下了脚步。“这两天让他们都吃饱，”看到房间里一个个无精打采、面带菜色的难民，司令官开口道，“要让他们看上去更健康。”

“是。”佐藤茂应到。

“他们手上是什么？”原田发现，难民们手腕上都缠着白布条，有些疑惑。

“你的，过来！”佐藤茂对离门口最近的黎耀坤喝道，“解开手腕上的布条。”

黎耀坤竭力压抑着心中的屈辱和愤怒，解开了左手手腕上带着血迹的白布条——他的手腕上，烙印着手表大小的一个日文“检”字，被高温炙烤后的皮肉尚未完全结痂，血糊糊的，看上去有些狰狞。

“司令官阁下，给这些难民烙印是玉川所长的命令……”佐藤茂解释道，“如果有人在遣返途中逃走，便于我们甄别、抓捕。”

他嘴上虽这样说，心里却不认为玉川秀雄此举有何实际意义，以为这只不过是新所长对这些中国人的一种羞辱。能离开地狱般的难民所回老家，对这些难民来说是天大的幸事，谁会冒着被射杀的风险中途逃走？

“很好。”原田对玉川秀雄点点头，“什么时候对他们进行免疫注射？”

“遣返时我们会派军医随行，难民上船后再进行注射。”

原田再次点头，对玉川秀雄的这份谨慎表示赞赏。和对“末日计划”一无所知的佐藤茂不同，他很清楚，这些此刻软弱、无害的难民，一旦被注射“零号”病菌，立刻会变152件威力巨大、杀伤性恐怖的细菌武器。而这种武器如果在投放前脱离了控制，后果不堪设想。

事实上，罗立雪的出逃，已让原田的精神处于高度紧张之中，时刻担心从某个医院传来“出现鼠疫感染者”的消息。如果接下来再有“带菌者”逃走，即便司令官阁下的神经再粗，估计也难以承受……

前晚，在收到“罗立雪被段世豪从检疫所救走”的紧急报告后，原田立刻从自己的府邸赶到宪兵司令部，连夜召开了好几场紧急会议，来应对这次重大的突发事件。期间，与会人数最少，也是最隐秘一次会议，是在司令官办公室里进行的。

当时在场的人，除了原田之外，只有佐藤俊二、鸠山和玉川秀雄三人。在向两位长官请罪后，玉川秀雄立刻开始分析案情。

罗立雪被关在检疫所一事，属于高度机密，知道的人十分有限，段世豪如何得知，又如何能准确找到具体的关押房间？他说，这个问题最合理的解释是——玉川云子失踪一案，是段世豪一伙所为。

玉川秀雄的这个推断虽非事实，却不乏逻辑性——二十多天前，对方为救自己的女人干过同样的事。因而原田等人也认为，除了段世豪这个“疯狂的家伙”，没人有胆量、能力和动机绑架一名特高课课长。

玉川秀雄的第二个推测是：即使短时间里抓不到罗立雪，“零号”病菌也未必会在广州城爆发。

对此他给出了三个理由——

其一，罗立雪感染病菌的症状已经非常明显，作为一名曾经的医护人员，她应该会有意识地避免将病菌传染给自己的丈夫和身边的其他人。

其二，这次测试在证明罗立雪不是特异性免疫体的同时，让检疫所专家组得出了理论上的另一个可能——在上次手术中，给罗立雪输血的段世豪才是真正的特异性免疫体，不然无法解释她体内为什么会有“零号”病菌残骸——胞芽。

细菌学专家——军医中佐鸠山、南水部部队长佐藤俊二，当即给予了玉川秀雄专业上的支持，他们都认为，段世豪是“零号”的特异性免疫体的概率极大。

其三，了解内情的玉川云子，在得知罗立雪没通过免疫测试后，会做出和专家组相同的判断：段世豪是“零号”的特异性免疫体。在身不由己的情况下，于公于私，她都会将此事告诉段世豪，让罗立雪被治愈。

有了玉川秀雄这一番分析和推测，加之宪兵司令部、南水部和广州市政府已经联合制定了“加强鼠疫防控工作”紧急预案，原田阴沉了一夜的脸色，总算稍稍缓和了些。

不然，司令官阁下今天根本没心情来视察“末日计划”的准备工作……

下午六点，已到了下班的时间，身着制服或便装的特高课工作人员，陆陆续续走出特高课办公楼。秦芳好这时却匆匆赶来——这是她刻意选择的时间。

在司令官办公室一名书记员的带领下，秦芳好穿过冷清的综合办公区，径直来到档案室。

书记员将一份原田签署过的文档调阅申请交给窗口后的一名上等兵，说司令官阁下已授予“联合搜查本部”的秦副局长，调阅特高课“绝密”级以下所有文档的临时权限。

档案室管理员接过文档调阅申请仔细看了一遍，确认无误后，问秦芳好需要调阅哪些文档。秦局长用流利的日语告诉对方，玉川课长这两年亲手侦破的所有案件的卷宗，她今天都要过一遍。

“这需要请示部门长。”上等兵面露难色。倒不是他对秦芳好的这个要求产生了怀疑——特高课所有人都知道，联合搜查本部正在调查玉川课长失踪一案，对方要求调阅玉川课长经手的案件卷宗再正常不过。

令这名档案管理员为难的是，各部门来调阅文档，通常是一份、两份地借阅，而玉川课长两年内经手的案件很多，这位秦副局长要一次性将相关文档全部借走，对此他不敢擅自做主。

“我就在这里看，或许会带走几份。”秦芳好道，“你请示吧。”

上等兵在电话里向部门长转述了秦芳好的要求，得到了后者的允许。这个结果在秦芳好的预料之中：

一来，玉川云子失踪案本就是特高课目前最急切要侦破的要案，原田为此给了“联合搜查本部”极高的权限，并勒令特高课各部门密切配合、全力支持“联合搜查本部”破案；

二来，她要调阅的文档不涉及特高课的核心机密，档案室也并非所有人的禁区——各课的部门主管、部门长，都有进入档案室查阅、存取本部门文档的权力。而今她身为“联合搜查本部”的三位负责人之一，实际地位和小泽原、玉川秀雄两人相差无几，又有原田的特别授权，档案室的部门长没有理由拒绝她这个“合理”的要求。

上等兵放下电话后，打开了窗口边上的铁门。秦芳好对带自己来的下士书记表示感谢后，走进了特高课这处最核心的区域。

日军的文件密级由高到低分为绝密、机密、秘密、敏感四级。在特高课五百平方米的档案室里，数量庞大的秘密、敏感级文档，存放在一排排两米多高的木质档案架上，伸手可取。而绝密、机密级文档，则锁在各个课带密码锁的铁皮机要柜里。

上等兵领着秦芳好穿过一排排开放式档案架，来到了特高课三课的文档存放区，指着整整齐齐码放着的难以计数的硬纸壳文件盒，说特高三课绝密级以下的案件卷宗全部存放在这里。

秦芳好从架子上随手抽出一个文件盒，翻看里面的卷宗，神情专注，旁若无人。待上等兵离开，她立刻放下手中的文件，快速而谨慎地查探了一遍整个档案室，再次确认这里只有自己一人后，这才返回特高三课的档案区，走到墙角，蹲在一个半人高的铁皮柜前。

有重重档案架遮挡，她不虞被窗口那名值班员看见，于是迅速从衣兜里掏出阿豪给的钥匙，插入柜门上挂着的那把铜质密码锁的锁芯，旋转锁上的日文密码转钮——1-2-2-5，咔嗒一声轻响，密码锁打开。

不过，打开柜门后，秦芳好并没有第一时间寻找阿豪所需的图纸，而是先翻找出了一本笔记本。看到黑色封皮上那个银色杏叶图纹，女局长眼眸闪亮……

特高三课课长办公室。一名特高课技术人员，用开锁工具利落地将文件柜里一个带锁的抽屉打开，然后恭敬地退到一边。

小泽原负手上前，在抽屉里随意地翻了翻，眉头微微蹙起。他转身环视了一遍这间办公室，所有地方都已经搜查过了，但仍没有找到玉川秀雄想拿到的那本有玉川家族家纹图案的笔记本。

突然，他想到什么，对边上的下属道："跟我走。"

小泽原脚步匆匆，很快来到档案室。"小泽课长。"上等兵立刻从窗后站起，恭敬地将门打开。

"我要检查玉川课长的专属机要柜。"小泽进门后，从衣兜里取出一张原田冈夫签署的授权令给上等兵看了一眼。

"是。"管理员转身带路，朝特高课三课的档案存放区走去。

"这么巧啊，小泽课长。"秦芳好从档案架后转出，笑吟吟地和小泽打招呼。

"你怎么在这里？"小泽原一怔。边上的档案管理员立刻小声对他解释，说秦局长已经获得了司令官的授权，可以查阅"绝密"级以下的所有档案。

小泽原神情释然，心中却生出警惕。特高课不是第一次和警察局因某件重大案件设立"联合搜查组"，但从没有过允许中方人员进入特高课机要档案室查阅资料的先例。今次司令官特批秦芳好进入这里意味着什么呢？是表达对特高课办案能力的不满，还是对内部某人起了疑心？

小泽原心思电转间，看了一眼秦芳好手中抱着的档案盒，问："秦局长查到什么线索了吗？"

"现在还谈不上什么线索，"秦芳好淡然道，"只不过有个模糊猜测。段世豪能从难民所那道门潜入检疫所，证明他对那里相当熟悉。而在这之前难民所刚刚发生了一场暴动，两者之间或许……"她摇摇头，"其实我现在也没理清思路，所以想详细了解一下那场暴动的相关情况。"

“可以给我看看吗？”小泽盯着秦芳好手中的档案盒。对这个女人，他必须保持高度警惕，绝不能让对方真的查到些什么。

秦芳好心中一紧，后颈上寒毛倒竖，神情却仍然保持平静：“当然可以。”说着将手中的档案盒递给了对方。

小泽原接过盒子打开，看了看最上面那只牛皮纸公文袋封皮上的标注，发现果然是关于难民所暴动的调查卷宗。这件案子的审讯、调查工作，正是由他主持完成的，为了避免泄露“某个”信息，此案所有的审讯记录和调查报告，以及收集到的相关材料，都经他亲自审阅后才存入档案。

略微想了想，小泽原不认为秦芳好能从这些资料里查到什么，也就不再浪费时间，随手将档案盒交给边上的管理员，吩咐道：“帮秦局长登记吧。”

“是。”上等兵接过档案盒，转身朝外走去。

小泽原侧身让出通道，对秦芳好道：“请。”

女局长微微点头致礼，款款离开。没人知道的是，她的后背上已浸出了一层冷汗……

第三十章　与敌同谋

时间："末日计划"实施倒数第三日

午后，一艘小船划入宁静的荔枝湾，缓缓停在一栋民房的泊位前。黄七指当先下船，阿豪拎着一只小皮箱，紧跟其后。

黄七指三两步走上石阶，站在油漆斑驳的木门前，有节奏地拍了几下门。

"谁啊？"里面很快传出铁拐李沙哑的声音。

"是我，老黄。"

木板门吱呀打开，黄七指、阿豪先后走了进去。

堂屋里略显昏暗。铁拐李关上门，怔怔地看着阿豪，神情复杂。

阿豪瞥了一眼靠墙通往二楼的楼梯，径直走到屋子中间的八仙桌前，将皮箱放在桌上，一边打开一边说道："顾队长在楼上吧？可以请他下来了。"

铁拐李正要开口说些什么，二楼楼梯口传来一声重重的冷哼，顾铭魁梧的身形出现在狭窄的木制楼梯上，缓步走下。

阿豪从皮箱里取出一把手枪，抬臂瞄准顾铭。"我的枪法很好，说打你心脏，子弹不会射进你的眉心。不信你问问老瘸子。"

如果是往常阿豪敢叫出"老瘸子"三个字，铁拐李绝对会追着揍他，不过现在这种气氛下，铁拐李只是看了一眼边上的黄七指，对后者露出一个无奈的苦笑。

"无耻。"顾铭站在楼梯上，撇了撇嘴以示不屑，"你功夫不错，上次我有伤，打得不过瘾，要不今天咱们再过两招？"

阿豪摇摇头："这辈子你应该都没有机会和我过招了。"

顾铭皱眉道："你确定要这么做？"

阿豪道："我欠人两条命，如果不还上，就会欠更多，所以，还请顾队束手就擒……"

泮塘涌，是连接荔枝湾和珠江的唯一水道。时近傍晚，一艘小船从泮塘涌里划出。快到入江口时，阿豪从船棚下钻了出来，四下望了望后，他示意船夫将船停靠在北边涌堤下一条入水的石阶处。

昨天晚上，阿豪和秦芳好通过一个电话，双方约好今天下午五点，在泮塘涌入江口西北角的荔枝林里完成交易。

冬天的荔枝湾分外冷清，尤其是靠江边这一带。江风湿冷侵骨，岸上的荔枝林里除了偶有果农出入，就连最不知冷热的顽童，都放弃了这处他们夏日里的游乐园。

阿豪在登岸之前，接收到了两个信号：一名在泮塘涌珠江入口附近捕鱼的疍民，远远见到站在船头上的他后，摘下了头上戴着的斗笠，扔在脚下——这是阿豪和成五爷事先约好的暗号，表示附近的江面上一切正常。如果这名千竹帮的弟兄，此刻不是将斗笠扔在脚下，而是把一条鱼扔回江里，阿豪会立即让船夫掉转船头，迅速离去。

另一个信号来自岸上的荔枝林——有人用镜子向他反射阳光。这是"果农"陈俊生在告诉他，荔枝林里没有发现埋伏。

阿豪登上堤岸后，一眼便看见了秦芳好那辆黑色福特轿车——轿车停在两片荔枝林间的一条土路上，车头正对涌堤，离他大概三十来米的距离。

黄阿四从司机的位置下了车，快步走到阿豪身前。"对不住，你身上的武器要暂时交给我保管。"

"没必要，"阿豪见对方摆出搜身的架势，不耐烦道，"我没带武器。"

"特高课课长你都敢下手，我觉得有必要。"

"我是来做交易的。"

"我是保镖，要履行自己的职责。"黄阿四戏谑道，"我记得，你上次和玉川课长做交易，是绑着炸弹去的。"

阿豪无奈，只好抬起双臂，任由对方搜身。

黄阿四将阿豪全身上下仔细搜了一遍，别说炸弹、枪械，连小刀都没有搜到一把。这让他略感诧异，心道这个头号通缉犯是怎么活到现在的？出门竟然没带任何防身的家伙，艺高人胆大还是自大？

“可以了吧？”阿豪道。

黄阿四朝轿车那边比了个安全的手势后，小影和秦芳好先后从后座下了车。

秦芳好走到近前，瞥了一眼涌堤下空荡荡的水面，问：“就你自己？”

阿豪道：“确认图纸后我会交人。”

黄阿四皱了皱眉，朝附近的江面上看去——视线所及，至少有三条疍民船在附近游弋，其中两条在泮塘涌入江口外的江面打鱼，另一条停靠在河涌对面的岸边，船头上炊烟袅袅。

“小人之心。”秦芳好轻蔑一笑，朝身边的小影伸出手。后者从手提袋里拿出一个牛皮纸文件袋递到她手里。

秦芳好打开文件袋，从里面取出一份折叠着的图纸，直接扔给阿豪。“如果你想就这样拿走，我不拦你，但我可以保证，让你鸡飞蛋打。”

阿豪一把接住图纸。“我不会给你这个机会。”

他心里清楚，如果自己今天不把顾铭交给对方，以这个女人的心性，绝对会说到做到，破坏他接下来的行动——他要这份图纸的目的，只要不是傻子都能猜到，况且他并没对秦芳好隐瞒自己要潜入检疫所一事，行动时他还需要这位警察局副局长协助。

小影盯着阿豪的脸，轻咦一声：“你脸怎么肿了？”

阿豪扯了扯嘴角，吐出一口带血的口水，一边打开图纸，一边苦笑道：“顾队……可没那么好对付。”

小影心有余悸地点点头。顾铭何止是不好对付，每次回想起在关帝庙自己被对方一脚踢飞的那一幕，她都不由地后怕。

图纸泛黄，打开后有两版报纸大小，最右侧竖写一行日文“粤港検疫所——地下工事換気システム建築設計図”。

阿豪迅速扫了几眼图纸上那些让人眼晕的复杂管线后，将图纸重又叠好，揣进怀里。

接着，他转过身，将右手的拇指和食指放进嘴里，朝河涌对岸停着的那艘疍民船“咻”地发出一声尖利的口哨声。见蹲在船头的汉子起身朝自己看来，他取下头上的礼帽，向对方挥了挥。

泮塘涌入江口的水面宽不过50米，操船的汉子片刻便将船撑了过来。阿豪不等小船停稳就从石阶上跳了上去，从船舱里拖拽出一名头上罩着黑布头套、双臂被麻绳绑在身后的高大男子。

阿豪将男子带下船，走上石阶。男子拖着一只脚，走得有些艰难，他衣衫凌乱，裤脚被撕开了一道长长的口子，裸露在外的脚踝上有着明显的血迹。

阿豪在离秦芳好三人五米处站住，一把扯下男子头上的头套。“答应你的事，我做到了……”

见到脸上青一块红一块，嘴角还挂着血丝的顾铭，秦芳好眼里寒光闪烁，心中却是一松。这场持续了一个月的梦魇，今天终于结束了！

“不过，我也答应过顾队长，”阿豪将勒在顾铭嘴里的布条解开，又道，“给他一个说话的机会。”

“他什么也不用说。”秦芳好冷声道，她不想顾铭在这世上再多活一分钟。

秦芳好的话音刚落，护在她两边的黄阿四和小影同时上前半步，拔枪在手。

“等一等！”阿豪一个箭步蹿出，拦在顾铭身前，“让他把想说的话说了！”

秦芳好怒视阿豪，胸膛剧烈起伏。顾铭想说什么她哪能猜不到？无非是要在临死前大骂自己一通，说些诸如“你这个汉奸、卖国贼不得好死”之类没有意义的话。她一句也不想听。

如果拦在顾铭身前的是别人，秦芳好直接就会翻脸。但现在她面对的是阿豪，知道这个家伙一旦认定某件事，固执得可怕。那现在怎么办？连他一起射杀？

这个可怕的念头在秦芳好脑中一闪即逝。

“好，我给你一个面子，就听听他还有什么遗言。”她抬手示意，让小影和黄阿四放下枪，“不过段世豪，我警告你，接下来的事，你不准再插手。否则……有什么后果你自己心里清楚！”

阿豪点点头，看向顾铭，苦涩道：“顾队，我只能……”话未说完，便被顾铭打断。

“别动！”锄奸队队长一声暴喝，同时双手齐出，一手用匕首架在阿豪的颈侧，一手握枪指向秦芳好。

这突兀、诡异的一幕，让所有人都措手不及。黄阿四、小影握枪的手臂微微抬了抬，便被顾铭凌厉的眼神和黑洞洞的枪口震慑住，不敢乱动。

至于本就不以行动见长的秦芳好，此刻更是全身僵硬，不敢动弹。她心里非常清楚，顾铭可以放过在场的任何人，但绝不会放过自己！

“为什么会这样？！”秦芳好身体没动，大脑却在高速运转，目光快速在顾铭、阿豪两人脸上扫视，想看出些端倪。

顾铭用枪点了点黄阿四和小影，厉声道：“你们两个，不想死就把枪扔掉。快，扔远点！”

二人同时看向秦芳好，见自己的上司毫无反应，犹豫着将各自的手枪扔在边上的草丛里。

“双手抱头，趴在地上！”顾铭继续下令，一脸凶狠。

两人虽心有不甘，但面对不到五米的枪口，只能照做。

见已经彻底控制住了局势，顾铭收了架在阿豪脖子上的匕首，插回腰间的皮鞘。“东西到手了？”

阿豪点点头。唰，他立刻感应到了从秦芳好眼眸里射来两道可以杀人的目光！

顾铭道：“你可以离开了，接下来的场景你不会喜欢。”说着朝秦芳好走去。

“等等……”阿豪叫道。

顾铭脚下一顿，头也不回地问：“还有事？”

阿豪道：“我觉得你可以听她解释一下，或许你们之间的问题，能用别的方式解决。”

“你还记得她之前说什么了吗？”顾铭仍然没有回头，枪口指着秦芳好眉心，原话奉还：“她说什么都没用！”

阿豪叹道：“那……我最后和她说两句。”。

顾铭皱了皱眉，钩住扳机的食指稍稍松开。“别太啰嗦。”

阿豪缓步上前，从顾铭右侧经过时，自语道：“其实……也没什么好说的。”

“嘭”，阿豪突然出手，左臂屈起，由下而上，坚硬的肘尖狠狠顶击在顾铭的右臂腋窝处——

此处为极泉穴，有腋下动脉和神经丛，比较敏感，人体这个部位如果受到重击，半边身子会瞬间麻痹。。

顾铭正用枪瞄着前面的秦芳好，注意力全在对面三人身上，对阿豪没有提防，只能生生承受这一记凶狠的顶肘。

闷哼一声，顾铭脚下后退的同时，手枪脱手，飞向半空。

夺枪——是阿豪突袭顾铭的首要目标，如果换一个稍弱的对手，他此刻一伸手便可接住从空中掉落的那把勃朗宁手枪。但顾铭是谁？是军统的行动专家、格斗高手，怎么会轻易让他得手？

果然，没等阿豪伸手接枪，腋下挨了一击的顾铭，借着右脚后撤泄力之势，以左脚为轴，顺时针高速旋转三百六十度，以右腿为鞭，呼地带起一道劲风，抽向他左腿膝盖，极为凶狠、迅猛！

“好身手！”阿豪心中暗赞。面对顾铭这一记借助了腰腹和身体旋转之力，势大力沉的腿鞭，他也不敢硬碰，左腿迅速后撤，险险避开。

顾铭右脚刚落，左脚又起，闪电踢向阿豪裆部。“啪”，阿豪来不及躲闪，硬碰硬一掌拍下，击打在顾铭脚背上，化解掉这刁钻的一脚。

顾铭连续两腿抢得攻势，哪会再给阿豪喘息的机会，身形如游龙般回环转折，双脚交替连环踢出，弹、蹬、踹、剁、鞭，一腿接着一腿，猛攻阿豪下三路——裆、膝、踝，气势连贯、腿影重重，将“十二路谭腿”犀利、多变的特点展现得淋漓尽致。一时间逼得阿豪只有招架之功，没有还手之力。

“嘭、嘭、嘭、……”两道身影兔起鹘落间，拳似流星、脚如闪电，拳脚相击之声爆竹般密集炸响。

终于，顾铭连贯、迅猛的攻势为之一滞。他一口气连出十七脚，体内氧气耗尽，必须呼吸。一直被动防守的阿豪怎么能放过这转瞬即逝的机会，脚下向前一趟，滑至顾铭身前。身形迅捷无声，犹如鬼魅。

顾铭眼里闪过一抹讥诮之色。真以为近身你就能占便宜了？老子除了腿，拳头也能砸死人！他当即“含胸拔背、沉肩坠肘”，在阿豪即将近身的刹那，一拳轰出。

“十字炮”是“三皇炮锤拳”的拳招，分为“左十字炮”“右十字炮”两式。顾铭最喜欢用这种刚猛勇直、气势雄浑的拳法，一拳将对手砸飞。

不过顾铭显然忘了，自己的右臂因之前腋下挨了阿豪一击“顶肘”而受伤，此刻仍然习惯性地使出了“右十字炮”，速度和力量都大不如前。

高手过招，定胜负、分生死，只在刹那间。只见阿豪左掌反手一撩，挡开了顾铭的右臂，在他的左手出击之前，“闯进”他怀里，拧腰、甩胯、侧身，一肩撞向他的胸膛。

“嘭”，沉闷的撞击声中，顾铭整个人倒飞了出去……

靠山贴——既然已被贴身，躲无可躲，避无可避。阿豪将前冲势能、身体重量以及腰腹之力三者合一，瞬间爆发的这一“靠”，力量何其巨大，即便是身形比他还魁梧三分的顾铭也承受不住。

一肩撞飞顾铭之后，阿豪没有停留，也没有扭头去看一眼战果，而是纵身鱼跃而出，扑向顾铭掉落在地上的那把勃朗宁手枪。他知道这一战还没结束，一秒都不能耽搁。

摔倒在涌堤边的顾铭，同样清楚这场战斗尚未完结。胜负，还要看他和阿豪的下一个动作谁比谁更快！

几乎后背刚一着地，顾铭便是一个侧滚翻，迅速站了起来，同时拔出了腰间的匕首。几个动作连贯、利落，仿佛先前被阿豪撞飞，重重砸在地上的是另一个人。

在顾铭眼里，必杀之人只有一个——秦芳好！虽然他现在失去了手枪，但此刻两人相距不到十米，他有十二分把握，一秒钟后，自己手上的这把匕首会插进那个女人的心脏！

顾铭的眼神仿佛有某种魔力，让刚准备挪动一下脚步的秦芳好重新定住。她不是没有机会离开这个危险之地，但一切发生得太快，又太过突兀和令人不解——迷茫和震惊羁绊住了她的脚步。虽然这种羁绊非常短暂，但从阿豪突然攻击顾铭，然后两人交手，再到这一刻，只过去了不到十秒钟。

当然十秒钟并不短，足够她做些能让自己感到安全些的事，比如跑回二十米外的轿车里，或提醒从地上爬起来的黄阿四和小影找回他们扔掉的手枪……可她什么也没做，只呆呆地看着。

黄阿四和小影比她好不了多少。两人直到此刻才猛然想起自己的职责，在这之前几秒钟里，他们被两大高手精彩、刺激的打斗深深吸引，现在想要做些什么已经晚了！

顾铭握匕首的手臂已经曲起，肩部、后臂和前臂三大肌肉群充满了爆炸性的力量，下一个眨眼，他手中那把雪亮的金属锐器就将脱手掷出。这个动作，几乎是在他看向秦芳好的同时便已完成。

“砰……”顾铭的左胸上炸开一个血洞，飞溅而出的血滴如夕阳般殷红。顾铭踉跄着后退了两步，他低头看了一眼中弹的胸口，又抬头看向开枪的人，眼神茫然，进而愤怒。

阿豪半躺在地上，双手握着那把勃朗宁手枪，枪口正对着他。

顾铭再次聚集起手臂上的力量，目标仍然是秦芳好。

“砰……”他胸口又多了一个血洞，再次踉跄后退，但仍然握着手中的匕首，死死盯着前方的秦芳好。

“砰……”第三颗子弹击中了他的心口。已经退至涌堤边沿的顾铭向后倒去，扑通一声，摔下河涌，溅起大簇的水花。

阿豪第一个赶到堤边，接着是找回了配枪的黄阿四和小影，最后是一脸铁青的秦大局长。

泮塘涌既是交通水道，也是荔枝湾居民排放废水的水渠，当然谈不上清澈。看着水面一团血污扩散、漂走，水面下再无动静，黄阿四和小影先后收起了枪。对一个胸口被近距离击中三枪的人，补枪是一种浪费子弹的行为。

“先离开这里再说。”阿豪转身朝轿车走去，他知道秦芳好肯定需要一个解释，但这里显然不是谈话的地方。

“段世豪，你给我站住！”秦芳好咬牙喊道。

阿豪无奈，只能停步，转身面对即将爆发的女人。

“不说清楚，你就想走？”

阿豪尴尬一笑，解释道：“这样做，我也是迫不得已……你知道顾铭是什么人，真的不好对付……我没别的办法，时间太紧，所以只好……”

“啪！”秦芳好上前两步，一耳光甩在阿豪的脸上。“所以只好用我来做‘诱饵’？！”

秦芳好是何其精明的女人，转瞬间便大致猜到了阿豪搞得是什么鬼——

顾铭之前担任过军统广州站行动组组长，地头熟、身手好，本人就是暗杀、跟踪、潜隐方面的高手，而阿豪自己又见不得光，要想对付这样的人物，的确很难，甚至存在被对方反杀或反制的可能。这一点，秦芳好心知肚明。因此，在时间的压力下，阿豪为了能完成和她的交易算计了顾铭——利用顾铭迫切想报仇的心理，以她为诱饵将对方骗到这里，再趁其不备，动手突袭。

对阿豪来说，通过这样的方式拿下顾铭不失为一记“好招”，但对于秦芳好来，这却是“险招”——差点让她死在当场！

“他这样的人不该死，至少不该死在我手上……”阿豪眺望远处的江面，痛苦道，“其实，我原本希望，你们见面后能谈一谈，那样……或许不会是现在这样的结局。可我没想到，你们都不想给对方说话的机会……”

“幼稚！”秦芳好冷哼一声，径直朝轿车走去。她和顾铭之间是你死我活的关系，是死结，哪能解得开？

刚走两步，秦芳好又突然停下，霍地转身，盯着阿豪，目光咄咄：“为什么不提前告诉我？”

“你知道我为什么没带武器吗？”阿豪没有直接回答秦芳好，而是看向黄阿四，“因为在你之前，顾铭已经对我搜过一次身了。”

黄阿四露出恍然之色。

“他警惕性非常高，我只有这一次机会……如果事先告诉你们，我担心被他看出什么。”

“就你会演戏？”秦芳好一脸嘲讽。不过心里已经接受了阿豪这个解释。旋即她又脸色一沉，愤怒地质问：“那你有没有考虑过我的安全？！靠运气？！”

女局长先前至少两次被死亡阴影笼罩，现在还心有余悸，当然有理由愤怒。

“靠实力，我不会让他有机会对你出手。而且，”阿豪看了一眼黄阿四、小影二人，“我以为最后开枪的是他们……”

秦芳好狠狠瞪了黄阿四和小影两眼，阿豪话里的意思再明白不过——这两人在他和顾铭交手时，完全有机会捡起枪，在秦芳好生命受到威胁之前射杀顾铭。

黄阿四和小影一个低头，一个转开视线，为自己的失职感到羞愧。然而，现在回想起来，两人仍然不觉得有机会抢在阿豪之前朝顾铭开枪：事发突然，他们一点心理准备都没有，而阿豪和顾铭的打斗从开始到结束过程非常之短——最多十秒，这期间两人要从地上爬起，在草丛里找回自己的枪，然后瞄准目标。而打斗中的阿豪和顾铭身体一直在高速移动中，阿豪又始终挡在他们和顾铭之间。虽然他们的射击角度并没有被完全封死，但两人谁也不敢保证，在这种情况下开枪，中弹的不会是阿豪。

而另一个事实是，即便黄阿四、小影反应再机敏、枪法再出众，两人也没有开枪的机会——因为看似在激烈打斗的顾铭和阿豪，一秒都没有忽略过他们……

一艘疍民船划开泮塘涌污浊的水面，逆流而行。狭窄的船舱里，顾铭脱下湿漉漉的外套，将这件破了三个洞的血衣扔在脚下。铁拐李转到他的身后，帮他解开身上绑着的简易防弹装置——三块 15 厘米宽、20 厘米长，用细麻绳串联的松木板。

在这三块松木板朝外的一面，绑着血袋。为了让血袋里的猪血均匀覆盖在这三块木板上，而不是在地球引力的作用沉积在袋子底部，黄七指用一道道细麻绳将这些胶皮血袋勒成网状。这样一来，子弹无论击中这三块木板的任何部位，都会有鲜血溅射而出。

除了按阿豪的要求赶制了这套用来防弹、骗人的简易装置外，“巧手黄”还对那把勃朗宁 M1903 型手枪的 9 毫米子弹做了特殊处理。

1.5 厘米厚的松木板虽然坚硬，但绝对挡不住初速度每秒 350 米、质量 8 克的铜质弹头。当然，如果顾铭身上绑着 5 厘米厚的松木板，还能活动自如又不会被人看出什么来，黄七指就不用干这个费神劳心还危险的精细活计了。

“巧手黄”将这些子弹的弹头取下，倒掉弹壳里三分之二的“发射药”后再重新装上弹头——剩下的发射药不能少于原来的三分之一，否则就会有炸膛的危险。

经过这样“特殊处理”的子弹，出膛的初速度大为降低，相应的，其穿透力也会大幅减弱。虽然测算不出这种子弹具体的飞行速度，但经过几次实测，子弹在十米的距离内无法击穿或击碎 1.5 厘米厚的松木板，弹头最多嵌入木板 1 厘米。

也就是说，如果不是阿豪的枪法出了问题，穿上这套简易防弹装置的顾铭绝不会有生命危险。

“没受伤吧？”铁拐李见顾铭从水里爬上船后一直阴着脸不说话，担心地问道。他检查了木板上的弹着点——只有三处，弹头也都嵌在上面。

顾铭摇摇头，摸着隐隐犯疼的胸口，恨声道："这小子阴我。说好两枪，狗日的却连开了三枪。"

铁拐李咧着嘴无声地笑了笑，将一套干净衣服扔给顾铭。"阿豪那小子，我了解，有时候是挺气人的。但关键时候从不含糊，你别是误会他了。"

"我误会他什么？！"顾铭一边换衣服一边不服地嘟哝，"我已经退到了堤边，只不过想再吓吓那女人，没想到这家伙又给老子来了一枪。"也只有在铁拐李面前，这个铁打的汉子，才会偶尔有些孩子气。

"依我看，你不仅仅是想吓唬吧？"铁拐李人不算老，但江湖老，又了解顾铭的心性，哪能猜不到一心想为弟兄报仇的这个家伙，在那种情况下会有何种想法。

顾铭倒也坦诚，点头道："叔，仇人当面，忍住不杀，难啊！"

铁拐李叹息道："三娃子，你的心情我理解，这仇咱一定要报。但你不要忘，你当初是怎么骂阿豪的？小人、匹夫，眼里只有个人私利、私情，心中没有一点民族气节、国家精神……但现在他在干什么？还是为私利、私情吗？他的目的，他的计划，你我都明明白白、清清楚楚……三娃子，你也是干这行的，你现在告诉我，就算拿到图纸，他成功的可能性有多大？他活着回来的可能性又有多大？"

顾铭默然，半晌后摇摇头，艰难说道："如果我不知道检疫所的真正秘密，我会说有五成希望……但现在……或许一成吧。"

"那就是九死一生，对吧？"铁拐李激动道，"他自己不知道吗？他当然知道！但他仍然要去做。既然他要去赴死，我劝不了也不想劝，唯一能做的就是尽全力帮他。你不是也答应他了吗？那就不要为了报仇，为了图一时之快，成为你自己口中的小人、匹夫，误了他的大事……"

"……我要做一件事，很大的事……"铁拐李此刻还清晰记得，前天傍晚，阿豪见到他后说这句话时那庄严的、带着某种使命感的神情。

这是两人自上个月在关帝庙分手后的首次见面。地点就在荔枝湾那间不起眼的民居的大门口。

当时，铁拐李打开门，只看了阿豪一眼，鼻腔里便泛了酸，差点掉下泪来。

“你怎么……快赶上我了？”一个月未见，他感觉阿豪老了好大一截。

剃头匠的眼睛很“毒”，当然能看出阿豪下巴上那一撮花白的山羊胡须是西贝货，但对方斑白的双鬓、苍白的肤色、憔悴的面容以及眼角、额头那些细密的皱纹却假不了。

“老哥，我要做一件事，很大的事……我需要你和顾铭的帮助！”这是阿豪头一回没有一见面就叫他“老东西”或“死瘸子”，这也是他第一次见到阿豪用这样认真、严肃的口吻和他说话，所以，他只能点头。

随后，阿豪将手提箱里的录音机拿了出来，在堂屋里放给顾铭、黄七指和他听了一段录音。刚听完佐藤茂的口供录音时，三人都不敢相信。

日军在战场之外的暴虐行径，他们见得多也听得多了——强奸孕妇、虐杀孩童、当街举行砍人头比赛……一桩比一桩残暴、一件比一件邪恶。不过，日军的这些暴行，纵然令人发指，但大多都是自发性的，以满足个人兽欲为目的，宣泄性质的犯罪。

可日本人在检疫所干的是什么？是有组织、成体系、大规模且“理性”地进行着惨无人道的邪恶勾当！

中国人在那里是“猿”？是用来做各种细菌实验、生理解剖的动物。他们的脏器被活生生地摘取、躯体被日本人按需肢解。如果没有被吓晕或痛昏死过去，他们就能看见自己的心脏被从划开的胸腔里取出，放在边上的托盘上称重量，看到自己的肺叶被切下一小片，放在了显微镜下供日本人观察……

这已经超出铁拐李和在场所有人想象力的极限，每个人都出离了愤怒。

顾铭更是“咚”地一拳狠狠砸在墙上，震得整个堂屋都晃了晃，屋顶的积灰和墙皮碎屑扑簌簌掉落。

待几个男人粗重的呼吸声渐渐平复后，阿豪将自己这段时间的经历、所知的关于难民所、检疫所的情况以及日本人的“末日计划”全部告诉了他们。最后，他说他要潜入检疫所的地下基地，炸掉这个邪恶的地方，恳请在场三人的帮助，尤其是顾铭的帮助。

锄奸队队长舔了舔他那血淋淋的右拳指骨，硬邦邦地砸出两个字：“你说！”

“你们有电台吧？立刻将这个情报发回去。”阿豪道。他不敢相信秦芳好，对顾铭却有着绝对的信任。

“电台应该有……”顾铭摇摇头，神情有些沮丧，“不过我和组织失去了联系，除非他们主动找我。”

这个回答让阿豪相当失望——日军的“末日计划”三天后就要实施，哪有时间被动等待顾铭和他的组织重新建立联系。

“秦芳好呢？”沉默片刻，阿豪开口问道，“她现在仍然在为军统服务，还是彻底投靠了日本人？顾兄能否做出理性的判断。”

一听到“秦芳好”三个字，顾铭的眼光陡然凌厉，但他明白阿豪问这话的意图，事关重大，不能感情用事。

“我无法确定……”思忖后，顾铭摇头，“但如果我是你，绝不会通过她来转递这份情报。”

“那就请你帮我刺杀她。”阿豪道。

顾铭一怔，心道你上次拼了命也要救那个女人，现在却要杀她？

铁拐李闻言，看向阿豪的目光变得古怪起来。“立雪救出来了？”

阿豪点点头。

“所以，她没用了，可以杀了？”铁拐李又问。

“别误会，”阿豪道，“我杀她是为……”

“换别的。”顾铭打断阿豪的解释，“这本来就是我要干的事，不算帮你。我已经跟了她一段时间，这两天就打算动手。”

“不，不是真的要杀她，只不过是演一场戏……”在顾铭惊诧的目光中，阿豪把自己的行动计划以及秦芳好在其间的角色讲了出来。

他告诉顾铭等人，既然无法确定秦芳好现在的真实身份，要想对方帮忙窃取图纸，仅凭玉川云子机要柜里的那些情报，不一定能打动这位刚上位的女警察局长，他们必须加大筹码，而这个筹码要大到秦芳好无法拒绝！

命！这就是阿豪给秦芳好准备的筹码——能危及秦芳好性命的顾铭的命。

在这个世界上，阿豪绝对算最了解秦芳好的心性和行事风格的人之一。

这个女人除了有如花的容颜、高贵的气质、妩媚的风情，还有一颗精于计算、功利冷酷、多疑善变的心。为了个人利益，她可以不择手段，抛弃任何原则和立场。这样的女人无疑是强大和可怕的，但阿豪知道她的一个心理弱点——极度缺乏安全感。

因此，阿豪相信，一旦顾铭再次现身，将会成为秦芳好最大的梦魇，她会不惜一切代价除掉这个“安全隐患”。

阿豪甚至敢笃定，即便没有玉川云子机要柜里的绝密资料作为利益交换，秦芳好也会同意和他进行这次交易，条件会是——要顾铭的命！

惠民诊所。诊疗室里，林文涛抽出扎在玉川云子肘部的针筒。他用了一分钟的时间，将这支直径3厘米的大号针筒里的100毫升血液，注射进了对方的体内。

“谢谢！”玉川云子从床沿上站起身，恭敬地对林文涛以及屋里的另外两人——阿豪和樊继宗一一鞠躬。她和这间屋里的三个男人一样，带着医用口罩，声音听起来有些瓮声瓮气。

“我们开始吧。”阿豪刚刚抽完血，脸色有些苍白。在他面前的桌子上，摊开着那幅“粤港検疫所——地下工事換気システム建築設計図”。

玉川云子和樊继宗、林文涛先后上前，围在了桌旁。

“地下基地排风系统的排风井井口，设在检疫所西侧围墙下，距地面大概有十五米的高度。”玉川云子伸出戴着手铐的双手，一根手指点在图纸上，排风井口两侧和下方都设置了三千伏特打击电流的高压电网围栏，高度两米……”说着她看向这次行动的主要执行人，“段先生，我认为没人能在坡度六十五度的陡峭岩坡上，翻越这道电网。”

“不能破坏吗？”阿豪问。

“不能。”玉川云子不容置疑道，“机电室二十四小时有人员值班，无论是这处电网围栏还是检疫所其他围墙电网，任何一处出现电力故障，他们会立刻向守卫值班室汇报，五分钟内就会有武装人员赶到现场，检看电网是否遭到人为破坏，以及附近有没有可疑事物……我相信诸位不希望出现这样的情况。”

林文涛沉吟道：“也就是说，只能同时切断检疫所的全部电源，才不会引起怀疑……”

“的确是这样，”玉川云子点点头，“但这同样是个难题……”

“难题？”樊继宗有些疑惑，心想，只要不是在军事管理区内，毁掉一根电线杆，或断掉一条两条输电线没那么难吧？

玉川云子也猜到了他心中所想，解释道："采取破坏线路的方式切断电源的确不难。但这样做很可能适得其反……"

这次她没有再卖关子，接着道："广州的电力供应虽然紧张，但军事管理区是最优先级电力保障机构，尤其是检疫所，这两年停电的次数屈指可数。而每次停电后，值班官员会第一时间给电厂或供电所打电话，询问断电的缘由和涉及的区域。如果他们得到答复，断电是'电厂机器设备出现故障'或'供电所配供电设施出了问题'之类的内部或已知原因造成的，当然不会有什么动作，但如果断电原因是外部的，不明确的，而且仅仅是南石头军事管理区失去了电力供应，他们会立刻提高警戒级别，直到电力供应恢复。因为这很可能是某个抗日组织破袭行动的先兆。"

玉川云子讲完，所有人都沉默下来。对方是检疫所的安全官，没人认为她是在危言耸听。

"的确会适得其反……"半晌后，樊继宗喃喃道，"咱们行动刚刚开始，敌人就有了警惕……"

林文涛皱起眉头。"也就是说，我们既要断电，又要让检疫所那边相信，这并非人为破坏导致？"

玉川云子点点头："最好能做到这一点。"

大家的脸色都有些难看，谁都没想到，仅是一个电网，就给他们出了这么大一道难题。

"负责特别军事区电力供应的是哪家供电所？"短暂沉默后，林文涛将桌边一幅卷起的广州市地图展开，对玉川云子道，"具体位置在什么地方？"

"南箕供电所。"玉川云子指着地图上的南箕村道，"应该在这里，距离军事区大约两公里。"

"只要不在军事区内就好办……"林文涛想了想道，"我明天去打听下情况，你接着说，然后呢，如果解决了这个问题……"

"然后，你们有三分钟……"玉川云子道，"检疫所有自备发电机，为保障冷藏库的恒温系统和一些需要二十四小时通电的机电设备正常运转，一旦外部电源中断，值班人员会在三分钟内开启所里的备用发电机。"

"接着说。"阿豪道。三分钟足够他越过电网这道障碍。

玉川云子正要开口，林文涛抢先对她道："等等，进入时阿豪能利用这三分钟翻越电网，出来呢？如果必须保持电网状态正常，他怎么从那里出来？”

“出来容易。”玉川云子道，“在地下二层的防火门边上有一个动力配电箱，那里如果出现故障，整个地下二层的机电设备都会失去电力。保障细菌冷藏库电器设施的正常运行，是机电室值班人员核心职责之一，如果这个配电箱出了问题，在查明具体原因之前，值班员为了保护机电设备和其他动力线路不被损坏，会采取切断所有动力电供应的措施。包括电网在内……”她转向阿豪，“所以，段先生离开时，只需要损毁这个动力配电箱就可以了。”

林文涛稍一琢磨，就知道自己无法证实或证伪玉川云子这番话。因电线短路或其他电力故障造成机器设备损毁，甚至引起火灾的事他耳闻目睹过不少，从安全用电的角度分析，检疫所的这种紧急措施没有任何逻辑上的问题，让他无从质疑。

“请继续。”他无奈道。

玉川云子的神情没有任何异样，伸手点在图纸上，顺着一条管线划动。“这条是通往地下二层的排风管……图纸上有尺寸标注，这是一条长1米、宽50厘米的矩形管道，底部有两台大功率负压式排风机……”

这是一个诡异的场景——密室、昏暗的灯光，四个带着白色口罩的男女围在一张泛黄的图纸前，共同密谋。女人是日本高级特工，三个男人中有两人是共产党秘干，一人是前国民党军官。

他们在一起商议如何进入这处军事管理区，怎样才能切断检疫所的外部电源，如何潜入地下基地，在建筑的什么位置安放定时炸弹，事后又以什么样的方式安全撤离等等诸多行动步骤和细节。

这期间，特高三课课长、检疫所前安全官的态度非常积极，她不但提供了许多必要且关键的信息，还凭记忆手绘了一张地下二层的建筑平面图，将细菌“冷藏库”“培养室”“生产车间”等核心设施和区域一一标明，便于阿豪届时能快速、准确地在这几处安放炸弹……

在时间如此紧迫的情况下，玉川云子提供的这些信息，从某种程度上说关系到阿豪等人这次行动的成败。当然，前提是日本女特务没有撒谎和故意对他们进行误导。不过明晚便要展开行动，他们无法在短短的一天之内，从别的渠道来证实或证伪对方所说，只能选择相信。

毕竟对方的生死还控制在他们手中。而且，从结果来看，在窃取检疫所地下基地图纸这件事上，玉川云子并没有欺骗他们。

“炸掉地下基地对东楼会有多大程度的影响，楼会不会倒塌？”最后，林文涛问道。在这之前他已经从玉川云子口中得知，东楼是检疫所囚禁实验活体的地方，这次被挑中的150名难民应该也被关在这栋楼里。

“我不是爆破专家……”玉川云子想了想道，“但我知道一点，地下基地修建得十分牢固，如果你们想彻底摧毁那里，炸药量小了肯定不行……”

她的言下之意大家都明白，于是樊继宗看向阿豪：“只有请你那位朋友多费心，计算好定时炸弹的数量和药量，我们的行动要尽量避免伤害到东楼里的那些难民。”

阿豪神情凝重，摇头道：“老黄虽说是爆破好手，但他不能去现场。这个地下基地可不小，要想实施精准爆破，需要实地勘测，进行大量的计算、测量，光凭图纸作业肯定不行……”

樊继宗闻言也知道自己太想当然了，他看了一眼林文涛，发现对方的眉头亦深深皱起。这的确是个巨大的难题——炸掉一处敌人的魔窟，却要150名无辜的国人陪葬？没人有权力和资格做出这样的决定。

房间里再次陷入沉默。片刻后，玉川云子突然开口：“如果你们要保住那批难民，我有个建议……”

“什么建议？”樊继宗连忙追问。

“在难民离开之后你们再实施爆破。”玉川云子解释道，“如果计划没有改变，后天凌晨五点半，那150名难民将被押送至码头乘船。”

“没问题。”阿豪道，“我们五点半之后爆破，那时候天还没有亮，不影响撤离。”

“这当然好，”林文涛思忖道，“但前提是他们的计划没有变。”

“这一点明天我可以确认一下。”阿豪道。

林文涛和樊继宗对视一眼，都想了起来，阿豪约了佐藤茂明天上午通电话。对方是检疫所庶务班班长，他或许不掌握地下基地的某些核心机密，但遣返那一百多名难民的时间肯定知道。

“好。这件事你明天确认一下。”林文涛对阿豪点点头，转向玉川云子，“还有一个问题，你们计划什么时间让这些难民感染上病菌？在检疫所里，还是等他们登船之后？”

“登船之后。”玉川云子道，“随行军医会在六点前往地下二层的冷藏库领取菌液。”

樊继宗道：“也就是说，我们必须将爆破时间限制在凌晨五点半到六点之间？”

“对，”玉川云子道，“如果你们真想救这批难民，只能在他们离开检疫所之后，军医领取菌液之前这段时间实施爆破。”

“这个不难。”阿豪看向樊、林二人，“我就将时间定在五点半到六点之间。”

林文涛和樊继宗想了想后，均点头表示同意。的确，困难在于明晚阿豪如何潜入检疫所地下基地，而不是几点钟爆破。而且，选择这个时段爆破，和他们之前的计划并不冲突。

“其实，检疫所还有一个秘密……”玉川云子再次开口，不过她接下来的话被突然响起的敲门声打断。

“应该是俊生他们回来了。”林文涛道。

按计划，第二批参加破袭行动的短枪队员，应该于今天中午前到达广州东郊的沙河村——游击队在那里有一处落脚点。陈俊生和董百驹今天一早就赶了过去。他们此行的任务一是接头，二是要将一批炸药偷运进城里——为此樊继宗以拉沙石的名义雇了一艘小型货船，随二人前往。

樊继宗上前打开门，见外面站着的陈俊生和董百驹两人都一脸严肃，忙摘下口罩低声问道：“出什么事了。”

董百驹道：“计划有变，第二批队员要晚两天到，今天只来了一名交通员。”

“什么情况？”樊继宗追问道。

“日伪这段时间突然加大了水上检查的力度，”陈俊生接口解释道，“这次携带了不少军火，走水路不安全，队里决定改走山里的小路，所以要耽搁两天时间。”

樊继宗心下一沉，想了想对二人道：“辛苦了，先去休息吧，我们商议完再告诉你们结果。”

待陈、董二人离开后，樊继宗重又戴上口罩，返回屋里，将坏消息告诉了阿豪和林文涛。

这的确是个坏消息。第二批短枪队员不到，他们就没有炸药和雷管。虽然还可以通过纵火的方式，对地下基地进行一定程度的损毁，迟滞日本人实施“末日计划”，但想要彻底摧毁这个钢筋混凝土结构的魔窟则不太可能。只要这处地下基地的主体还在，日本人很快便可以重置被烧毁的设施、设备，继续进行邪恶的细菌活体实验。

此外，更重要的一个问题是，没有定时爆炸装置，阿豪只能纵火后才能离开。而这样做的后果，近乎是将他置于死地——

地下二层一旦火起，一层的守卫很快便会发现并发出警报，其时间间隔以分秒计，最多也就两三分钟。在这么短的时间里，阿豪别说逃出占地面积一点二平方公里的军事管理区，就连爬出排气口的时间都不一定够。

而检疫所的警报一旦响起，包括难民所、宪兵守备队在内的整个军事管理区里的哨兵、守卫以及巡逻队都会立刻加强警戒和巡查的力度。在这种情况下，阿豪想要安全撤离，机会极为渺茫。

“只能用汽油了。”阿豪率先打破房间里的沉闷，对林文涛、樊继宗道，“你们搞汽油没问题吧……我多做几个汽油炸弹带上。”

在广州，汽油虽说是稀缺物资，无论是军民两用都实行严格的配给制，但阿豪相信以林文涛和樊继宗两人的身份不难搞到。

林文涛和樊继宗对视一眼，都看见了对方眼里浓重的忧色。

“阿豪，你准备如何撤离？”林文涛问。

樊继宗也开口道：“如果没有‘定时炸弹’，先前商量的撤离方式很难行得通，很可能在接应你之前我们就被日军识破了……”

这个计划的制定者和主要执行者都是阿豪，之前林、樊二人虽然觉得这是一个非常冒险的行动，但不乏成功的可能，尤其是在拿到检疫所地下工程排风系统图纸后。不过现在，在没有定时炸弹的延时保护下，继续执行这个计划，或许能达到破坏或迟滞日本人实施“末日计划”的目的，但阿豪生还的可能性几乎为零。

“计划要改动一下。”阿豪道：“你们不用从陆路来接应，在江对面等我即可，我完事后游水过江。”

在江对面等？那还算接应吗？林文涛和樊继宗相视苦笑。

“那种情形之下……你有把握到达江边吗？”林文涛道，“据我所知，为了不让南石滩码头外那些被囚禁在船上的难民跳水逃走，日军对江面上的警戒异常严密，安排了快艇二十四小时不间断地在附近水面巡逻。”

“把握……”阿豪轻轻摇头，“即使有炸药和雷管，这个计划的任何一个环节我也不敢说有把握。时间不允许我们再做更充足的准备，明晚只能走一步算一步了，至于最后能走到哪里……内心无愧就好。”

“阿豪，我知道你因为黑仔和阿强的死感到愧疚……”樊继宗道，“但你也不用这样做，我们没人想要你去送死……”

“你之前的那个计划不也是送死？”阿豪说这话时一点嘲讽的意味也没有，他也从来不认为，自己有资格去嘲讽一位可以为了自己的信仰从容赴死的人。接着他咧嘴一笑，无比自信，“再说，我这辈子做过很多没把握的事，今天我还活着！”

“其实，你们没必要带炸药或者汽油瓶进去。”玉川云子这时突然开口。三个男人闻言皆是愕然。

“你这话什么意思？”樊继宗问。

“先前我说检疫所还有一个秘密……”玉川云子道。

“好，请继续。”林文涛道。的确，在陈俊生敲门之前对方说过这话。

玉川云子的目光再次落在图纸上，伸出手指在几处“黑色小方块”上点了点。“你们看……”

“这代表什么？”林文涛疑惑道。他迅速扫了一眼图纸，在心中计算——这种“黑色小方块”标记的地方总共有十一处，而且都在地下二层。

“‘梯恩梯’炸药。”玉川云子这话让在场的三个男人都大吃一惊。她继续解释：“这是检疫所核心的机密……地下基地在设计时军方就考虑到了紧急摧毁的问题，因此命令设计人员专门设计了一套自毁装置。这些分布在承重节点和关键区域的‘黑色小方块’，代表着安置在墙体里的‘梯恩梯’炸药块。”

她顿了顿又道：“每块炸药的质量为五公斤，相当于一颗反战车地雷的装药量。经过军方爆破专家的测算，十一块这样的‘梯恩梯’炸药块在密闭的地下空间同时引爆，足以摧毁整个地下基地。”

“什么样的‘紧急情况’你们会启动这套自毁装置？”林文涛追问道。

“帝国战败，或有其他不可预计的，会导致基地失控的极端状况出现。”

“为了销毁罪证？”林文涛揣测道。

“是的。活体实验会对帝国的国际声誉，以及天皇陛下的形象造成巨大的负面影响，因此基地的秘密绝不能泄露出去。”

林文涛快速和阿豪、樊继宗眼神交流——对方透露的这个所谓“检疫所最核心机密”是真是假，她的真实目的是什么？

“逻辑上倒也说得通……”樊继宗喃喃道，“山穷水尽……柳暗花明？”

玉川云子道：“这也是地下基地禁止一切烟火，甚至连守卫人员也不允许带枪进入的主要原因。”

阿豪微微点头。佐藤茂也对他提到过这检疫所这项严厉的规定，况且他也有过亲身体验——他救立雪时，那里的守卫，包括后面赶来的高桥满一干人的确没有佩带枪械，不然当晚他很难活着离开。

“如何启动这个自毁装置？”樊继宗问。

“启动自毁装置必须进入安全室。”

“安全室什么用途？在什么地方？”

“也在地下二层，里面保存着所有实验获得的原始资料。”玉川云子道，“我有开门的钥匙和密码。钥匙就在你们手上，和机要柜那把钥匙串在一起。密码和机要柜的一样，1-2-2-5。”

“启动自毁装置后，有多少时间撤离？”林文涛问。

“半个小时。”

林文涛和樊继宗皆是神情一振，齐齐看向阿豪。

“够了。”阿豪点头道，“三十分钟时间，足够我们在爆炸前离开”。

“虽然时间有点紧，但问题不大。”林文涛道。

樊继宗点头认可。他们先前计划将定时炸弹起爆的时间设定在炸弹安装完成后一小时。有了这一个小时，阿豪和在检疫所外接应的他们都能从容撤退、远离危险。但在没有定时炸弹的情况下，自毁装置的这三十分钟延时，不啻是在绝境中给他们开启了一条生路。尽管这条路上依旧危险重重，但终归有了逃生的希望。

“启动后能中止吗？”林文涛看向玉川云子。

“不能。”

“谁还有钥匙和密码？”

“检疫所所长。”玉川云子道：“不过为以防万一，我建议你们做两手准备……”

“你的意思密码可能会被重置？”林文涛道。其实，即便玉川云子不主动提出来，他和阿豪、樊继宗同样会对此产生疑问，毕竟检疫所自毁装置和玉川云子的私人机要柜性质上截然不同，两者的重要程度也不可等量齐观，新任所长和安全官上任后，重置安全室大门密码是应有之举。

玉川云子点点头：“密码肯定会被重置，但检疫所所长和特高课派驻的安全官都没自主决定重置安全室密码的权力，他们必须向南水部和登户九所提出申请和备案，在得到批准后才能进行密码重置。”

“而且，新的密码由登户九所提供，检疫所和特高课不能自行设定。这个审批流程通常需要一周的时间，而从我失踪的第二天算起，到明日是第五天，也就是说，如果检疫所方面没有提出特别申请，加快审批流程，安全室大门的密码应该在两天之后重置。”

注视玉川云子良久后，林文涛突然问道：“自毁装置启动后不会发出警报？”

阿豪和樊继宗心中同时一沉。就连轮船离港、火车出站之前都要鸣笛以警示，更何况启爆 55 公斤“梯恩梯”炸药？

而如果检疫所的警报一旦响起，必将招来大批的日军，整个军事管理区的警戒级别也势必提高到最高等级。届时，那三十分钟的爆炸延时对他们还有什么意义？

“会，而且是最高级别的‘三色’警报。”玉川云子道，“计时器启动的第一秒，警报就会发出，持续一分钟，此后分别会在第十分钟、第二十分钟、第二十九分钟发出警报。不过……”见三个男人脸色阴沉得快要滴水，她连忙解释，“只要在启动自毁装置之前，切断其和警报系统的连接，这个问题就能得到解决。具体方法很简单，剪断自毁装置的计时器和边上报警器的连接线即可。”

三个男人相互看着，一时都没说话，心里各自消化、分析着玉川云子今晚提供的所有信息，判断着她的种种表现哪些是真哪些有假，又或几分真几分假……

“你真心希望我们炸掉那里？”最后，樊继宗开口。他眯眼盯着玉川云子，希望从这个日本女特务的眼神、表情和细微的肢体语言中看出些什么。

“你们中国人说——杀父之仇，不共戴天！”玉川云子凛然道，“为人子女，我不能眼睁睁看着父亲的心血，被谋害他的凶手们攫夺。”

樊继宗、阿豪和林文涛再次眼神交流，心中皆道，这个理由还真让人无话可说、无从质疑。而且，除了相信对方，他们还有别的选择吗？

“拜托诸君了！”玉川云子对三人深深鞠躬。

第三十一章　破晓

时间："末日计划"实施倒数第二日

中午。先后从外返回诊所的阿豪、林文涛和樊继宗三人，围在房间的办公桌前，交流各自收集到的最新情报。

"日本人没有改变计划，"阿豪当先开口，"佐藤茂在电话里告诉我，难民遣返行动明天凌晨开始。他接到命令，5点半将152名难民押送到码头。"

"玉川云子没有对我们撒谎，至少在这件事上……"林文涛点点头，看向樊继宗，"你那边呢？"

"装甲巡逻车外出加油的时间和前几日差不多，"樊继宗指着桌上的地图，"今天是凌晨4点58分驶出军事区西检查站，前往太古仓油料库，5点31分返回。"他昨晚便和陈俊生一起赶去了南石头村执行侦察任务，一夜未睡，神情虽有些疲惫，但眸光中却隐隐透着兴奋，"公路在这里有一处大拐弯，我勘测了一下附近的地形，非常适合拦截。"

设在太古仓码头边上的太古仓油料库，位于南石头特别军事区西南方向三公里处，是驻扎在河南的日本驻屯军和宪兵部队领取或加注油料的指定地点。

经过前几日的侦察，他们发现每天凌晨5点左右，那辆装甲车在完成夜间最后一次巡逻任务后，会从特别军事区西检查站驶出，前往太古仓油料库加油，半个小时后返回。

正是根据这个规律，大家最终确定了接应阿豪的行动方案：林文涛、樊继宗等人伪装成日军宪兵，在这辆装甲巡逻车加完油返回的途中设伏拦截、夺取。然后利用这辆军事区卫兵们无比熟悉且又无法窥视其内部的装甲车，前往检疫所外接应阿豪，最后大家乘坐这辆战车从东检查站驶离军事区。

虽然这个方案极其冒险——装甲车机动性强、火力凶猛，如果在夺车过程中稍有不慎，被对方识破伪装，没人能逃得过那两挺7.7毫米机关枪、每分钟五百发射速的恐怖攻击。

但除此之外，在现有的条件下，他们想不出还有什么方案比这一个更具有可行性。

“从南箕供电所到这里需要多少时间？”林文涛看着地图问，“道路勘察了吗？”在劫持装甲巡逻车之前，他们还要先解决检疫所断电的问题。

“勘察了，”樊继宗一边在地图上比画一边说道，“南箕供电所位于军事管理区东北，从那里到太古仓油料库有一条乡间公路，大概五公里。虽说路况不怎么好，又是夜间驾驶，但最多只要15分钟，我们就能赶到。”

“我们没有15分钟。”林文涛眉头深蹙。

阿豪和樊继宗闻言皆是一怔。按昨晚他们制定的计划，林文涛和樊继宗等人在明天凌晨4点整断掉军事区的电路，给届时已潜伏在检疫所外的阿豪开路后，他们就可以离开，于5点前赶到设伏点，准备拦截装甲巡逻车。两次行动间隔约一个小时的时间。现在怎么连一刻钟也没有？

“今天上午，我到司令部军法处查阅了日军‘电力设施管理条例’，”林文涛道，“其中有一条对我们极为不利——各军管供电所的夜间值班人员，须在每日凌晨5点，向河南电厂的总调度室电话汇报当夜的值班情况。也即是说，我们不能在5点前动手，否则会提前惊动军事区的日军。‘末日计划’实施在即，一点风吹草动都会引起他们的警惕，从而导致我们的行动失败。所以，我们在南箕供电所的行动必须推迟到凌晨5点。”

阿豪和樊继宗的脸色都阴沉了下来。这次行动原本已困难重重，每个环节都存在无法预料的危险，现在，日军“电力设施管理条例”的这条规定，又给整个计划造成了极大的时间压力——

他们人手有限，无法同时展开两场行动，而且，无论控制南箕供电所还是拦劫装甲车，都需要能说一口流利日语的林文涛。如果将行动推迟到凌晨5点，那么，即便林文涛他们在南箕供电所的行动一切顺利，但还来得及赶在装甲车返回军事区之前赶到设伏点吗？要知道，他们并不是断电之后就能马上离开，林文涛还要冒充供电所的值班员，接听检疫所打来的质询电话，以避免引起对方的怀疑。这样一来，他们从南箕供电所出发的时间，最乐观的估计也会是在 5 点零 5 分之后……

“这几日装甲车最早返回的时间是几点？”阿豪率先打破沉默。

“5 点 26 分。”樊继宗答道。

“现场布置需要多少时间？”阿豪看向林文涛。

“至少需要三到五分钟。”

“来得及！”樊继宗神情坚毅而自信，“我争取五分钟跑完那五公里。”

“那是摩托车，你有把握吗？”阿豪问。对方驾驶轿车的技术非常出色——他亲身体验过。但驾驶一辆三轮摩托车，在黑暗而崎岖的乡间马路上以每小时 60 公里的速度行驶，无疑是非常危险的。

“有把握！”樊继宗坚定地点点头。

“好，就这样吧。”林文涛眉头展开，看向阿豪，“你是这次行动的主力，给行动起个名字吧。”

“行动结束时，天应该快亮了……”阿豪看着房间被窗帘遮住的窗户，思忖道，“就叫‘破晓’吧……”

病房里。立雪半躺在床上，精神好了许多，脸上已有了血色，脖颈、手臂上那些吓人的黑斑也尽数褪去，只留下淡淡的痕迹。

阿豪坐在床边，手里正剥着一只橙子。

“这段时间你累坏了吧？”立雪伸手摩挲着丈夫凹陷的脸颊，疼惜道。

阿豪放下水果，握住妻子的手，亲了亲。“对不起，这两天没能好好陪你。不过从明天开始，我会一直待在你的身边，一步也不离开。好不好？”

“不好，”立雪道，“男人总守在老婆身边，会没出息的。男人，有男人该做的事……”

“对，”阿豪故作认真地点点头，“我觉得男人最该做的事……就是照顾好自己的老婆。”

“我怎么就找了你这么没出息的男人……”立雪眼角有些湿润，“阿豪，你生我气吗？”

“气你什么？”

“我在船上对你说的那些话……”

“气，”阿豪打趣道，“早知道你老爸这么有钱有势，我哪用这么辛苦，早早和你搬去东山做上门女婿了……”

“还有我弟弟。”立雪道。

阿豪一怔：“他怎么了？”

“弟弟告诉我了一些事……”立雪道，“他们不是不在乎我，那天拦住你是因为……”

阿豪将一片橙瓣放进妻子嘴里。“我不怪他们，相反很佩服他们这些人，为信仰，为大义，他们可以牺牲一切……”

“继宗，我觉得你应该再慎重考虑一下，自己适不适合参加晚上的行动？”在二楼的一间宿舍里，林文涛郑重说道，“如果我是你的上级，为了樊兴业同志的安全，会命令你退出。”

樊继宗道：“父亲支持我的决定。他说，越是危险、艰难的时刻，我们越不能退。不但不能退缩，为了国家和大众的利益，我们还要勇敢地前行！”

一边的陈俊生接话道：“我支持涛哥的意见，继宗，晚上咱们换一下，你留守这里，我去。阿豪说他那位姓顾的朋友，驾驶技术也非常不错，你就不要去冒险了。”

樊继宗道：“我知道你们的顾虑……不过请放心，正如我之前所说，一旦无法脱身，我不会做俘虏，也不会让任何人认出我。还有，前天下午我已经乘火车去了香港，广州站有我的出境记录……”

林文涛暗自摇头。他不怀疑樊继宗有宁死不被俘虏，以及自毁容貌的决心，但战斗中什么情况都可能发生，比如身受重伤，想自杀、毁容却有心而无力。

樊继宗见林文涛想说什么，抬手制止：“林哥，世上没有万全之策，何况是在目前的情况下。就如阿豪昨晚所说，这次行动没有什么把握可言，只能走到哪步算哪步……我会在行动前叮嘱董队长和阿豪的几个朋友，如果我死在他们前面，请他们一定毁掉我的脸。而且，我父亲那边也有所准备，以他在政商两界的地位，即便我真的暴露了，日本人在没有直接证据的情况下，不会动、也动不了他。”

"俊生，"他拍了拍陈俊生的肩膀，又道，"这次行动是我提出来的，你是联络员，革命分工不同，行动的事交给我们这些行动人员来做。再说，你这边的担子也不轻……记住，明天早晨7点，我父亲会安排人来转移我姐，如果那时我们没回来，你立刻处决玉川云子，跟他们一起离开……"

病房里。阿豪将手里最后一瓣橙子喂进立雪的嘴里后，一边拿起毛巾擦手一边柔声说道："我一会儿要出去办事，如果晚了赶不上渡船回来，我就在成五爷家住一宿。明天早上爸会安排人来接你，你不用等我，跟俊生一起走，我直接去那边跟你汇合。"

立雪嗯了声，道："你不用担心我，自己小心点。"

阿豪点点头，用毛巾帮立雪擦拭掉嘴角溢出来的一丝果汁，又吻了吻妻子的额头。"那我去了，你好好休息。"

"等一等，"立雪侧身从枕头下摸出一块怀表，递给阿豪，"把这个带上。"

阿豪忙接过怀表打开，看着表盖内侧贴着的那张两人的合影，惊喜道："你一直带在身上？"

这块怀表是立雪送他的结婚礼物，上次他从"鹈鹕"跳船逃走时，表放在了两人的行李箱里。他一直以为这块意义非凡的怀表和其他行李一样被日本人没收了，没想到妻子竟然在这时候拿了出来。

"这块表，是我对他们提出的唯一要求。"立雪的嘴角微微翘起，笑意里有掩饰不了的苦涩。

阿豪将怀表小心地放进怀里，俯下身紧紧抱住妻子，在她耳边轻声道："谢谢！我会一直带着它。"这或许是今生最后一次拥抱妻子了，他贪婪地嗅着立雪身体的味道，久久不愿松开。

立雪同样紧紧搂住丈夫："里面的照片旧了，我本想和你重新照一张，换上后再给你，但我怕……怕你喜新厌旧……想着旧照片或许更好……"说着一颗晶莹的泪珠从眼角无声地滚落。

而她的心里，此刻早已泪流成河：老公……我是怕你离开之后，此生再也没机会和你照相了啊……

南石头特别军事区，位于珠江边上，地形狭长——南北宽约700米，东西长约1800米。从陆地进入这处特别军事区只有一条路。日军在这条公路的东西两端都设有检查站。

夜色中，一辆黑色福特牌轿车，正停在特别军事区的“西检查站”前。轿车没有熄火，发动机低声轰鸣着，车头两道雪亮的车灯，直射前方半人高的拒马。

在这两组铁刺拒马后面，站着两名持枪的日本士兵，他们的伍长正在边上的岗亭里打电话。

轿车里，驾驶员是黄阿四，副驾驶位置上坐着小影，秦芳好和阿豪坐在后排。四人都穿着警服。

阿豪掏出怀表看了下时间——8点55分。

秦芳好瞥了一眼表盖里那张阿豪和立雪的合影，眼角微微抽搐。“到现在还不想说吗？检疫所到底隐藏着什么秘密？你今晚到底要干什么？”她移开视线，目视前方，低声而快速地说道，“别告诉我你是去救人，这世上除了你老婆，我想没几个人值得你如此冒险。”

“一会儿我告诉你。”阿豪道，“还有，黎耀坤父子的事别忘了，一定帮我将他们救出来。”

“我可没答应你。”秦芳好不满道，“帮你进入这里我已经冒了很大的风险……待会儿你下车后，我们的交易就算完成，两不相欠，我凭什么还要帮你救人？”

“那我们就再做一次交易，”阿豪道，“你救他们出来，我给你一份日军‘绝密’级情报作为报酬。”

秦芳好惊讶地瞥了阿豪一眼，眼神复杂：“你不去做间谍，还真是党国的损失。”语气里半是调侃半是认真。

这时，那名打完电话的伍长走出岗亭，快步朝轿车而来。

秦芳好结束了和阿豪的交谈，缓缓摇下身边的车窗，伸手接过伍长递来的证件，淡然地点点头，算是回应对方的敬礼。

两个小时之前，她以警察局副局长、特高课联合搜查本部副组长的双重身份，给难民所所长的场守喜打了电话，说自己刚刚得到一条重要的线报——难民所里有甲级通缉犯段世豪的重要线索，她要紧急查阅一些难民的资料，并亲自审问其中的一些人。

她还在电话里强调，案情重大、时间紧迫，她不希望明天早上再进行这项工作，以免错失抓捕机会，要连夜赶到难民所，请对方给予配合。

的场守喜的军阶不过是伍长，还没有资格轻慢秦芳好这样级别的伪政府高级官员，更何况事关抓捕前几天才袭击了检疫所、造成日军守卫五死两伤的“极端危险分子”，哪敢拒绝？

见两名士兵移开拒马，黄阿四启动轿车，缓缓驶入……

检疫所西侧是一座养殖场。这本是一片十亩大小的稻田，日军将这块土地划入特别军事区后，南水部在上面搭建起一栋栋低矮的简易房屋，用来饲养蚊蝇、跳蚤、蟑螂、老鼠之类的生物，供各课室实验所用。

福特轿车经过养殖场时，靠路边停了下来，车头的大灯同时熄灭。天地恢复了幽暗、寂静。

黄阿四下车“检查”了一下轮胎，确认四周无人后，他轻轻敲了两下后座的车窗玻璃。

阿豪迅速推门下车。此时他已脱掉了身上的警服，换上了一件皮夹克。

黄阿四打开后备箱，阿豪从里面拎出一只鼓鼓囊囊的帆布背包。他快步走到车窗外，从背包里取出一个十厘米直径的金属圆盒，递给车里的秦芳好。“这里面有你想知道的秘密，我想它足以换取黎耀坤父子三人的自由。”

“现在就给我，不等人救出来之后？”秦芳好迟疑着接过圆盒，戏谑道，“不要说你信任我……”

“我现在只能信你……”阿豪道，“还有，我信因果，希望你也信。”

秦芳好不屑地翘了翘嘴角，不再继续这个话题。“你今晚到底要干什么？”她问。

“明天你就知道了。”阿豪转身就要离开。

“阿豪，”秦芳好叫住了他，看了一眼他手中拎着的帆布包，“你现在放弃还来得及……”

“快走吧。”阿豪警惕地左右看了看。

“一一你还记得吗？”秦芳好突然道。

“一一？”阿豪点点头，脑海里立刻响起女童稚嫩、悦耳的声音：叔叔，妈妈说，喝凉水会肚子疼的……

冰凉的夜色中，那个孤独的小女孩抱膝坐在台阶上，齐眉的刘海下，一双漂亮的大眼睛扑闪着，像是澄澈夜空中闪烁的两颗星辰。他的确对这个叫“一一”的女孩印象很好，但秦芳好此刻为什么提起她？

“一一是我的女儿，她今年六岁……如果我说你是她父亲，你会不会立刻跟我离开。”秦芳好道。

阿豪身体突然僵住，半张着嘴，却一个字也吐不出来。

秦芳好偏头看着车窗外的男人，五秒钟后，她收回视线，对已回到驾驶员位置的黄阿四道：“开车！”

不知过了多久，一阵隆隆隆的马达声将阿豪从迷思中惊醒，他看了一眼不远处那辆缓缓驶来的装甲巡逻车，迅速背起背包，翻过养殖场齐腰高的木围栏，猫腰朝一处低矮的建筑跑去。

按佐藤茂所说，养殖场那片地方，除了饲养班和检索班那些倒霉的家伙，没人愿意接近。

不过对于今晚的阿豪来说，没有地方比这里更适合做行动前的藏身之处了。当然，要在这个湿冷、肮脏的地方躲藏八个小时，绝非是件令人愉快的事，但晚上九点左右进入特别军事区是秦芳好的决定，不能再晚。

女局长今晚掩护阿豪潜入这里，的确担着不小的风险。尽管阿豪没有言明此行的目的，但之前阿豪让她帮忙窃取检疫所地下基地图纸，今晚又带着至少20公升汽油上了她的车，秦芳好哪能猜不到对方要做什么。

而检疫所一旦出事，日方肯定会展开大规模的调查，她必须为自己今晚的行为做出合理解释。纵然她此行是为查案而来，但时间不能太晚，否则容易引人生疑。

时间：“末日计划”实施当日/凌晨4点30分

担负河南西北部地区停、送电和线路维护任务的南箕供电所，是一栋二层青砖小楼，建在南箕村村北的一处坡地上。

此刻，这栋小楼里还有两处窗户透着灯光——一楼大门边上的守卫室和二楼最北边的机房。

二等兵铃木，是被一阵窗户敲打声惊醒的。当他将头从桌子上抬起，刚睁开惺忪的睡眼，外面传来的喝骂声让他浑身打了个激灵，忙不迭将铁栏杆外的窗户打开。

“混蛋，反应这么慢，卫兵的警惕性呢？”林文涛背负双手站在窗外，用日语骂道，气势凌人。

铃木额头顿时冒出汗来——外面站着的是一位披短披风、戴白袖箍的宪兵军官和两名士兵。

他只是南水部守备队的一名普通士兵，而宪兵部队作为陆军军纪的代表，负有巡检、整肃军内军纪，监督军人日常品行的职责，权力极大。不要说面对一名宪兵军官，就是一名和他军阶相等的宪兵二等兵，铃木都必须以下级的姿态恭敬对待。

“我是宪兵司令部青木少尉，突击检查，立刻开门。”林文涛不容这名士兵有更多时间思考，语气严厉而急促。

“是。”铃木双腿一并，转身离开窗户，小跑着出了房间。其实，如果铃木冷静一点，就会发现站在这名“军官”身后的那两名士兵有问题：一是这两名士兵的肩上都没扛着标志性的三八式步枪，二是其中一人身上的军服极不合身，短小、紧绷。

对于顾铭和樊继宗两人伪装上的破绽，林文涛深感无奈。在广州搞到几把手枪或许不难，只要你有钱、有胆，从黑市可以买到。但长枪，还是日军制式步枪，你即便敢买也没人敢卖——三八式步枪靠偷窃获取近乎不可能，除非袭击一些落单的日本兵。

但就算你缴获一两杆这样的枪，除了跟日伪军打野战的游击队，城里的帮派势力和地下武装谁愿意使用？1.28 米的长家伙，运输、藏匿、携带都极为不便，而且被日伪军警查获后，一定会被穷究到底。所以，对于做黑市生意的那些大佬们来说，这玩意既难搞又不好卖，还危险，谁都不想去碰。

至于日军的军服，也不好弄，尤其是宪兵制服。普通军服还可从战场上日军留下的尸体或俘虏身上获取，但宪兵不上战场，只在占领区执行任务。而且，宪兵部队对制服的管理相当严格，每丢失一套制服，都需要向司令部军法处、总务处同时报备，因此宪兵对自己的制服相当重视，不会轻易让人窃取。

这次行动的准备时间非常仓促，林文涛当然不可能在这短短的几天内搞到合适的宪兵制服。他现在身上穿的宪兵少尉制服，以及樊继宗、顾铭身上的上等兵制服，是他用两年多的时间，利用自己“宪兵司令部翻译官”这个便利身份，小心翼翼，一点点积累所得。短时间内哪能替身材魁梧的顾铭搞到合体的服装？

二等兵铃木诚惶诚恐地打开了供电所大门，对林文涛三人的身份没有丝毫的怀疑——一名普通士兵，哪敢质疑一位身穿宪兵制服、说着流利日语的少尉？

“今晚就你当值吗？其他人呢？”林文涛站在昏暗的门厅里，环视四周后厉声问道。

“报告长官，还有两名技术人员在二楼控制室值班。”铃木立正道。

“就你们三个？”

“是。”

“带路！”

“是！”铃木快步走到楼梯口，打开墙壁上的电灯开关——上方楼梯转弯平台上的灯随即亮起。

二楼机房的门关着，门缝里有灯光透出。铃木敲了敲门，侧身让开。开门的是一名头戴软帽，鼻梁上架着近视眼镜的中年男子。见到门外一脸严肃的林文涛等人，这家伙忙丢掉手里还夹着的香烟，用脚踩灭后，又慌忙想要去叫醒趴在一张行军床上酣睡的同伴。

林文涛手一抬，威严地制止了对方这个举动，然后手按腰间的佩刀刀柄，迈步走进房间。樊继宗向顾铭使了个眼色后，跟了进去，后者会意留在了门外，斜睨着铃木。

这是间 80 平方米的大开间，中间是一排长条形工作台，两边靠墙立着几个两米高的配电柜，此外还有一些林文涛不认识的配送电设备。

“电控总闸在什么地方？”林文涛扫视一圈后，问跟在身边的眼镜男子，“我要了解一下你们停、送电的工作方式和流程。”

眼镜男子微微一愣，他现在还没搞清这些宪兵的来意，飞快地瞥了一眼在门口立正的铃木。

“濑川君，这位是宪兵司令部青木少尉，前来突击检查，请配合。”二等兵如实道。

“是。”濑川朝林文涛鞠躬行礼后，连忙上前将一个配电柜的柜门打开，给威严的宪兵军官介绍“电控总闸”的开合方式。他虽然是技术人员，但同样是军人，对宪兵有着天然的畏惧，此刻哪敢怠慢。

门外，顾铭见事情差不多了，伸手拍了拍铃木的肩膀，示意对方跟上后，当先朝走道的另一端走去。二等兵以为这名个子高大的宪兵有什么事要交代给自己，忙快步跟上。

顾铭当然没什么可跟铃木说的，他只是不想惊动控制室里的日本人。快走到楼梯口时，顾铭停步转身，右手一挥，反握在手里的匕首准确无声地划破了铃木的喉管。三分之一秒后，他转到了二等兵的身后，捂住了对方的嘴。身法之快，连飞射而出的血滴都没能溅到他的身上……

机房里，林文涛用下巴指了指趴在行军床上打鼾的那个家伙，对濑川吩咐道：“现在，把他叫醒。”

濑川闻言忙上前推搡、叫喊自己的同伴，那家伙好半天才嘟囔着睁开眼。当看见屋里多了两名宪兵后，这名小胖子睡意全无，一骨碌便爬了起来，端端正正站在床边。

“建一，这是宪兵司令部青木少尉……突击检查。”濑川的提醒，让小胖子脸色更加紧张。

林文涛上前两步，鼻端嗅了嗅，勃然变色，“啪”地一耳光抽在小胖子脸上。“混蛋，值班还敢饮酒？！”

小胖子建一被抽了个趔趄，忙又站好，等待下一个耳光。

这时，林文涛瞥见顾铭重又出现在门口，于是对濑川道：“你先出去，我要单独问讯！”

“是！”濑川立正，向小胖子投去一个怜悯的眼神后，走出了房间。

樊继宗对门外的顾铭隐晦地比了个抹喉的手势后，将控制室的大门掩上。

林文涛抬腕看了下表——4 点 46 分。

“还知道如何操作设备吗？”他冷冷盯着小胖子。

“知道！”

“现在告诉我电控总闸如何关闭和开启，以及哪些故障会导致所有输电线路同时中断。”林文涛道。

“是。”小胖子如蒙大赦，以为这名宪兵少尉要评估自己的业务能力，忙走到濑川先前打开过的配电柜前，连比带画告诉林文涛停、送电的各个开关、按钮以及工作的程序、步骤……

听完这家伙的一番讲述，林文涛严峻的神情缓和了些——小胖子和濑川先前说的一致无二。他抬腕看了一眼表——4点58分，觉得提前一两分钟让对方给总调度室打电话应该没问题，于是开口提醒道：“你可以做例行汇报了。”

小胖子建一看了一眼墙上的挂钟后，果然没有迟疑，快步走到工作台上的手摇式军用电话前，摇了几圈手柄后拿起话筒……

黎明前的夜色最为深沉。养殖场一片黑暗、死寂。

阿豪背着帆布背包，半蹲在一间“饲养室”外墙的阴影下，屏气敛息，盯着东边50米外那条小路。此刻，一支全副武装的日军巡逻小队，正行进在这条位于检疫所西侧峭壁下的土路上。

阿豪抬腕看了一眼表：4点58分。离他和林文涛那边约定的断电时间——5点零5分——还差七分钟。但在这三名士兵，尤其那条听力比其主人灵敏16倍的日本狼青离开这里之前，他不能有任何动作。况且，他接下来的行动最多只需要两分钟，时间并不紧迫。

通过整晚的观察，阿豪确认了佐藤茂以及玉川云子提供的情报——夜间巡逻队每小时沿检疫所周边巡逻一次。

他眼前这支巡逻队，从昨晚到现在已从这条小路上经过六次了，每次用四到五分钟的时间，由南向北巡逻完这条三百来米长的土路。阿豪精确地记下了他们六次巡逻起始和结束的时间：9点48分——9点53分、10点50分——10点55分、11点52分——11点57分……3点49分——3点54分。

这让他确信，之前预计的最糟糕的情况——5点零5分左右，日军巡逻队刚好出现在这条路上——不会发生。

也正是基于这个判断，阿豪才没有行冒险之举——提前爬上检疫所西墙下的峭坡，藏在排风井下的电网围栏附近。那四周光秃秃一片，极易被从下方经过的巡逻队发现。

见那支巡逻队消失在小路北边尽头的拐弯处，阿豪再次看表——5点零

1 分。他迅速从阴影中站起，朝养殖场东侧的围栏跑去。

一个小时前，他做了一次实地侦察和行动预演，确定自己可以在两分钟内从藏身之处赶到 60 米外的石岗下，并攀上那片光秃秃的峭坡，抵达上方 14 米处那道电网围栏外。

然而此刻，就在他快速越过齐腰高的围栏，准备跨过围栏外那道一米宽的壕沟时，余光中突然出现了一点微光。

阿豪心中猛地一惊，侧头看去，只见一百来米外小路北头的路口处，那支巡逻小队去而复返。值得庆幸的是，打手电的那个家伙，不像之前巡逻时前后左右四处照射，而是专注于近前的地面，像是在寻找什么东西。否则，他可能已经暴露。

阿豪立刻从围栏上翻了回去，趴在泥地上，从木条板间的缝隙中，紧张地观察着突然折返的三人一狗。

如果为自身的安全计，他现在应该迅速撤到他之前藏身的那间饲养室的墙后。但他不能退——四分钟后林文涛那边就会切断这里的电力供应，他必须在这之后的三分钟内爬上前方的峭壁，翻越排风井外的电网围栏。而在这分秒必争的关键时刻，他如果撤回到 50 米后的地方，很可能会失去这唯一的“三分钟”，进而导致他今晚这次事关千万国人性命、机会只有一次的行动彻底失败！

同时他也不能进——突袭这支巡逻小队，干掉这三名士兵和那条狼狗？或许他能做到。但时间来得及吗？他能做到在整个袭杀过程让这三名全副武装的士兵一枪不发吗？答案是否定的。这次行动最关键的成功要素是隐秘，而不是暴力！至少在进入地下基地之前，他不能被敌人发现行踪。

时间一秒一秒地过去，阿豪趴在冰冷潮湿的泥地上，额头却遍布细密的汗珠。他抬头看了一眼斜上方，电网围栏立柱上那盏黄色警示灯，随时可能熄灭……

南箕供电所机房里，小胖子建一瘫坐在墙角下，脑袋歪着，一双金鱼眼几乎凸出了眼眶。两分钟前，顾铭在这家伙放下电话后扭断了他的脖子——今晚见过樊继宗和林文涛的日本人都必须死！

林文涛站在一台柜门开着的配电柜前，抬腕看了一眼手表。与此同时，站在窗户边的樊继宗，和坐在长条桌前的顾铭都看向自己的手腕。

当表盘上的分针指向5时零5分时，林文涛伸手拉下了电控总开关的手柄。配电柜里所有的指示灯、屋里所有电灯瞬间熄灭，只有桌上的一盏煤油灯还亮着，静静地散发着昏黄的光线。

机房朝东的窗户打开着，下方隔着一条公路的南箕村原本便是黑漆漆一片，停没停电没一点区别。樊继宗探出身朝西北边方向看去——三公里外，南石头码头上那两盏先前还隐约可见的探照灯灯光熄灭了，其他视线可及之处也没有了一点灯光。

“成功了。”他回头对林文涛和顾铭道。

林文涛长舒一口气，喃喃道：“接下来就看他的了……”说着扯过一把椅子坐在顾铭对面，眯眼看着工作台上的军用电话机。

丁零零……十秒钟后，刺耳的电话铃声响起，林文涛抓起话筒，咳嗽几声后，沙哑着嗓子开口：“是……交流电容器坏了，我们正在更换，三分钟后恢复供电……”

阿豪趴在养殖场的围栏下，看到斜上方电网围栏上黄色警示灯熄灭，心中越加焦急。

“该死！”他迅速将视线投向那支巡逻小队，在心中咒骂。脑海仿佛有一根秒针在“滴滴滴滴……”转动着。三分钟倒计时已经开始，可三名突然折回的士兵此刻仍然滞留在这条路上，慢吞吞地在地上寻找着什么，不知何时才能离开。

时间毫不留情地飞逝着，10秒、20秒、40秒……阿豪的心越来越沉，脑海中秒针转动的滴滴声越来越大，而那三个家伙离他藏身的围栏处也越来越近。

他再次看表——5点零6分零5秒，离恢复供电还有1分55秒。他缓缓从腋下的枪套里拔出手枪。这把樊继宗借给他的勃朗宁大威力手枪，有效射程50米，弹夹里有十发九毫米口径子弹。此刻的他已经不再考虑自己的退路问题，心中只有一个执念——必须在六点之前炸掉检疫所地下基地！

看着离自己越来越近的这支巡逻队，阿豪现在唯一有些后悔的是，在这次行动前没再向成五爷要一把手弩，不然他对接下来的行动会乐观许多，虽不能确保悄无声息地干掉这三人一狗，但至少也能给他多争取一点时间，让枪声响得更晚一些。

现实不容后悔也不容犹豫，他深吸口气再徐徐吐出，让自己的心跳平稳下来。他要用最短的时间结束这场突袭，然后以最快的速度冲上对面的峭坡，赶在断电结束之前翻越电网围栏……不过，诚如他前晚对林文涛和樊继宗所说，一切都没有把握。

就在阿豪要从地上半蹲起身，准备动手时，那三道黑影中有人发出兴奋的叫喊。他立刻停下了动作，从围栏的空隙看了过去——20 米外，三个黑影停了下来，其中一人弯腰从地上捡起了一样东西，接着三人便掉头回走，步履比正常巡逻时快了许多。

当这支巡逻小队再次消失在北边的路口后，阿豪迅速看了一眼表——5 点零 7 分 31 秒，离电力恢复还有 29 秒。

只犹豫了十分之一秒，他便像一只捕食前蓄力已久的猎豹般瞬间爆发，以平生最快的速度翻过围栏、跨过水壕，冲到小路对面的石岗脚下，然后手脚并用快速向上攀爬……

坡度高达 65 度的岩壁，已经不能称之为“陡坡”而是“垂直壁”。阿豪先前来此处侦察时，用了一分半钟才安全地攀爬到上方 14 米处的电网围栏外。这跟黑暗和前几天下过雨峭坡湿滑有关。

不过现在可没有 90 秒的时间供他挥霍，他必须放弃之前曲折、迂回，但有可靠“抓手”的“安全”攀爬路线，而是尽量沿着一条直线，借助奔跑的惯性力量一冲而上。以求以最短的时间抵达目标位置。

1 秒、2 秒、3 秒……阿豪在峭坡上飞快地向上攀缘。为了手感更加敏锐，手指在抠、抓岩壁的凸起和缝隙时更加准确、稳固，他在冲上峭坡之前便摘掉了手上的羊皮手套。

20 秒后，阿豪一口气爬到“排气口”下方那道电网围栏前，中途没在湿滑的峭坡上滑过一次脚，摔过一次跤——这不得不说是运气好。

电网围栏高两米，由四根直径十厘米的圆木立柱和十条横拉的高压裸导线组成，从西、北、南三面将排风井围住。

阿豪飞速瞥了一眼手表——还剩四秒！如果是在平地，以他的身手要翻越一道两米高的围墙，助跑两步，脚一蹬、手一攀，一跃而过，整个过程最多两秒。然而这是在坡度65度的峭坡上，一般人仅是站稳都不容易，哪有助跑后的弹跳和力量可借？况且他要翻越的不是普通栅栏，而是四秒后便将恢复供电的高压电网。

这世上，除了疯子或傻子，估计没有一个正常人敢接受这样的挑战。阿豪不疯也不傻，但他连千分之一秒的犹豫都没有，双手抱着支撑电网的木桩，脚踩木桩上固定电线的绝缘子，以自己能达到的最快的速度爬了上去……

“1……2……3……”当读秒到“3”时，阿豪刚将一只脚和大半个身子从木桩顶上翻过，另一只脚还抬在半空。但他清楚自己没时间了，连正常转身下跳的时间都没有。于是，他抱着木桩顶部的双手猛地向后一推，侧身扑下。为了避免背包里的汽油瓶摔碎，他在半空中强行扭转身体，正面着地。

“咚”的一声闷响，阿豪结结实实摔在地上。好在他及时用双臂护住了头部，才没让额头撞上坚硬的岩壁。

没时间站起，也顾不上肘、膝处骨裂般的疼痛，阿豪刚一着地便手脚并用快速上爬。还在半空的时候，他便判断出自己落地的位置离电网不会太远，最多20厘米——这个间距，绝对不是人和“高压电裸导线”之间的安全距离。虽然他竭力想让自己摔得更远一些。但仓促之下，他无法做到更好。

而几乎在他向上爬动的同时，嗡……电流声响起，电网围栏西北角立柱上的那盏警示灯重新亮起——检疫所电力恢复了。

两秒钟后，阿豪躺在排风井下陡峭的岩壁上，仰头看着黄色的警示灯，胸膛剧烈起伏着。他下意识地抬手抹了把额头的汗水，心知自己刚才哪怕是晚上半秒，就会尝到玉川云子口中的“三千伏特打击电流”是什么滋味。

不过“三千伏特打击电流”对他的威胁并没有完全解除——任何人在这片被电网包围的狭窄、湿滑的峭坡上活动，都必须打起十二万分精神。

几个呼吸后，阿豪稳定住心神，从背包里取出撬棍，小心翼翼地将身体挪到排风井最东边的一块金属格栅下。

检疫所地下基地的排风系统采取的是横排模式，开凿在西侧围墙下的排风井井口，一共有四块金属格栅，每块格栅板对应一条排风井道。

撬开排风井井口的格栅，估计是阿豪这次行动中最简单的环节。他用了不到两分钟的时间，便将一块1米长、0.6米宽的金属格栅卸了下来，露出一个黑漆漆的矩形洞口。

他掏出手电筒，伸进洞口后才打开。在电筒光的照射下，他能清晰地看到，这条排风道在向前水平延伸出六七米后垂直拐向下方——和图纸上的线路标示一致。

阿豪不再耽搁，先将背包塞进管道，然后钻了进去。与惠民诊所地下室那条通风管道相比较，检疫所地下基地的排风井内部空间大了近一倍。前者勉强能容一名成年人爬行其中，而后者能让他带着一只背包轻松地匍匐前行。

15 秒后，阿豪爬到了这道横井的尽头。他探出头，用电筒照向下方的竖井——图纸上显示，这条笔直向下的井道的底部，即地下二层的顶部，吊装了两台直径 50 厘米的大功率负压式排风机。

阿豪一眼便看见了下方四米处的这两台“大型电风扇”。想是非工作时间的缘故，这两台排风机此刻都非常安静。他又照了照四周井壁，找到了图纸上标有的检修梯——一溜固定在井壁上的铁杆抓手。现在，他终于可以确定自己没钻错地方。

阿豪沿着检修梯快速下到竖井底部，双脚踩在固定两台排风机的钢架上。蹲下身，用电筒照了照两边的横向排气管道后，他在排风机左边的管道口，找到了图纸上标注的检修口。

他趴在两台负压排风机上，揭开检修口扣板。自此，这处守卫森严的魔窟被他打开了一道可以自由进出的安全通道。

下方漆黑、静谧，阿豪从检修口探出头，用手电筒四下照射。他看见了几个巨大的金属罐体、一排两米来高的锅炉、摆满大大小小箱体的条形工作台和存放各式玻璃器皿的木架……

虽然他没见过“培养基溶积罐”“科哈式锅炉”“生物压力锅”“细菌培养器”这些制造细菌的生化设备，但能确信，下方正是玉川云子介绍过的细菌制备区。

从 4 米高的检修口跳下，对阿豪来说跟下床一样轻松。尽管他分别从特高课课长和检疫所庶务班班长口中得到的情报都一致表明，夜间这里无人值守，但他仍然习惯性地保持着谨慎，落地时如猫科动物般悄无声息。

阿豪半蹲在黑暗中屏息聆听了一会儿，直到感官和直觉都告诉他这里没有危险后，才迅速从衣兜拿出玉川云子手绘的那张地图，打开电筒，和周边的环境比对，确定了自己在图纸上的位置。

5点13分，离6点还有47分钟——阿豪看了一眼表后，迅速在脑子里将事先拟好的行动步骤，和需要注意的关键细节过了一遍，然后按照图纸上玉川云子事先标记的路线，朝安全室的方向快步而去……

摧毁这里的方案有两个。第一个方案建立在玉川云子提供的情报准确、有效的基础上。这个方案最诱人之处在于——理论上他会有半个小时的撤离时间。然而实施这个方案的不确定因素很多，其中最令人不放心的就是，告诉他们检疫所有自毁装置这个秘密的人是一名日本高级特工。

尽管到目前为止，他们还没发现这名前检疫所安全官提供的情报和信息有任何错误，但这不代表对方可以完全信任。

此外，即便抛开对日本特工天然的戒心，就连玉川云子自己也提醒他们要做两手准备，因为安全室大门的密码有被重置的可能。

而第二个方案就在他的背包里——六支汽油瓶。如果第一方案无法实施，他只能退而求其次，纵火。

但这个方案有一个非常致命的弊端——他的生命将被置于极度危险之中！大火一起，墙体里的自毁装置将迅速引爆“梯恩梯”炸药，他来得及在这样短的时间内爬出排风管道吗？退一万步讲，即使他洪福齐天，躲过了这场爆炸，但那时的特别军事区是什么景象可想而知——必然会有大量被警报或爆炸惊动的日军向这里集结，把守各处哨卡和在巡逻队的士兵会立刻提高警戒级别……在这种情况下，他又如何撤离？

因而，第一方案必然是首选。无论是林文涛、樊继宗还是他自己都这样认为，至少在实施第二方案之前，要尝试一下玉川云子提供的钥匙和密码能否打开安全室的门……

时间：凌晨5点25分

林文涛独自站在公路上，朝黑暗中隆隆驶来的维克斯轮式装甲巡逻车伸出手臂，竖起手掌，示意对方停下……

十分钟前，他在南箕供电所的机房里，恢复了对特别军事区的供电后，即刻和顾铭坐上了樊继宗驾驶的那辆军用挎斗摩托车，在崎岖颠簸的乡间马路上高速行驶了五公里后，赶来了这里。

黑夜里这样赶路无疑十分危险。况且在绝大多数的时间里，摩托车的“油门把手”都被樊继宗拧到极限阈值。事实上，如果不是他的驾驶技术精湛，那辆车身喷了一层军绿色油漆的邮电摩托车，已经在路上翻倒两次了。

此刻的林文涛看起来有些狼狈——军帽歪着，脸颊和制服上都沾着泥土，原本雪白的手套也变得污秽不堪。

不过再狼狈他也是一名宪兵少尉。装甲巡逻车在他前方 20 米外停了下来，一名曹长跳下车，小跑着来到他面前，恭敬地问他需要什么帮助。

林文涛的脸上始终保持着宪兵少尉的威严，他指了指右后方黑漆漆的公路下，说自己的部下受了伤，需要立刻救治。

这名曹长顺着林文涛手指的方向走到公路边，用手电照了下去，这才看见在公路下方的草丛里，侧翻着一辆军用挎斗摩托车，边上还有一名宪兵士兵靠坐在一棵树下，满脸是血。

曹长见状忙转身朝装甲车快走几步，一边招手一边大声叫喊。很快两名士兵从装甲车里钻了出来，按他的指示跑下公路，去救治那名受伤的宪兵。

林文涛瞥了一眼 20 米外的装甲车，心道：“车里还有两人。”

据他了解，维克斯轮式装甲车是五人配置，除车长外，另有一名驾驶员、两名机枪手和一名观察手。现在他可以确定的是，身边的这名曹长应该是车长，而驾驶员不会轻易下车——装甲车的发动机还在轰鸣，因此他判断车里至少还有一名机枪手。

“车里没有急救箱吗？”林文涛对身边的曹长不满道，“我的士兵需要就地包扎。”

“有，我这就去取。”军曹道。

林文涛微微蹙眉。他本意是想让曹长从车上再叫下一名士兵，进入埋伏区，而不是让这名车长离开这里。

“等等，”于是他叫住转身要走的曹长，指了指已跳下公路正朝樊继宗走去的两名士兵，命令道：“你去帮他们，我去拿急救箱。”

“是……”曹长略一迟疑后，突然喊道，“林翻译。”

林文涛心中猛惊，然而已经来不及。

“别动！”曹长抢在他之前掏出手枪，指着他的头厉喝。紧接着岛本太郎朝他的两名部下大喊，“有埋伏，警戒！”

两名日军闻声立刻停下脚步，各自迅速掏出腰间的手枪，左右分开成掎角之势，一边防范三米外坐在树下的樊继宗，一边警惕四周。显然，这是两名训练有素的家伙。

“不好！”樊继宗心中一沉，精神瞬间紧绷到了极致。将装甲车里的日军诱骗到公路下的树林边，然后悄然解决掉，是他们能否快速而隐秘地夺取装甲车的关键。现在看来，他们提前暴露了！

岛本太郎对两名部下发出警告后，立刻转到了林文涛的背后，警惕地观察着公路下方的小树林。他不相信对方只有两人就敢伏击一辆装甲巡逻车。

作为一名刚从野战部队转调至南水部守备队的装甲车车长，岛本太郎的危机意识远超在占领区服役的士兵。当他认出眼前的“宪兵少尉”竟然是一名中国翻译装扮的之后，立刻感受了某种危险，并迅速做出了反应。

而岛本之所以能认识破林文涛的身份，是源于两周前他刚刚见过这位宪兵司令部的“林翻译”。那天，他正在二十三军经理部总务课办理转职手续，而林文涛恰好也在那里。总务课综合办公室人多嘈杂，岛本能注意到林文涛并留下不浅的印象，主要是因为后者在和一名日本军官谈话时提到了“秋田美酒”。

出生在日本“酒之国度”秋田县并为之自豪的岛本，在万里之外听见有人提及自己的家乡，便下意识地多看了几眼林文涛。之后他从给自己办理手续那名主计口中得知，这个说一口流利日语、有着浓重东京口音的中国男子是宪兵司令部的“林翻译”。

事实上，岛本与其说是认出了林文涛，不如说是听出来的更为确切。他从装甲车上下来听到林文涛说的第一句话后，便觉得这名“宪兵少尉”声音有些熟悉，此后一直在心里追忆这份熟悉的源头，直到林文涛再次开口他才猛然记起在哪里听过这个声音。

当然，仅凭声音岛本还不能断定眼前这名“宪兵少尉”与记忆中的“林翻译”同为一人。于是他用一个简单却通常有效的方法——突然叫破对方的身份——来进行最终的确认。事实证明他的怀疑没有出错，“宪兵少尉”在听到“林翻译”这三个字后的第一反应，绝不应该是“拔枪”。

林文涛并非没有考虑过自己在这次行动中，会被人识破伪装。不过在仔细分析了他要面对的两处目标——南箕供电所和装甲巡逻车——之后，他认为这种几率很小。

他长期在宪兵司令部总务处工作，除了宪兵系统内部的人，他需要接触的外部人员大多来自政府机构，很少和驻屯军方面的人打交道，尤其南水部。在记忆中，他从未与这支颇为神秘的部队中的任何人有过照面。而且，他今晚还对自己面部进行过一定程度的易容——加长加粗了双眉、涂黑较为白皙的皮肤、以更小的银丝边圆镜换下了平常架在鼻梁上的方形玳瑁框眼镜，此外他还在自己光洁的上唇沾了一小块人丹胡子。

出发前照镜子时，林文涛认为别说是夜里，即便是大白天遇上熟人，对方也不会一眼便认出自己来。然而概率极小的事现在发生了——他被一名陌生的曹长识破了身份。

林文涛一点也想不起什么时候见过这个家伙。而且，在生死时刻去思考这些问题毫无意义，他紧张地看向公路下一处黑暗的灌木丛……

“嗖”，寒光乍现，一把匕首从樊继宗左侧的一丛灌木后飞射而出，“噗”的一声扎进一名日军的心口，刀身没至手柄。中刀的日军如同被大口径子弹击中，踉跄后退两步，向后仰倒。这一掷的劲道之大，可想而知。

另一名日军见同伴遇袭，抬枪就要向灌木丛处射击。

“别动！”坐在树下的樊继宗举枪威胁。他放在大腿边的左手一直握着手枪，此刻出枪极快，让这名日军猝不及防。

在两人僵持的一瞬，顾铭的身影从灌木后闪出，他双手握枪瞄着这名日军，并迅速从侧面朝对方靠近。这名日军惊恐地朝两边张望，犹豫着是尊严地玉碎还是耻辱地投降。但樊继宗却没给他时间做出决定，趁这家伙分神的刹那，整个人如弹簧般从地上蹦起，右手上握着的三八式步枪枪刺寒芒一闪，劈在这名日军握枪的手腕上。

“啊”的一声惨叫，南部十四手枪从这名日军的手中掉落，紧接着一把锋利狭长的枪刺，没入他的胸腔，刺尖带着血从后背透体而出。

其实，樊继宗的这次突袭相当冒险，对方很可能在他攻击时开枪。但他不得不赌上一把——林文涛那边极度危险，他和顾铭必须以最快的速度解决这里的问题赶过去。

“不到万不得已不能开枪”——是他们对这次行动的共识。这处伏击地点位于日军两处军事机构之间，相距不过两公里，一旦枪声响起，难保不会引来特别军事区的日军巡逻队，或太古仓油料库的守备士兵。因此，没有顾铭那手飞刀绝技的他，只能选择近身搏杀的方式。好在这次“运气”站在他这一边，面对的是一名心志不够顽强的家伙，一击得手。

几乎在樊继宗和顾铭这边发动攻击的同时，黄七指和铁拐李也从公路下的两处灌木丛里现身。两人一个持步枪，一个握手枪，在离岛本五六米的地方威慑这名车长。他们都是战场上下来的老兵，经验老到、应变迅速，知道这时候该做些什么。

看着下方突然冒出的两道持枪的人影，岛本有些后悔没有第一时间返回装甲车。但一切都发生得太快，他感觉自己喊的那声“有埋伏”犹如攻击命令，话音刚落埋伏的敌人便全面出动，转瞬间两名部下便遭袭身亡，自己的安全亦受到威胁。不过他现在有人质在手，虽然紧张却不慌乱。

“准备射击！”岛本扭头朝身后的装甲车下达命令之后，没拿枪的手抓住林文涛的后脖领，小心而快速地向后退去。

看着公路下方小心翼翼跟着自己移动的两名枪手，岛本在心中冷笑，一旦自己回到了装甲车上，这伙反日分子一个也别想活。

樊继宗和顾铭在那名日本士兵倒地后，立刻高速朝装甲车的方向靠近。当他们赶上黄七指和铁拐李时，公路上的日军曹长，已经将林文涛拖拽到了装甲车半开的车门前。

岛本狰狞地笑着，准备打爆林文涛的头后钻进车里。就在这时，一股浓重的血腥味从车舱里飘来。

“怎么回事？”曹长猛地回头，然后他看见了一张糊满了血液的脸，接着便感自己脖子上一凉，鲜血飙射而出。

“百驹，你没受伤吧？”林文涛闪身，让开岛本栽倒的尸体，关切道。

董百驹抬起小臂，一边擦拭额头上的血液一边说道：“没事……都是日本仔的血……里面太狭窄，想躲也躲不开。”

董百驹、黄七指和铁拐李三人没有参加先前“控制南箕供电所”的行动，而是提前来了这里做准备。如果这辆装甲巡逻车在林文涛他们赶来之前返回，他们要想办法拖延住。此刻还藏在路边树丛里的那辆骡马大车，就是他们带来的应急道具，一旦林文涛三人不能及时赶来，他们就会将这辆装了满满一车粪桶的大车掀翻在公路中央，让装甲车停下。能拖延一分钟就多一分钟希望。

值得庆幸的是，林文涛他们在南箕供电所的行动很顺利，也及时赶来了这里，让这次行动能按之前最完美的设计展开，这辆粪车也就没了用武之地。

一分钟前，就在岛本突然拔枪顶住林文涛的头时，董百驹已从装甲车右侧的公路下爬了上来，拉开装甲车的车门，很自然地弓着身钻了进去。他个子比顾铭小上一圈，穿上从后者身上脱下的宪兵制服没有一点违和之感。这也是他的突然出现，没让车里的两名日军在第一时间产生戒备心理的原因。

于是，这名从三千名游击队员中选出来的短枪队队员，从容地偷袭了留在车舱里的日军机枪手和驾驶员——在三秒钟内，他用一把尖刀捅穿了前者的心脏、抹了后者的脖子。正如他所说，车舱里空间狭小，他即便身法再敏捷也躲不开飙射而出的鲜血。

没开一枪便解决掉了五名日军，就最终结果来看“夺取装甲巡逻车”的行动相当完美，尽管期间因为林文涛意外被那名曹长识破，大家一度陷入险境。

不过，此刻所有人的脸上都没有轻松的表情，大家心里都明白，决定这次行动成功与否的关键不在他们这边，而在孤身潜入地下基地的阿豪。将装甲车里两名日军，以及岛本的尸体迅速拖到公路下的灌木丛里掩藏好后，所有人都钻进了车里，由樊继宗驾驶，朝特别军事区驶去。在离西检查站还有两百米的地方，装甲车驶下公路，拐进了路旁一片树木稀疏的林子。

两分钟后，樊继宗和顾铭出现在这片林子最东边的一处小山坡上。这里位于特别军事区西侧的铁丝网外，是樊继宗昨天在这一带侦察后确定的行动观测点。樊继宗趴在坡顶的草丛里，用望远镜观察排风井电网围栏上的那盏警示灯。

黑夜里，黄色的灯光通常会给人一种温馨的感觉，但此刻的他和顾铭却恨不得这盏灯立刻灭掉。

这盏警示灯一旦熄灭，意味着阿豪已完成任务，开始撤离。同时这也意味着，这次“摧毁检疫所地下基地”行动基本成功——他们自信，即便在撤离过程出现了某种意外，大家也能驾驶着那辆火力强大的装甲车硬生生杀出去……

第三十二章　绝境

时间：凌晨 5 点 25 分

检疫所地下二层。阿豪第二次站在了安全室的封闭式铁门前。他一手拿着手电，另一手将钥匙插进密码锁的锁槽……

十分钟前，他按玉川云子在图纸上的标记找到这里后，并没有立刻进入。他还要为撤离和实施第二套方案做些准备：确定动力配电箱的位置并撬开箱门；从维修间找到一架人字梯，并将这架两米高梯子放在细菌制备区离地四米高的排风系统检修口下；将汽油从冷藏库的门缝下溢入其内，然后用油线连接至人字梯下。

有了这些准备之后，他才能在启动自毁装置失败的情况下，以最快速度破坏动力配电箱、爬上排风系统检修口然后扔下一根燃着的火柴，争取在大火引爆墙体里“梯恩梯”炸药之前爬出排风井口。

阿豪按玉川云子提供的密码——1225——转动铁门上的密码盘，然后顺时针拧动钥匙。

不对！他悚然心惊、寒毛炸起。这种感觉不是因为手上的钥匙没能打开门锁——这一点他早有心理准备——而是一种本能感应。

不过这一次本能没能帮他避开危险——呲……就在阿豪想要迅速离开这里时，一股刺鼻的化学气雾从门头的一个孔洞里喷出。

虽然他立刻屏住呼吸，但仍然吸入了一些白色的气雾。而且，没人能控制住喉部的迷走神经在受刺激后产生的咳嗽反射，这让他在转身离开前，又吸入了不少毒烟。

阿豪一边剧烈咳嗽，一边打着手电在黑暗的走道里跌跌撞撞朝细菌制备区走去。然而，这种气体不仅仅是让人咳嗽、流泪和呼吸困难，它还能麻痹血液的氧气吸收功能。

刚走了六七米，阿豪就感到一阵强烈的眩晕感袭来。他知道这是即将失去意识的前兆，于是狠狠咬了咬自己的舌头，让痛感来刺激昏沉沉的大脑，勉强保持一点清醒。

当然，他心里也清楚，自己坚持不了多久。于是，他在冷藏库大门边跪倒，掏出衣兜里的火柴，取出一根。可是泪水已经迷蒙了他的双眼，缺氧正在摧毁他脑部的神经中枢，“划燃一根火柴”这种三岁孩童都能做到的事，对现在的他来说却无比地艰难。

他一次次试着，动作越来越僵硬、迟缓，右手捏着的火柴棍始终没擦碰到左手上的火柴盒。

在失去意识前的一瞬，阿豪仿佛看见玉川云子那张嘲弄的笑脸……

时间：凌晨 5 点 50 分

小山坡上，樊继宗将望远镜递给身边的顾铭，再次看了一眼手表。随着时间的流逝，那盏一直亮着的电网警示灯，让他紧张而满怀期待的心渐渐沉到了谷底。十分钟后，日军的“末日计划”即将开始实施，检疫所的军医会从地下二层的冷藏库里取出“零号”病菌，注射进那 152 个难民的身体里……

“该我们上了！”樊继宗道。

“还等什么呢？”顾铭放下望远镜，侧头看向樊继宗。

两人同时伸出手，紧紧握在一起。“干！”

装甲车旁，林文涛和铁拐李、黄七指等人频频看表、不停朝树林东边张望。大家心里都明白，前去抵近观察的樊继宗、顾铭二人回来得越晚，阿豪行动失败的可能性越大。

终于，两人的身影出现在了他们的视线中，几个呼吸后便奔跑至面前。

“怎么样？”铁拐李迎上便问，声音有些发颤。

顾铭摇摇头，他看见自己表叔眼里的希冀之色瞬间暗淡下了去。在场的人中，除了黄七指就数他最了解铁拐李和阿豪两人之间的感情了。

“叔……我这就去为他报仇。”顾铭安慰道。

另一边，樊继宗走到林文涛面前，拍了拍对方的肩膀，道：“涛哥，你的任务完成了，剩下的事就交给我们这些只会打打杀杀的家伙吧……趁天还没有亮，你赶紧撤。”接着他又转向黄七指、铁拐李两人，“二位老哥，你们也撤……”

“打住！”铁拐李道，“我答应过那小子，会亲自去接他。”口气不容置疑。

“少废话！”黄七指的回应更直接，晃了晃手中的三八式步枪，“小子，老子打仗那会儿，你还在玩儿泥巴呢！”说着哗啦一声利落地拉动枪栓。

“好，同去！”樊继宗道。

林文涛眼眶一热，视线缓缓从樊继宗、顾铭、董百驹、黄七指和铁拐李五人的脸上看过：“各位同志、弟兄……保重！我等着你们……归来！”

他并不擅长行动，而且组织更需要他潜伏在敌人的内部。这一点他和樊继宗都很清楚，所以在后者制定的备用行动方案里，没有他。

樊继宗率先上前给了林文涛一个拥抱，然后钻进装甲车，坐在驾驶员位置上。接下来，顾铭、董百驹等人一一上前和林文涛无声地告别——拥抱、握手、击掌……

目送着装甲车隆隆隆地重新驶上公路后，林文涛并没有离开，而是拿上望远镜，朝树林东边的小山坡跑去。阿豪，你一定要活着！

两分钟后，林文涛趴在樊继宗和顾铭先前趴过的草丛里，举起望远镜——排风井电网上的警示灯仍然亮着。他迅速切换观察目标，将望远镜对准左侧斜下方的公路。很快，装甲巡逻车的两点车灯和模糊的轮廓出现在了他的视野里。

林文涛看表——5 点 55 分，抬头再看那盏警示灯，心中最后一丝希冀，随着时间流逝渐渐湮灭……

检疫所地下基地一层的特别观察室里，阿豪睁开眼，视线渐渐由朦胧到清晰。他看见一名日本军官正站在床边俯视着自己，面带微笑。

“段先生，很高兴见到你。鄙人玉川秀雄。”军官用汉语自我介绍。

听到这个名字，阿豪晕沉沉的脑子霎时清明了许多，恨不得一拳砸烂对方的脸。这个混蛋，就是他和立雪这场灾难的源头！可他现在别说动拳头，即便是扭动一下脖子都十分困难——他的手腕、脚踝、腰间和颈部上，都勒着厚实、宽大的牛皮带，整个人被牢牢地绑在一张铁架床上。

玉川秀雄示意身边的军医取下阿豪口鼻上的呼吸机面罩，继续说道："段桑，愤怒和对抗毫无意义。你应该感到荣幸，从今天开始，我们将为你的生命赋予新的、伟大的使命。你只要配合，在这里会得到贵宾级的款待。"说完，对一边的军医招了招手。后者会意，立刻从身边小推车上的白色金属托盘里取出酒精棉，反复擦拭阿豪左手手肘内侧后，将一支五毫升的注射器的针头扎入静脉血管，开始抽血。

玉川秀雄的脸上始终挂着微笑。这份笑意绝非礼节性的，而是源自内心。作为"末日计划"的执行官，他这几日一直住在检疫所边上的军佐宿舍区里。凌晨5点半左右，他突然接到检疫所值班员打来的电话，说有人潜入地下基地二层，意欲纵火……

只这一句，就惊出玉川秀雄一身冷汗——半个小时后"末日计划"就要开始实施，这个关键时刻竟然有人潜入了守卫森严的地下基地，而且是冷藏库所在的二层。如果那里遭到破坏，"末日计划"的实施很可能因此受到影响。更可怕的是他听见了"纵火"二字。

玉川秀雄是极少数知道，在地下二层的墙体里装有55公斤"梯恩梯"炸药的人之一。如果对方纵火成功，引爆了这些炸药，其后果绝不是他这个中佐能够承担的。

好在这名值班员接下来在电话里告诉他，潜入者触发了安全室外的毒气装置，没能实现破坏意图。

听完属下的完整汇报后，新任检疫所所长提到嗓子眼的心才稍稍放下。旋即胸中便升腾起无尽的怒火，在电话里命令值班员务必将这个该死的潜入者抢救过来，他要用最残酷的手段，刑讯这个差点毁了自己一切、将自己推进死亡深渊的家伙。

不过，当玉川秀雄赶到检疫所，认出潜入者是阿豪的那一刻，胸中的怒火顿时消散干净，被极度的喜悦和兴奋取代。

抓住这名"甲级通缉犯"对他来说，其意义已经超越了司法范畴。如果鸠山的推断没有错，阿豪就是他们孜孜以求的"零号"病菌的特异性免疫体。有了这样的实验活体，研制出“零号”菌治疗性疫苗指日可待。这不仅仅意味“末日计划”最大的隐患——反噬——得到解除，以及战略级武器——“零号”病菌——的唯一缺陷得到弥补，还意味着他和他的组织可以通过循环使用“投放病菌——售卖特效药品”的手段，源源不断地获取财富。这叫他如何不将阿豪视为珍宝？

军医抽完血后，玉川秀雄从他手上取过那根食指大小的玻璃试管，贪婪地看着里面深红色的血液。“立刻送往化验室，交给鸠山组长。”

“是。”军医接过试管，快步离开。

阿豪艰难地转动着头部，打量自己身处的环境。玉川秀雄仿佛猜到了他的心思。

“段桑，这里虽然不是监狱，但我可以保证，上一次的事情绝对不会再发生。”他从上衣兜里取出那把安全室的钥匙，戏谑道，“而且，你是我妻子这辈子送给我的最宝贵……应该也是最后的礼物，我怎能不加倍珍惜？”

阿豪在毒气装置被触发的刹那，便知道自己是中了玉川云子的诡计。但世上没有后悔药，此刻也不是自责的时候。

“现在……几点……”虚弱地咳嗽了两声后，他问，发出的声音像是嗓子眼刚被烙铁烙过的那样难听。

玉川秀雄看了一眼表：“快六点了。段桑想必是饿了吧……早餐想吃点什么？”

阿豪闭上眼，心里升出一丝希望。

“佐藤。”玉川秀雄将庶务班班长从门外叫了进来，吩咐道，“安排专人负责段先生的饮食，尽量满足他生活上的要求。明白吗？”

“是。”佐藤茂飞快地瞥了阿豪一眼，恭敬地回道，心脏怦怦一阵狂跳。其实，庶务班班长比检疫所其他人，更重视今天早上这次难民遣返行动。

尽管他心里也清楚，即便完成了和段世豪的约定——将黎家三人弄出了检疫所，后者也未必会像对自己保证过的那样，销毁那份录音口供，从此放过自己。但至少可以让抵在自己脖子上的那把刀暂时收回去，给自己彻底解决这个致命威胁争取更多的时间。

可让佐藤茂万万没想到的是，半小时前，他刚目送那152名遣返难民被押送出检疫所，就听一名守卫说，抓住了一名潜入者。而这个不要命的家伙，应该就是“甲级通缉犯”段世豪。

这个消息对佐藤茂来说，犹如一道晴天霹雳。他立刻意识到，自己陷入了怎样一个险恶的境地——段世豪一定会要求自己帮其逃走。自己答应，做不到，不答应，对方脱身无望凭什么还要为他保守秘密？

因而，在听说这名潜入者因为中了毒气正在抢救时，佐藤茂的心情极为紧张，无比希望这个让他近些日子时时提心吊胆的“恶魔”抢救不过来，就此死去。

可现实是，阿豪被抢救过来了。这让庶务班班长又陷入另一个痛苦的抉择中——要不要在对方出卖自己之前，暗中干掉这个家伙？

“水，给我水……”阿豪干裂的嘴唇蠕动着。

“佐藤班长，”玉川秀雄见佐藤茂有些走神，厉声呵斥道，“我说过，尽量满足他生活上的需求。”

“是。”佐藤茂慌忙应道，马上叫进来一名士兵。得了班长的吩咐，这名士兵立刻上前解开勒在阿豪脖子上的皮带，用口缸一点一点给他喂水。

这时，一名军医拎着医疗箱出现在了门口，向玉川秀雄禀报：“所长，防疫针剂领取完毕。”

玉川秀雄抬腕看了一眼表，冷着脸对佐藤茂道：“这个人的健康非常重要，如果出了问题，即便是佐藤部队长也保护不了你，我会把你送上军事法庭。”说完转身就走。

“是。”佐藤茂心中一凛，大声应道。

待玉川秀雄一行离开，佐藤茂立刻让那名给阿豪喂水的士兵退出房间，凑近阿豪低声道：“段先生，一小时后你指定的那三人就会离开广州，前往高要……”

玉川秀雄先前的严令，如一盆冰水浇在佐藤茂的头上，让他暂时放弃了对阿豪下黑手的想法，打算先稳住对方再说。

“放心，”阿豪低声而快速地说道，“我的人证实他们安全到达后，会将答应你的黄金和那份录音交给你，不过，你还得帮我一个忙。”

佐藤茂脸色大变，扭头看了看关着的房门，紧张道：“段桑，我可以让你过得舒适，但万万没办法帮你离开。门外24小时都有武士看守，我就是想帮你也没有机会。”他不用问也知道阿豪想让他帮什么，但这事他的确没胆子干，也干不了。

“现在几点？”阿豪问。

“六点。”佐藤茂看了看表说。

“还有机会！”阿豪看向房门，目光坚定……

两分钟前，当装甲巡逻车即将从养殖场北边的公路上驶离时，樊继宗再次看表——5点58分。

铁拐李从车顶盖探出头，看了一眼那盏在黑暗中散发着橘黄色灯光的警示灯后，将身体缩回了车内。“干吧！”

轰，樊继宗猛踩油门，装甲车车速陡然加快。

30秒后，这辆7.6吨重的维克斯轮式装甲车停在了通向检疫所北门那条60米长的坡道下，车头正对着坡道尽头那两扇封闭式铁门。

“准备好了吗，各位？”樊继宗问。

哗啦，分别把着两挺7.7毫米机关枪的顾铭和董百驹几乎同时拉动枪栓——子弹上膛。

“开干！”顾铭从牙缝里挤出两个字。

隆隆隆隆……装甲车冲上坡道，发动机的轰鸣声越来越大，车速越来越快……

在这个黎明，五位中国勇士对日军这处“魔窟”发起了最坚决的进攻！

把守在大门外的两名日本士兵，有些茫然地看着这辆隆隆而至的装甲车。起初他们还以为这辆守备中队唯一的装甲巡逻车，是奉命来配合难民遣返行动的，尽管他们还没接到中队的通知，但这是最合理的解释。不过，当看见这辆战车在离大门不到20米的距离时，反而加速向前冲去，两人终于大惊失色。这些混蛋要干什么？！

“停车！”其中一名守卫一边挥手一边大声喊道。

“嗒嗒嗒嗒”，回答他的是一串机枪子弹。

“狗日的！”从射击孔里看到两名日军中弹倒下，董百驹一声咒骂。几天前，阿强和黑仔就是死在这挺机关枪下，他今天要以牙还牙！

大门内，十来名日本士兵正在兵舍前整队集合，准备吃早餐。外面突然响起的枪声，让这支守备分队安静、整齐的队伍立刻骚动起来。

整队的分队长还来不及呵斥自己的部下，“哐”的一声巨响，检疫所那扇紧闭着的对开式铁门被大力从外面撞开。在所有人惊恐的目光中，一辆轮式装甲车碾压着地上的半扇铁门，隆隆隆地驶进院里。与此同时，装甲车的射击舱缓缓转动，两挺机关枪的枪口正在瞄向他们。

“隐蔽！”分队长厉声尖叫。

“嗒嗒嗒嗒”……“嗒嗒嗒嗒”……没等队伍完全散开，装甲车上两挺机关枪已开始喷吐火舌，密集的子弹尖啸着射向这些惊慌失措的日本士兵。

“噗噗”……“噗噗噗”……一个个奔逃中的日军中弹倒地。五秒钟后，枪声戛然而止。兵舍的门廊下和前边的空地上，倒着成片的尸体。

对于装甲车里的两名机枪手来说，这完全是一个意外的惊喜。从玉川云子口中，他们得知检疫所北区驻扎着一支15人的日军守备分队，也大致了解这支分队兵舍的位置。因而在装甲车撞开大门后，两人迅速将机关枪的射击角度转向了这边，准备依靠强势火力，将被惊动的士兵压制在兵舍里，不让这些日军干扰他们对地下基地的行动。

可谁也不曾想到，他们冲进来的时候，这些士兵正端着饭碗，在离他们40米外的地方列队集合。没有比将敌人集中起来消灭更让人兴奋的了。虽然这时天还没亮，但已经过了最黑暗的时刻，加上兵舍的房间和走廊还亮着灯，让他们可以清晰捕捉到那些四处乱蹿的身影。于是，这两名来自军中的射击高手，在五秒钟内倾泻出了近百发的子弹，消灭掉了视线中所有的敌人。

从检疫所北区的大门到主楼的楼门洞口还有50来米的距离。樊继宗在暴烈的机枪声中猛轰油门，驾驶着装甲车径直朝铁栅栏楼门撞去。几秒之后，又是一声巨响，这扇比大门小上两号的铁栅栏门直接被撞飞了出去。

装甲车迅速倒车、掉头，将车头对准大门方向，再倒至楼门前。这样便于阻击赶来增援这里的日军。

装甲车尚未停稳，铁拐李已打开车门跳了下来。一落地他便猫着腰，双手举着顾铭在南箕供电所缴获的那支三八式步枪，快速冲向楼门洞。紧跟着下车的是黄七指，他手里握着把南部手枪。下车后同样没有半分迟疑，跟在铁拐李身后冲了进去。

出其不意、快速和暴力，是他们这次破袭行动的关键。到目前为止，他们做得很不错，从发动到基本消灭了大楼外的那支守备分队，只用了两分钟的时间。但这只是开始，他们想要在地下基地的守卫关上厚重的防火门之前冲进去，必须更快、更暴力！

根据玉川云子和佐藤茂提供的情报，检疫所北区除了驻扎了一支15人的日军守备分队外，夜间还常驻着特高课派出的12名内卫武士以及“检索班”“动物班”“培养班”总计36名士兵。唯一的好消息是，这些住在西楼的武士及士兵，都没有枪支类武器。这也是樊继宗敢于制定这个后备行动方案的底气所在。不然，面对近90名持枪的日本士兵，纵然他们不怕牺牲，此刻也只能窝在装甲车里打光所有的子弹，而无法在增援的日军赶来之前冲入地下基地，捣毁那里。

“老顾、百驹，这里就交给你们了。”车舱里，最后下车的樊继宗快速说道。

“好！”董百驹道。

“但凡老子还有一口气，小鬼子别想从这里进去。”顾铭吼道。

此时，一道尖利的警报声骤然响起。尽管这是意料之中的事——毕竟大楼里还有值班的武士，兵舍里不排除有存活的士兵；但刺人耳膜的警报声，仍然让他们原本已高度紧张的神经，又绷紧了几分。

“保重！”樊继宗拎着一只鼓囊囊的帆布背包跳下车，拔出腰间的柯尔特左轮手枪，朝门洞里跑去。

乒，楼门洞里，冲在最前面的铁拐李，对着边上的走道出口开枪射击，将一名从值班室跑出来的武士打翻在地。不过，在这人身后还跟着一名武士。这家伙反应极快，也相当悍勇，趁铁拐李重新上弹的间隙，就地一个前滚翻，半蹲起身时已至铁拐李身前，唰地拔刀，拦腰横斩而出。

对方这一连串的动作快捷、凶狠，铁拐李还没来得及完成上弹的动作，寒光闪烁，刀锋已至腰侧。

乒，枪声再起，武士挥刀的动作为之一顿——紧跟在铁拐李身后的黄七指及时开枪，击中这家伙的肩部。

乒，紧接着他又是一枪，打爆了这家伙的脑袋，鲜血飞溅。

看着这名歪倒下去的武士，两个老兵皆心有余悸。铁拐李自不用说，黄七指再晚开枪0.1秒，此刻的他估计肠子掉了一地；而后者枪法并不出众，能在电光火石间击中对方，也觉侥幸。

“趴下！”还没等两人完整地喘上一口气，樊继宗的暴喝声从他们侧后方传来。与此同时，铁拐李和黄七指也发现，在前方七八米外的楼门洞出口处，有人影晃动。不过，还没等两人做出反应，两点寒芒一前一后电射而至。噗，一支十字忍者镖扎进铁拐李的左腹，而另一支则擦着黄七指的脖子飞掠而过，“当”的一声击在门洞的青砖洞壁上。

“乒、乒……”樊继宗对着那道人影连开两枪，将对方击倒。

“瘸子……”黄七指惊呼。他见铁拐李一手用枪杵地，一手捂着腹部，心知不妙。

“老李，你怎样了？”樊继宗快步赶上，一边警惕着前方，一边关切道。

“别他妈管我，快去，我来断后，快啊！”铁拐李大声嚷道。

“老黄咱们走！”樊继宗咬着牙冲了出去。虽然参加这次行动的所有人都抱着必死的决心，但他们不是来白白牺牲的，死也要死得其所！

“去啊七指，别他妈像个婆娘似的！”铁拐李一把掀开身边的黄七指，“阿豪还在下面等着呢，去救他！”

黄七指点点头，噙着泪道：“好，我这就去救那小子！”

樊继宗快速冲出这条15米长的楼门洞后，一眼便看见了右手边那道通往地下的石阶。

此时，在这道三米宽的石阶的下方——地下基地的入口处，一名武士正将一道推拉式铁栅栏门哗啦啦地关上。在他身后灯光透出的地方，还有一道半开着的防火门。

“乒、乒、乒……”樊继宗一边冲下石阶，一边朝这名正在锁门的武士开枪。子弹当当当地打在铁栅栏门上，火花四溅。那名武士慌忙转身朝防火门里跑去。

樊继宗心中焦急，他没想到自己连开三枪，一颗子弹也没打中这个家伙。

如果让对方将那道防火门从里面锁上，他们这次突袭行动将一败涂地。而他如果没记错的话，手中这把柯尔特左轮手枪的弹巢里只剩最后一颗子弹了。

冷静！樊继宗命令自己。呼吸，瞄准，“乒！”他隔着铁栅栏门再次射击。七米外，那名武士应声而倒，摔在防火门前。

樊继宗一把抓住铁栅栏门哗啦一声拉开，心道一声“好运”！要是这道铁栏栅门被锁上了，又要费上一番手脚。他们的时间很紧，一分一秒都不能多耽搁。

地下基地有多少人他不知道。已知的是，守备中队的大批日军最多五分钟后就会赶到。除此之外，这里还有几十名日本士兵，虽然这些技术兵没配备枪支，但自己这边毕竟只有五个人。因此，他们这次行动的成功与失败，完全取决于能不能在敌人反应过来之前冲进地下基地二层。

就在樊继宗暗自庆幸之际，嗖，尖锐的破空声响起，一枚十字镖直奔他面门而来——防火门后突然闪出一道人影，抬手便朝他发出暗器。间不容发之际，樊继宗本能地偏了偏头。十字忍者镖高速旋转着划破他的左边脸颊，切掉他半只耳朵，带起一串血珠飞射而去。

樊继宗迅速开枪还击，却听到了击锤击空的声音。这时他才想起，自己先前已经打光了枪里的子弹。

对面武士怎会再给他装弹的机会，嗖、嗖，又是两枚暗器接连朝他射出。

樊继宗情急之下只能转身扑倒。一支十字镖打在他的背囊上，发出玻璃破碎的声音。紧接着大腿处传来一股剧痛，另一支十字镖扎中了他的大腿根。

就在这时，乒、乒两声枪响，黄七指赶到，朝防火门边的武士射击。两颗子弹打在钢质门板上，溅起了火星。

这名武士立刻闪避到门后，开始关闭防火门。

半分钟前，玉川秀雄离开这里时对这名武士和他的同伴下达的命令是——关上这两道门，没有命令不准打开！而不是让他们在此抵抗入侵者。只不过他没想到入侵者来得这样快……

“别让他关门！”樊继宗顾不得爬起，冲身后快速跑来的黄七指大喊。后者同样顾不上将他扶起，直接从他身上跳过，朝着吱呀关闭中的防火门猛冲过去。

好在这道钢制防火门厚实而沉重，开关时比普通铁门费力许多，需要两三秒的时间。绝不能让这道门关上！黄七指眼见防火门即将关闭，纵身向前扑出，抢在防火门关闭前的一瞬，扑倒在门前，将一只手插进了门缝。

下一秒，“咔嚓”一声夹碎核桃似的声音在黄七指耳畔轻轻响起。纵使已有心理准备，小臂上传来的一股剧痛仍然让他差点昏厥过去。沉重的钢门，加上关门时惯性作用下产生的势能，绝不是血肉之躯可以抗衡的。

正在门后大力推门的武士微微一怔，感觉防火门被什么东西卡住了。低头看去，发现了黄七指伸进来的那只手。

武士用肩顶住门，腾出手，拔出武士短刃，身体下蹲，一刀斩下。百炼精钢打造的武士刀锋利无比，这名武士全力一斩，黄七指的手齐腕而断，鲜血如箭矢般飙射而出。

啊……门外的黄七指忍不住惨叫出声。

正拖着伤腿，一边给手枪上子弹一边从后面赶来的樊继宗脸色再变。

“老黄！”他大喝一声，反手拔出扎在大腿上的十字镖，跌跌撞撞扑向防火门。

门后的武士本以为斩断这支手掌后，手掌的主人会立刻将手缩回去。毕竟，这是人体的本能反应，是中枢神经对痛感的条件反射。

但他惊骇地发现，这支齐腕被自己砍断的手，一截小臂仍然夹在门缝里，要不是伤口还汩汩冒血，他甚至会怀疑自己先前砍断的是一只死人的手。黄七指当然会有本能反应，只不过当他的断手想要缩回来的刹那，他的另一只手死死握住了它。

“快……”他痛苦地喊道。

樊继宗用尽全身力气朝防火门撞去。尽管这一撞差点让他肩胛骨骨裂，但门缝并没有打开多少——厚重的钢门和顶在门后的武士，让他有一种“蚍蜉撼树”似的无力感。

而更令人绝望的是，他听见门后那个家伙在叫唤同伴，一阵急促的脚步声随之而来……

一分钟前，玉川秀雄离开囚禁阿豪的那间特别观察室后，本来是要返回二楼的所长办公室，给原田司令官和佐藤俊二大佐打电话，做“末日计划”实施前的最后通报。

不料，他刚走到地下基地的门口，检疫所就响起了警报。当然，如果仅仅是警报声响起，玉川秀雄会以最快的速度回到办公室，了解情况、坐镇指挥。因为在他想来，警报无非又是某个反日分子潜入检疫所搞破坏所引起的。然而，紧接着传来的几声枪响，让他立刻意识到了危险。要知道检疫所自建成以来，还从未响起过枪声。

而且以北区第二道大门——主楼楼门——为界，禁止任何人携带枪械或火源入内，包括他这个所长都不能违反这道严令。但现在枪声却在楼门洞里响起，这意味着什么？

在搞清楚具体发生了什么事之前，玉川秀雄不打算离开地下基地这处安全堡垒。于是在派遣了一名武士到地面侦察，又留下了两名武士把守入口后，他便匆匆返回，准备到警卫室给检疫所守备分队打电话，质问这帮混蛋外面到底发生了什么。

驻扎在检疫所主楼外的可是一支 15 人的加强分队，除非是来了一支火力强大的军队，他想不出还有什么力量可以在这么短的时间里突破他们的防守，冲进检疫所的核心区域……

然而，还没等玉川秀雄走进警卫室，基地入口处又传来枪声。入侵者如此快速地杀至这里，让他心中骇然，立刻放弃了前往警卫室的打算，当即增派两名随从武士前往大门处阻截，自己则带着其他人迅速向地下二层撤离。

此刻的玉川秀雄，心情可以说恶劣到了极点。袭击者有多少人，多少枪，他一概不知。而现在他身边加上高桥满在内不过六名武士，只有武士刀和十字镖这些武器，如何对抗枪支？

至于那名拎着医疗箱的军医，与守在特别观察室的佐藤和他的一名属下，则连这样的冷兵器都没有。

“让佐藤将段世豪立刻转移到地下二层，快！”急行中的玉川秀雄对身边的一名武士吼道，“记住，不能松绑，连床一起推下来。”

“是。”武士领命，飞快地朝特别观察室跑去。

在玉川秀雄的眼里，阿豪无疑是件重宝，说价值连城也不为过。因而在如此紧张的情形之下，他也不忘将对方控制在手中……

基地入口的防火门外，樊继宗迅速从腰间的日式弹药腰包里，取出先前在夺取装甲车行动中缴获的战利品之一——一枚九七式手榴弹。

用牙咬着拔出保险销后，他将手榴弹在门上一磕，心里数了两秒，然后把这枚延时四秒的日军制式手榴弹从门缝塞了进去，紧接着双手抱着黄七指的腰，迅速将他从门边拖开。

樊继宗原本打算稍后再使用这枚珍贵的手榴弹：如通往地下二层的防火门已经关闭，这枚手榴弹是破开那道钢门的唯一希望；又或者用它引爆地下二层墙体里装置的那些“梯恩梯”炸药块，这比单纯以纵火的方式引爆那些炸药更加可靠。不过，如果连这道门都进不去，留着这颗手榴弹还有什么意义？

轰，巨大的爆炸声在防火门后响起，一股火苗裹挟着硝烟从门缝里喷出。墙上的灯泡随之炸裂，防火门外这片区域顿时一暗，扑簌簌掉下的墙皮和水泥碎屑落了樊继宗一身。

“老黄、老黄……”他一边大喊，一边摇晃怀里的黄七指。坚实的钢制防火门，替他们挡住了手榴弹爆炸后飞射的弹片和冲击波，但挡不住震耳欲聋的声波。

樊继宗耳朵里嗡嗡作响，他看见黄七指的嘴在张合，却听不见声音。但他能明白对方在表达什么——这名老兵用他那支血淋淋的断手，指着防火门，在说：去……快去……

樊继宗轻轻将黄七指放在地上，泪水模糊了他的双眼……

爆炸声响起时，玉川秀雄一行刚刚赶到通往地下二层的楼梯口。他回头望去——50米外的基地入口处，黑烟滚滚。

“你们四个，守住这条通道，在佐藤茂将人犯转移至地下二层之前不许后退！明白吗？！”玉川秀雄厉声下令。

形势越来越危急，这些武士，乃至佐藤茂的性命，他现在根本不在乎，他在乎的只有段世豪一人。

“明白。”四名武士齐声领命，各自拔出佩刀，转身朝入口处跑去。

消毒间里浓烟弥漫，樊继宗一手握枪，一手捂住口鼻，背靠着墙壁快速向前摸索。

手榴弹炸起的石灰粉尘漂浮在烟雾中，让他的双眼针刺般疼痛而模糊。好在这次行动之前，他已将玉川云子手绘的那几张地下基地的平面图刻在了脑子里——

基地入口的防火门后，是一条六米长、通向消毒间的石灰槽；而消毒间位于地下一层主通道的中部，将这条一百多米长的通道一分为二；地下二层的入口，位于西边这条通道的尽头处。

五秒钟后，樊继宗找到了消毒间通往西通道的出口，冲出了这处令人窒息的空间。

通道里同样飘荡着呛人的烟雾，但比消毒间里已淡了许多，加之大部分过道灯还亮着，二三十米外的情形能大致看清。

樊继宗双手握枪，侧身靠着通道右侧的墙壁，小心而快速地向前移动。他心里很清楚，眼前这条看似空荡无人的通道，下一秒或许就会杀机四起。

果然，就在他经过这条通道右侧第二个房间时，紧闭的房门突然打开，一道雪亮的刀光电射而出，直刺他的腰腹。

一直心存警惕的樊继宗，异变刚起便做出了反应——侧身、后退、射击，三个动作几乎同时完成。"乒、乒"，两声枪响之后，门口的黑影胸膛冒血，仰摔倒地。

噗嗤，枪声刚落，一把武士短刃插进了他的后背——通道的房门两两相对，当樊继宗朝右侧房间里冲出的那名武士开枪时，藏在对面房间的武士趁机发动攻击，一刀刺向他的背心。然而让这名武士愤懑的是，原本该透胸而出的致命一刀，却因对方背上背囊的阻碍偏离了方向。不过即便如此，樊继宗也因此遭到了重创，他的左肩胛被刺中，整个左臂立刻废了。

他还有右手！

不等对方将刀从自己身体里拔出，樊继宗已强行转身，只为能迅速前行，他任由锋利的刀尖将背部更多的肌肉切断、筋骨割裂。

"乒"，他一枪将这名武士的头打爆之后，再次前行。

嗖，一支忍者镖迎面激射而来。樊继宗想要闪避，身体却不受大脑的指挥。多处受伤的他，因大量失血而失去了往日的敏捷。

噗，十字镖准确地扎进了他的小腹。樊继宗一个趔趄，抬手朝前方施放暗器的武士开了一枪。显然，他的枪法失去了准头，没击中十米外的敌人。

"嗖"，寒光又至。这一次他没有躲，一边前行一边开枪，"乒、乒"，他击中了对方。然而，在他的心口上，又多了一支十字镖。他将这支镖拔出来时，心口和嘴角同时溢出鲜血。樊继宗的肺叶被扎穿了。他一边艰难地前行，一边掏出子弹，一粒粒地往左轮手枪的弹巢里装填。

这时，前方又有了动静——三个人推着一张手推床，从一处岔口拐上这条主通道，快速朝西头奔去。

樊继宗举起枪，他感觉自己的视力有些模糊，无法再精确瞄准，于是对着前方几道身影，“乒、乒、乒”地连续开火，一口气打完枪里的全部子弹。用高密度的射击频次弥补精度的缺失——效果不错！那张手推床停下了，推床的人也都倒在了地上。

樊继宗继续前行。他咳嗽得越来越剧烈，还一口口地往外喷血。他感到头有些发晕，脚下一软，摔倒在了地上，手枪也掉了。

他双手竭力撑起身子，用力摇了摇头，让自己清醒一些，然后靠墙坐了起来，一边喘息、一边咳血。这条通道真他妈长啊！他在心里咒骂。

这时，一声野兽般的嘶吼从背后传来，他扭头看去，七八步外，一名黑衣武士双手握着刀，高举过头顶，哇呀呀地叫喊着朝他冲过来。

柯尔特手枪就在身边，他却怎么也拿不起来——一把枪变成了两把、三把……他想站来，但膝盖好像不是他的了。

看着当头劈下的雪亮刀光，樊继宗想起了阿豪说的话——要说把握，这件事我一分把握也没有，只能走一步是一步，尽力吧，能走多远就走多远……

现在，地下二层的入口就在距他不到二十米的地方，但他走不到了，有些遗憾。

乒、乒、乒，通道里枪声再起。他刚闭上的眼猛然睁开——那名黑衣武士双目圆瞪，正缓缓朝自己跪下，高举的武士刀软软“劈”在他的肩头，然后身子一歪，扑倒在地上。

樊继宗看向开枪的人——不远处，黄七指靠在通道一侧的墙壁上，佝偻着身子，咧嘴冲他笑了笑，露出一口黄牙。樊继宗正要回应对方一个尽量灿烂的笑，却看见这个断了一个手掌的老兵，抬起拿枪的手臂，无力地朝前方挥了挥，然后一头栽倒，再无声息。

手推床后，趴在地上的佐藤茂掀开半边身子压在自己身上的二等兵，这名后背中枪的属下看上去还有一口气，但庶务班班长此刻哪有心思管他的死活。至于那名传令的武士，后脑勺上挨了一枪，倒在血泊里，一动不动，更用不着他去理会。

佐藤茂悄悄从地上爬起，飞快地瞥了一眼不远处的樊继宗，反手拽着手推床，弓着身子朝前方哗啦啦地狂奔。

他不知道下一刻还有没有别的袭击者冲进这里，但他能确认，那名至少射杀了六名基地武士的男子，并没有死。

尽管对方已经受了很重的伤，嘴里、胸口和腹部一股股地在往外冒血，拿枪的手抖得厉害，扶着墙都有些站不稳，身形摇摇欲坠，但佐藤茂仍然对这个男子充满恐惧，总觉得对方下一枪就会打爆自己的脑袋。

当佐藤茂拖拽着手推床全力奔逃的时候，绑在这张病床上的阿豪也在全力挣扎，想要摆脱身体的束缚，哪怕是一只手、一条腿。但他的一切努力都是那么令人绝望——设计这种床的混蛋，一定是以老虎凳或电刑椅为蓝本的。没有人能在不借助外力的情况下，摆脱这类刑具的禁锢。

于是，他只能尽量抬起头，看着离自己越来越远的樊继宗。他很想对这个扶着墙，脚下一步一摊血，看上去随时都会倒下，却仍坚持前行的家伙大喊，“够了伙计，你的血快流干了，停下来吧，给自己留点时间，想想生命中那些美好的往事……”然而，他最终没有出声，紧紧咬住了牙关。

他看到了对方眼神中的那份坚毅和执着，读懂了他那虚弱但坚定的步伐所表达的意志——生命不息，战斗不止！

或许，只有这样的牺牲，才配得上这样的勇士吧！他想。

高桥满忠实地执行着玉川秀雄的命令——守在地下二层的入口处，接应转移段世豪的佐藤茂等人。防火门当然不能完全关闭，他留下了一道20厘米宽的门缝，站在门后，紧张地注视着楼梯口的动静，如果那里出现的不是自己人，他和他的临时助手——那名现在本来该在船上给难民打防疫针的军医——会在一秒钟内将这道15厘米厚的钢制防火门关闭、上锁。

“该死的混蛋！”短短一分钟里，高桥满已经咒骂了阿豪不下五次。在这位空手道黑带高手的眼里，“段世豪”这三个字简直就是厄运的另一个称谓。

对方一个月内两次从他手中抢走同一个女人，一次打断他的鼻梁，一次炸死了他四名手下。而他却始终抓不住这个像老鼠一样机警的家伙。他为此深感羞耻。

今天，天照大神显灵，让这小子自投罗网！高桥满心里甭提有多么兴奋了。虽然他不能将这个屡屡践踏自己武士尊严的中国人大卸八块，但羞辱、折磨一番还是可以的。最重要的是，他觉得厄运将从此离开自己。

然而，他万万没想到，自己刚高兴了不到半个小时，厄运又来了——这家伙的同伴竟然疯狂到袭击大日本帝国的军事基地，逼得他一名堂堂帝国陆军中尉，在自己的地盘上还要怯懦地躲在一扇门后！奇耻大辱！

要不是先前通道里不停地响枪，憋闷得快要发狂的高桥满说不定已经冲了出去，和来犯之敌正面搏杀一场，誓死也要维护帝国皇军和大日本武士的尊严。

此刻，听见枪声停了下来，高桥满动了心思。他不认为会有太多的袭击者，顶多是几个人的小队伍——这个判断不难做出，日军已经控制这座城市超过三年，检疫所又位于守备森严的特别军事区里，零星混进来几个反日分子有可能，但大队的武装力量想要潜入这片区域断无可能。

现在，经过大楼外的守备队和基地武士们的层层阻击，他觉得这支袭击小队的威胁应该解除了。

正在高桥满跃跃欲试，想着要不要冲出去搏一份军功时，佐藤茂慌张的身影出现在了上方的楼梯口。

“开门、快！”庶务班班长大喊一声后，拖着身后的手推床冲下石阶。其神情之仓皇、惊恐，仿佛身后有只厉鬼，正朝他的后脖颈伸出带血的利爪。

“咣咣当当”，手推床剧烈颠簸着从楼梯口俯冲而下，撞在防火门下20厘米高的铁门槛上，侧翻倒地，发出巨大的声响。

“混蛋！”高桥满大声咒骂，心中刚聚起的血勇之气，被佐藤茂此举冲击得七零八落。但现在不是冲这个怯懦的家伙发火的时候，他立刻将沉重的防火门打开，和军医、佐藤茂一起，连人带床将阿豪抬了进来。

“外面什么情况，其他人呢？”刚将手推床抬进门里，高桥满便急切地问道。检疫所的这些内卫武士现在可都算是他的属下，此刻见只有佐藤茂一人回来，他眼珠子都快瞪出来了。

“快关门！”庶务班班长尖叫道，“都死了，全都死了！”

高桥满大惊，他清楚地记得，玉川秀雄先后共派了十名武士去阻截入侵者。虽然这些武士没有配备枪支，可他们熟悉地下基地环境，个个刀法精湛、暗器功夫一流。可这才短短几分钟的时间，竟然全死了？对方到底来了多少人，有多少把枪？

高桥满还没来得及问出这个问题，“乒、乒”两声枪响，那名正在关闭防火门的军医应声倒下。高桥满和佐藤茂慌忙挤在门后。

樊继宗总算走到了这条通道的尽头，身后留下了一条长长的血迹。看着楼梯下尚未关闭的防火门，他的黯淡的眼神骤然炽热，两枪将门后那名穿白大褂的日军击倒后，他朝下方冲去。只要能进入这道防火门里，再点燃背囊里的汽油瓶，他觉得自己就可以死了。

但他已虚弱到无法保持身体的平衡，一脚踏出后，整个人便摔了下去。这样也好，他想，走不动就滚下去吧。

樊继宗不停地向下翻滚。他能清晰地感受到四肢和坚硬的石阶在碰撞，能感受到后背有无数块碎玻璃扎进肉里，但就是感觉不到疼痛。

终于他滚到防火门前，脑袋重重磕在防火门上。在失去意识前的瞬间，他看见防火门被彻底关上了。运气真的很差啊，他在黑暗中发出最后一声叹息！

最先赶到检疫所北门的是一支日军巡逻小队。这三名正在附近巡逻的士兵，听见检疫所方向传来枪声后便改变了巡逻方向，朝这里赶来。

他们到达北门外时，机枪射击已经停止，然而凄厉的警报、零星的枪声，以及门外两名守卫的尸体和半扇倒在地上的铁门，让这三名日军不得不承认一个令他们不敢相信的事实——有武装力量在特别军事区里发动袭击！

三名士兵立刻组成三角攻击队形，迅速而警惕地朝大门里搜索前进。此刻刚过凌晨 6 点，天空仍然由黑暗主宰，除了警报声，主楼前的空地上再无其他动静。

位于三角队形箭头的那名士兵，打开手电，看见了静静停在楼门洞前的那辆装甲车。他飞快地和两名同伴交换了眼神——守备队中队的装甲巡逻车怎么会在这里？而且，既然有火力如此强大的战车在此，还有什么武装力量能进犯检疫所？

“嘭”，就在这三名士兵心中疑惑之际，装甲车车头的大灯突然亮起。还没等他们做出战术规避动作，装甲车上的一挺机关枪已绽放出火花——“嗒嗒、嗒嗒嗒、嗒嗒”，三次节奏非常清晰、间隙极其短暂射击后，三名日军尽数中弹倒地。

装甲车里，董百驹朝顾铭竖起了大拇指。他自认在机枪射击科目上，水准比这名来自国军的精英差了一大截。比如用这挺后坐力极大的7.7毫米机枪，他就打不出对方刚才那样漂亮的短点射，而在只剩下不到一百发机枪子弹的情况下，顾铭这手精准、高效的射击技术，能让他们在这里坚守得更久一些。

“伙计，大门交给你了。”董百驹拍着顾铭厚实的肩头说。

“放心，小鬼子今天不留下四五十条命，别想进来。”顾铭道。

“值了。”短枪队长说。

“对，值了。”锄奸队长说。

董百驹打开装甲车车门，钻了出去。两个人不能都守在车里，必须要有一个人在外边，阻击那些利用装甲车射击死角进行攻击的敌人。董百驹觉得没有比点杀一个个单兵突进的鬼子兵，更适合自己手上这把盒子炮了。现在还有四十来发子弹，如果发挥正常的话，战果未必会比大个子差多少，他想。

当董百驹和顾铭在楼门洞入口处，准备阻击即将蜂拥而至的大队日军时，铁拐李也做好了战斗准备。他趴在通往地下基地的楼梯口，端着三八式步枪，瞄着50米外西楼一层的走廊——那里已有七八道身影，从各个房间里蹿出，朝地下基地入口奔来。

尽管他知道这些日军技术兵没有配备枪支，但对方总计有三四十人，自己一个人想要替樊继宗和顾铭他们守住身后，并不容易。而且他小腹上被十字镖扎出的伤口还在汩汩地冒血……

乒，铁拐李瞄准后开枪射击，跑在最前面那道人影应声倒地，其他人立刻停下了脚步，或扑倒在地或就地隐蔽。

连同这支枪一起缴获的子弹，只有15发。铁拐李不认为自己可以凭借这些子弹，将这三四十名日本技术兵全部消灭掉。他的目的是震慑住这帮手持短刀或铁锹的家伙，给樊继宗和老黄争取更多的时间。但他心里也明白，开枪后自己的位置便暴露了，敌人很快就会发起有针对性的攻击。

地下二层。防火门后，佐藤茂和高桥满围在手推床边，两人的脸色都很难看。阿豪昏迷了过去，他的右边额角上破了一条三厘米长的口子，鲜血淌满半张脸颊。先前手推床翻倒，他摔得不轻。

高桥满一边咒骂一边粗鲁地拍打着阿豪的脸颊，想将他唤醒。

佐藤茂左右张望后问道："其他人呢？"

"没人了。"高桥满伸手探着阿豪的鼻息，"所长在安全室打电话。"

佐藤茂道："要尽快给他消毒，包扎。在这里不能让伤口感染。"

高桥满看了看前边墙头上挂着的"细菌制备区"木牌，嘴角抽搐。地下二层是他最不愿来的地方，尽管这里有非常严格的防护措施，从没发生过工作人员染上某种病菌的安全事故，但他总觉得这里的空气不那么让人放心。

"安全室里有急救箱。"佐藤茂提醒道。

高桥满看了一眼防火门上那根手臂粗细的铁门闩，咕哝着快步离开。

目送新上任的内卫武士首领离开后，佐藤茂收回视线，看向绑在手推床上的阿豪。

"快，帮我解开。"阿豪睁开眼，低声说道。

"放了你，我怎么办？"佐藤茂紧张道。

"离开之前我会干掉他们，没人知道你做了什么。"见佐腾茂还在迟疑，阿豪催促道，"这是唯一的机会，对我们两人都是。"

"好！"佐藤茂点点头，伸手将套在阿豪脖子上的牛皮带的铜扣松开，然后握着皮带狠狠一勒，咬牙道，"这的确是唯一的机会。只有你死了，才没人知道我做了什么……"

气管被突然勒住，阿豪的脸瞬间涨得通红，额头青筋暴起，似要炸裂。他竭力挣扎，但腰腹、四肢都被牛皮带牢牢绑在铁床上，像条被按在砧板上的鱼，无论怎样挣扎都无济于事……

第三十三章　烈火永生

地下基地二层的安全屋里，玉川秀雄站在办公桌后，手拿电话。在他背后的墙上，挂着一幅裕仁天皇的戎装油画肖像。

“……守备队第一小队已经赶到，攻击马上开始……”听到电话里传来的声音，玉川秀雄脸色稍稍缓和了些。和他通话的是检疫所守备分队的分队长岩里，这名侥幸躲过机枪扫射的军曹，先前已快速将这次遭遇突袭的情况向他做了汇报。这帮家伙竟然夺取了守备队的装甲车巡逻车，并用这辆火力强大的战车对检疫所发动攻击，这的确让玉川秀雄感到骇然，但在得知装甲车上配备的弹药只有五分之一个基数——两百发——后，他的情绪稳定了不少。

装甲车失去了强大的火力后，也就比普通汽车多层防护罩，很容易对付。另外，装甲车里空间有限，他估计参与这次袭击的反日分子人数不会太多，在五到七人之间。而守备小队下辖一个机枪组、一个掷弹筒组和两个步枪组，官兵合计七十人。他相信在这样强大的武力攻击下，袭击检疫所的这一小股反日武装很快就会被歼灭。

现在，通往二层的防火门已经关闭，玉川秀雄认为自己需要做的，不过是在这间安全屋里静静地休息一会儿。

守备一小队的攻击，是以一辆军用卡车为掩护发动的。一名英勇的士兵被命令驾驶一辆卡车高速冲进检疫所大门，直接撞击停在主楼楼门洞前的装甲车，遮断装甲车机枪的射击线路，为紧跟在车后的第一攻击梯队——步枪组的十五名士兵——创造从两翼包抄，抵近装甲车进行攻击的机会。

当然，第一攻击梯队的战术目标不仅限于重新夺回装甲车，这只是其中六人的任务，而另外九名士兵得到的命令是——直接进入北区内部，迅速清剿其他入侵的武装分子。

随着小队长发出攻击指令，停在检疫所大门斜坡下的丰田卡车原本低沉的马达声骤然轰鸣，车尾排气管猛地喷出一股浓烟，卡车加足马力朝坡上冲去。

在经过50米的坡道加速后，卡车在抵达检疫所大门时车速达到了每小时45公里。也即是说，三秒后这辆五吨重的卡车就会撞上40米外的装甲车。

“嗒嗒嗒”……“嗒嗒嗒”，卡车车头撞入视线的刹那，装甲车里的顾铭扣动了机枪的扳机。两个间隔极短的点射，前一个打爆了卡车的左前轮，后一个击毙了驾驶位上的士兵。

于是，这辆卡车刚冲进检疫所大门便失去了平衡和掌控，方向立刻偏转，车身倾斜，在向左划出一道20来米的弧线后，轰然翻倒。

紧跟在车后冲入大门的十五名士兵脚下顿时一滞，在离装甲车还有30米的地方便失去了卡车的掩护，这出乎所有人的意料。

没等这支队伍做出战术调整，机枪声更猛烈地响起。顾铭在卡车翻倒之前已瞄准了这些暴露出身形的士兵，然后一口气喷射出了近三十发子弹，而且命中率惊人——第一攻击梯队超过半数的日军，在这一轮扫射下失去了战斗能力，或死或伤。

几名队尾的士兵迅速退出了大门，另有几名幸运且反应敏捷的家伙，则分别从左、右突破了机枪的射击扇面。

顾铭将注意力全部放在大门前的区域，对这几个进入自己射击死角的士兵并不怎么担心。无论他们下一步是抵近装甲车攻击自己，或是试图冲进门洞去追击樊继宗他们，他相信车外那名来自共产党游击队的神枪手，会给这几个幸运的家伙更大的“惊喜”。

董百驹半蹲在装甲车的左前轮边上，整个人都在车身阴影的笼罩中。当头顶上的机枪狂暴地喷出火舌时，他冷静地锁定着自己的目标——那些冲过机枪封锁线的漏网之鱼。

“乒、乒”，几乎在顾铭打出最后一颗子弹的同时，他手中的盒子炮炸响，两名弓身朝装甲车跑来的日军，应声倒在了20米外——一个头部中弹，一个胸膛飙血。

开枪之后，董百驹立刻转移，迅速从装甲车尾部绕到右侧。他知道还有一个家伙，两秒钟前从这个方向摸了过来。

刚转过车尾，他就看见一名士兵正贴着主楼的外墙，快速朝装甲车移动。对方也在第一时间发现了他。

两人相距不到十米，盒子炮和三八式步枪同时开火。如此近距离的对射，谁能最后站着，已不完全取决于枪法的好坏，更多由运气决定。

董百驹运气不差，那名日本兵连中了他两枪，倒在地上一动不动了；他左肩挨了一枪，应该是伤到了骨头，疼痛难忍。

装甲车里有一只军用急救箱，但他没时间给自己包扎——日军的下一波进攻随时都可能展开，他必须迅速进入阻击位置。

“少尉，为什么停止进攻？！”检疫所外的斜坡下，小泽大声质问守备队第一小队队长冢野。玉川云子失踪后，在新任所长玉川秀雄的提议下，由他临时接任了检疫所安全官的职务。

今天是“末日计划”实施之日，加上凌晨5点半左右，他和玉川秀雄一样接到了检疫所值班人员的电话汇报，得知有人潜入了地下基地，于是以最快的速度从宪兵司令部军佐宿舍赶了过来。

小泽几乎和冢野小队同时抵达北区大门外，在听完冢野的紧急汇报后，他以特高三课代理课长和检疫所安全官的双重身份，命令冢野小队立刻发起强攻，要他的士兵以最快的速度突破装甲车的封锁，进入地下基地，确保那里的安全。

不过让小泽沮丧加愤怒的是，第一梯队的进攻还没坚持到五秒，就被对方凶猛的火力彻底瓦解，而小队长冢野没有让第二梯队继续展开攻击。

在他想来，对方只有一挺机枪，而且子弹有限，如果冢野的第二攻击梯队能够及时、坚决地出击，士兵们此刻应该已突破了这辆装甲车的封锁。

“长官，正面强攻代价太大，我已经派出一组士兵赶往南门，三分钟后，他们将从敌人的后方展开攻击。”冢野铁青着脸回道。他非常后悔之前听从了小泽的命令，没等烟幕弹送至，便展开正面强攻，令第一攻击梯队遭到了重创。现在他怎么会仅仅为了提前几分钟结束这场战斗，再让自己士兵去送死？

“混蛋！”小泽咆哮，“一分钟都不能耽搁，我要你立刻下令进攻。用掷弹筒、纵火瓶将那辆装甲车干掉，让你的士兵以最快的速度进入地下基地，保护那里。”

“长官，这辆战车价值12万日元，我接到的命令之一，是要尽量完好地夺回，而不是彻底损毁它！”

小泽一把掏出手枪，指着冢野。“少尉，地下基地绝不能出问题。我最后说一遍，下令攻击，现在！否则我以违抗军令的名义枪毙你！”形势危急，他不得不争分夺秒，命令这支队伍强攻。

玉川秀雄向他透露过，地下基地设置有自毁装置。有人携带汽油潜入地下二层，紧跟着又有人数不明的武装人员袭击检疫所，这些反日分子的目的是什么，小泽不难猜到。

冢野霎时色变，他没想到小泽如此蛮横、暴虐。纵然对方来自权力极大的宪兵部队，军阶也高于自己，但既非自己的直属上级，又不是南水部的其他长官，凭什么敢用枪逼迫自己执行一个错误的命令？

就在两人僵持之际，一名士兵跑来报告说，烟幕弹、催泪瓦斯和防毒面具已送达。

“掷弹组发射烟幕弹，机枪组掩护，第二攻击梯队准备进攻！”冢野快速地下达着命令，小泽也收起了手枪。

十秒钟后，两发烟幕弹先后从掷弹筒里射出，在半空划出两道抛物线后，落在装甲车和大门之间的空地上。

看着前方迅速弥漫开来的浓烟，装甲车里的顾铭和车外的董百驹心里皆是一沉——敌人第二次进攻即将开始，而这一次，对方有了烟幕弹的掩护，他俩还能在这里阻击多久？

地下基地二层的走道上，高桥满拎着急救箱快步朝防火门方向走去。刚才在安全屋，玉川秀雄听到段世豪受伤昏迷的消息后射来的那两道眼神，此刻还让他心里发寒。

“佐藤茂，混蛋！”他在心里咒骂，觉得要不是这个胆小的家伙慌慌张张，弄翻了手推床，段世豪怎么可能昏迷？一定要找机会教训这个连累自己的家伙！他在心里发誓。

“咚”，迎接高桥满的是一只干粉灭火器——他刚拐出走道，就被这支八公斤重的钢瓶狠狠砸在了脸上。

眼里金星四射，高桥满惨叫着连退数步，手上拎着的急救箱、武士短刀齐齐脱手飞出。

阿豪不等这个矮壮的家伙站稳，一个箭步蹿至近前，双手掐住他脖子，一记迅猛的膝撞，顶在胸口。咔嚓，胸骨的碎裂声清晰可闻。

紧接着阿豪脚下一旋，整个人转到了高桥满的身后，一手箍脖一手搬头，双臂用力一错，生生扭断了对方的脖子。

这几个动作几乎耗尽了阿豪所有的气力，他靠着墙无力地瘫坐在了地上，一边咳嗽一边痛苦地呼吸。原本他的呼吸系统就因毒气的侵蚀而严重受伤，而一分钟前佐藤茂再次加重了他的伤势。现在，他每一次呼吸，感觉吞吐的不是空气，而是一团团烈焰。

稍稍恢复了些气力后，阿豪捡起高桥满尸体边上的武士短刀，以刀鞘尖杵地，缓缓站了起来，朝防火门走去。

经过手推床时，他拔出刀，半蹲在昏死过去的佐藤茂身边，在这个家伙的脖子上又抹了一刀，让他彻底死去。

事实上，高桥满生前有些错怪佐藤茂了。手推床之所以会翻倒，更主要的问题是出在阿豪身上。

在手推床从楼梯上俯冲而下的过程中，阿豪不停地大幅度扭动身体，最终使这张铁架床在撞上防火门后翻倒在了地上。他不知道这样做有没有用，但必须抓住任何一丝机会做点什么。这副刑具太坚固了，没人能凭一己之力挣脱它的禁锢。

事实证明，他的这份努力获得了回报——猛烈撞击和翻倒，致使手推床右侧固定手把的螺栓松动。当他即将因窒息而彻底失去心跳时，持续且狂暴地挣扎，终于将禁锢右手的铁制把手从床架上掰了下来。然后，他鼓起全身的力气，用这根直径3厘米、长40厘米的铁管猛击佐藤茂的耳后。正专心致志勒死阿豪的庶务长猝不及防，受此暴烈一击，当下晕倒……

阿豪抽掉防火门后的铁门闩，双手握着门把，艰难地将这道厚重的钢制大门打开。然后，他看见了倒在门口，血人似的樊继宗。

“继宗，继宗……”他半跪下来，抱起樊继宗的头，一边剧烈咳嗽，一边喊着。

樊继宗虚弱地睁开眼。“炸……炸掉……别管我……”

阿豪用力地点头，轻轻将樊继宗放下，打开他背着的背包。安全室他应该是进不去了，现在只能靠纵火来引爆墙体里的炸药。

“火……”樊继宗无力地抬起手，从上衣口袋里掏出一盒火柴。

阿豪接过火柴。“我会让你听见的。”

樊继宗艰难地笑了笑。他没看到阿豪从背包里拿出的那支汽油瓶，瓶底已经碎了，里面没有一滴汽油。而这只瓶子，是他背包里唯一还算“完整”的，其他几只都成了大小不一的碎片。

为了防止反日分子驾驶装甲车逃离，冢野小队长命手下在检疫所大门外架设上了两排拒马。此刻，15 名头戴防毒面罩的日本士兵，正列队在这些半人高的十字木桩后——其中一名背着瓦斯喷射器，他的任务是在抵近装甲车后，从观察窗或射击孔对车里施放瓦斯毒气，从而完好无损地夺回这辆昂贵的战车。

“突击给给！”冢野正男站在队伍边上，拔出指挥刀，朝烟雾弥漫的大门里一指，下达了攻击命令。

第二攻击梯队的士兵们立刻端起枪，迅速绕过拒马，朝大门里冲去。就在这时，隆隆的马达声从大门里传来，越来越近。几名率先越过障碍的士兵，在护目镜里瞪大了双眼，惊恐地看着一辆装甲车破雾而出，朝他们驶来。

“隐蔽！”领头的士兵回头朝身后的同伴们大喊，防毒面罩让他的声音模糊不清。而这时，装甲车上的机枪已喷出了第一串火舌，“嗒—嗒—嗒—嗒”，子弹密集地朝这片区域射来。

领头的两名士兵瞬间中弹，后面的日军当即疯狂后撤，纷纷朝大门外的坡道两侧跳下，躲避射击。

装甲车驶到大门外的拒马前停下来，机枪却没有停止射击，坡道上那些来不及隐蔽的日本士兵一个接一个倒地，惨叫、哀嚎声此起彼伏。甚至连停在坡道下的一辆军用卡车和两辆挎斗摩托，也在这挺 7.7 毫米机枪的攒射下起火、爆炸。

这次操作机枪的是董百驹。顾铭对此感到非常遗憾，因为短枪队队员不会驾驶装甲车，所以这一次的反击，只能由他来充当起驾驶员的角色。

半分钟前，当两枚烟幕弹在大门里炸开的时候，他和董百驹都意识到，必须改变战术了。日军可以借助烟雾的掩护，轻易突破机枪的封锁，对他们发起进攻。

于是两人一致决定，主动出击，给敌人狠狠来一下子。

这一下来得的确很带劲！

从军事角度来说，建在石岗上的检疫所易守难攻——四周陡壁高墙，如同一座小型的军事要塞。按顾铭的说法，只要给他一个排的兵力和足够的弹药，日军如果不将这里炸成一片废墟，来再多的敌人他也守得住。

此刻的董百驹，很愉快地认同了顾铭这个有些夸张的说法。他迅速调整着机枪的射击角度，射杀一切可视目标，而敌人还击的机枪和步枪子弹，只能当当当地打在车身的钢板上，对他毫无威胁。如果我们的部队能多装备些这样的武器，那该多好啊！他不由在心里感慨。

想到那些牺牲在敌人机枪、大炮、坦克、装甲车下的战友们，董百驹恨不得这一刻成为永恒。但他和顾铭都不得不面对一个现实，他手中这挺仿捷克式机枪只剩最后一个弹匣、二十发子弹了。

“嗒嗒嗒”，董百驹一边射击一边吼道：“老顾，退！”

顾铭立刻挂上了倒车挡。机枪子弹虽然打完，但这辆装甲车还有很大的利用价值——他们准备将车堵楼门洞里，形成一道钢铁障碍，阻碍、延缓敌人的进攻。

这一切都是为了给樊继宗那边争取更多的时间，尽管两人不知道樊继宗和老黄他们此刻是否还活着。

轰，就在顾铭挂上倒挡，脚踏油门准备急速倒车时，一颗九七式手榴弹在装甲车底盘下爆炸，车身剧震，发动机当即熄火。

“快，下车！”顾铭大喊。

守备队第一小队队长冢野已经红了眼，再也顾不得这辆价值12万日元的战车了。看着自己的士兵被“自己”的武器一个个射杀，他终于下达了“摧毁”战车的命令。

他的命令得到了迅速而坚决的执行——一名士兵从大门外一侧的陡坡下爬了上来，将一颗手榴弹扔到了装甲车发动机下的位置。

跟这名士兵一起行动的还一名背着瓦斯喷射器的家伙。爆炸声还在耳畔回荡时，他已快速从烟尘里爬起，冲到装甲车近前，对着观察口呲呲呲地喷射毒气。

此时董百驹已经掀开车顶盖钻了出来。“乒”，一枪将这家伙撂倒。隐蔽在两侧坡底的日军发现了他，纷纷举枪射击，啪、啪、啪、啪……密集的子弹打在车顶盖和周边的钢板上，火星四溅。

董百驹快速朝后翻滚，从车尾摔下。与此同时，顾铭也从装甲车的侧门跳下了车。他双眼通红，泪如泉涌，几乎睁不开眼。喷进车舱里的瓦斯毒气虽然不多，但仍然对他造成了不小的伤害。

两侧坡底几十名日军嗷嗷叫着迅速向上攀爬，个个如癫似狂。

“跟我来！”董百驹一把抓住顾铭的胳臂，拽着他朝楼门洞方向跑去。

“枪，给我枪！“顾铭一边抹着眼泪一边吼道，“还有子弹，越多越好……”

大门内的这片区域，倒着不少日军的尸体，此刻烟雾已淡了不少，董百驹很快在一具尸体旁找到了一把三八式步枪，迅速捡起，塞到顾铭的手里。接着又从这具尸体身上飞快地解下了“弹药包”。

啪，就在这时，枪声从他们的身后传来，董百驹应声扑倒在地。

“百驹！”顾铭惊呼。

“乒、乒”，董百驹不等起身，抬手就是两枪，击中追在最前面的一名日军。接着他一边从地上爬起一边射击，将刚刚出现在大门口的几道身影打了回去。

“走！”他再次抓住顾铭的胳臂，一瘸一拐朝门洞跑去。他的一条大腿中弹，每跑一步都有鲜血从弹洞里冒出。

啪，铁拐李击中 30 米外的一名日军。他迅速拉动枪栓，顶上一颗子弹，调整枪口继续射击。至少有五道身影同时朝他狂奔而来。这些手持枪刺、工兵铲或铁锹的日本士兵哇哇叫着，如疯狗般发起了白刃战冲锋。

铁拐李射出第三颗子弹后，一名日军已冲至近前，他来不及再上子弹，双手横举步枪，架住对方当头劈砍下来的工兵铲。

这时，另一名日军也已赶到。这家伙手持一柄 50 来厘米长的三八式枪刺，“噗”的一声插入他的右肋，刀身尽半没入体内。

“乒、乒”，董百驹从烟雾弥漫的门洞里跑出，迅速开枪解决了这两名日军。跟在他身边的顾铭频频朝身后射击，阻击追兵。几名日军出现在楼门洞入口，举枪朝他们射击，子弹嗖嗖地射来。只不过受烟雾的影响，双方的射击都失去了准头。

“老李！”董百驹几步跑到铁拐李的身前，想将瘫坐在地上的老兵搀扶起来。

“别管我……你们快走……”铁拐李说着喷出一大口鲜血，胸膛剧烈起伏了两次后便再没了声息。那柄插进他体内的枪刺，刺破了他的心脏。

董百驹抬眼看向60米外检疫所西楼南侧那道角门。他们计划中的撤离路线之一，便是通过这道角门进入检疫所南区，从南大门杀出，跳入珠江。然而此刻，几名持枪的日本士兵正从那道角门冲了进来。

董百驹抬手一枪，击中了跑在最前面的那名士兵。其他几名士兵反应迅速，纷纷隐蔽在廊柱或墙角后朝他射击。子弹不停地打在他身后的墙上或楼梯口的石阶上，溅起无数石屑和尘土。

“大个子回来！”董百驹躲在楼梯口的墙边，一边开枪还击一边大喊。形势对他们非常不利，逃无可逃守无所守，唯有进入地下基地，才能避开两股日军前后夹击。

顾铭半蹲在门洞口的墙后，探出半边身子准备开一枪后离开，“嗒嗒嗒嗒”，一串机枪子弹射来，顾铭右肩中弹，惨哼一声向后摔倒，手上的步枪掉在了地上。

董百驹见状立刻连开数枪，凭借盒子炮的速射优势压制住角门处几名日军的火力后，冲到顾铭身边，抓住他的后脖领，将他往楼梯口拖去。

这时，角门处的几名日军趁机从各自的掩体后冲了出来，一边对两人开枪一边快速朝这边移动。

噗、噗，董百驹胸部和大腿先后中枪，倒在了地上。“百驹、百驹……”顾铭大喊着爬到董百驹的身边，后者艰难地抬了抬握枪的右手，最终无力地垂下。

顾铭泪眼婆娑，用左手拿过董百驹手中的盒子炮，挺起腰，朝几名正快速逼近的日军猛烈开火。“乒、乒、乒”，三枪过后他击中了一名日军，而他的左胸也被一颗6.5毫米子弹打出一个血洞。

顾铭倒在董百驹的身边，双目圆睁，瞪着晨曦初现的天空……

咔嚓，玻璃瓶砸在铁门上的碎裂声，清晰地传了进来。“谁？”坐在办公桌后闭目养神的玉川秀雄猛然睁眼。这样无礼的举动让他恼火。不过下一秒，他脸上的怒容瞬间转变为惊惧，瞳孔猛然收缩——一股液体从门缝下缓缓流淌进来。

“你开门，或者我点火！”阿豪的声音在门外响起。

玉川秀雄双拳紧握，全身因愤怒和恐惧而颤抖不止。

“段先生，你是逃不掉的。”他突然从高靠背皮椅上站起，高声道，“我们可以谈谈。无论你做过什么，我都可以让军方赦免你，还有你的妻子。这不是因为我有这个权力，而是你对帝国非常重要，这一点我相信你也清楚。我之前对你说过的话仍然有效，只要你配合，你将得到贵宾一样的待遇……”

“当然，我不能给你完全的自由，但有限的自由是可以的。我保证，你和你的妻子，将住在美丽的花园别墅里，享受阳光、美食，得到无微不至的照顾。你们也可在我们的保护下，去想去的地方，你们还可以有自己的孩子……总之，人最重要的是活着，不是吗？段先生，想想你美丽的妻子和未来的孩子，你此刻放手，既是给我也是给你自己一个机会，请你务必认真考虑我的建议。”

“开门吧，”短暂沉默后，阿豪道，“我们当面谈，这样更有诚意。”

“好！”玉川秀雄爽快答应，上前将门打开。

门外，阿豪双手举着樊继宗那把柯尔特左轮手枪。枪里还有两颗子弹。够了，他想。

玉川秀雄的眼角微微抽动了两下，鼻子嗅了嗅，胸腔里腾地升起一团怒火。发怒不是因为阿豪用枪指着他，而是因为他受到了欺骗——在阿豪脚边，搁着一只盆体上喷着“波字 8064”白色字的军用脸盆，盆里有清水在微微晃荡。

阿豪抬了抬枪口，玉川秀雄努力在脸上挤出笑意，举起双手，一步步退到办公桌前。

这是间 80 来平方米大小的屋子，两侧墙边立着两排一人多高的铁皮柜，正对门靠墙的位置，摆放着一套办公桌椅。除此之外，房间再没有别的家具或陈设。

阿豪快速扫视了一遍房间里各个角落，确认屋里除了玉川秀雄再没有第二人后，这才走了进来。

“段先生，你现在最该做的，是好好休息，而不是用枪指着我。”玉川秀雄道。他看出阿豪现在很虚弱——满脸血污，脚步虚浮，呼吸急促而困难。

阿豪的视线越过玉川秀雄，落在他身后墙上那幅裕仁天皇的油画肖像上。“打开它。”他用枪点了点墙上的油画。

玉川秀雄脸上笑容一僵，喉头蠕动了几下，想要说些什么。

阿豪没有出声威胁，只是用大拇指将手枪撞击锤拨到击发位置。

玉川秀雄又将手举高了些，缓缓转身，走到办公桌后，将墙上的“裕仁天皇”推到一边，露出嵌在墙体里的一个30厘米见方的铁皮箱门。

没等阿豪再次发话，他又从油画画框背后摸出一把钥匙，插进锁眼，将箱门打开，然后转身让到一边。

阿豪上前几步，隔着办公桌，确认了箱体里正是玉川云子对他描述过的干电池起爆器和计时器后，暗自松了口气。

如果所谓自毁装置，只不过是玉川云子为了诱使他触发安全室外的警报和毒气装置而撒的谎，那么所有为这次行动牺牲的人，包括他自己，将永不瞑目！

就在阿豪心神稍稍松弛的刹那，心头突升警兆。事实上，他一踏进这里，便有一种隐隐的不安，尽管房间只有一个高举双手的玉川秀雄。之前他还以为这份不安源自对自毁装置是否真实存在的担忧，但现在这种可能已经被排除。

“乒”，他当即朝玉川秀雄开枪。即便知道凶险会来自背后，但他仍然决定先射杀面前这个罪魁祸首，以免腹背受敌。

然而，在他扣动扳机的同时，背心“噗”地扎进了一支十字镖。这导致他射出的子弹偏离了玉川秀雄的脑袋，打在墙上”裕仁天皇”的胸口。而玉川秀雄则趁机扑倒在办公桌后。

一枪失手，阿豪再转过身时，一道身影已经扑至当面，挥手间寒光乍现，唰地切过他的右手手腕——血液飞溅、手枪抛飞……

先前检疫所响起警报时，原玉川公馆头号杀手、现检疫所内卫武士首领西野，并没有跟在玉川秀雄身边，而是独自在地下二层“研究”阿豪的“潜入路线”，直到玉川秀雄和高桥满匆匆下来，他才知道上面发生了什么。此后西野便一直跟玉川秀雄待在安全室里，贴身保护。

当阿豪意外脱身，在安全室外发出威胁后，西野在玉川秀雄的授意下，藏身到了门后吊装在屋顶下的排气管上，敛息屏气，等待时机出手偷袭。

这根横穿房间、裸露的矩形金属管道和屋顶之间有40厘米的空隙，足够这位忍术高手容身。而先前玉川秀雄之所以要隔着门，高声地对阿豪“长篇大论”一番，主要目的就是为了掩盖西野攀爬排气管发出的轻微响动。

此刻，虽然连续偷袭得手，分别伤了阿豪的背部和手腕，但西野深知阿豪身手高强、心性凶悍，哪会给对方喘息、反击的机会？他手中的那把忍者手镰刀寒芒连闪，刺、挑、抹、切一招连着一招，刁钻而迅疾，可以说刀刀见血。

反观阿豪，身体本就因毒气的侵蚀而虚弱不堪，力量和反应都大不如前，再加上背心上还插着一支十字镖、右手被废。这种状态下，他别说反击，连闪避都有心无力，转瞬间身体、四肢连连中刀，胸腹、大腿、手臂、肩窝处处冒血。如果不是西野知道玉川秀雄想要留他性命，没对要害下手，阿豪此刻早已毙命。

然而，即便西野留了手，阿豪也没能在对方的攻击下坚持多久，两三个呼吸后，便被对方一肘横击在胸口，口喷鲜血，整个倒飞出去，摔倒在办公桌前。

结束了吗？躺在地上的他问自己，不……他翻过身，将嘴边的血沫子擦去，竭力站起。不过，他腿上的刀伤太多了，最严重的是左脚脚踝上挨的那一刀——跟腱被生生割断。他只得伸出受伤最轻的左手，扒着桌面，艰难地将身体从地上拽起来。

西野嘴角翘起一个残酷的弧度，上前一手卡住他的脖子，另一手扬起手镰，狠狠扎下。噗，刀尖穿透手背，将他左手手掌钉在了办公桌的黄花梨桌面上。

阿豪发出一声惨叫，剧烈的痛楚瞬间消耗掉了他体内残存的最后一丝力量……

此刻，在检疫所北边5公里外的兴业商贸公司，樊兴业正站在办公室的窗户前，隔着珠江北支流远眺河南大地。尽管距离遥远，天昏地暗，检疫所即使发生了爆炸，他也听不到声音、看不到硝烟，但他仍然在窗前伫立了近一个小时。

抬腕看了一眼表——6点15分，樊兴业走回到办公桌后坐下，开始草拟电文。清晨6点，是阿豪和樊继宗他们这次破袭行动的最后时间节点，现在已经过去了15分钟，办公室里的电话迟迟没有响起。这意味着他们的行动失败了。这样的结果虽然令人惋惜和悲痛，但他并不感到意外。

事实上，所有参与这次行动的人心里都清楚，无论他们之前计划得多么精巧，行动时又如何坚决，这次行动成功的可能性要远远低于失败的可能。毕竟，那里是守卫森严、有超过三百名日军把守的特别军事区，而他们只有六个人。但有些事情，明知会失败，会搭上性命，依然有人会义无反顾地去做。

樊兴业现在做的就是这样的一件事。他在草拟一份给高要、肇庆两地的国民党守军的电文，准备提醒这支扼守西江的中国军队——驻穗日军即日将以遣返难民的形式，对你部发动细菌战。

这时，有人推门走进办公室。樊兴业头也没抬，继续专注于电文的修改，尽量精炼、减少字数。

来人是兴业公司香港分部总经理冯伯成，40来岁，身材中等，气度沉稳、内敛。他还有一个身份——中共地下党员、“冰山”三人小组成员之一。

他昨天刚从香港过来。香港沦陷后，“八路军驻香港办公室”当即“由明转暗”，工作方式、任务性质亦随之有了很大的变化和调整。冯伯成此来原本是向樊兴业通报相关情况，并传达南委通过“八办”发出的最新指示——“冰山”小组暂停一切活动。没想到却从对方口中得知，日军即将实施“末日计划”这个天大的阴谋……

“兴业，你确定要这样做？“冯伯成走到办公桌前，看了一眼樊兴业笔下的电文，沉声道，“那边能不能收到这份情报还很难说，而你一旦用公司的电台发报，最多一个小时日本人就会找上门来……你确定要付出这样的代价？”

全广州为数不多的十几部商业电台，都在日本宪兵司令部有过备案，否则将被视为反日行为，一旦被侦知后果极其严重。兴业公司的这部短波电台自不例外。

这些报备过的电台，其频率、波段和信号特征均被日军电讯部门掌握，并被高频度监听。而他们没有国民党军队的译电密码本，也不掌握任何一台国军电台的波段、呼号，所以樊兴业只能用明码编写电文，以“通电”的形式发出。而且，他需要反复地、尽量多次地发送这份电文，这样国军在粤北、粤西前线的电讯人员，才可能在繁杂的无线电信号中“幸运”地注意到这条来历不明的电波。但特高课的监听人员会给他足够的时间吗？冯伯成显然对他这种类似赌博的做法并不认同。

樊兴业搁下笔，揉了揉先前被江风吹得发僵的脸颊，平静道：“伯成，我们不是已经商讨过这个问题了吗？有些事，我们要‘明知不可为而为之’。肇庆、高要这两处江防要塞太重要了，一旦被破，日军便可以利用水路大规模西进，进攻广西……”

“即便抛开军事上的意义，伯成，我们也要对两地近百万的国人负责啊！日军的‘末日计划’一旦成功实施，你能设想是什么场景吗？有多少人会因感染‘零号’而痛苦地死去，有多少家庭会被病菌摧毁？……那是一个让人不敢想象的数字。更可怕的是，这种死亡率百分之百的传染性病菌，一旦在后方蔓延开来，对中国军民的抗战意志造成的打击又将何其之巨？如果以少数人的牺牲为代价，就能阻止这一切的发生，我们为什么不这样做呢？”

“阿豪、继宗和文涛他们是这样做的，我又为什么不可以？当然，或许我们付出了生命，最终仍然没能阻止敌人实施这个邪恶的计划，但我们做了还有希望，不做一点希望都没有啊！”

“可惜，我不会发报……”冯伯成长叹一声，看向窗外，“再等等吧，正如你所说……或许，还有希望。”

樊兴业看了一眼表。“我在这里等，你现在就出发。说不定日本人已经在赶来的路上了。”

冯伯成微微一怔。

樊兴业解释道：“继宗整日里跟着我抛头露面，认识他的日伪军警为数不少啊……”

冯伯成立刻明白樊兴业在担心什么。樊继宗那边的行动一旦失败，无论他本人是身亡还是被俘，都有可能暴露身份。

“好，我立刻过去。”冯伯成道，“放心，老伙计，立雪的事我会安排妥当。”

“如果我再也见不到她了……”樊兴业的眼眶有些发红，“你替我转告雪儿，说爸爸很爱她……一直在心里惦念着她……这些年，那孩子吃了太多的苦，伯成，你尽量替我照顾一下吧。”

“如果……我会照顾好她。”

“注意安全！”

“保重！”

两位老战友紧紧握手，郑重道别……

时间：清晨6点一刻

检疫所地下二层安全室里，玉川秀雄站在胸部中弹的“裕仁天皇”前，看着手掌被钉在桌上，奄奄一息的阿豪，得意扬扬：“段先生，还需要我教你如何启动自毁装置吗？”

阿豪艰难地抬起头，汗水和泪水模糊了他血红的双眼。

玉川秀雄嘴角挂着微笑，侧身用手指点了点起爆器上一个开关，“只要将这个转钮逆时针旋转180度，五分钟后，轰，整个基地就毁灭了。”

“五分钟？”阿豪一怔，旋即就明白了，心道，不愧是女特务，深谙说谎之道，八分真两分假。不过，爆炸延时是三十分钟还是五分钟，对现在的他来说没太大的区别了。

“好了，一切都结束了。”玉川秀雄悠然地坐在办公桌后的高靠背皮椅上，把玩着从地上捡起来的左轮手枪，“我们来谈谈你的未来。我保证你会活下去，我会请帝国最好的外科医生来为你治疗。不过，为了我们将来能愉快地合作，不再发生今天这样的意外。我会建议他们截掉你的四肢。当然，生活方面你不用担心，我们会有最优秀的护理人员照顾你。”

他看向西野，“你觉得我的建议他们会采纳吗？西野君……”

西野呵呵一笑，伸手握住插在阿豪手掌上的手镰刀把，用力拧着。“我想会的。这伤不好治，只能截肢。”在阿豪的惨叫声中，玉川秀雄哈哈大笑起来。

笑声戛然而止，他突然对阿豪道："高桥满和佐藤呢？你把他们怎样了？还有，这把枪……"话没说完，腾地从椅子上站起。

高桥满先前来取急救箱时，告诉他说二层的防火门已被从里面闩死。这让他下意识里有了安全感。而阿豪出现后，他的精神一直处在高度紧张之中，根本没去想对方手上怎么会握着整个基地都不该存在的手枪？直到此刻，生命危险解除，他才猛然想到这个问题——只有一个可能，防火门打开了……

"西野……"玉川秀雄不及多想，正要让西野出去查看，而就在这时，叮，清脆的打火机声在门口响起。玉川秀雄心里一突，皱眉看去。

下一秒，一个人出现在了门口，一手扶着门框，一手拎着只"火球"走了进来。

玉川秀雄脸色大变，抬手就是一枪。

"砰"，樊继宗身子晃了晃，但没有倒下。玉川秀雄再次扣动扳机，击锤空响——枪里没了子弹。与此同时，樊继宗用尽全力，呼地将手中燃烧着的背包朝玉川秀雄扔去。

这只被汽油浸泡过的背包，火势惊人，里面还有五支碎掉的汽油瓶。

玉川秀雄慌忙抱头蹲下。

嘭，背包砸在墙上的"裕仁天皇"身上，油画被瞬间点燃，带着火焰的玻璃碎片四射而出，

"快，去拿灭火器。"玉川秀雄一边拍打溅射在身上的火星，一边对西野大吼。

西野也知道地下二层装了炸药，说不定安全屋里的某面墙壁里就有一块五公斤重的"梯恩梯"，见到火起，脑子霎时一片空白，有些吓傻了。此刻听见玉川秀雄大喊，他立马反应过来，转身就要朝门外冲去——走道里有灭火器。

然而，西野刚转过身，脸色又是一变——一个"火人"正朝他扑来。

樊继宗点燃背包时，自己也跟着燃烧了起来。他后背的衣物，从上衣到裤子早已被汽油浸透。如果不是自己也燃了起来，他扔出背包后应该倒地不起。从防火门走到这里，他已经耗尽了所有的生命力。

或许是火焰烧灼的痛感，又或许是所谓的“回光返照”令他生出些许的气力。于是，他决定化身为烈火，去焚烬这世间的罪恶。

西野到底是忍术高手，反应灵敏、动作迅捷，在即将和樊继宗撞上的一刻，脚跟一旋，身子一弓，陀螺般从樊继宗身侧旋转而过，冲出了房门，一点火星也没粘在身上。

樊继宗扑空，踉跄着栽倒在了地上。他后背的衣物早已化为飞灰，火焰贪婪地吞噬着他的毛发、皮肉、血骨，发出刺啦刺啦地炙烤声，借助他体内的脂肪烈烈地燃烧。

樊继宗抬起头，看着两米外的墙角。他此刻意识既混沌又清晰——混沌是因为他已不知道自己是谁，是活着还是已经死去；清晰则是因为，他知道罪恶所在。

玉川秀雄靠在墙角，一阵手忙脚乱后，总算将身上最后一点火星拍灭。他正打算逃出这里，一抬头却看见一团人形火焰朝自己袭来。

“不——”他尖叫一声，想要逃走，火焰中伸出一只焦黑的手，死死抓住了他的脚踝。他摔倒在地上，尖叫得越发厉害，像个噩梦中的孩子，正梦见邪恶的“火神迦具士”朝自己张开烈焰双翅。

玉川秀雄拼命地挣扎、蹬踹，但无济于事，人形火焰迅速从小腿“爬上”了他的大腿、腰间……

阿豪的左颧骨下，插着一块指甲盖大小的玻璃碴子，这块汽油瓶碎片几乎烧穿了他的左腮。但比起他此刻正经历的痛苦来说，脸上这点伤痛只不过是被蚊子叮咬了一口——他右手腕部的筋被西野用短刃割断了，所以只能把半截刀柄含在嘴里，用牙咬着，一点点将20厘米长，带锯齿的刀刃从左手手掌中拔出。

他真切地听见了掌骨在锯齿下发出的嚓嚓嘎嘎的声音……

小泽站在地下一层的走道上，感觉自己是行进在一条通往地狱的路上。纵使他见惯了血腥，也被这条尸体遍布，满目血红的走道震惊。

而且，他很快发现了，这些尸体中只有一具没有穿着检疫所内卫武士的黑色制服。

“快，前往地下二层。”小泽大声对几名正小心翼翼搜索前进的日本士兵下令。他不相信仅仅一名袭击者，就能杀掉这么多的武士，即便对方手里有枪。

第一批进入地下基地的五名士兵，听到小泽的命令后立刻加快脚步，快速朝地下二层搜索前进。

地下基地的走道里，每隔 20 米就会放置两支八公斤的干粉灭火器，所以西野只用了不到五秒钟就拎了一只回来。

此刻屋里火势还没有不可遏制地蔓延开来，局限在办公桌后的一小片区域。西野在门外深吸一口气后，拔下保险销，勇敢地冲进了呛人的烟雾中，对着几处火点快速喷射。

很快，浴火的“裕仁天皇”、燃烧殆尽的背包、刚刚串起火苗的皮椅和两具烈火焚身的躯体，一一被白色的粉末覆盖。

“所长……”西野扔下灭火器，扑到玉川秀雄的身边，一边咳嗽一边将压在上面的樊继宗掀开。见玉川秀雄虽然闭着眼，但嘴唇还在抽动，显然还活着。西野立刻扶起他的头，抱着两边腋下往外拖。这里火虽然灭了，但烟雾弥漫，甚是呛人。

几声痛苦的咳嗽之后，玉川秀雄睁开了眼。事实上，他伤得并不重，主要是大喊大叫的时候吸进不少烟到肺里，呛晕了过去。

“所长，”西野见玉川秀雄醒来，一边拖着他朝门口退一边喊道，“坚持住……”

突然，西野感觉身后有什么东西，他一扭头，便看到了一张熟悉又陌生的脸。熟悉，是因为半分钟前他还在折磨、摧残这张脸的主人；而陌生，是因为此刻在这张脸的口中，衔着自己那把手镰刀，有些变形。

“这把刀，不祥……”当锯齿刀锋割断西野的颈动脉那一瞬，他对自己说。的确，这把西野使用了十年，为他杀了、废了许多人的短兵，已经是第二次弑主了。一个月前那一次，他侥幸被救活了。这一次呢？西野扔下了玉川秀雄，捂着喷泉般往外飙血的脖子，踉踉跄跄朝门口走去。

小泽匆匆跨过地下二层的防火门，看见倒在血泊中的三具尸体——佐藤茂、高桥满和那名军医——原本铁青着的一张脸更加难看。“快，去安全室！”他指着右手边的走道，再次对身边的几名士兵下令。

不过刚拐上这条通往安全室的走道，小泽的脚下便是一顿。出事了？！他惊恐地发现，安全室外的走道里烟雾弥漫。

“停下！”小泽吼道，心脏怦怦狂跳。士兵们应声停步，有些不解地看着这名宪兵军官。起火便救火，停下来做什么？

这时，一道人影从烟雾中走来，身形踉跄。尽管还离着三十来米，看不仔细相貌，小泽还是从身形认出了来人。“西野君？”西野一手捂着自己的脖子，另一手朝他招了招，然后一头栽倒在地上。

阿豪没有再对西野做些什么，任由对方离开。他要留下一点力气，去做更重要的事。至于在地上一边呻吟，一边朝门口爬去的玉川秀雄，他同样没有理会。

阿豪拖着跟腱被切断的左腿，一步一挪走到墙上的暗箱前，伸出血肉模糊的左手，颤巍巍地握住起爆器上的一个金属手柄，按检疫所长，同时也是特高课课长教的方式，将起爆器的开关逆时针旋转 180 度。然后，他便听见“嘟”的一声响，起爆器上的红色指示灯亮起，并开始闪烁。而边上的计时器也嘀嘀地走动起来。

阿豪咧嘴笑了笑，转身走到樊继宗的身边，一屁股坐下，喃喃说道：“我答应过你，让你听见……”

安全室外走道上，一名士兵正要上前去查看倒地的西野，地下基地突然警铃大作，这让包括小泽在内的所有人都变了脸色。

看见安全室外墙上的三色警报灯同时亮起，小泽终于确定即将发生什么，大声尖叫道，“撤，立刻撤离！”

士兵们虽然不明白这道警铃意味着什么，但见小泽如此惊慌，谁也不敢再停留，转身跟着这名宪兵军官朝入口处狂奔。

玉川秀雄终于从安全室里爬了出来。他一抬头便看见了走道上正往外跑的小泽和那些士兵。他想要叫喊，命令这些混蛋回来帮助自己，但虚弱的声音在刺耳警铃声下微不可闻，只能眼睁睁地看着这些惶急的身影，在走道的尽头消失。

玉川秀雄并没有放弃。还有五分钟时间，一定可以离开这里！他在心里呐喊，双手竭力撑起上身，想要站起来。但他的双腿被严重烧伤，稍一用力，便差点痛晕过去，整个人重新摔在地上。

玉川秀雄咬咬牙，扶着墙再次站起，强烈的求生意志给予了他战胜一切痛苦的力量。他扶着墙往前走，开始几步走得十分艰难和痛苦，但之后越来越快，近乎达到了小跑的速度。

加油……坚持住……你一定可以！玉川秀雄在心中兴奋地想着。一分钟后，他走出了这条40米长的通道，来到防火门前。

看着紧闭的钢制防火门，玉川秀雄火热的心瞬间凉了一半。他想到了一个可能——小泽和那些士兵离开时，为了降低爆炸对外界的冲击，将这道防火门从外面锁上了。

他颤抖着伸出双手，握住金属门把手用力一拉，厚实的防火门纹丝不动。不，他大声尖叫，鼓起全身的气力拉动把手，结果让他绝望。

“小泽，混蛋……蠢货……我要杀了你……一刀一刀地活剐了你，我要杀你全家……”他不停地锤打着防火门，像个泼妇般尖声咒骂。然而回应他的只有一道急过一道的警铃声。

于是所长开始哀求，“救我，谁来救我……我给你财富、地位、女人，你想要多少我就能给你多少，快来救我……”渐渐地他失去了叫喊的力气，开始哭泣……

安全室里烟雾尚未散去，阿豪瘫坐在办公桌后的墙根下。在他头顶上方，爆炸计时器的秒针不停地转动，发出微弱的嘀嘀声。樊继宗躺在他边上，一动不动。他从头到脚几乎都被烧焦了。

但阿豪觉得这个勇敢的年轻人应该还活着，至少灵魂还没走远，于是将他的头从肮脏污浊的地上抱起，枕在自己的大腿上。

这个简单的动作几乎耗尽了阿豪全部的气力，好一阵子才勉强能抬起左手，从怀里拿出那块怀表，打开表盖。

他不是要看时间，此刻，除了表盖里那个朝他露出幸福微笑的女子，这个世间的一切对他都失去了意义。

阿豪想抚摸一下妻子的脸，伸出一根沾满血污的手指后又收了回来，决定就这样静静地看着。也不知道过了多久，一声剧烈的爆炸响起。阿豪咧嘴笑了，露出一排整齐却不再洁白、被血染红的牙齿。

紧接着是一连串同样剧烈的爆炸，整个世界在烈焰中瞬间湮灭，包括男人的那张笑脸……

特别军事区西边的草坡上，林文涛看着检疫所上空升腾而起的“蘑菇云”，放下手中的望远镜，热泪夺眶而出……

樊兴业拉开办公桌抽屉，取出里面的勃朗宁手枪和手枪压着的那张拟好的电文，从椅子上站起。手枪是他为自己准备的，如果发报时被日本人抓住，他不打算跟那些特务们回去。

最后看了一眼桌上安静的电话机，樊兴业绕过办公桌快步朝门口走去。电报房就在隔壁，他要赶在日本人找上门来之前，尽量将这份电报多发几遍。正如他之前对冯伯成所说，特高课的人说不定已经在赶来的路上了。

丁零零……就在他拉开办公室的门时，电话铃声突然响起。他身体一僵，旋即猛地转身，快步走回办公桌前，一把抓起电话，深吸一口气：“我是樊兴业。”

电话里传来虾仔激动的声音：“老板，天亮了！”

樊兴业拿电话的手微微颤抖了一下。“莫名其妙！”他说，然后啪地挂上了电话。他不认识打电话的人，但樊继宗说过，如果他们成功了，有个非常可靠的朋友会第一时间打电话到这里，说三个字——天亮了。

樊兴业大步走到窗前，推开玻璃窗，望向南边的天空——晨光，正在逼退黑暗，天就快亮了！

惠民诊所。幽暗的地下室里，陈俊生站在禁闭室的铁栅栏门外，举起手里的煤油灯，朝里面照了照。他看见那名日本女特务正站在门里看着自己，一双眸子灼灼放光，像极了一个押上自己全部身家后，正等待庄家开牌的红眼赌徒。

“段世豪回来了吗？”不等陈俊生开口，玉川云子急切问道，“行动结果如何，有消息了吗？”

陈俊生摇摇头，阴沉着脸道：“一个都没回来，也没有任何消息。”

“你是来杀我的？”

“我们叫处决。”

“处决？”玉川云子咯咯咯地笑了，“难道你现在还不知道，他们为什么一个都没能回来？这一切都在我的计算之中。自从段世豪向我要那份图纸开始，你们这次行动就注定会失败，所有人都会死或者被捕！你很幸运，没有参加这次行动，所以你如果愿意投靠大日本帝国，我可以给你你做梦都不会梦到的财富、权力。你们中国人有句成语，悬崖勒马，这就是你现在要做的事。相信我，你那些被捕的同伙绝对熬不过特高课的酷刑，很可能他们已经出卖了你。你现在应该做的，是在宪兵赶来这里之前放了我。”

女课长扬了扬被铐着的双手，“否则，我可以保证，你以及和你有关的亲人朋友，通通会被以最残忍的方式处决。”

“一切都是在你的计算之中？”陈俊生质疑道，“你怎么做到的？”

玉川云子扬起骄傲的下巴：“信任。我真诚的情感、合作的态度以及我提供的那些真实到细节的情报，赢得了你们的信任，至少是部分信任。这就足够了。你们没有更多的选择，我给了你们一个最优的选项，一个既能摧毁地下基地又能活下来的机会。没人能抵挡生的诱惑，所以我相信段世豪一旦真的潜入了地下基地，即便心存疑虑，在纵火之前也会尝试去打开安全室的门。而我所做的一切，正是为了帮助他走到那扇门前，打开它。”

她又开始咯咯咯地大笑，眼里闪烁着激动的泪花。

“你提供了错误的密码？”陈俊生厌恶地看着有些神经质的女特务。

“不，”玉川云子道，“密码和钥匙都没有问题，只不过我不小心将两者开启的先后顺序说反了。”

“反了会怎样？！”陈俊生从牙缝挤出几个字。

“会触发毒气装置，在五秒钟里窒息、昏厥，直至死亡。”玉川云子恶毒地笑了笑，“不过，他的命并不属于他自己，我相信检疫所那些尽职的武士和优秀的医生们会将他抢救过来。”

陈俊生额头的血管突突突地跳动，伸手握住腰间的手枪枪柄。

“好了俊生，你先撤离吧。后面的事我来处理。”林文涛从黑暗里走出，和陈俊生并肩站在铁栅栏门前。他是两分钟前回来的，一路上赶得很急。

他亲眼看见，检疫所所有地面建筑都在剧烈的爆炸中坍塌成一堆废墟，显然，如果不是大量的炸药被引爆，仅仅靠纵火产生不了这样恐怖的威力。这至少证明了一点——玉川云子所说的地下基地自毁装置真实存在。

那么阿豪为什么没能在预计的时间内启动自毁装置？林文涛心知，如果这个世界上还有一个人能告诉自己这个问题的答案，那个人只能是玉川云子。

现在，答案有了。同时他心里的另一个难题——如何处理这个日本女特务——也得到了解决。

陈俊生将手中的煤油灯交给林文涛。

“俊生，一路小心。”林文涛郑重地叮嘱道，“还有，阿豪的事我们还无法确认，暂时不要告诉立雪……”

陈俊生在黑暗中点点头，转身朝出口走去。

铁栅栏门后，原本因林文涛的出现而惊恐不安的玉川云子，再次放肆地笑了起来：“虚伪！段世豪的结局无非两个，一是已中毒身亡；二是被我们的人救活，从此他将永远生活在暗无天日的地下囚牢里，为大日本帝国医疗事业、为我父亲伟大的科学研究贡献他的血液，直到死亡。你们，为什么不将这个事实告诉他心爱的妻子？！”

林文涛看着这个丑陋的女人，感到一阵恶心。“这不是虚伪，而是永不放弃希望。而且，有些人即便是死了，也会永远活着。至于你和你父亲、你丈夫这些邪恶的存在……”

他举起手枪，对着铁栅栏门里的日本女特务，“注定会像你们建造的魔窟一样，被彻底从这个世界上清除。”说完扣动了扳机……

尾 声

时间：一个月后

傍晚时分，幽静的寺贝通津街上，下起了一场淅淅沥沥的春雨。密集而纤细的雨丝，落在街道两旁枝叶茂盛的榕树上，发出飒飒的声音，似无数春蚕在啃噬桑叶。

东山堂“傍晚祷”的钟声已经响过一会儿了，周日选择这个时间段来集体崇拜耶和华的信徒们，都已汇聚在了礼拜堂里，开始了他们对神的赞美。

一辆黑色福特轿车缓缓碾过湿漉漉的街道，停在东山堂的大门外。后座的车门打开，小影姑娘先从车里钻了出来，撑开手中的黑色西洋伞，站在车门边。

秦芳好下车后，接过小影手中的雨伞，示意后者不用跟随，然后独自朝教堂里走去。

她今天的穿着简洁而庄重——头戴黑色宽檐礼帽，外套是一件黑色束腰羊绒大衣，脚蹬一双精致的黑色小牛皮高跟鞋——很适合教堂这种神圣的地方。

秦芳好在礼拜堂的门厅收起雨伞，挂在边上的伞架上，款款走了进去。来参加“傍晚祷”的信徒不多，二十来人稀稀拉拉地坐在靠近讲台的几排长条木椅上，虔诚地聆听牧师宣讲他们听过无数遍的教义。

秦芳好站在门口，美目一转便看见这次约会的对象——一名孤零零坐在后排、身材魁梧的西方男子。她径直走到这名中年人身边，坐下，目视前方。

“尊敬的秦女士，您迟到了。”白人男子看着远处的十字架，用生硬的汉语低声说道。

“尊敬的荣格先生，别忘了你现在是一名绅士。”秦芳好在胸前划了个十字，低声回道。

“这里只有虔诚的信徒，任何失信的行为都是对主的亵渎。”荣格故作严肃地说。

“那我们在这里交易合适吗？”女人嘴角勾起一丝嘲讽。

“没有比在这里更合适的地方了。教堂之所以神圣，正因为它是信徒和主进行交易的场所。所以尊敬的女士，让我们在主的见证下，开始交易吧。”

秦芳好将手中的圣经递了过去。“确认后，请准备五万英镑。”

荣格打开圣经，飞快地瞥了几眼书页中夹着几张十二英寸的黑白照片，照片拍的是某人的日文手稿，除了文字还有一些化学公式和图表。

“秦女士，”荣格将照片揣进衣兜里，“这可不是我们之前约定的价格。”

“之前是你们开价，我并没有还价，算不上约定。”秦芳好淡淡道，“而且，五万英镑是苏联人开出的价格，他们对日本顶级细菌学家玉川隆盛博士的最新研究成果，非常感兴趣。”

荣格眼中的怒意一闪即逝。“给我三个月时间。”

“最多两个月。”秦芳好微微摇头。

“这些照片需要专家鉴定、评估，”荣格道，“五万英镑可不是小数目。”

“那是你们的事。我只等两个月。”秦芳好态度坚决。

“好，我尽快。”荣格思忖后道，“这算约定了吗，尊敬的女士？”

“放心，我虽然是个女人，但做交易，比这个世界上绝大多数的男人都讲究……”秦芳好想到了什么，明亮眸光为之一暗，喃喃道，“前段时间，我有个朋友死了……他生前和我谈过一笔价值不菲的交易，并先行支付了全部费用。他在这个城市没什么亲人、朋友……按说他死后，我完全可以吞没这笔钱而不用付出任何代价，但我仍然在他死后完成了这次交易。荣格先生——不，威尔逊警官，你认为我这样做算不算讲究？”

前沙面英国治安官身子微微一颤，吃惊地看了一眼身边这个美艳的东方女人，旋即恢复了镇定，“秦局长的眼睛不但漂亮，视力也很好。”

尽管这一个月他疯狂地降低体重——由之前的120公斤减到现在的92公斤——整个人无论是身形和相貌都有了很大的变化，但他自知，他这两年在沙面当治安官，接触过的中国人不少，而秦芳好并非普通人，被对方认出来也不是不可接受的事。

秦芳好仍然目视前方，红唇微动："不是我视力有多好，而是你们美国战略情报局，应该加强易容方面的研究工作了……K先生，您觉得呢？"

这一次，威尔逊真正感到了震惊。

"不必担心，我只认钱，不认国。"秦芳好抢在对方开口前说道，然后微笑着站起，在胸前划了个十字，朝门口走去。

霏霏细雨中，秦芳好独自撑着伞缓缓步出教堂。她在大门口稍稍停了一下，回头望向身后的哥特式建筑。

近些日子以来，她总是莫名地对有些事物感到留恋。在意识到自己这种没来由的举动后，她也为之愕然，不明所以，甚至怀疑自己是不是老了。因为只有老人，才会为这些毫无意义的建筑驻足、留恋。

"真的老了？"秦芳好在心里自嘲，收回望向教堂钟楼的目光，朝停在路边的轿车走去。

就在这时，人行道上匆匆走来一名头戴礼帽、裹着件西式大衣的高大男子。见对方插在大衣兜里的手仿佛握着什么，秦芳好眼角一跳，就要扔掉手中的雨伞，去掏出手袋里那把勃朗宁袖珍手枪。不过对方的下一个动作，让她打消了这个念头——男子从大衣兜里抽出双手，竖起衣领，挡住裸露的脖子。

秦芳好心口一松，暗觉好笑，自己被前些天顾铭的暗杀搞得有些杯弓蛇影了。这名男子两手空空，哪里像个刺客？而且黄阿四和小影就在几步外的车上，对方即便真有什么问题，也会被自己这两名身手不凡的保镖迅速解决。

心念快如电转，秦芳好脚下只是稍稍一顿，便继续朝轿车走去。

车里的黄阿四和小影两人，比秦芳好更早发现了这名沿着墙根急行的男子。当时小影就准备拔枪下车，坐在司机位置上的黄阿四制止了她，说是自己人。

"自己人？"小影盯着黄阿四后脑勺，有些茫然。

"别急，"黄阿四道，"马上你就会知道他的身份。"

当小影再看向那名陌生男子时，对方已经走到了秦芳好的身侧。下一秒，他捏着衣领一角的右手，突然从衣领里拔出一根20来厘米长的钢针，噗地扎进秦芳好的太阳穴。

小影一声惊呼，就要推开车门冲过去，又一个声音阻止她。

“向小影，这是局座的命令！”令狐少卿拉开后座的车门钻进了轿车，将一个信封递给小影，“重庆发来的格杀令，有局座的亲笔签名。”

小影身体一僵，重又坐回车里，颤巍巍地接过信封。

车外，秦芳好手一松，黑色洋伞飘然坠落。她看见福特车的车门打开，又关上了。刹那间，她明白了一切，自己无意识的留恋，不是因为老了，而是因为快要死去。

其实，在英美对日本宣战那天，她就预料到了自己的结局——有了胜利的希望，党国便不再抱有和日本人媾和的想法，而她这个中日混血儿也就失去了某种阴暗的价值……

车里，令狐冷漠地念着：“……经查，军事处情报员秦芳好，本名西乡晴子，系日本外务省特高课间谍，务必格杀之……”

“一一……”秦芳好抬起头，看着满天洒落的雨丝，虚弱地喊出两个字，然后缓缓倒在了地上。

教堂钟楼上，钟声响起……

福特轿车如来时般缓缓行驶在寺贝通津湿漉漉的街道上。

“你好，”车里，坐在副驾驶位置上的高大男子侧转身，朝后座上的小影伸出手，“我叫顾城，新任军统广州站第二行动队队长。”

小影没有伸手，看着这个相貌和顾铭有几分相似的年轻男子，怔怔出神。五秒钟后，她很认真地问：“一一怎么办？”

顾城讪讪收回了手。

“我刚才看见一个修女，”黄阿四打破了车里的沉默，“她很像一个人……”

“谁？”令狐少卿警惕道。

“罗立雪。”黄阿四看着后视镜里的小影。

时间：49 天后

灵堂设在黎记水产行的后宅，雕龙描金的紫檀木主神牌上，端端正正写着“恩公段世豪之位”几个字。此外，除了遗像，灵堂所需布置的香炉、烛台、长明灯、挽联、哀幛以及各色供品一应俱全。

身着黑色长袍的黎悟成双手捧香，恭恭敬敬地站在主神牌前，大声唱道：“英灵一去永无踪，仙凡从此路不同。段爷高义，今天是你七七之日，黎悟成率黎氏一门血脉，恭请恩公段世豪早登神位。”

在他身后，黎耀坤父子三人和小禾齐声道：“恭请恩公段世豪早登神位。”

“跪！”黎悟成将香插进香炉后，一撩长袍当先跪在布垫上，喝道，“磕头！”

黎家四个晚辈齐齐下跪，一头磕下……

同一天，广州城北郊。这是春光明媚的季节，放眼望去，平坦、开阔的北郊荒原上灌草成茵、野花簇簇，斑斑驳驳间呈现出别样的一派生发景象。

十九路军坟场建在北郊一个叫“沙河顶”的地方，面积达 52000 平方米。这座 1933 年始建的坟场，主体建筑是一座巴洛克风格的半圆柱廊。柱廊前耸立着一座二十米高的花岗岩石纪功柱，柱上立有一个肩扛步枪的战士铜像。

和这座纪功柱遥遥相对的，是坟场入口处一座十六米高、由花岗岩砌成的罗马式凯旋门。在这座象征着胜利和荣耀的石门门额上，银钩铁画般镌刻着十四个字——十九路军淞沪抗日阵亡将士坟园，背面门额上则书写着“铁血丹心”四个大字。

这里曾经庄严、肃穆：一排排一列列水泥墓碑、石棺井然有序；英烈提名碑、抗日亭、先烈纪念馆等建筑光彩熠熠；八只拱卫在纪功柱两侧的铜铸宝鼎，沉雄威仪……而如今，这座烈士陵园已被日军的炸弹和枪炮摧毁——碑残柱倾、廊塌亭毁，八只宝鼎更是不知去向。举目四望，处处残垣断壁、满目疮痍。

一阵沙沙的细碎脚步声，在荒凉而凄清的坟园里响起。一道全身包裹在黑白两色修女长袍下的纤细身影，牵着一个小女孩，行走在一具具碎碑残棺之间。最终她们在这片坟场边缘的一座新坟前驻足。

这座坟没有石棺，只有一个小土包，坟前石碑上也没有刻上墓主的姓名、生卒年月，只有简简单单的七个字——“亡夫衣冠冢妻立”。

立雪半蹲在墓碑前，先从携带的布兜取出一把小扫帚，将碑前的浮土清扫干净后，取出水果、面馍、烟酒等祭品摆放在碑前。最后她点烛、焚香、端端地跪在坟前。

“来，一一，跟干妈一起磕头。”袅袅青烟里，立雪拉着小女孩一起跪下。

“他是谁？我为什么要给他磕头？”一一撅着小嘴问道。

小姑娘的眉眼间已依稀有了几分阿豪的样子。立雪看着她，眼角有些湿润。

“一一……”她轻柔地抚摸着小姑娘的脸蛋，爱怜道，”他……是你干爸爸，是最爱最爱干妈的人。”

“我给他磕头，他是不是也会爱我？”小女孩扑闪着大眼睛问。

“他会很爱很爱你。”

“比我亲爸爸还要爱吗？”

“干爸爸和亲爸爸一样爱你……”

夕阳下，一大一小两个跪着的身影，朝墓碑深深拜下……